SOLITARIO

K.H. Lawaty

Für L.

© 2024 K. H. Lawaty
Umschlagbilder: Benjamin Bruckner
Umschlaggestaltung: Marlies Thuswald
Lektorat/Korrektorat: Sabrina Lerchbacher e.U.
facebook.com/k.h.lawaty

Druck und Vertrieb im Auftrag der Autorin:
Buchschmiede von Dataform Media GmbH, Wien
www.buchschmiede.at - Folge deinem Buchgefühl!
Besuche uns online

ISBN:
978-3-99139-012-1 (Paperback)
978-3-99139-011-4 (E-Book)

Printed in Austria

Das Werk, einschließlich seiner Teile, ist urheberrechtlich geschützt. Jede Verwertung ist ohne Zustimmung des Verlages und der Autorin unzulässig. Dies gilt insbesondere für die elektronische oder sonstige Vervielfältigung, Übersetzung, Verbreitung und öffentliche Zugänglich-machung.

Inhaltsverzeichnis

Die Abenteuer des Sherlock Holmes 7
Reise um die Erde in 80 Tagen 17
The Faerie Queene 27
Eine Geschichte aus zwei Städten 44
Große Erwartungen 56
Gullivers Reisen 65
Grimms Märchen 78
Die Abenteuer des Pinocchio 91
Der seltsame Fall des Dr. Jekyll und Mr. Hyde 107
Don Quixote 121
Der Graf von Monte Christo 134
Die Schatzinsel 146
Black Beauty 155
Die Schöne und das Biest 167
Der Kurier des Zaren 181
Moby Dick 198
Der Glöckner von Notre Dame 205
Eine Studie in Scharlachrot 224
Robinson Crusoe 238
Eine Weihnachtsgeschichte 257
Les Misérables 271
König Artus 287
Alices Abenteuer im Wunderland 306

Der Mann mit der eisernen Maske 324
Die Reise zum Mittelpunkt der Erde 341
Odyssee 360
Die drei Musketiere 377
Tausendundeine Nacht 391
Das Zeichen der Vier 414

Die Abenteuer des Sherlock Holmes

Ich bin ein Einzelgänger. War immer schon einer. Es ist nicht so, dass ich Menschen hasse. Ich kann sie ganz gut leiden – aus einer gewissen Entfernung. Ich mache mir nichts aus Gesellschaft oder Gesprächen, bin gern für mich und erwarte auch nicht, dass irgendwer sich für mich interessiert.

Aber wenn wir schon bei Erwartungen sind, wollen Sie vielleicht wissen, was für eine Geschichte nun auf Sie zukommt. Gerade das lässt sich schwer festmachen. Ich hätte mir unter einer Abenteuererzählung etwas anderes vorgestellt. Hier wird nicht dauernd gekämpft oder geschossen. Denken Sie etwa, wir sind im Wilden Westen? Zugegeben, wir sind es. Trotzdem wird nur wenig gefeuert, dafür aber viel geredet. Darüber, was den Menschen so durch den Kopf geht und was sie sich gegenseitig an den Kopf werfen, was sie einander manchmal antun und warum. Wenn Sie so etwas interessiert, werden Sie sich nicht langweilen. Allerdings ist es kein fröhlicher Bericht. Falls Sie lachen wollen, sind Sie hier falsch. Suchen Sie leichtherzige Zerstreuung, müssen Sie sich anderweitig umsehen. Doch wenn Sie Zeit haben, erzähle ich Ihnen eine Geschichte.

Es ist nicht meine Lebensgeschichte. Aber es ist *die* Geschichte meines Lebens. Ausgeschlossen, dass ich je wieder eine ähnlich bemerkenswerte erlebe.

Meine Lebensgeschichte wäre zudem ebenso unspektakulär wie mein Name. Parker. So sprachen mich seinerzeit die Lehrer an. Meine Mutter sagt natürlich Jeremy. Freunde hätten womöglich Jerry gesagt, Gott bewahre! Mein Vater sagt gar nichts zu mir, er ließ meine Mutter kaum eine Woche nach meiner Geburt sitzen. Ich kann es ihm keineswegs verübeln, schließlich kenne ich meine Mutter.

Am liebsten lamentiert sie darüber, dass ich »immer noch keinen anständigen Beruf« habe. Eine Zeitlang hatte ich auf der Farm meines

Großonkels ausgeholfen. Ich mochte die Arbeit mit den Tieren, sie waren so angenehm schweigsam. Später verdingte ich mich beim Schießbudenstand auf dem städtischen Jahrmarkt. Das machte mir ebenfalls Spaß, ich kann selbst recht gut Ziel werfen. Meine Mutter allerdings lag mir ständig in den Ohren, dass ich zu wenig Geld nach Hause brachte. Auch dass ich zuletzt als Laufbursche bei einem Verlagshaus anfing und nach einer Weile zum Schreibgehilfen aufstieg, stellte sie nicht zufrieden.

Ich hingegen als eingefleischter Büchernarr war in der idealen Umgebung gelandet – und das zum perfekten Zeitpunkt. Denn so war ich einer der ersten Leser hierzulande, der eine Reihe höchst faszinierender Kurzgeschichten zu Gesicht bekam. Es waren Kriminalfälle eines Londoner Detektivs mit dem eigenartigen Namen Sherlock Holmes. Auch die Geschichten selbst waren außergewöhnlich, ich wollte sie gar nicht aus der Hand legen. Wie der zuständige Lektor mir erklärte, waren sie im Vorjahr – 1891 – in einer britischen Zeitschrift erschienen, und der Verlag erwog nun, sie in den Staaten als Sammelband zu veröffentlichen. Ein anderer Verlag hatte bereits zwei Bücher über diesen Sherlock Holmes herausgegeben. Eines davon – *Eine Studie in Scharlachrot* – hatte der Lektor sich zur Ansicht besorgt und lieh es mir freundlicherweise.

In dieser Nacht tat ich kein Auge zu, auch nach der letzten Seite war ich zu aufgekratzt zum Schlafen. Mir waren noch nie so verblüffende Kriminalfälle untergekommen wie die von Mr. Holmes und seinem Assistenten Doctor John Watson. Ich musste mir unbedingt das andere Buch besorgen, das der Lektor erwähnt hatte: *Das Zeichen der Vier.*

Noch beim Frühstück kreisten meine Gedanken um den brillanten Detektiv, bis meine Mutter mich abrupt hochfahren ließ: »Hörst du eigentlich, was ich sage?« Sie wedelte mit einem Papier. »Da ist ein Telegramm von Ronald. Er muss dich dringend sprechen, du sollst heute um Punkt zehn zu ihm kommen. Es klingt wichtig.«

Alles, was mit Ronald zu tun hat, versetzt meine Mutter zuverlässig in Begeisterung. Meinen missmutigen Einwand, ich könnte nicht einfach vormittags die Arbeit verlassen, tat sie kurzerhand ab: »Dann bleibst du eben abends länger. Es ist ja nicht so, als würde daheim jemand auf dich warten, abgesehen von mir. Nimm dir ein Beispiel an Ronald, der wohnt nicht mit fünfundzwanzig Jahren noch zu Hause.« Ronald ist fünf Jahre älter als ich und hatte mit fünfundzwanzig sehr wohl zu Hause gewohnt, aber das übersah meine Mutter großzügig. »Genauso wenig, wie er sich mit sinnlosen Gelegenheitsarbeiten durchschlägt. Er macht seiner Mutter keine Schande: Anwalt in einer renommierten Kanzlei, mit geregeltem Einkommen und eigenem Büro, immer anständig gekleidet, fleißig, verheiratet ...«

Diese Litanei kannte ich längst auswendig. In den Augen meiner Mutter hat Ronald nur einen einzigen Fehler: Er ist nicht ihr Sohn. Ronald ist mein Cousin und natürlich lief es darauf hinaus, dass ich ihn gottergeben in seiner Kanzlei aufsuchte.

Ronald hatte mit keiner Silbe angedeutet, weshalb er mich so dringend sprechen wollte. Seine Miene bei meinem Eintreten war ungefähr so erfreut, als käme der Gerichtsvollzieher. »Du bist zwei Minuten zu spät dran.« Er hätte wohl auch »Na endlich!« gesagt, wäre ich aufgetaucht, *bevor* er sein Telegramm überhaupt abschickte. »Ich habe einen Auftrag für dich«, sparte er sich jegliche Begrüßung. »Eine sehr wichtige Angelegenheit, die Zeit, aber wenig Verstand erfordert – wie geschaffen für dich. Soll heißen, das Ganze dauert mindestens zwei bis drei Wochen. So lange musst du dich von deinem Verlagshaus freistellen lassen.«

»Freistellen? Ich kann dort nicht einfach verkünden, dass ich drei Wochen fehlen werde.«

»Ach, können die etwa nicht ohne dich? Oder hast du Angst, bis zu deiner Rückkehr finden sie jemand Kompetenten?«

Ich stieg nicht darauf ein. »Ich gebe doch nicht meine Arbeit auf und suche mir danach umständlich was Neues, bloß um irgendwas für dich zu erledigen. Oder glaubst du, die nehmen mich dann anstandslos wieder?«

Er lächelte hintergründig. »Die werden dich gar nicht erst behalten wollen, wenn ich meine Kontakte spielen lasse. Ich vertrat letztes Jahr einen deiner Verlagsleiter bei Gericht. Falls du es darauf anlegst, treffe ich ihn zu einem Abendessen und erzähle nebenbei, dass bei einem deiner früheren Arbeitgeber Geld aus der Kasse verschwunden sei. Selbstredend hättest du nichts damit zu tun, aber ... Was meinst du wohl, wie lange du dort noch erwünscht wärst? Oder in Zukunft irgendwo anders?«

Erwähnte ich schon, dass mein Cousin eine wandelnde Pestbeule ist? »Das wagst du nicht, du mieser Erpresser. Was meinst du, wie erwünscht du bei meiner Mutter bist, wenn sie davon erfährt?« Meine Mutter als Druckmittel – das war mal originell.

»Die liebe Tante Ellie würde mir so etwas niemals zutrauen. Ich halte meinen Namen natürlich aus der Angelegenheit heraus. Sie wird dir nicht glauben, wenn du mich anschwärzt.« Sein Grinsen wurde breiter. »Also such es dir aus, du hast die Wahl. Bist du dabei?«

Eines kann man sich jedenfalls nicht aussuchen auf dieser Welt: seine Verwandten. Ich biss die Zähne zusammen und nickte grimmig.

Ronald lächelte selbstgefällig. »Warum nicht gleich so.« Er öffnete eine Mappe, die vor ihm lag. »Maureen Hutchinson«, verkündete er. »Sie ist tot. Unsere Kanzlei regelt ihre Erbschaft. Genauer gesagt, was sie erbte.«

Jetzt war ich verwirrt: »Sie ist verstorben und sie erbt?«

»So ist es. Eine entfernte Verwandte der Dame starb vor kurzem in England und setzte sie als Alleinerbin ein, offensichtlich in Unkenntnis darüber, ob sie überhaupt noch lebt. Falls nicht, soll das Vermögen an etwaige Nachkommen gehen. Wie uns von den dortigen Anwälten mitgeteilt wurde, gibt es in England keine Familienangehörigen mehr. Das gesamte Erbe – ein Haus in London sowie eine beträchtliche Summe Geld und Schmuck – fällt somit an besagte Dame beziehungsweise deren Kinder.«

»Um welche Summe geht es?«

»Nun, wenn man den Wert des Hauses und des Schmucks nimmt sowie das Bargeld ...« Ronald blickte prüfend in seine Unterlagen und nannte eine Zahl.

Ich war ehrlich beeindruckt. »Dollar?«

»Britische Pfund«, entgegnete er genüsslich, und jetzt blieb mir wirklich die Spucke weg – zum Glück, denn ich bekam vor Staunen den Mund nicht zu. »Ich weiß, was dir gerade durch den Kopf geht«, warf Ronald ein. »Hat die Dame vielleicht eine ledige Tochter? Genau das sollst du herausfinden.«

Das weckte mich aus meiner Verblüffung. »Ich soll was?«

»Zuhören«, versetzte er, »ich habe schließlich nicht den ganzen Tag Zeit.« Er zog einen Zeitungsartikel hervor. »Bestimmte Schriftstücke im Nachlass deuteten auf eine Verbindung der Erbin zu unserer Stadt hin. Daraufhin wurde unsere Kanzlei beauftragt, Ms. Hutchinson ausfindig zu machen. Man wies mir den Auftrag persönlich zu – was zeigt, wie viel Vertrauen man in meine Fähigkeiten setzt. In Archiven entdeckte ich tatsächlich etwas über den Verbleib der Dame.« Er klopfte auf den Artikel. »Offenbar war sie jahrelang bei einem Zirkus tätig, der regelmäßig hier seine Zelte aufschlug. Sie ›arbeitete‹ als ...«, er schaute noch einmal nach, »Entfesselungskünstlerin.« Bei ihm klang es nach einer abstoßenden Krankheit. »Es wird berichtet, dass die ›allseits bewunderte Entfesselungskünstlerin Maureen Hutchinson, besser bekannt unter dem Namen Lefaji‹ – wie immer man das ausspricht – am Vorabend zum letzten Mal auftrat und ihre Karriere damit beendet. Sie heiratet demnächst einen gewissen Clifton P. Buckley und zieht mit ihm in einen Ort namens Brackwall, woher Mr. Buckley stammt. Der Artikel erschien am fünften August 1864.«

Jetzt war ich widerstrebend doch fasziniert. Ronald musste einiges von Recherchen verstehen, wenn er einen achtundzwanzig Jahre alten Zeitungsartikel ausgrub. Wobei wahrscheinlich ein armer Kanzleihelfer wochenlang Archive durchwühlt hatte.

Ronald nahm indes ein anderes Papier aus der Mappe. »Es wird nicht erwähnt, welche Angelegenheit Mr. Buckley in unsere Stadt führte, aber er reiste von weit her an. Ich nehme an, du weißt nicht, wo Brackwall liegt?«

Ich schüttelte den Kopf und hätte diesen darauf verwettet, dass Ronald es anfangs selbst nicht gewusst hatte. Vermutlich wurde es in dem Artikel erwähnt.

»Du setzt dich in den Zug und fährst etwa vier Tage lang ziemlich direkt nach Westen. Immerhin ist das Kaff groß genug, dass Schienen hinführen.« Er sah auf das Papier. »Ich schickte sogleich ein Telegramm an den dortigen Sheriff: ›Erbitte Informationen über Maureen Hutchinson, verehelichte Mrs. Clifton P. Buckley.‹ Nach drei Tagen kam die Antwort: ›Maureen Buckley verstorben 1877. Gatte Clifton Buckley mit Kindern verzogen nach Aspen.‹ Gatte Clifton Buckley ... Clifton *P.* Buckley! Keinen Sinn für Korrektheit, diese Hinterwäldler.«

Ich verdrehte die Augen, just als Ronald aufblickte und die Stirn runzelte.

»So was kann einen eklatanten Unterschied machen! Wenn du erst einmal ...« Er erinnerte sich an seine knapp bemessene Zeit und schüttelte missfällig den Kopf: »Maureen starb 1877. Ihre Familie verzog nach Aspen. Du kannst dir denken, was das bedeutet?«

Ich hatte wenig Lust, mich prüfen zu lassen, und stellte mich dumm: »Dass Maureen in Brackwall begraben liegt.«

Ronald starrte mich an, unsicher, ob ich ihn zum Narren halten wollte. »Es bedeutet, dass sie Kinder hat, offenkundig mehrere. Nachdem diese in aufrechter Ehe geboren wurden, sind sie als nächste erbberechtigt.«

»Was ist mit dem Ehemann?«

»Zu dem käme ich, wenn du mich nicht ständig unterbrechen würdest«, knurrte Ronald. »Aspen liegt wiederum ein Stück von Brackwall entfernt. Ich sandte nun ein Telegramm an den Sheriff von Aspen: ›Erbitte Informationen über Clifton P. Buckley und Kinder.‹ Es dauerte zwei Monate, ehe ich eine Antwort erhielt. Der Sheriff ließ sich zu ganzen drei Worten herab: ›Buckley tot. Erfreulicherweise.‹ Tja, Mr. Buckley ist also ebenfalls aus dem Spiel.« Ronalds glatte Geschäftsmäßigkeit ekelte mich regelrecht. Er sah es mir wohl an: »Was denn? Hast du ein Problem damit, dass Leute sterben? Ich habe ständig mit so was zu tun. Sag Bescheid, falls du ein Taschentuch brauchst. Das hier ist nicht eines deiner komischen Märchen, wo am Ende alles gut wird. Es ist die Wirklichkeit, also konzentrier dich auf das Wesentliche. Ich dachte mir ja auch nicht ›Ach, der arme Mann‹, sondern fragte nochmals nach den Kindern.« Er sah mich so vorwurfsvoll an, als wäre ich für die gesamte Post des Landes verantwortlich:

»Allerdings ist das schon einen Monat her. Keine Antwort. Und diese Sache hat nicht ewig Zeit. Die Behörden in England wollen die Angelegenheit abschließen. Unser Direktor wird allmählich ungedul…« Er brach verlegen hüstelnd ab.

Ich verstand: Sein Vorgesetzter saß ihm im Nacken. Was ich allerdings nicht begriff: »Und was genau erwartest du jetzt von mir?«

Eine Sekunde lang war Ronald verdattert, ehe er wütend fragte: »Hast du mir nicht zugehört? Du setzt dich in den Zug und fährst nach Westen. Du reist nach Brackwall, anschließend nach Aspen und …«

»Was soll ich?«, entfuhr es mir.

Er atmete tief ein und wieder aus. Dann sagte er betont langsam: »Hinfahren. Nachfragen. Diesen Kindern mitteilen, dass sie geerbt haben. Und dass sie sich schleunigst bei uns melden sollen. Brauchst du es schriftlich?«

»Ich soll vier Tage lang quer durchs Land gondeln?«

»Mehr als vier«, erklärte er gelassen. »In dieser Zeit schaffst du es bloß von hier bis Brackwall. Dann fährst du mit der Postkutsche weiter nach Aspen. Im Idealfall bist du in einer Woche dort. Du suchst die Nachkommen auf und erläuterst, worum es geht. Der einfachste Auftrag der Welt.«

Zugegeben, die Sache war tatsächlich simpel. Trotzdem lockte mich die mühevolle Reise wenig. »Weshalb schickst du nicht einen Kanzleigehilfen? Oder fährst selbst, wenn es so wichtig ist?«

»Ich habe Besseres zu tun, als tagelang in Eisenbahnen und Kutschen zu sitzen! Und sogar unser dämlichster Kanzleigehilfe ist nützlicher als du. Nimm dir eben was zum Lesen mit für die Fahrt«, ergänzte er boshaft.

»Wie wäre es mit *100 todsichere Methoden, sich unliebsamer Verwandter zu entledigen*?«

»Sehr witzig«, knurrte er. »Wenn dir sonst nichts Intelligentes einfällt, kommen wir zum Organisatorischen. Unsere Kanzlei ersetzt dir die Fahrtspesen.«

Ich unterdrückte ein »Zu gütig!«.

»Weiters erhältst du Bargeld für Ausgaben unterwegs. Lass dich nach Möglichkeit nicht schon in der Eisenbahn ausrauben. Wir erwarten genaue Buchführung und vollständige Rückzahlung des Restgeldes. Es gibt keine Entlohnung, schon gar nicht pro Tag, dafür eine kleine Prämie. Natürlich nur im Erfolgsfall – wenn du die Nachkommen auftreibst und uns ihren Aufenthaltsort mitteilst. Vorzugsweise untermauert durch Kopien der Geburtsurkunden. Das könnte aber schwierig werden. Die haben keine Zivilisation dort im Westen, das beweist schon dieser Sheriff. Ach ja, du wirst regelmäßig telegraphieren und uns über deine Fortschritte unterrichten.« Er rang merklich mit sich, ehe er widerwillig ergänzte: »Irgendwelche Fragen?«

Und ob! »Was, wenn diese Nachkommen längst nicht mehr dort wohnen?« Ich hatte nachgerechnet: Maureen hatte 1864 geheiratet und war 1877 gestorben, somit waren die erwähnten Kinder heute zwischen fünfzehn und achtundzwanzig Jahre alt. »Vielleicht zogen sie nach dem Tod des Vaters erneut um.«

»Dann findest du eben die Adresse heraus. Wer umzieht, lässt sich in der Regel anderswo nieder.«

»Außer sie haben sich einem Zirkus angeschlossen, wie einst ihre Mutter«, widersprach ich boshaft.

Ronald blieb unerwartet gelassen. »Das würde die Sache verkomplizieren. Die Zirkuslust scheint tatsächlich in der Familie zu liegen. Laut unseren Nachforschungen gab es hierzulande einen weiteren Verwandten von Maureen Hutchinson, um einiges jünger als sie. Er war offenbar sehr fingerfertig, denn er schloss sich einer Gruppe von Schaustellern an. Magische Tricks oder so ähnlich.« Er konsultierte seine Unterlagen. »Dexter Swiftly.«

Wollte er mich für dumm verkaufen? »So heißt doch kein Mensch.«

»Ein Künstlername. Geboren als Colin Delaware. Wie auch immer, seine Spur verlor sich vor Jahren. Vielleicht ist er längst tot. Bei diesem Verwandtschaftsgrad wäre er ohnehin nur erbberechtigt, sofern Maureens Kinder allesamt verstorben sind.«

»Und falls ich herausfinde, dass sie es sind?«, beharrte ich.

»Dann lässt du Kopien von den Totenscheinen für unsere Akten ausstellen«, erwiderte er entnervt. »Das ist doch wirklich nicht so schwer. Aber für uns wird es enorm mühsam.«

Mir kam ein neuer Gedanke: »Was mache ich, wenn Maureens Kinder die Erbschaft ablehnen?«

Er starrte mich fassungslos an. »Ist die Frage ernst gemeint?«

»Na ja, es könnte sein ...«

»... dass jemand *diese* Summe ausschlägt?«

Gut, ich musste ihm rechtgeben. Die Idee war idiotisch.

»In diesem Fall verständigst du schleunigst das nächste Irrenhaus«, empfahl Ronald süffisant. »Was ich übrigens auch tue, wenn du weiter verrückte Fragen stellst.« Dann schien ihm etwas einzufallen. »Sollten diese Nachkommen Söhne sein, und plötzlich taucht eine Frau auf und erklärt, sie wäre mit einem von ihnen verheiratet gewesen, er wäre mittlerweile tot, aber es gäbe da ein Kind – ohne Trauschein und Geburtsurkunde läuft gar nichts, damit das klar ist.«

Offenbar hatte er in dieser Hinsicht bereits schlechte Erfahrungen gemacht. Doch jetzt war ich es, der die Überlegung absurd fand. »Ist das nicht etwas weit hergeholt?«

Ronald warf sich an die Brust. »Du hast keine Ahnung! Sobald Geld im Spiel ist, wachsen vorgebliche Ehefrauen geradezu aus dem Boden. Es gibt keine Geschichte, in der keine Frau vorkommt. Scherschie Laffam, wie die Italiener sagen.«

Ich unterdrückte ein Grinsen. Ich spreche kein Französisch, aber der Ausdruck »cherchez la femme« war mir dennoch geläufig. »Wenn du meinst.«

»Allerdings«, gab er blasiert zurück. »Du wirst schon sehen, irgendwo ist immer eine Frau im Spiel. Du musst bloß genau hinschauen.«

Ich schaute stattdessen in sein herablassendes Gesicht und war mir sicher, in spätestens zwei Minuten würde ich ihm seine Unterlagen in den Mund stopfen. Ich sehnte mich nach dem Ende des Gesprächs. »Danke für die Warnung, ich behalte sie im Hinterkopf. Wann geht mein Zug?«

Anders als ich, war meine Mutter hellauf begeistert, schon weil die Idee von Ronald stammte. Zudem sah sie meinen Auftrag wohl als ersten Schritt zu einer Anstellung in der Kanzlei – da hätte ich lieber lebenslang Latrinen geputzt. Die Arbeit im Verlagshaus dagegen hatte mir wirklich Freude gemacht und es war mir leid darum. Immerhin versprach mein Vorgesetzter, er würde bei meiner Rückkehr ein gutes Wort für mich einlegen.

Auf eines konnte ich mich bei der Sache freuen: Ich würde viel Zeit zum Lesen haben. Am liebsten täte ich rund um die Uhr nichts anderes. In meiner Reisetasche verstaute ich nebst anderen Büchern den zweiten Sherlock Holmes-Band, den ich zum Glück beim Buchhändler meines Vertrauens gefunden hatte: *Das Zeichen der Vier*. Sofern es den ersten Teil des Auftrags betraf – das Hinfahren –, hatte mein Cousin die perfekte Wahl getroffen, wenngleich ich ihm das nicht auf die Nase band. Tagelang einfach lesen zu können, war eine herrliche Aussicht, ich bin nun einmal ein passionierter Stubenhocker.

Was freilich den nächsten Punkt anging, hatte Ronald den denkbar ungeeignetsten Menschen gewählt. Ich sollte nachforschen, was aus Maureen Buckleys Kindern geworden war. Auf Leute zugehen und mit ihnen reden – ausgerechnet ich! Es gab wohl keinen, der mehr vor Unterhaltungen zurückschreckte. Ronald war nicht bewusst, wie menschenscheu ich tatsächlich war, er sah vielmehr die Vorteile: Ich brauchte abgesehen von der Prämie nicht entlohnt zu werden und würde – anders als die Kanzleiangestellten – seinen Vorgesetzten nicht wohlwollend auffallen, sollte ich Erfolg haben. Stattdessen würde er die Lorbeeren einheimsen und ersparte sich die umständliche Reise in eine Gegend, die ihm nicht geheuer war. Für ihn war die Lösung perfekt.

Ich wiederum hoffte, dass ich nicht groß herumfragen musste. Im Idealfall erkundigte ich mich in Aspen lediglich nach dem Haus der Buckleys, klopfte an die Tür und sagte mein Sprüchlein auf. Wenn es so lief, hatte Ronald recht: Der Auftrag war zeitaufwendig, aber nicht kompliziert.

.

Reise um die Erde in 80 Tagen

Zwei Tage nach dem Gespräch mit Ronald saß ich frühmorgens in der Eisenbahn. Abgesehen von jenem Aufenthalt bei meinem Großonkel damals auf der Farm, war dies meine erste Reise überhaupt. Ich bin ein wahres Stadtkind. Fasziniert beobachtete ich, wie sich die Landschaft veränderte. Dann schmunzelte ich über mich selbst und vertiefte mich doch in ein Buch.
Ursprünglich hatte ich den Sherlock Holmes gleich in einem Schwung durchlesen wollen. Nun aber beschloss ich, mir den Genuss aufzusparen und jeweils nur ein paar Seiten zu lesen, sodass ich erst am Ende meiner Reise zur Auflösung käme. Daher wechselte ich bald zu einem meiner Lieblingsbücher: *Die drei Musketiere*. Solche Abenteuer waren mehr nach meinem Geschmack als dieser langweilige Auftrag. Die einzig denkbare Komplikation bestand darin, dass die gesuchten Kinder inzwischen aus Aspen weggezogen waren, was für mich mehr Herumfragen und weitere Fahrten bedeuten würde. Nun, vielleicht hatte ich ja Glück, und sie waren zurück nach Brackwall übersiedelt, dann wäre das Ganze unerwartet schnell erledigt.

Der vierte Tag neigte sich bereits dem Ende zu, als ich zuletzt Brackwall erreichte und im Abendlicht niedrige Häuser am Zugfenster vorbeiziehen sah. Umso eindrucksvoller stiegen unmittelbar dahinter steile Berghänge an.
    Dann stand ich auf dem Bahnsteig, endlich am Ziel der langen Fahrt. Vor dem Bahnwärterhäuschen hockte ein müde wirkender Stationsvorsteher, den ich nun fragte: »Entschuldigen Sie, die Postkutsche nach Aspen ...«
    »Ist heute Mittag weg«, murmelte er gelangweilt.
    Damit hatte ich ohnedies gerechnet: »Wann geht die nächste?«

»Wieder zu Mittag. Dieselbe Zeit. Derselbe Tag.«

Ich glaubte, mich verhört zu haben. »Sie meinen … die Kutsche fährt nur einmal in der Woche? Immer am Dienstag zu Mittag?«

Er nickte nur, während ich dastand wie vom Donner gerührt. Ich saß also bis zur Weiterreise eine ganze Woche hier fest? Meine entsetzte Miene weckte offenbar doch sein Mitleid. Er empfahl mir den Saloon, da ich ja wohl einen Platz zum Übernachten brauchte.

Dank seiner Wegbeschreibung fand ich das gesuchte Haus auf Anhieb, es war lediglich ein paar Gassen entfernt.

Der Raum war groß und voller Gäste, hauptsächlich Männer. Es wurde gegessen und getrunken, man unterhielt sich lautstark und spielte Karten. Mir schenkte man beim Eintreten keine Beachtung – durch den nahen Bahnhof war man Fremde gewohnt. Hinter dem Tresen stand eine Frau, die soeben Whisky in einen Becher füllte und ihn einem Gast reichte. Ich schob mich an den Tischen vorbei zu ihr hinüber.

Sie war ähnlich alt wie meine Mutter, gut einen Kopf größer als ich und mindestens dreimal so breit. Ich bin zwar kleiner als die meisten Männer und eher schmächtig, aber ihre Ausmaße waren wirklich beachtlich.

»Hereinspaziert!«, begrüßte sie mich mit einem herzlichen Lächeln, als wäre ich nicht bereits durch den ganzen Raum gewandert.

»Guten Abend«, erwiderte ich dementsprechend irritiert. »Ich suche …«

»… den Herrn des Hauses.«

»Äh, nein. Eigentlich ein Zimmer.«

Ihr Grinsen wurde noch breiter. »Das trifft sich gut. Ich habe umgekehrt eines anzubieten. Klein, fein und sauber, zwölf Dollar pro Nacht, Frühstück gesondert zu bezahlen. Kommen wir ins Geschäft?«

Das klang nach einem stolzen Betrag, aber was wusste ich schon von Herbergspreisen? »Einverstanden.«

Sie starrte mich einen Moment lang an, dann lachte sie schallend. »Na, Sie sind mir ein Komiker! Zwölf Dollar, hat man so was schon gehört. Das Zimmer kostet vier Dollar pro Nacht, Frühstück natürlich inbegriffen.« Während ich das noch verdaute, zog sie ein Buch unter dem Tresen hervor und schob es mir aufgeschlagen hin. »Der Name, wenn ich bitten darf.«

Ich trug ein sorgfältiges ›J. Parker‹ ein. »Zahle ich das im Vorhinein?« Wieder sah sie mich an, als wüsste sie nicht, ob ich es ernst meinte. Ich fürchtete bereits, sie würde erneut lachen. Himmel, wer nie verreiste, durfte sich schon mal anstellen wie der erste Mensch!

»Ja«, erwiderte sie dann so liebenswürdig, als hätte sie meine Gedanken gelesen. Ich fühlte mich plötzlich richtig gut aufgehoben, dabei bin ich wirklich kein Freund neuer Bekanntschaften. »Wissen Sie schon, wie viele Nächte Sie bleiben?«

»Vermutlich mehrere. Die Postkutsche …« Ich brach ab, unsicher, ob sie das überhaupt interessierte.

»Kein Problem«, entschied sie. »Zahlen Sie einfach für drei Nächte, dann sehen wir weiter.«

Sie zog einen Schlüssel heraus, während ich nach der erforderlichen Summe kramte. Da ich sehr hungrig war, fragte ich nach einem Abendessen.

»Natürlich«, erwiderte die Wirtin. »Machen Sie sich einstweilen frisch, ich schicke Ihnen eine Schüssel Wasser hinauf. Bis Sie zurück sind, habe ich etwas Köstliches fertig.«

»Ich würde gern im Zimmer essen, wenn möglich.« Bloß kein Fremder am selben Tisch, der mich in eine Unterhaltung verwickelte!

Ihre Miene wurde etwas strenger. »Nicht möglich«, beschied sie mir. »Kein Kleckern und Bröseln in den Zimmern. Außerdem schmeckt es in Gesellschaft besser.«

Dem stimmte ich keineswegs zu, traute mich jedoch nicht zu widersprechen. Ich mochte den Herrn des Hauses zwar nicht gesucht haben, aber ich hatte ihn gefunden.

Als ich eine Weile später hinunterging, kam mir eine Idee. Ich könnte mich bei der Wirtin nach Maureen und der Familie Buckley erkundigen, vielleicht hatte sie diese seinerzeit gekannt. Von der Erbschaft wollte ich nichts erzählen, das ging nur die Betroffenen etwas an. Aber ich könnte mich als Zeitungsreporter ausgeben, der über die Zirkuskünstler der letzten Jahrzehnte recherchierte. Das klang plausibel – wenn man drüber hinwegsah, dass Reporter üblicherweise gut mit Menschen reden können.

Die Wirtin winkte mich zu sich. »Sehr schön, Reisestaub abgewaschen«, befand sie. »Stört es Sie ganz furchtbar, wenn Sie allein sitzen müssen?« Ich blinzelte verdutzt und sah sie verschmitzt grinsen. »Tja, da steht irgendwie nur ein einzelner Stuhl an dem Tisch. Mir nach!« Sie führte mich zu einem kleinen Tisch in einer Ecke. »Keine Ursache«, wiegelte sie meinen Dank ab und legte mein Besteck auf, während ich Platz nahm. Ich musterte verblüfft den metallenen Becher, den sie dazustellte. »Was glauben Sie, was das an zerbrochenen Gläsern spart?«, nahm sie meine Frage vorweg. »Das Essen kommt gleich. Kann ich sonst noch was für Sie tun?«

»Hm, da wäre tatsächlich etwas.« Ich senkte meine Stimme. »Wissen Sie, ich bin nämlich Reporter und arbeite für eine Zeitschrift.«

»Ach. Was Sie nicht sagen«, meinte sie trocken.

»Ich schreibe an einem Artikel über berühmte Zirkuskünstler, lebende und bereits verstorbene. Unter anderem stieß ich auf eine Dame namens Maureen Hutchinson, die für ihre Entfesselungen berühmt war. Sie zog vor vielen Jahren hierher, damals unter dem Namen Maureen Buckley. Kannten Sie sie vielleicht?«

Ihr Lächeln hatte einer nachdenklichen Miene Platz gemacht. »Maureen Buckley«, wiederholte sie bedächtig, als spräche sie etwas lang nicht mehr Gehörtes aus. »Ja, der Name sagt mir etwas.«

Ich spürte freudige Erregung. Schon wollte ich nachhaken, als ein paar Tische weiter jemand »Winnie!« rief.

Die Wirtin richtete sich auf. »Unterwegs!«, erwiderte sie, ehe sie sich erneut an mich wandte: »Es gibt bessere Momente zum Reden. Morgen Vormittag zum Beispiel. Und nebenbei: Sie sollten ein wenig Konversation als Einleitung betreiben. Nicht mal echte Reporter fallen so mit der Tür ins Haus.« Damit ließ sie mich sitzen.

Ich fühlte mich wie in der Schule auf der Eselsbank. Dann brachte eine junge Frau mein Essen, was mich immerhin ein wenig ablenkte. Verlegen schielte ich zu Winnie und hatte leichte Gewissensbisse. Aber sei's drum, ich brauchte Auskünfte. Sobald mein Auftrag erfüllt war, würde ich die Leute hier nie wieder sehen.

Wobei ein Teil der Gäste gar nicht aus Brackwall stammte, wie mir allmählich klar wurde. An einem nahen Tisch saßen nämlich drei Männer beim Kartenspiel. Zwei von ihnen unterhielten sich über eine geplante Zugfahrt am nächsten Morgen in eine andere Stadt, wo offenbar demnächst ein Pokerturnier stattfand. Ebenso wie etliche andere waren die beiden auf der Durchreise, was bereits ihr weltmännisches Auftreten andeutete. Der dritte Mann am Tisch war jünger und ungepflegter. Er trug einen dichten, hellbraunen Vollbart, und unter seinem Hut ragten zerzauste Haarsträhnen bis an den Mantelkragen. Soweit ich es mitbekam, war er ein Einheimischer, dem die beiden soeben eine spezielle Pokervariante erklärten. Der Bärtige tat sich mit den Regeln schwer, aber die zwei ermunterten ihn, einfach ein Spielchen zu versuchen.

Poker hat mich immer schon fasziniert. Es ist zwar ein Gesellschaftsspiel, aber man bleibt dabei trotzdem für sich. Ich beschloss, nach meiner Mahlzeit in die Partie einzusteigen.

Winnie holte den leeren Teller und ich bestellte noch ein Getränk. »Das Essen war köstlich«, erinnerte ich mich an ihre Aufforderung zur Konversation. »Schaut spannend aus«, deutete ich auf den Nebentisch, »da werde ich mich anschließen.«

Winnie warf einen prüfenden Blick hinüber, als wollte sie die Beteiligten nachzählen. »Nein, das werden Sie nicht, mein Lieber«, widersprach sie leise. Ich starrte sie verdutzt an. »Neuankömmlinge genießen bei mir Welpenschutz. Schauen Sie aus sicherer Entfernung zu.« Damit marschierte sie davon.

Ich fühlte Groll aufsteigen. War ich etwa ein kleines Kind? Ich hatte gute Lust, justament an den Nebentisch zu wechseln. Andrerseits wollte ich Winnie ja morgen ausfragen, also verscherzte ich es mir besser nicht mit ihr.

Die drei Männer waren mittlerweile gut ins Spiel gekommen, obgleich der Bärtige nach wie vor unsicher wirkte. Trotzdem konnte er immer mal wieder eine Runde für sich entscheiden. Langsam, aber beständig wuchs sein Geldhaufen. Es war keine aufregende Partie, dennoch behielt ich sie im Auge, bis das Ganze etwa eine Stunde später endete – mit dem Einheimischen als Gewinner. Seine Mitspieler akzeptierten ihren Verlust gelassen und verzogen sich in Richtung Treppe.

Ehe auch der Bärtige verschwinden konnte, trat ich rasch näher. Ich hatte zu Beginn den Namen dieser Pokervariante verpasst. »Entschuldigung«, begann ich, »eine Frage zu …«

»Was?«, knurrte er abweisend, ohne mich recht anzuschauen.

»Ich interessiere mich für den Namen des Spiels, das Sie da gerade …«

»Poker«, versetzte er grob.

»Nein, ich meine …«

»So, meinen Sie nicht? Verziehen Sie sich, quälen Sie jemand anderen.« Damit drehte er mir endgültig den Rücken zu und ging Richtung Tür.

»Nehmen Sie's ihm nicht krumm«, sagte Winnies gutmütige Stimme neben mir. »Das ist seine Art.«

Ich stand kopfschüttelnd da. »So schlechte Laune, obwohl er gerade gewonnen hat? Wenngleich das wohl eher Anfängerglück war.«

Winnie räumte den Tisch ab. »Mr. Morgan ist kein Anfänger. Und mit Glück hat das nichts zu tun.«

Ich begann zu begreifen: »Er ist in Wirklichkeit ein geübter Spieler? So gut, dass er sich nicht auf sein Glück verlassen muss?«

»Das sowieso. Aber er ist kein glücklicher Mensch.« Sie ging zum Tresen, während ich das sickern ließ. Ich spielte mit einigen Münzen in meiner Tasche und ahnte, dass jetzt nichts mehr dort klimpern würde, hätte ich Winnies Rat vorhin ignoriert.

Während der Anreise hatte mir gegraut vor all den Gesprächen, die für meine Nachforschungen erforderlich waren. In Winnies Fall waren die Sorgen unnötig gewesen, die Unterhaltung fühlte sich nicht wie ein Krampf an.

Allerdings servierte mir am nächsten Morgen ein Mädchen das Frühstück mit der Nachricht, dass Winnie noch rasch etwas erledigte. Daher ließ ich mir den Weg zum Postamt erklären, verständigte Ronald und meine Mutter per Telegramm von meiner guten Ankunft in Brackwall und klopfte danach an die Tür des hiesigen Sheriffs.

Jonathan Pitt war ein kräftiger Mann mit feuerroten Haaren und sah eher wie ein Handwerker aus, nicht wie ein Gesetzeshüter.

Auf meine Begrüßung plauderte er munter drauflos: »Ah, mit Quartier im Saloon sind Sie bestens bedient. Winifred Saunders ist eine prachtvolle Person, hält den Laden tüchtig am Laufen. Muss sie auch, so wie ihr Mann mithilft – also eben gar nicht.« Er lachte dröhnend.

Ich lächelte pflichtbewusst, dann begann ich: »Sheriff, ich arbeite für eine Zeitung …« Das ließ sein Gelächter verstummen, er setzte sich zurecht und wirkte plötzlich diensteifrig. »Ich recherchiere für einen Artikel und habe ein paar Fragen zu einer Dame namens Maureen Buckley, bei denen Sie mir weiterhelfen können.« Er runzelte die Stirn, jetzt schien er verwirrt. »Vielleicht kannten Sie sie als Maureen Hutchinson? Sie und ihre Familie wohnten früher hier, ehe sie nach Aspen zogen.«

Nun fiel der Groschen. »Ah, jetzt hab ich's! Buckley, Aspen. Da war doch erst vor einigen Monaten ein Telegramm … Moment mal, waren Sie das?«

Ich schüttelte rasch den Kopf, schließlich wollte ich die Erbschaft nicht erwähnen. Zum Glück verfolgte der Sheriff das Thema nicht weiter.

»Jedenfalls erkundigte sich jemand nach Mrs. Buckley. Ich hatte zunächst keine Ahnung, wer sie war. Dachte mir aber gleich, sie muss vor meiner Zeit in Brackwall gelebt haben. Ich kam erst vor etwa fünf Jahren hierher. Also machte ich mich bei geeigneter Stelle schlau. Diese Dame wohnte tatsächlich vor etlichen Jahren hier. Im Telegramm stand auch der vollständige Name ihres Ehemanns – Clive Buckley oder so. Ihn kannte ich sogar, jedenfalls aus den Geschichten über ihn. Nur eben unter anderem Namen.« Er machte eine regelrechte Kunstpause, ehe er verkündete: »Sir Buck!«

Das erwischte mich unvorbereitet. »Sir Buck?« Es klang wie der Name eines Ritters.

»Der Pferdekönig!«, ergänzte der Sheriff strahlend wie jemand, der die ersten Zeilen eines bekannten Liedes anstimmt und sich nun begeisterte Mitsänger erwartet. Ich wiederum fragte mich, ob wir beide überhaupt dieselbe Sprache benutzten. Irgendwann ging auch ihm auf, dass ich völlig neben der Spur stand. »Lassen Sie mich raten, Sie haben keine einzige der Geschichten gehört? Hm, Sie sind ja nicht aus der Gegend ...«

Wenn er so weitermachte, saßen wir noch hier, wenn im Saloon wieder Hochbetrieb war. »Sheriff, tun wir einfach so, als hätte ich keine Ahnung von irgendwas. Wen meinen Sie mit ›Sir Buck‹ und dem ›Pferdekönig‹?«

Er gab sich merklich Mühe. »Mr. Buckley war Pferdehändler. Zumindest offiziell. Aber sagen wir so: Nicht alle Pferde, die er verkaufte, hat er vorher *ge*kauft.«

»Ein Pferdedieb also?«, hakte ich verdutzt nach.

»Und wie. Richtig groß im Gewerbe, was ich so hörte. Wie gesagt, das war lange vor meiner Zeit hier. Aber die Erzählungen über Sir Buck – so nannte man ihn allerorts – sind weit gereist. Deshalb verpasste man ihm ja ›Pferdekönig‹ als Spitznamen.«

»Das heißt, es war allgemein bekannt, dass er Pferde stahl?« Was er sagte, klang eher unglaubwürdig.

»Man vermutete es bloß. Er hat die Pferde nicht hier in der Gegend geklaut. Vielmehr stehlen lassen, von Mittelsmännern. Man konnte ihm nie was nachweisen. Er selbst behauptete, er hätte sie auf weit entfernten Pferdemärkten erstanden. Dann kümmerte er sich gut um die Tiere und verkaufte sie gewinnbringend weiter. Offiziell ein höchst erfolgreicher Pferdehändler. Hier in Brackwall betrieb er das Ganze noch auf kleiner Flamme. Wirklich groß zog er die Sache erst in Aspen auf. Dort lebte er nur ein paar Jahre, aber die reichten aus, ihm einen echten Ruf zu verschaffen.«

»Noch mal langsam zum Mitschreiben«, bat ich und bemerkte zu meinem Schrecken, dass ich als ›Reporter‹ keinen Notizblock dabeihatte. Gott sei Dank stieß der Sheriff sich nicht daran. »Maureen Hutchinson heiratet Mr. Buckley. Die beiden leben hier in Brackwall, während Buckley sein Geschäft als Pferdehändler – oder Pferdedieb – betreibt. Nach seinem Umzug nach Aspen zieht er das Ganze im großen Stil auf, aber so geschickt, dass man ihm trotzdem nichts anhaben kann. Verstehe ich das richtig?«

Der Sheriff nickte eifrig.

Ich rief mir die Jahreszahl ins Gedächtnis, die Ronald erwähnt hatte. »Buckley oder Sir Buck zog 1877 von Brackwall nach Aspen, nach dem Tod seiner Frau. Woran starb sie eigentlich?«

Der Sheriff runzelte die Stirn. »Ich hörte was von einem Unfall. Ein scheuendes Pferd, glaube ich ... Ich weiß es nicht mehr.«

»Und die Kinder?« Allmählich kam ich ins Fragen rein. Man musste bloß den Anfang finden und dann dranbleiben. »Als Buckley aus Brackwall wegzog, gab es doch ein paar Kinder?« Ich bemühte mich, nicht nervös den Atem anzuhalten. Jetzt wurde es spannend. Hoffentlich waren Maureens und Cliftons Sprösslinge nicht allzu zahlreich, dafür bodenständig und wohnten in greifbarer Reichweite.

»Sie haben gut vorgearbeitet«, stellte der Sheriff fest. »Es gab tatsächlich zwei Kinder: Daniel und Jules. Nach dem Tod ihrer Mutter zogen sie natürlich mit dem Vater nach Aspen. Tja, aber als Kinder des Pferdekönigs ... Sie gerieten leider auf die schiefe Bahn, als er starb.«

Ich ließ Mr. Buckley vorerst beiseite, mir ging es um die beiden Söhne. »Sie wurden auch Pferdediebe?«

»So was in der Art, jedenfalls wurden sie per Steckbrief gesucht. Stanley Cooper brennt nach wie vor darauf, Daniel Buckley zu schnappen.«

»Wer ist Stanley Cooper?«, hakte ich instinktiv nach.

»Der Sheriff von Aspen. Schon seit ... puh, mindestens zwanzig Jahren. Hat seinerzeit Himmel und Hölle in Bewegung gesetzt, um Sir Buck das Handwerk zu legen. Und ist bis heute hinter dem Sohn her.«

»Warum nur hinter Daniel? Was ist mit Jules?«

»Jules Buckley starb vor fünf Jahren«, erklärte Mr. Pitt, und ich hustete regelrecht vor Schreck. Was war bloß mit diesen Buckleys los? Sie starben wie die Fliegen. »Das war kurz vor meinem Amtsantritt hier. Deshalb erinnere ich mich noch an den Vornamen und den des Bruders. Ich hab's nicht so mit Namen, darum war ich auch zunächst komplett verloren, als dieses Telegramm kam.« Er zuckte mit den Schultern. »Seinerzeit im Saloon wurde drüber geredet, was mit Jules passiert war. Getötet bei einer Schießerei, wenn ich mich nicht irre. Eine üble Geschich–«

In diesem Moment klopfte es. Ein Mann trat ein und meldete einen Diebstahl am Bahnhof. Sheriff Pitts leutselige Miene wich geschäftigem Eifer. Schon war er auf den Beinen, als mir einfiel: »Eins noch: Bei welcher ›geeigneten Stelle‹ erkundigten Sie sich, als dieses Telegramm eintraf?«

Er grinste bis über beide Ohren. »Bei der zuverlässigsten Quelle in ganz Brackwall natürlich: Winnie Saunders.«

The Faerie Queene

Ich spazierte langsam zum Saloon zurück. Maureen Buckley war mit einem Pferdedieb verheiratet gewesen. Was bedeutete das wohl für die Erbschaftssache? Und der überlebende Sohn war ebenfalls ein Gesetzesbrecher, zumindest laut Mr. Pitt. Dass ausgerechnet Winnie den Sheriff aufgeklärt hatte, überraschte mich keineswegs. Hingegen verblüffte mich gewaltig, wie leicht mir das Fragenstellen gefallen war. Schon dass ich den Mund aufbekam, war eine kleine Sensation.

Winnie lehnte im leeren Saloon am Tresen und machte eine Abrechnung. Sie grinste mir entgegen. »Zurück vom Sheriff? Mia sagte mir, Sie haben nach dem Weg gefragt.«

Ich nickte. »Er hat mir einiges erzählt. Und mir erklärt, von wem er sein Wissen hat.«

Sie schien sich geschmeichelt zu fühlen. »Ja, man hört allerlei, wenn man viele Leute trifft.«

»Aber kannten Sie Maureen persönlich? Beziehungsweise die Familie Buckley?«

»Eher flüchtig. Mr. Buckley war zwar in Brackwall aufgewachsen und die Familie wohnte dann – lassen Sie mich überlegen – gut dreizehn Jahre hier, aber am anderen Ende der Stadt. Wobei ich sie manchmal auf der Straße traf. Die Kinder waren reizend, grüßten stets freundlich. Es war wirklich ein furchtbares Unglück, das mit ihrer Mutter.«

Ich hakte rasch ein: »Wie starb Maureen denn?«

»Es war ein Unfall auf der Straße. Ein vorbeifahrender Wagen mit schweren Holzscheiten kippte um und die Ladung stürzte auf sie.« Winnie schüttelte mit ernster Miene den Kopf. »Offenbar war sie sofort tot. Ich sage immer, es ist eine Gnade, wenn es schnell geht. Mir taten die Kinder so leid. Ich sah sie beim Begräbnis. Jules war erst acht Jahre alt. Ich weiß es noch genau, ich fragte nämlich nach. Daniel war zwölf, aber Jules wirkte so jung, es war herzzerreißend ... Danach ging ich zu Mr. Buckley und fragte, ob er Hilfe braucht. Gerade mit den Kindern. Er bedankte sich höflich und meinte, er wolle niemandem zur Last fallen und würde vermutlich ohnehin aus Brackwall wegziehen. Was er kurz darauf auch tat.«

Ich überlegte, wie ich es am besten formulierte, wahrscheinlich geradeheraus. »Wussten Sie, dass er ein Pferdedieb war?«

»Selbstverständlich«, sagte Winnie, als wäre es die natürlichste Sache der Welt, dass jemand Pferde stahl und die ganze Stadt darüber informiert war. »Doch er war auch ein liebevoller Vater und hatte soeben seine Frau verloren. Er sorgte immer wunderbar für seine Familie. Nicht auf legale Weise, das ist schon wahr.« Sie seufzte. »Und letztlich kostete es ihn ja den Hals.«

»Man hat ihn gehängt?«

»Das hätte dem Sheriff von Aspen sicher gefallen«, erwiderte sie grimmig. »Stanley Cooper ... Hier in Brackwall betrieb Mr. Buckley seinen Pferdehandel damals eher unauffällig. Man ahnte, dass nicht alles mit rechten Dingen zuging, aber man konnte ihm nichts nachweisen. Er zahlte brav seine Steuern und hatte die besten Pferde im weiten Umkreis anzubieten. Leben und leben lassen, Sie verstehen? Aber in Aspen lag die Sache anders. Ich werde nie begreifen, weshalb er ausgerechnet dorthin zog. Sheriff Cooper steckte es sich persönlich zum Ziel, Mr. Buckley an den Galgen zu bringen. Und er hat ihn gekriegt: Clifton Buckley wurde in eine Falle gelockt und erschossen.«

Ich musste schlucken. »Wissen Sie ungefähr, wann das war?«

»Drei Jahre nach Maureens Tod«, erwiderte Winnie so prompt, dass ich sie verblüfft anstarrte. »Ich habe es mir gemerkt, weil ich gleich wieder an die Kinder dachte. Jules war damals elf. Gut, Daniel war fünfzehn, fast ein Mann. Aber mit elf schon Vollwaise ...«

»Sheriff Pitt erzählte, sie wären auf die schiefe Bahn geraten.«

Sie nickte, in Gedanken versunken. »Sie verließen Aspen nach dem Tod ihres Vaters. Soweit ich hörte, schlugen sie sich mit kleinen Gaunereien durch. Irgendwann hieß es auch, sie hätten sich Räubern angeschlossen und wären sogar nach Aspen zurückgekehrt. Das war aber erst Jahre später.«

»Der eine Sohn starb vor fünf Jahren, richtig? Mr. Pitt hat es erzählt.«

Sie blickte überrascht auf. »Jon Pitt sagte Ihnen, dass Daniel vor fünf Jahren gestorben wäre?«

»Nein, der andere Sohn. Jules Buckley.«

Kurz wirkte Winnie irritiert, dann huschte unerwartet ein Lächeln über ihr Gesicht. »Da haben Sie was missverstanden. Wir sprechen von einem Sohn und einer Tochter. Jules – Julia Buckley. Ja, sie starb vor fünf Jahren ebenfalls. Es ist eine Tragödie, diese Familie.«

Ihren letzten Satz hörte ich nur mit halbem Ohr. Ich kam mir wie ein Narr vor. Doch der Name Jules war wirklich irreführend. Immerhin erklärte es, weshalb dauernd von Kindern die Rede war und nicht gleich von Söhnen. »Aber Sheriff Pitt meinte, Jules – oder Julia – wäre bei einer Schießerei gestorben.«

»Das hat er falsch in Erinnerung«, erklärte Winnie. Ich nickte – natürlich, was hätte ein Mädchen in einem Feuergefecht zu suchen? »Da war eine Schießerei. Doch Jules wurde danach verhaftet und starb erst im Gefängnis in Aspen. Oder nein, warten Sie, wie war das noch mal …?«

»Aber wenn wir von einem Mädchen reden«, beharrte ich, »wieso war sie in eine Schießerei verwickelt?«

Winnie sah mich mit hochgezogenen Brauen an. »Was denn? Glauben Sie etwa, ein Mädchen versteht nichts von Revolvern? Ich kann auch mit einer Waffe umgehen, so ist das nun mal hier. Und Sie, hatten Sie je ein Schießeisen in der Hand?« Ich konnte nur treuherzig den Kopf schütteln. »Na, sehen Sie«, stellte sie fest und kam zum eigentlichen Thema zurück. »Ich fürchte, ich kann Ihnen nichts Näheres zum Tod von Jules erzählen. Ich wollte es gar nicht genau wissen.«

Es tat mir leid, weiter in ihren traurigen Erinnerungen herumzustochern, aber der wesentliche Punkt war noch offen: »Was ist mit Daniel Buckley? Er ist noch am Leben, ja? Mr. Pitt meinte, dass dieser Sheriff aus Aspen ihn sucht.«

Ihre Miene verdüsterte sich. »Stanley Cooper ist ein Bluthund. Er will diese arme Familie unbedingt bis zum Letzten auslöschen. Er ist schuld

am Tod des Vaters, mitverantwortlich für den der Tochter und jetzt will er den Sohn am Galgen sehen. Ja, soviel ich weiß, ist Daniel am Leben.«
»Wo könnte ich ihn finden?«
Winnie musterte mich schweigend. Vielleicht überlegte sie, wie man auf die dümmste aller Fragen eine halbwegs intelligente Antwort gab. »Sie können ihn nicht finden. Genauso gut hätten Sie es seinerzeit darauf anlegen können, Billy the Kid zu treffen. Wie wollen Sie an jemanden herankommen, der von Gesetzes wegen gesucht wird?«
Ich stand mit hängenden Schultern da. Sie brachte es perfekt auf den Punkt. Ich wusste nun exakt, wen ich finden musste, doch die Erfolgsaussichten standen schlecht. Maureen Hutchinsons einziger lebender Nachfahre wurde als Verbrecher gejagt. Er würde sicher nicht gemütlich herumsitzen und warten, dass ich mit meiner Botschaft angetrabt kam. Aber durfte ich deshalb gleich die Flinte ins Korn werfen? Ronald würde mich postwendend zurückschicken, wenn ich ihm meine bisherigen Erkenntnisse präsentierte. Ich hatte nicht einmal einen Beweis, bloß Geschichten und Gerüchte. Und wer weiß, wenn ich erst nach Aspen gelangte – vielleicht ergab sich eine Möglichkeit, Daniel Buckley aufzuspüren? Ich musste es wenigstens probieren.
Ich sah in Winnies freundliches Gesicht und hatte unvermutet Bedenken, die mir einen Tag zuvor noch fern gelegen wären. »Würde es Sie ... kränken, wenn ich trotzdem nach Aspen fahre und mit diesem Sheriff Cooper rede? Vielleicht ...«
»Aber wo, tun Sie das! Cooper kann Ihnen bestimmt einiges sagen über jene Zeit, als die Buckleys dort lebten. Sie müssen nur jedes seiner Worte auf die Goldwaage legen. Und passen Sie auf, dass er Sie nicht frisst.« Es klang launig, doch fast realistisch. »Sie sind ein guter Junge, Mr. J. Parker. Löblich, dass Sie fragen.«
Nun war mein schlechtes Gewissen erst recht geweckt. »Es ... tut mir leid, dass ich Sie gestern angeschwindelt habe. Sie haben es natürlich erraten, ich bin kein Reporter.«
»Sie wären aber ein guter. Sie sind interessiert und stellen passende Fragen.« Seltsamerweise forschte sie ihrerseits nicht nach, weshalb ich mich

mit der Familie Buckley beschäftigte. »Bei Cooper könnten Sie als vermeintlicher Reporter durchaus Erfolg haben. Packen Sie ihn bei seiner Eitelkeit.«

»Danke für den Rat.«

»Keine Ursache, ich setze ihn auf die Rechnung. Und ich habe gleich noch einen, wenn Sie nach alten Bekannten der Buckleys suchen: Gehen Sie zu Frank MacDougray. Sie finden keinen in Brackwall, der Ihnen mehr über die Familie sagen kann.« Diese Frau war unbezahlbar, das Beste hatte sie sich für den Schluss aufgehoben. »Er wohnt in einer Hütte in den Bergen oberhalb der Stadt. Mit dem Pferd brauchen Sie eine halbe Stunde. Grüßen Sie ihn von mir.« Sie griff nach ihrem Stift. »Und sollte er Ihnen Geld aufdrängen wollen für den Honig – kommt nicht in Frage, der war ein Geschenk.«

Ich ließ mir den Weg zur Hütte genau beschreiben und einen Pferdehändler nennen, bei dem ich ein Tier ausleihen konnte – hoffentlich kein gestohlenes, nach all den Geschichten heute.

Sobald ich die letzten Häuser von Brackwall hinter mir ließ, führten schmale Pfade zwischen Gestein und Baumgruppen bergauf. Nach einer Weile wand sich der Weg zwischen ein paar Felsen hindurch auf eine freie Fläche, und ich sah ein kleines Häuschen vor mir, ebenerdig und aus Holz gebaut. Auf einer Seite befand sich ein einfacher Stall, auf der anderen führte ein schmaler Steig weiter hinauf in die Berge. Ein hagerer Mann stand beim Stall, auf einen Gehstock gestützt, und legte Holzscheite von einem Stapel in einen Korb. Aufmerksam sah er mir entgegen, während ich absaß und mit dem Tier am Zügel näherkam.

Er war alt, richtig alt, wahrscheinlich an die achtzig. Sein Gesicht war von unzähligen Runzeln übersät, die sich nun in freundliche Lachfalten legten. Ich hätte eher erwartet, dass er hier in der Einöde erst einmal ein Gewehr hob, aber er tat nichts dergleichen. Während ich noch haderte, wie ich ihn am besten ansprach, kam er mir zuvor: »Einen wunderschönen guten Tag.«

»Guten Tag«, erwiderte ich erleichtert. »Sind Sie Mr. MacDougray?«

»Frank MacDougray, allerdings.« Er bot mir seine Hand an. »Mit wem habe ich das Vergnügen?«

»Parker«, sagte ich und bemerkte verblüfft, dass sein Händedruck ziemlich fest war. So viel Kraft hatte ich keineswegs in dem ausgemergelten Körper vermutet. Tiefe Schatten unter den Augen ließen den Alten kränklich wirken und gelegentlich wurde er von einem Husten geschüttelt – auch in diesem Moment, aber er fing sich rasch wieder.

»Nur Parker?«

»Ja, Parker reicht.« Das ist mir persönlich genug. Mag es unfreundlich wirken, damit kann ich leben.

Der alte Mann nahm es gutmütig hin. »Was führt Sie zu mir, Mr. Parker?«

»Eine gute Wegbeschreibung von Winnie Saunders. Mit besten Grüßen übrigens. Ich brauche ein paar Auskünfte und Winnie meint, niemand in Brackwall weiß mehr über die Familie Buckley als Sie.«

Der Name wirkte wie ein Zauberwort. MacDougray zuckte zusammen. »Buckley«, flüsterte er so behutsam, als könnte er womöglich einen seltenen Vogel verscheuchen, der endlich auf seiner Hand landete. »Das weckt tatsächlich Geister der Vergangenheit …« Er hustete wieder. »Kommen Sie doch herein, junger Freund.« Er bückte sich nach dem Korb.

»Lassen Sie mich helfen«, bot ich an.

Er lächelte. »Sehr liebenswürdig, danke. Sie können Ihr Pferd im Stall anbinden.«

Ich folgte ihm mit dem Korb zum Haus hinüber. Der alte Mann tat sich schwer beim Gehen, reiten konnte er bestimmt nicht mehr. Ich fragte mich, weshalb er nicht in der Stadt wohnte und wie er sich hier oben wohl mit Vorräten versorgte. Beim Eintreten bückte er sich nach einem Kübel und stellte ihn nach draußen, wie für den Milchmann. Ich kam nicht dazu, mich darüber zu wundern, denn als ich über die Schwelle trat, stockte mir jäh der Atem.

Es war sagenhaft. Gigantisch. Wie das Paradies oder ein Märchenwald oder das Schlaraffenland, eigentlich all das gemeinsam. So etwas hatte ich noch nie in einer Wohnung oder einem Haus gesehen, nicht einmal im Laden des Buchhändlers. Und es kam so unerwartet, hier in dieser Hütte in den Bergen. Ich weiß nicht, ob meine Augen größer waren oder mein Mund. Ich merkte erst nach einer Weile, dass ich mauloffen dastand. MacDougray nahm mir den Korb wohl aus der Hand, aber ich bekam es nicht mit. Ich sah nur die Bücher, die ringsum die Wandregale füllten. Es mussten mehrere hundert sein. Viele steckten in gleichartigen Schutzumschlägen. Als ich nach einer halben Ewigkeit endlich Luft holte, roch ich die Tausenden und Abertausenden von Seiten rund um mich. Wäre die Welt draußen in Trümmer gesunken und nur dieser Raum und ich hätten überlebt – ich wäre auf Jahre hinaus ein glücklicher Mensch gewesen, dem es an nichts fehlte.

MacDougray trat neben mich. Ich konnte den Kopf nicht von den Regalen abwenden, aber ich hörte das Strahlen in seiner Stimme: »Sie mögen Bücher.«

Erst brachte ich nur ein stummes Nicken zuwege und dann: »Das sind ... so viele ...«

Keine besonders geistreiche Feststellung, doch er nahm sie wohlwollend auf. »Sehen Sie sich ruhig um.« Es klang, als würde ein liebevoller Vater seine Kinderschar präsentieren.

Wie unter einem Bann trat ich an eines der Regale und ließ die Hand über die Buchrücken gleiten. Ich konnte es richtig spüren – ein Kribbeln unter meinen Fingerspitzen, als würden all die Buchstaben hinter den Deckeln durcheinanderhuschen, sich zu vielfältigen Geschichten zusammenfinden und nur auf ihre Entdeckung warten. Als flöge ich über eine wunderbare Landschaft, in der wie goldene Burgzinnen die Titel auf den prachtvollen Schutzumschlägen glänzten: *Große Erwartungen*, *Gullivers Reisen*, *Moby-Dick* und ...

»*Die drei Musketiere*!«, entfuhr es mir begeistert.

MacDougray kam vom Tisch herüber, wo er gerade ein paar Teetassen abgestellt hatte, und zog das Buch heraus. Als er es öffnete, fiel mein Blick auf das Exlibris innen im Deckel. Kunstvoll verschnörkelt standen dort die Buchstaben FMD.

»Ich fand es immer traurig, dass sie am Ende doch noch stirbt, die arme Constance Thénardier«, meinte er.

»Bonacieux«, widersprach ich prompt. Dann wurde mir bewusst, dass ich einen Mann korrigierte, der gut fünfzig Jahre älter war als ich. »Verzeihen Sie, aber ... Thénardier ist der Wirt in *Les Misérables*.«

»Heißt der nicht Passepartout?«

Ich war verwirrt, sollte das ein Witz sein? »Nein, der macht eine *Reise um die Erde in 80 Tagen*.«

»Gemeinsam mit seinem Herrn Edmond Dantès«, ergänzte er.

Nun begriff ich. »Der wiederum war *Der Graf von Monte Christo*.«

»Dessen Erlebnisse uns Robert Walton gekonnt überliefert.«

»Der erzählt die Geschichte von *Frankenstein*.« Wieso war so was nie in der Schule geprüft worden?

»Und seiner Gattin Guinevere.«

»Da hätte *König Artus* bestimmt Einspruch erhoben.« Jetzt wollte ich selbst das Ruder übernehmen. »Und ähnlich streng reagiert wie Tante Polly.«

»Die hat mit den *Abenteuern des Tom Sawyer* schon genug zu tun.«

Ob er wohl auch neuere Bücher in seinem Repertoire hatte? »Sonst endet es mit dem womöglich wie mit Dorian Gray.«

Er war perfekt vorbereitet. »Tom wäre nie lang genug stillgesessen für ein Porträt.«

Ich zog mein As. »Ganz anders als Sherlock Holmes.«

Darauf trat eine Pause ein. Dann sagte er: »Jetzt haben Sie mich erwischt, junger Mann. Wollen wir nicht Platz nehmen?« Er deutete so liebenswürdig Richtung Tisch, dass ich mich wehen Herzens von den Bücherregalen losriss.

Diesmal versuchte ich es gar nicht erst mit meinem Märchen vom Reporter. Ich sagte MacDougray ehrlich, dass ich Nachkommen von Maureen Hutchinson suchte und dass es um eine Erbschaft ging – wenngleich ich die Höhe dieser irrwitzigen Summe für mich behielt.

MacDougray rührte gedankenverloren in seinem Tee. »Maureen Hutchinson«, murmelte er. Er sprach bedächtig – ein Mann, der sich seine

Worte stets gut überlegt. »Heute kennt niemand mehr ihren Namen. Aber vor fast dreißig Jahren war sie richtig berühmt. Die Zuschauer standen Schlange, um sie zu sehen. Sie befreite sich aus jeder Fessel, sie knackte jedes Schloss. Manche hielten es beinahe für Hexerei. So kam ihr Künstlername zustande: Le Fay.«

»Le Fay«, wiederholte ich. Das also hatte Ronald auszusprechen versucht, als er den Zeitungsartikel vorlas. »Die Fee ... Wie in *The Faerie Queene*.«

Er schmunzelte. »Eher Zauberin als Fee. Genauer gesagt, eine Zauberin und ein König.«

Erst dachte ich, er meinte den »Pferdekönig« Clifton Buckley. Dann allerdings bemerkte ich seine verschmitzte Miene und rief mir *The Faerie Queene* ins Gedächtnis – kam da nicht ebenfalls ein König vor? »Es ist eine Weile her, seit ich das Buch las«, erklärte ich entschuldigend.

Er sah mich nachdenklich an. »All die wundersamen Sagen aus dem alten Britannien – man kann sie gar nicht oft genug lesen.«

So gern ich über Bücher plaudere, ich wollte beim Thema bleiben. »Als Maureen Mr. Buckley heiratete, beendete sie ihre Karriere beim Zirkus.«

»So ist es. Sie haben sich hier in Brackwall niedergelassen. Clifton war dreiundzwanzig, nur ein Jahr älter als sie. Er bat mich zum Trauzeugen, es war mir eine Ehre. Ich hätte alles für ihn und seine Familie getan. Er hatte mir einige Jahre zuvor das Leben gerettet – als damals mein Pferd durchging und wie von Sinnen die Schlucht entlangraste, da war er plötzlich neben mir ... Ja, Clifton konnte mit Pferden umgehen wie kein zweiter. Eben dieses Geschick brachte ihn auch mit Maureen zusammen. Immerhin wuchsen sie tausende Meilen voneinander entfernt auf. Dann veranstaltete ein reicher Pferdebesitzer einen Wettbewerb, genau in der Stadt, in der Maureens Zirkus gerade Station machte. Wie ein Rodeo, bloß im Osten. Eines der Flugblätter verirrte sich zufällig nach Brackwall. Da musste Clifton natürlich hin, mochte es noch so weit weg sein. Und er hat alles gewonnen – den Wettbewerb, das Preisgeld ... und das Mädchen.«

»Das halbe Königreich und die Hand der Prinzessin«, murmelte ich, und er nickte lächelnd. »War sie das? Eine Prinzessin?«

»Nein. Sie war ein Kobold. Quirlig und drahtig, voll Lebensfreude. Eine Künstlerin und zugleich ein geselliger Kamerad. Warmherzig, hinreißend, übersprühend von Ideen. Ein Mädchen, mit dem man Pferde stehlen konnte. Und ihr Herz eroberte justament ... ein Pferdedieb.«

»War es denn so unpassend?«, warf ich ein. »Ich stelle ihn mir wie einen schneidigen Piraten vor, verwegen, draufgängerisch ...«

»Nein, Clifton war alles andere als das. Er war ein Gentleman. Ein hochanständiger Mensch.«

»Ein anst...« Ich war verwirrt. »Moment, er war doch ein Pferdedieb!«

»Ich behaupte ja nicht, dass er gesetzestreu war. Aber er war aufrichtig. Ein Ehrenmann. Ruhig, hilfsbereit und höflich. Ja, er stahl Pferde. Aber wenn man ihm beim Krämer irrtümlich zu viel Wechselgeld herausgab, berichtigte er das. Wenn er Ungerechtigkeiten bemerkte, tat er etwas dagegen. Er war kein Heiliger und kein Held, aber er war ein guter Mann. Es ist eine Schande, dass er mit kaum vierzig Jahren starb. Er war die perfekte Ergänzung für Maureen. Kein Abenteurer, aber er wäre für seine Frau und die Kinder bis ans Ende der Welt geritten. So meine ich das: Er war ein anständiger Mensch. Mit einem unehrlichen Gewerbe. Es hat schon seinen Grund, dass man ihn ›*Sir* Buck‹ nannte. Im Grunde seines Herzens war er ein Ritter. Er wollte niemals jemandem Schaden zufügen. Und falls Sie jetzt denken: ›Was ist mit denjenigen, deren Pferde er stahl?‹ Das waren beileibe keine armen Teufel. Reiche Gutsbesitzer, die ihre Tiere schlecht behandelten. Clifton stahl niemals Pferde, die ihren Herren am Herzen lagen.« Er rührte in seiner vollen Tasse, der Tee musste längst kalt sein. »Und dann geschah dieses grauenhafte Unglück ... Hat man Ihnen erzählt, wie Maureen starb?« Ich nickte stumm. »Dann ersparen Sie mir, es zu wiederholen.«

Ich wollte ihm über die traurige Erinnerung hinweghelfen: »Danach zog Mr. Buckley mit den beiden Kindern nach Aspen.«

Sein Lächeln kehrte zurück. »Entzückende Kinder, die beiden. Sie nannten mich Mac. Das dürfen Sie auch, junger Freund. Daniel war ein Jahr nach der Hochzeit geboren worden, er muss jetzt siebenundzwanzig sein. Jules kam vier Jahre später, sie ... wäre jetzt dreiundzwanzig. Ihre

Geburt war nicht leicht, letztlich ging zum Glück alles gut. Maureen war eine hervorragende Mutter, obwohl sie selbst wie ein halbes Kind wirkte. Daniel war eher still, verantwortungsbewusst. Jules war die Lebhafte. Sie kamen nach ihren Eltern. Ich wünschte so sehr, ich hätte nach dem Unfall mehr für sie und meinen Freund tun können, als nur Trost zuzusprechen. Aber Clifton wollte nicht in Brackwall bleiben, wo ihn alles an Maureen erinnerte. Deshalb zog er nach Aspen. Sie wissen, wo das liegt?«

»Ich weiß, dass es eine Fahrt von einigen Tagen mit der Postkutsche ist.« MacDougray – Mac – nickte. »Aspen liegt auf der anderen Seite der Berge. Mit der Kutsche dauert es etliche Tage, zu Pferd etwas weniger. Clifton brachte buchstäblich einen Berg zwischen sich und seine alte Heimat. Leider auch zwischen ihn und mich. Daher sahen wir uns in den folgenden Jahren selten. Aber der Kontakt riss nie ab. Wir besuchten einander regelmäßig, üblicherweise ritt ich zu ihnen.«

»Hat …« Die Frage erschien mir unpassend. »Hat Clifton Buckley je überlegt, wieder zu heiraten?«

»Nein«, sagte Mac schlicht. »Und für einen alleinstehenden Vater schlug er sich wacker. Ich hatte nie den Eindruck, dass es den Kindern an etwas fehlte. Maureens Tod hinterließ eine tiefe Wunde, aber dank Clifton kamen sie allmählich darüber hinweg. Sie hatten immer noch ihren Vater, und sie hatten einander. Ich habe selten Geschwister erlebt, die sich näherstanden als Daniel und Jules. Ich will mir gar nicht vorstellen, wie es sonst weitergegangen wäre, als …« Er atmete tief durch. »Als dann die Sache mit ihrem Vater passierte.«

Ich wünschte fast, er wäre nicht so rasch dort angelangt. Seine Worte hatten Maureen und Clifton regelrecht zum Leben erweckt, und nun verlor ich sie schon wieder.

Aber unser Gespräch wurde ohnedies unterbrochen, indem die Haustür geöffnet wurde. Ich erkannte den Ankömmling auf den ersten Blick: Es war der griesgrämige Mr. Morgan, der mich gestern im Saloon so rüde abgefertigt hatte. Ich starrte ihn verdattert an – was hatte ausgerechnet dieser bärbeißige Kerl in der Hütte des umgänglichen MacDougray zu suchen?

»Schön, dich zu sehen«, meinte Mac erfreut. Überrascht bemerkte ich eine deutliche Veränderung: Er hatte sich aufgerichtet, seine Stimme klang fester. Es wirkte fast, als nähme er bei Morgans Anblick seine Kraft zusammen. »Ich nehme nicht an, dass ihr euch bereits begegnet seid?«

»Doch«, murmelte ich, während Morgan etwas wie »Sind wir.« knurrte. Mac schaute zwischen uns hin und her. »Oh«, stellte er heiter fest. »Und ihr habt euch auch schon unterhalten.«

Ich fand die Situation ebenso wenig witzig wie meine Begegnung mit Mr. Morgan am Vortag. Ihm ging es wohl ähnlich. Er hob einen Sack. »Ich habe Bohnen mitgebracht«, wandte er sich an Mac. »Und Maiskolben. Der Krämer bereitet eine Kiste mit Konserven vor, die hole ich morgen.«

»Danke, Paul«, erwiderte Mac. »Lass ruhig, ich bringe den Sack selbst in die Vorratskammer.«

Morgan schüttelte unwillig den Kopf, grummelte »So weit kommt's noch!« und trug den Sack auf eine der rückwärtigen Türen zu.

Ich war von der Situation überfordert. Sollte ich das Gespräch erneut aufnehmen oder warten, ob Mac es tat?

Zum Glück ergriff er das Wort: »Vielleicht reiten Sie besser zurück nach Brackwall. Bitte verzeihen Sie, wenn ich Sie so abrupt hinauswerfe, in den Bergen bricht die Dämmerung recht schnell herein. Aber falls Sie morgen nichts anderes vorhaben, würde ich mich freuen, wenn Sie wieder vorbeischauen.«

Es knallte, als Morgan heftig die Tür der Vorratskammer schloss. Ohne mich eines Blickes zu würdigen, stampfte er an uns vorbei nach draußen. Mac sah mich verlegen an. »Er ... Paul hatte es nicht immer leicht im Leben.«

Mir war es peinlich, dass der freundliche alte Herr sich für diesen ungehobelten Klotz entschuldigte. »Danke für den Tee«, murmelte ich und merkte entgeistert, dass ich wie Mac keinen einzigen Schluck getrunken hatte. »Und für das Gespräch«, setzte ich hastig hinzu.

Er lächelte treuherzig. »Eigentlich habe ja nur ich geredet.«

Ich wünschte mir sehnlich, ich könnte mich einfach in Luft auflösen.

»Tut mir leid, ich ... bin nicht besonders geübt im Reden. Ich bin ein miserabler Gesprächspartner, ich weiß.«

»Nein, Sie sind ein hervorragender Gesprächspartner«, erwiderte er ruhig. »Sie können zuhören, das ist heute eine fast verlorene Kunst.«

Ich starrte ihn verblüfft an. »Aber ... ich spreche nicht gern, schon gar nicht über mich selbst. Und schließlich will jeder Mensch was Interessantes erfahren.«

»Da irren Sie sich. Leute wollen vor allem etwas loswerden. Und über sich selbst reden. Sie hingegen lassen andere plaudern. Geschwätzige Esel wie mich zum Beispiel. Sie sind der geborene Zuhörer.«

Ich war passenderweise sprachlos. Die Rettung kam durch Mr. Morgan, der polternd den nächsten Sack anschleppte.

»Einen Moment«, wandte Mac sich an ihn. »Ich nehme mir gleich zwei Maiskolben heraus.« Er sah wieder mich an. »Die lasse ich mir bei einem guten Buch schmecken. Welches würden Sie empfehlen?«

Mein Blick glitt über die Bücherwand. »*Alices Abenteuer im Wunderland. Die Teegesellschaft.* Passend zu einer Mahlzeit.« Ich senkte meine Stimme, das Nächste ging Morgan nichts an. »Und es wird Sie aufheitern nach all dem, was Sie mir heute erzählten.«

Er schmunzelte jetzt schon. »Ich wünschte, ich könnte Sie behalten. Sie und meine Bücher ergänzen sich perfekt.« Er wies auf Morgan. »Obwohl mein lieber Junior hier ...«

»Ich mache mir nichts aus Büchern«, platzte Morgan jäh heraus. »Hab keines davon je angefasst. Mich können Sie mit Lesen jagen!«

Ich war völlig verdutzt, dass er mich angesprochen hatte, noch mehr allerdings, dass Mac ihn »Junior« nannte. Verwirrt blickte ich Mac an, der seinerseits etwas überrumpelt wirkte. »Sie sind also ...«

Er begriff, worauf ich hinauswollte. »Nein, er ist nicht mein Sohn. Und Sie sollten sich jetzt wirklich auf den Weg machen, Mr. Parker.«

Er begleitete mich zum Stall. »Sie kommen morgen wieder?« Ich versprach es und wollte schon aufsitzen, als ihm prompt etwas einfiel: »Warten Sie, Sie reiten ja bestimmt bei Winnie vorbei. Könnten Sie bei dieser Gelegenheit ...«

»Kommen Sie nicht auf Ideen«, entgegnete ich grinsend. »Der Honig war ein Geschenk.«

Als ich abends nach ein paar Seiten von *Das Zeichen der Vier* nach unten kam, war der Saloon erneut gut besucht. Mein kleiner Ecktisch wartete schon auf mich.
Gleich darauf brachte Winnie mir etwas zu trinken. »Nun, ist er das, was Sie suchen?«, fragte sie.
»Er ist genau der Richtige, vielen Dank. Und Sie hatten recht mit dem Honig.«
Sie grinste, wurde aber rasch ernst. »Wie sieht er aus, ganz ehrlich? Was Morgan sich entlocken lässt, klingt übel.«
»Er schaut schlecht aus. Dünn und blass, er hustet oft. Ich bin kein Arzt, aber das ist sicher nicht bloß das Alter. Ich fürchte, er ist ziemlich krank.«
Winnie nickte, als hätte sie nichts anderes erwartet. »Ich wünschte, ich würde es öfter zu ihm hinauf schaffen als zweimal im Monat. Er ist starrköpfig, will nicht herunter in die Stadt. Manchmal glaube ich, allein diese Sturheit hält ihn aufrecht. Ich kenne keinen, der so verbissen am Leben hängt wie Mac.« Sie seufzte. »Ich bringe Ihnen gleich das Essen.«
Was sie servierte, war so köstlich wie am Vortag. Ich ließ es mir schmecken und währenddessen den Blick durch den Raum schweifen. Die meisten Teilnehmer des Pokerturniers waren wohl schon durchgereist, nur vereinzelt wurde Karten gespielt. Ein Mann in Reisekleidung ging umher und suchte vergeblich eine Runde, in die er einsteigen konnte. Vielleicht schreckte seine verbissene Miene die Leute ab. Ich achtete kaum auf ihn, bis er in meine Nähe kam und ich unvermutet eine bekannte Stimme hörte. Dann erst entdeckte ich zwei Tische weiter den grimmigen Mr. Morgan. Er saß mit dem Rücken zu mir, aber seine Stimme war eindeutig, gerade weil sie völlig tonlos war – als wäre er permanent heiser. Er grummelte: »Bin müde. Meinetwegen fünf Runden, dann bin ich weg.«
Der Fremde schnaubte verächtlich und war schon dabei, die Karten zu mischen. »Fünf Runden, und Sie sind ohnehin weg vom Fenster.« Seine geübten Bewegungen verrieten den versierten Spieler.

Ich schrak regelrecht zusammen, als jemand meine Schulter berührte. »Passen Sie genau auf«, raunte Winnie mir zu, während sie meinen Becher nachfüllte.

Und wie ich aufpasste. So schnell konnte ich gar nicht schauen, stand es drei zu null für den Fremden. Ob nun Glück oder Können, heute schien Morgan von beidem verlassen. Er fluchte verärgert in seinen Bart. Die gute Laune des anderen hingegen wuchs wie sein Geldhaufen, auch die vierte Runde gewann er haushoch.

»Zum Teufel!«, polterte Morgan, trank seinen Becher in einem Zug aus und knallte ihn umgedreht auf den Tisch. »Kein Whisky mehr für mich.«

Die fünfte Partie zog sich länger hin, beide erhöhten ihren Einsatz mehrfach. Als sie zuletzt ablegten, verschwand das höhnische Grinsen des Fremden. Diesmal hatte er verloren, und ein schöner Batzen Geld wanderte zurück zu Morgan.

»Eine Runde noch!«, fauchte der Fremde. Jetzt war sein Ehrgeiz geweckt. »So müde können Sie auch nicht sein. Alles oder nichts.«

Morgan gähnte demonstrativ. »Meinetwegen«, seufzte er widerwillig.

Diesmal schien der Fremde ein gutes Blatt zu haben, er erhöhte seinen Einsatz immer mehr, bis zuletzt all sein Geld im Spiel war. Morgan jedoch hielt unverzagt mit, bis es schließlich ans Aufdecken ging. Ich stand auf, um besser zu sehen. Morgans Karten waren niedrig: Fünf, Vier und zwei Dreier. Der Fremde grinste siegessicher. Dann aber legte Morgan eine weitere Drei ab, womit der Drilling perfekt war. Mit einem zornigen Schrei warf der Fremde seine Karten auf den Tisch. Er hatte ein Paar Könige, sonst nichts Brauchbares. Sein Bluff war danebengegangen, nun war er geschlagen – auch in seinem Spielerstolz. Er rammte die Fäuste auf den Tisch, stemmte sich hoch und funkelte Morgan an: »Da soll mich doch –«

»Keine Prügeleien!« Winnie stand so plötzlich neben dem Tisch, als wäre sie aus dem Boden gewachsen. »Nicht in meinem Saloon.«

Der fremde Spieler sah ihre Miene und wusste, was es geschlagen hatte. Er knurrte wütend, wandte sich grußlos ab und marschierte zur Treppe.

Morgan packte unbeirrt seinen Gewinn in ein Taschentuch, steckte den kleinen Beutel ein, nickte Winnie zu und entschwand Richtung Ausgang.

Die Wirtin schob sämtliche Karten und Morgans umgestülpten Becher vom Tisch auf ihr Tablett. »Na, was sagen Sie?« Sie kam auf mich zu. »Wir bieten Programm.«

Gut, es war spannend gewesen, aber nicht außergewöhnlich, also ging ich nicht darauf ein. »Lässt Mr. Morgan anschreiben?«, fragte ich stattdessen. »Er hat ja wohl nicht frei Haus, oder?«

Winnie stand mit dem Rücken zur Gaststube, hier in der Ecke sah nur ich auf ihr Tablett. Einen Moment lang schaute sie mich prüfend an, dann hob sie wortlos Morgans Becher. Darunter lag der kleine Geldbeutel, den Morgan eine Minute zuvor eingesteckt hatte – zwei Spielrunden, nachdem er den Becher zum letzten Mal berührte, darauf hätte ich mein Leben verwettet.

Ich starrte wie vom Blitz gestreift auf das Säckchen. Langsam wanderte mein Blick zu Winnie, die mich spitzbübisch angrinste. Sorgsam stülpte sie den Becher wieder über den Beutel und stupste mein Kinn nach oben. »Klappen Sie den Mund zu. Das lässt Sie attraktiver aussehen. Und zerbrechen Sie sich nicht den Kopf, manches kann man nicht vernünftig erklären. Wenn Sie mich fragen, ist es Magie. Übrigens schreibt Morgan nicht an. Er trinkt nicht. Ich serviere ihm gefärbtes Wasser.«

»Und was ... machen Sie mit dem Geld?«, brachte ich heraus.

»Am anderen Ende der Stadt gibt es ein Armenhaus. Daneben eine Schule mit Kindern aus weniger begüterten Familien. Was meinen Sie, wie die sich freuen?«

Ich sah den Becher an. Magie kannte ich aus unzähligen Märchen, aber für manches gab es eben doch vernünftige Erklärungen. »Wer sagt Ihnen, dass ich kein Pinkerton bin und Falschspieler jage?«

»Na, so viel Menschenkenntnis habe ich schon.« Winnie wirkte fast beleidigt. »Einmal schaute tatsächlich ein Detektiv zu. Der rief dann prompt: ›Wenn das kein verstecktes As im Ärmel ist!‹ ... und nahm den anderen fest. Das war ein Trickbetrüger – von der stümperhaften Sorte.«

»Und Mr. Morgan lachte sich ins Fäustchen.«

»Mr. Morgan lacht nie. Ich habe ihn kein einziges Mal auch nur lächeln gesehen.« Sie war ungewohnt nachdenklich. »Aber so seltsam es klingt … ich glaube, er konnte es einst. Irgendwie hat er es verlernt.« Sie schüttelte den Kopf. »Lachen Sie – meinetwegen über mich. Damit ich sehe, dass Sie es noch können.«

Eine Geschichte aus zwei Städten

Der nächste Tag war Donnerstag, noch fünf Tage bis zur nächsten Postkutsche nach Aspen. Oder konnte man vielleicht anders hinkommen? Mac hatte erwähnt, dass es zu Pferd einige Tage dauerte. Ich war kein geübter Reiter, aber ich konnte mich ja beim Pferdehändler erkundigen.

Dieser machte meiner Idee allerdings rasch den Garaus. Zum einen war die Leihgebühr für die voraussichtliche Zeit ziemlich hoch, zum anderen wollte er wissen, ob ich einen ortskundigen Begleiter hätte.

Meine arglose Frage, ob die Strecke denn nicht beschildert wäre, war ihm Antwort genug: »Sie werden sich hoffnungslos verirren. Samt meinem Pferd. Vergessen Sie's. Aber mein Sohn kommt bestimmt gern als Führer mit. Sagen wir, für …« Er nannte eine Summe und damit war die Sache gestorben. Für diesen Preis könnte ich wochenlang bei Winnie logieren. Missgelaunt borgte ich mir ein Pferd für den heutigen Tag aus und machte mich auf den Weg zu Mac.

Die Aussicht auf eine erneute Unterhaltung mit dem alten Herrn heiterte mich auf. Dass ich mich je auf ein Gespräch freuen würde … Es war schon etwas Eigenes um Frank MacDougray.

Er kam mir aus dem Haus entgegen: »Das ist eine Freude! Möchten Sie mich begleiten?« Er stellte den Kübel neben die Tür und hob ein Körbchen hoch. »Die Hühner müssen gefüttert werden.«

Hinter der Hütte gackerte eine kleine Schar. Während Mac Körner ausstreute, blickte ich auf die steilen Felswände neben dem Haus. Ein schmaler Pfad führte dazwischen in eine Schlucht und verlor sich nach ein paar Schritten im Dunkeln. »Geht es da auch in die Berge hinauf?«

»Nein, das ist eine Sackgasse. Endet nach ein paar Minuten an einer Felskante, wo es ziemlich tief hinuntergeht. Man hat allerdings eine phantastische Aussicht weit übers Land, falls Sie Lust haben.«

Vielleicht später, denn mich interessierte etwas anderes: »Sagen Sie … Haben Sie gar keine Angst, so abgeschieden in den Bergen?« Tagsüber war dieser Morgan offenbar nicht hier.

Mac lächelte treuherzig. »Was sollte man mir schon wegnehmen – außer den Büchern? Die wegzutragen tut sich keiner an. Aber ich verstehe schon, Sie wundern sich, dass ich ohne Waffe herumlaufe. So was werden Sie bei mir nie finden. Ich bin kein Freund davon. Schadet mehr, als es nutzt.«

»Und … Mr. Morgan …«, begann ich vorsichtig.

»Der ist mit mir einer Meinung«, erwiderte Mac ruhig. Ich schluckte meinen Einwand hinunter: Gerade beim grimmigen Morgan hätte ich durchaus eine Waffe vermutet. Mac streute eine letzte Handvoll in das Gehege, dann machten wir uns auf den Rückweg. Ich suchte noch nach den richtigen Worten, als Mac mir auf die Sprünge half: »Nur raus damit, was beschäftigt Sie?«

»Mr. Morgan … ist er mit Ihnen verwandt? Oder hilft er Ihnen einfach so aus?«

Mac sah zu dem Steig hinüber, der von der Hütte weiter bergauf führte. »Paul ist der Sohn meiner Nichte Elizabeth. Sie und ihr Mann wohnten in … der Gegend. Sie starben beide vor etwa sieben Jahren, seitdem lebt Paul bei mir. Ein kurzes Stück den Pfad dort entlang, in einer kleinen Hütte. Er versorgt mich mit allem Nötigen und hilft mit Reparaturen am Haus. Er ist ein guter Kerl, hat bloß eine ruppige Art.«

Ja, das hatte ich gleich bei der ersten Begegnung festgestellt. Dass doch so etwas wie Nächstenliebe in ihm steckte, wusste ich erst seit gestern Abend.

»Er ist nie über den Tod seiner Eltern hinweggekommen«, fuhr Mac leise fort. »Vor allem, wie es passierte. Lizz und ihr Mann starben bei einem Unglück. Und Paul gibt sich selbst die Schuld daran. Es kommt ihm vor, als hätte er sie umgebracht. Sehen Sie ihm sein Benehmen nach, ich bitte Sie, es ist nie persönlich gemeint.«

»Puh …«, murmelte ich. Das erklärte einiges.

»Ich erzähle Ihnen das nur, damit Sie seine Verbitterung verstehen«, fügte Mac hastig hinzu. »Es wäre Paul bestimmt nicht recht, dass ich geredet habe. Bitte sagen Sie ihm nichts davon, ich bin ein geschwätziger alter Mann.«

Ich nickte stumm. Natürlich, das Geheimnis war bei mir sicher.

»Und ein kranker Mann«, fuhr er fort. »Um einiges schlechter beisammen, als ich es Paul merken lasse. Ich will nicht, dass er sich Sorgen macht. Aber ich mache mir welche um ihn. Was aus ihm wird, wenn ich sterbe.«

Das wiederum fand ich etwas zu viel des Guten – immerhin war Mr. Morgan ein erwachsener Mann und konnte sich selbst erhalten.

»Mein Junior ... Sie wissen schon: der Sohn, den ich nie hatte.« Er drehte sich zum Haus. »Genug von meiner Familiengeschichte. Sie wollen schließlich mehr über eine andere Familie erfahren.«

Drinnen bereitete Mac Tee zu, während ich erneut fasziniert vor den Regalen stand. Gedankenverloren blätterte ich in einem Buch, als Mac plötzlich neben mir feststellte: »*Der Graf von Monte Christo*. Wenn ich bedenke, vor wie vielen Jahren ich das erstmals in der Hand hatte.« Er sah mich nachdenklich an: »Na, haben Sie es schon gefunden?«

»Was gefunden?«

»Was wir alle suchen, die wir ohne Lesen nicht leben können. Das perfekte Buch. Die beste Geschichte von allen.«

Mir fehlten die Worte. Wo hatte dieser Mann all die Jahre meines Lebens gesteckt? Ich wünschte, ich könnte ihn mit nach Hause nehmen – samt seinen Büchern.

»Ich verrate Ihnen etwas, junger Freund. Das eine perfekte Buch existiert nicht. Weil es mehrere davon gibt. Immer wieder ein anderes, je nachdem, wo wir im Leben stehen. Wenn wir Glück haben, finden wir ein paar davon genau zum richtigen Zeitpunkt. Dann kann ein Buch tatsächlich dem Leben eine neue Richtung geben und ist mehr wert als ein Jahr voller Erfahrungen.« Er ließ die Augen über das Regal gleiten. »Aber etwas gibt es wirklich nur einmal: die Geschichte, welche die wichtigste aller Fragen beantwortet – warum sind wir hier? Wir suchen die Antwort in jedem neuen Buch. Nur um irgendwann festzustellen, dass die Lösung die ganze Zeit vor uns liegt. Die beste Geschichte von allen ist unser Leben. Und was wir daraus machen.« Er riss sich los. »Genug philosophiert. Haben Sie nicht eine ganz praktische Frage? Wie ich meinen Tee zubereite, zum Beispiel?«

Ich musste lachen, während wir zum Tisch hinübergingen. »Da wäre schon etwas. Die Heiratsurkunde. Von Maureen und Clifton Buckley. Wo könnte ich die finden?«

Mac goss den Tee auf. »Sorgfältig, wie Clifton war, hatte er sie sicher in seinem Haus verwahrt. Was allerdings daraus wurde, nachdem er …« Er verstummte.

»Mac …«, benutzte ich zum ersten Mal die Anrede, »hören Sie, wenn es zu schmerzhaft ist …«

Er schüttelte den Kopf. »Schon in Ordnung. Es tut gut, sich an liebe Freunde zu erinnern. Sie waren wie Familie für mich, ich besuchte sie so oft wie möglich. Ich sah die Kinder aufwachsen und Clifton sein … ›Geschäft‹ vergrößern. Was dem dortigen Sheriff ganz und gar nicht gefiel.«

»Stanley Cooper. Winnie sagte, er ist ein Bluthund.«

»Allerdings. Cooper war wie besessen, den ›Pferdekönig‹ zu schnappen. Er wusste zwar genau, was vorging, konnte Clifton aber nie auf frischer Tat ertappen. Die Monate wurden zu Jahren und Cooper immer verbissener. Ich bat Clifton inständig, vorsichtig zu sein, was er auch tat. Drei Jahre wich er dem drohenden Strick gekonnt aus, bis der Sheriff zuletzt doch erfolgreich war.«

»Er stellte ihm eine Falle.«

Mac nickte. »Die Sache am Blue Mountain … Aber ich kann Ihnen nicht sagen, was dort passierte. Cooper und einige Helfer konfrontierten Clifton, so viel ist sicher. Doch nur ein Einziger kam am Ende lebend heraus: Cooper. Ob allerdings seinen Behauptungen zu trauen ist … Laut ihm begann Clifton, wild herumzuschießen.« Er schüttelte den Kopf. »Clifton Buckley hätte niemals das Feuer eröffnet. Er hätte sich höchstens verteidigt. Aber ich war ja nicht dabei. Ich erhielt nur die furchtbare Nachricht – vom Tod meines Freundes und des besten Mannes, den ich je kannte.« Seine Augen glitzerten feucht. »Cooper schickte stolz Telegramme an alle umliegenden Orte. Sobald ich davon hörte, ritt ich wie ein

Irrer nach Aspen. Ich musste zu Daniel und Jules. Natürlich kam ich zu spät, sie waren längst über alle Berge. Und Clifton hatte man ... auf einem Gottesacker verscharrt.« Jetzt wischte er sich doch über die Augen.

Ich ließ ihm Zeit, sich wieder zu fangen, ehe ich vorsichtig begann: »Weshalb verschwanden Daniel und Jules so schnell? Um Cooper zu entkommen?«

Mac nickte. »Sie mussten flüchten. Daniel war fünfzehn, ein junger Mann. Er war seinem Vater jahrelang zur Hand gegangen, somit ging Coopers Hass unmittelbar auf ihn über.«

»Und Jules? Sie war ... elf? Noch ein Mädchen.«

Er schmunzelte unerwartet. »Dieses Mädchen hatte es faustdick hinter den Ohren. Sie war die Tochter ihrer Mutter.«

»Dauerte es lange, bis Sie von den beiden hörten? Winnie erwähnte Gerüchte – sie hätten sich Räubern angeschlossen.«

»Ich hatte etwas Besseres als Gerüchte: Briefe.« Er sah meine Verblüffung, und sein Lächeln wurde breiter. »Aus allen Teilen des Landes – weiß der Kuckuck, wie sie das anstellten, so weit können sie unmöglich herumgekommen sein. Nur kurze Sätze und Andeutungen, keine Unterschrift, die beiden waren schlau. ›Alles in Ordnung, wir melden uns wieder.‹ Ich wusste jedenfalls, dass es ihnen gut geht. Sie schlugen sich durch. Und vergaßen nicht auf ihren alten Freund Mac. Sieben Jahre vergingen und sogar aus den wenigen Zeilen konnte ich herauslesen, wie aus der kleinen Jules allmählich eine junge Frau wurde. Ich werde nie vergessen, wie sie schrieb: ›Ich habe doch Thomas erwähnt. Inzwischen ist es mehr als Freundschaft.‹ Sie hatten durchklingen lassen, dass sie ein paar Freunde gefunden hatten und in die Gegend von Aspen zurückgekehrt waren – wobei ich betete, dass ich etwas falsch verstand. Wieder in Reichweite von Cooper ... Dann aber sprach mich im Saloon jemand darauf an, weil ich ja als alter Freund der Familie bekannt war. Offenbar war Daniel nahe Aspen gesehen worden, gemeinsam mit einer Bande von Wegelagerern. Jetzt bekam ich es wirklich mit der Angst zu tun. Ich überlegte verzweifelt, was ich tun sollte. Nur wenig später kam jene Nachricht aus Aspen, die mein Herz vollends in Stücke riss: Eine junge Frau war bei einer Schießerei getötet worden und … es handelte sich um Jules. Ich vermag kaum in Worte zu fassen, was in mir vorging. Es war wie ein Alptraum, den ich schon einmal erlebt hatte. Wie verrückt ritt ich nach Aspen, geradewegs zum Büro des Sheriffs. Cooper wies mich natürlich grob ab und drohte mir sogar selbst die Haft an. Ich ließ mich jedoch nicht vertreiben, nahm mir ein Zimmer in der Herberge und versuchte herauszufinden, was passiert war.« Er stützte verzweifelt den Kopf in die Hände.

»Großer Gott, ich hätte mich gar nicht erst vom Büro des Sheriffs wegbewegen dürfen! So bekam ich nichts von dem mit, was ein paar Nächte nach meiner Ankunft passierte. Erst am Tag darauf erfuhr ich, dass jemand aus dem Gefängnis ausgebrochen war und von Coopers Leuten verfolgt wurde. Und das … war Jules gewesen. Sie war bei der Schießerei gar nicht getötet worden, nur schwer verletzt. Während der Sheriff mich abwies, befand sie sich in einem Nebenraum. Er hatte behauptet, sie wäre gestorben, um alle von ihrer Spur abzubringen. Dann aber entkam sie und flüchtete in die Berge. Und erst dort … wurde sie wirklich getötet. Ich hätte eine letzte Chance gehabt, Jules noch einmal zu sehen – und ich habe sie verpasst.«

Ich wollte etwas Tröstliches sagen, doch natürlich klang es völlig lahm: »Sie konnten ja nicht wissen …«

»Ich hätte ahnen müssen, dass Cooper alles tun würde, um endlich ein Mitglied der Familie Buckley an den Galgen zu bringen.«

»Hätte er Jules tatsächlich gehängt? Für die Diebstähle ihres Vaters?«

Falls überhaupt möglich, wurde Macs Gesicht noch ernster. »Nein. Für Mord. Da war doch zuvor diese Schießerei. Allem Anschein nach hatte Jules … Es hieß, sie hätte jemanden erschossen.« Er schüttelte ungläubig den Kopf. »Ich konnte es nicht fassen, es war einfach absurd! Dieses Mädchen, das ich als Baby auf meinen Knien schaukelte. Die mir mit vier Jahren erklärte, sie würde später einmal ihren Bruder heiraten, weil sie ihn am allerliebsten hatte. Die mit acht Jahren der Bürgermeistersgattin in der Kirche unbemerkt die Stola klaute – und zwar vom Hals der Dame –, um daraus ein neues Heim für ein verletztes Vogelküken zu basteln. Gut, ich hatte sie sieben Jahre lang nicht gesehen, und man kann in keinen Menschen hineinschauen ... Aber eine Mörderin – das klang falsch, es fühlte sich falsch an.«

»Wen hat sie denn angeblich getötet?«

Mac hob den Kopf. »Einen jungen Mann namens Thomas Connert.«

»Thomas? Wie in ...«

»Ja. Wie in ›inzwischen ist es mehr als Freundschaft‹. Irgendetwas ging da eindeutig nicht mit rechten Dingen zu.«

Ich ließ mir das durch den Kopf gehen. Natürlich begriff ich seine Bestürzung, andererseits können Menschen sich durchaus verändern. Vielleicht war es eine Eifersuchtsgeschichte gewesen?

»Nun denn«, fuhr Mac fort, wieder etwas gefasster, »Hirngespinste eines alten Mannes. Wie ging es weiter? Mit Jules' Tod blieben die Briefe schlagartig aus. Ich fürchtete schon, Daniel wäre ebenfalls etwas zugestoßen. Aber nach einer Weile erfuhr ich, diese Bande von Wegelagerern hätte sich aus dem Staub gemacht und Daniel mit ihnen. Er verschwand spurlos.«

Ich starrte ihn entgeistert an. »Das heißt ... Daniel ist *irgendwo*? Und keiner weiß, wo er steckt?« Trotz Winnies Andeutungen hatte ich all meine Hoffnungen auf Aspen gesetzt. Doch wenn Daniel unauffindbar war ... Ich hatte mir zwar ein Abenteuer gewünscht, aber keine Odyssee!

»Doch, das weiß man«, ließ Mac sich vernehmen. »Vor etwa einem Jahr wurden Gerüchte laut, und seit ein paar Monaten ist es Gewissheit: Die Bande ist in die Gegend von Aspen zurückgekehrt. Man hört von diversen Übergriffen. Ein Haufen ungeschlachter Männer, rasch mit der Waffe bei der Hand. Unvorstellbar, dass ausgerechnet Daniel gemeinsame Sache mit ihnen macht, er war stets so vernünftig. Offenbar warf ihn der Tod seiner Schwester völlig aus der Bahn ...«

Mac tat mir leid in seinem Kummer, gleichzeitig war ich gewaltig erleichtert. Mit etwas Glück könnte ich also doch zu Daniel vordringen. Ob er als Bandit überhaupt berechtigt war, das Erbe seiner Mutter anzutreten? Darüber sollten sich, bitte schön, andere den Kopf zerbrechen. Bloß *wie* kam ich an ihn heran? Dass Daniel an einer Begegnung mit mir interessiert wäre, stand außer Zweifel. Eine derartige Summe würde jeden aus der Deckung locken. Umgekehrt ging ja auch ich ein Risiko ein, wenn ich ein Treffen mit einem Gesetzlosen anstrebte, der mich womöglich bis aufs Hemd ausraubte. Andererseits wusste nur ich, wo und wie das Erbe abzuholen war, das war meine Versicherung.

»Ich bin Ihnen keine große Hilfe«, riss Mac mich aus meinen Gedanken. »Sie hören mir stundenlang zu und sind genauso klug wie am Anfang.« Er beugte sich vor. »Aber gehen Sie nach Aspen, forschen Sie weiter nach. Nicht um Daniel gleich persönlich zu treffen, falls er wirklich mit Verbrechern herumzieht. Doch vielleicht können Sie ihm eine Nachricht schicken. Sie können ihn zwar nicht finden, aber er Sie.«

»Die Idee ist gut. Ich habe ohnehin viel Zeit zum Überlegen, ehe ich nach Aspen komme. Die nächste Postkutsche geht erst in fünf Tagen.«

»Weshalb reiten Sie nicht?«, fragte er prompt.

»Weil ich sowohl ein Pferd als auch einen ortskundigen Führer mieten müsste und meine Reisekasse das nicht hergibt.«

»Einen ortskun…« Mac starrte mich verblüfft an. Sein Gesicht hatte einen eigentümlichen Ausdruck angenommen – als hätte er seit unserer ersten Begegnung insgeheim gegrübelt, an wen ich ihn bloß erinnerte, und wäre jetzt endlich dahintergekommen.

»Alles … in Ordnung?«, fragte ich verwirrt. »Habe ich was Falsches gesagt?«

»Eher was Richtiges«, murmelte er und wurde wieder von einem kräftigen Husten geschüttelt. »Lassen Sie sich nicht beirren, wir waren bei Ihrer Reise nach Aspen stehengeblieben.«

»Hm, ›stehengeblieben‹ beschreibt meine Reise perfekt. Sie sagten doch, Aspen liegt auf der anderen Seite der Berge. Wäre ich schneller, wenn ich durch die Berge reite?«

»Sie wollen durch die Berge *reiten*? Sie könnten bestenfalls gehen. Aber dafür finden Sie keinen Begleiter. Der Weg durch die Berge ist glatter Selbstmord. Die Pfade sind schmal, teils kaum erkennbar, und die Schluchten tief. Ganz abgesehen von den Schlangen.« Er schob sein steifes Bein vor. »Heimtückische Biester. Passierte vor drei Jahren. Das kommt davon, wenn man beim Kräutersuchen glaubt, gut siebzig Jahre

Erfahrung mit den Bergen reichen als Schutz. Wäre nicht gerade noch rechtzeitig der Arzt gekommen, säße ich jetzt nicht hier. Aber ja, der Weg durch die Berge ist tatsächlich schneller als der außen herum.«

»Waren Sie je wieder in Aspen? In den letzten fünf Jahren? Nachdem damals ...«

Hinter mir öffnete sich die Haustür. Mr. Morgan trat ein, unterm Arm eine kleine Kiste. Er ignorierte mich, nickte Mac zu und machte sich auf den Weg zur Vorratskammer.

»Danke, Paul«, sagte Mac.

»Nicht der Rede wert«, brummte dieser, es klang geradezu friedfertig. »Ich stelle sie zu den übrigen.« Er verschwand in der Kammer.

Mit seiner Ankunft hatte sich die Stimmung jäh verändert. Diesmal unterbrach ich die angespannte Stille: »Vielleicht sollte ich mich auf den Rückweg machen?«

»Auf keinen Fall«, widersprach Mac. »Heute bleiben Sie zum Mittagessen.«

»Aber das ist doch nicht ... Vielen Dank«, murmelte ich. Hoffentlich leistete Mr. Morgan uns dabei nicht Gesellschaft.

Soeben kam er wieder zum Vorschein. »Das Regalbrett ist locker. Lass die Kiste derweil am Boden stehen. Ich kümmere mich heute Abend darum.«

»Mein guter Hausgeist«, stellte Mac liebevoll fest. »Was täte ich ohne dich? Mir würde das Dach auf den Kopf fallen und ab morgen müsste ich Wurzeln und Kräuter essen.«

Morgan schnaubte. »Jetzt hör aber auf! Mit den Vorräten da drin könntest du den halben Saloon bewirten.«

Ich nahm ihn währenddessen einmal genauer in Augenschein. Anfangs hatte ich ihn bloß als bärtigen Griesgram betrachtet, aber nach der Sache gestern war er um einiges interessanter geworden. Der struppige Vollbart machte es schwer, sein Alter zu schätzen. Ich hätte auf Anfang dreißig getippt, aber er konnte jünger sein. Er war ähnlich groß wie ich, somit kein Riese, zudem etwas dicklich. Irgendwie wirkte er gleichzeitig teilnahmslos und doch zorngrollend. Obwohl ich nunmehr die Ursache für sein abweisendes Benehmen kannte, sehnte ich den Moment herbei, in dem er wieder ging.

»Wo wir schon bei meiner ausreichend bestückten Vorratskammer sind«, wandte Mac sich wieder an mich, seine Stimme klang freudig erregt, »ich habe die perfekte Lösung für Ihr Problem, Mr. Parker. Wie wäre es, wenn Paul Sie nach Aspen bringt?«

›Himmel hilf, bloß nicht!‹, dachte ich und starrte ihn entsetzt an. Längere Zeit mit einem anderen Menschen als Begleiter – diese Aussicht hatte mich schon heute früh beim Pferdehändler eingeschüchtert. Macs Vorschlag allerdings setzte dem Schrecken die Krone auf: mehrere Tage in Gesellschaft von Morgan. Ich suchte fieberhaft nach Worten, um möglichst höflich abzulehnen.

»Nein!«, kam es unerwartet klar von der Seite. Morgans Blick spiegelte meinen eigenen Schock wider. »Kommt nicht in Frage!«, stellte er kategorisch fest, und seine Stimme klang wieder gewohnt rau. Ich schaute zurück zu Mac und hoffte, dass dieser entschiedene Protest ausreichte.

Mac jedoch war wenig beeindruckt. »Überlegen Sie nur, es wäre der ideale Ausweg. Selbst wenn wir morgen erst alles vorbereiten, könnten Sie am Samstag aufbrechen. Mit Paul haben Sie den zuverlässigsten Begleiter weit und breit …«

»Nur hat der zuverlässigste Begleiter weit und breit keine Lust, da mitzumachen«, verkündete Morgan. »Weshalb sollte ich mir das antun? Tagelang durch die Gegend zockeln, noch dazu mit diesem …« Mac bedachte ihn mit einem strafenden Blick. »Wie viel bezahlt er denn dafür?«, fragte Morgan, wohl mit dem Hintergedanken, dass mich der Preis garantiert von der Idee abbrachte.

Ich war ohnehin vollends auf seiner Seite, also nannte ich wohlweislich keinen Betrag. Aber ich hatte die Rechnung ohne Mac gemacht.

»Mr. Parker zahlt nichts, weil es sich um eine gute Tat handelt.«

Nun war ich erst recht in der Zwickmühle. Ein »Selbstverständlich zeige ich mich erkenntlich« hätte Zustimmung bedeutet. Sei es drum, dann wirkte ich eben knauserig. »Ähm, danke für das Angebot, aber es muss wirklich nicht sein. Ich bin zufrieden damit, auf die Post …«

»Da hast du es!«, versetzte Morgan. »Er will ...«

»*Ich* will«, sagte Mac ungewohnt streng. »Mr. Parker helfen nämlich. Es geht um eine Familie, die mir viel bedeutete. Und weshalb du es tun solltest? Weil ich dich darum bitte. Tu es für einen alten Freund.«

Morgan wirkte ehrlich getroffen. »Das ist ungerecht«, flüsterte er. »Das kannst du nicht machen!« Er wirbelte herum, stürmte nach draußen und knallte die Tür hinter sich zu.

Ich hatte mich selten so unbehaglich gefühlt. »Mac ...«, begann ich zaghaft.

Er rammte regelrecht den Stock in den Boden. »Ich rede mit ihm. Bleiben Sie hier.« Er folgte Morgan ins Freie.

Ich hockte da und hoffte sehnlichst, dass Mac zurückkäme mit den Worten: »Tut mir leid, er weigert sich resolut.« Draußen waren undeutlich die Stimmen der beiden Männer zu hören. Irgendwann pirschte ich mich ans Fenster, trotzdem konnte ich bloß ein paar Sätze aufschnappen.

»Dir ist schon klar, was du da von mir verlangst?«, fauchte Morgan.

»Ich habe sonst niemanden, den ich fragen könnte«, erwiderte Mac.

Morgan machte eine Bewegung in Richtung des Hauses und ich huschte rasch zurück.

Gleich darauf kam Mac herein. Er wirkte erschöpft und zugleich zufrieden. »Alles geregelt«, erklärte er.

Und wäre mir nicht vor Schreck die Luft weggeblieben, hätte ich »O Gott, bitte nicht!« entgegnet.

»Sie reiten gemeinsam nach Aspen.«

»Ja, aber ...«

»Ja. Nichts aber. Ich würde es mir nie verzeihen, Ihnen nicht zu helfen.«

Ich starrte ihn hilflos an. Das war mir eindeutig zu schnell gegangen – und das Ergebnis war so ziemlich mein schlimmster Albtraum.

Falls Mac von meiner mangelnden Dankbarkeit irritiert war, ließ er es sich nicht anmerken. Er wirkte geradezu gelöst, als wäre eine Last von ihm genommen worden. Jetzt erst begriff ich, wie wichtig es ihm war, mich bei meinen Nachforschungen zu unterstützen. Mit dem »alten Freund« vorhin hatte er vielleicht gar nicht sich selbst gemeint, sondern Clifton Buckley, dessen Familie er so einen letzten Dienst erwies. Während ich die Situation noch verdaute, war Mac schon bei den notwendigen Vorbereitungen: Unter anderem brauchte ich reitfeste Kleidung und einen Verwahrungsort für meine Tasche. »Pferd müssen Sie keines ausleihen«, erklärte er stolz, »ich borge Ihnen meines.«

»Sie haben ein Pferd?«, brachte ich endlich heraus. Ich hatte im Stall kein anderes Tier gesehen.

»Aber ja, bis zu dem Vorfall mit der Schlange ritt ich beinahe täglich nach Brackwall hinunter. Jetzt ist es bei Paul untergestellt, neben seinem eigenen. Sobald Sie in Aspen sind, nimmt er beide Tiere mit zurück.«

»Ist er noch draußen?«

»Nein, er hat erst mal das Weite gesucht. Er muss sich noch mit der Sache anfreunden. Aber es wird ihm guttun, wieder einmal aus Brackwall rauszukommen. Sie sehen, das Ganze hat nur Vorteile für alle Beteiligten. So, und jetzt kümmere ich mich um das Mittagessen.«

Große Erwartungen

Diesmal bekam Winnie den Mund vor Staunen nicht zu. »Wie um alles in der Welt hat Mac das fertiggebracht? Hat er ihn erpresst? Oder mit vorgehaltener Waffe ... Unsinn, vergessen Sie das.«

»Ich glaube, er hat einfach an sein Pflichtgefühl appelliert«, erwiderte ich.

»Es geschehen noch Zeichen und Wunder«, murmelte sie.

Ich ging in mein Zimmer, um meine Lieblingsstellen in *Die drei Musketiere* zu lesen, denn ich brauchte dringend etwas zur Beruhigung. Macs wohlgemeinte Hilfe hatte mir ein Abenteuer beschert, auf das ich mich ähnlich freute wie auf eine Behandlung beim Zahnarzt. Wenigstens war Morgan kein großer Redner. Und ich wäre wirklich um einiges schneller in Aspen. Nun gut, ich würde diese Sache eben stumm leidend über mich ergehen lassen.

Meine Kleidung war ungeeignet für mehrere Tage im Sattel, außerdem hatte Mac mir Empfehlungen für den Reiseproviant gegeben. Darum zog ich am Morgen los zum Krämer.

Wundern Sie sich nicht, wenn ich die nächsten Minuten genauer beschreibe, das hat seinen Grund. Ich war fast dort, als ich ein kleines Mädchen lesend auf einer Türschwelle sitzen sah. Natürlich blieb ich einen Moment stehen und versuchte einen Blick auf den Umschlag zu erhaschen, allerdings handelte es sich um ein Schulbuch. Unmittelbar nach einer älteren Dame trat ich dann beim Krämer ein. Diese kaufte nur zwei Knäuel Wolle und war bald fertig. Der Krämer beriet mich bezüglich Jacke und Hut, die Hose musste gekürzt werden, aber ich könnte sie später abholen. Als ich schon am Bezahlen war, fragte der Mann, ob ich eine Landkarte bräuchte. Ich beschloss, auch gleich Block und Stift zu kaufen, schließlich wollte ich ja als Reporter durchgehen. Letzteres hatte der Krämer in einer Lade, die er jedoch versperrt fand, daher holte er rasch den Schlüssel aus einem Hinterraum. Allerdings fand ich die Karte dann eher verwirrend als hilfreich und verzichtete darauf.

Danach machte ich mich zum dritten Mal auf den Weg zu Mac. Richtig entspannt ritt ich dahin, bis ich mich wieder erinnerte, dass ich während der nächsten Tage sicher in ganz anderer Stimmung sein würde. Wollte ich mir tatsächlich diesen unfreundlichen Griesgram antun, nur um ein paar Tage einzusparen? Nein! Ronald konnte getrost länger warten und Winnie verköstigte mich prächtig. So leid es mir auch um Mac tat – ich hatte weder Lust auf Gesellschaft noch auf böse Bemerkungen. Mac würde bestimmt verstehen, dass ich es mir eben anders überlegt hatte. Mit diesem erleichternden Entschluss traf ich bei seinem Häuschen ein.

Diesmal sah er mich nicht kommen. Ich wollte gerade an die Tür klopfen, da hörte ich drinnen seine Stimme: »… klar, dass du ihn am liebsten auf den Mond schießen willst. Und mich dazu, weil ich die Idee hatte.« Ich hielt inne. Ehrlich, ich wollte nicht lauschen. Nur ein bisschen. Wer nicht? »Er mag wie ein arroganter Städter wirken. Aber er ist nicht gehässig, bloß schweigsam. Er war einfach zu oft für sich allein.« Morgan – ich ging davon aus, er war der andere – schnaubte verächtlich. »Ich erwarte nicht, dass du dich groß mit ihm unterhältst«, sprach Mac weiter, »und ich würde nie verlangen, dass du ihm erzählst, was du weißt.« Ich hielt den Atem an – was war das eben? »Das ist deine Sache und ich rede dir nicht drein. Bring ihn einfach sicher nach Aspen. Du bist der einzige Mensch, bei dem ich Mr. Parker gut aufgehoben weiß.«

Diesmal ließ Morgan sich zu einem »Ha!« herab.

»Ein einzelner Reiter ist geradezu eine Einladung für Wegelagerer«, beharrte Mac, seine Stimme entfernte sich. »Der Anblick von zwei Männern ist gleich was anderes …« Eine Tür fiel zu.

Ich stand erstarrt da und hätte gern gerufen: »Kann ich das noch einmal hören?« Was waren Macs exakte Worte gewesen? *Ich würde nie verlangen, dass du ihm erzählst, was du weißt.*

Morgan wusste offenkundig etwas, das mich interessieren könnte. Plötzlich stand die ganze Angelegenheit in neuem Licht da. Dieser feindselige Mr. Morgan hatte ein Geheimnis, vermutlich in Zusammenhang mit der Familie Buckley, anders ergaben Macs Worte wenig Sinn. Und ich hatte eine perfekte Gelegenheit, ihm auf den Zahn zu fühlen. Da brauchte es keine weiteren Überlegungen – ich würde keinen Rückzieher machen! Irgendwie musste ich herausfinden, was Morgan wusste. Ich musste ... den unzugänglichsten Mann der Stadt zum Reden bringen. Ausgerechnet ich. Das konnte heiter werden.

Erst später wurde mir klar: Vieles in meinem Leben wäre anders verlaufen, hätte ich dieses Gespräch nicht belauscht. Selbst wenn Mac mich doch zu dem Ritt überredet hätte, wären Morgan und ich schweigend nebeneinander getrabt. Aber ich *war* eben genau in diesen Sekunden vor der Tür angelangt. Wäre das Mädchen nicht mit dem Buch dort gesessen, wäre ich vor dieser Dame beim Krämer gewesen und einige Minuten früher fertig. Hätte der Krämer mich nicht wegen der Karte gefragt oder wäre die Schublade unversperrt gewesen ... Es hat einen gewissen Reiz: Was wäre, wenn ...

Ich wartete zwei Minuten, ehe ich an die Tür klopfte. Nach einer Weile wurde sie ruckartig geöffnet, Morgan blickte mich zornig an. »Na, haben Sie es sich doch anders überlegt?«, knurrte er.

Vorhin noch hätte ich diese Frage mit einem herzhaften Ja beantwortet. Jetzt schüttelte ich stumm den Kopf und fragte mich, wie ich jemals Zugang zu diesem verbitterten Menschen finden sollte.

Mein stilles Starren irritierte ihn. »Was ist los, Zunge verschluckt? Oder habe ich was auf der Nase?« Er fuhr sich übers Gesicht.

Ich gab mir einen Ruck. »Nein, es bleibt dabei. Ich kann es kaum erwarten, dass wir losreiten.« Oje, es klang eher boshaft als freundlich. Das fing ja gut an.

Er stand unverändert in der Tür. »Können Sie überhaupt richtig reiten? Nicht bloß kurz über die Straße hoppeln. Wir werden etliche Tage im Sattel sitzen. Sagen Sie es lieber gleich, wenn Sie doch die Postkutsche nehmen wollen.«

Nun hatte er mich bei meiner Ehre gepackt. »Ich kann reiten. Und nein, ich führe es Ihnen jetzt nicht vor. Sie werden genug Zeit haben, mir dabei zuzusehen.«

»Mr. Parker, mein junger Freund!« Mac kam ebenfalls zur Tür. »Immer nur herein.«

Morgans Augen hatten sich wütend verengt. »Morgen früh um sechs vor dem Saloon«, grummelte er. »Seien Sie pünktlich, sonst bin ich weg. Alles andere können Sie mit Mac besprechen, ich habe dank Ihnen einiges zu erledigen.« Damit stapfte er davon.

Mac begrüßte mich liebenswürdig, wie um Morgans Unhöflichkeit auszugleichen. »Da sind Sie ja!«, meinte er so freudig, als hätten wir einander seit Monaten nicht gesehen.

»Haben Sie auf mich gewartet?«, fragte ich scherzhaft.

Mac schien es ernst zu nehmen. »Sie ahnen nicht, wie lange schon.« Er nahm ein Buch vom Tisch und hinkte zu einem der Regale hinüber.

Ich erhaschte einen Blick auf den Titel: »*Große Erwartungen.*« Wie passend.

Er drehte sich um. »Worauf warten denn Sie, Mr. Parker?«

»Ach, ich erwarte mir nicht viel Konkretes im Leben. Ich nehme die Dinge, wie sie kommen.«

Er musterte mich. »Jeder wartet, sein Leben lang. Immer auf etwas anderes oder stets auf dasselbe. Sie, mein Freund, warten auf das Leben. Dass es plötzlich vor Ihnen steht: ›Da bin ich. Jetzt kann's losgehen!‹ Aber so funktioniert das nicht. Warten Sie nicht auf die Aufforderung, zu leben. Denn das Leben wartet seinerseits auf niemanden. Sie lieben Geschichten, Mr. Parker. Es ist an der Zeit, Ihre eigene zu schreiben. Das erwartet das Leben von Ihnen.« Darauf wusste ich nichts zu sagen. Zum Glück bestand Mac nicht auf einer Antwort, er schob den Dickens ins Regal. »Wenn wir schon bei Erwartungen sind – Sie sollten auch bei Geschichten achtgeben, was Sie sich davon versprechen. Stellen Sie sich vor, Sie glauben einen Reisebericht vor sich zu haben oder einen Liebesroman, und dann befinden Sie sich unvermutet in einem Kriminalabenteuer.«

Ich räusperte mich. »Das macht nichts, ich lasse mich gern überraschen.«

»Mag sein. Aber Sie hätten es verabsäumt, auf all die kleinen Details zu achten, die zur Lösung des Falles nötig sind. Hinweise, damit Sie das Rätsel entschlüsseln können. Wenn Sie nicht von vornherein danach Ausschau halten, müssen Sie das Buch glatt noch mal lesen.«

Nun lächelte er, und ich kam ihm zuvor. »Behaupten Sie jetzt nicht, das wäre bloß Philosophie. Sie haben mir so viel mitgegeben, Mac. Danke – auch dass Sie es einfädeln, dass Mr. Morgan mich nach Aspen bringt.« Jetzt wollte ich umso mehr betonen, wie hervorragend ich die Idee fand. »Wenn man es gar nicht für möglich hält, löst manchmal ein guter Geist auf einen Streich sämtliche Probleme.«

»Ich verstehe genau, was Sie meinen. Plötzlich liefert ein hilfreicher Engel die Antwort auf all Ihre Gebete.«

So dramatisch hätte ich es nicht ausgedrückt, aber ich nickte. »Übrigens, fällt Ihnen etwas ein, worauf ich in Aspen achten sollte? Oder jemand, an den ich mich wenden könnte?«

»Hm ... Bei meinen Besuchen hielt ich mich immer nur an Clifton und die Kinder. Ihr Haus und die Stallungen befanden sich etwas außerhalb der Ortschaft. Ich brachte es nie übers Herz, nachzusehen, was daraus wurde. Nach nunmehr zwölf Jahren wird alles ziemlich verfallen sein. Aber da wäre etwas anderes: Nennen Sie Sheriff Cooper gegenüber keinesfalls meinen Namen. Sie wollen ja keine Schwierigkeiten. Am besten, Sie erwähnen mich überhaupt nirgendwo.«

Diese Vorsichtsmaßnahme fand ich zwar übertrieben, aber Mac meinte es gut. »Versprochen.«

»Paul bringt Sie zuverlässig nach Aspen. Allerdings kann es sein – nur damit Sie nicht überrascht sind ... Wundern Sie sich nicht, wenn er Sie vom Pferd scheucht, sobald Sie die ersten Häuser erreichen. Er erklärte mir, dass er keine Sekunde länger bei Ihnen bleiben wird als nötig.«

»Schon in Ordnung.« Ich hatte mir nichts anderes erwartet, soweit konnte ich Morgan inzwischen einschätzen. »Aber wenn er jetzt tagelang fort ist – Mac, Sie kommen wirklich mit Ihren Vorräten aus? Soll ich noch Nachschub aus Brackwall holen?«

»Das ist sehr freundlich von Ihnen. Nicht nötig, ich bin versorgt. Konnten Sie umgekehrt auftreiben, wozu ich Ihnen riet?« Ich versicherte ihm, dass alles nach Plan lief. »Passen Sie auf sich auf, Mr. Parker. Besonders in Aspen – bringen Sie sich nicht in Gefahr, ja? Und falls Ihr Rückweg Sie wieder durch Brackwall führt, schauen Sie noch einmal bei mir vorbei? Wenn es keine Umstände macht, natürlich. Sie würden einem alten Mann eine Freude bereiten.«

»Unbedingt!« Ich griff in meine Tasche. »Übrigens habe ich noch etwas für Sie.«

Nach etwas Grübeln war mir eingefallen, wie ich Mac für seine Hilfe danken könnte. Ich würde ihm ein Buch schenken, das er sicher nicht kannte: *Das Zeichen der Vier*. Freilich konnte ich dann selbst nicht weiterlesen, ich hatte erst ein Viertel geschafft. Aber ich kam daheim leicht an ein neues Exemplar heran. Ich wusste sofort, dass ich es richtig getroffen hatte, seine Augen begannen zu leuchten. »*Das Zeichen der Vier.*«

»Es ist eine Detektivgeschichte. Sherlock Holmes – Sie erinnern sich vielleicht?«

Er atmete genießerisch den Geruch der Seiten ein. »Damit sind meine Vorräte vollends aufgestockt. Vielen Dank. Jetzt müssen Sie auf jeden Fall noch mal vorbeischauen.«

»Nicht doch, das Buch ist ein Geschenk. Aber ich komme trotzdem gern wieder.«

»Ein zusätzlicher Anreiz schadet nicht. Wenn Sie mir kein Buch leihen, borge ich Ihnen eines.« Er grinste. »Sie können es mir zur Not per Post schicken. Ich möchte nur vermeiden, dass Ihnen unterwegs das Lesefutter ausgeht.« Er zog zielstrebig ein Büchlein aus dem Regal.

»*Gullivers Reisen.*«

»Scheint mir passend. Außerdem war es eines meiner ersten. Ich gebe Ihnen die Taschenversion mit, die gebundene Gesamtausgabe will ich Ihnen nicht umhängen.«

Ich klappte das Buch auf und fand wie erwartet das Exlibris. »Danke, Mac. Eine letzte Bitte: Ich möchte mich Morgan gegenüber irgendwie erkenntlich zeigen. Haben Sie eine Idee? Geld kommt ja nicht in Frage, meinten Sie.«

»So ist es, unterstehen Sie sich. Zerbrechen Sie sich nicht den Kopf. Es findet sich bestimmt Gelegenheit, Paul einen Gefallen zu tun.«

Das bezweifelte ich, aber für Mac schien die Sache erledigt. Er empfahl mir, die verbliebenen Stunden für letzte Vorbereitungen zu nützen, und damit war der Abschied gekommen.

»Es war mir ein Vergnügen, Sie kennenzulernen«, sagte ich aufrichtig, während er mich nach draußen begleitete. Lebewohls waren mir zeitlebens leichtgefallen, jetzt war mir zum ersten Mal weh ums Herz. »Danke nochmals für alles. Nicht zuletzt für das Buch. Wenn es eines Ihrer ersten war, wie oft haben Sie es gelesen?«

Er lachte. »Bestimmt ein Dutzend Mal.« Dann fügte er ernster hinzu: »Ich vertraue Ihnen etwas an, das mir wirklich am Herzen liegt. Passen Sie bitte gut darauf auf.«

»Das werde ich.« Bücher sind bei mir immer gut aufgehoben. Ich wollte einen fröhlichen Abschied, darum fügte ich hinzu: »Sollte ich unterwegs Liliputanern begegnen, schreibe ich Ihnen. Auf Wiedersehen, Mac.«

»Auf ein Wiedersehen. Und jetzt ab mit Ihnen!«

Zu meinen letzten Erledigungen gehörten Telegramme an meine Mutter und an Ronald, in denen ich ihnen mitteilte, dass ich mich nunmehr nach Aspen aufmachte. Die Reisetasche ließ ich gegen einen kleinen Kostenbetrag im Saloon und verstaute das leichte Gepäck in zwei Sattelsäcken. Ich bezahlte die noch ausstehende Übernachtung und Winnie versprach mir, man würde mich am Morgen rechtzeitig wecken.

»Bitte unbedingt«, bat ich. »Wenn ich nicht vor dem Saloon stehe, bläst Mr. Morgan das Ganze ab.«

»Lassen Sie sich nicht von ihm ins Bockshorn jagen«, empfahl sie unbekümmert. Sie hatte leicht reden! »Er hat einen guten Kern. Kitzeln Sie ihn ein bisschen, vielleicht erinnert er sich dann daran. So, und jetzt bekommen Sie noch ein vernünftiges Abendessen.«

Mein Weckdienst war wahrhaft verlässlich. Es war sogar einige Minuten vor sechs, als ich nach einem raschen Frühstück aus dem Haus trat. Im Gegensatz zu meinem Magen war mein Kopf allerdings wie leergefegt – wie sollte gerade ich einen unnahbaren Grobian in Gespräche verwickeln und aushorchen? Insgeheim betete ich, dass Morgan seinerseits aus irgendeinem Grund nicht auftauchte, aber er stand pünktlich wie ein düsterer Unheilsbote in der Dämmerung vor dem Saloon, neben sich zwei Pferde. Es half nichts, hier waren wir also.

Er nahm meine Ankunft mit einem Grummeln zur Kenntnis, das ebenso »Morgen« heißen konnte wie »So ein Mist«.

Nun fiel mir unerwartet doch ein vernünftiger Satz ein. »Warten Sie schon lange?«

»Ich hätte es durchaus weiterhin ohne Sie ausgehalten. Auf Sie zu warten, ist wie fauligen Zähnen entgegenzusehen. Man hofft bis zuletzt, es würde damit noch eine ganze Weile dauern.«

»Und Sie hofften, ich würde es mir anders überlegen.«

»Allerdings. Ein tagelanger, unbequemer Ritt bei Wind und Wetter, im Gegensatz zur überdachten Postkutsche, in der Sie zudem lesen können ...«

Einen Moment lang war ich wirklich am Schwanken, die Versuchung war groß. Dann riss ich mich am Riemen. »Wer weiß, ob Lesen beim Gerumpel einer Kutsche so ein Vergnügen ist.« Ich blickte zu den Pferden. »Welches ist meines?« Morgan blieb stumm, aber ich sah an einem Sattel bereits ein paar Säcke und eine zusammengerollte Decke befestigt. Ich tätschelte dem anderen Tier den Hals, zurrte meine Sachen fest und schwang mich hinauf. Als Morgan meinem Beispiel folgte, glitt sein Mantel zur Seite, und ich glaubte einen Revolver zu sehen. Ehe ich jedoch etwas anmerken konnte, trieb Morgan sein Pferd vorwärts, und ich folgte ihm.

In der Dämmerung ritten wir durch leere Gassen und nach ein paar Minuten meldete ich mich zu Wort. Ich musste nach jedem Strohhalm greifen. »Mac meinte, Sie mögen keine Waffen.«

»Da hat er recht«, erwiderte Morgan knapp. Er sah meine verwirrte Miene und ergänzte widerwillig: »Aber nur ein Narr reitet durch einsame Gegenden, ohne sich entsprechend auszurüsten.«

Winnie hatte ja erwähnt, dass jeder hier mit Revolvern vertraut war. »Sie können mit so was umgehen?« Verflixt, eigentlich hätte das eine Feststellung werden sollen.

Morgan bedachte mich mit einem abschätzigen Seitenblick. »Ja, ich hatte so was tatsächlich schon mal in der Hand. Wie ist es mit Ihnen?«

Ich hatte keinerlei Erfahrung mit Waffen, in der Schießbude damals hatten wir nur mit Bällen gearbeitet. Aber das band ich Morgan sicher nicht auf die Nase. »Wenn ich es Ihnen jetzt vorführe, wecke ich die ganze Stadt. Es ist keine Wissenschaft: ziehen, zielen, abdrücken. Treffen.«

Er starrte mich missmutig an. »Entsichern. Das haltet ihr Städter wahrscheinlich für überbewertet. Gut, ich bin im Bilde. Keine Waffe für Sie, sonst schießen Sie sich selbst ins Knie. Wobei das durchaus was für sich hätte.«

Während die Sonne über den Horizont klomm, stellte ich befriedigt fest, dass ich um einiges eleganter im Sattel saß als Morgan. Er hing wie ein nasser Sack da – was wohl seiner pummeligen Gestalt geschuldet war und das Pferd offenbar nicht störte, denn es bewegte sich ebenso unbeschwert wie meines. Jetzt fühlte ich mich regelrecht verhöhnt von Morgans gestriger Frage, ob ich überhaupt reiten konnte.

Dann war es so weit: Wir ließen die letzten Häuser hinter uns und ritten in die Weite der Landschaft hinein – Paul Morgan und ich, zwei überzeugte Einzelgänger, von denen einer den anderen zum Reden bringen wollte.

Gullivers Reisen

Wenigstens musste ich keine fröhliche Konversation vortäuschen. Die Stimmung war von vornherein am Tiefpunkt, und Morgan würde ohnehin auf alles patzig reagieren.

Eine Einleitung bot sich immerhin an: »Danke, dass Sie mir den Weg nach Aspen zeigen.«

»Ich tu's nicht für Sie.« Eine Antwort, das war schon ein Anfang.

»Sie tun es Mac zuliebe.«

»Ach wo, reiner Eigennutz. Es ist der beste Weg, Sie aus Brackwall wegzuschaffen.«

Ich entschied, den Stier bei den Hörnern zu packen. »Sie können mich nicht leiden, das ist mir klar.«

»Nehmen Sie es nicht persönlich, ich kann niemanden leiden.«

»Schön zu hören«, gab ich ironisch zurück. »Ist das angeboren?«

»Jahrelange Übung.«

»Sagen Sie bloß, als kleiner Junge waren Sie ein geselliges Kerlchen und allerorts gern gesehen.« Ich war so in Schwung, dass ich über meine eigenen Worte erschrak. Das hatte recht herzlos geklungen, und schlimmer noch, es war womöglich richtig. *Er ist nie über den Tod seiner Eltern hinweggekommen.*

Morgan ließ mich das sofort wieder vergessen. »Anders als Sie. Sie sind seit jeher ein Eigenbrötler.«

Au, das saß. Die Wahrheit trifft immer. »Ist ... es so offensichtlich?«

»Sie sind Unterhaltungen nicht gewohnt. Wie wäre es, wenn Sie das Plaudern eine Weile mit dem Pferd üben? Außerhalb meiner Hörweite.« Er trieb sein Tier an, sodass er ein paar Schritte vor mir ritt. Nun gut, wir waren gerade erst aufgebrochen, ich würde ihm etwas Zeit geben.

Daher folgte ich in gewissem Abstand und ließ meine Augen über die Landschaft schweifen. Die Gegend war hügelig, und zu unserer Linken ragten hoch die Berge auf. Wir ritten über offenes Land und Wiesen, die mitunter durch Baumgruppen oder auch mal felsigen Untergrund aufgelockert wurden. Ich erinnerte mich nicht, einen Wegweiser gesehen zu haben, hatte aber auch nicht darauf geachtet.

Nach einer Weile hielt ich die Zeit reif für einen neuen Versuch und schloss zu Morgan auf. Natürlich bemerkte er es, und ich fürchtete schon, er würde seinerseits beschleunigen. Dann aber hielt er eine Flucht wohl für lächerlich. »Sagen Sie ...«, begann ich.

»Ah, Sie wollen doch umkehren.«

»Nein. Ich wollte nur wissen, ob Sie schon oft von Brackwall nach Aspen geritten sind.« Ich fand die Frage klug, schließlich hing unser Wohlergehen von seiner Ortskenntnis ab. Zugleich verriet mir die Antwort vielleicht, was er über Aspen und die Buckleys wusste. So könnte ich rasch das Rätsel lösen.

Er wirkte irritiert. »Wozu wollen Sie das wissen? Ist das irgendwie wichtig?«

Damit erwischte er mich am falschen Fuß. »Äh, nein ... Bloß aus Interesse.«

»Ich kenne den Weg. Das sollte genügen«, versetzte er und würgte das Gespräch prompt wieder ab.

Nach ein paar Minuten probierte ich es erneut: »Was halten Sie von ...«

»Was halten Sie davon, wenn ich Ihnen einen Tritt verpasse?«

Ich spürte allmählich Groll aufsteigen und mahnte mich zur Gelassenheit. »Ich wollte nur ...«

»Fein. Ich will nicht.«

»Kein Grund, handgreiflich zu werden.«

»Deshalb biete ich Ihnen ja einen Tritt an und keine Ohrfeige.«

»Sie könnten einfach freundlich Nein sagen.«

»Und Sie könnten einfach den Mund halten, das sollte doch nicht so schwer sein.« Seine Stimme klang noch heiserer als sonst. »Nein, zum Teufel! Brauchen Sie es schriftlich?«

Ich war entschlossen, bei der Stange zu bleiben. »Das wäre höflicher.«

Seine Augen verengten sich. »Ich bin nicht sicher, ob mir Ihr Tonfall gefällt.«

»Ich bin sicher, dass mir Ihrer nicht gefällt.«

Er bleckte die Zähne. »Sie müssen ihn ja nicht ertragen«, konterte er und zu spät erkannte ich die Falle. »Kehren Sie um, dort hinten ist Brackwall. Oder halten Sie Abstand, dann haben wir beide unsere Ruhe. Wäre es so anstrengend für Sie, bis Aspen zu schweigen?« Die letzten Worte klangen beinahe verzweifelt.

Ich unterdrückte ein gequältes Lachen. Stumm hintereinander zu reiten – nichts täte ich lieber! So sehr ich Morgan verabscheute, diesen Wunsch hätte ich ihm gern erfüllt. Aber dann würde ich nie etwas erfahren. Ich hatte nur diesen gemeinsamen Ritt, um seinen Panzer zu knacken.

Ich gab uns beiden ein paar Minuten, dann setzte ich erneut an: »Haben Sie …«

»Mr. Parker, Sie sägen höchst gekonnt an meinem Geduldsfaden«, knurrte er mühsam beherrscht, und ich sah die unverhohlene Wut in seinen Augen.

Mir war natürlich klar, dass ich ihn reizte wie einen zornigen Stier. Wenn ich so weitermachte, würde er in die Luft gehen. Aber was würde er dann tun? Was *konnte* er tun? Mir den angedrohten Tritt versetzen? Das wäre schmerzhaft, brächte mich jedoch nicht um. Doch irgendwie hatte ich das Gefühl, dass dies nicht passieren würde. Morgan wirkte aggressiv, aber nicht gewalttätig. Er würde mich nicht angreifen, geschweige denn in blinder Rage vom Pferd schießen. Mac vertraute ihm, deshalb hatte er mich ja mit ihm losgeschickt. Aller Verbitterung zum Trotz war Morgan ein vernünftiger Mann, er würde nicht vollends die Beherrschung verlieren. Er konnte nur Worte gegen mich einsetzen. Oder Schweigen, falls ich den Bogen überspannte. Doch wenn ich mich nicht bemühte, blieb er erst recht stumm, also hatte ich nichts zu verlieren.

»Ich gebe mir redlich Mühe damit«, erwiderte ich im Versuch, die Stimmung aufzulockern. »Man tut, was man kann.«

»Anfängerfehler. Ein Fachmann kann, was er tut.«

»Dann können Sie bestimmt gleichzeitig reiten und sich unterhalten. Wir haben alle Zeit der Welt.«

»Die Zeit habe ich. Aber nicht die Geduld. Sie reden zu viel, Mr. Parker.«

»Ich rede gern«, behauptete ich. Himmel, es brauchte schon eine völlig bizarre Situation, um mich zu so einer Aussage zu treiben!

»Ach, seit wann? Und wenn Sie schon ungekannte Vorlieben entdecken, stellen Sie diese doch einfach wieder ab.«

»Und wenn nicht, schicken Sie mich nach Brackwall zurück? Und sagen Mac, es wäre nicht machbar, weil ich zu viel rede?« Allmählich war auch meine Geduld erschöpft.

»Wollen Sie mir etwa erklären, wie ich meinen Auftrag ausführen soll?«

»Nein. Ich erkläre Ihnen, *dass* Sie einen Auftrag haben.« Ich atmete tief durch. Das lief in die falsche Richtung, immerhin tat er mir einen Gefallen, indem er mich nach Aspen brachte.

»Sie lehnen sich weit aus dem Fenster, Mr. Parker, für jemanden, der keine Ahnung hat, wie es im Leben zugeht. Irgendwer sollte Ihnen die traurige Wahrheit eröffnen: Sie sind nicht unverwundbar. Aber das werden Sie ohnehin bald merken. Wer tagelang im Sattel sitzt und es nicht gewohnt ist, spürt sehr schnell, wo es überall wehtun kann.«

»Wie lange kann so ein Pferd denn laufen, bis es eine Pause braucht?«, fragte ich unbehaglich.

»Solange wir höchstens traben – etwa zwölf Stunden«, behauptete er genüsslich. Ich musste schlucken. Ausgeschlossen, da würde ich um einiges früher eine Rast benötigen. Beinahe rechnete ich nun mit der boshaften Frage: »Machen Sie etwa jetzt schon schlapp?« Doch Morgan ritt schweigend weiter. Er mochte rücksichtslos sein, aber er war wenigstens nicht grausam.

Die nächsten Stunden vergingen ähnlich wie die erste. Wann immer ich ein Gespräch anfing, fuhr Morgan mir prompt über den Mund und machte jede Unterhaltung zunichte. Er wollte seine Ruhe, das war klar. Und doch hatte ich den Eindruck, dass er es zugleich genoss, endlich uneingeschränkt seinen Grimm auszuleben. Mac gegenüber hielt er sich ja zurück und die Leute in Brackwall gingen ihm vermutlich aus dem Weg. Ich dagegen suchte seine Gegenwart und probierte es stets aufs Neue. Natürlich fragte ich mich bald, ob es das wert war. Wollte ich weiter angeschnauzt werden? Nur um ein Geheimnis zu lüften, das ich mir aus ein paar Sätzen zusammenreimte? Fast wünschte ich, die Unterhaltung nicht belauscht zu haben. Wäre doch das Mädchen nicht mit dem Buch dagesessen, hätte doch die Kundin ihren ganzen Wocheneinkauf erledigt, hätte ich doch nicht nach dem Schreibzeug gefragt! Dieser verfluchte Ritt hätte so geruhsam für uns beide ablaufen können, wir hätten uns einträchtig angeschwiegen und am Ende mit einem knappen Kopfnicken verabschiedet. Mehrmals war ich knapp davor, es schlichtweg bleiben zu lassen.

Aber ich hielt durch und mit jeder von Morgans Beleidigungen wuchs meine Entschlossenheit. Während er mich mit seinem Groll überschüttete, konnte er mir umgekehrt nicht ausweichen. Allmählich wurden unsere Wortwechsel länger, er fand sich damit ab, dass ich immer wieder ansetzte.

Am späten Vormittag unterbrachen wir unseren Ritt kurz an einem Bach, ließen die Pferde trinken und gönnten uns selbst einen Happen. Nach dem zeitigen Frühstück war ich hungrig, zudem machte sich die lange Zeit im Sattel bemerkbar. Als wir erneut aufsaßen, wurde es ärger. Zwar ritten wir durchgehend im Schritt, doch für mein Sitzfleisch machte das keinen Unterschied. Ich biss die Zähne zusammen, aber als der Nachmittag seinen Lauf nahm, fand ich kaum noch eine erträgliche Position. Es war nur mehr eine Frage von Minuten, ehe ich herausplatzen würde: »Aus! Ich brauche eine Pause, sofort.« Eine krachende Niederlage, doch ich war an meiner Belastungsgrenze angelangt.

»Was halten Sie von einer Rast?«, fragte Morgan so unvermittelt, dass es mir die Sprache verschlug. Ich nickte bloß matt und wartete auf etwas wie: »Sie schauen nämlich aus, als bräuchten Sie dringend eine.« Aber er schwang sich stumm aus dem Sattel und ich folgte eilig dem Beispiel. Am liebsten hätte ich mich ins Gras gelegt, vorzugsweise bäuchlings, dann blieb ich doch stehen. Unauffällig verlagerte ich mein Gewicht von einem Bein aufs andere.

Morgan nahm einen Schluck aus seinem Trinkbeutel. »Gehen Sie ein paar Schritte«, empfahl er ruppig. »Das hilft.«

Er hatte recht. Eine Weile stakste ich herum und kam mir höchst dämlich dabei vor, spürte jedoch ein Nachlassen der Schmerzen. Morgan lehnte im Schatten an einem Baum und sah mich nachdenklich an. »Sie halten sich wacker.«

»Danke«, murmelte ich verdattert.

»Warum tun Sie sich das an?«

Ich zuckte mit den Schultern. »Na ja, es ist der schnellste Weg nach Aspen.«

»Sie könnten sich die Sache gewaltig erleichtern.«

»Jetzt ist es ein wenig spät für die Postkutsche«, entgegnete ich verwirrt.

»Ich spreche nicht von der Kutsche«, sagte er leise und da begriff ich. Dies war mehr als eine kurze Rast, eher eine Atempause in einem Duell, wenn beide Kontrahenten gemeinsam durchschnaufen, bevor sie erneut die Klingen kreuzen.

»Man wächst mit der Herausforderung«, antwortete ich.

Morgan schüttelte den Kopf, es wirkte wie eine traurige Geste der Hoffnungslosigkeit. »Lassen Sie es gut sein. Sie versuchen ein Feld zu beackern, das seit Jahren brach liegt. Ich habe keine Antworten für Sie. Ich bin einfach derjenige, von dem Sie sich irgendwann wünschen werden, ihm gar nicht erst begegnet zu sein.«

Jetzt schüttelte ich den Kopf. »Das lassen Sie meine Sorge sein.«

»Ich habe Sie gewarnt.« Seine Stimme klang wieder angriffslustig. »Weiter?«

Ich nickte entschlossen. »Weiter.«

Und wie es weiterging. Während die Sonne allmählich sank, setzten wir unsere Wortgefechte fort. Morgans Tonfall hatte inzwischen zwar an offener Aggression verloren, war aber unvermindert feindselig.

»Was haben Sie eigentlich gegen Großstädter?«, wollte ich wissen. »Sie hacken auf uns herum, als bildeten wir uns ein, wir wüssten alles besser als die Menschen im Westen.«

»Wozu fragen Sie, wenn Sie die Antwort gleich mitliefern?«

»Wie viele Leute aus größeren Städten ver… haben Sie denn schon kennengelernt?« Beinahe hätte ich gefragt: »… verirren sich üblicherweise nach Brackwall?« und Morgans Vorurteile prompt bestätigt.

»Och, man brauchte sich nur einen Abend in den Saloon zu setzen. Immer amüsant zu beobachten, die Städter. Glauben, die Welt gehört ihnen, und ignorieren, dass die Welt überall ein wenig anders funktioniert. Mischen sich ein und pfeifen auf jeden guten Ratschlag.«

»Lassen Sie mich raten: Das war ein Wink mit dem Zaunpfahl.«

»Für Sie braucht es schon einen Hieb mit einem ganzen Zaun. Und Ihre Zunge müsste man zusätzlich erschlagen. Sie gehen gern zu weit.«

»Sie sagen mir hoffentlich rechtzeitig Bescheid?«

Er zog eine Augenbraue hoch. »Achten Sie einfach darauf, wo Sie sich befinden. Das ist zu weit.«

»Äh«, murmelte ich. Wollte er mich warnen oder bloß aufs Glatteis führen?

»Und Sie sind zu vertrauensselig«, fuhr er gnadenlos fort. »Sie verlassen sich darauf, dass andere Menschen sich an die Spielregeln halten.«

»Andernfalls würde ich wohl sehr schnell verrückt. Ist es nicht normal, davon auszugehen, dass … mir zum Beispiel nicht jemand grundlos eins auf die Nase gibt?«

»Es mag eine vernünftige Einstellung sein. Aber Sie sollten auf Ausnahmen gefasst sein.«

»Vielen Dank, schreibe ich mir hinter die Ohren. Meinen Sie nicht, dass das ein leichtes Zeichen von Verfolgungswahn ist?«

»Vertrauen Sie mir?«, fragte er zurück.

Wieso klang das auf einmal wie eine Falle? »Ich denke doch.«

»Sehen Sie. Das könnte Ihr größter Fehler sein. Und vertrauen Sie sich selbst?«

»Ja.«

»Das könnte Ihr letzter Fehler sein.«

Ich stöhnte. »Sie sind ein großartiger Fürsprecher für das Gute im Menschen.«

»Ich habe nie behauptet, einer zu sein. Wer sagt Ihnen, dass der Mensch gut ist? Menschen tun schlimme Dinge, selbst Leute, die Sie zu kennen glauben. Mit Misstrauen und Verachtung sind Sie besser unterwegs, das bewahrt vor Enttäuschungen.«

»Wie ich sehe, klappt das bei Ihnen blendend. Sie wirken vollauf mit sich und Ihrem Leben zufrieden.«

»Was Sie von mir halten, ist mir egal«, versetzte er patzig. »Ich selbst muss mit mir auskommen.«

»Und tun Sie das? Können Sie sich selbst leiden?«

Er zögerte. »Nein«, sagte er, plötzlich sehr ruhig. Ich wartete stumm und nach einer Weile fuhr er fort: »Im Grunde ist falsch, was ich heute früh sagte – dass ich niemanden ausstehen kann. Wahr ist: Mir sind die Menschen gleichgültig. Nur einen Einzigen mag ich wirklich nicht und das bin ich selbst. So, jetzt lassen Sie mich wenigstens eine Stunde in Frieden, Sie unerträgliche Nervensäge.« Damit trieb er sein Pferd vorneweg und diesmal hielt ich Abstand. Morgans letzte Worte hatten anders geklungen als alles vorher. Es war mir ganz recht, darüber nachdenken zu können.

In Summe war der Tag besser gelaufen als erwartet. Ich war zwar keinen Schritt näher an dem, was Morgan offenbar wusste, aber er hatte mit mir geredet. Gut, eher mich mit Worten verdroschen, doch immerhin nicht ignoriert oder zurückgeschickt.

Der Erfolg kostete mich freilich einen wundgescheuerten Hosenboden. Als die Dämmerung hereinbrach, hätte ich fast gejauchzt vor Erleichterung. Ich sackte geradezu vom Pferd. Trotzdem kannte Morgan keinen Pardon. »Erst das Pferd«, forderte er barsch, als ich nicht sofort Anstalten machte. »Es hat heute weit mehr gearbeitet als Sie. Danach können Sie zusammenbrechen.«

Ich war zu geschafft, um etwas zu erwidern. Stumm versorgten wir die Tiere, ehe wir uns zum Essen setzten. Morgan hatte den Unterschlupf gut gewählt, Felsen boten Schutz vor dem kühlen Nachtwind. Ich hatte keinen Kopf mehr für irgendwelche Gespräche, eine bleierne Müdigkeit stieg in mir auf.

»Sehen Sie zu, dass Sie Schlaf bekommen«, meinte Morgan rau, während er seinen Hut abnahm und die Decke ausrollte.

Ich holte meine eigene. »Müssen wir abwechselnd Wache halten?«

Er schüttelte den Kopf und ich wunderte mich, dass er das Krachen des riesigen Steins nicht hörte, der mir von der Seele plumpste. »Unwahrscheinlich, dass uns hier in der Einöde jemand nachts überfällt, ich lösche jetzt das Feuer. Außerdem habe ich einen leichten Schlaf.«

Das bekam ich nur noch halb mit. Ehe ich überlegen konnte, wie es sich wohl unter freiem Himmel schlief, glitt ich bereits ins Reich der Träume.

Viel zu schnell kam der nächste Morgen. Ich erwachte, als Morgan mich unsanft rüttelte. »Hoch mit Ihnen! Die Sonne ist schon fast aufgegangen.« Ich rappelte mich ächzend auf. Hatte Morgan mich nachts heimlich durchgeprügelt? Mir tat jeder Knochen im Leibe weh.

Immerhin hatte er Kaffee gekocht, wofür ich ihn insgeheim segnete. Es half nichts, da musste ich jetzt wohl durch. Morgan packte bereits seine Sachen zusammen, ich tat es ihm hastig gleich.

Als ich den Sattel aufs Pferd heben wollte, wurde das Ziehen in den Schultern abrupt so stark, dass ich stöhnend innehielt. Ich biss die Zähne zusammen. Dann wollte ich erneut ansetzen, als mir unerwartet zwei Hände den Sattel abnahmen und ihn aufs Pferd legten. »Danke«, brachte ich mit verzerrtem Gesicht heraus. »Es geht schon, den Gurt schaffe ich allein.« Ich beugte mich hinunter. »Ist das normal, oder sitze ich irgendwie falsch?«

»Sie hätten gestern Abend ein wenig herumgehen sollen, so wie während der Rast«, bemerkte Morgan mitleidlos. »Und Ihre Glieder mit Wasser aus dem Bach kühlen.«

»Ein guter Hinweis. Reichlich spät, aber vernünftig.« Ich zurrte den Gurt fest und richtete mich auf. Fast erwartete ich eine spöttische Miene, doch Morgan war ernst wie immer. »Ihnen kann nichts und niemand ein Lächeln entlocken, wie?«

Er schnaubte. »Warten Sie lieber nicht darauf. Ein Lächeln von mir ist so ziemlich das Letzte, was Sie auf dieser Welt sehen werden.«

Wenig später waren wir unterwegs. Wie würde Morgan heute reagieren – so hasserfüllt wie gestern früh oder nur mit grimmiger Feindseligkeit wie am Abend? »Falls Sie noch einen Rat für mich haben, wäre ich Ihnen dankbar«, bemerkte ich so höflich wie möglich.

»Damit wir uns richtig verstehen«, gab er zurück – bissig, aber nicht so wütend wie am vergangenen Morgen. »Ich bin da, um Sie halbwegs heil ans Ziel zu bringen. Ich eigne mich bei Gott nicht zum Kindermädchen. Sie müssen Ihren eigenen Verstand gebrauchen. Hätten Sie eben gefragt.«

»Mein Fehler. Aber gewissermaßen sind Sie schon zum Aufpassen hier. Immerhin tragen Sie eine Waffe.«

»Glauben Sie mir, ich habe mich nicht darum gerissen«, knurrte Morgan. »Mac hielt es für besser.« Er zog den Revolver sehr bedächtig aus dem Halfter, die Bewegung war eindeutig ungewohnt für ihn. Widerwillig blickte er darauf, dann steckte er ihn zurück. »Für Ratschläge bin ich jedenfalls nicht zuständig. Ich habe Ihnen einige gegeben und nicht den Eindruck, als wollten Sie diese beherzigen.«

»Sie empfahlen mir, misstrauisch zu sein. Nun, ich glaube durchaus nicht alles, was man mir erzählt. Ich bilde mir meine eigene Meinung. Es kümmert mich nicht, was andere über mich denken.«

»Doch, das tut es.«

»Nein, tut es nicht!«

»Wieso versuchen Sie dann, mich davon zu überzeugen?«

Ich hielt ertappt inne. Zum Teufel, er legte es darauf an, mich zu reizen, und das mit Erfolg. »Sie sind so verdammt selbstsicher, dass es nicht mehr gesund sein kann«, grummelte ich.

»Und Sie sind so unsicher, dass es einen krank macht.«

Ich blinzelte überrascht. »Ich?« Er bedachte mich bloß mit einem nachsichtigen Blick. »Ich kenne meine Stärken und Schwächen genau. Ich weiß, was ich will und was nicht.«

Jetzt wirkte er doch wieder angriffslustig. »Was wollen Sie denn nicht?«

Das war leicht. »Gesellschaft. Ich kann hervorragend ohne.« Was meine gestern behauptete Vorliebe fürs Reden prompt als Lüge entlarvte, aber das wurde mir erst im Nachhinein klar.

»Warum?«

»Weil ich gern allein bin.«

»Warum?«

Allmählich wurde ich meinerseits wütend. »Weil mir dann niemand solche Fragen stellt.«

»Genau das meine ich. Sie wollen keine Menschen um sich, weil Sie sich dann mit ihnen auseinandersetzen müssen. Und mit sich selbst. Sie lassen niemanden an sich heran, weil Sie fürchten, was dabei herauskommt.« Seine Stimme wurde immer leiser, wodurch die Worte umso eindringlicher wirkten. »Sie spielen nicht mit. Das ist eine Strategie, aber kein Standpunkt. Sie sind zufrieden mit sich, aber ohne Begriff davon, was Glück eigentlich bedeutet. Sie werden es auch nie erfahren, solange Sie nichts ausprobieren. Sie glauben, über den Dingen zu stehen, und haben von nichts Ahnung. Leben heißt, Entscheidungen zu treffen. Zu wissen, wer man ist, und zuzulassen, dass andere es herausfinden. Wenn Sie das nicht wagen, bietet Ihnen auch niemand je seine Freundschaft an.«

Ich schluckte. Das war heftig. Ich spürte regelrecht, wie es tief in mir zu nagen begann. Vor allem Morgans letzter Satz versetzte mir einen Stich. Ich hatte nie einen Freund gehabt und nie einen gebraucht. Ob mir dadurch etwas entging – na und? Aber ich würde mir sicher nicht von einem verbitterten Menschenfeind erklären lassen, was Freundschaft bedeutet, ich hatte schließlich Bücher darüber gelesen! »Freunde braucht, wer allein nicht zurechtkommt.« Das war zwar nicht ganz meine Meinung, klang aber gut. »Und Liebe ist für jene, die ihre Gefühle nicht unter Kontrolle haben.«

Es war eine seltsame Situation, umgekehrt zum Vortag: Je wütender ich wurde, desto ruhiger war Morgan. »Jeder Mensch braucht etwas, das er liebt.«

»Mag sein. Aber nicht unbedingt *jemanden*. Ich spreche aus Erfahrung.«

»Erfahrung – dass ich nicht lache. Sie bleiben stets für sich und denken, Sie verstehen etwas von Liebe und Freundschaft?«

»Ich will mich nicht mit so was belasten«, gab ich zurück.

»Für Sie ist Freundschaft also etwas, das man mit sich herumschleppt und dem man ausweichen sollte, so wie den Menschen überhaupt.« Morgan schüttelte verächtlich den Kopf. »Wie kann man so viele Bücher kennen und so wenig daraus lernen? Sie haben so viel gelesen und so wenig erlebt, Sie wissen so viel und begreifen so wenig. Sie haben zahllose Figuren durch ihre Geschichten begleitet. Aber Sie wollen niemanden, der an Ihrer Seite durchs Leben geht. Wer wird an Ihrem Sterbebett stehen, wenn Sie jeden anderen Menschen als Belastung sehen?«

Seine Worte trafen wie Geschosse. Er hatte dermaßen recht, dass ich mich innerlich krümmte. Ich glaubte ja selbst nicht an meine Behauptung, Freunde wären lästig. Ich hatte einfach keine, weil ich immer allein war. Mehr gab es da nicht zu sagen. Aber durfte Morgan so harsch über mich urteilen? Ich ging zum Gegenangriff über. »Und Sie? Sind Sie stets sicher, was Sie wollen? Sie belehren mich über Freundschaft und behandeln selbst jeden feindselig. Sie wollen in Ruhe gelassen werden, doch Sie sitzen im Saloon, allein mitten in Gesellschaft. Was ist Ihr Problem?«

»Sie«, erklärte er, nun wieder patzig. »Und das geradezu meisterlich. Auch im Saloon kann man seine Ruhe haben, dafür muss man bloß uninteressant sein.«

»Sie möchten also vergessen werden. Und ich dachte schon, Sie wollen als hasserfüllt in Erinnerung bleiben.«

»Ich sage doch, ich hasse die Menschen nicht. Sie sind mir gleich.«

Ich ließ nicht locker. »Trotzdem erklären Sie mir, dass *ich* mich fürchte, andere Menschen heranzulassen.«

Seine Augen verengten sich. »Sie haben keine Ahnung, was ich will oder was ich fürchte.«

»Stellen Sie mich auf die Probe. Soll ich Ihnen sagen, wovor Sie Angst haben? Dass Sie irgendwann beginnen könnten, jemanden gernzuhaben. Und draufkommen, dass Sie eben doch jemand anderen brauchen.« Ich hielt inne, als Morgan sich abrupt versteifte. »Ich ... hab's erraten, nicht wahr?«

Seine Stimme war nur ein Flüstern. »Nicht ganz. Aber knapp genug dran.« Er rang nach Luft. »Jetzt bin ich an der Reihe. Wovor Sie sich fürchten: vor sich selbst. Sie vergraben sich in Büchern und leben die Geschichten anderer, weil Sie keine eigene haben. Sie wollen nicht herausfinden, was in Ihnen steckt, weil Sie Angst haben, was Sie dort finden. Hab ich's erraten?«

Ich schwieg betroffen. Er erwartete offenbar keine Antwort, ich hatte auch keine. Aber ich musste mir selbst eine geben, und sie gefiel mir nicht. Trotzdem blieb eine Frage: »Aber wenn Freundschaften so wertvoll sind, wieso meinen Sie dann, dass Menschen schlimme Dinge tun? ›Mit Misstrauen und Verachtung sind Sie besser unterwegs.‹ Ihre Worte gestern.«

Er zuckte zusammen. »Meine Worte.« Er wirkte irgendwie ... verblüfft – nein, erschrocken. »Vergessen Sie, was ich sagte«, murmelte er schließlich.

Ich war verwirrt. »Gestern?«

»Gerade eben. Wieso erkläre ich Ihnen, wie Sie zu leben haben? Das steht mir nicht zu.«

Das Gespräch neigte sich unversehens dem Ende zu. »Aber ... Warten Sie ...«

Er schüttelte unwillig den Kopf. »Schauen wir lieber, dass wir vorankommen.«

Der Rest des Vormittags verging anders als der vorherige. Wir ritten stumm hintereinander. Ich war in Gedanken versunken und auch Morgan schien kaum auf die Umgebung zu achten – hoffentlich waren wir noch am richtigen Weg. Trotzdem war es kein unangenehmes Schweigen, vielmehr eine stille Übereinkunft.

Ausgerechnet Morgan hatte mir eine neue Sicht der Dinge eröffnet – auf mich und auf ihn. Ich musste meine anfängliche Einschätzung wohl überdenken. Wir mochten beide allein sein, aber wir waren es auf unterschiedliche Art. Und nicht aus denselben Gründen.

Grimms Märchen

Mittags entschied Morgan, den Pferden diesmal eine etwas längere Rast zu gönnen. Er selbst legte sich zu einem Nickerchen hin und ich machte es mir indessen mit Macs Buch gemütlich.

Ich war so versunken, dass ich erst aufblickte, als sich etwas vor die Sonne schob. Da waren dicke Wolken am Himmel, dunkel genug für ein Gewitter. Ich hielt es für besser, Morgan zu wecken, und stupste ihn mit der Fußspitze. Die Wirkung war eindrucksvoll: Morgan fuhr hoch wie mit einer glühenden Nadel gestochen und richtete seine Hand auf mich – genauer gesagt den Revolver. Wie versteinert starrte ich auf die Mündung und wagte nicht zu atmen.

Die wenigen Sekunden fühlten sich wie eine Ewigkeit an, ehe Morgan mich erkannte.

»Warum machen Sie so was, Sie Idiot?«, knurrte er und verstaute die Waffe umständlich im Halfter.

Mein Entsetzen wich nur langsam. »Ich … Das … Schlafen Sie immer mit dem Revolver in der Hand?«

»Kann sich als nützlich erweisen. Falls sich eine Schlange hierher verirrt.«

Ich deutete zum Himmel. »Schlange sehe ich keine, aber das dort kommt mir bedenklich vor.«

Er warf einen Blick hoch und rappelte sich überraschend flott auf. »Hoppla, da haben Sie recht. Wir brauchen einen Unterschlupf.«

Hastig ritten wir los. Vor uns war der Himmel noch blau, aber von hinten zogen schwarze Wolken näher.

»Tut mir leid, dass ich Sie erschreckt habe«, meinte Morgan unvermittelt, und ich wäre vor Staunen fast aus dem Sattel geplumpst.

»Schon in Ordnung«, versicherte ich. »Habe ich Sie aus einem Albtraum gerissen?«

»Allerdings. Und als ich die Augen öffnete …«

»Sagen Sie's nicht. Sie sahen mich, und der Albtraum wurde schlimmer?«

Natürlich lachte er nicht, aber sein gemurmeltes »Immerhin haben Sie Humor« war Anerkennung genug.

An einem Bach füllten wir rasch die Wasserbeutel auf. Morgan trieb zur Eile.

»Es macht mir nichts aus, im Regen zu reiten«, erklärte ich, um nicht als Waschlappen dazustehen.

»Aber den Pferden. Ich will nicht, dass sie ausgleiten. Außerdem wird das mehr als ein harmloser Regen, da wird es ordentlich blitzen.«

Jetzt fühlte ich mich erst recht wie ein blauäugiger Städter. Morgan schnürte einige Äste zu einem Bündel, ehe wir weiterritten.

Der Himmel wurde zusehends dunkler, wir würden dieses Rennen demnächst verlieren. Morgan wirkte enorm angespannt, er war eindeutig besorgt wegen der Tiere. Während wir uns den Bergen näherten, verstärkte sich der Wind und die Pferde wurden tatsächlich unruhig.

»Hier entlang!«, rief Morgan plötzlich und ritt zwischen die Felsen.

Gleich darauf sah ich, was seine scharfen Augen bereits früher entdeckt hatten: eine Höhle, groß genug für uns und die Tiere. Wir hielten darauf zu und schon spürte ich Tropfen auf meiner Wange. Doch wir schafften es gerade noch ins Trockene, ehe der Himmel seine Schleusen öffnete und das Unwetter losbrach.

»Das war knapp«, seufzte ich erleichtert, als wir uns von den Pferden schwangen. »Sie haben mich richtig nervös gemacht.«

Nun kam wohl auch Morgan seine eigene Besorgnis übertrieben vor. »Hm, ein paar Tropfen hätten uns nicht gleich umgebracht.« Er lugte unter dem Felsvorsprung hinaus. »Schaut nach einer längeren Angelegenheit aus.«

Wir führten die Tiere in den hinteren Bereich. Morgan untersuchte die Höhle sorgfältig auf Schlangen, während ich fasziniert das Schauspiel von Blitz und Donner draußen beobachtete. Als ich mich umwandte, war Morgan schon mit einem Feuer beschäftigt.

»Das Holz reicht sicher nicht bis morgen«, erklärte er. »Wir halten die Flamme klein, dann haben wir länger was davon.«

Wir breiteten unsere Decken aus, um nicht am kalten Steinboden zu hocken. Ich zog meinen Gepäcksack heran in der Hoffnung, dass das spärliche Licht zum Lesen genügte. Dem war leider nicht so und unglücklich steckte ich das Buch wieder weg.

»Niemals ohne Buch«, murmelte Morgan. »Sie wären eher ohne Proviant losgeritten als ohne was zum Lesen, stimmt's?«

Ich blieb stumm. Was für eine Frage! Ich wäre sogar lieber ohne Hose aufgebrochen als ohne Buch. Aber wie könnte Morgan das je begreifen?

Er sah mich nachdenklich an. »Was macht Bücher so besonders? Weshalb lesen Sie so gern?«

Ich brauchte ein paar Sekunden, um meinen Ohren zu trauen. Ausgerechnet dieser überzeugte Nichtleser wollte wissen, was mir an Büchern gefiel, und es schien ihm ernst. Also gab ich ihm eine Antwort – nicht nur eine kurze höfliche, sondern eine umfassende, die wirklich von Herzen kam.

Ich beschrieb ihm die wundervollen Geschichten, in die man beim Lesen hineingezogen wurde, mit all ihren Handlungssträngen und unerwarteten Wendungen. Ich erzählte von Welten, in die man entführt wurde, die man überflog wie ein Vogel oder durchstreifte wie ein Reisender, und in deren pralles Leben man eintauchte, bis man die Düfte eines fernen Basars oder eines verwunschenen Gartens geradezu roch. Ich sprach von Abenteuern, die man in der wirklichen Welt niemals erleben würde, jedenfalls nicht alle auf einmal und ohne den geringsten Kratzer davonzutragen. Ich redete über Charaktere, die man besser kennenlernte als die eigenen Verwandten und mit denen man fühlte oder litt, hoffte und verzweifelte, denen man die Daumen drückte oder es gönnte, dass sie auf die Nase fielen. Ich berichtete von Helden und Monstern, außergewöhnlichen Wesen und gruseligen Schreckensgestalten, von Menschen, die vor Urzeiten gelebt hatten oder erst in ferner Zukunft zur Welt kommen würden. Ich erklärte ihm, dass Bücher für mich wie Freunde waren, wie eine Schatztruhe voller Glücksmomente, wie die beruhigende Versicherung, dass ich mich niemals verloren oder einsam fühlen musste.

Ich weiß nicht, wie lange ich redete. Vielleicht war es eine Stunde, vielleicht weit mehr. Nie zuvor hatte jemand – sei es meine Mutter oder ein Lehrer – genug Geduld aufgebracht, daher hatte ich stets ausweichend geantwortet. Morgan jedoch schien wirklich bereit, mir zuzuhören. Es war perfekt: Wir konnten nicht raus und ich sprach über Bücher zu jemandem, den es interessierte.

Irgendwann kam ich doch zu einem Ende – als legte ich ein Buch beiseite. Morgan saß mir still gegenüber. Jetzt hatte ich doch plötzlich Angst, dass ich zu viel preisgegeben hatte, er nun eine spöttische Bemerkung machen und den Zauber brechen würde.

Eine ganze Weile verging, ehe er den Mund öffnete. »Da steckt wohl doch mehr drin, als ich dachte.«

Meine Besorgnis verschwand augenblicklich, ich lächelte. »Die Antworten auf alle Fragen dieser Welt. Man muss nur ein wenig suchen. Mac meint, das eine perfekte Buch gibt es nicht, weil es stets ein anderes ist.«

Morgan nickte langsam. »Ja, das klingt nach ihm.«

»Obwohl ich finde, dass *Die drei Musketiere* fast immer passt.«

Er hob irritiert den Kopf und suchte offenbar nach einer Erwiderung. »Was für Tiere?«

Ich unterdrückte ein Grinsen. »Musketiere. Tapfere Männer, die vor zweihundertfünfzig Jahren in Frankreich für den König kämpften, mit dem Degen in der Hand und dem Herz am rechten Fleck.«

»Ah.« Morgan wirkte immer noch ratlos.

Ein paar Minuten lang saßen wir schweigend. Irgendwann fragte er: »Und wenn Sie sich ein Abenteuer aussuchen könnten?« Sein Tonfall wirkte herausfordernd, trotzdem war ich begeistert. Wenn ich wählen dürfte … »Wie wäre es mit einer Jungfrau in Nöten? Die Sie vor dem Ungeheuer retten?«, schlug Morgan vor, jetzt klang es doch spöttisch.

Ich ließ mich nicht beirren. »Nein. Lieber unterwegs im Auftrag, die Ehre der Königin zu verteidigen.« Wie D'Artagnan. Oder wie bei *König Artus* – ich musste mir das Buch wieder einmal vornehmen.

»Unsere Welt ist wohl ziemlich enttäuschend für Sie«, meinte Morgan kopfschüttelnd. »Schlechte Nachrichten: Sie leben in der falschen Zeit und im falschen Land. Es gibt keine Schwerter mehr.«

›Degen!‹, dachte ich.

»Es gibt keine Königin. Und was verstehen Sie denn unter Ehre?«

Da war die nächste großartige Frage. »Ehre ist … ein guter Name, über den man nichts kommen lässt. Es bedeutet, sein Wort zu halten. Das Richtige zu tun, weil es sich so gehört, sogar falls es zum eigenen Nachteil ist. Anständig zu kämpfen, auch wenn der Gegner es nicht tut.«

»Allmählich wird mir klar, warum es keine von diesen Musketieren mehr gibt«, warf Morgan ein.

»Ehre ist wie ein Versprechen an sich selbst, nichts Unredliches zu tun, auch wenn niemand je dahinterkäme. Eine gute Tat, von der Sie vielleicht niemals erzählen. So zu leben, dass Sie stolz drauf sein könnten – aber nicht stolz sind, weil es nur selbstverständlich ist.« Ich hielt inne, erneut unsicher. Immerhin saß ich einem Mann gegenüber, der all dies mit einem zynischen Kommentar in der Luft zerfetzen könnte.

Doch Morgan wirkte weder belustigt noch herablassend, eher wie ein Lehrer, dessen ewiger Sorgenschüler diesmal tatsächlich für die Prüfung gelernt hatte. »Das war wahrscheinlich die bemerkenswerteste Definition von Ehre, die mir je unterkam.« Er gab sich einen regelrechten Ruck. »Bei Lichte betrachtet sind Sie mit Ihren Büchern hervorragend aufgehoben, denn solche Abenteuer finden Sie nicht in unserer Welt. Und umgekehrt gibt es Situationen im Leben, wie sie in keinem Buch vorkommen.«

»Doch. Wenn man nur genau hinschaut. Und sich überlegt, wie man die Geschichten auf das Leben ummünzen kann.«

Morgan war nicht einverstanden. »Aber das Leben läuft nun mal anders ab. In Ihren Geschichten und in Zeiten, wo das Wünschen noch geholfen hat, da geht es fast immer gut aus, nicht wahr? Wer getötet wird, erwacht durch einen Zauber wieder zum Leben, und der Prinz heiratet sein Mädchen. Wer in unserer Welt stirbt, bleibt tot. Da kommt keine gute Fee und bietet zwei Wünsche an.«

»Drei Wünsche«, murmelte ich. Ich begriff seinen Zorn: Er dachte an den Tod seiner Eltern.

»Das Leben geht weiter, und keiner lebt glücklich bis an sein seliges Ende.« Groll mischte sich in seine Stimme. »Märchen hören auf, wenn es am schönsten ist. Aber was kommt danach?«

»Märchen haben kein Danach. Deshalb können sie gut ausgehen.«

»Eben. Also müssten Sie im richtigen Leben sterben, wenn Sie am glücklichsten sind. Was erst recht übel wäre – zu gehen, wenn es endlich passt. Nur um nicht mitansehen zu müssen, wie es garantiert wieder bergab geht. Am Ende ist niemand glücklich. Und wenn Sie glücklich sind, ist es nicht das Ende. Es gibt kein perfektes Ende.«

Ich starrte ihn hilflos an. Er hatte seine Eltern verloren und gab sich selbst die Schuld daran. Was wollte ich ihm da von einem guten Ende erzählen? Außerdem hatte ich ein seltsam nagendes Gefühl: als hätte Morgan gerade eben etwas Bestimmtes gesagt, das mich irritierte – ein Gedanke, der weg war, bevor ich ihn greifen konnte. Nun, es würde mir schon wieder einfallen.

»Immerhin gibt es einen perfekten Zeitpunkt, diese Unterhaltung zu beenden«, erklärte Morgan. »Jetzt nämlich. Essen Sie was, und sehen Sie zu, dass Sie Schlaf bekommen. Sie haben ihn nötig.« Er stand abrupt auf und verzog sich in den hinteren Teil der Höhle.

Der Vorschlag war vernünftig. Es war erst später Nachmittag, aber zusätzliche Ruhe tat mir sicher gut. Wie lange würden wir eigentlich noch unterwegs sein? Ich hatte nach wie vor keine Ahnung, welches Wissen Morgan vor mir verbarg. Zwar hatte ich es geschafft, dass er zeitweise fast friedlich mit mir redete. Doch die Stimmung konnte jederzeit kippen. So wie vorhin, als Morgan mich prompt auf den Boden der Tatsachen geholt hatte: *Es gibt keine Schwerter mehr. Und keine Königin. Und keine Ehre.* Wobei ... Nein, das hatte er so nicht gesagt. Hatte dieser verschlossene Grobian etwa zugegeben, dass er an Ehre glaubte? Er war kein Edelmann. Doch war er ein Ehrenmann? Unzählige Male hatte er mich in den letzten Tagen behandelt wie einen Fußabtreter. Aber wenn ich in Gefahr geriete, würde er mich beschützen. Es wäre ihm kein Vergnügen, doch er würde es tun, ohne groß darüber zu reden. So wie er Winnie stillschweigend sein Geld für eine gute Sache überließ. Andrerseits konnte ich kaum herausfinden, ob er bereit wäre, einem Gegner in den Rücken zu schießen. Ich traute ihm durchaus zu, seine Prinzipien über Bord zu werfen, um das eigene Leben zu retten. So wie wohl jeder. So wie ... ich? Verflixter Morgan und seine Fragen nach Ehre!

Trotz einer Nacht auf dem Steinboden fühlte ich mich beim Aufwachen ausgeruht, nur etwas steif. Sonnenstrahlen erhellten die Höhle. Ich rollte gerade die Decke zusammen, als Morgan am Eingang auftauchte. »Da ist ein Bach in der Nähe. Nach dem Regen ein ziemlich großer Bach. Fallen Sie beim Waschen nicht hinein.«

Mit Kaffee sah es allerdings schlecht aus, sämtliche Äste waren triefend nass. Wir aßen ein paar Bissen und waren bald unterwegs.

Inzwischen war mir klar, dass der Pferdehändler recht gehabt hatte: Ich hätte mich heillos verirrt. Ehrlich gesagt war mir kein einziger Wegweiser aufgefallen, aber vermutlich nahm Morgan diverse Abkürzungen.

»Wann kommen wir denn in Aspen an?«, fragte ich neugierig.

»Sie können es wohl kaum erwarten, mich endlich los zu sein?«, knurrte er.

Oje, das klang nach keinem guten Tag. »Nein, ich ... wollte bloß ...«

»Vergessen Sie's. Ich will unsere Zeit auch nicht über Gebühr verlängern. Wenn alles gutgeht, sind wir morgen am späten Vormittag dort. Ohne den Regen hätten wir es bis heute Abend geschafft.«

»Also üblicherweise drei volle Tage. Wie lange braucht die Postkutsche?«

»Etwas mehr als vier. Die wechselt zwischendurch die Pferde, nimmt aber einen längeren Weg.«

Ich wollte das Gespräch nicht gleich wieder abreißen lassen. »Wie oft waren Sie schon in Aspen?«

Er sah mich scharf an. »Wie kommen Sie darauf, dass ich oft dort gewesen wäre?«

»Na ja, Sie kennen den Weg.«

»Gutes Argument«, gab er zu und überlegte merklich. »Nur zwei Mal. Ich begleitete Mac, als er noch reiten konnte. Er besuchte die Gräber der Familie Buckley.«

Eine bessere Gelegenheit würde sich kaum bieten. »Kannten Sie die Buckleys ebenfalls?«, fragte ich arglos und achtete auf jede Regung in Morgans Gesicht.

Seine Miene blieb unbewegt. »Nein. Wie auch? Sie zogen aus Brackwall weg, lange bevor ich dorthin kam.«

»Und wo lebten Sie vorher?« Hm, das klang selbst in meinen Ohren mehr nach Verhör als nach Unterhaltung.

Er runzelte prompt die Stirn. »Fort Commons«, erwiderte er, und ich war so klug wie vorher. Morgan erbarmte sich: »Das liegt in der entgegengesetzten Richtung.« Nach kurzem Zögern fügte er hinzu: »Nach dem Tod meiner Eltern vor sieben Jahren zog ich zu Mac.«

Wenn ich mich jetzt nach seinen Eltern erkundigte, wäre das Gespräch vorbei. Daher tappte ich nicht in die Falle, sondern warf beiläufig ein: »Vor sieben Jahren waren die Geschwister Buckley irgendwo im Land unterwegs und hielten sich vor diesem Sheriff Cooper versteckt.«

»Da haben Sie es. Wie also hätte ich ihnen begegnen sollen?«

»Nun, vor fünf Jahren passierte doch diese Sache mit Jules, wegen der Mac sofort nach Aspen ritt. Da begleiteten Sie ihn nicht?«

Er schaute mich irritiert an. »Nein, daran könnte ich mich wohl erinnern. Mac brach damals sehr überstürzt auf.« Er zuckte mit den Schultern. »Und damit endet mein Bezug zur Familie Buckley.«

So kam ich nicht weiter. Er war zu sehr auf der Hut und ich konnte seine Behauptungen nicht überprüfen.

»Übrigens«, fuhr Morgan unvermutet fort, »haben Sie eine bestimmte Frage interessanterweise nicht gestellt, nämlich die, wie meine Eltern starben.«

Ich zuckte zusammen. Ich Idiot, und wie ich ihm in die Falle gegangen war! Mein Gesicht sprach vermutlich Bände.

»Was hat Mac Ihnen erzählt?«, fragte Morgan.

Ich wand mich regelrecht, im Lügen war ich nie gut. Andrerseits hatte ich Mac versprochen, ihn nicht zu verraten. Vielleicht konnte mich eine Halbwahrheit retten. »Nur dass Ihre Eltern bei einem Unglück starben.«

Morgan musterte mich prüfend, ehe er entschied: »Dann lassen wir es doch dabei bewenden.« Seine Miene wurde friedfertiger. »Mac ist eine Seele von einem Menschen. Aber gut gemeint ist nicht immer gut gemacht. Andere müssen dann mit den Konsequenzen zurechtkommen. Und leben.«

»Sie sind nach wie vor verärgert, weil er Sie mit mir losschickte.«

»Sind Sie etwa froh, welche Gesellschaft er Ihnen bescherte?«

Ich ging lieber nicht darauf ein. Stattdessen sah ich die Gelegenheit, etwas anderes anzusprechen. »Ich bin ... ein wenig besorgt, was Macs Gesundheit betrifft.« Das klang besser als die Feststellung, dass ich Mac für schwerkrank hielt.

Morgan nickte nachdenklich. »Er kämpft um jeden Tag.« Sollte ich sagen, welche Sorgen sich Mac um Morgans Zukunft machte, oder war ihm das ohnehin klar? Er kam mir zuvor, indem er weiterredete. »Ich will nicht, dass er irgendwann plötzlich weg ist«, murmelte er widerstrebend, fast trotzig.

»Aber wäre es nicht vielleicht ... eine Erlösung, wenn er stirbt?«

»Ja, das wäre es allerdings«, erwiderte Morgan sofort, dann hielt er inne. »So ergibt es tatsächlich Sinn«, ergänzte er mit einem ganz eigentümlichen Gesichtsausdruck. »Ich wäre froh, wenn er stirbt. Ich will nur nicht, dass er tot ist.«

Es klang bizarr, entbehrte aber nicht einer gewissen Logik. »Und wenn er ...«

»Wir haben genug über Mac und mich geredet«, beschloss Morgan. »Jetzt sind Sie an der Reihe. Hören Sie auf zu fragen, erzählen Sie.«

Tja, so viel dazu. Und da heißt es, Leute reden am liebsten über sich selbst. Hoffentlich entsprachen die Menschen in Aspen eher dieser Regel.

»Ich weiß nicht recht, was Sie hören wollen. Über mich gibt es nichts Interessantes zu berichten. Ich hangle mich von einer Arbeit zur nächsten, lasse mir von meiner Mutter die Ohren volljammern und lese die

Abenteuer anderer Menschen, wie Sie selbst anmerkten. Mein Leben ist das exakte Gegenteil von spannend. Leider.«

Morgans Stimme war so eindringlich, dass ich überrascht aufsah. »Mr. Parker, Sie sind ein Sargnagel, und ich rätsle immer noch, wie zum Teufel ich Sie mir eingetreten habe. Aber das wünsche ich nicht einmal Ihnen: ein interessantes Leben. So was wollen Sie nicht. Ich wünsche Ihnen ein langes Leben. Vorzugsweise weit weg von mir. Und ein langweiliges Leben. Machen Sie eben das Beste draus. Aber wünschen Sie sich keine Abenteuer. Nicht, wenn Sie alt werden wollen. Sie können nicht aufregende Zeiten haben und Enkelkinder, denen Sie davon erzählen. Oder verschieben Sie Ihre Sehnsüchte wenigstens auf einen Zeitpunkt, wenn Sie nicht mehr in meiner Nähe sind. Ich will mir nicht die Mühe antun, Sie zu begraben, Sie Abenteurer.«

Ich verstand. »Hüte dich vor Wünschen, die in Erfüllung gehen.«

»Und vor altklugen Sprüchen«, gab er zurück. »Ich erwarte nicht, dass Sie von sich erzählen. Allerdings habe ich wenig Lust, Ihnen dauernd Rede und Antwort zu stehen. Sie kennen genug Geschichten. Erzählen Sie mir lieber von diesen drei Tieren.«

»Den ... drei Musketieren?«, vergewisserte ich mich verblüfft.

»Sie sagten doch, das passt immer. Also los. Ich bringe Sie nach Aspen, Sie bringen mich ins Frankreich von vor zweihundertfünfzig Jahren.«

Es war natürlich die perfekte Ausflucht für ihn, soweit durchschaute ich das. Andrerseits brachte mein Lieblingsbuch ja vielleicht sogar einen Lesemuffel wie Morgan auf den Geschmack? Ich holte tief Luft und legte los.

Schon nach wenigen Sätzen war ich völlig in der Geschichte drin, immerhin kannte ich sie stellenweise auswendig. Ich begann sogar, Dialoge mit unterschiedlichen Stimmen zu sprechen, und geriet bei den Fechtszenen so in Bewegung, dass mein Pferd irritiert tänzelte. Ich kümmerte mich nicht darum, ebenso wenig um die Umgebung. Wir hätten durch meine Heimatstadt reiten können, es wäre mir nicht aufgefallen. Ich achtete lediglich auf Morgan. Er lauschte konzentriert und unterbrach mich kein einziges Mal. Nur bei meinen Fechteinlagen zog er die Augenbrauen hoch.

Der Sonne nach zu urteilen, musste es Stunden später sein, als ich zum Ende kam und mit glühenden Backen innehielt. Ich blickte Morgan erwartungsvoll an.

»Alle Achtung«, sagte er schließlich. »Abgesehen von der höchst faszinierenden Geschichte ... Sie haben wirklich Talent, Mr. Parker. Zwar nicht zur Konversation und nur sehr bedingt zum Fragenstellen, aber Sie sind ein hervorragender Erzähler.«

»Äh, danke«, murmelte ich.

»Ich habe zu danken. Für interessante Stunden. Die haben Sie ja auch Mac beschert – mit dem Buch, das Sie ihm schenkten. Geht es da ebenfalls um tapfere Männer im alten Frankreich?«

»Nein, um einen klugen Mann im heutigen England. Einen Detektiv namens Sherlock Holmes.«

»Ungewöhnlicher Name. Wo haben Sie ein Buch aufgetrieben, das Mac noch nicht hat?«

»Es kam erst vor kurzem heraus und ist eigentlich der zweite Band. Nummer Eins ist *Eine Studie in Scharlachrot*, da lernen Holmes und sein Assistent einander kennen. Wenn Sie wollen, kann ich ...« Ich brach verlegen ab. Morgan hatte schon genug Geduld bewiesen.

»Warum nicht? Ich würde gern mehr über diesen Detektiv erfahren.« Ich sah ihn perplex an und er ergänzte: »Allerdings sollten wir den Pferden eine Rast gönnen und uns ein verspätetes Mittagessen. Danach berichten Sie mir von dieser roten Studie.«

Ein Buch wiederzugeben, das man nur einmal las, ist schwierig. Erst recht, wenn die Geschichte etliche Wendungen enthält. Ich musste ständig nachträglich etwas ergänzen. Morgan jedoch wirkte noch aufmerksamer als bei den *Drei Musketieren*. Trotz meiner holprigen Erzählweise machte Sherlock Holmes offenbar den größeren Eindruck.

Als ich das letzte Kapitel abschloss, neigte der Tag sich bereits dem Ende zu. Wieder ließ Morgan sich Zeit, dann kamen die Worte wie ein Keulenschlag: »Ich muss zurücknehmen, was ich vorhin sagte.« Mein Gesicht wurde lang, ich konnte die Enttäuschung nicht verbergen. »Nicht über Sie«, fuhr er fort, beinah milde. »Über die Geschichte. Die von den

Musketieren war spannend, voll geschliffener Worte und Degen. Doch die Auszeichnung ›faszinierend‹ verdient eindeutig Sherlock Holmes.«

Ich lachte erleichtert. »Das zweite Buch beginnt ebenso vielversprechend. *Das Zeichen der Vier*. Da könnte ich allerdings nur den Anfang wiedergeben.«

Er sah mich verwirrt an. »Wieso?«

»Na ja, weil es bei Mac ist. Aber sagen Sie ihm bitte nicht, dass ich …«

»Sie schenkten ihm ein Buch, das Sie selbst noch fertiglesen wollten? Mit so einer bemerkenswerten Geschichte? Respekt, Mr. Parker, das hätte ich nicht erwartet.«

»Sie erzählen ihm nichts davon, ja? Sonst hat er im Nachhinein ein schlechtes Gewissen.«

»Meine Lippen sind versiegelt«, versicherte Morgan, und dann – ich traute meinen Ohren kaum – machte er tatsächlich einen Scherz: »Was das Abendessen freilich erschweren könnte.«

Wir hatten eine verfallene Hütte an einem Bach erreicht und versorgten wie üblich erst die Pferde.

Als wir am Feuer saßen, ging mir etwas im Kopf herum. Allerdings wollte ich Morgan nicht erzürnen, nachdem wir heute so friedfertig miteinander ausgekommen waren.

»Es hat schon was, wenn einem nicht bei jedem zweiten Satz der Kopf abgerissen wird.« Dann merkte ich zu meinem Schreck, dass ich den Gedanken ausgesprochen hatte.

Er warf mir einen skeptischen Blick zu. »Niemand zwang Sie, mit mir zu reden.«

Ich entschied, es zu riskieren. »Sie meinten heute, ich hätte eine bestimmte Frage nicht gestellt«, begann ich und sah, wie seine Miene sogleich wachsam wurde. »Umgekehrt hätte ich längst eine Frage von Ihrer Seite erwartet – warum will ich unbedingt nach Aspen?«

»Vielleicht interessiert mich das nicht.«

»Oder Sie wissen es bereits von Mac. Sie waren auch nicht überrascht, als ich mich heute nach den Buckleys erkundigte.« Ich war stolz, dass mir das aufgefallen war.

Er war nur kurz aus dem Konzept gebracht. »Ich hatte erwähnt, dass Mac ihre Gräber besuchte, da war Ihre Frage berechtigt.« Das war ein Argument – das ich ihm freilich nicht abkaufte. »Aber wenn Sie darauf bestehen«, kam er meinem nächsten Zug zuvor, »weshalb wollen Sie nach Aspen?«

»Ich bin auf der Suche nach Daniel Buckley«, erklärte ich und ließ sein Gesicht nicht aus den Augen.

»Ah«, machte er bloß. Seine Miene zeigte nicht die geringste Regung. Mac musste ihm etwas über meine Absichten erzählt haben. Als ich ihn stumm anstarrte, fuhr er fort: »Erwarten Sie jetzt eine bestimmte Reaktion von mir? Oder vielleicht die Frage, was Sie von Daniel Buckley wollen?«

»Zumindest Letzteres wäre verständlich.«

»Ich muss nicht verstanden werden. Und weshalb sollte mich der Mann interessieren?«

»Sein Vater war immerhin Macs bester Freund.«

»Na und? Dazu brauchten die beiden mich ja nicht. Mac und Mr. Buckley Senior waren schon jahrelang befreundet, ehe ich überhaupt geboren wurde.«

Mir wurde klar, dass ich so nicht weiterkam. Was immer Morgan wusste, er wollte es für sich behalten. Jetzt stand er abrupt auf.

»Ich gehe die Pferde striegeln. Nützen Sie das Feuer zum Lesen.«

Und damit war die Unterhaltung vorbei.

Die Abenteuer des Pinocchio

Die Sonne blinzelte erst über den Horizont, als wir schon unterwegs waren. Meine Zeit mit Morgan näherte sich ihrem Ende, und ich war genauso klug wie am Anfang. Wenigstens hatte ich es geschafft, dass der unzugänglichste Mensch von ganz Brackwall sich mit mir unterhielt. Nachdem ich vor einer Woche noch jedes Gespräch gefürchtet hatte, fand ich das eine beachtliche Leistung.

»Wir kommen in Aspen an, bevor die Postkutsche aus Brackwall überhaupt losfährt«, stellte ich fest.

Morgan zog eine Augenbraue hoch. »Sie können ja ein Telegramm abschicken, dass die nicht mehr aufzubrechen braucht, weil Sie längst da sind.«

Ich grinste. »Ich freue mich richtig darauf, anzukommen. Nicht Ihretwegen, nein, es ist eher ...«

»Sie sind nach Tagen auf See froh, wieder festen Boden unter die Füße zu kriegen.«

»Ja, das kommt hin. Ich will endlich ein paar Häuser sehen, in einem Bett schlafen und an einem Tisch essen.«

»Häuser sehen.« Er schnaubte. »Sie sind und bleiben ein Stadtmensch. Allein die Vorstellung, ich müsste eines Tages mit Blick auf eine Wand sterben ...«

»Eine Bücherwand! Das wäre genau meins.« Ich merkte an Morgans Miene, dass er sich gefoppt fühlte, und beteuerte: »Es ist mir ernst.«

Er ignorierte meinen Einwurf. »Ich möchte als Letztes den Blick in die Weite haben. Sterben unter freiem Himmel. Mich braucht auch keiner einzugraben, sollen sie mich irgendwo verrotten lassen.«

Das fand ich doch unappetitlich. »Mac wäre bestimmt untröstlich, wenn niemand weiß, was aus Ihnen wurde. Obwohl ihm dann wenigstens die Hoffnung bliebe, dass Sie noch leben.«

»Zerbrechen Sie sich nicht meinen Kopf. Ich sorge schon dafür, dass Mac nie an meinem Grab stehen muss. Falls ich tot herumliege, und es kommt zum Beispiel ein Mexikaner des Weges, erbarmt sich und verscharrt mich – umso besser, wenn es keinen Namen dazu gibt. ›Finalmente‹ genügt.«

Ich kramte in meinen bescheidenen Spanischkenntnissen. »Was heißt das? ›Endgültig‹?«

»Fast. ›Endlich‹.«

Dieser Mann könnte dem lebensfrohesten Menschen den Tag vergällen. »Was ist das spanische Wort für ›Einzelgänger‹?«

Er musste nur kurz überlegen. »Solitario‹. Das wäre auch passend.«

Zwei überzeugte Einzelgänger. Das hatte ich beim Aufbruch aus Brackwall gedacht. Inzwischen war mir jedoch klar, dass das so nicht stimmte. Ich selbst war immer gern für mich gewesen. Aber bei Morgan schien es beinahe, als wollte er bloß allein gelassen werden – und verfluchte die Welt dafür, dass sie ihm diesen Wunsch erfüllte.

»Kann ich Ihnen noch mit anderen Wörtern weiterhelfen?«, fragte er nun spöttisch.

»Nein, Sie haben mir schon genug geholfen.« Ich hatte einfach keine Lust mehr auf Hickhack. »Danke für Ihre Begleitung. Mac warnte mich bereits, dass Sie bei den ersten Häusern umdrehen werden.«

Er nickte langsam. »Das war meine Absicht.«

»Ich möchte Sie keinesfalls aufhalten. Aber darf ich Sie wenigstens auf ein Mittagessen in Aspen einladen?«

»Mac hätte auch nie verlangt, dass ich bleibe«, meinte Morgan bedächtig, als hätte er mein Angebot gar nicht gehört. »Allerdings wäre er froh, wenn ich immerhin so lange ausharre, bis Sie einen Weg zu Daniel Buckley finden. Also warum eigentlich nicht?«

Jetzt war ich verwirrt. »Das heißt … Sie nehme das Mittagessen an?«

»Nein, ich mache mir nichts aus so was. Aber ich warte zwei oder drei Tage, bis sich abschätzen lässt, ob Sie Erfolg haben. Dann kann ich es Mac berichten.«

Ich blinzelte verblüfft. »Das … ist sehr freundlich.« Seltsam, irgendwie war mir wohler im Wissen, dass Morgan in der Nähe sein würde.

»Dass wir uns richtig verstehen: Ich werde Ihnen nicht in Aspen helfen. Ich steige außerhalb ab.«

»Wie Sie möchten«, murmelte ich ratlos. Dann fasste ich mir ein Herz. »Sie wollen mir wohl nicht verraten, weshalb Sie sich von Aspen fernhalten?«

Unerwartet antwortete er: »Weil ich bereits mehr als genug Zeit dort verbracht habe.«

»Bei Ihren ... zwei Besuchen mit Mac?«

Morgan wirkte nachdenklich, fast melancholisch. »Nein. In den sechs Jahren, die ich hier wohnte.«

»In den ...« Ich starrte ihn fassungslos an. Wie jetzt – Morgan, sechs Jahre, Aspen?

»Ich habe Sie angelogen. Zumindest teilweise. Ich wuchs in Fort Commons auf und zog nach dem Tod meiner Eltern zu Mac. Aber dazwischen wohnten wir sechs Jahre lang in Aspen.« Ich schnappte nach Luft und er fügte hinzu: »Gestern waren Sie mit Erzählen dran. Heute ich, das ist nur gerecht.«

»Sechs Jahre ... Und vor sieben Jahren zogen Sie zu Mac. Das heißt, Sie lebten zur selben Zeit hier wie die Familie Buckley! Wenigstens ein Jahr lang, bevor Clifton Buckley getötet wurde.«

Sein Gesicht blieb unbewegt. »Bevor Sie fragen – nein. Ich kannte sie nicht näher. Nur namentlich und entfernt.«

Sollte ich ihm glauben? Ich konnte ihm kaum das Gegenteil beweisen. Weshalb berichtete er überhaupt davon? Vielleicht weil ich in Aspen ohnehin über seinen Namen gestolpert wäre? »Was schreckt Sie dann von dem Ort ab?«

»Traurige Erinnerungen. An Jahre, als ich hier mit Menschen lebte, die ich liebte. Und glücklich war. Es ist lange her.« Er riss sich zusammen. »Sie bleiben dabei, dass Mac Ihnen nichts Näheres über den Tod meiner Eltern sagte?«

Ich nickte.

»Dann forschen Sie da bitte nicht weiter nach. Erwähnen Sie meinen

Namen einfach nicht in Aspen. Ebenso wenig den von Mac. Versprechen Sie es – zum Dank, dass ich Sie herbrachte?«

Das konnte ich schwer ablehnen. Ich nickte erneut.

»Das gilt auch bei Daniel, falls Sie ihn finden sollten.«

»Alles klar, ich verspreche es«, sagte ich und unterdrückte ein »Ha!«. Jetzt hatte er sich verraten. Er und Daniel kannten sich. Weshalb sonst sollte ich seinen Namen verschweigen? Fürchtete er, Daniel würde mir etwas über den Tod seiner Eltern erzählen? Aber das war ja erst passiert, lange nachdem die Geschwister Buckley aus Aspen geflohen waren. Die Sache wurde langsam verwirrend.

Ich ließ mir meine Gedanken nicht anmerken. Stattdessen fragte ich nach einer guten Herberge. »Und haben Sie vielleicht einen Rat, wie ich am besten mit diesem Sheriff Cooper umgehe?«

Er zuckte mit den Schultern. »Wirklich unterhalten habe ich mich nie mit ihm. Geben Sie ihm das Gefühl, er sei Ihnen überlegen. Tragen Sie nur nicht zu dick auf, er muss Sie respektieren. Tun Sie wie ein halbwegs intelligenter Städter, der ohne den brillanten Sheriff völlig aufgeschmissen ist.«

»Da brauche ich mich nicht groß zu verstellen«, grinste ich. »Wo übernachten Sie?«

»Es gibt eine Absteige außerhalb des Ortes.«

»Ein Hotel?«

»Eigentlich ein Bordell«, erwiderte er trocken. »Aber man bekommt auch Betten ohne Zusatz.«

»Besteht dort nicht ebenfalls die Gefahr, dass man Sie erkennt?« Er sah mich stumm an und ich geriet ins Stottern. »Nein, so war das nicht gemeint … Es ist nur, weil Sie ja wollen …«

»Schon gut. Ich war damals nicht gerade häufig Gast dort. Außerdem hatte ich noch keinen Bart. Und in sieben Jahren verändern sich Menschen doch gewaltig.« Er hielt inne, und ich merkte regelrecht, wie Erinnerungen in ihm aufstiegen. Der Bart verdeckte tatsächlich viel von seinem Gesicht – ob ich ihn rasiert überhaupt erkennen würde? »Nachdem Sie die Ankunft kaum erwarten können, schlage ich vor, wir legen einen Zahn zu.« Schon trieb er sein Tier vorwärts.

Obwohl sich neben uns nach wie vor steile Hänge befanden, galoppierten wir über flaches Gelände. Ich erkannte keinerlei Anzeichen irgendeiner Ortschaft, doch natürlich erwies sich Morgans Führung als goldrichtig. In einer Talsenke vor uns tauchten Häuser auf. Aspen war um einiges kleiner als Brackwall. Manche Gebäude standen dicht beisammen, andere locker versprengt, etwas entfernt vom Zentrum, soweit der Ort überhaupt ein solches besaß.

Morgan zügelte sein Pferd und wir standen nebeneinander am oberen Rand des Abhangs. *Wundern Sie sich nicht, wenn Paul Sie vom Pferd scheucht, sobald Sie die ersten Häuser erreichen.* Wer hätte erwartet, dass Morgan seinen Vorsatz ändern würde? Dabei fiel mir etwas ein: »Wenn Sie länger bleiben als geplant – kommt Mac mit seinen Vorräten aus?«

»Löblich, dass Sie sich darüber den Kopf zerbrechen. Aber unnötig. Seine Kammer ist für Wochen gefüllt. Außerdem ist seit jeher vereinbart, dass der Krämer bei Mac vorbeischaut, wenn ich nicht mindestens alle zehn Tage einmal aufkreuze. Falls mir was zustößt.« Er wies auf ein ziemlich abseits stehendes Gebäude. »Dort ist das Bordell. Kommen Sie heute Abend und erstatten Bericht. Aber fragen Sie nicht nach mir. Setzen Sie sich, lassen Sie sich nicht verschleppen, und ich stoße zu Ihnen. Kein Name.«

»Ich werde darauf achten.«

»Will ich Ihnen raten«, brummte er, offenbar skeptisch. »Vor allem Sheriff Cooper gegenüber. Der ist schlecht auf Mac zu sprechen und Sie wollen den alten Herrn ja nicht in Schwierigkeiten bringen.« Morgan wusste schon, wie er mich zu packen hatte.

Nun war ich doch beleidigt. »Sie haben bereits mein Ehrenwort.«

»Ach ja, diese Ehre. Wie war das – anständig kämpfen, auch wenn der Gegner es nicht tut ... Passen Sie auf sich auf. Sheriff Cooper ist kein Ehrenmann.« Damit wendete er sein Pferd und ritt davon.

Ich sah ihm ein paar Sekunden lang nach, dann gab ich mir einen Ruck. Aspen – endlich! Dreieinhalb Tage im Sattel und nun konnte ich die Spur der Buckleys erneut aufnehmen. Entschlossen trieb ich mein Pferd auf die Häuser zu. Mein erstes Ziel war das Büro des Sheriffs. Ich brannte darauf, meine Nachforschungen fortzusetzen. Außerdem wollte ich die Begegnung mit diesem Cooper rasch hinter mich bringen.

Das gesuchte Haus war ebenerdig und erstreckte sich weit von der Straße weg nach hinten. Auf mein Klopfen rief eine barsche Stimme: »Ja?«

Sheriff Stanley Cooper – der Stern glänzte prominent an seiner Brust – lümmelte hinter seinem Schreibtisch und hob gelangweilt den Kopf. Ich schätzte ihn auf Mitte vierzig, und wenn er Sheriff Pitt zufolge seit etwa zwanzig Jahren im Amt war, musste er ziemlich jung in die Position gelangt sein. Er war kräftig und gedrungen, sein Blick hatte etwas Mitleidloses. Irgendwie erinnerte er an einen scharfen Hund, der in einem Moment gähnend am Boden liegt und im nächsten zähnefletschend aufspringt. Er wirkte wie jemand, mit dem man besser nicht aneinandergeriet und vorzugsweise wenig zu tun hatte. Am liebsten hätte ich sofort kehrtgemacht.

Stattdessen setzte ich ein strahlendes Lächeln auf. »Sheriff Cooper, nicht wahr? Genau so habe ich Sie mir vorgestellt.« Das war nicht einmal gelogen – nur meine Begeisterung.

Ich hatte wohl den richtigen Ton getroffen, denn er hob überrascht die Augenbrauen. »Sie haben von mir gehört?«

Ich nickte. »Ich zog Erkundigungen über Sie ein. Das ist mein Beruf.«

»Wer zum Teufel sind Sie?«

Hm, das war nicht ideal. Ich tat, als fiele mir der unfreundliche Ton gar nicht auf. »Mein Name ist Parker. Ich bin Reporter einer renommierten Zeitung.« Ich nannte ihm irgendeinen möglichst wohlklingenden Titel. »Unser Blatt sagt Ihnen gewiss etwas. Wahrscheinlich verfolgen Sie ohnehin unsere aktuelle Serie: ›Die schlimmsten Verbrecher des Westens und wie sie ihr Ende fanden‹. Dann wissen Sie auch bereits, dass es darum geht, wie den Übeltätern das Handwerk gelegt wurde. Ich bin für meinen Artikel tagelang hierhergereist, um *Sie* persönlich zu treffen – Sheriff Stanley Cooper. Den Mann, der Sir Buck erwischte!«, vollendete ich bedeutsam und versuchte meine Nervosität zu verbergen. Jetzt entschied sich, ob Cooper anbiss.

Ich brauchte nicht lange zu zittern, er reagierte prompt. Bei den Worten »Sir Buck« richtete er sich merklich interessiert auf.

»Das tat ich allerdings«, bestätigte er stolz. »War nicht einfach, aber am Ende siegte die Gerechtigkeit.«

Wieder nickte ich eifrig. Bestimmt wirkte ich längst dämlich genug. »Wunderbar, solche Aussagen erwecken unsere Serie zum Leben. Darf ich Sie da gleich zitieren?« Ich zog meinen Notizblock halb heraus, schob ihn aber sofort zurück. »Bitte verzeihen Sie, Sheriff, eine Berufskrankheit. Sie sind ein vielbeschäftigter Mann. Wäre es vielleicht denkbar, dass Sie mir irgendwann ein paar Minuten Ihrer kostbaren Zeit schenken und mir erzählen, wie Sie diesen Schurken damals überwältigten?«

Er musterte mich, wahrscheinlich ließ er mich nur zappeln. Als ich ihn da so selbstgefällig sah, kam mir eine weitere Idee. »Ach, hätte ich doch Stamford gleich mitgebracht«, seufzte ich. »Unser Photograph. Der Artikel wird großformatig illustriert. Wenn Sie einverstanden sind, schicken wir unseren Mann vorbei.«

Jetzt hatte ich ihn. Er warf sich regelrecht an die Brust. »Ich denke, das lässt sich einrichten. Sowohl die Photographie als auch einige Minuten heute. Kommen Sie gegen drei Uhr, dann unterhalten wir uns.«

Ich bedankte mich mit einem breiten Lächeln und versprach, pünktlich zu sein.

Gleich darauf stand ich wieder draußen und atmete erst einmal tief durch. Die Begegnung hatte bloß ein paar Minuten gedauert, trotzdem bekam ich eine gute Vorstellung davon, wie die Dinge hier liefen. Sheriff Cooper zum Feind zu haben, war sicher kein Vergnügen. Warum um alles in der Welt hatte Clifton Buckley es mit ihm aufgenommen?

Ich nützte die Zeit bis zum Treffen dazu, in der Herberge zu essen und einige Notizen in meinen Block zu kritzeln, um meine Tarnung zu vervollständigen. Es war eine Sache der Vorbereitung. Und der guten Nerven. Am besten näherte man sich Cooper wirklich wie einem bissigen Hund, denn wenn man ihn falsch anpackte, konnte er jederzeit zuschnappen. Punktgenau stand ich vor seinem Büro und wurde hereingebeten. Anders als Sherlock Holmes bemerke ich selten Details, trotzdem fielen mir hier sogleich einige Veränderungen auf. Cooper hatte sich rasiert, ein anderes Hemd angezogen – da war ich mir aber nicht sicher –, und der Raum wirkte aufgeräumter. Er wollte dasselbe wie ich: einen vorteilhaften Eindruck machen. »Da sind Sie ja! Der Herr Zeitungsschreiber.« Offenkundig hatte er meinen Namen prompt vergessen.

»Parker«, sagte ich möglichst nebenbei, um ihn nicht zu belehren. »Vielen Dank, dass Sie sich die Zeit nehmen, Sheriff.«

»Das ist doch selbstverständlich. Darf ich Ihnen etwas anbieten – Kaffee vielleicht? Bier oder Whisky habe ich nicht da, ich trinke niemals im Dienst.«

Ich klopfte mir innerlich auf die Schulter, während ich mein Schreibzeug zückte. Cooper hatte den Köder geschluckt. Wäre er mir nicht so zuwider gewesen, hätte ich fast ein schlechtes Gewissen verspürt.

Der Sheriff widmete mir mehr als nur »einige Minuten«. Während der nächsten Stunde legte er ausführlich dar, wie Sir Buck sein verbrecherisches Geschäft in Aspen aufgezogen hatte und allerorts hochwertige Tiere stahl, wie er selbst unermüdlich jahrelang Beweise gegen ihn sammelte und wie Buckley es dank hinterhältiger Methoden immer wieder schaffte, einer Verhaftung zu entgehen. Es war eine Lobeshymne auf die großartige Arbeit und Klugheit des Sheriffs. Ich musste mich sehr zusammenreißen, trotz Langeweile hochinteressiert zu wirken – wenigstens das hatte ich seinerzeit in der Schule gelernt. Als ich mich insgeheim schon fragte, ob ich genug Papier mitgebracht hatte, sprach der Sheriff endlich die erlösenden Worte: »Eines Tages war es dann so weit. Ich brachte den Pferdekönig zur Strecke. Die Sache am Blue Mountain.«

»Vor zwölf Jahren, nicht wahr?«, hakte ich sofort ein. »Im Jahr 1880.«

»Ein denkwürdiges Datum. Der Moment, auf den ich drei Jahre lang hingearbeitet hatte. Ich hatte einen von Buckleys ›Geschäftspartnern‹ geschnappt. Auf den Kerl warteten etliche Jahre Zuchthaus und ich versprach ihm Strafmilderung, wenn er uns half. Der Plan war, Buckley lebend zu ergreifen. Ich wollte ihn büßen lassen. Und natürlich das gesamte Netzwerk an Zulieferern ausheben, dafür brauchte ich Buckley selbst«, ergänzte er hastig. »Der Mann vereinbarte ein Treffen mit ihm beim Blue Mountain. Ich beobachtete mit zwei Hilfssheriffs aus einem Versteck, wie Buckley auftauchte, und im entscheidenden Moment gingen wir dazwischen. Er begriff sofort, dass das Spiel aus war, als ich befahl: ›Hände hoch!‹ Darauf rief er: ›Keinen Schritt weiter!‹ und begann um sich zu schießen. Glatter Selbstmord, er hatte keine Chance. Trotzdem hatte er unverschämtes Glück, räumte meine Hilfssheriffs aus dem Weg, und sogar unser Informant bekam einen fatalen Treffer ab. Hätten wir geahnt, was für ein kaltblütiger Mörder dieser Buckley ist – ich hätte ihm von vornherein einen Schuss in den Arm verpasst! Aber ich wollte eben so wenig Gewalt wie möglich einsetzen.«

»Sie konnten nicht ahnen, dass er so handeln würde«, erwiderte ich.

Clifton Buckley hätte nie das Feuer eröffnet, hatte Mac gesagt. *Er hätte sich höchstens verteidigt.* Dieser Sheriff hingegen hätte seinem Erzfeind sicher mit Vergnügen eine Kugel in den Arm gejagt, rein aus Prinzip. Hatte er etwa genau das getan, worauf Buckley sich wehrte?

»Ich als Einziger kam lebend heraus«, fuhr Cooper fort. »Konnte zwar leider meine Leute nicht retten, aber letztlich hat meine Kugel den Pferdekönig erwischt. Sir Buck war mausetot, und Sheriff Stanley Cooper persönlich hatte ihn erschossen.«

Ich erkannte den Wink und schrieb den letzten Satz sofort nieder. »Großartig, einfach fabelhaft«, murmelte ich und spürte, wie mir vor meinen Worten ekelte. Hier ging es um Mord, und ich musste den Henker komplimentieren. »Nur der Vollständigkeit halber – da waren doch zwei Kinder, richtig?«

Er schnaubte verächtlich. »Na, ›Kinder‹ ist gut. Daniel Buckley – genauso durchtrieben wie sein Vater. Und ein Mädchen, Julia.«

Ich stellte mich dumm. »Wie reagierten sie auf den Tod ihres Vaters?«

»Das hätte ich wirklich gern gesehen. Dummerweise gingen sie mir durch die Lappen.« Ich schaute fragend und er holte bereitwillig weiter aus. »Nachdem der Übeltäter tot war und ich nichts mehr für meine Begleiter tun konnte, ritt ich schnellstens zum Haus der Buckleys. Ich musste Daniel ergreifen, er war seit Jahren die rechte Hand seines Vaters.«

»Das heißt: Zuchthaus?«

»Das heißt: der Strick. Wenn Sie einen jungen Pferdedieb beizeiten ausmerzen, wird kein alter Dieb daraus. Das Mädchen war einige Jahre jünger, ein Kind. Aber Kinder werden erwachsen. Sie hätten wenig Freude, wenn eines Tages eine Frau vor Ihnen steht, deren Vater Sie töteten.«

»Wie hätten Sie das verhindert?«, fragte ich und ahnte bereits, dass die Antwort grässlich sein würde.

»Ich hätte das Mädchen irgendwo in eine Anstalt gesteckt, wo sie nie wieder ans Tageslicht gekommen wäre.«

»Sie hätten ein Kind für den Rest seines Lebens eingesperrt?«

»Wenn es der Sache dient. Zumindest für den Rest *meines* Leb…« Er starrte mich an und setzte schlagartig ein Grinsen auf. »Nur ein Scherz. Ich hätte mir was einfallen lassen. Aber diese Kröten flüchteten ohnehin, ich sah sie gerade noch wegreiten. Ich nahm die Verfolgung auf, aber sie hängten mich ab. Mein Pferd war bereits erschöpft und natürlich wollte ich nicht sofort schießen. Irgendwann verlor ich sie aus den Augen und sie lösten sich in Luft auf.« Ich blinzelte verwirrt, und Cooper ergänzte: »Sie verschwanden – und das gleich für die nächsten Jahre. Ich ließ überall Steckbriefe mit Daniels Gesicht verbreiten, aber die beiden waren wie vom Erdboden verschluckt.«

Jetzt durfte ich ihn auf keinen Fall vom Haken lassen. »Hören Sie«, sagte ich, als käme mir gerade ein Gedanke, »das klingt nach einer ebenso spannenden Geschichte. Vielleicht akzeptiert mein Chefredakteur einen Zusatzartikel. Etwas wie ›Sheriff Stanley Cooper jagt weiter unermüdlich den Sohn des berüchtigten Sir Buck‹. Das ist vielversprechend!« Hoffentlich sprang der Funke auf Cooper über. »Wahrscheinlich eine dumme Frage: Sie haben nicht zufällig noch einen der Steckbriefe von damals?«

Er lächelte überheblich. »Selbstverständlich.« Er kramte in einer Lade und zog ein Blatt Papier heraus.

Das verblüffte mich, eigentlich hatte ich bloß das Gespräch auf einen aktuellen Steckbrief bringen wollen. Cooper musste wirklich von der Jagd besessen sein, wenn er sogar zwölf Jahre alte Steckbriefe aufhob. Er schob mir das Blatt zu und ich betrachtete das Gesicht darauf – eine sehr detailreiche Abbildung.

»Da hat sich jemand richtig Mühe gegeben.«

»*Ich* gab mir Mühe. Ich nahm den talentiertesten Zeichner, der den jungen Buckley gekannt hatte, und ließ ihn erst wieder gehen, als ich mit dem Ergebnis zufrieden war.«

Ich reichte ihm das Blatt zurück. »Gab es auch einen Steckbrief für seine Schwester?«

»Pah, wozu? Mädchen sehen alle gleich aus und in diesem Alter verändern sie sich viel zu rasch.«

»Wie steht es mit Photographien? Gibt es vielleicht ein Familienalbum im Haus der Buckleys?«

»Möglicherweise. Aber es gibt das Haus der Buckleys nicht mehr. Ich durchsuchte alles nach Aufzeichnungen über Buckleys Geschäftspartner. Fand aber nichts, er war zu gerissen. Daraufhin ließ ich das Ganze niederbrennen. Das ist meine Methode: das Übel mit Stumpf und Stiel ausrotten.«

Ich stöhnte innerlich. Er hatte alles vernichtet, was für meine Nachforschungen brauchbar sein könnte.

»Eben deshalb bin ich so beharrlich hinter Buckleys Sohn her«, fuhr der Sheriff ungerührt fort. »Und ich gebe niemals auf. Obwohl jahrelang keiner etwas von den beiden sah oder hörte, blieb ich dran. Ich ließ den Steckbrief regelmäßig anpassen und im weiten Umkreis verbreiten. Ich wusste, irgendwann taucht der Kerl wieder auf. Und ich behielt recht.«

»Wie lange dauerte es?«, fragte ich, obwohl ich die Antwort bereits kannte.

»Sieben Jahre«, erklärte Cooper gewichtig. Es klang wie ein »So, junger Mann, jetzt erzähle ich Ihnen einmal vom letzten Krieg.«

Ich riss die Augen auf. »Sie haben wirklich ein unglaubliches Durchhaltevermögen.«

»Letztlich hole ich jeden Verbrecher ein. Vor fünf Jahren kam aus heiterem Himmel die Nachricht, Daniel Buckley wäre gesichtet worden – in der Nähe von Aspen! Diese Schurken kehren immer zurück, glauben sich unverwundbar. Offenbar hatte er sich einer gemeingefährlichen Bande angeschlossen, die seit einiger Zeit die Gegend unsicher machte. Erst kurz zuvor hatte ich den Namen des Anführers herausgefunden: Patrick Connert.«

Ich unterdrückte einen Laut. Mac hatte erzählt, dass Jules Buckley einen Mann namens Thomas Connert ermordet haben sollte. Brachte Cooper da etwas durcheinander oder handelte es sich um einen Verwandten?

»Überfälle auf Postkutschen oder Geldtransporte, Raubzüge in diversen Dörfern. Sie gingen stets gezielt und sehr entschlossen vor. Hatten Tücher vorm Gesicht, daher kannte niemand ihr Aussehen. Nur Daniel war so blöd, sich unmaskiert blicken zu lassen, und man erkannte ihn. Das Lager der Bande musste sich irgendwo hier in der Gegend befinden. Ich arbeitete bereits daran, es aufzustöbern oder die Männer bei einem Überfall zu schnappen. Nachdem ich erfuhr, dass Daniel zu ihnen gehörte, verdoppelte ich meine Bemühungen. Julia war gemeinsam mit ihrem Bruder zurückgekehrt, angeblich war sie mit Patrick Connerts Bruder Thomas zusammen. Ein Haufen Männer und dazu eine junge Frau – soll mir keiner weismachen, sie hätte sich nur an einen Burschen gehalten!« Er lachte schmutzig.

»Konnten Ihre Informanten Ihnen denn nicht verraten, wo sich das Lager befand?«

»Eben nicht«, grummelte er. »War schon schwierig genug, die anderen Details zu bekommen. Jedenfalls hielt ich die Augen offen – bis zu dem Tag, an dem ich ihnen kaum traute: Da hing plötzlich ein Brief an meiner Tür, in dem ein geplanter Überfall angekündigt wurde, samt Ort und Zeit. Keine Unterschrift, aber … es war klar, dass der Schreiber bereits zu Zeiten von Sir Buck in der Gegend gewesen war. Unter anderem wurde die Sache am Blue Mountain erwähnt.«

Ich war verwirrt. »Meinen Sie etwa, dass Daniel den Brief …«

»Nein, der hätte sich doch nicht selbst ans Messer geliefert. Es klang eher, als wollte jemand, dass ich Daniel erwische. Ich musste es auf jeden Fall ernst nehmen. Also trommelte ich Leute zusammen und wir legten uns auf die Lauer. Tja, Sie ahnen es vermutlich, das Ganze entpuppte sich als übler Streich, es gab keinen Überfall. Darauf war ich zwar gefasst, trotzdem kochte ich vor Wut. Ich weiß gar nicht, was ich danach mit dem Brief tat, wahrscheinlich zerriss ich ihn in tausend Stücke. Fluchend kehrte ich zurück ... und in der darauffolgenden Nacht überstürzten sich dann die Ereignisse. Ein paar Männer waren spätabends auf dem Rückweg von einer anderen Stadt hierher. Es war schon recht dunkel, und sie suchten gerade nach einem Lagerplatz, als sie Schüsse in ihrer Nähe hörten. Sie ritten in die entsprechende Richtung, fanden eine Feuerstelle und zwei Menschen am Boden: einen toten Mann mit einer Kopfwunde und einem Revolver in der Hand, daneben eine junge Frau mit einer Schussverletzung im Bauch, lebend. Und etwas entfernt ein weiterer Revolver. Die Männer luden die beiden auf Pferde und brachten sie so schnell wie möglich hierher. Das war zwar ein Ritt von ein paar Stunden und riskant in der Finsternis, aber sie konnten sich mit Fackeln helfen. Man verständigte mich und den Arzt. Nun, was soll ich Ihnen sagen – bei der Frau handelte es sich um Julia Buckley.«

Ich tat erstaunt. »Nein, wirklich! Und Sie erkannten sie sofort wieder, nach all den Jahren?«

»Ich nicht. Der Arzt.«

»Der Arzt?«

»*Der* Arzt. Es gibt nur einen. Den unvergleichlichen Doctor Ralph.« Ich starrte den Sheriff verblüfft an, in seiner Stimme lag unerwartete Wärme. »Theodor Ralveston. Der einzige Arzt im ganzen Umkreis und es braucht keinen anderen. Ein prachtvoller Mensch. Hat ausgesprochen vernünftige Ansichten, stand immer richtig auf der Seite des Gesetzes. Mit einem großartigen Personengedächtnis gesegnet. Er hatte die kleine Buckley zuletzt sieben Jahre zuvor gesehen, aber er erkannte sie in jener Nacht sofort wieder: ›Mein Gott ... Jules Buckley!‹ Ich dachte, ich höre nicht recht: ›Du meinst, Sir Bucks Tochter? Daniels Schwester?‹ Er nickte bloß entgeistert. Dann sahen wir uns den toten Mann an und Ralph sagte immer noch fassungslos: ›Ich könnte mir denken, das ist ihr Freund Thomas Connert.‹ Damit war alles klar. Die beiden hatten sich gegenseitig erschossen. War tatsächlich nicht weit her mit der Liebe. Umso besser, wenn Banditen sich selbst aus dem Weg räumen.«

Ich stellte mich arglos. »Das heißt, Julia Buckley starb wenig später an dieser Schusswunde?«

Er grinste diabolisch. »Nicht ganz. Ich ließ alle Welt glauben, sie wäre tot – um zu vermeiden, dass die Bande und ihr Bruder sie womöglich befreien. Das hätte sich zwar als Falle angeboten, aber ich ging auf Nummer sicher. Daher verpflichtete ich den Arzt zu Stillschweigen und machte mich daran, die junge Frau zu befragen. Ich wollte vor allem den Standort des Lagers aus ihr herausquetschen.«

»Hat es geklappt?«, fragte ich atemlos.

Er bleckte die Zähne. »Sie war sturer als gedacht. Ich konnte ihr ja schlecht Daumenschrauben ansetzen.«

»Natürlich nicht. Wie lange hielt sie denn durch?«

»Leider bis zuletzt. Bis sie einige Tage später entkam.« Seine Hand ballte sich zur Faust. »Das war allein die Schuld dieses vermaledeiten Hilfssheriffs! Da bin ich einmal kurz fort, dann schläft dieser Idiot ein! Als wir zurückkehrten – ich war mit Doctor Ralph unterwegs –, hing der Hilfssheriff schnarchend in seinem Sessel und die Zelle war leer. Ich dachte, ich werde wahnsinnig! Ich trat den Kerl vom Stuhl, rannte hinaus und schlug Alarm. Es war bereits Nacht, aber binnen kürzester Zeit sammelten sich Dutzende Männer mit Fackeln, und wir machten uns auf die Jagd. Die Spur führte in die Berge, wir ließen die Pferde stehen und teilten uns auf.«

»Was sagten Sie den Leuten, wen sie suchen? Sie hatten Miss Buckley ja für tot erklärt.«

»Wen interessiert ein Name?«, gab er missmutig zurück. »Ich sagte, dass es um eine junge Frau geht, etwa achtzehn Jahre alt, durchschnittlich groß, lange braune Haare, helle Bluse, brauner Rock.«

»Haben Sie sie erwischt?«

Er trommelte mit der Faust auf den Tisch. »Nein. Und ja. Wir holten sie ein – genauer gesagt, Doctor Ralph und ein paar der Männer – in der Nähe einer Schlucht. Als sie Julia in die Enge trieben, verlor sie den Halt und stürzte in den Abgrund.«

Dieser Teil war mir neu. Mac hatte nur erklärt, dass Jules in den Bergen umgekommen war. »Das klingt scheußlich«, murmelte ich.

»War es«, bestätigte er völlig ungerührt. »Dort geht es tief hinunter. Eine hässliche Sache, die Leiche zu bergen.«

Mac hatte nicht erwähnt, ob er Näheres über Jules' Tod wusste – hoffentlich nicht. *Dieses Mädchen, das ich als Baby auf meinen Knien schaukelte.*

»Das ... ist tatsächlich eine ausgezeichnete Geschichte«, rang ich mir ab. »Unsere Leser werden es lieben.«

Cooper lächelte stolz. »Bild von Julia Buckley kann ich Ihnen keines anbieten«, meinte er bedauernd. »Sie können Ihren Photograph höchstens zum Armesünder-Gottesacker schicken. Dort liegt sie, genau wie Thomas Connert. Auch der alte Buckley. Sämtliche Verbrecher werden ordnungsgemäß begraben. Wir sind schließlich keine Heiden.«

»Was geschah danach? Gab es weiterhin Berichte über Daniel?« Mochte der Tod von Jules Buckley noch so tragisch sein, ich musste mein Ziel im Auge behalten.

»Im Gegenteil. Er verschwand erneut, so wie sieben Jahre zuvor nach dem Tod seines Vaters. Die gesamte Bande verließ offenbar die Gegend, denn die Überfälle hörten schlagartig auf. Nur vereinzelt schnappte ich in den folgenden Jahren Meldungen aus anderen Ortschaften auf. Aber ...«, er kostete die Spannung ein wenig aus, »... vor etwa einem Jahr sind die Kerle wieder zurückgekehrt. Vermutlich fanden sie ein neues Lager, sie mussten ja befürchten, dass Julia Buckley damals das alte verriet. Wenn dem so ist, ist ihr Unterschlupf ähnlich gut verborgen wie der erste. Daniel ist nach wie vor bei der Bande. Offenbar hat dort keiner ein Problem damit, dass seine Schwester den Bruder ihres Anführers erschoss. Ist mir nur recht, die Jagd ist jedenfalls aufs Neue eröffnet.« Er lehnte sich zurück. »Sie haben nicht zufällig Interesse an einem aktuellen Steckbrief?«

Ich starrte ihn verdutzt an. »Sie meinen, Sie haben ...«

Meine Verwunderung gefiel ihm, er zog erneut ein Blatt heraus. »Brandneu. Und nicht aufgefrischt, sondern nach der Natur. Ich habe meine Quellen.« Er lächelte hintergründig.

Auch diesmal hatte Cooper sich Mühe gegeben. Man merkte, dass der abgebildete Mann einige Jahre älter war als jener Fünfzehnjährige zuvor.

Es war beinahe, als würde ich jemandem zum zweiten Mal begegnen. Ich versuchte, mir die Züge bestmöglich einzuprägen.

»Sie können es behalten, ich habe einen ganzen Haufen davon«, meinte Cooper.

»Danke«, murmelte ich, immer noch fasziniert. Dann riss ich mich los. »Sheriff, Sie haben mir unendlich geholfen. Meine Kollegen werden vor Neid erblassen – so wie Ihre, wenn man Ihre Erfolgsliste betrachtet.« Ich verstaute den Steckbrief und brachte dann beiläufig das allerwichtigste Thema zur Sprache: »Unsere Leser wird natürlich brennend interessieren, wie nahe Sie dem Abschluss der Jagd sind. Um es auf den Punkt zu bringen: Wo ist Daniel Buckley?«

Falls Cooper meine Frage als Provokation auffasste, ließ er es sich nicht anmerken. »Ich kriege ihn«, erwiderte er gefährlich leise. »Und wenn es das Letzte ist, was ich auf dieser Welt tue. Er entkommt mir nicht.«

Es war eindeutig: Er wusste heute ebenso wenig wie vor fünf Jahren, wo Daniel sich verbarg. Oder tat er bloß ahnungslos? Er würde seine Kenntnisse kaum jedem Dahergelaufenen auf die Nase binden.

»Freut mich jedenfalls, wenn ich Ihnen helfen konnte, Mr. … Parker. Melden Sie sich wieder, sollten Sie noch Fragen haben.«

»Ich schaue sicher vorbei – mit Erklärungen zum weiteren Ablauf für den Druck der Artikel.« So was war bestimmt üblich, allerdings musste ich mir erst ein paar glaubwürdige Sätze zurechtlegen.

Er reichte mir die Hand. »Reden Sie auch mit Doctor Ralph. Er kannte die Buckleys seinerzeit und hasste sie genauso wie ich. Ich hätte es ihm wirklich vergönnt, dass wir beide ein Glas an Buckleys offenem Grab heben. Sollte aber nicht sein. Just als die Sache am Blue Mountain passierte, war Ralph verreist – irgendein idiotischer Notfall in einem Nachbardorf. Danach lag er selbst eine Weile krank darnieder. Immerhin konnte er sieben Jahre später beim Tod der Tochter dabei sein. Fehlt nur noch Daniel – es muss einfach klappen, dass Ralph und ich ihm gemeinsam den Strick um den Hals legen. Sie werden sehen, mit diesem hübschen Bild können Sie Ihren Artikel dann abschließen.«

Der seltsame Fall des Dr. Jekyll und Mr. Hyde

Mit diesem höchst unschönen Bild im Kopf kehrte ich in die Herberge zurück. Jetzt kannte ich Coopers Seite der Geschichte und hatte keine Zweifel mehr: Ich wünschte Daniel Buckley von ganzem Herzen, dass er davonkam. Dieser kaltherzige Sheriff durfte nicht auch noch ihn umbringen. Gewiss, Daniel und sein Vater hatten gestohlen, und Clifton Buckley riss einige Leute mit sich in den Tod, doch Cooper hatte ihn zuvor in die Enge getrieben. Abgesehen davon war es nicht meine Aufgabe, über Schuld nachzugrübeln, sondern Daniel zu finden – bloß wie?

Die Frage beschäftigte mich noch, als ich später zum Bordell ritt. Erst das Eintreten brachte mich auf andere Gedanken. Ich fand mich in einem großen Raum, ähnlich dem Saloon in Brackwall, mit Tischen und einer Theke. Die Beleuchtung war allerdings schummriger, es war stickig und roch nach Schweiß. Am auffallendsten waren die zahlreichen Damen in aufreizender Kleidung, die zwischen den sitzenden Männern umherwanderten, sich unbekümmert auf deren Schoß setzten, sich Leckerbissen und Geldscheine zustecken oder sich befingern ließen. Hin und wieder erhob sich ein Pärchen, um in den oberen Stock zu entschwinden.

Ich hatte mir bereits draußen vorgenommen, keinesfalls so aufzutreten, als wäre ich das erste Mal in einem Bordell. Das lustvolle Treiben beeindruckte mich zwar doch, aber zum Glück entdeckte ich rasch Morgan, allein an einem Tisch in einer Ecke. Seine verdrießliche Miene hielt wohl sämtliche Damen fern. Ich ließ mich aufatmend ihm gegenüber nieder.

»Kloster ist das keines«, stellte ich fest. Er schnaubte bloß. »Ebenso wenig wie Sheriff Cooper ein angenehmer Zeitgenosse«, fuhr ich fort. »Dem weicht man wirklich besser aus. So wie Sie während Ihrer Zeit hier.«

»Ich hätte mir eher die Zunge abgebissen, als nur ein einziges Wort mit diesem Mann zu wechseln. Hoffentlich hat sich die unerfreuliche Begegnung wenigstens ausgezahlt.«

»Wie man's nimmt. Er erzählte mir etliches über seine Bemühungen, Clifton Buckley zu verhaften. Und von dieser Sache am Blue Mountain. Außerdem ein paar Details zum Tod der Tochter.« Vielleicht könnte Morgan mir ja sagen, wie viel Mac über Jules Buckleys Tod wusste. »Wollen Sie mehr darüber hören?«

Er schüttelte den Kopf. »Nein«, brummte er unwirsch. »Das interessiert mich nicht.«

Ich stockte, schaute stumm in Morgans abweisendes Gesicht – und plötzlich wusste ich: Er log. Ich hätte selbst nicht sagen können, woran ich es erkannte, aber ich war mir sicher. Und noch etwas wurde mir klar: Erst vor wenigen Tagen hätte ich dies bestimmt nicht gesehen. Aber log er, weil es ihn eben doch interessierte oder weil er die Antwort bereits kannte? »Sie ... wollen nichts darüber erfahren?«

»Sage ich ja. Außerdem dachte ich, es geht Ihnen um Daniel Buckley und nicht um seine Familie.«

Ich ließ es fürs Erste dabei bewenden. »Da war das Gespräch leider kein Erfolg. Cooper bestätigte nur, dass Daniel gemeinsam mit dieser Bande irgendwo hier in der Gegend sein muss. Der Sheriff jagt ihn nach wie vor, aber es klang nicht, als käme er ihm näher.«

Morgan zuckte nicht mit der Wimper. »Bedauerlich für Sie.«

Ich beugte mich vor. Mir war auf dem Weg zum Bordell eine Idee gekommen. »Hören Sie, ich habe ein wenig nachgedacht.«

»Das ist mitunter ganz hilfreich.«

»Diese Bande – ein Haufen ungeschlachter Männer, sagt Mac. Sie hocken in ihrem Lager, wenn sie nicht gerade mit Überfällen beschäftigt sind. Glauben Sie nicht, dass die auch mal ... andere Bedürfnisse haben? Solche, die sie hier befriedigen können? Das Haus steht abseits der Stadt, es ist ideal. Und falls dem so ist ... lässt sich vielleicht irgendwie mit der Bande Kontakt aufnehmen. Oder vielmehr mit Daniel. Was meinen Sie?«

Er überlegte. »Klingt plausibel. Aber wie wollen Sie das angehen? Jemanden bestechen? Oder abwarten und beobachten?«

»Hm, ich kann mich nicht ewig auf die Lauer legen. Aber wenn ich es geschickt anstelle und der richtigen Person auf den Zahn fühle ...«

Morgan seufzte. »Sagen wir so, Mr. Parker, geschickt herumzufragen ist nicht gerade Ihre Stärke.« Womit er grundsätzlich recht hatte, trotzdem war ich beleidigt. Meine Nachforschungen waren bisher passabel gelaufen. »Aber wenn Sie Ihr Glück versuchen wollen – die Dame des Hauses steht dort drüben.« Er machte eine Kopfbewegung in Richtung Theke.

Ich wandte mich halb um und blinzelte überrascht. »Oh«, entfuhr es mir.

»Ihr Name ist Janet«, ergänzte Morgan, doch das kam erst verzögert bei mir an. Die Dame musste bei meinem Eintritt in einem Nebenraum gewesen sein, denn man konnte sie unmöglich übersehen. Dies war nicht bloß eine Frau, sondern eine Erscheinung. Nur mittelgroß und nicht einmal besonders hübsch, trotzdem stockte mir regelrecht der Atem. Sie hatte eine Mähne roter Haare, wobei sie vermutlich der Natur etwas nachhalf. Das enganliegende Oberteil und der Rock betonten ihre üppigen Rundungen. Diese Frau würde überall sämtliche Blicke auf sich ziehen, und sie wusste es. Lässig an der Theke lehnend, rauchte sie Zigarre und behielt den Raum prüfend im Blick.

»Nur Mut«, meinte Morgan spöttisch. »Sie wird Sie höchstens auffressen. Erwarten Sie keine Hilfestellung, ich lernte sie selbst erst heute kennen. Irgendwer erwähnte, sie hätte den Laden vor vier Jahren übernommen.«

Ich nahm in der Tat meinen Mut zusammen, als ich zur Theke ging. Vor einer Woche hätte ich mich bestimmt nicht getraut, diese Frau anzusprechen. Aus der Nähe wirkte sie noch einschüchternder. Sie war stark geschminkt, ich konnte unmöglich abschätzen, ob sie fünfundzwanzig oder fünfundvierzig Jahre alt war.

»Verzeihung, Sie sind die ... die Leiterin des Hauses?« O Gott, das klang grauenhaft.

Sie sah mich kaum an. »Was du nicht sagst.«

Mir ging schon jetzt der Text aus. »Ich nehme an ... Sie kennen so ziemlich jeden in Aspen?«

»Komm zum Punkt, Kleiner. In diesem Haus kosten Gespräche extra.«

Zwecklos, aus mir würde nie ein Diplomat werden. Da konnte ich ebenso gut mit der Tür ins Haus fallen, damit hatte ich Übung. »Nur ganz theoretisch: Wenn ich eine Nachricht für jemanden ... ein Mitglied dieser Bande von Wegelagerern hätte, wohin sollte ich mich wenden?«

Jetzt blickte sie mich immerhin abschätzig an. »Ganz praktisch: Wenn du eine Nachricht hast, geh zur Poststation. Wenn du einen Gesetzlosen suchst, hol die Pinkertons. Und wenn du Wunder erwartest, bist du in der Kirche am besten aufgehoben. Wir kümmern uns hier ums körperliche Wohl. Falls du mehr erwartest als das, verschwinde.« Sie blies mir eine Rauchschwade ins Gesicht, ich musste husten.

»Wie kann ...«, ich rang nach Luft, »kann ich Ihnen irgendwie beweisen, dass ich weder ein Gesetzeshüter noch ...«

»Ein weiteres Wort in diese Richtung, und du fliegst raus«, stellte Janet kühl fest, um gleich darauf charmant zu lächeln. »Lass deinen Freund nicht länger warten.«

Sie warf einen Blick zu unserem Tisch hinüber und ihr Gesicht verdüsterte sich abrupt. Es kam so plötzlich, dass ich ebenfalls hinsah. Morgan saß unverändert, aber inzwischen hatte sich eine Dame zu ihm gesellt und stand lasziv an den Tisch gelehnt. Er schüttelte den Kopf und machte eine abweisende Handbewegung. Janet ließ ein leises Knurren hören. Ich dachte schon, Morgan hätte ebenfalls ihren Groll auf sich gezogen, als sie murmelte: »Zum Teufel, sie ist doch keine Anfängerin! Wo bleibt ihr Instinkt für passende Kunden?«

Meine Neugier war geweckt. »Was meinen Sie, wer würde ihm denn gefallen?« Schließlich stand ich neben der Meisterin.

Sie verdrehte die Augen. »Du bist lieber still, Jungchen. Du hast mehr Zeit mit ihm verbracht als ich.« Sie warf einen Blick zum Tisch. »Wenn es ums Gespür geht, seid ihr Männer wirklich das Letzte!«

Unverrichteter Dinge kehrte ich zurück. Morgan fragte gar nicht erst nach. Ich starrte ratlos vor mich hin.

»Der Sheriff empfahl mir übrigens, einen Arzt namens Ralveston aufzusuchen«, meinte ich schließlich. »Kennen Sie den? Cooper hält große Stücke auf ihn.«

Morgan stellte sein Getränk bedächtig ab. »Theodor Ralveston. Doctor Ralph. Ja, Cooper und der Arzt waren schon vor Jahren richtig dicke Freunde. Es ist leicht, Doctor Ralph zu mögen. Bloß ungewöhnlich, dass Cooper es tut, er traut sonst niemandem. Von dem Arzt lässt er sich tatsächlich was sagen. Ein recht freundlicher Mensch, kam mit den meisten Leuten gut aus. Aber Sir Buck hasste er wie die Pest.«

Nachdem die Umgebung für eine Unterhaltung eher ungeeignet war, beendeten wir unser Gespräch bald und ich machte mich auf den Rückweg. Erneut kreisten meine Gedanken um die leidige Frage: Wie konnte ich Daniel Buckley aufspüren?

Erst bei der Herberge kam mir etwas anderes in den Sinn: Ich hatte vorhin erkannt, dass Morgan nicht die Wahrheit sagte. Hatte ich etwa in der letzten Woche gelernt, andere Menschen besser zu verstehen? Oder lag es daran, dass ich so viel Zeit mit ihm verbracht hatte? Er hatte mich angelogen. Ich fragte mich, worüber.

Nach Coopers wohlwollenden Worten hatte ich mir den Arzt ähnlich dem Sheriff vorgestellt. Morgans Beschreibung machte mich aber doch neugierig auf ein Gespräch. Ich hatte ja auch nicht viele andere Pläne für den nächsten Morgen.

Auf mein Klopfen öffnete allerdings niemand und so setzte ich mich erst mal in den Schatten. Es dauerte gut eine Dreiviertelstunde, ehe zwischen den Häusern ein Reiter in Sicht kam und auf mich zuhielt. Ich erhob mich erwartungsvoll, als er sich aus dem Sattel schwang mit der Frage: »Sie wollen zu mir?« Er war um die fünfzig Jahre alt, etwas rundlich und gepflegt gekleidet.

»Doctor Ralveston? Mein Name ist Parker.«

»Ah, der Reporter.« Ich starrte ihn überrascht an. »Stan erzählte mir von Ihrer Unterhaltung. Und dass er Ihnen einen Besuch bei mir empfahl.«

Nachdem ich vermutete, dass es sich bei »Stan« um Stanley Cooper handelte, nickte ich.

»Sie haben Glück, es passt gerade gut. Ich komme von einem Hausbesuch und muss nachher wieder los, aber ein Stündchen dazwischen kann ich erübrigen. Treten Sie ein.«

Ich folgte ihm in ein gemütliches Wohnzimmer.

»Machen Sie es sich bequem«, bat er, während er Gläser und eine Flasche aus dem Regal holte. Er hatte etwas Beruhigendes an sich, eine gelassene Heiterkeit. Als Patient fühlte man sich bestimmt in guten Händen. »Normalerweise frage ich: ›Wo tut es weh?‹ Bei Ihnen passt ›Was möchten Sie wissen?‹ wohl eher.« Er reichte mir ein gefülltes Glas.

Das war ein Mann nach meinem Geschmack, er ersparte mir unliebsamen Small Talk. »Hat Sheriff Cooper Ihnen von den geplanten Zeitungsartikeln erzählt?«

Er nickte. »Gestern, als wir uns zum gemeinsamen Feierabend trafen. Wir sind schon seit zwanzig Jahren befreundet, seit seinem ersten Tag als Sheriff hier. Ich selbst zog etwa ein Jahr zuvor her.«

Seine friedliche Art war ein erstaunlicher Kontrast zum bedrohlich wirkenden Cooper. Wie hatte der Doctor den Sheriff bloß so für sich eingenommen? »Sheriff Cooper sprach höchst lobend von Ihnen.«

»Zu viel der Ehre. Wir ergänzen uns einfach gut. Stan ist eher das Raubein, manchmal etwas zu forsch, aber ein nimmermüder Kämpfer für Recht und Ordnung. Man muss seinen Eifer mitunter bremsen, da komme ich ins Spiel, sozusagen als Gewissen. Er kann ein großherziger Mensch sein, den der Beruf allerdings hart machte.«

Das hätte ich keineswegs unterschrieben, doch ich verfolgte das Thema nicht weiter. »Im Fall von Sir Buck und seiner Familie ließ Sheriff Cooper niemals Milde walten.«

Die Miene des Arztes änderte sich jäh, kaum dass ich Buckleys Namen aussprach. Das Lächeln verschwand, seine Augen verengten sich zornig.

»Da war auch keine Milde angebracht. Mr. Buckley spuckte auf alles, was einen rechtschaffenen Bürger ausmacht. Schließlich gibt es Gesetze.

Da braucht mir keiner erzählen, er hätte bloß gestohlen und niemandem wehgetan. Nein, er hob sich über das Recht hinweg und war noch stolz darauf. Tat immer freundlich und schaute dabei verächtlich auf die ehrlichen Leute herab, während er ...« Er schloss die Augen und atmete tief durch, dann kehrte seine vorherige Ausgeglichenheit zurück. »Entschuldigen Sie bitte meinen Ausbruch. Es regt mich jetzt noch auf, nach all den Jahren ...« Er trank einen Schluck. »Ich nehme an, Stan berichtete Ihnen alles über die Sache am ...« Er verschluckte sich und hustete.

»Die Sache am Blue Mountain? Ja, das tat er.«

Der Arzt kam wieder zu Atem. »Dann könnte ich Ihnen ohnehin nichts Neues sagen.«

»Eines vielleicht. Warum eigentlich ›Blue‹ Mountain?«

»Ursprünglich hieß der Berg Plume Mountain. Mit etwas Phantasie schaut er aus wie ein Federbusch.« Er lächelte matt. »Womit kann ich Ihnen sonst helfen?«

»Wenn es Ihnen recht ist, Doctor Ralveston ...«

»Ralph, bitte. Nennen Sie mich Ralph.«

»Doctor Ralph, ich würde gern über ein anderes Ereignis sprechen: den Tod von Miss Buckley vor fünf Jahren. Und diese Schießerei.«

»Ah«, murmelte er gedehnt. »Dieses nächtliche ... Duell. Falls es wirklich eines war. Ich weiß, Stan ist davon überzeugt.«

Ich wurde hellhörig. »Und Sie?«

»Nun, ich denke ...« Er musterte mich. »Wenn ich Ihnen das erzähle, wären Sie so gut, es für sich zu behalten? Stan würde mich nur auslachen.«

Ich nickte stumm, es schien ihm zu genügen.

»Ich glaube nämlich, hier irrt der gute Sheriff. Sie haben vermutlich schon gehört, dass Jules Buckley und Thomas Connert ein Paar waren? Nichts deutet darauf hin, dass sich daran plötzlich etwas geändert hätte. Stan hat seine Quellen und mir als Arzt wird auch so manches zugetragen. Meines Wissens hatten Jules und Thomas überhaupt keinen Grund, sich gegenseitig zu erschießen.«

»Das heißt ... jemand anders tötete die beiden und ließ es so aussehen ...«

»Nein«, widersprach er sanft. »Das ist gerade das Seltsame. Es macht ganz den Eindruck, als hätte zumindest einer der beiden auf den anderen geschossen.«

Ich starrte ihn kulleräugig an. »Es tut mir leid, jetzt haben Sie mich verloren.«

Doctor Ralph lächelte ratlos. »Ich bin ähnlich verwirrt wie Sie. Ich kann Ihnen beschreiben, was man fand, aber was wirklich geschah, werden wir wohl nie erfahren. Zunächst einmal lagen die beiden nahe beieinander. Und ein Duell erfordert doch einen gewissen Abstand, nicht wahr? Thomas war tot, die Kugel hatte ihn direkt in die Stirn getroffen. Jules hatte eine Bauchwunde, war aber am Leben. Thomas hielt seine Waffe in der Hand, jene von Jules lag etliche Schritte entfernt, was die nächste Ungereimtheit ist. Stan wollte nichts davon hören, für ihn war alles schlüssig.«

»Ungereimt, weil die eine Waffe weiter weg lag?«

»Unter anderem. Außerdem untersuchte ich die beiden – Thomas, bevor er beerdigt wurde, und Jules, als ich sie verarztete. Jene Kugel, die ihn traf, kam aus größerer Entfernung. Doch Jules wurde aus allernächster Nähe angeschossen.«

»So was kann man feststellen?«, fragte ich verblüfft.

»Natürlich, das verursacht ganz unterschiedliche Wunden. Und es geht weiter. Thomas wurde durch eine handelsübliche Patrone getötet. Das Geschoss, das Jules traf, war anders. Ich sah es selbst, ich holte es schließlich raus. Für so eine Kugel brauchen Sie eine Waffe, die technisch auf dem letzten Stand ist. Und das war seine: ein ganz neues Modell. Die Patrone, die sie verletzte, kam aus seiner Waffe, das ist ziemlich sicher. Es war die Einzige, die dort fehlte. Ihr Revolver hingegen war gänzlich leergeschossen. Trotzdem hat die Kugel, die traf, ihn auf Anhieb getötet. Jetzt verraten Sie mir bitte einmal, welchen Sinn das alles ergibt?«

Ich blinzelte verdattert, überwältigt von so vielen rätselhaften Informationen. »Wenn es also sein Revolver und seine Kugel war, ... schoss er auf sie und danach jemand anderer auf ihn?«

»Eher umgekehrt. Sie schoss auf ihn und dann jemand anderer auf sie.«

»Und ... zu diesem Schluss kommen Sie, weil ...«

»Weil sie es zugab. Nicht Stan gegenüber. Den hätte es ohnehin nicht interessiert. Doch als ich einen Moment mit ihr allein war, sagte sie plötzlich: ›Ich war es. Ich habe Thomas getötet.‹ Ich fragte entgeistert: ›Aber warum? Was ist passiert?‹ Sie sagte nur: ›Ich habe ihn erschossen.‹ Mehr nicht.«

Das war wohl das Kurioseste, das ich in den letzten Tagen gehört hatte. Es klang beinahe nach einem Fall für Sherlock Holmes. Was vielleicht ein guter Ansatz war: Was hätte der Londoner Detektiv getan?

»Gab es irgendwelche Spuren, wo die beiden gefunden wurden? Fußabdrücke oder ...«

Er schüttelte den Kopf. »Vergessen Sie das. Alle möglichen Hinweise wurden von jenen Männern zertrampelt, die Jules und Thomas fanden. Ich sah die Stelle selbst, ich ritt hin.«

»Gemeinsam mit Sheriff Cooper, nehme ich an?«

»Nein, allein. Für Stan war der Fall abgeschlossen, aber ich war neugierig. Ich ... na ja, ich interessiere mich für Rätsel. Ich wollte herausfinden, was sich in dieser Nacht ereignet hatte. Also sprach ich auch mit den Männern.« Was ebenfalls Coopers Aufgabe gewesen wäre. Hatte er es unterlassen oder mir bloß verschwiegen? »Sie berichteten mir einhellig, welche Schüsse sie hörten: erst fünf knapp nacheinander und regelmäßig, als führte jemand eine Waffe vor. Sie ritten in die vermutete Richtung und kurz darauf folgte ein sechster Schuss, der ihnen den Weg zu Jules und Thomas wies. Den siebten Schuss, der Jules traf, hörte keiner der Männer – was Sinn ergibt, wenn die Waffe direkt am Körper angesetzt wurde. Einer meinte, da wäre ein dumpfes Geräusch gewesen, als sie fast dort waren. Falls dies der siebte Schuss war, kann Thomas ihn nicht abgefeuert haben, er war bereits ...« Er seufzte. »Verstehen Sie jetzt, weshalb ich nicht an ein Duell glaube?«

»Das ... ist wirklich eine mysteriöse Geschichte«, murmelte ich nachdenklich.

»Sehen Sie?«, bekräftigte der Arzt. »Und ich komme einfach nicht dahinter. Falls Ihnen eine logische Erklärung einfällt, lassen Sie es mich bitte wissen. Ich tüftle seit fünf Jahren. Auch wenn alles noch so verworren wirkt – das Rätsel ist lösbar. Wir stehen bloß am falschen Ende der Ereignisse. Irgendwo in der Vergangenheit gibt es eine Geschichte, die zu den Fakten passt. Es muss sie geben, denn sie ist passiert.«

Ich interessiere mich für Rätsel. Da hatten der Arzt und ich was gemeinsam. »Sheriff Cooper hat wohl wenig für Geheimnisse übrig.«

Er lachte, jedoch nicht unfreundlich. »Stan will Resultate, keine Gedankenspinnereien. Er lässt sich ungern beirren.« Er wurde ernst. »Erst recht, was die Buckleys betrifft. Er ist wild entschlossen, sich zum krönenden Abschluss noch Daniel zu holen. Und diese Wegelagerer gleich dazu.«

»Er erzählte mir, wie er den Standort des Lagers aus Jules Buckley herausquetschen wollte.«

Der Arzt sah überrascht auf. »Davon erzählte er Ihnen? Das hätte ich nicht erwartet.«

Mich verblüffte umgekehrt sein Staunen. Es war ja nachvollziehbar, dass der Sheriff die Gefangene verhört hatte. »Außerdem war er beeindruckt, wie Sie die junge Frau identifizierten.«

Er zuckte mit den Schultern. »Ich habe ein ganz gutes Auge für Menschen. Zudem sah sie ihrem Vater sehr ähnlich. Stan ließ mich damals mitten in der Nacht rufen, um ›irgendeine Unbekannte‹ zu verarzten. Erst später erfuhr ich, wie man sie und ihren Freund gefunden hatte. Kaum war Jules außer Lebensgefahr, steckte Stan sie in eine Zelle im hinteren Bereich des Hauses, außer Hörweite vom Büro. Sie können sich ja denken, weshalb.« Er schüttelte den Kopf. »Nehmen Sie es mir nicht übel, aber ... ich wundere mich, dass er Ihnen davon erzählte. Sie dürfen ihn dafür nicht verurteilen. Für die Buckleys gab es keine Gnade. Sogar ich musste mich raushalten. Jules war eben sein Schlüssel zu Daniel.« Er seufzte. »Sie kennen ja meine Meinung über Mr. Buckley. Aber bei der Tochter lag der Fall anders. Auch wenn sie angeblich auf die schiefe Bahn geraten war, wollte ich sie nicht aufgrund von Mutmaßungen verurteilen. Oder für einen Mord, bei dem noch so viel ungeklärt war. Und keinesfalls konnte ich gutheißen, was Stan ihr antat. Diese Schmerzenslaute ... Ich bekomme sie bis heute nicht aus dem Kopf.«

»Schmerzenslaute?«, wiederholte ich verwirrt.

»Er steckte ihr natürlich einen Knebel in den Mund. Trotzdem drangen die erstickten Schreie bis in den Nebenraum und einmal hörte ich sie dort. Da hielt ich es nicht mehr aus, ich fiel ihm in den Arm und er ließ wenigstens für diesen Tag von ihr ab. Zum Teufel, ich mache Menschen gesund. Ich stehe nicht tatenlos daneben, wenn sie leiden.«

Ich tat mein Möglichstes, meine Entgeisterung zu verbergen. Cooper hatte offenbar seine eigene Art, Gefangene zu befragen – und einem Reporter hätte er natürlich niemals davon erzählt. »Er wollte unbedingt dieses Lager finden«, warf ich unverfänglich ein, »egal mit welchen Methoden.«

»Danke, dass Sie Methode sagen – und sich bemühen, Stans Vorgehen zu verstehen. Andere hätten womöglich Folter gesagt. Stan nennt es ›einer Frage Nachdruck verleihen‹. Aber allein die Vorstellung, man habe eine frische Schusswunde, auf der jemand unentwegt herumdrückt. Und das war bloß der Anfang ...« Grundgütiger, was hatte Cooper über Daumenschrauben gesagt? »Unbegreiflich, wie ein Mensch so was tagelang durchhält und trotzdem nichts preisgibt. Ich hätte nach spätestens zwei Stunden ausgepackt.«

Nun entglitten mir doch die Züge. Meine entsetzte Miene ließ den Arzt jäh innehalten. »Moment ... Was genau hat Stan Ihnen eigentlich erzählt?«

»Nur dass ... er den Standort des Lagers aus ihr herausquetschen wollte«, gestand ich.

Doctor Ralph saß da wie vom Schlag gerührt. »O mein Gott ...«, murmelte er.

Er tat mir leid. Coopers Vorgehen war scheußlich, aber im Grunde keine Überraschung. Allerdings wollte ich nicht, dass der Arzt sich Vorwürfe machte. »Würde es helfen, wenn ich Ihnen mein heiliges Ehrenwort gebe, nichts davon je in einem Zeitungsartikel zu veröffentlichen?«

Er hob hoffnungsvoll den Kopf. »Ach bitte, ja, wenn das möglich wäre? Ich würde es mir nie verzeihen. Wie gesagt, im Fall der Buckleys war Stan ...«

Ich nickte hastig. »Ja ja, mir ist klar, dass er da ... nicht er selbst war.« Machte ich hier dem Arzt etwas vor oder er sich? »Erzählen Sie mir einfach, wie es weiterging.«

Doctor Ralph nahm einen Schluck und fing sich allmählich wieder. »Ich versuchte, Stan von den Befragungen abzuhalten, damit Jules nicht an Erschöpfung starb. Ich erinnere mich gut an ihren verzweifelten Blick, während ich auf Stan einredete. Aber er war wild entschlossen. Ich weiß wirklich nicht, wie die Sache ausgegangen wäre, wenn ...«

»... wenn Jules Buckley nicht geflohen wäre, als der Hilfssheriff einschlief.«

»Genau so war es. Einige Tage nach der Schießerei lud der Pfarrer mich und Stan zum Abendessen ein. Stan wollte nicht gehen. Er hatte Jules bis dahin kaum aus den Augen gelassen, sogar im Büro übernachtet. Als ich ihn abholen und nach ihrer Wunde sehen wollte, erklärte Stan beides für völlig unnötig. Ich war mir allerdings sicher, dass es Verdacht erregt, wenn er nicht geht. Jules war ja ein Geheimnis. Zuletzt lenkte er ein. Er brachte Jules in eine der vergitterten Zellen und setzte den Hilfssheriff davor. Im Halbdunkel übermannte den armen Kerl jedoch die Müdigkeit. Das Mädchen nützte die Chance und angelte sich den Schlüssel. Als wir spätabends zurückkamen, war Jules fort, und der Mann schlief friedlich in seinem Stuhl. Stan war wie von Sinnen. Er brüllte den Mann an, stürmte ins Freie und rief zum Alarm. Bald waren etliche Leute mit Fackeln bereit und wir nahmen die Fährte auf. Jules war nur langsam vorangekommen und hatte zudem Blut verloren. Auf dem felsigen Untergrund der Berge wurde es allerdings schwieriger, daher teilten wir uns auf. Ein paar Männer und ich schwärmten nahe einer Schlucht aus, als ich plötzlich eine Bewegung in der Dunkelheit sah. Ich rief: ›Halt! Wer da?‹ Die Gestalt ergriff sofort die Flucht und im Fackellicht erkannte ich tatsächlich Jules. Ich rief ›Hier ist sie!‹ und folgte ihr. Jules rannte in Richtung der Schlucht und damit saß sie in der Falle.«

Er hielt so unvermutet inne, dass es mich regelrecht aus der Geschichte riss. »Und sie stürzte ab«, ergänzte ich schließlich.

Er sah mich lange prüfend an. »Nein. Das ist es, was ich erzählte. Nach allem, was sie durchgemacht hatte, verspürte ich Mitleid. Ich wollte ihr wenigstens ein christliches Begräbnis verschaffen. Aber sie ist nicht abgestürzt. Sie ist gesprungen, ohne zu zögern.« Er holte tief Luft. »Was immer da zwischen ihr und Thomas geschah – sie wollte danach nicht mehr weiterleben. Wenn Sie mich fragen, floh sie eben deshalb. Stan ... quälte sie, aber er hätte nie zugelassen, dass sie dabei draufgeht. Ich hatte ihren verzweifelten Blick falsch interpretiert – sie hoffte auf den Tod. Nun nahm sie es selbst in die Hand. Ich als Einziger sah sie springen. Ein anderer Mann war nahe genug, um sie fallend um sich schlagen zu sehen, mehr konnte er später nicht berichten.«

Hoffentlich beschrieb er jetzt nicht detailliert, was bei einem derartigen Aufprall mit einem Körper passierte.

»Ich traf meine Entscheidung innerhalb eines Atemzugs: Ich würde lügen, um dem Mädchen die letzte Schande zu ersparen. So liegt sie zumindest auf dem Gottesacker und nicht wie ein Hund auf freiem Feld verscharrt.« Er fasste mich plötzlich scharf ins Auge. »Und dort bleibt sie auch, denn niemand wird je die Wahrheit erfahren. Falls Sie irgendwem davon erzählen, streite ich alles ab.« Seine Stimme wurde wieder versöhnlicher. »Aber das tun Sie nicht. Und damit sind wir am Ende der Geschichte. Wir bargen die übel zugerichtete Leiche aus der Schlucht. Stan und ich bestätigten ihre Identität, die nun nicht mehr verheimlicht werden musste. Stan jagte den Hilfssheriff aus der Stadt und schwor, ihm die Knie zu zerschießen, wenn er sich noch einmal blicken ließe. Danach stürzte er sich erneut in die Suche nach Daniel Buckley und der Bande. Doch die verließ kurz darauf unsere Gegend.«

»Inzwischen sind sie offenbar wieder da. Und Daniel mit ihnen«, merkte ich an, und Doctor Ralph nickte. Meine nächste Frage konnte nur absurd klingen. »Ich würde für mein Leben gern mit Daniel sprechen. Glauben Sie, man könnte ... Kontakt zu ihm aufnehmen?«

»Zu Daniel Buckley?« Er sah mich mit gerunzelter Stirn an. »Weshalb fragen Sie das gerade mich?«

»Na ja, Sie als Arzt hören so manches«, erwiderte ich geistesgegenwärtig.

Sein Gesicht verzog sich zu einem milden Lächeln. »Wenn ich einen Weg zu Daniel wüsste – meinen Sie nicht, dass ich Stan sofort davon erzählen würde?«

Don Quixote

Ratlos kehrte ich zur Herberge zurück. Ich konnte Ronald schlecht eine Landkarte überreichen, darauf die Gegend um Aspen großzügig einkreisen und anmerken: »Er steckt hier irgendwo. Setz ein Inserat in die Zeitung, er möge sich bei dir melden.«

Ebenso wenig konnte ich einen Zettel an die Anschlagtafel bei der Kirche hängen, direkt neben Daniels Steckbrief: »Ich will Sie nicht verhaften, bloß mit Ihnen reden. Und das zu Ihrem Besten. Suchen Sie mich doch bitte in der Herberge auf.«

Sollte ich es noch einmal bei Janet probieren? Nein, an ihr würde ich mir die Zähne ausbeißen.

Es war aussichtslos, das sollte ich wohl akzeptieren. Allerdings musste ich Ronald dann gestehen, dass ich die Mission nicht ausführen konnte. *Du suchst die Nachkommen auf. Der einfachste Auftrag der Welt.* Das kommt davon, wenn man sich Herausforderungen wünscht. Und ich konnte nicht ewig hier bleiben. Abgesehen davon, dass mir das Geld ausginge, wollte ich wieder nach Hause, zurück in mein Leben. Wenngleich ich feststellte, dass ich mich seit meiner Ankunft in Brackwall auf eine ganz eigentümliche Art lebendig fühlte, so wie nie zuvor – als tauchte ich in eines jener Abenteuer ein, von denen ich sonst bloß las. Nun wollte ich die Geschichte zufriedenstellend abschließen.

Ich beschloss, diesem Armesünder-Gottesacker einen Besuch abzustatten, und ließ mir den Weg erklären. Es war ein schlichtes Feld außerhalb der Ortschaft, umgeben von einem löchrigen Holzzaun. Kleine Kreuze mit Namen kennzeichneten die Grabstellen. Der erste vertraute Name, auf den ich stieß, lautete »Buckley«. Vermutlich handelte es sich um Cliftons Grab, dem Sheriff Cooper nicht einmal einen Vornamen gönnte. Einige Schritte weiter fand ich »Thomas Connert«, direkt daneben ein Kreuz mit »Julia Buckley«. Schon im Näherkommen sah ich etwas Buntes und erkannte gleich darauf: Auf Jules' Grab lag ein Sträußchen Blumen. *Frische* Blumen!

Entgeistert starrte ich auf die unschuldigen Pflänzchen. Meine Gedanken rasten. Die Blumen konnten erst kurz hier liegen, sonst wären sie bereits welk. Sherlock Holmes hätte seine Lupe gezückt und bestimmt rasch herausgefunden, wann exakt die Pflanzen gepflückt worden waren. Ich konnte immerhin so viel mit Sicherheit sagen: Jemand hatte diese Blumen erst heute auf das Grab gelegt. Natürlich konnte es sich dabei um irgendwen aus Aspen handeln, der die Buckleys gekannt hatte. Oder es war eben kein geheimnisvoller Unbekannter, sondern ihr Bruder Daniel. Hatte ich ihn etwa nur knapp verpasst?

Wie gehetzt sah ich mich um, obwohl das natürlich sinnlos war. Ich war allein, der Gottesacker lag auf freiem Feld, ich hatte niemanden fortreiten sehen. Ach, warum war ich nicht früher gekommen, genau als der Betreffende die Blumen ablegte? Es war wie verhext.

Ich war mit meiner Weisheit am Ende, als ich zur Herberge zurückritt. Dort fand ich eine Nachricht von Sheriff Cooper, ich möge ehebaldigst bei ihm vorbeischauen. Ich nahm an, er hatte ein paar Fragen zu den geplanten Artikeln. Mir fiel auch ein, dass ich seit meiner Ankunft hier noch kein Telegramm geschickt hatte. Wobei in meinem letzten ja gestanden war, dass ich herreiste, also hatte das keine Eile.

Cooper schien mich ungeduldig zu erwarten. Er hielt mich vom Hinsetzen ab und deutete auf eine Seitentür: »Besser da drin.«

Verwirrt betrat ich eine düstere Abstellkammer. Auf so engem Raum mit diesem Mann, der stets wie ein wildes Tier vorm Angriff wirkte, wurde ich nervös. Hatte er meine Lügen etwa durchschaut? Cooper senkte seine Stimme: »Mr. Parker, wie wichtig ist es Ihnen, Daniel Buckley zu treffen?«

Ich starrte ihn verdutzt an. Ihm gegenüber hatte ich ja getan, als ginge es lediglich um einen Zusatzartikel. Hatte Doctor Ralph ihm einen Wink gegeben? »Wie ... Woher ...«

»Ich habe meine Quellen«, grinste Cooper, dann wurde er wieder ernst. »Sie wollen mit Daniel reden, um Ihren Artikel abzurunden. Ich will ihn hängen, um meine Jagd abzuschließen. Wenn wir zusammenarbeiten, kommen wir beide zum Zug.«

Ich traute meinen Ohren kaum. »Und wie?«

Er lächelte selbstgefällig. »Von Ihrer Seite braucht es bloß ein wenig Schauspiel. Ich dagegen verliere einen wertvollen Gefangenen. Wir könnten Sie als Spitzel in die Bande einschleusen. Vor einigen Tagen habe ich nämlich einen dieser Gesetzlosen geschnappt. Leider hält der Kerl dicht, was das Lager betrifft. Einem Sheriff gegenüber packt er nicht aus. Aber ein anderer Gauner könnte ihm sein Geheimnis entlocken. Sie sind neu in der Gegend, keiner kennt Sie. Sie geben sich als Verbrecher aus, und ich stecke Sie zu ihm ins Gefängnis.«

Ich versuchte das zu verarbeiten. »Ich soll ihn in der Zelle aushorchen?«

»Besser! Sie brechen aus und verhelfen dabei auch ihm zur Freiheit. Zum Dank nimmt er Sie mit ins Lager. So können Sie Daniel treffen und befragen. Bei erster Gelegenheit schleichen Sie sich davon und führen mich zum Versteck. Was halten Sie davon, ist das nicht ein ausgezeichneter Plan?«

Das ging mir zu schnell. Ich gaffte Cooper mauloffen an, bis es mir bewusst wurde. *Klappen Sie den Mund zu, das lässt Sie attraktiver aussehen.* »Geben Sie mir eine Minute«, bat ich. Ich musste den Vorschlag erst einmal verdauen. Es klang so simpel, dass es fast grotesk war, ebenso verrückt wie brillant. Aber falls es gelang ... wäre ich am Ziel, ich könnte Daniel die Nachricht überbringen. Und danach – da würde es einfach etwas anders laufen, als Cooper sich das vorstellte. Je länger ich darüber nachdachte, desto besser gefiel mir der Plan. Was hatte ich schon zu verlieren, falls dieser Gefangene mich doch nicht mitnahm? Ich musste es probieren, es war eine einmalige Chance. Und justament Cooper eröffnete sie mir.

Er stand ungeduldig vor mir. »Na?«

»Ich muss sagen ...«, begann ich langsam, »die Idee ist genial. Einfach großartig.«

Er lächelte stolz. »Fiel mir heute Morgen ein. Ich wusste sofort, das ist perfekt, da kann nichts schiefgehen. Sie dürfen sich bloß nicht erwischen lassen, wenn Sie aus dem Lager verschwinden. Sie sind also dabei?«

Er wirkte so überzeugt, dass ich wieder zurückschreckte. Klang es doch zu gut, um wahr zu sein? »Ich ... würde gern eine Nacht drüber schlafen. Es ist ein gewagtes Abenteuer, und ich will mir sicher sein ...«

»Aber natürlich! Überdenken Sie die Sache und geben Sie mir Bescheid.« Sein Lächeln war freundlich, sein Blick nicht. Er schob mich ins Büro. »Sie haben die Wahl zwischen einem der besten Artikel Ihres Lebens, gemeinsam mit den letzten Worten eines todgeweihten Verbrechers und einer Erfahrung, um die Sie alle Kollegen beneiden ... oder eben nichts. Ihre Entscheidung. Bis morgen.«

Diesmal saßen im Bordell weniger Männer an den Tischen, dafür standen etliche in einer Ecke beisammen. Ich hielt vergeblich Ausschau nach Morgan. Quer gegenüber im Raum sah ich ein intensiv geschminktes Augenpaar auf mich gerichtet. Janet überlegte wohl, ob ich ihre heiligen Hallen überhaupt noch betreten durfte, dann deutete sie auf die Menschentraube. Die Männer feuerten jemanden an und kommentierten das Geschehen vor ihnen eifrig. Langsam bahnte ich mir einen Weg durch die Menge und als ich endlich vorn anlangte, hielt ich verdutzt inne.

Da saß Morgan, ihm gegenüber ein fast doppelt so breiter Hüne. Sie hielten Schnapsgläser, die sie immer wieder gleichzeitig hinunterstürzten, ein danebenstehender Mann schenkte nach. Ihre Bewegungen verrieten, dass beide schon einiges intus hatten. Zwischen ihnen lag ein Haufen Dollar-Scheine. Wie ich den Rufen der Zuschauer entnahm, hatten die meisten auf den einheimischen Riesen gesetzt, ein paar immerhin auf Morgan. Fasziniert sah ich das Wettsaufen seinem Höhepunkt zustreben, ich war im richtigen Moment gekommen. »Wie lange sind sie schon dabei?«, fragte ich einen Mann.

»Ne ganze Weile«, erwiderte dieser launig. »Der Kurze hält sich recht gut. Was ist, wetten Sie nicht?«

Ich kramte nach einem Geldschein, aber im nächsten Moment erwies sich das als überflüssig. Die Hand des Hünen stoppte knapp vor seinem

Mund und plumpste auf den Tisch zurück, wobei der Schnaps überall herumspritzte. Dann kippte der Riese zur Seite, wo die Zuschauer gerade noch aus dem Weg sprangen. Morgan hingegen leerte sein Glas, knallte es auf den Tisch und lehnte sich mit glasigem Blick zurück. Ringsum brandete johlender Applaus auf. Die Zuseher klopften ihm lachend auf die Schultern und strömten dann auseinander, einige griffen sich als Gewinner ein paar der Scheine, andere schleppten mit vereinten Kräften ihren betrunkenen Freund zur Treppe.

Zurück blieben nur ich und der erschlagen wirkende Morgan, der langsam das restliche Geld einsammelte, wobei er allerdings meist ins Leere griff. Ich kam ihm zu Hilfe, klaubte die Scheine in ein Taschentuch und wollte Morgan dann hochziehen. Er stieß meine Hand unwirsch beiseite, stützte sich schwer am Tisch ab und kam auf die Beine. Taumelnd, aber immerhin ohne Kollision mit irgendwelchen Stühlen, wankte er Richtung Eingang. Ich folgte ihm mit dem Geldbeutel.

Ich hoffte inständig, dass Morgan sich nicht direkt vor der Tür übergab. Janet hätte bestimmt wenig Verständnis und ich sah mich schon die Sauerei wegputzen. Zu meiner Erleichterung bog Morgan draußen um die Ecke und lehnte sich an die Hauswand, keines Schrittes mehr fähig. Erst glotzte er nur schwer atmend vor sich hin, dann lallte er: »Haben Sie ... auf mich gesetzt?«

Ich schmunzelte. »Ich war zu spät dran. Sie hätten sich noch eine Minute Zeit lassen sollen.«

»Nein, nein ... Man muss den ... den Moment ausnützen. Was weiß ... Wer weiß, was der nächste bringt. Es kann ... kann so schnell vorbei sein. Hab ich Ihnen je erzählt, wie ... meine Eltern starben?«

Das ließ mich innehalten. Die Versuchung war groß und meine Neugier gewaltig, endlich zu erfahren ... Nein, es fühlte sich falsch an. Das gehörte sich nicht. »Lassen Sie es«, erwiderte ich schweren Herzens. »Sie sind betrunken. Nüchtern wollen Sie bestimmt nicht darüber reden.« Ich wandte mich ab und schalt mich selbst einen Narren. »Dabei wette ich, Sie könnten sich morgen nicht einmal erinnern, dass Sie es mir überhaupt erzählten.«

»Das ist wohl richtig«, erklang Morgans heisere, aber überraschend feste Stimme. »Vorausgesetzt, ich wäre wirklich betrunken.«

Jetzt war ich es, der fast das Gleichgewicht verlor. Entgeistert fuhr ich zu Morgan herum, der aufrecht vor mir stand. »Was ... Großer Gott, wie viel vertragen Sie?«

»Wenig«, entgegnete er gelassen. »Zwei Gläschen und Sie können unterm Tisch nach mir Ausschau halten. Deswegen habe ich keinen dieser Schnäpse tatsächlich getrunken.«

»Aber wie ... wie haben Sie das gemacht?«

»Das ist keine große Sache. Bloß ein Zaubertrick. Die Hand ist schneller als das Auge. Übrigens brauchen Sie den Kerl nicht zu bemitleiden, er hat mich herausgefordert.« Er nahm mir den Beutel ab. »Ich rechne es Ihnen hoch an, dass Sie meine vermeintliche Lage nicht ausnützten. ›Nichts Unredliches tun, selbst wenn es keiner merken würde.‹ Die Musketiere wären stolz auf Sie.«

Beinahe hätte ich zum zweiten Mal heute völlig baff gebeten: »Geben Sie mir eine Minute.« Morgan mochte wie ein ungehobelter Klotz daherkommen, aber je länger ich ihn kannte, desto faszinierender wurde er. Was er wohl von Coopers Plan halten mochte? Ich schüttelte mein Erstaunen ab und erklärte stattdessen: »Ich hatte einen spannenden Tag. Doctor Ralph erzählte mir mehr über dieses angebliche Duell zwischen Jules Buckley und Thomas Connert. Das Ganze klingt höchst rätselhaft. Zum Beispiel ...«

»Sparen Sie sich die Mühe. Wen kümmert diese alte Geschichte?«

»Mac vielleicht«, gab ich zurück. »Weiß er, was damals passierte?«

»Wissen Sie's?«, konterte er. »Hat der Arzt es Ihnen gesagt?«

»Äh, nein. Nicht direkt. Er hat lediglich ...«

Morgan winkte ab. »Schluss damit. Lassen Sie alte Geister ruhen. Es war schmerzhaft genug für Mac, mit Ihnen darüber zu reden.«

Autsch, das saß. »Dann wollen Sie auch keine Details über Miss Buckleys Tod in den Bergen erfahren?«

»Nein, wozu? Haben Sie auch mal Neuigkeiten, die keine längst vergangenen Ereignisse betreffen?«

Ich ließ mich nicht aus dem Konzept bringen. »Allerdings. Sheriff Cooper schlug mir einen Plan vor, wie ich vielleicht an Daniel herankomme.«

Damit hatte er nicht gerechnet. Seine verdrießliche Miene verschwand schlagartig. »Was?«, entfuhr es ihm. »Und wie?«

Inzwischen kam es mir fast wie mein eigener Einfall vor, während ich Morgan von Coopers Vorschlag berichtete. »Seine Idee ist natürlich, dass ich ihn später zum Lager führe«, vollendete ich, »nur habe ich das nicht vor.« Ich würde dem Sheriff bestimmt nicht helfen, Daniel zu schnappen. Schon einmal, weil ich einen Erben finden sollte, nicht einen verlieren. Aber vor allem, weil Cooper ein kaltblütiger Sadist unter dem Deckmantel des Gesetzes war. Ein schlichter Pferdedieb durfte diesem grausamen Mann nicht in die Hände fallen. Was die restlichen Banditen betraf – die Fehde zwischen ihnen und dem Sheriff ging mich nichts an. Ich würde Daniel in Sicherheit bringen und der Bande vielleicht empfehlen, das Lager zu räumen. Danach könnte ich Cooper bedauernd erklären, dass die Gesetzlosen offenbar Lunte gerochen hatten. So in etwa schwebte mir die Sache vor.

Im nächsten Moment verging mir mein stillvergnügtes Lächeln. Morgans Reaktion kam instinktiv, seine Worte knallten mir regelrecht ins Gesicht: »Sind Sie wahnsinnig? Tun Sie's nicht, die bringen Sie um!«

Ich trat einen Schritt zurück vor Verblüffung. Seine Stimme klang so ehrlich erschrocken, dass ich um Worte rang: »Das ... Gehen wir nicht vom Schlimmsten aus. Ich meine ... ich weiß Ihre Besorgnis zu schätzen, aber ...«

Ich merkte sogleich, dass ich etwas Verkehrtes gesagt hatte. Morgans Haltung änderte sich abrupt. Er versteifte sich, wie vom Blitz oder einer plötzlichen Erinnerung getroffen. Seine abweisende Miene versetzte mich jäh zurück an den ersten Tag unserer gemeinsamen Reise. Er atmete heftig aus, seine Stimme jedoch klang unerwartet gelassen: »Besorgnis ist zu viel gesagt. Sie brauchen ja nicht mich, um zu begreifen, dass das glatter Selbstmord ist.«

»Ich will mich als Spitzel einschleichen. Nicht mit gezückter Waffe ins Lager stürmen.«

Er musterte mich kalt. »Und was passiert, wenn Ihre Tarnung auffliegt?«

»Wie sollte das zugehen?« Ich würde doch keinen Zettel an mir tragen, der meine wahren Absichten verriete.

Er schüttelte den Kopf. »Dabei dachte ich zuletzt beinahe, Sie wären kein kompletter Idiot. Ist ein Gespräch mit Daniel es wert, dafür zu sterben? Mir persönlich ist völlig egal, was aus Ihnen wird. Aber Mac wäre bestimmt untröstlich.«

Bringen Sie sich nicht in Gefahr. Ich schob die Erinnerung beiseite. »Ich habe nicht vor, dabei draufzugehen. Ich halte den Plan für ausgezeichnet, aber falls Sie eine andere Idee haben, raus mit der Sprache! Ansonsten sollten Sie sich eher freuen, dass Cooper dabei seinen Gefangenen verliert.«

»Er verliert nichts, aber Sie wahrscheinlich Ihr Leben. *Er* freut sich, dass er einen Dummen gefunden hat. Wie kann man so schwachsinnig sein?«

Mehr noch als Morgans Worte ärgerte mich seine betonte Gleichgültigkeit. »Ich hatte mir einen Rat erwartet, keine Beleidigungen. Gut, mein Schicksal juckt Sie nicht. Dann entschwinde ich hiermit wieder aus Ihrem Leben.«

»Soll mir recht sein. Ich beschützte Sie vor etwaigen Gefahren unterwegs, aber ich werde Sie nicht vor Ihrer eigenen Torheit bewahren. Ich habe mich lange genug mit Ihnen abgeschleppt. Ihr Pferd denkt sicher ähnlich, lassen Sie es mir gleich da. Ich reite morgen früh zurück nach Brackwall. Leben und sterben Sie wohl, Mr. Parker.« Damit drehte er sich brüsk um und verschwand um die nächste Ecke.

Es brauchte ein paar Minuten, bis ich mich wieder abregte. Ich war wütend auf Morgan, aber auch auf mich selbst. Wieder einmal hatte ich mich abkanzeln lassen und durfte überdies zu Fuß zurückwandern.

Auf dem Weg klang mein Zorn vollends ab. Ich dachte an jenen Moment unmittelbar vor dem Streit, als Morgan mich so eindringlich gewarnt hatte – als stünde da ein anderer Mann, der sich hinter der Fassade des Menschenfeinds verbarg. Dann jedoch bestärkten mich gerade Morgans herablassende Bemerkungen darin, auf Coopers Vorschlag einzugehen. Abgesehen von meinem Auftrag gab es inzwischen noch einen Anreiz für ein Gespräch mit Daniel: Ich wollte das Rätsel um jenes mysteriöse Duell zwischen Jules und Thomas lösen, vielleicht wusste er mehr darüber.

Als ich in der Herberge durch den Gastraum ging, kam mir Morgans verblüffendes Zauberkunststück mit den Schnäpsen in den Sinn. Wie hatte er das bloß angestellt? Magische Tricks ... Hatte nicht jemand mal so was erwähnt? Wer war das gewesen – Sheriff Pitt, Mac, Winnie? Es war schon eine Weile her, da war ich mir sicher. Vielleicht fiel es mir bei Gelegenheit wieder ein.

Am nächsten Morgen marschierte ich ohne Umwege zu Cooper. »Ich mache es«, platzte ich heraus. »Ich bin dabei.« Bereits die Zusage nahm eine gewaltige Anspannung von mir.

Seine Miene hellte sich sogleich auf. »Hervorragend. Dann lassen Sie uns keine Zeit verlieren.« Abermals winkte er mich in die Kammer, wo uns niemand überraschen konnte.

Im Halbdunkel besprachen wir die Details. Cooper erklärte, dass er mich zunächst ein paar Tage in die Zelle sperren musste. »Sie brauchen Zeit, damit er Ihnen ansatzweise vertraut. Außerdem wäre eine sofortige Flucht viel zu auffällig. Sehen Sie es so: eine Weile freie Kost und Quartier.«

Danach kam die schwierige Frage, wie der Ausbruch vonstattengehen sollte. Wir überlegten, ob ich das Schloss aufbrechen könnte, fanden aber keine Lösung, wie ich an ein geeignetes Werkzeug herankäme. Vorzutäuschen, ich hätte das Schloss geknackt oder dem Hilfssheriff die Schlüssel geklaut, kam nicht in Frage. »Das fällt auf, sobald die Bande Sie um eine weitere Kostprobe Ihrer Fertigkeiten bittet«, gab Cooper zu bedenken. Zuletzt war ich es selbst, dem ein Ausweg einfiel. Er erforderte den überzeugenden Einsatz des Hilfssheriffs, aber Cooper versicherte mir, dass er den richtigen Mann bei der Hand hatte. Der Gefangene durfte nur dem Hilfssheriff nicht zu nahe kommen, um dessen Zustand zu überprüfen –

das würde Cooper verhindern. »Nicht dass er meinem Mann im Abgang die Kehle durchschneidet.«

Die größte Sorge bereitete mir, wie ich den Banditen dazu bringen sollte, mich ins Lager mitzunehmen.

»Es muss klar sein, dass Sie viel für ihn riskieren«, meinte der Sheriff. »Tun wir, als wären Sie nur wegen einer Lappalie eingesperrt. Auf ihn wartet der Strick, er muss raus. Im besten Fall überredet er Sie zum Ausbruch und Sie zieren sich, denn Sie kämen ohnehin bald wieder frei. Vielleicht bietet er von sich aus das Lager als Zufluchtsort an, sonst helfen Sie eben nach.«

»Und wenn er danach seine Meinung ändert und *mir* die Kehle durchschneiden will?«, fragte ich beklommen.

»Tja, dieses Risiko müssen Sie wohl eingehen. Sie wollen einen gesuchten Verbrecher treffen. Da ist der Weg nicht mit Rosen gepflastert.« Dann erinnerte er sich wohl, dass er mir die Sache als völlig gefahrlos verkauft hatte. »Er fällt Ihnen schon nicht in den Rücken, immerhin retten Sie ihm das Leben. Sorgen sollten Sie sich eher machen, wenn Sie unsere Abmachung vergessen.« Da war unvermittelt ein gefährlicher Unterton und mir wurde mulmig. Ahnte er etwa, dass ich Daniel retten wollte? Doch offenbar mutmaßte er eher, ich könnte Geschmack am gesetzlosen Leben finden. »Falls Sie mich hintergehen, lasse ich ein Wort an entsprechender Stelle fallen, und Ihre Tarnung ist dahin. Ich bringe Sie zu Daniel, Sie kommen zurück mit den Informationen, die ich brauche.«

Wir überlegten, wie viel Zeit ich voraussichtlich benötigte. Schließlich entschied der Sheriff: »Eine Woche. In sieben Tagen sind Sie wieder da, sonst ...«

Ich nickte wortlos. Eine Woche sollte wirklich genügen.

Er rieb sich die Hände und wirkte wieder umgänglich: »Na dann, fangen wir an!«

Das erwischte mich am falschen Fuß. »Wie, jetzt sofort?«

»Natürlich. Oder müssen Sie dringend etwas erledigen?«

Er hatte ja recht, je eher wir loslegten, desto besser. Ich überlegte hastig – sollte ich noch schnell ein Telegramm an Ronald schicken? Nein, womöglich war just der Postbeamte ein Informant der Bande. »Was ist mit meinen Sachen in der Herberge?«

»Die lasse ich abholen. Wollen Sie etwa mit einer Tasche dort rausspazieren und Ihre geplante Abwesenheit verkünden? Ich zahle die Rechnung aus Ihrer Börse, Sie müssen mir ohnehin alles dalassen. Gefangene haben keinen Besitz.« Er zog eine leere Schachtel aus einem Regal.

Widerspruchslos leerte ich meine Taschen. Neben der Geldbörse, einem Taschentuch, meinem Zimmerschlüssel und *Gullivers Reisen* übergab ich dem Sheriff auch mein Notizbuch samt Daniels Steckbrief. Innerlich klopfte ich mir auf die Schulter – gut, dass ich echte Aufzeichnungen angefertigt hatte, Cooper würde bestimmt hineinschauen. Sogar Hut und Jacke musste ich ablegen. Der Sheriff verstaute die Schachtel und hieß mich kurz warten.

Ich fühlte mich unbehaglich. Ein ganz eigentümliches Gefühl überkam mich, als würde mir plötzlich bewusst, wie allein ich war. Ich dachte an Morgan, der mich wie ein Schutzengel begleitet hatte. Nicht, dass mir nun etwas fehlte, ich brauchte keinen Begleiter. Aber jetzt musste ich auf mich selbst aufpassen. Ich hatte niemanden mehr, dem ich vertrauen konnte.

Cooper kehrte mit einem Paar Handschellen zurück. »Kann's losgehen?«

Ich holte tief Luft, nickte und streckte die Arme nach vorn. Während der Sheriff die Handschellen zuschnappen ließ, verstärkte sich mein banges Gefühl. Immerhin gab ich soeben meine Freiheit auf, wenn auch nur vorübergehend. Ich war völlig der Willkür dieses Mannes ausgeliefert. Gott sei Dank sah er in mir den Reporter, der einen Artikel über ihn verfassen würde, das war meine Versicherung.

Der Sheriff witterte meine Beklemmung sofort. »Na, wie fühlt es sich an, wenn man plötzlich erlebt, worüber man sonst nur schreibt? Seien Sie mir dankbar, Sie gewinnen unschätzbare Erkenntnisse über die Zeit in einem Gefängnis.« Er grinste liebenswürdig, was mir erst recht einen Schauer über den Rücken jagte. Dann schob er mich durchs Büro zu der

Tür, die in den hinteren Bereich des Hauses führte. »Ihnen ist natürlich klar, dass ich Sie nicht mit Samthandschuhen anfassen kann. Es soll ja überzeugend wirken.«

Eine schlimme Ahnung stieg in mir auf. »Was heißt das?«

»Dass es möglicherweise etwas wehtun wird.« Seine linke Hand lag auf meiner Schulter, als er die Tür öffnete, dann packte er rechts meinen Oberarm und drückte kräftig zu.

Schmerz zuckte durch meinen Nacken und meinen Arm. Ich konnte einen Schrei unterdrücken, nicht aber ein Stöhnen. »Keine Sorge, alles nur gespielt«, verkündete Cooper höhnisch, während er meine Schulter brutal zusammenquetschte. »Machen Sie mit, es muss echt aussehen.« Ich hätte ihn am liebsten getreten. Er genoss es richtig, mir heimzuzahlen, dass er sich bisher so schmeichlerisch verhalten musste. Jetzt konnte er mich ungehemmt piesacken.

Es ging durch einen Gang, in dem sich einige Türen mit winzigen vergitterten Fenstern befanden. Cooper öffnete eine weitere Tür und ich atmete erleichtert auf, als der Schmerz in meinem Arm für einen Moment nachließ. Gleich darauf kehrte er umso stärker zurück, denn der Sheriff bohrte seine Finger regelrecht in meine Haut. Ich biss die Zähne zusammen.

Im nächsten Raum gab es keine Fenster, nur ein paar Lampen. Kein Lichtstrahl drang herein, obwohl es draußen Tag war. Die Zellen sahen anders aus als die vorherigen, wie Käfige mit Eisenstäben von der Decke bis zum Boden, jeweils nur wenige Schritte groß. Als Bett diente ein an der Wand befestigtes Holzbrett, daneben stand ein Tischchen und in einer Ecke ein Kübel für die Notdurft. In einer Zelle hockte ein Mann auf dem Bett. Zwischen den Käfigen saß an einem Tisch ein weiterer Mann, den sein Stern als Hilfssheriff auswies.

Der Sheriff nickte ihm knapp zu, öffnete die Zelle zu seiner Rechten und versetzte mir einen kräftigen Stoß, der mich beinahe stürzen ließ. Hinter mir knallte die Tür ins Schloss.

»Hände her!«, kommandierte Cooper. Ich streckte meine gefesselten Hände durch das Gitter, und er nahm mir die Handschellen ab. »Mach's dir gemütlich«, empfahl er, ehe er sich seinem Untergebenen zuwandte. »Ein dahergelaufener Dieb. Und kein besonders begabter.«

Damit zog er ab. Zurück blieben der Hilfssheriff, der andere Gefangene, der kaum den Kopf gehoben hatte, und ich.

Der Graf von Monte Christo

Ich ließ mich auf die Pritsche sinken und musste mir keine Mühe geben, mutlos zu wirken. Das Ziehen in meiner Schulter ließ nur langsam nach, ich saß im Halbdunkel in einem Käfig und vor mir lagen etliche Tage hier. Ich schaute zum anderen Gefangenen hinüber. Er sah erschöpft aus, trotzdem verriet das Gesicht grimmige Entschlossenheit. Unter seinem Auge entdeckte ich einen Bluterguss. Eine ganze Weile verging, in der sich keiner von uns viel bewegte. Nur der Hilfssheriff schnitzte an einem Stück Holz herum. Ich hatte keine Ahnung, wie viel Zeit verstrich, aber allmählich wurde ich durstig. Ich trat an die Gitterstäbe. »Ähm, könnte ich bitte etwas zu trinken bekommen?«

Er schüttelte den Kopf. »Musst dich gedulden. Wasser gibt's zu Mittag.«

Das bedeutete einiges an Wartezeit, schließlich war ich am Morgen in die Zelle gesteckt worden.

Endlich öffnete sich die Tür, und ein zweiter Hilfssheriff trat ein, älter als der andere. Er trug einen Sack und einen Wasserkübel. Ich musste mich in die Ecke stellen, und der erste Hilfssheriff hielt seinen Revolver auf mich gerichtet, während sein Kollege die Zelle aufsperrte. Ich erhielt Brot und ein Stück Dörrfleisch, dazu einen Krug und eine Waschschüssel, die beide mit Wasser befüllt wurden. Anschließend wurde der zweite Gefangene versorgt. Danach nahm der ältere Hilfssheriff Platz, und der erste verließ den Raum. Mittagessen bedeutete zugleich Wachablöse.

Ich stillte meinen Durst, machte mich über das Essen her, danach setzte ich mich wieder aufs Bett und wartete. Die Minuten tickten dahin oder hätten es getan, wäre wenigstens eine Uhr hier gewesen. Irgendwann begann ich in der Zelle umherzuwandern. Herrje, mein Gehirn blubberte jetzt schon vor Langeweile und ich war gerade mal einige Stunden hier. Eines stand fest, ich würde nie ein Verbrechen begehen. Oder erst, wenn man Gefangenen ein paar Bücher gestattete.

Vielleicht war es an der Zeit, Kontakte zu knüpfen. »He!«, rief ich zu meinem Mithäftling hinüber. »Wie lang bist du schon da?«

Der Hilfssheriff hob kurz den Kopf, wandte sich allerdings gleich wieder ab. Entweder war es ihm egal, oder Cooper hatte ihn angewiesen, nicht zu unterbrechen.

Mein Mitgefangener grummelte etwas wie: »Zu lang«.

»Weshalb haben sie dich eingesperrt?«

Er grinste, wobei ich sah, dass ihm ein Zahn fehlte. »Diebstahl. Überfälle. Raub. Mord. Nicht unbedingt in dieser Reihenfolge.«

Himmel hilf ... Da hatte ich mich ja auf ein schönes Abenteuer eingelassen! »Das ist die Anklage?«

Er wirkte fast gekränkt. »Will ich mal hoffen. Wäre blamabel, wenn sie mich für was hängen, was ich gar nicht vorweisen kann.« Er musterte mich. »Was ist mit dir, du hast geklaut?«

Ich tat verärgert. »Nicht mal das. Die sperren mich für versuchten Diebstahl ein. Hab mich in der Herberge ins Zimmer eines anderen Gastes geschlichen. Die Tür war nur angelehnt, sein Gepäck stand offen auf dem Tisch. Ich hatte kaum die Hand drinnen, als der Kerl plötzlich hereinkommt und ein Riesengeschrei veranstaltet. Ich habe alles versucht, von wegen ich hätte die Türen verwechselt, aber dieser verfluchte Sheriff lässt nicht mit sich handeln. Ich soll jetzt drei Monate in Ruhe über meinen dummen Irrtum nachdenken.«

»Drei Monate«, murmelte er. »So lang habe ich nicht mehr. Die hängen mich vor dem nächsten Vollmond. Falls dieser Hundsfott mich nicht vorher persönlich zu Tode tritt.« Er spuckte aus.

Ich nahm mein Herumwandern wieder auf. Der Mann wirkte ziemlich gelassen, während er über seine Hinrichtung sprach. Hatte er jegliche Hoffnung aufgegeben, oder rechnete er damit, dass seine Kumpane ihn rechtzeitig befreien würden?

Irgendwann nachmittags wurde die Tür abrupt geöffnet und der Sheriff trat ein. Es war gespenstisch, wie sich die Stimmung schlagartig änderte – als blickten alle Anwesenden scheu zu ihm und beteten, er wäre nicht ihretwegen gekommen. Der Sheriff würdigte mich keines Blickes, marschierte auf die Zelle des anderen Gefangenen zu und knurrte unwirsch: »Wird's bald?« Der Mann stellte sich mit dem Rücken zu den Gitterstäben und streckte die Hände nach hinten, sodass der Sheriff ihm Handschellen anlegen konnte. Danach schloss er auf und zerrte den Mann zu zwei weiteren Türen an der Rückseite des Raumes. Hinter einer verschwanden die beiden. Ich hörte undeutlich die Stimme des Sheriffs, ehe es kurz still wurde. Dann ertönte ein Geräusch wie von einem Schlag oder einem Aufstampfen, zugleich ein erstickter Schmerzensschrei. Gleich darauf wiederholte sich das Ganze.

Ich starrte auf die Tür. Cooper versuchte buchstäblich, den Standort des Lagers aus dem Gefangenen heraus zu prügeln. So wie seinerzeit Jules Buckley hatte er den Mann geknebelt, denn natürlich gab es hier keine Folter, jedenfalls nicht vor einem Reporter. Wobei ich mich fragte, wie er sich herausreden wollte: Die Geräusche waren unverkennbar und der Gefangene würde mir jederzeit davon erzählen. Trotzdem konnte Cooper seine Befragungen jetzt nicht abbrechen, das hätte Verdacht erregt.

Nach einer Ewigkeit hörten die grausigen Laute auf, die Tür öffnete sich und Cooper winkte den Hilfssheriff heran. Gemeinsam schleppten sie den halb Besinnungslosen in seine Zelle zurück und der Sheriff verschwand wieder.

Ich schaute zu dem reglosen Mann hinüber. Nach einiger Zeit kam endlich Leben in ihn. Er kämpfte sich ächzend auf sein Bett zurück, wo er schwer atmend liegenblieb.

Ich begann vorsichtig: »He, alles ...« und verkniff mir gerade noch ein: »... in Ordnung?«

»Was?«, grunzte er.

Ich starrte ihn erschüttert an. »Macht er das mit allen Gefangenen?« Natürlich würde Cooper mich nicht in die Mangel nehmen, aber davon wusste ja der andere Mann nichts.

Er stöhnte. »Bloß wenn er was herausquetschen will. Kann mir nicht vorstellen, dass du interessant für ihn bist. Außer er braucht ein Fliegengewicht zum Aufwärmen.«

Ich ließ mich nicht provozieren. »Das Fliegengewicht heißt Porter.« Ich wollte dem Verbrecher nicht meinen richtigen Namen nennen.

»Soll sein«, murmelte er und arbeitete sich zum Sitzen hoch. »Timothy. Tim genügt.«

Dabei beließen wir es vorerst. Wir hockten schweigend da, bis irgendwann das Abendessen kam und die nächste Wachablöse. Obwohl ich mich den ganzen Tag kaum bewegt hatte, war ich müde, vermutlich machte mich das diffuse Licht schlapp. Trotz der harten Pritsche schlief ich bald ein.

Ich wurde geweckt, als jemand heftig gegen die Gitterstäbe meiner Zelle trat. »Raus aus den Federn!«, rief Sheriff Cooper und deutete auf die Schüssel. »Zeit für die Morgenwäsche.«

Meine zaghafte Hoffnung auf ein Frühstück wurde enttäuscht. Bis zum Mittagessen musste ich mit dem Wasser vom Vorabend auskommen. Ein weiterer langer Tag lag vor mir – einer von mehreren, deren Anzahl ich nicht kannte. Cooper wollte angeblich vermeiden, dass ich Tim durch meine Erwartungshaltung misstrauisch machte. Vermutlich kostete er einfach das Gefühl der Macht aus.

Der zweite Tag verstrich ebenso eintönig und ich saß meine Zeit ab. Die einzige Abwechslung war das Mittagessen und – so entsetzlich es klingt – Coopers Besuch am Nachmittag, um sich Tim vorzuknöpfen. Obwohl mein Mitgefangener zugegebenermaßen ein Mörder war, empfand ich Mitleid.

»Er weiß genau, dass er mit keinem Gefangenen so umspringen darf«, bemerkte ich, nachdem Cooper weg war. »Wenn ich das draußen herumerzähle …«

Tim spuckte Blut aus. »Du willst was erzählen? Kein Mensch glaubt einem Dieb. Oder einem ehrbaren Schnösel, wenn er wie ein Landstreicher angezogen ist. Umgekehrt, wenn du dich als Bankdirektor oder als Sheriff verkleidest – da kommst du mit allem durch. Die Leute sind zu dämlich.«

Das klang raffiniert. Aber nicht nach Tim. »Auf so was muss man erst mal kommen.«

Er grinste. »Tja, Patrick ist gut. Dem fällt immer was ein, wird nie langweilig.«

»Du gehörst zu dieser Bande, nicht wahr? Ich habe einiges über euch gehört.« Etwas Schmeichelei schadete sicher nicht.

Tim richtete sich merklich auf. »Du bist nicht von hier, wie?« Er trat neugierig ans Gitter. »Was erzählt man denn so von uns?«

Ich schöpfte aus dem Vollen. Ich nahm das, was ich bisher über die Bande erfahren hatte, und mischte es mit abenteuerlichen Taten von verwegenen Gesetzlosen, quer durch die Literatur. Unwichtig, wie viel der Wahrheit entsprach, schließlich gab ich Gerüchte wieder. Tim nickte immer wieder begeistert, er war sichtlich stolz auf den Ruf der Bande. Auch der Hilfssheriff lauschte gespannt, vermutlich ganz froh über die Abwechslung. Übers Erzählen verging die Zeit und irgendwann neigte sich der zweite Tag dem Ende zu. Nur brachte leider auch der dritte wenig Neues.

Ich hatte unfassbar viel Zeit zum Nachdenken – um mich zu fragen, was da um Himmels Willen auf mich zukam. Ich ließ mich mit einer Bande gefährlicher Verbrecher ein. War es das wert? Bloß um einen Menschen zu treffen, der wahrscheinlich genauso ein Mörder war wie seine Freunde? Noch konnte ich umkehren. Ich brauchte Cooper lediglich zu sagen: »Ich habe es mir anders überlegt. Lassen Sie mich raus.« Er würde toben, aber wen juckte es? Ich würde in die nächste Postkutsche klettern und Aspen hinter mir lassen. Zum Teufel mit den Buckleys und mit Ronald, schließlich setzte ich *mein* Leben aufs Spiel!

Andrerseits, was sollte schiefgehen? Selbst wenn die Bande hinter meine Täuschung käme, brauchte ich nur die Wahrheit zu sagen: dass ich Cooper benutzt hatte. Eigentlich mussten sie mir dankbar sein, denn ich rettete einen der Ihren vor dem Galgen. Außerdem würde ich es ewig bereuen, wenn ich jetzt aufgab – und bis zum Wahnsinn über dieses Rätsel der nächtlichen Schießerei grübeln.

Wobei ich ohnehin fast verrückt wurde in diesem Käfig, und ich saß erst zwei Tage hier drin! Kein Wunder, dass der Graf von Monte Christo nach vierzehn Jahren Haft die Rache in Person war.

Mittag kam und ging, Cooper kam und prügelte. Ich stellte mit Schaudern fest, dass ich mich an die Schmerzenslaute gewöhnte. Diesmal konnte Tim immerhin selbst in seine Zelle zurückwanken.

»Haben deine Leute nicht versucht, dich herauszuholen?«, fragte ich ihn.

»Die wissen nicht, dass ich hier bin. Also, wieder hier.« Er sah mein verwirrtes Gesicht. »Cooper ist nicht blöd. Er hat mich mit riesiger Bewachung aus Aspen abtransportieren lassen – angeblich zu einer Kaserne, wo garantiert keiner reinkommt. Und dann hat man mich heimlich zurückgeschafft.«

»Bei Nacht und Nebel«, vermutete ich, »getarnt als Toter in einem Sarg.«

»Nein, am helllichten Tag in einer Kartoffelkiste.« Ich starrte ihn verdattert an. Wie passte ein ausgewachsener Mann dort hinein? »Gequetscht und eingerollt. Richtig reingestopft.«

Meine Augen wurden groß. »Mein Gott ...« Ich fragte lieber nicht, wie lange er darin gewesen war.

»Ist kein Zuckerschlecken, Coopers Gefangener zu sein. Und dass du mich zu Gesicht kriegst, ist egal. Bis du rauskommst, bin ich tot.« Er ist ein Räuber, erinnerte ich mich, und ein Mörder. Trotzdem war ich erleichtert – Cooper würde Tim nicht hängen, jedenfalls nicht diesmal. Tim bekam eine zweite Chance.

Als ich abends daran dachte, dass ich schon drei Tage hier war, kam mir Mac in den Sinn. Etwa zu dieser Stunde würde Morgan ihm Bericht über mich erstatten. Der alte Herr war gewiss enttäuscht – sein »junger Freund« hatte sich gegen jede Vernunft auf eine hochriskante Sache eingelassen. Ich würde Erfolg haben, schwor ich mir, ich würde es zu Daniel schaffen und heil wieder zurück.

Der nächste Morgen verging wie gewohnt. Doch als mittags der ältere Hilfssheriff übernahm, wusste ich, dass Cooper endlich den richtigen Moment gekommen sah. Ich erkannte die Zeichen, schließlich war es meine Idee gewesen. Der Hilfssheriff fühlte sich merklich unwohl. Er atmete schwer, wischte sich immer wieder den Schweiß von der Stirn und griff sich an die Brust. Ich war beeindruckt. Cooper hatte zu Recht versichert, dass sein Mann überzeugend sein würde. Der Hilfssheriff hatte mit Doctor Ralph geübt und das Ergebnis war sehenswert. Auch Tim behielt ihn scharf im Auge.

Bei Coopers Auftauchen tat der Hilfssheriff, als risse er sich zusammen, um seine Schwäche zu kaschieren. Diesmal klangen die Schläge hinter der Tür lauter als sonst und mit ihnen Tims ersticktes Stöhnen. Offenbar wollte Cooper sich noch einmal richtig austoben.

Die Nachmittagsstunden zogen vorbei, bald musste es Zeit für die nächste Wachablöse sein. Der Hilfssheriff war unablässig mit seinem Schauspiel beschäftigt und meine Hochachtung wuchs. Ich wusste, dass man für die Schweißausbrüche irgendein Gewürz in sein Getränk gemischt hatte, aber hoffentlich übertrieb er es nicht und löste womöglich einen echten Herzanfall aus. Irgendwann begann er nach Luft zu ringen, stand mühsam auf und klammerte sich schwankend am Stuhl fest.

Das war mein Signal. Ich trat an die Gitterstäbe. »Hören Sie, Sie müssen zum Arzt!«

Er drehte sich ächzend um. »Halt den Mund!«, brachte er heraus und schleppte sich schweren Schrittes auf mich zu. »Willst du mir etwa vorschreiben, was ...« Die Worte erstarben auf seinen Lippen. Stöhnend griff er sich an die Brust, dann stürzte er vorwärts gegen das Gitter, sank zu Boden und blieb reglos liegen.

Ich starrte ihn entgeistert an und meine Fassungslosigkeit war nur halb gespielt. Dieser Mann hatte seinen Beruf verfehlt. Ein paar Sekunden lang war es totenstill, dann reagierte Tim wie aufs Stichwort: »Porter! Die Schlüssel! Schnell, in seiner Tasche!«

Ich warf einen raschen Blick zu ihm, er stand an sein Gitter gepresst und schaute mit leuchtenden Augen herüber.

Zögernd beugte ich mich hinunter, griff durch die Stäbe, zog den Oberkörper des Mannes näher und begann die Taschen zu durchsuchen.

»Mach schon, beeil dich!«, rief Tim und rüttelte am Gitter. »Sie können jeden Moment kommen!«

Ich ertastete die Schlüssel und zog sie vorsichtig heraus. Als ich aufsah, versuchte ich zugleich hoffnungsvoll und besorgt zu wirken.

Tim umklammerte die Stäbe wie ein Ertrinkender. »Was ist? Das ist die Gelegenheit, los jetzt!«

Ich schüttelte hilflos den Kopf. »Wenn die mich schnappen, sperren sie mich für Jahre ein! Das steh ich nicht durch, das ist es nicht wert.«

Er streckte mir die Hände entgegen. »Dann wirf rüber! Oder lass mich raus und bleib da.«

»So dumm ist Cooper nicht. Der quetscht aus mir heraus, dass ich dir zur Flucht verholfen habe.«

Tims Stimme wurde flehender. »Lass mich jetzt nicht hängen, Kumpel! Wenn ich hierbleibe, bin ich ein toter Mann!«

»Und wenn ich hier rauskomme, bin ich auf mich allein gestellt. Du hast eine ganze Bande von Freunden, ich habe niemanden.«

»Dann komm mit! Zu uns ins Lager. Dort kannst du dich verstecken, bis Gras über die Sache wächst.«

Das waren endlich die ersehnten Worte. Ich nickte. »Das ist gut! Abgemacht.« Ich probierte einige Schlüssel durch, fand den richtigen für meine Zelle, sperrte auf und eilte an dem reglosen Hilfssheriff vorbei zu Tim. Während ich mit fliegenden Fingern nach dem passenden Schlüssel suchte, ertönten plötzlich Stimmen aus der Richtung des Büros. Man musste es Cooper lassen: Er hielt sich an den Zeitplan. »Da kommt wer!«, entfuhr es mir schreckensstarr.

Tim wurde fast panisch. »Mach schon!«, zischte er und wollte mir die Schlüssel aus der Hand reißen. Ich aber hatte indessen den richtigen erwischt und das Schloss sprang auf. Tim stürmte heraus und sah sich gehetzt um.

»Wohin?«, fragte ich hastig. »Die schießen uns über den Haufen!« Zwar trug der Hilfssheriff einen Revolver, doch er lag zwischen uns und der Tür zum Gang, die sich jeden Moment öffnen konnte.

Die Stimmen wurden lauter, eine war die von Cooper. Tim schnappte sich die Schlüssel und stürmte zu den beiden Türen an der Rückwand. »Mir nach!«

Hinter einer Tür war jener Raum, in dem Cooper ihn gequält hatte. Die andere besaß ein so großes Schloss, dass nur ein einziger Schüssel dafür infrage kam.

»Licht!«, kommandierte Tim im Aufsperren.

Ich griff mir eine Lampe und gemeinsam rannten wir in die Dunkelheit.

Nun fanden wir uns in einem Gang wieder. Cooper hatte mir den rückwärtigen Teil des Hauses skizziert: Der Gang wand sich wie ein U um die Einzelzelle, und am hintersten Ende führte eine weitere Tür ins Freie. Inzwischen begriff ich diese eigentümliche Anlage. Ursprünglich war dies ein gewöhnliches Zimmer gewesen, in das Cooper die Zelle hineinsetzte und durch eine zusätzliche Tür mit dem Nebenraum verband. Der so entstandene Gang dämpfte die Geräusche, wenn er Gefangene auf seine spezielle Weise befragte.

Wir waren an der Hintertür angelangt und im Lampenschein suchte Tim fieberhaft den geeigneten Schlüssel. Zum Glück war der Bund nicht groß und binnen weniger Sekunden wurde er fündig. Hinter uns erklangen Rufe, gefolgt von Schritten, doch wir achteten nicht darauf. Tim stieß die Tür auf und wir stürmten in die anbrechende Nacht.

»Wirf die Lampe weg!«, befahl Tim. »Wir brauchen Pferde – da drüben!«

Vor einer Scheune waren einige Pferde angebunden, wir griffen uns zwei, schwangen uns hinauf und trieben die Tiere vorwärts. Die Häuser blieben ebenso hinter uns zurück wie das Geschrei, als Cooper nun Alarm schlug.

Ich überließ mich Tims Führung. Er hatte sich kurz orientiert und schien genau zu wissen, wohin er wollte. Wir mussten rasch einen sicheren Unterschlupf finden, denn im Dunkeln konnten wir nicht reiten und bald würden Cooper und seine Leute mit Fackeln ausschwärmen. Mit halsbrecherischer Geschwindigkeit jagten wir voran, mehrmals entging ich nur knapp einem Sturz. Offenbar ritten wir in die Berge und ich betete, dass diese weniger menschenfeindlich waren als die von Brackwall.

Endlich zügelte Tim sein Pferd und ich wollte schon erleichtert aufatmen, als mir jäh bewusst wurde: Jetzt würde sich zeigen, ob er zu seinem

Wort stand oder mich womöglich erwürgte. Zum Glück verbarg die Finsternis mein schreckensstarres Gesicht. Quälende Sekunden vergingen, dann sagte er: »Danke. Du hast mir das Leben gerettet. Sobald es dämmert, machen wir uns auf den Weg ins Lager.«

Ich unterdrückte ein Aufseufzen. »Was, wenn deine Leute das inzwischen verlegt haben?«

»Pah! Die wissen, dass ich niemals auspacke.«

Wir führten die Pferde weiter, bis wir ein Versteck zwischen den Felsen fanden. Tim bot sich für die erste Wache an. Gerne hätte ich mich einfach seiner Obhut anvertraut, aber ich war misstrauisch. Vielleicht wollte er mir doch etwas antun oder sich heimlich davonmachen. So versuchte ich munter zu bleiben, döste leicht ein, wurde irgendwann wachgerüttelt und kämpfte daraufhin erst recht mit dem Schlaf.

Kaum wurde es hell, ritten wir weiter. Ich suchte vergeblich nach Anhaltspunkten, aus welcher Richtung wir in der Nacht gekommen waren. Für mich sahen alle Felsen gleich aus. Als wäre dies nicht verwirrend genug, hielt Tim plötzlich an und zog sein Hemd aus. »So, jetzt muss es sein. Du auch«, forderte er mich auf. Verdutzt tat ich es. »Reine Vorsicht, du verstehst?«

Daraufhin bekam ich beide Hemden – glücklicherweise innen meines, das weniger stank – um den Kopf gewickelt. Nun sah ich nichts mehr, ich war froh, dass ich noch Luft bekam. Tim führte mein Pferd am Zügel. Es ging gut eine Stunde vorwärts oder vielleicht ritten wir ständig im Kreis. Eines war klar: Niemals würde ich Cooper auch nur in die Nähe des Lagers bringen können. Sollten Tims Kumpane etwas gegen mich haben, konnten sie mich einfach umbringen, kein Hahn würde je nach mir krähen.

Endlich blieb Tim stehen und wir zogen unsere Hemden wieder an. Wir waren nach wie vor in den Bergen, nun aber in einer Talsenke. Es ging noch ein paar Minuten weiter, dann ertönte unvermutet ein Ruf: »Halt! Keinen Schritt weiter!«

Tim rief ins Blaue hinein: »Mach doch die Augen auf! Ich bin's – Tim!«

Hinter einem Felsen kam ein Mann mit einem Gewehr zum Vorschein.

Er starrte uns an wie zwei Gespenster, dann legte sich ein breites Grinsen auf sein Gesicht. Tim sprang vom Pferd und die beiden begrüßten einander herzlich.

»Teufel noch eins!«, erklärte der Mann, »ich dachte wirklich, diesmal hat dich der Strick.«

Tim deutete auf mich. »Er hat mich rausgeholt.«

Der Bewaffnete nickte mir zu, mehr grüßend als anerkennend. »Sehen wir, was Patrick dazu meint«, sagte er zu Tim.

Mit den Pferden am Zügel gingen wir zu dritt weiter, bogen um einige Steine und landeten auf einer großen Lichtung, die ich zwei Atemzüge zuvor nie dort vermutet hätte. Zwischen Felsen und Bäumen standen etliche Holzhütten und Zelte, an einer Feuerstelle saßen Männer beim Essen. Der Ruf des Wächters ließ sie herumfahren: »Leute, das glaubt ihr nicht! Schaut, wer wieder da ist!«

Das gab ein großes Hallo – Tim wurde freudig begrüßt, umarmt und sogar kurz in die Luft gehoben. »Gibt's doch nicht!« »Tim, alter Halunke!« »Unkraut verdirbt nicht.« »Du musst uns unbedingt erzählen, wie ...«

Ich stand daneben und schaute in dem Durcheinander nach Daniel Buckley aus. Keines der Gesichter ähnelte Coopers Steckbrief. Einige der Männer waren junge Burschen, vielleicht achtzehn Jahre, andere wirkten älter, wie Mitte dreißig. Insgesamt mussten es acht oder neun sein. Keiner würdigte mich eines zweiten Blickes. Ich hätte wenigstens Neugier erwartet, schließlich war ich ein Fremder. Aber sie ignorierten mich – als warteten sie auf eine Anweisung, wie mit mir zu verfahren war.

Nachdem die erste Begeisterung verebbte, wandte sich einer der Männer mir zu. »Und wen haben wir da? Gast oder Neuzugang?« Er sah mich zwar an, doch die Frage schien nicht an mich gerichtet.

»Kommt drauf an«, erwiderte Tim. »Was immer du sagst, Pat.«

Die Sekunden verstrichen, während der Mann mich musterte. Er musste etwa in meinem Alter sein, wirkte aber reifer. Auch ohne Tims Anrede hätte ich ihn instinktiv als Anführer erkannt. Ein Mann, der seinen Willen durchsetzen konnte – ähnlich Cooper, aber nicht ansatzweise so brutal oder kalt. Im Gegenteil, er hatte etwas vollendet Höfliches an sich, wie eine Kombination aus einem galanten Kavalier und einem schneidigen Abenteurer. Zudem sah er ausgesprochen gut aus. Er wirkte ruhig und überlegt, trotzdem nicht langweilig, eher als läge ihm eine unterhaltsame Bemerkung auf der Zunge. Das musste Patrick Connert sein – dessen Bruder Thomas vor fünf Jahren erschossen worden war, allem Anschein nach von Jules Buckley. Nun wurde sein Lächeln spitzbübischer. »Mit wem haben wir das Vergnügen?«

Ich war unübersehbar nervös, allerdings war ein gewisses Unbehagen in meiner Lage nachvollziehbar. »Mein Name ist Porter«, brachte ich heraus. »Tim und ich hatten ... sozusagen den gleichen Weg.«

»Ach. Zum Galgen?«, gab Patrick freundlich zurück.

»Aus dem Gefängnis.«

»Ein Mitbringsel also«, bemerkte er in Tims Richtung.

»Eher umgekehrt«, gab dieser zu. »Er hat mich mitgenommen.«

»Tatsächlich?« Patrick nickte anerkennend. »Unglaublich, davon müsst ihr uns sofort erzählen.« Er reichte mir die Hand. »Wer einem von uns hilft, dem vergessen wir das nie. Willkommen im Lager, Porter. Ich bin Patrick Connert. Ihr kommt gerade rechtzeitig zum Frühstück.«

Tim seufzte zufrieden. »Kaffee und ein anständiges Essen ... Dachte nicht, dass ich das noch mal erlebe.«

»Daniel soll gleich zwei Teller mehr holen«, warf ein anderer Mann ein. »Da kommt er ohnehin.«

Ich fuhr herum und sah einen weiteren Mann mit zwei Krügen zwischen den Hütten auftauchen.

»Dan!«, rief Patrick ihm entgegen. »Sieh mal, wer da ist.«

Einen absurden Moment lang glaubte ich, er meinte mich. Nach all den Berichten über Daniel war mir, als kannten wir uns längst. Dieser wiederum sah Tim überrascht an: »Wie um alles in der Welt ...«

Tim deutete auf mich. »Das ist ihm zu verdanken.«

Nun richtete Daniels Blick sich auf mich.

Die Schatzinsel

Dann stand ich Daniel Buckley gegenüber – nach all den Nachforschungen und Strapazen endlich am Ziel angelangt. Ich hatte fast nicht mehr geglaubt, ihn überhaupt zu finden. Es hätte mich nicht überrascht, bei meiner Ankunft zu erfahren, dass er just am Vortag zu einer monatelangen Reise mit unbekanntem Ziel aufgebrochen war. Ich musste mich regelrecht zusammenreißen, Daniel nicht anzuglotzen. Das Bizarre war: Für ihn war ich bloß ein Neuankömmling. Er ahnte nicht, wie sehr ich auf die Begegnung hingearbeitet hatte. Für mich hingegen hatte Daniel etwas seltsam Vertrautes, als hätte ich ihn zuvor schon einmal getroffen – was natürlich an Coopers Steckbrief lag, dem er aufs Haar glich. Beinahe wäre mir dasselbe herausgerutscht wie bei meinem Treffen mit dem Sheriff: »Genau so habe ich Sie mir vorgestellt.« Ich riss mich aus meiner Erstarrung, damit es nicht auffällig wurde.

Laut Mac war Daniel etwa siebenundzwanzig Jahre alt. So wie Patrick wirkte er älter, doch bei ihm war es keine Selbstsicherheit: Er sah aus wie jemand, der einfach schon zu viel erlebt hatte. Hätte ich selbst ihn für einen Steckbrief beschreiben müssen, ich wäre grandios gescheitert. Er hatte außer einem kurzen Vollbart keinerlei besondere Merkmale und erschien neben Patrick wie dessen Gegenstück, nicht unansehnlich, aber zurückhaltend, der Mann im Hintergrund, der sich seine eigenen Gedanken macht.

Ich nickte ihm zu. »Porter. Einfach Porter.«

Er erwiderte den Gruß. »Daniel Buckley.«

Patrick trat neben ihn. »Nun? Was meinst du?«

Daniel machte einen Schritt zurück und musterte mich. Ich hatte fast den Eindruck, als schaute er an mir vorbei. »Er ist zäh. Man merkt es ihm nicht an, aber das ist ein Kämpfer. Und mit der richtigen Behandlung ein Kamerad fürs Leben.«

»Hier spricht der Experte«, stellte Patrick zufrieden fest. »Du bringst ihn auf Vordermann.«

Ich sah verwirrt von einem zum anderen. Gleich darauf entdeckte ich das schelmische Grinsen auf Patricks Gesicht. »Lass dich nicht foppen. Es geht um Pferde – bei Daniel immer. Deines war ein guter Griff.«

Die Männer lachten, sogar Daniel schmunzelte verhalten. Bis Tim sich zu Wort meldete: »Wie war das mit dem Frühstück? Wenn ich nicht sofort was bekomme, esse ich mein Pferd, egal ob das ein guter Griff war.«

Das rief noch lauteres Gelächter hervor und die Gesellschaft verlagerte sich zur Feuerstelle. Ich wurde eingeladen, mich dazuzusetzen, während Daniel zusätzliches Geschirr holte.

Während ich mir Kaffee, Brot und Eintopf schmecken ließ, war zunächst Tim mit Erzählen dran. Er berichtete, wie Cooper ihn heimlich in der engen Kiste zurückschaffte, wie es ihm im Gefängnis erging und wie mit meiner Hilfe letztlich die Flucht gelang. Alle waren sich einig, dass Tim unfassbare Stärke bewiesen hatte.

»Wir hätten es ahnen können«, bemerkte Patrick, »dass Cooper keinen Gefangenen freiwillig rausrückt und wenn der Präsident persönlich Anspruch erhebt. Das zahlen wir dem Mistkerl heim. Niemand macht das ungestraft mit einem von uns.«

Danach wurde ich auf Herz und Nieren befragt – woher ich kam und was mich nach Aspen führte. Ich gab mich sofort als Stadtbewohner zu erkennen, nannte aber eine andere Ortschaft als meine Heimat. Ich wäre hergeschickt worden, um Doctor Ralveston von einer kleinen Erbschaft zu benachrichtigen. Für mich war der Arzt so ziemlich der Letzte, der mit der Bande womöglich gemeinsames Spiel machte und mich enttarnen könnte. Falls mich jemand in Aspen gesehen hatte, sogar bei seinem Haus, war dies hiermit erklärt. Dann berichtete ich, wie ich in der Herberge als Dieb ertappt und zu drei Monaten Gefängnis vergattert wurde. Patrick fragte dies und jenes nach. Zum Glück hatte ich mir meine Geschichte gründlich zurechtgelegt. Allmählich wurde es kompliziert, sich zu merken, wem ich welches Märchen aufgetischt hatte – Winnie, Sheriff Cooper, Doctor Ralph, der Bande … Der große Vorteil der Wahrheit ist, man behält sie am leichtesten im Kopf.

»Danke«, sagte Patrick zuletzt, »dass du uns Tim zurückgebracht hast. Du hast dein eigenes Leben aufs Spiel gesetzt und deine Zukunft obendrein.«

Ich hielt den Atem an und hoffte inständig, dass er mich nun hierbleiben ließ – sonst wäre alles umsonst gewesen.

»Es ist wohl das Mindeste, wenn du dich im Gegenzug eine Weile bei uns versteckst«, erklärte Patrick und mir fiel ein Stein vom Herzen. Die anderen Männer akzeptierten die Entscheidung widerspruchslos, einige nickten sogar aufmunternd. »Wobei es eine Bedingung gibt: Du darfst das Lager nicht verlassen. Wir wollen schließlich nicht, dass du dich verläufst und in der Wildnis landest.« Es klang so fürsorglich, dass ich es ihm beinahe abkaufte. Aber natürlich mussten sie erst sehen, ob sie mir trauen konnten. »Wir sind tagsüber meistens unterwegs, aber halte dich an Daniel. Er bleibt üblicherweise hier.«

Alles klar, Daniel sollte mich im Auge behalten. War mir nur recht, besser konnte es gar nicht kommen! »Das ist völlig in Ordnung für mich, vielen Dank«, versicherte ich und sah zu Daniel hinüber, der mir schweigend zunickte.

In launiger Stimmung ging der Morgen weiter. Die Männer waren eindeutig froh, ihren verlorenen Freund wiederzuhaben. Ich hatte bereits festgestellt, dass jeder hier einen Revolver trug, doch in der heiteren Stimmung war es unvorstellbar, dass jemand in absehbarer Zeit damit schießen könnte. Ich saß umgeben von Verbrechern, fühlte mich aber keineswegs unbehaglich – eher wie im Sherwood Forest, bei Robin Hood und seinen Mannen. Ich war entspannt wie schon lange nicht mehr. Es war ein sonniger Vormittag und ich hatte es tatsächlich zu Daniel Buckley geschafft.

Dieser verschwand zwischendurch, um unsere Pferde zu versorgen. Ich bekam derweil eine Vorstellrunde. Der Wächter von vorhin hieß Bob oder vielmehr Robert Hopp, passenderweise war er hinter dem Felsen hervorgehopst. Dann gab es José und Benjamin, einen Clarence, der Clay gerufen wurde, und ab da brachte ich die Namen durcheinander. Jemand hieß Emmett, ein anderer Bill, den Rest vergaß ich fast sofort. Bei Büchern fiel es mir eindeutig leichter, Personen im Gedächtnis zu behalten. Patrick und Daniel eingeschlossen, umfasste die Bande elf Mitglieder.

Irgendwann endete das gemütliche Beisammensein. Jemand empfahl Tim spöttisch ein Bad oder ein frisches Hemd, dieser konterte mit einem derben Scherz. Einige Männer verschwanden zwischen den Hütten und kurz darauf sah ich sie davonreiten.

Patrick wandte sich an mich: »Heute Abend musst du uns erzählen, wie es sich so lebt in einer großen Stadt. Wir sind allesamt Landmänner.«

Die anderen lachten, und ich hatte das Gefühl, einen Witz nicht zu begreifen.

»Dan, du könntest ihm das Lager zeigen«, schlug Patrick vor, ehe er mit den verbliebenen Männern zu einer Hütte schlenderte.

Daniel fing an, aufzuräumen und Geschirr zu stapeln.

»Soll ich dir helfen?«, bot ich an und griff zu. Er nahm es dankbar lächelnd hin. »Hat jeden Tag jemand anders Küchendienst?«

Er schüttelte den Kopf. »Nein, das mache immer ich. Hat sich so eingebürgert.« Wir trugen das Zeug in eine Hütte und Daniel meinte: »Das mache ich später. Ich führe dich erst einmal herum.«

Ich konnte kaum fassen, wie perfekt sich alles fügte. Ich hatte buchstäblich die Anweisung, in Daniels Nähe zu bleiben, und konnte ihm sofort meine Nachricht überbringen. Die Frage war nur: Wollte ich das denn? Vor kurzem noch hätte die Antwort gelautet: »Selbstverständlich. Und dann nichts wie heim in vertraute Gefilde.« Inzwischen hatte ich es jedoch nicht mehr so eilig. Ob Daniel mir wohl mehr über jene Schießerei erzählen konnte? Würde er noch Lust dazu haben, sobald er von seiner gigantischen Erbschaft erfuhr? Und wie würde er zudem reagieren, wenn er erfuhr, dass ich vorhin gelogen hatte? Dass eigentlich er geerbt hatte, durfte ich vor den anderen Männern nicht erwähnen, sonst käme ihnen die Sache verdächtig vor. Ich musste mir erst eine geeignete Vorgehensweise überlegen.

Der Rundgang war rasch erledigt. Daniel zeigte mir die Schlafplätze, den Vorratsraum und den Abtritt. Ich erfuhr mehr über den Alltag im Lager.

Tagsüber ritten meist ein paar Männer in die Dörfer und Städte der Umgebung und horchten sich um, wo es etwas zu holen gab. Banken und Geschäfte wurden beobachtet, Postkutschen ausspioniert und Wagentrecks verfolgt. Dann wurden die Raubzüge geplant und alle rückten aus. Daniel ging nicht ins Detail, aber ich bekam eine Ahnung, weswegen die Bande so gefürchtet war. Er selbst ritt allerdings nur selten mit zu Überfällen.

An dieser Stelle konnte ich es mir nicht verkneifen: »Kennst du das Märchen von Schneewittchen? Während die Zwerge tagsüber fort sind ...«

Daniel starrte mich verdutzt an, dann musste er lachen. »Das ist mir noch nie aufgefallen! Du hast recht. Ich halte das Haus sauber und koche das Abendessen.« Sehr gut, er hatte was für Geschichten übrig. Aber ehe ich das Thema vertiefen konnte, wandte er sich der nächsten Hütte zu und sein Schmunzeln erlosch. »Das ist das Spielzimmer. Ich nenne es insgeheim Folterkammer.«

Die Hütte war groß und solide gebaut, innen befanden sich Balken als Verstrebungen und sogar ein paar Eisenstangen quer durch den Raum. An einer Wand hingen aufgerollte Seile und Lederriemen, augenscheinlich für Pferde. Ich drehte mich verwirrt um. »Was ...«

»Das willst du nicht wirklich wissen. Und vor allem nie herausfinden.« Daniel wandte sich ab. »Komm, hier geht es zum Fluss.«

Wir ließen das Lager hinter uns. Die Talsenke erstreckte sich recht weit, in der Ferne ragten schroffe Felswände empor. Laut Daniel gab es in dieser Richtung keinen Ausgang. Direkt am Fluss befand sich die Pferdekoppel. Daniel kletterte durch die Umzäunung, ich folgte seinem Beispiel, aber kaum drin, stockte mein Fuß. Verblüfft verfolgte ich die unglaubliche Verwandlung, die mit meinem Begleiter vorging – als wäre Daniel durch eine Tür getreten und als neuer Mensch herausgekommen.

Er richtete sich auf, von einem Moment zum nächsten wirkte er vergnügter, geradezu zehn Jahre jünger. Sein Gesicht strahlte regelrecht, er streckte eine Hand in Richtung der Pferde aus. Die Tiere hatten sich ihm zugewandt, trabten nun herüber, rieben ihre Nasen an ihm und ließen sich liebkosen.

Ich beobachtete es fasziniert. »Hut ab. Ich habe noch nie jemanden gesehen, der so ein Händchen für Pferde hatte.«

»Du kanntest meinen Vater nicht.« Daniel kraulte gerade die Mähne jenes Pferdes, auf dem ich von Aspen her geritten war. Das Tier wirkte, als hätte es jeden Tag seines bisherigen Lebens mit Daniel verbracht. »Ich habe alles von ihm gelernt.«

»Buckley ... Sir Buck. Der Pferdekönig. Ich habe von ihm gehört.«

»Wer hätte das nicht?«

»Du wirst lachen – ich. Jedenfalls nicht vor meiner Ankunft hier in der Gegend.«

»Wer hat dir von ihm erzählt?«, fragte Daniel. Es klang beiläufig, schien ihm aber wichtig zu sein.

Ich überlegte blitzartig, Mac durfte ich ja nicht erwähnen. »Winnie Saunders. Im Saloon in Brackwall.«

Er lächelte. »Natürlich, die Wirtin. An die erinnere ich mich. Was hat sie sonst so gesagt?«

Uh, das war heikel. Ich wollte nicht versehentlich etwas erzählen, das ich nur von Mac erfahren haben konnte. Also erklärte ich vage, dass ich vom Leben der Familie in Brackwall gehört hatte, von Maureens Unfall und dem Umzug nach Aspen, bis hin zu Sir Bucks Tod am Blue Mountain.

Daniels Gesicht verdüsterte sich abrupt, als ich Letzteres nannte. Er lenkte sofort ab. »Ja, Mrs. Saunders ist bestimmt gut informiert. Und sehr mitteilsam.« Seine Stimme klang belegt, er verstummte.

Ich wollte auf keinen Fall, dass wir damit schon zum Ende kamen. Vielleicht konnte ich unauffällig zu seiner Schwester überleiten. »Außerdem unterhielt ich mich mit Doctor Ralveston. Natürlich über seine Erbschaft. Und irgendwie kamen wir auch auf deine Familie. Er war ein überzeugter Gegner deines Vaters, richtig?«

Daniel runzelte die Stirn. »Du hast mit Doctor Ralph über meinen Vater geredet?«

»Eigentlich ging es mehr um deine Schwester. Er erzählte mir, dass sie ... also, wie sie damals vor fünf Jahren ...« Ich sah Daniels Miene und die Worte erstarben mir im Mund. Als ich vorhin die Sache am Blue Mountain erwähnt hatte, war er erstarrt. Jetzt verzerrte sich sein Gesicht regelrecht vor Kummer. Tränen traten in seine Augen, er vergrub das Gesicht am Hals des Pferdes. Ich fühlte mich erbärmlich – was war ich bloß für ein gefühlloser Trampel! Erst sprach ich den Tod seiner Eltern an, dann auch noch den seiner Schwester. »Es ... es tut mir leid. Ich hätte nicht damit anfangen sollen«, murmelte ich lahm.

Daniel bewegte sich kaum, nur seine Schultern bebten. Ich stand daneben, zutiefst erschüttert über die Wirkung meiner Worte. Hatte ich es mir mit ihm verscherzt, kaum dass wir uns zum ersten Mal trafen? Endlich drehte er sich zu mir. Seine Augen waren gerötet, aber er hatte sich gefangen. »Hast du Geschwister?«

Ich schüttelte den Kopf.

»Du hast keine Ahnung, was du verpasst«, sagte Daniel leise. »Geschwister sind ... was ganz Eigenes. Wie richtig gute Freunde, nur eben von Anfang an da. Reisegefährten, die dir das Leben einfach so mitgibt. Du bist ihnen enger verbunden als dem allerbesten Freund. Sie kennen dich bis in die tiefsten Falten deiner Seele, mit sämtlichen Stärken und Schwächen. Geschwister sind Familie. Und Familie ist ein Zuhause.«

Er sprach mit solcher Leidenschaft, dass es mich ehrlich schmerzte, sie nicht teilen zu können. »Ich war nie ein Familienmensch«, murmelte ich und war zum ersten Mal betrübt darüber.

»Und ich bin ein Mensch ohne Familie. Es ist keiner mehr da außer mir, ich bin der Letzte. Ich habe sie verloren, einen nach dem anderen. Und kann sie nicht zurückholen. Man kann immer neue Freunde gewinnen, aber nicht Eltern und Geschwister. Wenn sie weg sind, bleiben sie weg.«

»Dann merkt man erst so richtig, was man an ihnen hatte«, vermutete ich.

Er wirkte verwundert. »Nein, das wusste ich vom ersten Moment an, als Jules in mein Leben trat – dass ich ein ganz besonderes Geschenk erhalten hatte. Plötzlich ist da jemand, der dich gernhat, einfach weil es in seiner Natur liegt und weil ihr zusammengehört. Wie eine Mutter ihr Kind liebt, ohne es erklären zu können oder je zu hinterfragen.« Er lächelte wehmütig und schien mich völlig vergessen zu haben. »Ich weiß noch, als ich sie zum ersten Mal festhielt, ich war knapp vier Jahre alt. Da legt dir jemand dieses wunderbare kleine Geschöpf in den Arm und du begreifst, dass nichts mehr sein wird wie bisher. Du bist jetzt ein großer Bruder und wirst dein Geschwisterchen beschützen, komme was wolle. Das muss dir niemand sagen. Das weißt du. In dieser Sekunde und für alle Zeit. Dass du nun eine Aufgabe hast, die wichtigste deines Lebens.« Er blinzelte, sein Blick kehrte aus der Ferne zurück. »Es tut mir leid, ich höre schon auf«, murmelte er.

»Nein, bitte, es ist in Ordnung«, stammelte ich. »Sprich ruhig weiter.«

Er schüttelte den Kopf. »Wie kommst du dazu, dir von mir die Ohren volljammern zu lassen?«

»Wie kommst du dazu, dich mit mir abzuschleppen?«, gab ich zurück.

»Keine Ursache. Es ist schön, Gesellschaft zu haben. Ich ... bin meistens allein. Sogar wenn ich bei den anderen sitze. Außer Patrick habe ich keinen Freund. Und er hat ... anderes zu tun, als dauernd mit mir zusammenzustecken. Zudem hätte es wenig Sinn, sich mit ihm über Jules zu unterhalten.«

»Du hast seit ... Jahren nicht mehr über sie gesprochen?«

Er nickte zögernd, wieder wurden seine Augen feucht. Und ich schämte mich ehrlich. Die ganze Zeit über war es mir bloß um meinen Auftrag gegangen. Ich hatte in der Vergangenheit gewühlt und einige gute Leute an schmerzhafte Ereignisse erinnert. Daniel jedoch rief mir ins Gedächtnis, dass es um mehr ging als um Antworten oder Rätsel. Hier litt jemand furchtbar unter dem Verlust eines geliebten Menschen und hatte keinen außer mir, der ihm zuhörte. Wenn ich überlegte, wem ich in meinem Leben je etwas Gutes getan hatte – die Bilanz wäre erschütternd.

»Sei kein Idiot!«, flüsterte ein kleines Teufelchen in meinem Kopf. »Überbringe deine Botschaft, löse das Rätsel um diese Schießerei und dann weg hier. Verplempere deine Zeit nicht mit einem trübsinnigen Kerl, der seiner Familie nachtrauert.« Ich schickte das Teufelchen zum Teufel. »Dann erzähl mir doch von ihr.«

Daniel sah mich an, erst hoffnungsvoll, dann ratlos. »Ich weiß nicht, wo ich beginnen soll.«

Was sagt der Herzkönig bei *Alices Abenteuer im Wunderland*? »Fang mit dem Anfang an.« Und das tat Daniel.

Black Beauty

Wir saßen zwischen den grasenden Pferden, während Daniel von seiner Kindheit erzählte – und von seiner Schwester. »Sie war ein fröhlicher Wirbelwind. Unbekümmert und für jeden Schabernack zu haben. Mit einem grenzenlosen Vertrauen, dass letztlich alles gutgehen wird. Sie brachte mich immer zum Lachen, wir gingen zusammen durch dick und dünn.«

Er erzählte von gemeinsam erdachten Spielen, von Streichen, die sie aussheckten, sogar von ulkigen Bemerkungen, die Jules machte.

»Ich kann mich nur an ein einziges Mal erinnern, als ich böse auf sie war. Sie war fünf Jahre alt und ich hatte dieses kleine Holzpferd, an dem ich tagelang geschnitzt hatte. Wir spielten am Fluss, irgendwann griff sie sich einfach das Tier und hopste damit herum. Dabei fiel es ihr ins Wasser und wurde fortgeschwemmt. Ich war richtig zornig und Jules völlig verzweifelt. Sie entschuldigte sich, sie weinte, und ich war immer noch wütend. Irgendwann sagte sie einfach: ›Können wir wieder gut sein?‹ Da konnte ich nicht anders, natürlich verzieh ich ihr und alles war in Ordnung. Später wurde mir klar, es hätte auch Schlimmeres passieren können – dass womöglich sie selbst ins Wasser stürzte. Da war ich froh, dass nur das Spielzeug verloren ging.«

Die glückliche Zeit in Brackwall und Daniels Kindheit endeten jäh, als seine Mutter bei dem Unfall starb. Jules und Daniel standen Hand in Hand an ihrem Grab und ihr Vater drückte sie an sich. Die Übersiedelung nach Aspen war ein trauriger Bruch für Daniel, aber Jules half ihm, sich mit dem neuen Zuhause anzufreunden. Sir Buck schuf seinen Kindern ein neues Heim und die Geschwister wuchsen durch den Verlust ihrer Mutter noch enger zusammen. Sie kümmerten sich zusammen mit ihrem Vater um die Pferde und ritten tagelang durch die Gegend. Stolz beschrieb Daniel, was für eine phantastische Reiterin seine Schwester gewesen war.

»Ritt sie im Damensattel?«, fragte ich.

Er starrte mich belustigt an. »Damensattel? Denkst du, wir sind in der Alten Welt? Wenn eine Frau hier reitet, dann wie ein Mann, die Röcke sind weit genug. Oder sie nehmen einen Einspänner. Jules saß natürlich normal im Sattel. Manchmal borgte sie sich ein paar Hosen von mir aus.«

»Hosen?« Das einzige Mal, dass ich je eine Frau in Hosen gesehen hatte, war in einem Zirkus gewesen. »Bei mir daheim hätte man sie damit glatt verhaftet.«

Er grinste. »Da sage einer, in der Stadt wäre alles so fortschrittlich. Wann bist du das erste Mal auf einem Pferd gesessen?«

»Nicht schon als kleiner Junge«, gab ich zu. Vielmehr sah ich mich als Knirps mit einem Buch irgendwo hocken. »Sag mal, du hast nicht zufällig *Black Beauty* gelesen?«

Daniel wirkte angenehm überrascht. »Doch, habe ich.«

Damit waren wir bei einem neuen Thema gelandet. Daniel war kein so eifriger Leser wie ich – in dieser Gegend war Lektüre auch schwer greifbar –, aber er kannte einige Abenteuerbücher.

Wir waren ins Gespräch vertieft, als eine mürrische Stimme ertönte: »Da bist du ja!« Einer der Männer stand am Zaun. »Gibt's heute kein Mittagessen?«

Daniel sprang hastig auf. »Tut mir leid. Ich komme schon.«

Wir hatten völlig die Zeit übersehen.

Zurück im Lager verschwand Daniel rasch in jener Hütte, die als Küche diente. Mein Hilfsangebot schlug er höflich aus. Die Männer lungerten ungeduldig herum, nur Patrick saß gelassen da und spielte mit seinem Revolver – falls man es so bezeichnen durfte. Mir blieb der Mund offen angesichts der Geschwindigkeit, mit der er die Waffe kreisen ließ und von einer Hand in die andere wechselte. Nie zuvor hatte ich so schnelle Finger gesehen. Patrick bemerkte meinen Blick und zwinkerte mir zu.

Nach dem Essen wurde ich zum Pokern eingeladen, kleine Steine dienten als Einsatz. Allerdings waren mir die Karten wenig gewogen. Ich musste mich mit Zuschauen begnügen, bis hinter mir Patricks Stimme erklang: »Lust, dir ein wenig die Füße zu vertreten?«

Ich stimmte zu und wir schlenderten Richtung Fluss.

»Na, wie ist dein erster Eindruck?«, fragte er.

»Lässt sich bequem aushalten«, erwiderte ich, fand jedoch sofort, dass dies zu überheblich klang. »Ehrlich, ihr habt euch prächtig eingerichtet. Das ist mehr als bloß ein Versteck, das ist ... ein echtes Zuhause.«

»Genau das soll es sein. Ein Zuhause für Männer, die einiges hinter sich haben – Erfahrungen, die uns zu dem machten, was wir sind.« Er sah mich an. »Und was sind wir?«

Es ging rasch ans Eingemachte. »Ihr seid ... Räuber. Wegelagerer. Gesetzlose. Männer, die wissen, was sie wollen, und entschlossen, es euch auch zu holen.«

Jetzt lächelte er. »Elegant formuliert. Ein hübsches Motto, um neue Mitglieder anzuwerben.«

»Sucht ihr denn welche?«

Er wiegte den Kopf. »Man muss vorsichtig sein bei der Wahl seiner Gefährten. Falsche Freunde sind ebenso gefährlich wie Selbstüberschätzung. Je größer eine Gruppe, desto größer das Risiko eines Verrats.«

Ich unterdrückte ein Zucken. »Keiner deiner Leute würde dir je in den Rücken fallen, da bin ich sicher. Ich habe gesehen, was Sheriff Cooper mit Tim machte, und der hielt eisern durch.«

»Meine Leute sind verlässlich. Sie halten zu mir, weil sie mir vertrauen. Und ich ihnen, weil es gerechtfertigt ist. Ich will keinen, der bloß aus Geldgier da ist, oder weil er sich was darauf einbildet. So jemand kann schwach werden, jeder hat seinen Preis. Wir sind stark, gerade weil wir keine Rücksicht nehmen müssen. Gib einem Mann etwas zu lieben, und du gibst ihm eine Furcht. Wer etwas schützen will, hat einen wunden Punkt. Niemand ist so gefährlich wie ein Mann, der nichts zu verlieren hat.«

»Doch«, rutschte es mir heraus. »Ein Mann, der alles zu verlieren hat.«

»Interessantes Argument. Du meinst also, dass es etwas gibt, wofür es sich zu töten lohnt? Oder zu sterben?« Er musterte mich prüfend. »Obwohl du selbst nicht dazu bereit wärst. Du würdest dich niemals für jemanden opfern.«

Es war eine vorwurfslose Feststellung, trotzdem erschütterte sie mich bis ins Innerste, weil ich wusste, dass er recht hatte. So sehr ich die Musketiere für ihren Edelmut bewunderte – im Ernstfall wäre mir mein eigenes Leben einfach zu wichtig, was Patrick untrüglich erkannt hatte.

»Daran ist nichts verkehrt«, fuhr er freundlich fort. »Du bist eben ein Einzelkämpfer. Die Stärke einer Gruppe ist die Gruppe. Ein Einzelner hingegen braucht sich nicht auf andere zu verlassen.«

Mir wurde etwas klar. »Gerade du bräuchtest nicht unbedingt eine Gruppe. Du könntest auch allein überleben. Gefährten machen stark, aber auch verwundbar, das sagst du selbst. Und Anführer zu sein, ist wieder was Eigenes.«

Er verstand, worauf ich hinauswollte. »Der Mann an der Spitze ist immer gewissermaßen einsam. Das macht denjenigen Freund umso wertvoller, der bereits da war, bevor man Anführer wurde.«

»Daniel«, ergänzte ich und Patrick nickte. »Wie lange kennt ihr euch schon?«

Er musste nur einen Moment überlegen. »Wohl an die sieben Jahre.«

»Dann ... kanntest du auch seine Schwester? Jules?«, brachte ich das Thema vorsichtig zur Sprache.

Patricks Miene zeigte keine Bewegung. »Ja, ich kannte sie.«

Ich wagte mich weiter vor. »Wie war sie?«

»Sie war am Leben. Jetzt ist sie es nicht mehr. Mehr gibt es da nicht zu sagen.« *Es hat wenig Sinn, sich mit ihm über Jules zu unterhalten.* Das also hatte Daniel gemeint.

Ich probierte einen anderen Ansatz. »Was ist mit Familie? Gibt es wen, der dich von früher kennt?«

Ein eigentümlicher Ausdruck trat auf Patricks Gesicht. Erriet er etwa, dass ich die Antwort bereits kannte? »Ich wuchs im Waisenhaus auf. Gemeinsam mit meinem Bruder Thomas. Er starb vor einigen Jahren.«

Ich bemühte mich um eine unverfängliche Miene. »Das tut mir leid. Wie ist es passiert?«

»Er wurde erschossen«, sagte Patrick ernst. »Von jemandem, der ihn eigentlich liebte.«

»Dann ist also bekannt ... ich meine, du weißt, wer ihn tötete.«

»Ja, das weiß ich. Allerdings kann ich mir kaum vorstellen, dass die betreffende Person jemals dafür zur Rechenschaft gezogen wird. Deshalb lasse ich die Vergangenheit ruhen. Ich plane lieber die Zukunft.«

»Aber die Vergangenheit macht uns zu dem, was wir sind.«

»Ich bin der Bösewicht«, antwortete Patrick. »Darin bin ich gut. Wenngleich das nicht immer so war.«

»Dass du böse bist oder gut darin?«

Er lächelte. »Beides. Doch ich sah rasch ein, dass man mit Tugend nicht weit kommt. Aber wer fragt schon, warum jemand auf der falschen Seite des Gesetzes landet? Es ist so wunderbar einfach: dass ein Mensch böse ist, weil er es eben ist. Erst wenn man erfährt, warum der Übeltäter so handelt, wird es kompliziert. Wenn man seine Motive kennenlernt. Oder sogar versteht. Dann ist es nicht mehr so simpel. Aber hochinteressant – und genau meins. Ich will immer wissen, was dahintersteckt.«

»Es ist enorm nützlich, die Wahrheit zu kennen. Vor allem, wenn man der Einzige ist.«

»Eine Zeit lang ist es ganz amüsant. Man muss nur aufpassen, dass nicht irgendwann diese verfluchte Eitelkeit ins Spiel kommt. Dass man für seine Klugheit bewundert werden möchte. Und beginnt, es weiterzuerzählen.«

»Deshalb kommt man durchs Zuhören dahinter«, warf ich ein. »Wer redet, beginnt zu erzählen. Und wer erzählt, gibt irgendwann etwas preis.«

»Wie wahr«, bestätigte er, und ich war stolz auf meine Bemerkung.

Dann riss ich mich am Riemen. Ich sollte meine Weisheit auf mich selbst anwenden, denn ich merkte richtig, wie ich Patrick gefallen wollte. Höchste Zeit für ein unverfängliches Thema. »Das war ziemlich beeindruckend, vorhin mit dem Revolver.«

»In meiner Welt musst du schnell sein. Langsame Schützen gehen üblicherweise drauf. Es ist gut, wenn du als Erster mit gezogener Waffe dastehst. Und noch besser, wenn du es auch als Letzter tust.«

Ich musste schmunzeln. »Du warst bestimmt immer der Letzte, der stehenblieb. Und nie zu langsam.«

Seine Miene wurde unerwartet ernst. »Doch, einmal. Da habe ich zu spät reagiert. Überhaupt nur reagiert. Dabei hätte ich darauf gefasst sein müssen.«

»Und du wurdest getroffen?«

»Verdient hätte ich es.«

Ich war verwirrt. »Bloß, weil du zu langsam warst?«

»Nein, nicht deshalb. Bei Gott, nicht nur deshalb. Aber erwischt hat es damals ... meinen Gegner.«

Ich versuchte, etwas Passendes zu sagen. »Na ja, dann ging es doch gut aus.«

»Nein«, versetzte Patrick, und zum ersten Mal verriet sein Gesicht merkliche Bewegung. »Nein, es ging verdammt noch mal nicht gut aus.«

Der zornige Tonfall ließ mich zurückschrecken. »Ich ... verstehe nicht ...«

»Das kannst du auch nicht. Und ich kann jenen Schuss nicht zurücknehmen, so sehr ich es wünschte. Eine abgefeuerte Kugel lässt sich nicht aufhalten. Du musst leben mit dem, was sie anrichtet. Was *du* anrichtest.« Er atmete tief durch. »Hast du je auf einen Menschen geschossen?« Ich schüttelte stumm den Kopf. »So ein Schuss macht was mit dir. Auch ob du auf irgendwen schießt oder ob deine Kugel jemanden trifft, der dir einst etwas bedeutete – das ist nicht dasselbe. Du bist danach nicht mehr derselbe.« Er blieb stehen, als lauschte er seinen eigenen Worten nach. »Genug davon«, beschloss er, übergangslos wieder gelassen. »Wenn ich so weitermache, rede ich dich noch um Kopf und Kragen.« Er schaute in Richtung des Lagers. »Die Männer sind zurück. Es gibt zu tun.«

Er machte sich auf den Weg, und ich ging schweigend nebenher. Hatte er sich versprochen oder ich mich verhört? Natürlich hieß es: »Ich rede *mich* um Kopf und Kragen.« Wobei die Gefährlichkeit der Bande ja hinlänglich bekannt war, also verriet er mir nichts Neues. Dafür hätte ich gern erfahren, auf welche Situation er soeben angespielt hatte. Das nächste Rätsel ... Es gab so herrlich viele davon.

Später beim Essen wurde ich aufgefordert, vom Leben in einer großen Stadt zu erzählen. Ich konnte mich wahrlich nicht über mangelnde Aufmerksamkeit beklagen. Für die Männer klang es wohl wie ein Märchen aus einer fremden Welt, sie staunten oder lachten. Ich musste bloß achtgeben, mich beim Namen meiner Heimatstadt nicht zu verplappern.

Nachdem sich die Unterhaltung wieder auf anderes verlagerte, fragte Patrick irgendwann: »Bist du gar nicht müde?«

Ich schüttelte den Kopf. Trotz des fehlenden Schlafes fühlte ich mich eher aufgekratzt.

»Es war ein langer Tag«, meinte er. »Weshalb ruhst du dich nicht ein wenig aus?«

Jetzt verstand ich den Wink mit dem Zaunpfahl und wünschte allseits eine gute Nacht.

Daniel zeigte mir meinen Schlafplatz. »Sie sind am Anfang immer misstrauisch. Das gibt sich.«

Natürlich, ich war nach wie vor ein Fremder im gut versteckten Lager und soeben darauf hingewiesen worden. Aber sei's drum, es gab ungemütlichere Schlafstellen – Gefängnispritschen zum Beispiel.

Ich erwachte erst, als Daniel mich an der Schulter rüttelte. »Porter, willst du noch was vom Frühstück? Die anderen sind mittendrin.«

Tatsächlich waren die Männer schon fast fertig. Allerdings hatten sie zeitig angefangen, denn sie planten eine längere Unternehmung. Während ich aß, bestiegen alle bereits ihre Pferde. Sogar Tim ritt mit, keine zwei Tage, nachdem Cooper ihn halb totgeprügelt hatte – er war wirklich hart im Nehmen. Der Einzige, der mir und Daniel einen Gruß zurief, war Patrick.

Ich half Daniel beim Aufräumen und er bedankte sich verlegen.

»Was hältst du von einem Ausritt?«, schlug er danach vor. »Den Fluss entlang und ins Tal hinein.«

»Zählt das nicht als Das-Lager-verlassen?«

Er schnaubte. »Das wäre ja noch schöner! Ich lasse mir doch nicht verbieten, einem neuen Freund die Berge meiner Heimat zu zeigen. Außerdem sind wir lange vor den anderen zurück.« Er war schon halb zur Tür hinaus. »Was ist, kommst du?«

Daniel konnte es nicht wissen, aber dies war das erste Mal in meinem ganzen Leben, dass jemand mich als Freund bezeichnete. Könnte ich wirklich einen Freund haben? Wollte ich das überhaupt? Und könnte ich es auch wieder bleiben lassen, falls es mir nicht gefiel? *Sie haben so viel gelesen und so wenig erlebt*, hatte Morgan gesagt. Vielleicht war dies der Tag, etwas zu erleben?

Ich folgte Daniel zur Koppel, wo er zwei Pferde bereitmachte und mich aufsitzen ließ. Dann schwang er sich selbst in den Sattel und ritt los. Ich wäre ihm gern gefolgt, stattdessen wäre ich beinahe fassungslos aus den Steigbügeln gekippt, als ich nun erstmals Daniel Buckley auf dem Rücken eines Pferdes sah. Das war nicht Mann und Tier, es war … reine Harmonie. Daniel saß im Sattel, als wäre er dort geboren worden und hätte sich bislang zu Fuß geradezu unnatürlich bewegt. Nie zuvor hatte ich jemanden so selbstverständlich, so perfekt reiten sehen. Auch das Pferd wirkte glücklich, wie nach einem monatelangen Winter endlich in der Frühlingssonne.

Daniel merkte, dass ich zurückblieb, und brachte das Tier zum Stehen, wahrscheinlich bat er es einfach gedanklich darum. »Stimmt was nicht?«

Ich gab mir einem Ruck und meinem Pferd die Sporen. »Kann losgehen.«

Wir galoppierten vorwärts. Ich hielt mit, so gut ich es eben vermochte. Verglichen mit Daniel fühlte ich mich stümperhaft. Ich dachte kurz an Morgan – das wäre erst eine Schau neben Daniel! Nach einer Weile gingen wir zu Trab und schließlich Schritt über, Daniel passte sich meiner Geschwindigkeit an. »Wo hast du eigentlich Reiten gelernt?«, fragte er.

Ich berichtete ihm von der Arbeit auf der Farm meines Großonkels, und wo ich schon mal dabei war, erwähnte ich auch die Zeit am Jahrmarkt. »Revolver oder Gewehre hatten wir damals keine in der Schießbude«, meinte ich. Wobei das kein gewaltiger Unterschied zu Bällen sein konnte, dachte ich mir, Zielen ist Zielen.

»Wenn du magst, kannst du es mal probieren«, bot Daniel an. Wir zügelten die Pferde und stiegen ab.

»Lass nur«, sagte er, als ich mein Tier anbinden wollte. »Die sind Schüsse gewöhnt.« Er riss ein Blatt ab und steckte es mit dem Stiel voran in die Rinde eines Baumes. Dann reichte er mir seinen Revolver. »Such dir aus, von wo du schießen willst.«

Ich hob die Waffe und erinnerte mich plötzlich an Morgans spöttische Worte: *Entsichern. Das haltet ihr Städter wahrscheinlich für überbewertet.* Fragend sah ich Daniel an, er zeigte mir den richtigen Hebel. Dann konzentrierte ich mich auf das Blatt und drückte ab. Der Knall erschreckte mich und es gab einen leichten Rückstoß. Das Blatt ragte unversehrt aus der Rinde.

»Noch mal«, empfahl Daniel.

Diesmal konnte ich die Hand still halten, trotzdem blieb das Ergebnis dasselbe. Daniel riet mir taktvollerweise nicht, näher heranzugehen.

»Wie oft kann ich?«, fragte ich.

»Schieß ruhig die Trommel leer. Ich habe noch Patronen in der Satteltasche.«

Ich ließ vier weitere Schüsse folgen. Der Erfolg war unverändert. Das Blatt zitterte höhnisch, als ein Lüftchen vorbeistrich. Meine letzte Kugel traf den Baumstamm, damit hatte es sich. Deutlich weniger selbstsicher gab ich den Revolver zurück. Das war kein glänzender Auftritt gewesen.

Daniel bemerkte meinen Ärger. »Nimm es dir nicht zu Herzen«, meinte er, während er den Revolver neu lud. »Alles Übungssache.«

Ich schaute aufmerksam zu, wie er die Waffe schussbereit machte. »Wie steht es mit dir?«

»Ach, ich bin so weit ganz gut.« Er ließ die Trommel einschnappen und wollte den Revolver wieder ins Halfter stecken.

»Lass sehen«, bat ich.

Er wirkte nicht, als machte es ihm Spaß, aber er tat mir den Gefallen. Zunächst ging er noch einige Schritte weiter vom Baum weg, dann zielte er. Ich wartete, aber nichts geschah. Ich sah zu dem Blatt, wieder zu Daniel, erneut zu dem Baum. Immer noch passierte nichts. Mindestens fünfzehn Sekunden verstrichen, ehe plötzlich der Schuss knallte, und nach dem gespannten Warten zuckte ich prompt zusammen. Daniel senkte die Waffe, ich schaute Richtung Baum. Das Blatt war verschwunden, offenbar hatte die Kugel es mitgerissen. Ich ging näher heran. Erst als ich unmittelbar davor stand, dämmerte es mir: Daniel hatte nicht das Blatt erwischt, sondern den *Stiel*. Er hatte etwas getroffen, das ich aus seiner Distanz nicht einmal mehr gesehen hätte. Meine Augen wurden groß. »O mein … Das nennst du ›ganz gut‹?«

Er grinste verlegen. »Leidlich passabel, wenn dir das lieber ist. Dafür brauche ich ewig beim Zielen.«

Ich rang nach Worten. »Das war knapp zwischen phänomenal und einzigartig!«

»Letzteres sicher nicht. Warte ab, bis du Patrick schießen siehst. Er zieht unschlagbar schnell und er trifft jedes Mal.«

»Trotzdem ist deine Kombination durchaus brauchbar. Ungünstig wäre bloß, blitzartig zu schießen und dann nicht zu treffen.«

Daniels Lächeln verschwand. »Ja«, sagte er leise. »Allerdings habe ich auch das erlebt.«

Seine Miene ähnelte so sehr der gestrigen auf der Koppel, dass der Schluss nahelag. »Du denkst an deine Schwester, nicht wahr?«

Daniel nickte, dann lächelte er unerwartet wieder. »Was wir für Wettschießen veranstaltet haben …«

»Du und sie?«

»Und Patrick und sein Bruder Thomas. Wir vier damals … das war schon etwas ganz Besonderes.«

Ich ergriff die Gelegenheit beim Schopf. »Wie habt ihr die beiden kennengelernt?«

»Es muss sieben oder acht Jahre her sein. Während Jules und ich unterwegs waren. Wir verließen Aspen, als Vater … nachdem diese Sache am Blue Mountain passierte.«

»Ich habe gehört, was dort geschah«, sagte ich behutsam.

Daniels Gesicht wurde sogleich starr, ein Zittern durchlief ihn. »Ja, ich hörte es auch – was man sich erzählt.« Er holte tief Luft. »Aber ich kann dir nicht sagen, was sich damals ereignete.«

»Weil du nicht dabei warst.«

»Eben *weil* ich dabei war!«, fuhr er jäh auf. Er starrte mich zornig an, sein Atem ging heftig.

Das erwischte mich völlig unvorbereitet. Daniel hatte den Tod seines Vaters mitangesehen? »Es ... tut mir leid ... Ich hatte keine Ahnung ...«

»Nein, mir tut es leid«, brachte er heraus. Seine Hände waren zu Fäusten geballt, aber er hatte sich unter Kontrolle. »Niemand weiß, dass ich dort war, vielleicht nicht mal Sheriff Cooper. Ich sprach bloß mit einem einzigen Menschen darüber – Jules. Nur ihr erzählte ich davon, keinem anderen jemals wieder. Außer mir und Cooper wusste sie allein, was damals wirklich ... Eben deshalb begriff ich ja in jener Nacht ...« Seine Stimme verlor sich wie er selbst in Erinnerungen.

Sir Buck war mausetot, und Sheriff Stanley Cooper persönlich hatte ihn erschossen. Hatte es sich etwa anders zugetragen, als vom Sheriff behauptet? Eines war klar: Cooper wusste tatsächlich nichts von Daniels Beobachtung, sonst hätte er mich als vermeintlichen Reporter nie zu ihm geschickt.

»Mein Vater starb am Blue Mountain, und dabei müssen wir es bewenden lassen.« Daniel wirkte etwas gefasster. »Ich wünschte, jemand anders könnte dir davon erzählen, denn ich vermag es nicht. Aber Cooper würde dir nur Lügen auftischen, und sonst kannst du keinen fragen.« Er sah zu Boden. »Ich hatte immer gefürchtet, dass es eines Tages so kommt. Unser Vater hatte einen Beruf, bei dem man nicht alt wird. Er sagte stets: ›Ein ruhiger Lebensabend und die Hände in den Schoß legen, das wäre nichts für mich.‹ Ich glaube, einen Lebensabend hätte er schon gern gehabt. Nur eben keinen ruhigen.«

»Ihr seid geflohen, du und deine Schwester«, spann ich den Faden fort. »Sagt jedenfalls Winnie.«

Er nickte. »Wir schlugen uns durch, bis wir Jahre später die Brüder Connert trafen.«

»Warte mal«, bremste ich ihn. »Da muss doch dazwischen einiges passiert sein.«

»Allerdings. Aber dich interessiert ja wohl nicht die ganze lange Geschichte?«

»Ich liebe Geschichten«, erklärte ich ehrlich. »Schieß los.«
Das brachte ihn zum Lachen. »Genug geschossen für heute.«
Und wir ritten weiter, während Daniel erzählte.

Die Schöne und das Biest

»Jules war zu Hause, als … es passierte, und ich wusste, dort würde Cooper zuerst suchen. Daher ritt ich schnellstmöglich heim, ich hatte bestenfalls einen winzigen Vorsprung. Jules war hinterm Haus bei den Pferden – das verschaffte uns die rettenden Sekunden. Ich schrie nur: ›Los, aufs Pferd! Wir müssen weg, Cooper kommt uns holen!‹ Als wäre sie ihr Leben lang darauf gefasst gewesen, reagierte sie prompt. Sie griff sich unser flinkstes Pferd, natürlich ohne Sattel oder Zaumzeug, und wir nahmen Reißaus. Ich wandte mich um und sah tatsächlich schon Cooper heranpreschen. Es war eine höllische Verfolgungsjagd. Er feuerte uns etliche Kugeln hinterher, aber wir konnten ihn abhängen.«

»Wie habt ihr das gemacht?«, fragte ich, geradezu atemlos.

»Na ja, wir können ganz gut reiten«, meinte Daniel, was vermutlich die Untertreibung des Jahrhunderts war. »Sobald wir einen Moment zum Durchschnaufen hatten … Ich musste Jules sagen, was passiert war. Mit Vater. Ich überlegte gar nicht, wie ich es ihr beibringen sollte. Die Worte purzelten aus mir heraus. Trotzdem bin ich froh, dass ich es ihr sofort erzählte, denn später hätte ich es nicht mehr geschafft. Jules war so stark. Sie hatte genug Kraft für uns beide. Sie tröstete mich: ›Jetzt sind sie wieder zusammen, Mommy und Dad. Sie haben sich, und wir haben uns. Wir passen aufeinander auf. Wir machen weiter, was auch geschieht. Du und ich, das genügt.‹ Und das taten wir von da an, wir machten gemeinsam weiter. Ich schwor mir, ich würde nicht auch sie verlieren. Sie war, was ich auf der Welt am meisten liebte. So flohen wir ins Ungewisse, nur mit den Kleidern am Leib und zwei guten Pferden. Wir konnten uns nicht an Freunde meines Vaters wenden, denn dort würde Cooper bestimmt nachforschen. Also ritten wir tagelang, ernährten uns von Beeren und Wurzeln und hielten erst an, als wir in eine größere Stadt kamen. Dort konnten wir untertauchen. Ich war ein Bursche von fünfzehn Jahren und Jules erst elf, aber wir ließen uns nicht unterkriegen. Essbares aufzutreiben war zum Glück leicht, obwohl wir nie einen Cent erbettelten. Vater hätte sich im Grabe umgedreht, wenn wir anderen Leuten auf der Tasche gelegen wären. Gut, es waren die Taschen anderer Leute ... Aber alles ordnungsgemäß erarbeitet.«

»Ehrlicher Hände Arbeit«, warf ich ein.

»Eher fleißiger Hände Arbeit. Jules war eine fabelhafte Taschendiebin. Ich kann nicht behaupten, dass ich ab dem Tod unserer Eltern für uns beide sorgte, denn das übernahm anfangs Jules. Nach ein paar Tagen tauchten Steckbriefe von mir auf und ich musste mich erst recht verbergen. Mein Gesicht war eine Gefahr für uns beide. Jules wurde nur mit einem Zusatz erwähnt: ›in Begleitung seiner etwa zehnjährigen Schwester Julia, die ebenfalls zu ergreifen ist‹. Hätte Cooper sie nicht auch gejagt – ich hätte mich vielleicht gestellt. Aber tot konnte ich sie nicht beschützen, und verdammt noch mal, ich wollte Vaters Erzfeind nicht den Triumph gönnen, mich zu hängen! Also blieb ich zähneknirschend im Versteck und verdiente mit Korbflechten etwas dazu, aber was Jules auftrieb, reichte ohnehin. Nach einer Weile zogen wir weiter, von Stadt zu Stadt, während allmählich Gras über die Sache am Blue Mountain wuchs. Eine Zeitlang hielten wir uns in der Wildnis auf und da konnte ich mich endlich nützlich machen. Wir fingen wilde Pferde ein, zähmten und verkauften sie. Es war mehr als bloß Überleben, wir kamen richtig gut zurecht. Wir wollten unseren Eltern keine Schande machen, sie hatten uns zu tüchtigen Menschen erzogen und uns etwas mitgegeben, das wertvoller war als Besitz: Talent. Ich hatte von Vater das Geschick mit Pferden geerbt und Jules Mutters Fingerfertigkeit. Mutter war jahrelang Entfesselungskünstlerin in einem Zirkus gewesen, ehe sie Vater kennenlernte. Als Kinder hatten wir uns oft ausgemalt, wie es wohl beim Zirkus wäre. Jetzt probierten wir es aus.«

»Ihr seid zum Zirkus gegangen?«

Er lächelte. »Es war unsere gemeinsame Idee, wir ergänzten uns perfekt. Eine Nummer mit Entfesselungen. Ich bin recht versiert im Knotenmachen, das ist gewissermaßen mein Anteil an Mutters geschickten Fingern.

Jules wiederum konnte sich aus jeder Fessel befreien. Und ich trickste nicht, das waren schon echte Knoten, schließlich sollte es schwierig aussehen. Auch die Zuschauer durften ihr Geschick versuchen, sei es beim Entkommen oder darin, Jules zu binden. Allerdings hatte nie wer Erfolg. Meine Knoten sind richtig gut. Und Jules kam einfach immer frei.«

Ich lauschte atemlos. »Immer Seile?«

Er nickte. »Manchmal mit einem Vorhängeschloss, für den Effekt. Ein paar Mal probierten wir es mit Handschellen, ebenfalls kein Problem. Aber wir wollten kein Aufsehen erregen. Es ging um den Spaß und um Geld für Essen und Unterkunft, deshalb wählten wir einen kleinen Zirkus. Trotzdem verkleidete ich mich, schließlich waren da immer noch die Steckbriefe. Ich trug eine Halbmaske und klebte mir einen Schnurrbart auf. Dazu etwas Schminke und schon hielt man mich für Jules' Vater. Gesucht wurden ja Geschwister. Mutter hatte uns gezeigt, wie man mit Schminke und Verkleidungen umgeht, das kam uns jetzt zugute. Auch Jules trug eine Maske, damit meine nicht auffiel. Ein Vorteil war – so seltsam es klingt –, dass Jules nicht übermäßig hübsch war. Keine Ahnung, wie gut man das als Bruder einschätzen kann, aber ich fand sie durchschnittlich. Zum Glück, denn ein bezauberndes Gesicht merken sich die Leute leichter. Sie sah aus wie ein normales Mädchen – mit dem man allerdings Pferde stehlen konnte. Was wir ebenfalls taten, nach etwa zwei Jahren Gastspiel beim Zirkus. In Maßen natürlich, weil die Leute so empfindlich reagieren. Gelernt ist immer noch gelernt. All die Zeit hielten wir uns von Aspen fern. Wir tingelten kreuz und quer durch die Gegend.« Er schmunzelte. »Wenngleich wir nicht so weit kamen, wie wir es einem guten Freund meines Vaters weismachten. Frank MacDougray, er wohnt in Brackwall. Hat Winnie Saunders ihn erwähnt?«

Ich rang um eine unverfängliche Miene. »Uh ... Ich bin nicht sicher ... vielleicht in einem Nebensatz.«

»Er stammte von dort, wie unser Vater. Falls er noch lebt, muss er inzwischen beinahe achtzig sein. Ein ewiger Freund unserer Familie, er besuchte uns oft in Aspen. Cooper hatte ihn bestimmt im Visier, trotzdem wollten wir Mac wissen lassen, dass es uns gut ging. Er war wie ein Großvater für uns. Also schickten wir ihm Briefe. Natürlich ohne Unterschrift und nur mit kurzen Andeutungen, falls sie in falsche Hände gerieten. Damit man sie nicht zurückverfolgen konnte, wandten wir einen Trick an. Jules ging immer am Bahnhof auf eine nett aussehende Reisende zu, drückte ihr Geld für das Porto in die Hand und sagte: ›Wären Sie bitte so lieb und geben den Brief auf, wenn Sie ankommen? Ich möchte meinen Onkel überraschen‹ oder ›Es geht um eine Wette‹. Wir hofften einfach, dass Mac unsere Schreiben erhielt.«

Ich lächelte insgeheim.

»Tja, und dann …«, fuhr Daniel fort, »etwa ein Jahr, nachdem wir den Zirkus hinter uns gelassen hatten, trafen wir die Connerts. Ich war mittlerweile zwanzig Jahre alt, Jules sechzehn. Patrick ist so alt wie ich, sein Bruder Thomas war ein Jahr jünger. Die beiden waren mit zwölf aus einem Waisenhaus ausgerissen und hielten sich mit kleinen Betrügereien über Wasser. Zeitweise heuerten sie irgendwo an, doch das ging nie lange gut. Sie wurden hinausgeworfen oder verloren die Lust – jedenfalls Patrick, und Thomas folgte ihm stets getreulich. Ich erinnere mich genau, wie wir ihnen begegneten. Da wurde ein neues Rathaus eingeweiht und viele Gäste waren geladen. Jules stibitzte einen Geldbeutel nach dem anderen und steckte sie mir heimlich zu. Plötzlich sagte jemand neben mir leise: ›Alle Achtung, sie macht das gut. Da kann man sich was abschauen.‹ Ich fuhr entsetzt herum, sah einen jungen Mann und wollte schon einen Warnpfiff für Jules loslassen, als der andere ergänzte: ›Immer mit der Ruhe. Wir stehen auf derselben Seite des Gesetzes – der freisinnigen.‹ Nun ja, das war Patrick. Im ersten Moment war ich misstrauisch, es konnte eine Falle sein. Aber er erriet meine Gedanken: ›Wäre ich ein Gesetzeshüter, hätte ich längst Alarm geschlagen. Oder den Platz besser bewachen lassen, was dieser Sheriff eindeutig verabsäumte. Verschwinden wir, bevor es ihm einfällt.‹ Ich deutete Jules zum Aufbruch, mein neuer Bekannter schloss sich uns an, und an der nächsten Ecke gesellte sich ein weiterer Mann zu uns. So lernten wir also Patrick und Thomas kennen. Und wir waren uns auf Anhieb sympathisch. Binnen kurzem wurden wir ein unzertrennliches Quartett. Es war eine herrliche Zeit, wir hatten richtig viel Spaß. Wir lachten und alberten stundenlang herum, wir redeten über die großen Themen des Lebens und die kleinen Kuriositäten des Alltags. Wir spielten Verstecken wie kleine Kinder oder ritten drauflos Richtung Horizont. Wir trickten einen Postkutschenbetreiber aus und spielten einem arroganten Barbier einen Streich, saßen nachts am Feuer und erzählten Gruselgeschichten oder lagen im Gras und betrachteten den Sternenhimmel. Abgesehen von jenen Tagen damals in Brackwall, waren diese Monate die glücklichsten meines Lebens.« Er lauschte seinen Worten nach. »Das klingt so seltsam endgültig ... Als wüsste man bereits, dass es nie mehr was Besseres geben wird. Damals kam es mir wie ein Trost vor, nachdem wir unsere Eltern so schmerzhaft verloren hatten. Heute weiß ich, es war umgekehrt. Was danach kam, war der bittere Ausgleich für jene wunderbare Zeit. Aber davon ahnten wir nichts, wir waren wie ausgelassene Kinder in einem großen Abenteuer.«

»Da habt ihr diese Schießwettbewerbe veranstaltet«, vermutete ich.

Daniel nickte, dann lachte er richtig. »Das war schon ein einzigartiges Kuriosum. Ich bin schauerlich langsam beim Ziehen und Zielen, doch ich treffe gut. Jules war das exakte Gegenteil, sie zog sagenhaft schnell, dafür traf sie miserabel. Patrick vereint unsere Stärken, er zieht blitzartig und trifft immer. Thomas wiederum konnte mit Waffen nichts anfangen, er brachte den Revolver einfach nicht heraus und traf nie. Du denkst wahrscheinlich, ich halte dich zum Narren, aber so war es. Deshalb suchten wir uns manchmal ein abgelegenes Fleckchen und schossen um die Wette. Wer ist schneller, Jules oder Patrick? Es war unser klassischer Scherz: ›Warum hat niemand die beiden je eine Waffe ziehen sehen? Weil man nur das Ergebnis sieht.‹ Meist gewann Patrick. Jules war phänomenal, aber ihr fehlte die Überzeugung. Sie konnte hervorragend mit Waffen umgehen, aber im Grunde hasste sie Revolver. Bei mir ging es natürlich darum, wer besser trifft.« Er schüttelte den Kopf. »Heute machen Pat und ich keine Wettschießen mehr. Bei anderen Leuten zeigt er sein Können, mich fragt er nie. Ich würde es auch nicht wollen. Und ihm reicht das Wissen, dass er mehr draufhat.« Er lächelte sanft. »Ich ließ ihn gewinnen. Er gewinnt gern, und mir war es gleich. Aber ich treffe genauso präzise wie er.« Da war keine Spur von Angeberei, er stellte einfach Tatsachen fest. »Er braucht es nie zu erfahren. Wobei ... genau das ist es ja – was erzählt man den Menschen, die einem am Herz liegen? Man will aufrichtig zu ihnen sein, sie aber auch nicht enttäuschen. Hätte ich mir das damals schon klargemacht ... Du musst bedenken: All das ist Jahre her und ich habe seither jeden Tag darüber nachgegrübelt. Deshalb sehe ich die Ereignisse jetzt anders. Was heute eigenartig erscheint, war gestern vielleicht selbstverständlich. Das soll keine Entschuldigung sein. Für meine Taten gibt es keine Entschuldigung. Und Schuld bleibt bestehen, man wird sie nicht los. Man kann nur um Verzeihung bitten. Oder um Verständnis. Wir vier waren die besten Freunde und ich dachte, es würde einfach so bleiben. Herrgott, ich war so dumm! Nichts hält für immer.«

»Was ist passiert?«, fragte ich gespannt, als er innehielt.

Er schnaubte. »Das Leben. Es ging weiter. Und Menschen ändern sich. Auch wir. Außer Thomas – er war unerschütterlich. Du hast Patrick kennengelernt und gesehen, wie er auf die Menschen zugeht. Thomas dagegen war zurückhaltend und gutmütig, er drängte sich nie in den Vordergrund. Wie denn, bei einem Bruder wie Patrick! Doch er wusste genau, was ihm wichtig war. Er war bescheiden, aber beharrlich. Kein schwerfälliger Langweiler, er hatte einen herrlich trockenen Humor. Ein unaufgeregter Ruhepol, der stets ein offenes Ohr hatte, versöhnlich und gerecht. Ich mochte ihn wirklich gern. Zumindest bis ...« Er kaute auf seiner Lippe herum. »Ich hätte nie zulassen dürfen, dass es so mit ihm endet. Er war der treueste Freund, den man sich wünschen kann. Ich wusste einfach, solange er da war, käme immer alles in Ordnung. Und es ist wahr: Ab dem Moment, wo er weg war ... da ging alles kaputt. Eine Zeitlang war es mir unvorstellbar, dass man einen Menschen wie ihn nicht leiden könnte. Und dann kam eine Zeit, in der niemand ihn mehr hasste als ich. Gut, mit einer Ausnahme vielleicht ... Ich bin schuld an seinem Tod, als hätte ich persönlich auf ihn angelegt. Böses tun und Böses zulassen, ist gleich schlimm. Ich ließ ihn im Stich. Ihn und vor allem Jules. Ich hatte mir geschworen, stets für sie da zu sein. Trotzdem geschah, was einem großen Bruder niemals passieren darf.«

»Dass du nicht zur Stelle warst, um sie zu beschützen?«

»Schlimmer. Ich war da. Und ich habe sie nicht beschützt.«

Die Bitterkeit in seiner Stimme jagte mir regelrecht einen Schauer über den Rücken. Ich beeilte mich, das unangenehme Gefühl zu vertreiben. »Was hat sich verändert?«

Er lächelte wehmütig. »Sie hat sich verliebt. Und wurde geliebt, aber eben nicht nur von mir. Warum auch nicht – sie war ein wunderbarer Mensch. Quicklebendig und immer guter Dinge, unverwüstlich in ihrer Überzeugung, dass sich noch in der verzwicktesten Lage etwas machen lässt. Sie hatte den Kopf voll Schabernack, trotzdem konnte man mit ihr auch ernsthafte Gespräche führen. Sie war meine Schwester und meine beste Freundin. Wenn Zuhause der Ort ist, wo das Herz hingehört, dann war sie mein Zuhause. Sie kannte mich besser als jeder andere auf dieser Welt. Und ich glaubte, sie zu kennen. Vielleicht machte mich gerade diese Vertrautheit blind. Patrick meinte eines Tages: ›Sie sind schon ein hübsches Paar, nicht?‹ Ich fragte: ›Wer?‹ Er sagte: ›Jules und Tommy natürlich. Sag bloß, es ist dir noch nicht aufgefallen?‹ Ich dachte glatt, er mache einen Scherz. Ich sah nach wie vor das kleine Mädchen. Dabei waren sieben Jahre vergangen seit der Sache am Blue Mountain, Jules war fast achtzehn. Nun war meine Neugier geweckt. Und sobald ich darauf achtete, war es eindeutig und erschütterte mich bis ins Innerste: Patrick hatte recht. Da war etwas zwischen Jules und Thomas – wie sie miteinander umgingen. Sie waren mehr als nur Freunde. Und Jules hatte mir nichts davon gesagt.«

Ich machte wohl eine Bewegung, denn er fuhr fort: »Ja, das hört sich sonderbar an, schließlich brauchte sie nicht meinen Segen. Doch wir hatten unser Leben lang alle Gedanken und Sorgen geteilt, waren nie einen Tag getrennt gewesen. Plötzlich sollte das nichts mehr wert sein? Hatte sie jemanden gefunden, der ihr wichtiger war? Heute denke ich, dass sie mir eben deshalb nichts gesagt hatte: Sie ahnte, dass es mich treffen würde, und wartete auf den richtigen Moment. Natürlich wollte ich sie glücklich wissen – aber auch nicht an jemand anderen verlieren. Also sprach ich sie darauf an. Sie bestätigte es sofort erleichtert und wollte mir mehr erzählen. Ich hörte gar nicht zu. Die Gefühle in mir überrollten jegliche Vernunft. Mühsam brachte ich heraus, ich würde mich für sie beide freuen. Aber das stimmte nicht, ich war zutiefst verletzt. Sie merkte es natürlich und wollte darüber reden. Doch das brachte ich nicht fertig. Ich sagte knapp, es wäre alles in Ordnung, und beendete das Gespräch. Und es war nur das erste von vielen gescheiterten. Jules war unermüdlich, sie versuchte mich zu halten, mir zu erklären, dass Thomas mich nie verdrängen würde. Aber ich dachte, sie wollte mich bloß beschwichtigen. Ich hatte das Gefühl, nicht mehr ehrlich mit ihr reden zu können und mit Thomas schon gar nicht. Somit hielt ich mich an Patrick, der mir in dieser Zeit ein echter Freund war. In langen Gesprächen wollte er mir helfen, die Situation zu akzeptieren. Dennoch war ich verzweifelt. Zeitweise versuchte ich sogar, meinen Kummer in Alkohol zu ertränken. Eine dumme Idee, ich kann ganz schlecht damit umgehen, das liegt bei uns in der Familie. Jules war entsetzt, als sie dahinterkam. Sie wollte sich weiterhin mit mir aussprechen, ich blockte stets ab. Insgeheim hoffte ich, sie würde ... einfach wieder aufhören, Thomas zu lieben, und alles könnte werden wie vorher. Idiotisch natürlich. Und unnötig, das weiß ich heute. Für Jules war ich ja nach wie vor der wichtigste Mensch auf der Welt – außer eben Thomas. Ich fühlte mich zur Seite geschoben, als hätte Jules sich an mich gehalten, solange die Lage schlecht war, und ließe mich jetzt stehen. Es war eine grauenhafte Zeit für mich und durch mein Verhalten für uns alle.«

»Was hielt denn Patrick davon, dass Thomas und Jules zusammen waren?«, fragte ich.

Er runzelte die Stirn. »Das kann ich dir nicht beantworten. Ich weiß nicht, ob er sich für die beiden freute oder es ihm egal war. Ich hatte keinen Kopf dafür, war nur auf mich konzentriert und gleichzeitig gar nicht ich selbst. Heute schaudert mich vor meinem eigenen Betragen damals.« Ein verzweifeltes Lächeln zuckte über sein Gesicht. »Immerhin war ich so vernünftig, mit dem Alkohol wieder aufzuhören. Der hilft mir ohnehin nie. Die Zeitspanne der Trunkenheit ist damit zwar wie ausradiert, aber danach ist es um nichts besser. Zum Glück verhinderte Patrick, dass ich im Suff irgendwelche Dummheiten anstellte. Er als Einziger blieb mir, als unser Vierergespann zerfiel. Dabei trieb uns keine äußere Kraft auseinander. Patrick demonstriert manchmal mit einem Rätsel, wovor Freunde sich hüten müssen: ›Wenn eine Gruppe ganz allein auf weiter Flur steht, weit und breit niemand sonst – woher kommt der Feind am ehesten?‹ Wohl nicht von der Seite, vorne oder hinten. Die meisten sagen, von oben, Einfallsreiche tippen auf unten. Die richtige Antwort lautet: von innen. Eine Gruppe zerbricht an sich selbst, durch Zwietracht, Misstrauen oder Verrat. Unsere unbekümmerte Kameradschaft war endgültig vorbei und für mich stand fest, dass es die Schuld von Jules und Thomas war. Heute erkenne ich, wie sie immer wieder auf mich zukamen, doch ich schmetterte sämtliche Bemühungen ab. Natürlich redeten wir miteinander – zu viert oder auch Jules und ich. Unterhaltungen mit Thomas vermied ich. Aber wir waren uns fremd geworden. Wenn Jules und ich über Vergangenes sprachen, blitzte die alte Vertrautheit auf, doch sobald sie Thomas erwähnte, ließ ich das Fallgitter herunter. Allein Patrick hielt uns in dieser Zeit zusammen. Er brachte uns auf andere Gedanken und sogar zum Lachen, schlug Unternehmungen vor und entwickelte sich zum Herz der Gruppe, während wir anderen weitermachten, wie in einem Albtraum gefangen, hoffnungslos verfahren.«

Er holte tief Luft, ehe er fortfuhr: »Ich weiß nicht, wie es weitergegangen wäre, wenn nicht jemand dazugekommen wäre. All das Herumziehen verschlug uns irgendwann in eine Stadt nur etwa drei Tagesritte von Aspen entfernt. Wir hatten aufgeschnappt, dass eine Bank eine größere Menge Geld angefordert hatte und der Transport hier vorbeikäme. Natürlich planten wir keinen Überfall, unser Geschäft waren Diebstähle und Betrügereien. Aber wir wollten uns so eine Lieferung einmal ansehen. Der Wagen traf jedoch mit Verspätung ein, angeblich hatten ein paar Männer nahe der Stadt einen Überfall versucht und waren gescheitert. Während wir mit anderen Schaulustigen den Geldwagen bestaunten, zog uns plötzlich ein Fremder beiseite. Wie sich herausstellte, kannte er Patrick und Thomas vom Waisenhaus. Und wie Patrick nach ein paar geschickten Fragen erriet, gehörte der andere zu jenen Wegelagerern, die den vergeblichen Angriff unternommen hatten. Der Mann war dem Transport danach unauffällig in die Stadt gefolgt. Jetzt nahm er uns mit zu seinen Kumpels, die in einem nahen Wald warteten. Dort gab es ein überraschendes Wiedersehen, denn da waren noch mehr frühere Bekannte von Patrick und Thomas. Vor kurzem hatten sie sich zu einer Räuberbande zusammengeschlossen und machten nun die Gegend unsicher. Sie begrüßten uns fröhlich, aber ich war auf der Hut. Diese Männer kannten bestimmt keine Skrupel, wenn ihnen etwas nicht passte. Wir ließen die Stadt hinter uns, während sie und Patrick Erinnerungen auffrischten. Die Männer waren eigens für den Überfall her geritten, ihr Stützpunkt war ein gut verborgenes Lager in den Bergen nahe Aspen. Sie luden uns – eigentlich Patrick – zum Mitkommen ein. An dieser Stelle zügelte ich mein Pferd und widersprach entschieden. Cooper hatte seine Jagd nach mir bestimmt nicht aufgegeben. Patrick allerdings beruhigte mich, dass inzwischen sieben Jahre vergangen waren, in denen sich mein Aussehen doch verändert hatte. Zudem wollten wir dem Sheriff ohnedies nicht begegnen. Ich ließ mich überreden – auch weil ich mich freute, meine Heimat wiederzusehen.«

Für einen Moment glitt ein Lächeln über sein Gesicht. »So kehrten wir nach Jahren der Wanderschaft nach Aspen zurück. Das Lager der Gesetzlosen war perfekt versteckt. Niemand sprach es aus, aber ohne Patrick wären wir anderen unter keinen Umständen mitgenommen worden. Besonders Jules war den Männern suspekt – einfach, weil sie eine Frau war. Anfangs hielten sie wohl alle für Patricks Geliebte. Umgekehrt merkte ich sofort, dass Jules sich äußerst unbehaglich fühlte. Instinktiv wollte ich etwas Aufmunterndes sagen, doch Thomas kam mir zuvor und nahm sie bei der Hand. Das machte mich zornig. ›Was ist, kommst du?‹, fragte ich. Sie sagte, wenn ich mitgehe, ginge auch sie mit. Ich sagte: ›Sicher gehe ich mit, ich bleibe bei Patrick.‹ Gleichzeitig dachte ich bei mir, was für eine Heuchlerin sie doch war; sie begleitete uns nur, weil Thomas seinem Bruder folgte. Was wäre wohl geschehen, hätte ich gesagt: ›Wir müssen nicht mit. Du willst nicht und das ist in Ordnung. Offen gestanden habe ich auch ein übles Gefühl.‹ Ich werde es nie erfahren, wenngleich ich viel Zeit für solche Gedankenspiele habe. Damals kümmerte ich mich nicht mehr darum, wie es Jules ging. Wir begleiteten die Bande in ihr Lager.«

Er warf mir einen Seitenblick zu. »Du errätst natürlich, was folgte. Im Handumdrehen wurde Patrick als Anführer anerkannt. Er eroberte die Männer im Sturm, als hätten sie nur auf ihn gewartet. Er kann Menschen brillant für seine Ziele begeistern und gibt sich nie geschlagen, das imponierte ihnen. Umgekehrt hatte Patrick eine Bande wie diese gebraucht, um wirklich aufzublühen. Genug von Kleingaunerei, er wollte richtige Beute machen. Es war fast unheimlich, welch kriminelle Tatkraft in ihm steckte. Sein Eifer riss die Männer mit und steckte sogar mich an. Nur Jules und Thomas waren entsetzt. Sie versuchten, ihm ins Gewissen zu reden, und ich beobachtete schadenfroh, wie er sich ihre Einmischung höflich verbat. Er wüsste schon, was er tat. Die Tage verstrichen, Patrick und die Männer schmiedeten Pläne, ich wurde nach einer Weile als stiller Teilnehmer akzeptiert. Ich war Patricks Freund, also stuften mich die Männer als halbwegs brauchbar ein. Thomas hingegen wurde verachtet und gegenüber Jules war die allgemeine Ablehnung fast greifbar: Man wollte sie nicht im Lager. Doch niemand sagte etwas gegen sie – da hätte ich sogleich eingegriffen, ebenso Patrick und Thomas. Trotzdem war den Männern eindeutig wohler, sooft Jules das Lager verließ. Das taten sie und Thomas häufig, während Patrick uns seine Angriffstaktiken erklärte und die Männer ihre Schießkünste perfektionieren ließ. Die beiden machten lange Ausritte. Mitunter wagten sie sich sogar nach Aspen, wo nach all den Jahren tatsächlich niemand Jules erkannte. Einmal ritten sie und ich ohne Thomas im Schutz der Dunkelheit hin, um einen alten Bekannten zu besuchen. Es wurde ein schöner Abend, ich vergaß ganz auf meine Sorgen und war für ein paar Stunden einfach zufrieden. Das war das letzte Mal ... dass ich je glücklich war. Auf dem Heimweg kamen wir dort vorbei, wo einst unser Haus gestanden war. Man hatte es bis auf die Grundmauern niedergebrannt, Unkraut wucherte darüber. So fand der Abend doch einen traurigen Abschluss.«

Seine Stimme zitterte leicht, aber er sprach weiter. »In den nächsten Tagen setzten wir Patricks Pläne in die Tat um. Zunächst mit einem Überfall auf die Postkutsche, gefolgt von einer Bank in einem nahen Städtchen. Alles ging prächtig auf. Die Leute waren völlig überrumpelt, niemand leistete Widerstand. Wir trugen Tücher vorm Gesicht und heimsten gute Beute ein. Jules und Thomas waren im Lager geblieben. Sie weigerten sich strikt, mitzumachen. Das verärgerte Patrick – erst recht Thomas' Warnung, es würde bald erste Tote geben. Er meinte, er würde schon auf seine Leute aufpassen und sterbende Gegner wären nicht sein Problem. Ich hatte ihn nie zuvor so reden hören und war im ersten Moment erschrocken. Aber als Jules mich danach beschwor, auf Patrick einzuwirken, stellte ich mich justament auf seine Seite. Ein paar Tage später geschah etwas, worauf ich nicht gefasst war: Einer der Männer fand einen Steckbrief von mir ausgehängt. Es war ein altes Bild, aber angepasst und erstaunlich treffend. Kaum vorstellbar, dass jemand mich jetzt gesehen hatte, ich war ja nur einmal bei Nacht unterwegs gewesen und sonst hinter einem Tuch verborgen. Patrick vermutete, dass der Sheriff trotzdem irgendwie von meiner Rückkehr erfahren hatte. Mir war richtig schlecht – fast ein Jahrzehnt nach Vaters Tod ließ Cooper den Steckbrief nach wie vor anschlagen. Es würde nie enden. Ich wollte schreien vor Verzweiflung, Jules versuchte mich zu trösten. Da verlor ich völlig den Kopf. Ich brüllte sie an, sie hätte keine Ahnung, wie es mir ginge. Wahrscheinlich wäre es ihr und Thomas recht, wenn ich endgültig verschwand, damit sie ungestört zusammen sein könnten. Ich war wie von Sinnen. Ich sagte furchtbare Sachen, bis sie zuletzt schluchzend fortlief. Und ich war stolz. Ich dachte, ich hätte mich endlich wie ein echter großer Bruder benommen – der der Jüngeren zeigt, wer das Sagen hat. Hätten meine Eltern mich gehört, sie hätten sich im Grab umgedreht.«

Seine Augen schimmerten feucht. »Ich kann mich nicht mal rausreden, ich wäre betrunken gewesen. Zum einen hatte ich seit jener schlimmen Zeit Wochen zuvor keinen Tropfen mehr angerührt und zum anderen werde ich im Suff nicht aggressiv. Bloß trübsinnig und angeblich redselig wie ein altes Waschweib. Nein, ich wollte Jules verletzen. Und dennoch … trotz allem, was ich ihr antat, gab sie mich nicht auf. Das meine ich: Geschwister bleiben. Man kann sämtliche Freunde vergraulen, aber

Geschwister sind einem verwandt, letztlich rauft man sich wieder zusammen. Ich liebte meine Schwester ja nach wie vor. Ich war unglaublich enttäuscht, warf ihr die schlimmsten Vorwürfe an den Kopf, aber hätte jemand sie in diesem Moment attackiert, hätte ich mich für sie zerreißen lassen. Thomas hingegen verabscheute ich von ganzem Herzen und ich wünschte mir, er würde einfach wieder aus meinem Leben verschwinden.«

Er runzelte die Stirn, wie verwundert über sich selbst. »Sei vorsichtig, was du dir wünschst ... Jedenfalls versuchte Jules es bald darauf erneut. Patrick, die Männer und ich hatten den ganzen Morgen lang einen Überfall besprochen, den wir am Folgetag planten. Diesmal war es eine große Sache, ein Geldtransport, und eine Schießerei war zu erwarten. Die Männer hatten kein Problem damit, auch Patrick war zu allem entschlossen. Ich hingegen wollte nie auf einen Menschen feuern, war jedoch zu feige, es zuzugeben. Sei's drum, ich konnte ja knapp danebenschießen und wer könnte die Kugeln schon zuordnen? Also war ich zum Mitmachen bereit. Jules und Thomas jedoch hatten ihre Entscheidung getroffen. Sie versuchten Patrick umzustimmen. Als er hart blieb, erklärten sie, dass sie das Lager endgültig verlassen wollten. Patrick erwiderte, sie könnten jederzeit gehen, niemand würde sie aufhalten. Wahrscheinlich hielt er es für leeres Geschwätz. Er konnte sich ebenso wenig wie ich vorstellen, dass Jules ohne mich aufbrechen würde. An jenem Nachmittag kam sie zu mir. Sie sagte, es wäre ihnen ernst, und bat mich, mitzukommen – wegzugehen und irgendwo neu anzufangen. Es war ein wundervolles Friedensangebot. Und ich zerriss es in der Luft. Ich warf ihr vor, sie würde bloß an sich selbst denken. Sie und Thomas wurden nicht gesucht, ich hingegen wäre mein Leben lang auf der Flucht. Nur mit Patrick und der Bande könne ich überleben. Ich forderte sie auf, doch bitte zu verschwinden und nie wiederzukehren. Es drückt mir das Herz ab, ich behandelte sie wie den letzten Dreck. Das rechtfertigt zwar nicht, was sie daraufhin tat, aber ich hatte sie eben zu weit getrieben. Trotzdem kann ich nicht aufhören, mich zu fragen ...« Jetzt liefen Tränen offen über seine Wangen. »Ich begreife es bis heute nicht: Wie konnte sie ...?«

Ich verstand immer noch nicht. »Daniel, was hat sie getan?«

Sein Blick war geradezu verstört. »Sie hat mich verraten«, flüsterte er, als würde ein lautes Wort den Dämon erneut heraufbeschwören. »An meinen ärgsten Feind. Den Mann, der unseren Vater in eine tödliche Falle lockte. Sie hat mich und die ganze Bande an Sheriff Cooper verraten.«

Der Kurier des Zaren

Ich starrte ihn geschockt an. Das also war es – unvorstellbar und unverzeihlich. Das Schlimmste, was man einem Menschen antun kann, der einem vertraut. Erst recht dem eigenen Bruder, auch wenn dieser sich zuvor wie ein blindwütiger Rüpel benahm.

Was hatte der Sheriff erzählt? *Da hing plötzlich ein Brief an meiner Tür, in dem ein geplanter Überfall angekündigt wurde.* Allmählich fügte sich das Bild zusammen.

Daniel fing sich inzwischen genug, um weiterzureden. »Wenn ich wenigstens wüsste, wann sie den Entschluss fasste. Dann wäre klar, wie lange sie es ehrlich mit mir meinte. Ich sage mir, dass es ein spontaner Einfall war, der ihr vorher nie im Leben durch den Kopf ging. Hätte mir noch an diesem Nachmittag jemand ihre Tat angekündigt, ich hätte ihn schlichtweg für verrückt gehalten. Nicht Jules, nicht in tausend Jahren, nicht für alle Schätze der Welt. Ich kannte sie doch so gut wie sonst nur mich selbst. Jetzt zweifle ich manchmal an meinem Verstand. Wie konnte ich mich dermaßen irren? Deshalb wäre es so wichtig für mich … Ich werde es nie herausfinden. Dafür kann ich abschätzen, wann sie ihren Entschluss umsetzte. Es muss nach unserem Gespräch passiert sein. Denn davor fand ja diese Besprechung statt, bei der wir alle Details für den Überfall festlegten. Jules und Thomas hatten einen Teil mitgehört. Nach unserem Streit verschwand Jules, sie ritt davon und kam erst am Abend wieder. In dieser Zeit schafft man es nach Aspen und zurück. Oder sie verließ das Lager heimlich in der Nacht und schlich sich an der Wache vorbei.«

Hm, Cooper hatte leider nicht erwähnt, ob er das Schreiben am Abend vorher gefunden hatte oder am Morgen des Tages, an dem der Überfall stattfinden sollte.

»Am nächsten Nachmittag machten sich alle Männer bereit zum Ausrücken, als Jules und Thomas noch einmal auf uns zukamen. Der Verrat hatte zwar längst stattgefunden, aber vielleicht wollten sie uns eine letzte Chance geben. Jules legte mir die Hand auf den Arm. ›Danny, ich flehe dich an, tu das nicht. Ich habe ein ganz schlimmes Gefühl dabei, es wird schiefgehen. Und wenn dir was zustößt ...‹ Hätte ich nur begriffen, was hinter ihren Worten steckte! Sie sah mich so bittend an, dass ich tatsächlich ins Wanken geriet. In diesem Moment hätte ich fast einen Rückzieher gemacht. Aber dann ergriff Thomas das Wort: ›Das ist kein Spiel. Wollt ihr wirklich Menschenleben riskieren – für einen Haufen Banknoten?‹ ›Es wird ein ziemlich großer Haufen Banknoten sein. Für den keiner von uns draufgeht‹, verkündete Patrick ungerührt und schwang sich aufs Pferd. Ich sah Jules abweisend an, mehr denn je entschlossen durch Thomas' Einwurf. ›Ich kann auf mich aufpassen, also hör auf mit dem Heulen. Haltet ihr eigentlich zu unseren Gegnern oder zu uns?‹ Meine eigene Stimme war mir fremd. Ich tat ihr bewusst weh und konnte nicht aufhören. ›Glaubst du, es macht mir was aus, jemanden zu töten?‹, fragte ich im Wissen, dass die anderen es mitbekamen. Was war ich bloß für ein Idiot! Jules' Hand krampfte sich richtig in meinen Arm. ›Danny, ich kenne dich nicht mehr, was ist in dich gefahren?‹, flüsterte sie. Ich hatte keine Lust zu irgendwelchen Erwiderungen, ich war zufrieden und zugleich wütend. Natürlich wollte ich auf keinen Menschen schießen, das musste Jules doch klar sein! ›Lass mich los‹, knurrte ich und schüttelte ihre Hand ab. Wir ritten los, Jules und Thomas blieben wie verloren stehen. Irgendwie überkam es mich, ich wandte mich noch einmal um. Jules schaute mir nach, ihr Gesicht tränenüberströmt. Thomas legte ihr den Arm um die Schultern, sie drückte sich an ihn. Das versetzte mir einen Stich, und ich wandte mich brüsk ab.«

Daniels Miene verzerrte sich regelrecht. »Ich sehe Jules' Gesichtsausdruck jetzt noch vor mir, wenn ich die Augen schließe. Das konnte unmöglich alles gespielt sein! Aber wenn, wie konnte sie mich täuschen? Weder Patrick noch ich hatten begriffen, was hinter diesem Abschied steckte. Es wirkte wie ein letzter Versuch, dabei war es eine letzte Warnung. Ich hatte Jules zum Teufel geschickt. Nun schickte sie mich in den Tod.«

Seine Stimme versagte, er musste mehrmals ansetzen. »Ich war so zornig auf sie und auf mich selbst. Dabei war ich völlig ahnungslos. Ebenso wie Patrick, der sonst ein untrügliches Gespür für Gefahr hat. Dass wir diesen Tag überlebten, ist nur ihm zu verdanken. Aufgeteilt in kleine Grüppchen hockten wir alle in unseren Verstecken und warteten angespannt auf den Geldtransport. Da entdeckte Patrick auf einem nahegelegenen Hügel ein Blinken, als würde die Sonne von etwas reflektiert. Das gefiel ihm nicht und er schlich vorsichtig hin, um nachzuschauen. Bei seiner Rückkehr war sein Gesicht totenblass, er sagte nur ein Wort: ›Abbruch.‹ Wir verstanden nicht, leisteten aber Folge und gaben auch den anderen Gruppen Bescheid. In einem Gehölz ein paar Minuten entfernt kamen wir alle zusammen und Patrick berichtete, was er erspäht hatte: mindestens zwanzig schwer bewaffnete Männer! Offenbar Gesetzeshüter, die dort lauerten – doch worauf? Sie konnten ja wohl nicht wissen, dass jemand genau hier den Wagen angreifen wollte. Mir wurde richtig schlecht bei Patricks Worten, denn wir waren knapp einer Katastrophe entronnen. Jules' Befürchtungen fielen mir ein. Himmel, sie hatte recht gehabt! Ich hatte ja nicht den geringsten Verdacht ...«

Es schnürte ihm regelrecht die Kehle zu, er schluckte. »Wir rätselten alle, wie die Gesetzeshüter von unserem geplanten Überfall ahnen konnten. Sie waren sicher nicht auf gut Glück da. Patrick fand schließlich einen Ausweg: War der Geldtransport erst unbehelligt vorüber, würden die Bewaffneten irgendwann unverrichteter Dinge abziehen. Dann könnten wir ihnen folgen und wenigstens erkunden, woher sie kamen. Er selbst und Benjamin übernahmen diese Aufgabe und zogen los. Wir übrigen warteten ungeduldig. Solange wir nicht wussten, was da los war, war ein Überfall an anderer Stelle zu riskant. Nach einer Weile kehrten Patrick und Ben zurück. Ihre Mienen verrieten, dass sie etwas herausgefunden hatten – und üble Neuigkeiten brachten. Ben wirkte stolz und zugleich zornig, seine Augen huschten zu mir. Patricks Gesicht war steinern, doch nach all den Jahren unserer Freundschaft erkannte ich, wie es in ihm rumorte. Etwas hatte ihn gehörig erschüttert. ›Die wussten tatsächlich, dass wir angreifen wollen‹, sagte er mit belegter Stimme. ›Jemand hat uns verraten.‹

Luftschnappen ringsum war die Folge. ›Was? Woher ... Wer?‹, fragten alle durcheinander. Patrick atmete tief durch. Was er zu sagen hatte, fiel ihm gewaltig schwer. ›Thomas. Und sehr wahrscheinlich ...‹ ›... deine Schwester‹, platzte Ben heraus. Ich starrte ihn entgeistert an und brauchte einen Moment, um das zu verarbeiten. Dann wollte ich mich auf ihn stürzen, aber die anderen gingen dazwischen. ›Lass ihn doch erst mal erklären‹, empfahl jemand. In meinem Kopf war freilich kein Platz für Vernunft. Es war reiner Wahnwitz – zu behaupten, dass Jules ...«

Er schüttelte den Kopf, als würde er sich jetzt noch gegen den Gedanken sträuben. »Schon Thomas' Name hörte sich absurd an, sogar aus Patricks Mund. Thomas fiel doch keinem in den Rücken! Andrerseits, wenn er dadurch verhindern konnte, dass die Bande ein Blutbad anrichtete? Aber hier ging es ja nicht nur um die Männer, sondern auch um seinen eigenen Bruder. Und ... um mich. Denjenigen, der es gar nicht guthieß, dass Thomas mit Jules zusammen war. Wäre das nicht eine perfekte Gelegenheit, mich loszuwerden? Meine Angriffslust wich schlagartig.«

Seine Schultern sackten herab, er wirkte plötzlich kleiner. »Nun berichtete Patrick, dass die Gesetzeshüter Richtung Aspen geritten waren. ›Sheriff Cooper ist auch dabei, Ben hat ihn erkannt. Als wir den Hügel absuchten, fanden wir einen ... Beweis. Ben erspähte ihn, ich lief glatt vorbei.‹ Benjamin zappelte unruhig herum, er hätte gern mehr erzählt. ›Ich wünschte, ich hätte andere Nachrichten‹, fuhr Patrick fort. ›Aber es deutet darauf hin, als hätte ... ausgerechnet Thomas dem Sheriff gesteckt, dass ein Überfall geplant ist. Sagen wir so ... der Beweis trägt seine Handschrift.‹ Ich kämpfte gegen aufsteigenden Schwindel an. Patrick würde seinen Bruder nie des Verrats bezichtigen, wenn er nicht untrügliche Indizien hätte. Das wütende Gemurmel ringsum steigerte sich zu zornigem Aufruhr. ›Und ... Jules?‹, fragte ich immer noch fassungslos. Patrick sah mich an, sein Blick war wie eine offene Wunde. ›Das kann ich dir nicht sagen. Ich hoffe wirklich ... Vielleicht wusste sie nichts davon.‹ Es klang wenig tröstlich, aber für mich war es wie eine rettende Insel in einem Meer des Entsetzens. Natürlich war Jules nicht beteiligt, das wäre ja verrückt! Sie würde entschieden protestieren, wenn überhaupt jemand auf die Idee verfiel. Lachen würde sie nicht, dafür war die Sache zu ernst. Umso mehr, wenn tatsächlich Thomas ... Nein, das war ebenso unvorstellbar. Meine Gedanken drehten sich im Kreis. ›Wir reiten zurück zum Lager‹, entschied Patrick und das Stimmengewirr beruhigte sich ein wenig. ›Wir hören uns an, was die zwei zu sagen haben.‹ Damit war die Aufregung umgelenkt, die Männer eilten zu ihren Pferden. Ich starrte hilfesuchend Patrick an, der sich als Einziger nicht gerührt hatte und ebenso ratlos wirkte wie ich. ›Ich bete zu Gott, dass ich mich irre‹, murmelte er. Dann folgten wir den Männern hastig.«

Er schnappte nach Luft, die Erzählung ließ ihn richtig aufs Atmen vergessen. »Der Ritt ins Lager war ein Gang durch die Hölle. Jules hätte mich niemals verraten, das war unumstößlich. Thomas hingegen ... Ich sehnte mich danach, dieses furchtbare Missverständnis – denn das musste es sein – aufzuklären. Gleichzeitig graute mir davor, was ich womöglich erfahren würde, und ich wäre lieber nie angekommen. Natürlich erreichten wir das Lager. Wir fanden es verlassen. Jules und Thomas hatten ihre Ankündigung wahrgemacht. Genau das hatte Patrick ihnen ja am Vortag nahegelegt, jetzt aber erschien es in einem ganz neuen Licht. Für die Männer war die Flucht ein Schuldbeweis. Ich sah wutverzerrte Gesichter und meine Panik wuchs. Während alle die Hütten durchsuchten, zog ich Patrick beiseite: ›Du glaubst doch nicht wirklich ...‹ Er hob hilflos die Schultern: ›Ich weiß nicht mehr recht, was ich glauben soll.‹ ›Dann glaub *mir*‹, entgegnete ich, ›Jules hätte so etwas nie getan. Wir dürfen nicht zulassen, dass die Männer ...‹ Er nickte: ›Ihr wird nichts geschehen, das verspreche ich dir. Ich weiß nicht, was in Thomas gefahren ist, aber bei Jules hast du bestimmt recht: Sie wusste von nichts, sie hätte es niemals erlaubt. Selbst wenn Thomas sie überredet hätte, ihm zuliebe ... Nein, vergiss das gleich wieder. Wir reiten ihnen nach und klären die Sache auf. Ich sage den Männern, dass keiner Jules ein Haar krümmen darf. Am besten tue ich es, wenn du nicht dabei bist, sonst denken sie, ich würde es bloß deinetwegen anordnen und nicht ernst meinen.‹ So machten wir es. Patrick schickte mich nachschauen, ob Jules mir eine Nachricht hinterlassen hatte, ich kehrte nach ein paar Minuten mit leeren Händen zurück, dann preschte der gesamte Trupp los. Jules und Thomas hatten einen Vorsprung von ein paar Stunden, aber ihre Spuren waren gut erkennbar. Es wirkte fast, als rechneten sie nicht mit Verfolgern. Das hatte einen bösen Beigeschmack: Vielleicht machte Thomas sich wirklich keine Sorgen, weil er davon ausging, dass wir alle bei dem missglückten Überfall ...«

Seine Stimme zitterte erneut, er riss sich zusammen. »Ein Teil von mir hoffte, dass die Spuren sich irgendwann verlieren würden. Mich schauderte beim Gedanken, was Thomas bevorstand. So sehr ich ihn hasste, ich musste schon wegen Jules verhindern, dass die wutschnaubende Bande ihn zu Brei schlug. Zum Glück würde auch Patrick nicht gestatten, dass sein Bruder ernsthaft Schaden nahm. Wir würden die beiden tüchtig in die Mangel nehmen, aber letztlich würde sich alles vernünftig lösen lassen. Insofern war ich wiederum froh über die Spuren, sie führten zu einer Erklärung. Es war nur eine Frage der Zeit, bis wir Jules und Thomas einholten.« Daniel hielt inne, als würde er sich plötzlich meiner Anwesenheit erinnern. »Du sagst Bescheid, wenn ich dich langweile?«

Ich fand mich so abrupt zurück in die Gegenwart katapultiert, dass ich erst einmal einen Moment brauchte. Dann hätte ich beinahe gejapst: »Machst du Witze?!«

»Es tut mir leid«, fuhr er fort, da ich zu baff zum Antworten war. »Ich weiß wirklich nicht, warum ich dir das alles erzähle.«

Ehrlich gesagt, das fragte ich mich ebenfalls, so dankbar ich ihm dafür auch war. Immerhin hatte er mich gestern erst kennengelernt und nun schüttete er mir bereitwillig sein Herz aus. Andrerseits war ich offenbar der Erste, mit dem er über seinen erdrückenden Kummer sprechen konnte. Und er konnte gar nicht wieder aufhören – bis jetzt.

»Ich langweile mich keineswegs«, versicherte ich. »Sprich weiter.« Fast hätte ich hinzugefügt: »Jetzt wird es doch richtig spannend!«, aber das war unangebracht. Hier ging es nicht um irgendwelche Märchenfiguren, sondern um echte Menschen. Am Ende würden zwei von ihnen sterben, und auch wenn ich hundertmal dieses Rätsel löste, machte sie das nicht wieder lebendig.

Daniel indes hatte den Faden verloren. »Du hörst dir hier geduldig meine Lebensbeichte an.« Ich hätte ihn am liebsten geschüttelt – machte er das mit Absicht? Da konnte sich sogar Scheherazade aus *Tausendundeine Nacht* was abschauen. »Bitte fühl dich zu nichts verpflichtet«, fuhr Daniel fort, »schließlich hat das alles nichts mit dir zu tun.«

Nun begriff ich: Er wollte mich keineswegs auf die Folter spannen. Er hatte abgebrochen, da jetzt der schmerzhafteste Teil kam. Er war noch nicht bereit.

Vielleicht war es umgekehrt Zeit, ihm etwas zu erzählen. Daniel hatte sich mir anvertraut. Er hatte ein Recht, endlich von seiner Erbschaft zu erfahren.

»Du irrst dich«, begann ich, »deine Geschichte hat durchaus mit mir zu tun. Vielmehr mit dem Auftrag, der mich herführte. Du kannst es nicht wissen, weil ... ich nicht ganz ehrlich war. Ich wurde tatsächlich wegen einer Erbschaft nach Aspen geschickt, aber ich habe euch über den Erben belogen. Es geht nicht um Doctor Ralveston, sondern um dich. Eine entfernte Verwandte hat deiner Mutter einen großen Geldbetrag hinterlassen. Und nachdem diese bereits verstorben ist und du der ...« Ich schluckte, das klang jetzt grausam. »Du bist der letzte lebende Nachkomme, Daniel. Also gehört das Geld dir.« Nun war es heraus. Ich lauschte meinen eigenen Worten nach. Die Situation hatte etwas Unwirkliches. Wie lange war ich unterwegs gewesen, was hatte ich alles unternommen, um hierher zu gelangen? Es wirkte wie die endlose Vorbereitung eines Augenblicks, der vorbei war, ehe ich ihn überhaupt wahrgenommen hatte.

Anscheinend ging es auch Daniel zu schnell. »Einen großen Geldbetrag?«

»Einen ziemlich großen sogar.« Und ich nannte ihm die Summe – nicht in Britischen Pfund, sondern in Dollar, denn während der Zugfahrt hatte ich es auf den Cent genau umgerechnet.

Er zuckte nicht mit der Wimper. »Oh«, sagte er. In seiner Stimme lag dieselbe leichte Verblüffung, als müsste er für ein Paar Stiefel zwei Dollar mehr bezahlen als erwartet. »Das ist wirklich ein ordentlicher Betrag.«

Ich glotzte ihn entgeistert an. Er hatte noch immer nicht begriffen. »Das ist ein ganz gewaltiger Batzen Geld!« Es kam mir vor, als sollte zumindest einer von uns angemessen reagieren. »Deshalb wollte ich nicht vor allen anderen damit herausrücken.«

Daniel nickte langsam, offenbar sickerte die Zahl allmählich durch. »Sehr viel Geld. Aber ich werde mich trotzdem nicht darum bemühen.«

Er hatte etwas missverstanden. »Daniel, du brauchst dich nicht bemühen. Es ist alles deins. Du musst bloß zu einer bestimmten Adresse gehen.« Ich nannte ihm die Anschrift von Ronalds Kanzlei und den Namen der Stadt, freilich ohne zu erwähnen, dass es sich um meine Heimat handelte. »Es wäre gut, wenn du dich irgendwie ausweisen kannst. Wobei mir klar ist, das wird schwierig.« Mir kam ein absurder Einfall: Daniel müsste nur einen von Coopers fürchterlichen Steckbriefen mitbringen, dort fanden sich sein Abbild und Name. Sei's drum, die Abwicklung war Ronalds Aufgabe. »Aber das sind Details. Sie ändern nichts daran, dass du einer der reichsten Männer im ganzen Land bist.«

Seine Miene war unverändert ruhig. »Ich bin einer der einsamsten Männer im ganzen Land. Was fange ich mit einem Vermögen an? Versteh mich recht, Porter, ich danke dir für die Nachricht, aber ... ich will das Geld nicht. Ich brauche es nicht. Was nützt es mir? Selbst wenn du mir alle Reichtümer dieser Welt schenken könntest – es wäre nicht, was ich wirklich will, denn das kann mir keiner zurückbringen. Das ist verloren, durch meine eigene Schuld.« Ich starrte ihn fassungslos an. Mir wurde klar, dass er sehr wohl begriffen hatte – und dass ich ein Narr gewesen war, Jubel zu erwarten. Es war ihm völlig ernst. »Es tut mir leid. Ich sehe ein, dass du dich jetzt verhöhnt fühlst. Du dachtest, ich würde sofort begeistert Pläne schmieden, was ich mit dem Geld anfange.«

Ich rang nach Worten. »Ehrlich gesagt, ich weiß nicht genau, welche Reaktion ich erwartet habe. Wahrscheinlich eine ... andere.« Ich gab mir einen Ruck. »Ich bin nicht verärgert, bloß ...« Zu meinem eigenen Erstaunen war ich wirklich nicht wütend. Nur ziemlich ratlos. Daniel lehnte das Erbe ab. Und ich verstand sogar, warum. Es Ronald zu erklären, war freilich eine andere Sache. *Wenn jemand diese Summe ausschlägt, verständigst du schleunigst das nächste Irrenhaus.* So idiotisch war meine damalige Frage wohl doch nicht gewesen.

»Ich habe mir nie etwas aus Geld gemacht«, meinte Daniel. »Und ich verdiene auch keinen Reichtum. Ich habe das Wertvollste in meinem Leben zerstört. Sie ist fort und kommt nie zurück. Was sollte ich mit Geld tun – mir ein schönes Dasein schaffen, Kostbarkeiten kaufen, in ferne Länder reisen? Diejenige, mit der ich all dies teilen möchte, ist tot. Wegen mir. Und damit endet es.« Er starrte ein paar Sekunden lang vor sich hin. »Ich nehme an, das ist so nicht vorgesehen – dass der Erbe Nein sagt. Vielleicht kann diese Kanzlei das Geld an ein paar Waisenhäuser schicken. Wobei du allerdings nach deinem Gefängnisausbruch kaum dort vorbeischauen kannst, um den Anwälten das mitzuteilen.«

›Bitte lass ihn nicht fragen, wie ich ursprünglich geplant hatte, ihm die Nachricht zu überbringen‹, betete ich stumm, während sich meine Gedanken ohnehin überschlugen: Was sollte ich Ronald sagen? Wie beweisen, dass ich mit Daniel gesprochen habe? Ich konnte Daniel schlecht bitten, Ronald alles persönlich zu erklären. Ich verstand ihn ja und war ihm nicht böse, es war nur … Gut, ich war doch recht vor den Kopf gestoßen. Und zugleich tat er mir leid. Wie verzweifelt musste ein Mensch sein, um eine solche Summe auszuschlagen?

Mein Gebet wurde erhört, Daniel schöpfte keinen Verdacht. Dafür wurde ihm klar: »Deshalb also hast du mit Doctor Ralph über meine Familie gesprochen.«

Ich nickte.

»Er hat dir gesagt, wie … wie Jules …«

»Ja. Sie wurde mit einer Schusswunde gefunden und zu Sheriff Cooper gebracht. Er hat sie …« Nein, das durfte ich Daniel wirklich nicht erzählen. »Er ließ verbreiten, sie wäre tot. Sie befreite sich aus dem Gefängnis und starb auf der Flucht. Ich weiß, wie es endete. Nur nicht, wie es dazu kam.« Vielleicht konnte ich Daniel ja wieder zum Reden bringen. »Was passierte in jener Nacht?«

Er starrte fast stumpfsinnig vor sich hin. »Das frage ich mich auch, seit fünf Jahren. Was ist da bloß passiert? Wie konnte es so weit kommen?«

»Sheriff Cooper behauptet, es war ein Duell.«

Daniel schnaubte. »Cooper ist ein arroganter Narr. Ein Duell, ha! Meine Schwester liebte Thomas. Nicht für alles Gold der Welt hätte sie auf ihn geschossen.«

Nun war ich verwirrt. »Aber ... Jules gab offenbar in der Gefangenschaft zu ...«

»Sie hätte alles getan, um Thomas zu retten. Sie wäre für ihn gestorben. Vor die Entscheidung gestellt, ihr Leben oder seines, hätte sie nicht gezögert. Nur war die Wahl eine andere: ihr Tod oder seiner.«

Mit jeder Antwort begriff ich weniger. Ich versuchte, wieder ein paar Fakten einzustreuen. »Doctor Ralph zweifelt ebenfalls an Coopers Theorie mit dem Duell. Er weiß, dass Thomas und deine Schwester ein Paar waren.«

»Natürlich weiß er es. Jules und ich haben ihm davon erzählt.«

Es klang so selbstverständlich, dass ich gut fünf Sekunden brauchte. »Ihr habt was?«, entfuhr es mir dann. »Mit Doctor Ralph gesprochen? Dem lebenslangen Erzfeind eures Vaters?«

Völlig unerwartet legte sich ein Lächeln über Daniels Gesicht. »Die beiden waren wirklich gut darin, dies alle Welt glauben zu lassen.«

»Moment, sie waren doch bis aufs Blut verfeindet. Wann wurden sie zu Freunden?«

»Sie waren nie etwas anderes. Theodor Ralveston war der beste Freund unseres Vaters, abgesehen von Frank MacDougray. Sie waren Kameraden von Kindesbeinen an. Ohne Doctor Ralph hätten weder meine Mutter noch Jules die Geburt meiner Schwester überlebt, trotz Komplikationen konnte er sie beide retten. Ein paar Jahre später zog Ralph nach Aspen – schweren Herzens, aber sie brauchten dort unbedingt einen Arzt. Vater und er vereinbarten, einander möglichst oft zu besuchen. Kurz darauf trat Cooper die Stelle als Sheriff an. Ralph erkannte sofort, dass dieser Mann viel Unheil anrichten würde, wenn man ihn nicht im Zaum hielt. Solange der Sheriff den Arzt für einen Verbündeten hielt, würde er auf ihn hören. Soweit ich weiß, funktioniert es bis heute: Der Arzt ist die Vernunft des Sheriffs und führt ihm oft unbemerkt die Hand. Heikel wurde es allerdings, als Mutter starb und Vater mit uns nach Aspen zog, um seinem Freund wieder nahe zu sein. Ralph warnte ihn, dass Coopers Ehrgeiz eine echte Gefahr wäre, aber Vater ließ sich nicht abhalten. Drei Jahre lang ging immerhin alles gut, da Ralph über sämtliche Pläne des Sheriffs informiert war und sie an uns weitergab. So war Vater stets gewappnet. Nach außen traten er und der Arzt freilich als erbitterte Gegner auf.«

Ich hatte erst entgeistert, dann beeindruckt zugehört. Doctor Ralph und Clifton Buckley beste Freunde ... Es klang phantastisch. »Aber wie konnte es dann zu der Sache am Blue Mountain kommen?«

Daniels Lächeln erlosch. »Ralph war nicht in Aspen, als das passierte. Ein Arzt in einem anderen Ort hatte telegraphiert, weil er bei der Behandlung eines Kranken nicht weiterkam. Ralph war gut zwei Wochen lang fort und in dieser Zeit ... Die Sache am Blue Mountain ergab sich für Cooper offenbar spontan. Als Ralph zurückkam und vom Tod seines besten Freundes erfuhr ... Es muss der furchtbarste Tag seines Lebens gewesen sein. Er durfte sich nichts anmerken lassen. Bei Jules' und meinem Besuch vor fünf Jahren erzählte er uns, dass er wegen Vaters Tod am Boden zerstört war und eine Erkrankung vortäuschte, um mit seiner Trauer allein zu sein. Er hätte es nicht fertiggebracht, sofort dem triumphierenden Cooper zu begegnen. Schlimm genug, dass er dann irgendwann doch in Coopers Jubel einstimmen musste. Er spielte seine Rolle perfekt weiter. Bis zum heutigen Tag.«

Es war unfassbar – dass ein Mann sich jahrelang verstellte, um Böses zu verhindern und einem Freund einen derartigen Dienst zu leisten. »Weshalb blieb Doctor Ralph weiterhin in Aspen? Und dachte er nie daran, deinen Vater ... na ja, zu rächen?«

»Ralph ist Arzt mit Leib und Seele. Er wollte die Leute von Aspen nicht im Stich lassen und zudem ein Auge auf Cooper haben. Rache zu nehmen, hatte Vater ihm strikt verboten. Auch Jules und mir. Vater sagte: ›Natürlich leiste ich Widerstand, falls Cooper mich verhaften will. Aber sollte es mit meinem Tod enden, zieht niemand ihn dafür zur Rechenschaft, klar? Er tut nur seine Pflicht. Seine Methoden mögen fragwürdig sein, doch das Gesetz ist auf seiner Seite. Ich bin der Dieb, er ist der Sheriff.«

Meine Bewunderung für Mr. Buckley wuchs. Wie oft geschah es, dass ein Mann seinen Mörder in Schutz nahm? In einer Welt, in der sich jeder selbst der Nächste war, hielt er an seinen Prinzipien fest, sogar über den Tod hinaus. Auch Doctor Ralph stieg weiter in meiner Achtung. Jetzt erst wurde mir klar, was für ein schlauer Fuchs der Mann tatsächlich war. Wie gekonnt er mir scheinbar versehentlich die Schattenseiten des Sheriffs präsentierte ... Es musste entsetzlich für ihn gewesen sein, dass Cooper sich damals nicht von seinen Befragungen abbringen ließ. Nun verstand ich auch, warum ihn seine eigenen bösen Worte über Clifton Buckley so erschüttert hatten – nichts davon war ehrlich gemeint.

Und noch etwas begriff ich: weshalb der Arzt Jules' Selbstmord als Unfall deklariert hatte. Er wollte der Tochter seines alten Freundes ein anständiges Begräbnis verschaffen. Nun, dieses Geheimnis war bei mir sicher. Ich würde Daniel bestimmt nicht erzählen, wie seine Schwester wirklich gestorben war.

»Dann war der Arzt also jener Bekannte, den du und Jules vor fünf Jahren besucht habt«, erriet ich. »Als ihr mit der Bande nach Aspen zurückgekehrt seid.« Daniel nickte.

Na klar, deshalb hatte Doctor Ralph Jules nach der Schießerei sofort erkannt. Er hatte sie nicht sieben Jahre vorher zuletzt gesehen, sondern nur ein paar Tage. Im ersten Schock entfuhr ihm ihr Name und schon war es zu spät.

»Als ich mit ihm sprach ...«, begann ich erneut. »Er grübelt seit Jahren über dieses angebliche Duell.« Daniels Stirn furchte sich, aber er unterbrach mich nicht. Ich wagte eine offensichtliche Vermutung: »Es war nicht Thomas, der Jules angeschossen hat.«

»Natürlich nicht. Das hätte er niemals getan. So wie sie für ihn, wäre er für sie gestorben.« Fast unhörbar setzte er hinzu: »Im Grunde ist er das.«

Ich holte tief Luft. »Daniel, wer schoss auf deine Schwester?«

Er sah mich eine ganze Weile lang an. »Patrick«, antwortete er schließlich. »Es war Patrick.«

Ich blinzelte überrascht. »Patrick? Aber ... wie ...«

»Es war keine Absicht«, sagte Daniel rasch, als müsste er es sich selbst wieder ins Gedächtnis rufen. »In dieser Nacht passierte so viel Unbegreifliches, aber immerhin das weiß ich: Er wollte meine Schwester nicht verletzen. Er hatte mir versprochen, ihr würde nichts zustoßen. Es war ein Unfall. Wenngleich das davor keiner war ...« Seine Hände krampften sich um die Zügel. »Thomas ist tot, weil ich es nicht verhinderte. Und Jules ist tot, weil ich sie im Stich ließ. Patrick verwundete sie und sie starb auf der Flucht vor Sheriff Cooper. Aber den Todesstoß habe ich ihr versetzt, als ich mich in jener Nacht von ihr abwandte. Ich konnte sie nicht einmal mehr ansehen. Ich hockte wie gelähmt da, und sie rief meinen Namen ... Ich weiß noch genau, wie sie zum allerersten Mal meinen Namen sagte. Ich erinnere mich tatsächlich, weil es überhaupt ihr erstes Wort war. Und Jahre später ihr letztes. Beim ersten Mal ging mir das Herz auf. Beim letzten Mal hatte sie mein Herz bereits zerbrochen. Diese Nacht hat einfach alles zerstört. Patrick, Thomas, Jules, ich – keiner kam unbeschadet davon. Ich trug zwar keinen Kratzer davon, ich habe überlebt, aber ich frage mich, ob das wirklich das gnädigere Los war. Jeder hat etwas, das er liebt. Ich habe nichts mehr zu lieben und nichts mehr zu verlieren. Patrick ist mir als Einziger geblieben.«

Meine Verblüffung war offenkundig. »Obwohl er ...«

»Ich sage doch, er wollte es nicht.« Seine überzeugte Miene rief mir Patricks Worte in den Sinn: *Ich kann jenen Schuss nicht zurücknehmen, so sehr ich es wünschte.* »Mir ist klar, es wirkt eigentümlich, dass ich ihn verteidige. Und dass ich bei der Bande blieb. Wobei ich anfangs gar nicht in der Lage war, darüber zu entscheiden. Ich erinnere mich, dass ich Jules zusammenbrechen sah und zu ihr stürzte – dann wurde alles schwarz. Patrick erzählte mir später, wie es weiterging. Er stand da wie im Schock, ebenso die übrigen Männer. Erst als sie plötzlich fremde Stimmen in der Nähe hörten, erwachten sie aus ihrer Starre und rannten zu den Pferden. Patrick bugsierte mich besinnungslos in einen Sattel. Ein paar Reisende waren offenbar abends unterwegs gewesen und hatten die Schüsse bemerkt. Das erfuhr ich erst Tage später, zunächst lag ich in einem Fieber darnieder.

Patrick verpasste mir kühle Umschläge und flößte mir kräftigende Brühen ein. Nicht dass ich je aufwachen wollte – aber ich tat es.«

Er wirkte regelrecht beschämt. »Patricks erste Worte waren ein Ausdruck ehrlicher Reue. Er hatte sein Versprechen nicht halten können. Mehr noch, ausgerechnet seine Kugel hatte Jules getroffen. Er hatte sich zwar Thomas vorknöpfen und Jules eine Lektion erteilen wollen, doch ein solches Ende war nie geplant. Ich glaubte ihm und sagte ihm das auch. Ich wusste, dass er Jules wirklich schützen wollte. Nicht er hatte sie mir genommen, sondern Thomas. Ich bat Patrick, mir den Revolver zu geben, denn ich hatte keine Kraft mehr zum Weiterleben. Lieber wäre mir gewesen, dass er mich tötete, doch das wollte ich nicht von ihm verlangen. Und da berichtete er, dass Jules gar nicht an dieser Schusswunde gestorben war, sondern lebend nach Aspen zu Sheriff Cooper gebracht worden war. Von dort floh sie nach einigen Tagen und wurde erst dabei getötet.«

Sein Blick richtete sich wie von selbst zum Himmel. »Das zu hören ... das machte den Unterschied. Als hätte Jules mir eine letzte Botschaft geschickt: die Aufforderung, nicht aufzugeben. All den Geschehnissen zum Trotz fand sie die Stärke zum Ausbrechen und Kämpfen. Wenn sie das schaffte, konnte ich es ebenfalls. ›Wir machen weiter, was auch geschieht.‹ So gab ich mir einen Ruck und machte weiter.«

Ich wandte hastig den Kopf ab, um meinen Schreck zu verbergen. Hätte der Arzt mich nicht gebeten, Jules' Selbstmord für mich zu behalten, und hätte ich vorhin nicht geschwiegen, um Daniel Kummer zu ersparen ... Die Wahrheit wäre heute ebenso vernichtend für ihn wie vor fünf Jahren.

»Inzwischen befanden wir uns längst fern von Aspen«, fuhr Daniel fort. »Nachdem Jules dem Sheriff lebend in die Hände gefallen war, war das Lager sofort geräumt worden. Als ich Tage später zu mir kam, waren wir bereits weit fort. Die Bande hatte beschlossen, sich aufs Umherziehen zu verlegen, daher ließen wir uns während der nächsten vier Jahre nur selten irgendwo nieder, meist gondelten wir durchs Land. Unter Patricks Leitung wurde aus der Schar grober Schläger eine perfekt eingespielte, sehr gefährliche Truppe. Er ist der geborene Anführer. Er wollte nie ein guter

Mensch sein, aber er will gut sein in dem, was er tut. Er übt seit Jahren ein Gewerbe aus, in dem andere oft beim ersten Versuch draufgehen. Und er schafft es, dass auch seine Leute heil davonkommen. Er ist nicht freundlich oder edelmütig, doch auf seine Weise ein ehrenhafter Mann. Er gibt sich nie geschlagen. Er ist mein Freund. Der Einzige, der an meinem Grab stehen wird. Jetzt weißt du, weshalb ich bei ihm blieb.«

Er zuckte mit den Schultern. »Abgesehen davon, wo sollte ich denn hin? Meine Vergangenheit wird mich überall erwarten. Ich werde gesucht seit meinem fünfzehnten Lebensjahr. Mit Jules bei mir ... war es anders, da fühlte ich mich trotzdem geborgen. Seit sie weg ist, sehe ich die Dinge, wie sie sind. Ich kann nirgendwo hin, ohne dass man mich womöglich schnappt. Ich habe nie jemanden getötet, weil ich mich bei Überfällen hinten halte und ohnehin selten mitreite, aber für Cooper macht das keinen Unterschied. Ich bin ein Dieb und der Sohn seines Erzfeindes, also ist mein Weg vorgezeichnet. Und wenngleich das bitter klingt, beschwere ich mich nicht. Ich habe noch einiges abzubüßen für das, was ich tat: meine Schwester so fertigzumachen, dass sie zum Schlimmsten bereit war. Und dafür, was ich nicht tat: da zu sein, als sie mich wirklich brauchte. Eines Tages wird Cooper mich kriegen, mir wahrscheinlich jeden Knochen im Leibe brechen und mich aufknüpfen. Das ist meine Zukunft.«

Es war gespenstisch, wie gelassen Daniel klang. Er fuhr ruhig fort: »Vor etwa einem Jahr kehrten wir zurück. Die Männer sind gern hier, wo ihre gemeinsamen Abenteuer begannen. Natürlich sprach sich unsere Anwesenheit rasch herum. Ich war nicht überrascht, als bald ein Steckbrief von mir auftauchte, diesmal sogar nach der Natur. Vermutlich kam Cooper über eines von Janets Mädchen dazu. Janet und ihre Damen stehen aufseiten der Bande, die Männer sind gute Kunden. Manchmal werden ein paar Mädchen mit verbundenen Augen ins Lager geholt und bleiben über Nacht hier. Eines von ihnen sah mich wohl, ging zu Cooper und holte sich ein paar zusätzliche Dollar, indem sie half, meinen Steckbrief aufzufrischen. Über die anderen Männer hielt sie dicht, damit die Bande ihr nicht auf die Schliche kommt. Wahrscheinlich tischte sie Cooper ein Märchen auf, woher ihr Wissen stammt. Ich sage ja: Es wird nie aufhören.« Er zuckte mit den Schultern. »Ich halte mich auch von Doctor Ralph fern, ich will ihn nicht in Gefahr bringen. Er versuchte mich im letzten Jahr ein paar Mal zu kontaktieren. Aber ich kann ihm nicht unter die Augen treten mit meiner Schuld. Seit Jules' Tod habe ich auch keine Briefe mehr an Mac geschickt. Was sollte ich denn schreiben? Ich habe versagt, als großer Bruder und als Mensch. Mein Leben ist ein einziger Scherbenhaufen.«

Doctor Ralph hatte Daniel kontaktiert ... *Wenn ich einen Weg zu Daniel wüsste – meinen Sie nicht, dass ich Stan sofort davon erzählen würde?* Er hatte sich perfekt um eine Antwort gedrückt.

Daniel war verstummt. Er schien keine Reaktion zu erwarten und mir fiel auch keine ein. Was sagt man auf die Geschichte eines Lebens – eines sehr traurigen Lebens mit hoffnungslosem Ende? Wobei immer noch ein wesentliches Zwischenstück fehlte. Vielleicht ahnte Daniel die drohende Frage, denn er schlug unvermittelt vor: »Wie wär's, wenn wir ein wenig galoppieren? Das verscheucht trübe Erinnerungen blendend.«

Schon zog er vorneweg und ich folgte ihm.

Viel später, als wir die Pferde absattelten, sagte ich: »Danke, dass du mir all das erzählt hast.«

Er wirkte überrascht, als wäre Reden die geringere Leistung. »Danke fürs Zuhören. Ich bin froh, dass du mich begleitet hast, Porter.«

Ich spürte einen winzigen Stich in mir. Erst nach ein paar Sekunden erkannte ich die Ursache und war umso verwirrter. Es war das Wort »Porter« gewesen und zwar nicht, weil der Name falsch war. Mich störte, dass Daniel meinen Nachnamen benutzte. Dabei hatte ich lebenslang kein Problem damit gehabt, verlangte es sogar. Doch hier stand ein Mann, über dessen Gefühle ich nun mehr wusste als über die meiner Mutter. Und plötzlich wollte ich ihm etwas Besonderes dafür geben, das ich nie zuvor jemandem angeboten hatte.

»Jeremy«, sagte ich und hielt kurz inne, verblüfft von meiner Kühnheit. Wann hatte ich zuletzt meinen eigenen Vornamen ausgesprochen? »Sag Jeremy zu mir.«

»Jeremy«, wiederholte er. Ich hatte erwartet, dass es befremdlich klingen würde, aber es wirkte einfach richtig. »Der Mann, der zuhören kann wie kein zweiter.«

Moby Dick

Die Männer hatten reichen Fang gemacht, sie wirkten bei ihrer Rückkehr hochzufrieden. Während Daniel die Pferde versorgte, leerten sie ihre mitgebrachten Schätze aus. Ich sah Geldbeutel, Uhren und Schmuck sowie diverse Kleidungsstücke, offenbar hatten sie einen Wagentreck ausgeraubt. Jetzt teilten sie die Beute auf.

Patrick saß ein Stück entfernt und beobachtete seine Leute wie ein stolzer Vater seine Kinder beim Spielen. Ich schlenderte zu ihm hinüber.

»Erfolgreicher Tag?«

»Kann nicht klagen.« Er deutete mir, mich zu ihm zu setzen. »Wie war es bei euch – unterhaltsam?«

Ich nickte. Hoffentlich fragte er jetzt nicht, worüber wir geredet hatten. Es wäre Daniel vermutlich nicht recht, wenn Patrick erfuhr, wie viel er mir anvertraut hatte. Am besten lieferte ich gleich ein paar unverfängliche Antworten: »Wir sprachen über Daniels Vater. Ich bin wohl ins Fettnäpfchen getreten, als ich diese Sache am Blue Mountain erwähnte.«

»Ja, das ist ein heikles Thema, sein persönlicher Albtraum. Ich weiß nur, dass sein Vater damals von Sheriff Cooper erschossen wurde. Dan spricht niemals davon, nicht mal mit mir, und ich kenne ihn länger als jeder andere. Ich glaube auch nicht, dass ihm das Reden helfen würde.«

»Aber etwas anderes macht ihm Freude.« Vielleicht konnte ich Daniel indirekt etwas Gutes tun. »Mir kommt vor, er spricht sehr gern über seine Schwester.«

Einen Moment lang schien sich Patrick zu versteifen. »Ist das so?«, fragte er ruhig.

»Du hast es doch sicher längst bemerkt. Er vermisst sie fürchterlich.«

Patrick sah mich nachdenklich an. »Das tut er«, bestätigte er schließlich. »Trotz allem, was war.« Ich wurde nervös – würde er nun erst recht fragen, ob Daniel mir von Jules' Verrat erzählt hatte? »Er ist nicht der Einzige, dem sie fehlt. Wir vier – die Buckleys, mein Bruder und ich – passten großartig zusammen. Es hätte so weitergehen können, hätte mein Bruder nicht eine gewaltige Dummheit begangen. Und hätte Jules nicht etwas getan, was mich sehr verletzte. Dennoch bereue ich, was ich ihr daraufhin antat, und hätte sie trotzdem zurückgenommen.«

»Obwohl sie ... etwas Schlimmes tat?«, fragte ich vorsichtig.

»Jeder macht Fehler. Wenige, wenn man klug plant. Aber nicht alles ist berechenbar. Was Jules letztlich widerfuhr, war nicht vorgesehen – nicht so. Und die Narbe bleibt.«

Das Lachen der Männer schallte herüber. Sie warfen sich einen Hut zu, einer setzte ihn reichlich schief auf.

»Habt ihr das mitbekommen«, fragte ein anderer, »mit diesem dürren Männlein, der seine Brille unbedingt behalten wollte? Sage ich: ›An diesem Ende einer Waffe streite ich mich nicht herum.‹ Er drauf: ›Der Gedanke kam mir auch gerade.‹ Fand ich irgendwie gelungen. Hab ihm die Brille zerbrochen. Und die Nase.«

Die übrigen Männer grinsten.

Ich schaute angewidert weg und fand Patricks Blick auf mich gerichtet.

»Du bist kein Freund von Gewalt«, stellte er fest.

Ich schüttelte stumm den Kopf.

»Sie kann nützlich sein als Mittel zum Zweck, wenn sie dir liegt. Aber versuch nie, jemand zu sein, der du nicht bist – das bringt dich um. Letzten Endes können Menschen sich nicht ändern. Obwohl man sie zu absonderlichsten Dingen treiben kann, wenn man die richtigen Hebel betätigt.«

»Zum Beispiel?«, entfuhr es mir unwillkürlich.

Er lächelte. »Berufsgeheimnis. Nicht dass ich dich womöglich auf Abwege führe. Du weißt doch, ich bin der Böse.«

»Daniel!«, rief einer der Männer. »Wie sieht es mit dem Abendessen aus, wir sind am Verhungern!«

Seine Kumpels unterstützten ihn mit zustimmendem Gejohle.

Patrick sprang auf. »Ohne Futter wird da demnächst noch wer böse«, grinste er, ehe er hinüberrief: »José, er kann sich nicht zweiteilen, nicht mal dir zuliebe!« In der Tat war Daniel nirgends in Sicht, er werkte noch auf der Koppel. »Packt eure Schätze ein, wir machen uns nützlich. José, du kümmerst dich um was zu trinken.«

Ohne jegliches Murren leisteten die Männer der Aufforderung Folge.

Der dritte Tag im Lager begann regnerisch. Ich hatte am Vorabend lange wachgelegen, denn ich musste erst begreifen, dass ich meinen Auftrag nun tatsächlich ausgeführt hatte. Und akzeptieren, dass Ronald mich trotzdem als Versager betrachten würde. Er würde meine Geschichte und Daniels Entschluss nie glauben. Eine schriftliche Erklärung von Daniel war sinnlos und mit mir kommen würde er auch nicht.

Außerdem sollte ich mir allmählich überlegen, wie ich aus dem Lager fortkam. Wenigstens dabei konnte Daniel mir helfen. Inzwischen war ich mir sicher, dass ich ihm vertrauen durfte. Wie würde er wohl reagieren, wenn ich ihm von meiner Täuschung berichtete? Würde er nachsichtig schmunzeln? Mich schelten? Oder wäre er gar gekränkt?

Nach dem Frühstück vertrieben wir uns die Zeit mit Würfelspielen in einer Hütte. Als der Regen aufhörte, wechselten wir nach draußen zu Schießübungen. Die Männer luden mich zum Mitmachen ein, aber ich verzichtete dankend, auch Daniel hielt sich heraus. Die meisten Schützen waren ziemlich treffsicher. Zuletzt trat Patrick an und sogleich machte sich allseits freudige Erwartung breit. Ich war selbst gespannt. Die Männer drängten sich darum, Patrick zu assistieren. Letztlich wurde Tim die Ehre zuteil. Er stellte sich in gebührender Entfernung auf und hielt eine Münze hoch. Ich musste mich anstrengen, das kleine Ding überhaupt zu sehen, und staunte über Tims Nervenstärke. Da knallte schon der Schuss. Tims Finger hatten sich keine Spur bewegt, die Münze jedoch war verschwunden. Ich drehte mich rasch zu Patrick, der mit leeren Händen dastand. Nein, ich hatte mir den Schuss nicht eingebildet, aber wie konnte jemand in diesem kurzen Moment …? Tim zog indes eine weitere Münze hervor, nun drehte er uns deren Schmalseite zu. Diesmal behielt ich Patrick im Blick und mir blieb die Luft weg: Er stand völlig ruhig, dann hielt er plötzlich seinen Revolver in der Hand – es war wie ein Wimpernschlag –, es knallte, und schon steckte die Waffe wieder im Halfter. Der Beifall ringsum verriet das Ergebnis. Patrick nahm ihn mit leisem Lächeln entgegen, vielleicht schmunzelte er auch über mein fassungsloses Gesicht. Tim kam grinsend zu uns. »Soll keiner je behaupten, Patrick hätte versucht, ihn zu erschießen. Das kann gar nicht stimmen. Wenn Patrick schießt, trifft er auch.«

Danach zogen Daniel und ich uns in eine Hütte zurück, um einen beschädigten Sattel zu reparieren. Ich reichte ihm Werkzeug zu und staunte, wie geübt er hantierte. Er lächelte verlegen, als ich sein Geschick lobte.

»Vater meinte immer, die besten Pferde in seinem Stall wären Jules und ich. Er war stolz auf uns.« Dann wurde er wieder ernst und ich ahnte seine Gedanken: »Heute wäre er nicht mehr stolz auf mich.«

»Wenn du noch einmal mit ihm reden könntest«, begann ich behutsam, »was würdest du ihm sagen?«

Er blickte nachdenklich auf den Sattel. »Ich würde ihm danken, für alles, was er uns mitgab, und dass er stets für uns da war. Ich würde ihn bitten, Jules nicht zu verurteilen. Und ihn auffordern, mich nicht länger seinen Sohn zu nennen, denn das verdiene ich nicht.«

»Und bei deiner Schwester?«, fragte ich leise. »Würdest du sie fragen, warum sie es tat?«

Wieder nahm sich Daniel Zeit. »Sie hat mich verraten und danach ich sie. Doch ich will nicht länger nach Schuld fragen, wir beide haben Fehler gemacht. Sie war die treueste Gefährtin, bis irgendwie alles kaputtging und das Vertrauen erschüttert wurde. Aber Blut ist dicker als Wasser und stärker als all die Tränen, die wir geweint haben. Ich würde Jules in die Arme nehmen und nie wieder loslassen. Ich würde sie nicht noch einmal verlieren. Und ich würde sagen ...«

Er blickte mit einem traurigen Lächeln vor sich hin und schließlich schlug ich vor: »Es tut mir leid?«

Er schüttelte den Kopf. »Können wir wieder gut sein?« Ich begriff. Es war diese Geschichte mit dem Holzpferdchen, das Jules seinerzeit verloren hatte. Eine schlichte Bitte um Versöhnung. Daniels Hand strich fachmännisch über den Sattel, er musste sich nicht einmal konzentrieren. »Manchmal frage ich mich, was wäre, wenn ich die Zeit zurückdrehen könnte. Aber ich wüsste gar nicht, bis wohin. Da war nicht ein großer Fehler, sondern viele kleine.«

»Vielleicht …«, überlegte ich, »ein Moment, ehe ihr Patrick und Thomas getroffen habt?«

»Nein, auf keinen Fall!«, entgegnete Daniel sogleich. Ich erwartete, dass er nun die Zeit ihrer Freundschaft erwähnen würde, doch er fuhr fort: »Jules war glücklich mit Thomas. Damals dachte ich zwar anders darüber … aber im Nachhinein brächte ich es nicht übers Herz, ihr diese Liebe zu nehmen. Trotz all dem Schmerz.« Er hatte einen Riss im Leder entdeckt und griff nach dem Fett. »Die Zeit und das Leben machen uns zu dem, was wir sind. Mit sämtlichen Kratzern, die dazugehören.«

Nachdem der Sattel fertig war, schlenderten wir zum Fluss hinunter, während Patrick und die anderen in einer Hütte beisammen hockten. Wir setzten uns auf einen Felsen am Ufer und lehnten uns an einen, der dahinter lag.

Ich wollte rasch zum Thema kommen, daher sagte ich nach ein paar belanglosen Sätzen: »Hör mal, du hast mir gestern so viel erzählt – da möchte ich keine Lüge zwischen uns haben. Es gibt noch etwas, wo ich euch getäuscht habe.«

Daniel sah mich verwirrt an. »Habe ich etwa doch nicht geerbt?« Er wirkte fast erleichtert.

»Aber ja, du hast geerbt, und wie! Es ist nur so … ich saß nicht im Gefängnis von Aspen, weil ich bei einem Diebstahl ertappt wurde. Ich ließ mich absichtlich einsperren – um an Tim heranzukommen und dadurch an dich. Ich fand keinen anderen Weg, dir die Nachricht zu überbringen.« Das klang kompliziert und ich begann von vorne: »Ich musste irgendwie zu dir gelangen, deshalb entwickelten Sheriff Cooper und ich zusammen einen Plan. Ich breche mit Tim aus dem Gefängnis aus, komme ins Lager und kann mit dir reden. Später sollte ich dann Cooper hierherführen. Bitte glaub mir, das Letzte hätte ich natürlich nie getan! Die Idee war …«

Daniel hatte mich zunehmend fassungslos angestarrt. Jetzt veränderte sich seine Miene so abrupt, dass mir die Worte erstarben, er wurde totenbleich. »Um Himmels Willen, ist das dein Ernst? Hast du ... Bist du wahnsinnig? Du musst von hier weg!«

Ich fühlte mich an jenen Moment vor einigen Tagen erinnert, als ich Morgan von dem Plan erzählte. Leises Unbehagen stieg in mir auf. »Das will ich ohnehin. In spätestens vier Tagen ...«

»Nicht in vier Tagen. Auch nicht morgen – sofort!« Daniel sprang erregt auf, als wollte er mich umgehend aus dem Lager jagen.

»Beruhige dich doch«, ich erhob mich ebenfalls, »niemand außer dem Sheriff weiß davon.«

»Da bin ich mir sicher«, versetzte er heftig, »denn wenn einer der Männer oder gar Patrick Wind davon bekäme ...« Er schüttelte wütend den Kopf, und ich wich zurück, weil ich plötzlich fürchtete, er würde mich ohrfeigen. »Du verdammter Narr, hältst du das etwa für ein Spiel? Oder eine Abenteuergeschichte? Was denkst du, was Patrick mit dir anstellen würde? Dass er dir lachend auf die Schulter klopft? Dich für deinen tollen Streich lobt?«

»Na ja, er würde mich wohl kaum auf der Stelle dafür erschießen«, murmelte ich.

»Natürlich nicht. Das wäre nicht seine Art. Er jagt dir nicht einfach so eine Kugel ins Herz. Er ist ein Meister darin, Leuten richtig wehzutun. Was immer dir den größten Schmerz verursacht – er findet es heraus. Bis er mit dir fertig ist, bettelst du darum, dir selbst die Kugel geben zu dürfen. Und ausgerechnet ihn hast du hintergangen.« Er machte einen Schritt auf mich zu. Diesmal blieb ich stehen und so befand sich sein Gesicht direkt vor meinem, als er zischte: »Mach, dass du verschwindest, sonst bist du verloren. Du bist nicht der Held, der die Geschichte irgendwie überlebt. Du bist ein Dummkopf, der keine Ahnung hat, was ihm blüht! Ich habe gesehen, was Patrick Menschen antun kann. Ich meine es ernst: Lauf um dein Leben, und lass dich nie wieder blicken!«

Jetzt wurde mir doch allmählich bang. »Deshalb brauche ich ja deinen Rat, wie ich es hier raus schaffe.«

Daniel hob hilflos die Hände, ließ sie fallen und sich wieder auf den Felsen sinken. »Ich kann einfach nicht glauben, in was für eine grauenhafte Lage du dich gebracht hast«, murmelte er, etwas gefasster. »Bloß, um mir eine Nachricht mitzuteilen, mit der ich gar nichts anfange. Du erzählst mir seelenruhig von deinem großartigen Schwindel. Begreif doch, Patrick und den anderen wird es herzlich egal sein, weshalb du es getan hast oder ob du Cooper hierherführen wolltest. Du hast dich mit unserem Feind verbündet und uns alle getäuscht. Wenn Patrick davon erfährt ...«

»Das wird er nicht«, behauptete ich um einiges sicherer, als ich es war. »Und selbst wenn, ich kann es erklären. Ich trickste Cooper aus, um ans Ziel zu gelangen. Du sagst ja, dass Patrick mich nicht dafür umbringen wird.«

»Doch, das wird er«, entgegnete Daniel ernst. »Ich sage nur, er wird es eben nicht sofort tun. Er wird mit dir spielen und keiner hat so grausame Spiele wie er.«

Nun war mir endgültig der Mut vergangen. Meine Beine zitterten, als ich mich neben Daniel setzte. »Was meinst du damit?«

Er sah mich eine ganze Weile an. »Das kann ich dir beschreiben«, antwortete er zuletzt. »Sofort können wir dich ohnehin nicht wegbringen. Ich erzähle dir, was in dieser Nacht damals passierte. Das wolltest du doch wissen, richtig?«

Ich brachte kein Wort heraus und nickte nur.

Ein trauriges Lächeln huschte über Daniels Gesicht. »Immer dieser verfluchte Wunsch nach der Wahrheit. Sie ist oft schlimmer, als jede Lüge es sein könnte.«

Und dann bekam ich das fehlende Puzzlestück: Ich erfuhr, was in jener Nacht geschah, als alles kaputtging und nach der nichts je wieder so war wie zuvor.

Der Glöckner von Notre Dame

»Wir folgten den Spuren von Jules und Thomas. Die beiden waren langsamer geritten als wir. Als die Nacht hereinbrach, waren wir ihnen schon nahe, ihre Spuren mussten etwa eine Stunde alt sein. Offenbar hatten sie das Tageslicht nicht bis zuletzt ausgenützt, denn wir entdeckten plötzlich den Schein eines Feuers. Die beiden hatten bereits vor einer Weile Halt gemacht und ihr Lager aufgeschlagen. Wir banden die Pferde an und legten das letzte Stück des Wegs zu Fuß zurück. Jules und Thomas hatten eine windgeschützte Lichtung zwischen Felsen und Büschen gewählt. Gedeckt durch die Hecken schlichen wir uns an und spähten hinüber. Jules lag in ihre Decke gewickelt und schlief wohl schon, Thomas saß daneben. Wir konnten sie unmöglich erreichen, ohne dass er Alarm schlug und Jules hochfuhr. Wobei ich mich fragte, welche Rolle es eigentlich spielte, wie wir ihnen gegenübertraten. Jules würde schließlich nicht ihre Waffe gegen uns ziehen, und wenn wir von allen Seiten kamen, konnten sie nicht weglaufen. Doch das Problem löste sich ohnehin, als Thomas den Kopf in unsere Richtung drehte. Wahrscheinlich hatten wir irgendein Geräusch verursacht. Er erhob sich, sein Blick schweifte kurz zu Jules, dann kam er geradewegs auf die Büsche zu. Wir hielten den Atem an, während er suchend auf das Dickicht starrte. Zuletzt bahnte er sich einen Weg ins Gebüsch. Das Nächste passierte so schnell, dass ich es kaum mitverfolgen konnte. Patrick sprang auf, packte seinen Bruder und warf ihn zu Boden, ehe dieser auch nur einen Laut von sich geben konnte. Thomas fand sich auf dem Bauch liegend wieder, ein Knie im Rücken und eine Hand auf dem Mund. ›Keinen Mucks, klar?‹, flüsterte Patrick. ›Wenn sie aufwacht und nach ihrer Waffe greift, muss ich ihr wehtun.‹ Ich wusste natürlich, dass dies eine leere Drohung war, aber sie wirkte. Thomas wagte kaum zu atmen. Patrick gab mir ein Zeichen und ich erfüllte die mir zugedachte Aufgabe: Ich legte Thomas Fesseln an.«

Ein Zittern lief durch Daniels Körper. »Patrick hatte mir klargemacht, dass er sich in der Finsternis nur auf meine Knoten verlassen konnte. Trotzdem fühlte ich mich furchtbar dabei. Thomas und ich waren jahrelang Freunde gewesen. Wenngleich ich ihm in den letzten Monaten die Pest an den Hals gewünscht hatte und selbst wenn er uns alle verraten hatte, wie es schien – ich hätte ihm unmöglich in die Augen sehen können, während ich den Strick um seine Handgelenke schlang. Als ich zurücktrat, wollte ich mir am liebsten die Hände abwischen. Es fühlte sich falsch an und ich war daran beteiligt. Was, wenn das Ganze doch ein furchtbarer Irrtum war? Ich hätte gern gerufen: ›Wartet, was tun wir hier eigentlich? Das ist absurd, es sind immer noch Jules und Thomas. Reden wir einfach miteinander.‹ Aber ich brachte kein Wort heraus, jetzt war es ohnehin zu spät. Die Fesseln besiegelten es: Dieser Mann war keiner mehr von uns. Stumm sah ich zu, wie Thomas einen Knebel verpasst bekam und auf die Beine gezerrt wurde. Jetzt traf mich sein Blick. Im Licht des fernen Feuers erkannte ich Angst in seinen Augen und vor allem eine seltsame Verständnislosigkeit. Gleich darauf trat Patrick vor seinen Bruder. ›Brav bleiben‹, wisperte er und klopfte ihm liebevoll auf die Wange. ›Ich hole rasch dein Mädchen.‹ Damit huschte er zur Feuerstelle hinüber.«

Ich lauschte so gebannt, dass die Welt ringsum völlig verblasste. Nun war es endgültig so weit – als würde ich in ein Buch versinken, tauchte ich regelrecht in Daniels Erinnerung ein.

Etwas weckte Jules, noch ehe Patrick sie berührte, vielleicht eine Erschütterung oder die Ahnung drohender Gefahr. Sie öffnete die Augen und sah ihn über sich gebeugt. Jules schrak zusammen und war sogleich hellwach.

»Pat!« Sie setzte sich hastig auf. »Was machst du hier? Ich dachte, du wärst ...« Sie brach ab, als hätte sie vor Erstaunen aufs Weiterreden vergessen oder gerade noch bemerkt, dass sie sich beinahe verplapperte.

Patrick beobachtete sie scharf und fand seine Theorie durchaus bestätigt.

»Hast du mich erschreckt!«, fuhr Jules fort. »Bist du uns gefolgt?«

»Wie du siehst«, erwiderte er ruhig. »Und nicht nur ich.«

Jules schaute sich verwirrt um und fand sich allein mit ihm. Das brachte sie gänzlich auf die Beine. »Wo ist Thomas?«

»Bei den anderen«, antwortete Patrick wahrheitsgetreu.

Jules fuhr herum, jetzt wirkte sie alarmiert. »Was meinst du damit? Wer ist noch hier? Wo? Ist Daniel auch da?«

Patrick hob eine Augenbraue. »Über mich freust du dich gar nicht? Ich glaube, Thomas hat sich mächtig gefreut.«

Jules machte einen Schritt auf ihn zu, ihre Augen verengten sich. »Hör auf mit den dummen Spielchen. Wo ist er?«

»In den besten Händen«, sagte Patrick lächelnd. »Darum habe ich mich persönlich gekümmert. Mit gewisser Unterstützung.«

Sie starrte ihn verständnislos an. »Was heißt das? Was ist überhaupt los mit dir? Du bist so … seltsam.« Sie stemmte die Hände in die Hüften. »Schluss damit, sag mir sofort, wo Thomas ist!«

Patrick blickte über ihre Schulter hinweg und Jules wirbelte herum. Ihre Augen weiteten sich entsetzt. Zwei Männer traten soeben aus dem Gebüsch, zwischen sich schleppten sie den gebundenen Thomas. Der Rest der Bande folgte mit finsteren Mienen.

»Thomas!«, entfuhr es Jules und sie flog regelrecht zu ihm hinüber, griff nach seinem Knebel und nach der Hand des Mannes, der ihn festhielt. Als nichts davon sich sofort lösen ließ, schlang sie stattdessen die Arme um Thomas.

Er sah sie verzweifelt an und versuchte etwas zu sagen, während ein anderer Mann nach Jules griff. Sie wehrte sich verbissen, schlug nach ihm und konnte sich tatsächlich losreißen. Wieder wandte sie sich Thomas zu, doch nun trat Patrick dazwischen.

»Du Mistkerl, mach ihn sofort los!«, schleuderte Jules ihm ins Gesicht. »Was soll das alles, seid ihr verrückt geworden?«

Patrick fand es an der Zeit, diese durchaus überzeugend wirkende Ahnungslosigkeit zu beenden. »Ganz und gar nicht. Wir wollten uns lediglich für euer Abschiedsgeschenk bedanken.«

Jules starrte ihn entgeistert an. Ehe sie etwas erwidern konnte, ließ eine vertraute Stimme sie innehalten.

»Pat«, sagte Daniel, »du solltest die Knoten überprüfen.«

Jules sah fassungslos zu ihrem Bruder. »Danny«, brachte sie heraus, kaum lauter als ein Flüstern. Offenkundig hatte sie nicht damit gerechnet, ihn hier wiederzusehen – oder überhaupt.

Patrick verstand, was sein Freund meinte. »Dreht ihn herum«, forderte er die Männer auf.

Diese gehorchten verdutzt. »Das ist doch lächerlich«, warf jemand ein. »Sie hat ihn kaum berührt.«

Patrick ließ sich nicht beirren. Schon der erste Blick verriet, dass Daniels Warnung berechtigt war: Der Strick war locker. Jules Buckley hatte nicht umsonst jahrelang als Entfesselungskünstlerin gearbeitet. Rasch zog Patrick die Fesseln wieder stramm und wandte sich Jules zu.

Sie stand immer noch unbewegt und starrte ihren Bruder ungläubig an. Daniel erwiderte ihren Blick und wirkte ratlos.

»Es tut mir leid«, murmelte er. »Da ist ... etwas passiert, als ...«

Patrick war nicht gewillt, das Ruder aus der Hand zu geben. Er machte zwei Männern ein Zeichen, und diese packten Jules' Arme. Sie versuchte instinktiv loszukommen, hätte jedoch ebenso gegen einen Schraubstock ankämpfen können.

Patrick trat vor sie und verdeckte damit Daniel. »Das war geschickt, aber vergebene Liebesmüh. Ich bin ohnehin der Meinung, dass kräftige Hände besser halten als jeder Strick. Wäre spannend, ob irgendein Knoten deines Bruders dir tatsächlich widerstehen kann. Doch ich werde nicht von ihm verlangen, das herauszufinden.«

Jules starrte ihm trotzig entgegen. »Denkst du wirklich, er würde so etwas tun, selbst wenn du ihn dazu aufforderst?«

»Wenn man bedenkt, was du ihm womöglich angetan hast ...«, entgegnete Patrick gedehnt.

»Wovon redest du?«, fragte sie verdutzt. Man musste es ihr lassen, sie wirkte durchaus glaubwürdig. Allerdings hatte sie genug Zeit gehabt, sich auf die Situation einzustellen und zu entscheiden, dass Verständnislosigkeit wohl am glaubhaftesten wäre.

Ehe Patrick antworten konnte, trat Daniel hinzu. Sein Blick glitt unsicher von seiner Schwester zu seinem Freund, aber seine Stimme war fest. »Patrick, sie sollen sie loslassen. Das ist ... Ich will das nicht, lasst sie los. Sie hat nichts getan.« Ihn jedenfalls hatte Jules überzeugt. »Wir klären diese Sache jetzt auf. Sie läuft nicht weg.«

Patrick sah nachdenklich von Daniel zu Jules. »Das tut sie ganz sicher nicht«, stimmte er schließlich zu. »Sie wird Thomas nie allein lassen.« Ihm fiel offenkundig gar nicht auf, wie Daniel zusammenzuckte. Stattdessen vergewisserte er sich rasch, dass Jules keine Waffen bei sich trug. Thomas' Messer hatte er bereits an sich genommen. Er deutete den Männern, Jules freizugeben. »Wage es nicht, ihm nahezukommen. Ein Schritt in seine Richtung und ich jage ihm eine Kugel ins Bein.«

Jules blickte Patrick hasserfüllt an. »Du Schwein!«

Er nahm es gelassen hin. »Sehen wir mal, wer hier Beschimpfung verdient.«

Er ging voran, die Männer trieben Jules hinterher, Daniel bemühte sich Schritt zu halten, zuletzt kamen Thomas und seine Bewacher. Beim Feuer durchsuchte Patrick das Gepäck und nahm den Revolver an sich. Jules beobachtete ihn still, die Männer lauerten rundherum wartend wie eine grollende Gewitterfront. Daniel stand daneben, die Augen unverwandt auf seine Schwester gerichtet. Thomas stolperte beim letzten Schritt und die Männer drückten ihn gleich hinunter auf die Knie. Patrick ließ die Augen über sein Publikum schweifen, dies war sein Moment. Zuletzt blieb sein Blick an seinem Bruder hängen, er ging hinüber und zog ihm den Knebel aus dem Mund.

Thomas konnte endlich wieder tief einatmen. »Pat ...«, brachte er heraus. »Bitte ...«

»Hör auf mit dem Gewinsel«, sagte Patrick drohend. »Das hat keinen Sinn mehr. Ebenso wenig wie all deine Fragen«, wandte er sich an Jules. »Keiner nimmt dir ab, dass du nicht weißt, weshalb wir hier sind. Ihr habt einen gewaltigen Fehler gemacht.«

Jules und Thomas wechselten einen Blick. Daniel versuchte ihn zu deuten und musste feststellen, dass es ihm nicht gelang. Vielleicht hatten die beiden längst begriffen und verständigten sich nun darauf, weiter Unwissen vorzutäuschen. Oder sie waren ehrlich verwirrt und fragten sich, ob der jeweils andere verstand, worum es ging.

»Weil wir das Lager verlassen haben?«, erwiderte Jules schließlich.

Soweit Daniel es beurteilen konnte, war ihre Ahnungslosigkeit echt. Aber vielleicht war sie eine bessere Schauspielerin, als er es je für möglich gehalten hatte. So viel hatte sich in diesen letzten Monaten verändert.

»Du sagtest doch selbst, wir könnten jederzeit gehen«, fuhr Jules fort. »Dann reitet ihr uns nach, lauert uns auf, tut Thomas ...«

»Natürlich, der liebenswerte, unschuldige Tommy.« Patrick bleckte die Zähne. »Hast du etwa wirklich keine Vorstellung davon, wozu er fähig ist? Was er getan hat. Und wofür wir ihn zur Rechenschaft ziehen werden?«

»Rechen...«, das Wort erstarb auf Jules' Lippen.

Sie sah zu Thomas, der völlig entgeistert zugehört hatte und nun wiederholte: »Was ich getan habe? Wovon ...« Er machte eine Bewegung, worauf einer der Bewacher seine Schulter so fest drückte, dass Thomas vor Schmerz stöhnte.

Jules setzte zu einem Schritt an – und hielt inne, als Patrick gedankenschnell seine Waffe zog und auf Thomas richtete. »Leg es nicht darauf an«, warnte er, »ich meine es ernst.«

Jules biss verzweifelt die Zähne zusammen. »Patrick ... Er ist dein Bruder.«

»Er hat uns verraten!«, spuckte Patrick regelrecht aus. »Uns alle. Nicht zuletzt deinen Bruder. Behauptest du ernsthaft, du wüsstest nichts davon?«

»Verraten?«, brachte Jules heraus.

Thomas wand sich immer noch unter der Hand seines Peinigers.

Patricks Waffe verschwand ebenso schnell, wie sie zum Vorschein gekommen war. Er trat zu Jules und sah ihr prüfend ins Gesicht. »Nein, das ist nicht echt«, stellte er fest. »Du weißt genau, wovon ich spreche. Du und Thomas, ihr habt das gemeinsam ausgeheckt. Ich kenne meinen Bruder, so was fällt ihm nicht allein ein. Ausgerechnet Sheriff Cooper zu informieren – das war deine Idee, nicht wahr? Was habt ihr im Gegenzug ausgehandelt? Straffreiheit für euch beide? Kopfgeld für jeden von uns? Schon das für deinen Bruder reicht für ein neues Leben in trauter Zweisamkeit. Habt ihr denn keinen Funken Anstand im Leibe? Uns alle an den Galgen zu liefern. Eure Freunde, eure *Brüder* zu verkaufen! Dem Sheriff einen Hinweis zu geben, wo der Überfall heute stattfindet. Danach rechtzeitig abzuhauen – für den unwahrscheinlichen Fall, dass ein paar von uns überleben, weil wir dann den logischen Schluss ziehen, dass ihr uns verpfiffen habt. Außer uns kanntet nur ihr sämtliche Details des Plans. Da braucht es wenig Grips, um eins und eins zusammenzuzählen.«

Jules starrte ihn aus weit aufgerissenen Augen an. Sie versuchte Worte zu formen, doch die Stimme ließ sie im Stich. Thomas sah stumm herüber, auch er musste verarbeiten, was er da hörte.

Daniel indes trat entschlossen vor. »Pat, sieh sie dir doch an – sie wusste von nichts. Ich kenne sie, ich gebe dir mein Wort, sie hätte nie …« Er schüttelte hilflos den Kopf.

»Wenn du dich da bloß nicht täuschst«, erwiderte Patrick, ohne den Blick von Jules zu wenden. »Ihr beide hattet allerdings gehöriges Pech. Es gibt nämlich einen handfesten Beweis für eure Schuld und Cooper hat ihn dummerweise verloren. War wohl ziemlich sauer, dass kein Raub stattfand, nachdem wir die Sache rechtzeitig abbliesen.«

»Zeig ihnen, was wir gefunden haben!«, rief Benjamin von hinten.

Patrick zog ein gefaltetes Papier aus der Tasche und hielt es Jules unter die Nase. »Na, kommt dir das bekannt vor?«

»Ich …«, ihre Stimme bebte, sie schluckte, »ich weiß nicht, was das ist.«

Patrick hob das Papier in Thomas' Richtung. »Damit hast du nicht gerechnet. Schwarz auf weiß. Und in deiner Handschrift, mein Lieber.«

»Das ist … ein Irrtum«, brachte Thomas heraus. »Jules und ich haben nie …«

»Patrick, was steht da?«, fragte Daniel ungeduldig. »Was hat er geschrieben?«

»Lass hören! Wir wollen es auch wissen!«, erklangen die Stimmen der anderen Männer.

Patrick reichte Daniel das Blatt. »Lies es einfach vor. Das sollte sämtliche Zweifel beseitigen.«

Daniels Hände zitterten, er klammerte sich regelrecht an den Zettel, während er mit stockender Stimme vorlas. »Dies ist ... Dies ist ein dezenter Hinweis für jenen Tölpel, der den Sheriffstern von Aspen trägt und unfähig ist, ein paar Gesetzlosen das Handwerk zu legen. Nachmittags am 14., wenn der Geldtransport nach Dappertown das Alte Wegkreuz passiert, sollte man dort Stellung beziehen und sich für mindestens fünfzehn Wegelagerer rüsten. Sind Sie nicht bloß ein arroganter Einfaltspinsel, sondern wollen endlich einen Erfolg vorweisen, dann nehmen Sie diese Warnung ernst. PS: Zudem hätten Sie Gelegenheit, die ...«

Daniel brach ab. Seine Augen glitten stumm über die restlichen Zeilen.

Patrick hatte mit grimmiger Miene zugehört, die anderen Männer mit wachsendem Groll, Jules und Thomas entgeistert, keines Wortes mächtig.

Einige Sekunden vergingen in schweigender Erwartung, dann kam Unruhe in die Reihen der Männer.

»Du verdammter ...«, ertönte eine Stimme, als einer von ihnen auf Thomas zusprang und zu einem Schlag ausholte.

Patricks scharfer Ruf hielt ihn gerade noch zurück. »Clay! Nicht!«

Der Befehl wirkte, Clay ließ die Hand sinken und starrte Thomas wütend an. Auch die Augen der übrigen waren mordlüstern auf ihn gerichtet, nur Patrick sah wieder zu Daniel.

Dieser stand unbewegt, das Papier in der Hand, und gab keinen Laut von sich. Die Sekunden sammelten sich zu einer halben Minute, immer noch blieb Daniel reglos. Er blinzelte nicht einmal, es schien sogar, als hätte er zu atmen aufgehört.

Eine Ewigkeit später, als wäre inzwischen ein ganzes Leben an seinen Augen vorbeigezogen, hob er langsam den Kopf und sah seine Schwester an. In seinem Blick lag so viel Schmerz und Kummer, dass Jules zusammenfuhr wie unter einem Hieb.

»Jules ...«, flüsterte Daniel, leise wie ein Hauch und doch gewichtig wie eine untilgbare Schuld. »Warum?« Dann entglitt der Brief seinen Fingern.

Jules sah ihren Bruder wanken, wollte zu ihm stürzen und merkte, dass sie zu keiner Bewegung fähig war. Sie hatte beobachtet, wie er weiterlas und plötzlich begriff. Sie fand seinen Blick jetzt auf sich gerichtet und ihr wurde klar, dass sich in diesen Sekunden etwas verändert hatte. Niemals zuvor hatte Daniel sie so angesehen. Dies waren die Augen eines Mannes, dessen Welt soeben in Trümmer fiel.

Ich wurde jäh in die Gegenwart katapultiert, als Daniel seine Erzählung unterbrach. Tränen standen in seinen Augen. Ich wartete stumm, bis er sich gefasst hatte.

»Es war dieser Moment«, brachte er endlich heraus. »Da wusste ich ... dass ich gar nichts wusste. Ich hätte mich für meine Schwester zerreißen lassen. Ich hätte die Hand dafür ins Feuer gelegt, dass ich mich jederzeit auf sie verlassen konnte. Jetzt aber las ich schwarz auf weiß, dass alles Gewesene keine Bedeutung mehr hatte. Sie war gewillt, mich für immer aus ihrem Leben zu verbannen und unserem schlimmsten Feind auszuliefern. Sie hatte nicht nur mich verraten, sondern auch das Andenken unseres Vaters.«

Ich verstand nicht. »Was an diesem Brief machte dich so sicher, dass sie dafür verantwortlich war?«

Daniel hatte Mühe zu antworten, er würgte die Erklärung regelrecht hervor. »Es war das Postskriptum. Diese Worte verfolgen mich seither wie ein grauenhafter Fluch: ›Zudem hätten Sie Gelegenheit, die ... Scharte vom Blue Mountain auszuwetzen. Es sei denn, Sie stehen wieder wie ein Idiot daneben und lassen andere die Drecksarbeit machen, für die Sie danach die Lorbeeren einheimsen.‹«

»Die Sache am Blue Mountain«, murmelte ich. Cooper hatte erwähnt, dass der anonyme Brief darauf Bezug genommen hatte.

Daniels Stimme zitterte. »Nur drei Menschen wussten, wie mein Vater wirklich starb: Sheriff Cooper, meine Schwester und ich. Dieses Postskriptum enthielt eine Anspielung, die bloß für uns drei einen Sinn ergab. Der Sheriff konnte den Brief unmöglich geschrieben haben. Und ich war es auch nicht. Damit blieb ...«

Ein Beben durchlief seinen Körper, er starrte vor sich hin. Dann sagte er wie zu sich selbst: »Ich wollte nie, dass es so endet. Ich dachte, wir stellen die beiden zur Rede und falls nötig, bekommt Thomas eine Abreibung. Nicht in meinem ärgsten Albtraum hätte ich je gedacht ... es könne sich herausstellen, dass Jules mitbeteiligt war. Erst als Patrick mit ihr sprach, wurde mir klar, wie ernst er es nahm. Und zu Recht, denn es ging um Verrat. Er konnte nicht einfach zur Tagesordnung überleiten. Ich hätte wissen müssen, dass die Männer jemanden bluten lassen wollten. Und dass Patrick eben tat, was notwendig war. Aber ich Narr hatte tatsächlich geglaubt, wir könnten uns gütlich einigen. Bis ich den Brief las. Der holte mich so heftig auf den Boden der Tatsachen, dass mir die Luft wegblieb. Als wäre mein ganzes Leben eine Lüge, die ich mit einem Mal durchschaute. Ich weiß nicht, ob ein Herz wirklich brechen kann, aber ich fühlte etwas in mir kaputtgehen. Und ich wollte schreien vor Verzweiflung – weil mir in all dem Schmerz klar war, dass dieser Brief Jules' Schicksal besiegelte. Meine kleine Schwester hatte uns ans Messer geliefert und sich dabei erwischen lassen. Selbst wenn ich die Kraft gehabt hätte, ich konnte nichts mehr für sie tun, so sehr ich es auch wünschte. Wenigstens rede ich mir das ein. Aber die Wahrheit ist: Ich weiß nicht, ob ich ihr überhaupt helfen wollte. Ich war wie erschlagen. Trotzdem hätte ich es versuchen müssen.«

»Jemanden zu retten, der dich verraten hatte?«

Er nickte tränenüberströmt. »Natürlich. So ist das, wenn man jemanden wirklich liebt – du reichst dem die Hand, der dich zuvor schlug. Es war meine Aufgabe, sie zu beschützen. Aber als es am meisten darauf ankam, war ich nicht dazu imstande. Dieses Postskriptum war vernichtend, ab da war ich nur noch ein hilfloser Zuschauer. Ich konnte mich nicht einmal mehr auf den Beinen halten.«

Daniel sackte kraftlos zu Boden. Gebrochen hockte er da und starrte vor sich hin. Wie aus weiter Ferne hörte er die Stimme seiner Schwester, die angstvoll seinen Namen rief.

Jules hatte ihren Schock überwunden, sie wollte zu ihm. Flink trat Patrick ihr in den Weg. Er hatte Daniels Reaktion auf den Brief beobachtet und wusste sie zu deuten. Daniel hatte zweifellos erkannt, dass nur eine bestimmte Person für diese Zeilen verantwortlich sein konnte, seine Miene sprach Bände. Auch Jules begriff, dass der Brief Daniel grenzenlos erschüttert hatte. Die Sorge um ihn verlieh ihr ungeahnte Stärke, Patrick konnte sie nicht halten. Schon hatte Jules sich losgemacht, aber sie wurde erneut von zwei Männern gepackt.

»Danny!«, rief sie, doch er hob nicht einmal den Kopf.

Ein Mann stellte sich auf Patricks Zeichen neben Daniel, wohl für den Fall, dass er gänzlich umkippte.

Patrick hob den Brief auf. »Sieh an. Weshalb überrascht mich das nicht?« Eine Spur von Enttäuschung schwang in seiner Stimme mit. »Daniel war so sicher, du hättest nichts mit der Sache zu tun. Ich war eher skeptisch. Wollt ihr beide uns vielleicht jetzt etwas erzählen?«

Jules' Blick war unverwandt auf Daniel gerichtet, aber Thomas meldete sich: »Patrick, wir haben das nicht geschrieben. Ich schwöre dir, wir hätten nie ...«

»Natürlich nicht«, entgegnete Patrick spöttisch. »Und wie erklärst du dann diesen Brief?«

»Ich ... weiß es nicht«, gab Thomas zu. »Das Ganze ist einfach absurd.«

»Das finde ich keineswegs«, erwiderte Patrick. »Mir erscheint es enorm schlüssig.«

»Worauf warten wir eigentlich?«, warf jemand ein. »Ist doch eindeutig, die zwei wollten uns reinreiten.«

»Ja, wozu noch viel bereden?«, ergänzte ein anderer. »Jagen wir ihnen eine Kugel in den Kopf.« Er griff nach seinem Revolver, fand aber im nächsten Moment Patricks Waffe auf sich gerichtet.

»Hier wird niemand einfach so exekutiert«, stellte Patrick klar. »Ich würde gern ein paar Details klären, wenn's recht ist.«

Der Mann schaute hasserfüllt auf Thomas hinab, zog allerdings seine Hand zurück.

Patrick ging zu seinem Bruder. »Also los. Du siehst, wir brennen alle auf Antworten. Wer von euch brachte den Brief zu Sheriff Cooper?«

Thomas schüttelte hilflos den Kopf. Dann jedoch erklang hinter Patrick die entschlossene Stimme von Jules. Ihre Miene war die einer Frau, die begreift, dass Ausflüchte keinen Sinn mehr haben. »Ich war es. Ich ritt nach Aspen. Und ich schrieb auch diesen Brief. Thomas hat nichts damit zu tun. Lass ihn gehen, Patrick, er wusste von nichts. Es war allein meine Idee. Ich wollte … ein neues Leben mit ihm anfangen, da kam mir die Belohnung für euch gerade recht. Lasst ihn frei, er ist unschuldig.«

»Jules«, entfuhr es Thomas, »tu das nicht.« Er verstummte, als Patrick ihm kurzerhand den Knebel in den Mund steckte. Vergeblich wand er sich im Griff seiner Bewacher.

»Nur weiter«, forderte Patrick Jules auf.

Sie suchte nach Worten. »Ich … wollte wenigstens Daniel heute Nachmittag aufhalten, damit er nicht in die Falle geht, aber er hat nicht auf mich gehört. Und was Thomas' Handschrift betrifft, so irrst du dich – meine ist seiner sehr ähnlich.« Sie hielt den Blick auf Patrick gerichtet, sah weder ihren Bruder noch Thomas an. »Da hast du deine Erklärung und mehr ist nicht dahinter. Ich habe mir alles ganz allein ausgedacht und es ausgeführt. Ich werde dafür geradestehen, aber lass Thomas gehen, ich bitte dich.«

Patrick blickte auf seinen Bruder hinunter, der verzweifelt gegen den Knebel kämpfte. Dann ging er langsam zu Jules, noch immer nicht befriedigt. »Ein höchst ehrenhaftes Geständnis. Aber wer sagt uns, dass du nicht die Schuld auf dich nimmst, damit er davonkommt? Du würdest nichts unversucht lassen, um ihn vor Unheil zu bewahren.«

Auf seinen Lippen lag ein spöttisches Lächeln und das ließ etwas in Jules bersten. »Du Schuft! Du willst ihn verurteilen für etwas, das er nicht tat. Du genießt doch das alles hier!«

Patricks Augen verengten sich, er wurde ernst. »Keineswegs, aber Strafe muss sein.«

Jules beugte sich vor, so weit der Griff der Männer es zuließ. »Lass die Finger von ihm, ich warne dich!«

Jetzt lächelte Patrick wieder. »Warum so aggressiv? Hass schadet dem am meisten, der ihn empfindet. Wie ein Schuss, der nach hinten losgeht.

Das ist es dir wert, ich weiß – jedes Mittel, jedes Opfer. Solange bloß dem guten Thomas nichts zustößt. Du bist imstande und gibst sogar dein eigenes Leben, um ihn zu retten und mich zu vernichten.« Er lauschte seinen Worten nach. »Wobei das durchaus eine spannende Kombination wäre: Wir beide sterben, Thomas überlebt.«

Jules ging augenblicklich darauf ein. »Ist das ein Angebot?«

Patrick musterte sie nachdenklich. »Eine Idee. Und nicht ohne Reiz. Natürlich könnte man die Sache interessanter gestalten. Kein Gewinn ohne möglichen Verlust. Die Alternative: Wir beide leben, er stirbt.«

»Nein!«, stieß Jules hervor.

»Besser noch«, fuhr Patrick unerbittlich fort. »Wie wäre es, wenn du selbst das Ergebnis bestimmst?«

Sie starrte ihn ungläubig an. »Du ... lässt mir die Wahl?«

»Ich lasse dir eine Waffe«, erwiderte Patrick bedächtig wie jemand, der eine Überlegung weiterspinnt, »und euch beiden eine Chance. Einer überlebt, einer stirbt. Es ist ein Spiel mit vollem Risiko. Und mein Leben ist der zusätzliche Anreiz. Du sagst immer, du willst niemanden töten – heute Nacht wirst du töten. Und wenn du es richtig anstellst, dann mich.«

Jules' Augen waren wie gebannt auf ihn gerichtet, ebenso die von Thomas und der anderen Männer. Nur Daniel hatte sein Gesicht in den Händen vergraben.

»Du bekommst einen Revolver mit einer einzigen Kugel. Thomas und ich stellen uns so auf, dass du uns nicht auseinanderhalten kannst. Und dann wirst du schießen. Erwischst du mich, töten meine Männer danach dich, aber ich ordne an, dass sie Thomas verschonen. Triffst du Thomas, lassen wir dich am Leben. Verweigerst du den Schuss, erschießen wir euch beide.« Sein Lächeln wurde breiter. »Was hältst du davon?«

Jegliche Farbe wich aus Jules' Gesicht. »Nein. Nein, das mache ich nicht. Das kann ich nicht.«

Patrick zuckte mit den Schultern. »Du hast die Wahl. Sagst du Nein, erlebt keiner von euch den Morgen. Tust du, was ich vorschlage, kommt einer mit dem Leben davon, er oder du. Es ist deine Entscheidung: Willst du ihn *vielleicht* töten oder ganz sicher?«

Jules rang nach Luft. »Das ... das ist doch verrückt!«

»Nein«, widersprach Patrick, »es ist nur gerecht.«

»Es ist unmenschlich.«

»Ein Mensch erdachte es. Ein Mensch kann es ausführen. Liebe, Leid und Tod, was könnte menschlicher sein?«

»Du bist krank«, brachte sie heraus. »Ich kann das nicht tun.«

»Du kannst. Und du wirst. Wie sagt man so schön: Beim Spielen und in Todesangst erkennst du deinen Nächsten. Lass uns ein Spiel wagen.«

»Patrick, bitte ... Um unserer alten Freundschaft Willen!«, flehte Jules.

»Wir sind keine Freunde mehr. Und nach dem, was du getan hast, werden wir es auch nie wieder sein. Nun?«

Jules brachte keinen Ton heraus, sie schüttelte nur stumm den Kopf. Er gab ihr noch ein paar Sekunden, dann stellte er fest: »Wie du willst.«

Schon hatte er seinen Revolver auf Thomas gerichtet und Jules schrie panisch: »Nein! Ich mache es.« Sie nickte langsam, geschockt von ihren eigenen Worten. »Ich mache es«, flüsterte sie, und hätten die beiden Männer sie nicht festgehalten, wäre sie wie ihr Bruder zu Boden gesackt.

Patrick steckte seine Waffe zurück. »Kluge Entscheidung.«

»Natürlich war es keine Entscheidung, keine Wahl«, sagte Daniel. »Es war ein Todesurteil.«

Ich versuchte, das Gehörte zu begreifen. »Mein Gott ...«, murmelte ich fassungslos. *Einer überlebt, einer stirbt.* Wie musste sich so etwas anfühlen?

»Die Regeln waren so entsetzlich simpel, dass selbst ich sie in meiner Betäubung erfasste«, fuhr Daniel leise fort. »Und doch ... Ich wollte nicht glauben, dass Jules tatsächlich sterben könnte – dass ihr Leben ernsthaft in Gefahr war und ich verdammt noch mal eingreifen musste. Ich klammerte mich weiter sinnlos an Patricks Versprechen, ihr würde nichts passieren, als könnte ich es allein dadurch wahr machen. Ich hatte nicht begriffen, dass die Ereignisse letztlich sogar Patrick überrollen würden.«

Ich suchte nach einem passenden Ausdruck für meine Verstörung.

»Unmenschlich. Damit hatte deine Schwester recht. Allein, sich vorzustellen ...«

»Man möchte sich gar nicht überlegen, wie man selbst handeln würde«, bestätigte er.

»Trotzdem eine hochinteressante Situation«, sagte Patrick, »da lohnt sich das Nachdenken.«

Es dauerte einige Sekunden, ehe ich begriff. Eigentlich fuhr ich nur herum, weil Daniel zusammenzuckte. Patrick stand neben uns, blickte versonnen über den Fluss und sah zuletzt uns an. Ich hätte anders reagiert, wäre er hervorgesprungen und hätte dabei »Überraschung!« gerufen. Dass seine Worte wie ein beiläufiger Einwurf klangen, weckte die üble Ahnung in mir, dass er nicht erst gerade eben dazugekommen war.

»Wie lange bist du schon da?«, fragte Daniel mit belegter Stimme.

»Etwa seit ›Ich möchte keine Lüge zwischen uns haben‹«, erklärte Patrick gelassen. »Hinter dem Felsen seid ihr ausgezeichnet zu verstehen. Viel besser als am ersten Tag auf der Koppel. Oder bei dem stundenlangen Ausritt gestern, wo man unmöglich in Hörweite gelangen konnte. Freut mich, dass ihr euch die wesentlichen Themen aufgespart habt.«

Mein Herz pochte, meine Gedanken rasten. Er hatte uns belauert, vom ersten Moment an. Und er wusste Bescheid.

Seltsamerweise deutete Patricks Gesicht keineswegs an, dass er mich nun mit anderen Augen betrachtete. Er wirkte weder verärgert noch bedrohlich, sondern völlig entspannt. »Lasst euch bitte nicht unterbrechen. Unser Freund möchte bestimmt das Ende hören.«

Daniel runzelte die Stirn. »Du willst, dass ich weitermache?«

»Aber ja. Es wäre schade, wenn er nicht erfährt, wie die Geschichte für Jules ausging.«

Daniel sah ihn aufmerksam an. »Das soll ich erzählen?«, vergewisserte er sich zögernd.

»Unbedingt. Du machst das sehr gut, bis jetzt war nichts daran auszusetzen. Fehlt bloß der Schluss.«

In Daniels Miene mischten sich Resignation und Mitgefühl. Ich wiederum war verwirrt über Patricks fröhliche Gelassenheit und überrumpelt von der Erkenntnis, dass mein Schwindel aufgeflogen war. Ich versuchte mich erneut auf Daniels Worte zu konzentrieren.

Thomas hatte den Kampf gegen Knebel und Fesseln aufgegeben. Seine Augen schimmerten feucht, als er Jules ansah. Auch ihr liefen Tränen über die Wangen.

Patrick deutete, seinen Bruder auf die Beine zu stellen. »Ich will nicht so sein. Ein letzter Kuss ist natürlich erlaubt.« Er zog Thomas den Knebel aus dem Mund. »Ihr könnt sie loslassen«, sagte er zu jenen Männern, die Jules festhielten. »Sie wird keinen Unsinn machen. Sie kennt jetzt die Regeln.« Der Revolver rotierte lässig um seinen Finger und als er ihn stoppte, zeigte der Lauf in Thomas' Richtung.

Jules zögerte nicht, sie fiel Thomas um den Hals. Sein Mund befand sich direkt neben ihrem Ohr, er flüsterte etwas, während sie sich an ihn drückte.

»Ein Abschiedskuss, keine Zeremonie«, erklärte Patrick. »Wir haben nicht die ganze Nacht.«

Er sah unbeeindruckt zu, wie sich ihre Lippen berührten, dann gab er seinen Leuten ein Zeichen. Diese zogen Thomas und Jules abrupt auseinander und jemand holte ein Messer für die Fesseln hervor.

Patrick trat zu Jules. »Sieh es so, du kannst nur gewinnen. Du überlebst oder er.«

Sie schaute Thomas nach, den die Männer fortzerrten. Er versuchte vergeblich, sich noch einmal umzudrehen. »Wir können nur verlieren und das weißt du. Darum geht es dir.«

»Immerhin riskiere ich auch mein Leben bei der Sache.«

»Wer von uns wirft also sein eigenes Leben hin, um das des anderen zu zerstören?«, gab sie zurück.

Patrick ließ sich nicht irritieren. Er nahm sein Halstuch ab und verband Jules die Augen. »Falls du besorgt bist, dass du nicht triffst – wir wählen einen Abstand, mit dem du bestimmt zurechtkommst. Es gibt keine Ausreden. Und keine halben Sachen, keine Kugel in den Bauch oder die Brust. Ich will einen tödlichen Treffer.«

»Und den wirst du auch bekommen.« Ihre Stimme war von unverhohlenem Hass erfüllt.

Er grinste. »Wage es nicht, Thomas nur zu verwunden. Sonst helfe ich nämlich nach.«

Er führte Jules langsam von der Feuerstelle weg. Mit der freien Hand zog er jenen Revolver aus seinem Gürtel, den er zuvor in ihren Sachen gefunden hatte. »Du verstehst natürlich, dass ich dir nur eine Kugel lasse.« Er schoss in die Luft, Jules zuckte zusammen. »Wir wollen schließlich nicht, dass du dir und Thomas den Weg freiräumst.« Er schoss erneut. »Auf unser Zeichen nimmst du das Tuch ab.« Der nächste Schuss folgte. »Benjamin zählt bis zehn. Bis dahin hast du Zeit zum Abdrücken.« Wieder ein Schuss, dann blieb Patrick stehen. »Noch Fragen?«

Jules brachte mit letzter Kraft ein Kopfschütteln zustande.

»Hervorragend«, stellte er fest. »Dann sehen wir uns gleich wieder. In dieser Welt oder in einer anderen.« Er drückte zum fünften Mal ab.

Aus Daniels Richtung erklang ein halb erstickter Schrei, als würde ihm jetzt erst klar, worauf all dies unweigerlich hinauslief. Doch der Moment, um Patrick aufzuhalten, war längst verpasst. Patrick klopfte Jules aufmunternd auf die Schulter. »Du wirst es schon richtig machen.« Damit entfernte er sich.

Jules stand reglos, angespannt wie eine Feder vorm Sprung. Sie schrak zusammen, als ihr nach etwa einer Minute jemand den Revolver in die Hand drückte. »Weg mit dem Tuch«, befahl Benjamin.

Mit bebenden Fingern zog sie den Stoff herunter, holte tief Luft und drehte sich um. Sie befand sich ein gutes Stück weg vom Feuer. Direkt vor diesem standen nun die beiden Männer, zwischen ihnen einige Schritte Abstand. Die Flammen waren kleiner getreten worden und beleuchteten sie nur von hinten, Jules konnte gerade mal Umrisse erkennen.

Neben ihr begann Benjamin zu zählen. Jules hielt Ausschau nach ihrem Bruder, den sie irgendwo in der Finsternis wusste. »Danny?«, fragte sie in die Nacht hinein, doch es kam keine Antwort. »Danny!«

Benjamin zählte unerbittlich weiter, er war bereits bei fünf. Jules richtete den Blick auf die dunklen Gestalten. Ihre Finger schlossen sich um den Revolver, mit zittriger Hand hob sie die Waffe. Fieberhaft glitten ihre Augen hin und her, es gab einfach keinen Anhaltspunkt. Sie musste sich willkürlich entscheiden und noch immer schwankte der Revolver in der Mitte. Benjamin zählte acht, und jetzt bebte Jules am ganzen Körper. Bei neun stöhnte sie gequält auf, es klang wie ein verzweifeltes Schluchzen.

»Zehn«, sagte Benjamin mitleidlos und im selben Augenblick ertönte der Schuss.

Jules hatte den Revolver auf den rechten der beiden Schatten gerichtet und abgedrückt. Wie von einer Eisenfaust getroffen, wurde der Mann nach hinten geschleudert und blieb reglos liegen. Die andere Gestalt verharrte unbeweglich, während sich Männer aus der Finsternis ringsum lösten und zu dem Gefallenen eilten.

Jules' Hand sank herab. Der Revolver glitt zu Boden. Einen Moment lang wirkte es, als müsste sie sich setzen, dann stolperte sie auf das Feuer zu. Die Männer wichen auseinander, als sie näherkam. Zuletzt erkannte sie, wer da zwischen ihnen lag. Sie sah das Gesicht und die Schusswunde mitten in der Stirn. Sie blieb einfach stehen und starrte. Sie schrie nicht, sie schluchzte nicht, sie zuckte nicht zusammen, sie hatte sogar zu zittern aufgehört. Sie stand nur da und schaute auf den Toten. Die Männer warteten schweigend.

Schließlich trat jemand neben Jules. »Du lebst«, sagte Patrick leise.

Und da kam Bewegung in sie, so unerwartet, dass es selbst ihn überraschte. Sie wirbelte herum, ihre Finger fanden Patricks eigenen Revolver und schon hatte sie die Waffe gezogen. Patrick reagierte einen Wimpernschlag zu spät, er konnte gerade noch ihre Hand umklammern. Es ging so schnell, dass die umstehenden Männer kaum begriffen, was passierte. Sie sahen Jules und Patrick um etwas ringen und ehe jemand überhaupt ans Eingreifen denken konnte, gab es ein gedämpftes Geräusch. Die beiden Kontrahenten hielten schlagartig inne. Ein paar Sekunden verstrichen in atemloser Stille, dann taumelte Jules zurück. Patrick blickte fassungslos auf den Revolver in seiner Hand. Im nächsten Moment gaben Jules' Beine nach und sie sank zu Boden.

Entgeistert schauten die Männer auf sie hinab, Patrick in ihrer Mitte. In seinem Gesicht spiegelte sich grenzenloses Entsetzen. Seine Miene war die eines Mannes, der geschockt begreift, dass manches auf der Welt größer ist als er selbst – und seltsamerweise nicht planbar.

Ein eigenartiger Laut erklang hinter ihnen, herzzerreißend wie das Wimmern einer verwundeten Kreatur. Daniel stürzte zu seiner Schwester, fiel auf die Knie, strich über ihr blasses Gesicht, ihre Haare, zog Jules an sich und wiegte sich langsam vor und zurück. Patricks Blick richtete sich auf seinen Freund, der in seinem Schmerz fast wahnsinnig wurde. Er streckte vorsichtig die Hand nach ihm aus, als einer der Männer hastig den Kopf hob und ins Dunkel spähte.

»Da kommt wer!«, zischte er.

Tatsächlich waren Stimmen in der Nähe zu hören, dazu das Stampfen von Pferdehufen, Lichter tanzten durch die Nacht. Nun kam Leben in die Bande, wie auf Kommando stürmten sie los. Auch Patrick hatte seinen Schreck überwunden. Geistesgegenwärtig drückte er seinem leblosen Bruder den Revolver in die Hand. Dann zerrte er Daniel auf die Beine.

Eine Studie in Scharlachrot

»So war das also«, holte Patricks Stimme mich aus der Erzählung zurück.

Ich musste mich erst zurechtfinden und hätte viel gegeben für einen kurzen Moment, um das Gehörte zu verdauen. Doch Patrick ließ mir keine Zeit.

»Genug Vergangenheit gewälzt. Kümmern wir uns ums Heute. Und um unseren Gast Mr. Porter – falls er so heißt?«

»Parker«, murmelte ich unwillkürlich.

Er nickte grüßend. »Ich erfahre gern, mit wem ich es zu tun habe und was den Betreffenden herführt. Oder in diesem Fall: wer dabei half.«

»Pat«, meldete Daniel sich, »wenn du vorhin mitgehört hast, weißt du, weshalb er es tat.«

»Und du weißt, dass das keinen Unterschied macht«, erwiderte Patrick. »Du hast es auch perfekt erklärt. Dass er den Sheriff gar nicht hierher bringen wollte, ist ein ebenso nettes Märchen wie die angebliche Flucht aus dem Gefängnis. Ich war lange genug Betrüger, um einen anderen zu erkennen. Seit Mr. Parkers Ankunft warte ich darauf, dass er einen Fehler begeht. Schön, dass er uns alle nicht länger auf die Folter spannt.« Ihm schien etwas einzufallen. »Halten wir die Männer nicht hin, sie haben sich endlich etwas Spaß verdient.« Er sah mich an. »Auf die Beine mit dir!«

Ich glitt zögernd vom Felsen, Daniel tat es mir gleich. Patrick löste ein aufgerolltes Seil von seinem Gürtel und warf es Daniel zu. »Wenn du so freundlich wärst.«

Daniel drehte den Strick zwischen den Fingern, sein Blick wanderte zu mir. Er wirkte bekümmert und schien etwas sagen zu wollen, aber wahrscheinlich war der Moment für Erklärungen längst vorbei. Schließlich zuckte er mit den Schultern und griff nach meinem Unterarm. Ich wehrte mich nicht, es wäre ohnehin nutzlos gewesen.

»Lass dir Zeit«, meinte Patrick. »Mr. Parker möchte den Verlust seiner Freiheit bestimmt intensiv genießen.«

Daniel tat, wie ihm geheißen. Mit geübten Griffen, aber wunschgemäß langsam, zog er meine Arme auf den Rücken, führte das Seil mehrfach um meine Handgelenke und verknotete es sorgfältig.

Ich ließ es einfach geschehen. Ich war immer noch perplex, aber vor allem wusste ich, dass Widerstand keinen Zweck hatte. Falls Patrick seinen Revolver zöge, läge ich getroffen am Boden, ehe ich die Bewegung überhaupt mitbekam.

Er sah mich schweigend an, als wollte er jede Regung meines Gesichts auskosten. In Büchern wird in solchen Szenen manchmal beschrieben, wie die Fesseln ins Fleisch schneiden – nicht so bei Daniel. Seine Schlingen saßen wie eine zweite Haut, nicht zu fest und keinen Hauch zu locker. Ein wahrer Meister.

»Das Werk eines echten Könners«, bestätigte Patrick, als Daniel zuletzt beiseitetrat. »Ein Jammer, dass du es nicht bewundern kannst.« Er nahm den Rest des Seils entgegen, offenbar war noch viel übrig.

Ich wollte instinktiv meine Hände bewegen und merkte, dass ich sie nicht einmal ansatzweise auseinanderbrachte.

»Lass es, du tust dir nur weh«, empfahl Patrick.

Gerade sein fürsorglicher Tonfall jagte mir einen eisigen Schauer über den Rücken. Als er nun nähertrat, wollte ich zurückweichen, aber natürlich konnte ich nicht entkommen, er hielt ja das Seil fest. Ohne Hast formte er eine Schlinge daraus und legte mir diese locker um den Hals. »Such dir aus, wie eng du es haben möchtest«, sagte er, wandte sich um und ging los in Richtung Lager, das Seil in der Hand.

Ich war so überrascht, dass ich wie angewurzelt stehenblieb. Schon nach wenigen Schritten spannte sich jedoch der Strick und die Schlinge zog sich zusammen. Das brachte mich in Bewegung, ich lief hinter Patrick her. Wie einen Hund an der Leine führte er mich zu den Hütten.

Ich warf einen kurzen Blick nach hinten zu Daniel. Er folgte uns in geringem Abstand mit mitleidiger Miene. Ich sah ihn hilfesuchend an, er zog mit einem Kopfschütteln die Schultern hoch. Ein Eingreifen hätte auch wenig Sinn gehabt, trotzdem spürte ich Groll in mir, was natürlich ungerecht war. Ich hätte auf mich selbst wütend sein sollen. Eine Wurzel ließ mich stolpern und ich konzentrierte mich rasch wieder auf den Weg, ich konnte mich ja bei einem Sturz gar nicht abfangen.

Patrick hatte unseren Blickwechsel bemerkt. »Er hat dich gewarnt«, erinnerte er mich. »Und er hatte völlig recht: Das hier ist keine Abenteuergeschichte. Jedenfalls keine, aus der du heil herausspazierst.«

Die Situation hatte etwas Bizarres. Es fühlte sich an wie ein verrückter Traum, obwohl ich begriff, dass mich die Wirklichkeit eingeholt hatte. Meine Tarnung war aufgeflogen, man hatte mich geschnappt. Mit jedem Schritt wurde mir klarer, dass ich in echten Schwierigkeiten steckte. *Er wird dich umbringen, nur eben nicht sofort.* Doch so seltsam es klingt, dies hielt ich trotzdem für ausgeschlossen, denn Patrick wirkte so gelassen. Es war undenkbar, dass er mich demnächst irgendwo an eine Wand stellen und exekutieren würde. *Das wäre nicht seine Art.* Ja, Daniel kannte seinen Freund.

Wir erreichten die Hütten, wo jemand uns kommen sah und etwas rief. Prompt kamen die übrigen Männer zum Vorschein. Sie wirkten keineswegs überrascht, mich gefesselt zu sehen, eher als hätten sie nur auf Patricks Rückkehr gewartet. Alle waren über sein Misstrauen informiert, das erkannte ich nun. Keiner hatte sich etwas anmerken lassen, doch wahrscheinlich war ich von Beginn an verdächtig gewesen. Und Daniel? Wie viel hatte er gewusst? Meine Gedanken überschlugen sich.

Patrick ging schnurstracks auf jene Hütte zu, die Daniel mir als »Spielzimmer« präsentiert hatte. *Das willst du nicht wirklich wissen. Und vor allem nie herausfinden.* Unbehagen stieg in mir hoch, ich wurde langsamer, doch das Seil schnürte mir sofort die Luft ab und ich musste Patrick folgen. Mit grimmigen Mienen schlossen die übrigen Männer sich uns an.

Patrick führte mich in die Mitte des Raumes, direkt unter eine der Eisenstangen, die quer hindurch verliefen. Die Männer bildeten einen Kreis um uns, während Patrick endlich das Seil losließ.

Mein Blick huschte über die Gesichter. Ich sah Missbilligung, gehässiges Lächeln und in den Augen einen eigentümlichen Ausdruck, wie freudige Erwartung. Ich versuchte Daniel zu erspähen, als könnte mir dies helfen, doch er war nirgends zu entdecken.

Schließlich ergriff Patrick das Wort: »Wie sich zeigt, hat unser Gast uns gleich dreifach belogen. Sein Name ist nicht Porter, sondern Parker, was nur ein kleiner Schönheitsfehler ist. Weiters kam er nicht wegen einer Erbschaft für Doctor Ralveston nach Aspen, vielmehr hat unser guter Daniel geerbt. Auch das ist verzeihlich. Aber da ist ein entscheidendes Detail: Mr. Parker ist ein Verbündeter von Sheriff Cooper. Die beiden wollten uns eine Falle stellen, indem Parker mit Tim aus dem Gefängnis ausbricht, um so den Standort unseres Lagers zu erfahren. Was er und der Sheriff allerdings nicht vorhersahen: dass Tim klugerweise Mr. Parker blind herbringen würde und dass wir den Schwindel sofort durchschauen würden. Vorhin hat er Daniel auch offen von seinem Streich erzählt. Ja, natürlich wäre es schneller gegangen, das Ganze gleich aus ihm rauszuquetschen. Aber für Tims ›Befreiung‹ hat er ein paar Tage in trügerischer Sicherheit verdient. Außerdem ist die Überraschung so viel größer.«

Die Mienen der Männer hatten sich zunehmend verfinstert. Ich sah geballte Fäuste, verengte Augen und blanken Hass darin. Erst jetzt begriff ich schlagartig meine furchtbare Lage – als würde mir jemand zuflüstern: »Das ist verdammt noch mal kein Kinderspiel. Die meinen es ernst.« Ich spürte kaltes Grausen aufsteigen, meine Knie wurden weich, nackte Angst drückte mir die Kehle zu.

In diesem Moment wurde mir klar, dass ich sterben würde – nicht irgendwie und in ferner Zukunft, sondern in absehbarer Zeit, durch die Hand eines der Männer in diesem Raum. Ich wollte nur noch fort, aber es gab keinen Ausweg. Ich war gefangen und hätte ohnehin keine Kraft zum Wegrennen gehabt. Oder für ein Wort zu meiner Verteidigung, mein Mund war staubtrocken.

Patricks Stimme pochte in meinen Ohren, als er grauenhaft liebenswürdig fortfuhr: »Zeigen wir Mr. Parker doch einmal, was denen blüht, die sich mit uns anlegen. Ich bin mir noch nicht ganz sicher, wie wir weiter mit ihm verfahren, also lassen wir seine Knochen einstweilen heil. Ansonsten spricht nichts gegen eine kleine Lektion. Er hat Manieren dringend nötig.«

»Bis zum ersten Blut?«, rief jemand.

Ich war verwirrt, da die Worte für mich keinen Sinn ergaben. Für die Männer offenbar schon, ich erkannte Zustimmung ringsum.

Patrick nickte, als hätte er exakt dies erwartet. »Unbedingt.«

Bebend stand ich da, während er das Seilende aufhob und nach oben warf. Ich sah es über die Stange gleiten und er fing es wieder. Im selben Moment, als ich Dummkopf endlich das Offensichtliche durchschaute, zog er bereits kräftig an, und plötzlich balancierte ich auf den Fußballen, gerade mit so viel Halt, dass ich halbwegs atmen konnte. Das Seil ließ mir kaum Spielraum, schon bei einer kleinen Bewegung zog sich die Schlinge enger. Panik durchflutete mich und erschwerte mir das Atmen zusätzlich.

Keuchend sah ich aus den Augenwinkeln, wie Patrick das Seil durch einen Ring am Boden fädelte und festknotete. Zugleich spürte ich, wie mein Hemd am Rücken entzweigeschnitten wurde. Es raubte mir kurz die Luft, als jemand den Stoff grob nach unten zerrte, sodass mein Oberkörper frei war. Einer der Männer war zur Wand getreten und drehte sich jetzt wieder zu mir um, in der Hand einen breiten Lederriemen. Er verschwand aus meinem Blickfeld und einen Atemzug lang war es gespenstisch still.

Dann erklang hinter mir ein Zischen, ein Klatschen, und im gleichen Moment zuckte der Schmerz durch meinen Rücken. Ich schrie auf, hörte Lachen, wieder ein Schnalzen, und nun explodierte der Schmerz in meiner Schulter. Diesmal konnte ich einen Schrei unterdrücken, ich stöhnte nur, doch als der nächste Hieb meine andere Schulter traf und danach einer vorne die Brust, brach es erneut aus mir heraus.

Der Lederriemen wanderte unaufhörlich reihum, die Männer wechselten sich ab. Sie waren eindeutig geübt und wussten, worauf sie achten mussten. Jeder Schlag traf eine andere Stelle an meinem Oberkörper, keiner war so fest, dass er mich umwarf. Beim zwölften Hieb hörte ich auf zu zählen, schloss die Augen und überließ mich den Schmerzen. *Es wird möglicherweise etwas wehtun,* hörte ich absurderweise Cooper in meiner Erinnerung. Ich musste zugeben, verglichen hiermit war das damals erträglich gewesen.

Nach einer schieren Ewigkeit hörte das Klatschen plötzlich auf, ein mehrstimmiges »Och …« erklang und jemand sagte: »Dabei dachte ich zwischendurch, das wird ein neuer Rekord.«

Ich öffnete die Augen. Mein Blick fiel auf meine Brust, die rot und blau angeschwollen war. Von der Schulter rann Blut herunter. Die Männer standen um mich, nur Patrick lehnte gemütlich an der Wand. Neben der Tür entdeckte ich Daniel mit abgewandtem Gesicht. Mein Oberkörper brannte wie Feuer, ich hielt mich nur mühsam auf den Beinen. Umzusinken würde mir den Atem nehmen, aber eine Ohnmacht schien mir durchaus verlockend.

Patrick nahm den Lederriemen und hielt ihn Tim hin. »Du hast dir eine Zugabe verdient. Dich wollte er benutzen und du hast gleich als erster bewiesen, dass du dich nicht für dumm verkaufen lässt.«

Mit einem breiten Grinsen ergriff Tim die Peitsche und kam langsam auf mich zu. Ich dachte sehnsüchtig an die Tage in Coopers Zelle zurück – da hätte ich noch umkehren können!

»Los, gib's ihm!«, rief jemand.

Ich sah es nicht kommen, dass Tim den Riemen fallen ließ und mir mit aller Kraft einen Hieb in den Unterbauch versetzte. Diesmal brach ich wirklich zusammen, doch statt in der Schlinge zu hängen, landete ich hart auf dem Boden. Patrick hatte den Schlag offenkundig vorausgeahnt und im richtigen Moment das Seil gelöst. Ich rang japsend nach Luft. Der Schmerz in meinem Unterkörper ließ mich den in Brust, Schultern und Rücken kurz vergessen. Gekrümmt liegend erkannte ich Beine vor mir, während Tim zu einem Tritt ausholte, aber Patricks Stimme hielt ihn rechtzeitig zurück: »Tim.«

Ich wollte die Knie anziehen und mir Erleichterung verschaffen, meine Hände waren ja immer noch gefesselt. Dann zog allerdings jemand die Schuhe von meinen Füßen, führte das Seil von meinem Hals zu den Knöcheln, umschnürte diese, verknüpfte sie hinten mit meinen Handgelenken und zurrte alles stramm. Rücklings gebogen lag ich da, konnte mich nicht mehr bewegen und blickte angsterfüllt zu den Männern empor.

Patrick stieg nachlässig über mich hinweg. »Höchste Zeit fürs Mittagessen«, stellte er vergnügt fest.

Das ließen die Männer sich nicht zweimal sagen, einträchtig stapften sie nach draußen. Ich blieb gut verschnürt zurück. Der Schmerz im Bauch ließ allmählich nach, mein Oberkörper hingegen brannte wie eine einzige offene Wunde. Außerdem verkrampften sich meine Glieder zusehends. Ich versuchte, mich in eine erträglichere Position zu bringen, aber mit jeder winzigen Bewegung zog sich die Schlinge enger. Wenn ich weitermachte, würde ich mich selbst erdrosseln – vielleicht keine üble Alternative zu dem, was mir wohl bevorstand. Trotzdem ließ ich das Zerren bleiben. Stattdessen wollte ich einen der Knoten aufbekommen, doch auch das erwies sich als vergeblich. Ich stöhnte verzweifelt und konzentrierte mich darauf, die Schmerzen nicht übermächtig werden zu lassen. Es fühlte sich nach Stunden an, obwohl es sicher kürzer war. Irgendwann verdunkelte sich der Eingang, jemand trat in die Hütte.

Es war Patrick, der sich zu mir beugte und mir Wasser zu trinken gab. Ich schluckte gierig, hustete – wodurch sich prompt das Seil spannte – und würgte heraus: »Patrick, bitte ... du musst mir glauben ...«

»Das muss ich keineswegs.« Seine Stimme klang so charmant wie bei unserer allerersten Begegnung.

Ich bemühte mich, möglichst wenig Luft zu verbrauchen. »Ich ... hatte nie vor, Cooper hierher ...«

»Höchst löblich. Aber das ändert nichts an dem, was du bereits getan hast. Du wolltest uns alle täuschen. Jetzt lernst du den Preis dafür kennen.« Sein Blick glitt über meinen verkrampften Körper. »Du liegst eher unbequem. Soll ich das Seil lösen?«

Ich konnte nicht anders. »Ja, bitte«, flüsterte ich.

»Gern. Sobald du mir erzählst, was genau du mit Cooper vereinbart hast.«

Das weckte unerwarteten Widerstand in mir, ich presste die Lippen aufeinander.

Patrick lächelte freundlich. »Du kannst es dir natürlich überlegen. Sagen wir zwei, drei Stunden.« Er griff über mich hinweg und gleich darauf straffte sich der Strick mehr. Ich hätte es nicht für möglich gehalten, aber meine Füße wurden tatsächlich noch weiter hinaufgezogen. Es würde höchstens Minuten dauern, ehe der Schmerz unerträglich wurde und ich zu schreien begann.

Patrick war schon am Aufstehen, als ich hervorstieß: »Warte!«

Er hielt inne. »Ich bin ganz Ohr. Aber ich warne dich, das ist deine einzige Chance. Und ich erkenne es, wenn du lügst. Je schneller du auspackst, desto früher tut es nicht mehr weh.«

Die Helden meiner Bücher hätten in einer solchen Lage bestimmt dichtgehalten, allen Qualen zum Trotz. Aber ich war kein Held und ich konnte nicht mehr. »Wir vereinbarten, dass ich nach einer Woche wieder in Aspen sein muss, sonst lässt der Sheriff meine Tarnung auffliegen. Dann soll ich ihn zu eurem Lager führen. Das ist alles, ich schwöre es.«

Patrick blickte prüfend in mein Gesicht, schließlich nickte er. »Ich verstehe. Nun, du wirst nach Aspen zurückkehren. Fragt sich nur, in welchem Zustand. Aber danke für deine Ehrlichkeit.«

Er zog ein Messer hervor und durchtrennte zunächst das Seil, das meinen Hals und die Füße verband. Ich schrie vor Schmerz und zugleich Erleichterung, als ich mich endlich zusammenkrümmen konnte. Patrick ließ mich kurz gewähren, ehe er mich auf den Bauch drehte und auch die Fesseln an den Handgelenken zerschnitt. Stöhnend rollte ich über den Boden und konnte gar nicht sagen, welcher Körperteil am meisten wehtat. Ich versuchte, mich auf alle viere zu kämpfen, aber meine Gelenke verweigerten den Dienst.

Patrick beobachtete mich ruhig. »Tja, wenn du dich mit dem Teufel einlässt, darfst du dich nicht wundern, dass er dir die Hölle zeigt. Hoffentlich war Daniels Geschichte es wert, dafür deine Seele zu verkaufen.«

»Daniel ...«, murmelte ich unwillkürlich.

»Er hat seine Aufgabe glänzend erfüllt.« Ich sah abrupt auf und Patrick erriet meine Gedanken: »Natürlich hatte er keine Ahnung, deshalb war er so überzeugend. Er hat sich um dich gekümmert, ich habe euch belauert.«

Er steckte das Messer ein. »Falls es dich tröstet – du hast eigentlich keine Fehler gemacht. Nur heute. Und als du Daniel am ersten Tag so seltsam angestarrt hast. Abgesehen von der grundsätzlichen Dummheit, uns austricksen zu wollen.«

Mittlerweile hatte ich es ächzend ins Sitzen geschafft und schaute zu den Eisenstangen hinauf, die ich bloß für Verstrebungen gehalten hatte. Ich war so unsagbar naiv gewesen. Mein Blick glitt zur Wand hinter Patrick. Neben dem breiten Riemen von vorhin sah ich dort mehrere dünne, eine aufgerollte Peitsche und einige Ruten. Jetzt wurde mir vollends schlecht. Wenn sie nur einen Bruchteil davon bei mir anwendeten, würde ich den Verstand verlieren. Ich wollte hier raus, ich wollte aus dem Albtraum aufwachen, ich wollte nach Hause. Es erforderte all meine Selbstbeherrschung, dass ich nicht zu heulen begann. Zumindest diesen Triumph würde ich Patrick nicht gönnen.

Am Boden hockend wirkte ich wohl trotzdem wie ein verlorenes Kind.

»Weit weg von daheim und ganz allein«, stellte er fest. »Es wäre ratsam gewesen, sich keine zusätzlichen Feinde zu schaffen.« Er hob den Kopf, als eine weitere Gestalt im Türrahmen auftauchte. »Bob, du kannst mir gleich helfen. Mr. Parker war für heute genug gefesselt. Am besten packen wir seine Hände sorgsam ein und ihn dazu.«

Grinsend nickte der andere und holte aus einer Ecke einen gefalteten Leinensack. »Diese Städter halten nichts aus«, kommentierte er und zog etwas aus dem Sack. Er packte meine Hand, streifte einen kleinen Beutel darüber und verknotete ihn am Gelenk. Dann verfuhr er mit der anderen Hand ebenso und machte zuletzt den Leinensack bereit. Ich fragte mich, worauf das Ganze hinauslief, während Patrick unter meine Achseln griff und mich hochhievte. Meine Beine jaulten regelrecht.

»Reinsteigen, Arme an den Körper!«, befahl Bob.

Gehorsam stakste ich in den Sack und er zog ihn mit einem Ruck bis zu meinem Hals. Oben befanden sich Löcher, durch die er einen Riemen fädelte und diesen in meinem Nacken verschloss. Vom Hals abwärts eng eingepackt stand ich schwankend da, gestützt von Patrick.

»Ein hübsches Paket«, bemerkte Bob. »Ein Jammer, dass die Postkutsche hier so selten vorbeikommt.« Er griff nach einem Seil.

»Lieber draußen«, meinte Patrick. »Er verträgt Gesellschaft.« Er ließ los und ich merkte erschrocken, wie ich sofort kippte. Bob versetzte mir zusätzlich einen Schubs, sodass ich Patrick in die Arme fiel. Dann hob Bob meine Beine an und die beiden trugen mich wirklich wie ein übergroßes Paket ins Freie.

Ich blinzelte in die Sonne und sah beim Feuer die anderen Mitglieder der Bande, unter ihnen Daniel, der den Kopf sofort wieder senkte. Er blieb sitzen, während die anderen aufsprangen und sich uns anschlossen. Patrick und Bob schleppten mich zu einem Baum zwischen den Hütten und luden mich unsanft ab. Bob warf das Seil über einen dicken Ast, jetzt erkannte ich am Ende einen großen metallischen Haken. Diesen fädelte Bob hinten in den Lederriemen um meinen Hals und zog mich erneut so weit hoch, dass ich gerade noch mit den Fußballen den Boden berührte. Zwar schnürte mir der Riemen nicht die Luft ab, aber ich baumelte hilflos, während das Seil am Stamm befestigt wurde. Der Haken saß sauber, er würde sich nicht durch Hochspringen lösen – was mir ohnehin unmöglich war. Angstbebend sah ich in die grinsenden Gesichter ringsum.

»Wie wäre es mit etwas Bewegung nach dem Essen?«, fragte jemand launig.

»Großartige Idee!«, befand ein anderer und blickte zu Patrick. »Wir machen ihn nicht kaputt. Keine Steine und nicht auf den Kopf.«

»Klingt vernünftig.« Patrick nickte und schlenderte zum Feuer hinüber.

Die Männer umringten mich johlend wie Kinder ein aufregendes Spielzeug.

»Zehn Schritte Abstand, sonst ist es keine Herausforderung«, meinte einer.

»Höchstens fünf, er soll was spüren«, widersprach ein anderer.

Sie einigten sich und nahmen Aufstellung. Zwei von ihnen hatten aus einer Hütte etliche Schuhe und Stiefel geholt. Dann wurde ich von allen

Seiten beworfen. Die Männer legten ordentlich Kraft hinein, für meinen Geschmack spürte ich genug – wenngleich es harmlos gegenüber der Peitsche war.

Ich hatte erwartet, dass sie auf meinen Unterbauch zielen würden, stattdessen nahmen sie sich den gesamten Körper gründlich vor. Nur mein Kopf wurde tatsächlich verschont. Ich biss die Zähne zusammen, vor allem wenn sie meinen geschundenen Oberkörper erwischten, nur zeitweise entkam mir ein Stöhnen. Vielleicht verloren sie ja die Lust, wenn ich nicht ständig vor Schmerz winselte.

Dann allerdings traf mich ein schwerer Stiefel doch in den Bauch, ich knickte ein und verlor meinen Stand. Ich hing in der Luft und der Riemen drückte mir die Kehle zu. Japsend suchte ich Halt am Boden, was die Männer ungerührt beobachteten und fröhlich kommentierten.

Ich weiß nicht, wie lange das Spektakel dauerte, vielleicht eine Stunde. Dann endlich hatte die Bande genug. Sie sammelten die Schuhe ein, drehten mich einige Male um die eigene Achse und trollten sich. Ich hing da und bangte, was sie wohl als nächstes vorhatten. Einige verschwanden in einer Hütte, andere setzten sich ans Feuer. Niemand kam mit einem neuen Folterwerkzeug daher. Zaghaft freundete ich mich mit dem Gedanken an, dass ich vorerst tatsächlich mir selbst überlassen war. Offenbar war nicht einmal jemand zur Bewachung abgestellt.

Allmählich beruhigte ich mich etwas. Niemand beachtete mich, also versuchte ich meine Hände freizubekommen. Völlig unmöglich, meine Finger waren ebenso sorgsam eingepackt wie ich.

So vergingen die Stunden, der Nachmittag nahm seinen Lauf. Längst machte sich in meinen Waden ein Ziehen bemerkbar, weshalb ich das Gewicht stetig verlagerte. Dazu kam der steigende Druck in meiner Blase. Schließlich sprach ich einen der vorbeigehenden Männer an: »Könnte ich vielleicht …«

Er starrte mich geradezu empört an. »Halt's Maul!«, knurrte er und ließ mich stehen.

Mein Bedürfnis wurde langsam unerträglich und als ich kurz darauf Patrick entdeckte, schöpfte ich neue Hoffnung. Ich rief und er kam tatsächlich herüber. »Wäre es möglich«, bat ich, »dass ihr mich wenigstens eine Minute lang rauslasst?«

Er erkannte meine angespannte Haltung. »Keine Chance, mein Lieber. Aber tu dir keinen Zwang an, es schaut gerade niemand.«

Mir wurde klar, dass er es ernst meinte, und diese Erkenntnis war der letzte Tropfen, der meine Blase zum Überlaufen brachte. Ich spürte es warm an den Beinen hinunterrinnen und schluchzte unwillkürlich. Nie zuvor hatte ich mich so gedemütigt gefühlt. Patrick wusste genau, wie er einem Menschen jegliche Würde raubte. Ruhig wartete er, bis ich mich wieder halbwegs fing. Dann sagte er leise: »So weit kommt es in deinen Büchern nie, hm?«

Ich schniefte, konnte aber zumindest Tränen unterdrücken. »Warum bringt ihr mich nicht einfach um, und die Sache ist erledigt?«, stieß ich hervor. Worauf warteten sie eigentlich noch?

»Das wäre glatte Verschwendung. Die Männer wollen schließlich auch ihren Spaß. Man kann nicht immer nur würfeln oder pokern.«

»Deshalb die Folterkammer«, erkannte ich. »Wie viele Leute habt ihr denn schon entführt und dort gequält?«

Patrick wirkte ehrlich betroffen. »Wir sind doch keine Unmenschen! Ins Spielzimmer kommt nur, wer sich persönlich mit uns anlegt. Meistens Kopfgeldjäger. Die schnappen wir uns bei Gelegenheit. In der Regel zähe Burschen, was die Sache interessanter macht. Dass jemand freiwillig zu uns kommt, ist ungewöhnlich. Aber Gäste soll man nicht abweisen, wenn sie Unterhaltung versprechen.« Er warf einen Blick zum Feuer hinüber. »Trotz deines kleinen Missgeschicks nehme ich an, dass du durstig bist?«

Ich nickte.

»Ich hole dir was. Warte hier«, empfahl er süffisant und kehrte gleich darauf mit einem Becher zurück. Ich trank gierig und hoffte auf mehr, doch er beließ es dabei, und betteln wollte ich nicht.

Stattdessen wollte ich es noch einmal mit Argumenten probieren. Schließlich hatte ich kein Unheil angerichtet und sogar Tim gerettet. »Hör zu, ich hatte niemals vor, Cooper zu euch zu bringen. Selbst wenn Tim mir nicht die Augen verbunden hätte. Ich wollte nur mit Daniel reden, danach hätte ich mich heimlich aus dem Staub gemacht, sodass der Sheriff durch die Finger schaut.«

»Ach, du hättest ihn ebenfalls ausgetrickst? Lügen allerorts? Aber jetzt meinst du es plötzlich ehrlich?«

Ich rang um Worte. »Ich … Bitte glaub mir …«

»Pst«, brachte er mich zum Verstummen. »Unter uns, das tue ich sogar. Bloß ändert es nichts. Denn hier geht es nicht um einen harmlosen Streich. Ich nehme es ernst. Und persönlich. Du wolltest mich für dumm verkaufen. Es ist egal, ob du den Plan durchgezogen hättest oder es gar nicht wolltest. Du hast dich mit unserem Feind verbündet und uns hintergangen. Jetzt bekommst du die Strafe für deinen Verrat.«

Er stieß mir die Worte wie Dolche genüsslich ins Herz. Es war aussichtslos, ich hatte seinen Stolz beleidigt, das würde er mir nicht verzeihen.

»Überläufer steigen nie gut aus. Haben deine Bücher dich das nicht gelehrt? Daniel erzählte mir, wie gern du liest. Ich fragte ihn gleich am ersten Abend, worüber ihr geredet habt. Was liegt einem Einzelgänger wie dir am Herzen? Du weißt schon: ›Gib einem Mann etwas zu lieben, und du gibst ihm eine Furcht.‹ Jeder Mensch hat etwas, das er um keinen Preis verlieren will. Für das er Himmel und Hölle in Bewegung setzen, alles Geld der Welt verspielen, bedenkenlos töten oder sich selbst erniedrigen würde. Bei einem Büchernarren wie dir lässt sich leicht erraten, was du dir unbedingt bewahren möchtest.«

Meine Augen weiteten sich entsetzt, als ich ebenso panisch wie vergeblich zurückzuweichen versuchte.

Aber ehe ich um Gnade flehen konnte, fuhr Patrick fort: »Beruhige dich, ich werde es nicht tun. Es wäre reizlos, du wirst sowieso nicht mehr zum Lesen kommen. Daniels Geschichte heute war deine letzte.«

Mein Herzklopfen ließ nur allmählich nach, der Schock saß tief. Trotzdem brachte ich heraus: »Kann ich … noch einmal mit ihm reden?«

»Du hast schon mehr als genug mit ihm geredet«, beschied mir Patrick und ging.

Tränen rannen über meine Wange, ich unterdrückte sie nicht länger. Weder Bitten noch Argumente konnten mich retten. Man würde mich als Vergeltung und zum Vergnügen weiter peinigen und zuletzt umbringen. Wie ein welkes Blatt hing ich da, jeder Hoffnung beraubt.

Eine Zeitlang schalt ich mich selbst einen Idioten, dass ich Daniel die Wahrheit erzählt hatte. Dann aber begriff ich, dass weitere Lügen nichts geändert hätten. Patrick hatte mich von Anfang an durchschaut. Er hatte mir sogar gestern während des Ausritts nachspioniert, indem er nur scheinbar mit den anderen das Lager verließ. Und hätte ich Daniel heute nichts gesagt, hätten die Männer mich irgendwann in die Mangel genommen. Eine peinliche Befragung hätte ich niemals durchgehalten, ich hätte ausgepackt. Im Grunde hatte ich mir sogar Schmerzen erspart, indem ich Daniel einweihte – immerhin berichtete er mir daraufhin von jener Nacht vor fünf Jahren.

Jetzt wusste ich, was sich damals zugetragen hatte. Freilich, auf etwas so Grausames wäre ich nie im Leben gekommen. Wie bringt man einen Menschen dazu, denjenigen zu töten, den er liebt? Daniel hatte es mir durchaus erklärt, ich hatte es nur nicht verstanden: *Sie hätte alles getan, um ihn zu retten.* Thomas Connert starb, Jules Buckley hatte die tödliche Kugel abgefeuert. War sie schuldig? Wohl kaum des Mordes. Sie hatte alles versucht, damit wenigstens er überlebte, sogar die gesamte Schuld auf sich genommen. Aber war sie es wirklich allein gewesen oder hatte sie Thomas dieses Postskriptum diktiert?

Irgendetwas ging da nicht mit rechten Dingen zu, hatte Mac richtig festgestellt. Auch Doctor Ralph hatte stets an Coopers Theorie mit dem Duell gezweifelt. Offenkundig hatte Jules ihm während ihrer Gefangenschaft nicht mehr erzählen können, nun grübelte der Arzt seit fünf Jahren. Ich hatte jetzt die gesuchte Erklärung, konnte sie ihm aber nicht mehr geben. Patrick hatte ausgerechnet die Liebe zwischen Jules und Thomas in eine Waffe verwandelt, welche letztlich beide zugrunde richtete. Daniel hatte sich gefragt, ob Überleben wirklich das gnädigere Los war. Seine Schwester hatte mit Nein geantwortet.

Robinson Crusoe

Langsam rückte der Abend heran. Sämtliche Bemühungen, meine Hände zu befreien, blieben ebenso vergeblich, wie an den Halsriemen heranzukommen. Er saß zu eng und der Verschluss befand sich außen. Die Männer wussten schon, weshalb sie mich nicht bewachen mussten.

Ich beobachtete, wie die Bande gemütlich zu Abend schmauste. Mein Magen rumorte vor Hunger, seit dem Frühstück hatte ich nur ein paar Schluck getrunken. Mehr als Wasser bekam ich auch jetzt nicht. José flößte es mir grob ein, bestimmt hätte er es mir lieber ins Gesicht geschüttet.

Später versammelten sich alle Männer – ausgenommen Daniel – um mich. Mir brach der Angstschweiß aus. Würden sie mich nun womöglich als Sandsack für Schläge benutzen? Ich sah gehetzt von einem zum anderen.

»Stimmen wir ab«, verkündete Patrick. »Parker darf sich gern beteiligen. Stehen oder liegen – wer ist für liegen?« Keiner der Männer hob die Hand. »Stehen also. Wer ist für Schlafen?« Wieder meldete sich niemand. Ich schaute verwirrt umher. »Somit sind alle für stehen und wach bleiben, sogar er selbst«, stellte Patrick fest. »Oder hat jemand bemerkt, dass er aufgezeigt hätte?«

Die Männer lachten und einer erklärte: »Ich übernehme die erste Stunde.«

Damit war die Sache erledigt. Zu meinem Erstaunen zogen sich alle anderen in die Hütten zurück und legten sich offenbar schlafen. Ich beruhigte mich langsam. Trotz der unbequemen Position wurde ich allmählich müde, erst recht nach diesem auszehrenden Tag. Der Mann hockte gelangweilt am Boden, kam aber nicht näher. Auch Bob, der nach einer Weile übernahm, kümmerte sich nicht um mich. Weshalb wurde ich plötzlich bewacht?

Schließlich fielen mir die Augen zu. Im nächsten Moment ließ mich ein tüchtiger Stoß hochschrecken.

»Hier wird nicht geschlafen!«, herrschte Bob mich an.

Für ein paar Minuten war ich hellwach, bevor mich erneut die Müdigkeit übermannte. Und wieder rüttelte Bob mich wach. So ging das weiter, bis er abgelöst wurde. Der nächste Mann war noch gröber und schlug mir ins Gesicht, als ich einnickte. Bald kämpfte ich verzweifelt ums Munterbleiben, aber ich war einfach zu erschöpft. Irgendwann döste ich ein und steckte prompt einen Hieb in die Seite ein. Am liebsten hätte ich verzweifelt aufgeheult, wäre ich nicht so unfassbar entkräftet gewesen.

Einmal musste mein Bewacher zum Feuer hinüber, um Holz nachzulegen, und ich tastete inzwischen nach meinen schmerzenden Rippen. Das bereute ich bitter, denn er glaubte, ich wolle mich befreien. Ohne Umschweife verpasste er mir eine Ohrfeige, griff nach dem Seil und zog daran. Mir blieb sofort der Atem weg, als der Riemen gegen meinen Hals drückte. Ich japste panisch und wollte instinktiv die Arme zu Hilfe nehmen, was natürlich nutzlos war. Zum Glück ließ er wieder los, ich bekam Boden unter die Zehen und Luft in meine Lunge.

»Nächstes Mal lasse ich dich ein paar Minuten zappeln. Willst du rausfinden, wie lange ein Mann baumeln kann, ohne dabei draufzugehen?«

Ich schüttelte hastig den Kopf und vermied jegliche irreführenden Bewegungen.

Als Nächster kam Patrick, der genauso eine Wache übernahm wie seine Männer, nur Daniel war nicht dabei. Sein Vorgänger berichtete ihm etwas und Patrick fragte spöttisch: »Hat er das?« Dann verzog sich der Mann in die Hütte.

Ich nahm all meine verbliebene Kraft zusammen. Mochten seine Kumpane auch brutal sein, war Patrick doch am gefährlichsten. Ich durfte mir keine Blöße geben. »Ein Kopfgeldjäger bietet wahrscheinlich mehr Vergnügen?«, brachte ich heraus.

»Oh, du hältst dich ganz wacker. Wäre spannend, wie lang du es tatsächlich machen würdest.«

Mein Mund war ganz trocken. »Was habt ihr vor?«

»Das erfährst du, sobald alle ausgeschlafen und gefrühstückt haben. Du selbst natürlich weder noch. Aber wenn du brav bist und ich keine weitere Meldung über sinnloses Gefummel bekomme, gibt es dann etwas Wasser.«

»Kann ich jetzt schon einen Schluck haben?«

»Bedaure«, sagte er mitleidlos. »Wache halten bedeutet, dich nicht aus den Augen zu lassen.«

»Ich werde bestimmt nicht ...«

»Weiß ich doch. Du würdest ohnehin nie herauskommen, das hätte nur ...« Ein Schatten flog über sein Gesicht, er atmete heftig ein. »Das brächte höchstens ein Entfesselungskünstler fertig. Trotzdem, so schnell verdurstet man nicht. Das kommt davon, wenn du dich mit den Falschen anlegst – und schnappen lässt. Du hast es selbst gesagt: Wer erzählt, gibt irgendwann etwas preis.«

Mir schauderte vor meiner nächsten Frage, doch sie würde ohnehin nichts ändern. »Ihr werdet mich umbringen, nicht wahr?«

»Selbstverständlich. Was hattest du erwartet?«

Kurioserweise fiel mir ein passendes Wort ein: »Narrenfreiheit?«

Er lachte herzhaft. »Das wäre eine Idee! Dein Vorgehen konnte nur einem Narren klug erscheinen.«

Sein Tonfall ließ mich – zu meinem eigenen Staunen – jegliche Vorsicht in den Wind schlagen. »Glaubst du etwa, du wärst unfehlbar?«

Patricks Schmunzeln erstarb, er sah mich nachdenklich an. »Nein, das glaube ich nicht. Aber ich verrate dir ein Geheimnis: Es reicht vollauf, wenn alle anderen dich dafür halten. Und dann kommst du und versuchst, mich hinters Licht zu führen, mir den Respekt meiner Leute abspenstig zu machen. Und du hoffst, ich würde als Belohnung ein Auge zudrücken und dich laufen lassen.« Er schüttelte den Kopf. »Niemand betrügt mich und lebt, um davon zu erzählen. Du bist ein toter Mann, Parker. Schon eine ganze Weile, du hast es nur noch nicht begriffen. Finde dich damit ab, du wirst diese Geschichte nicht überleben. Also genieß die restliche Zeit. Immerhin lassen wir dich jede Sekunde dieser Nacht auskosten.« Er klopfte mir auf die Schulter. »Du hast noch mehr als die Hälfte vor dir.«

Ich unterdrückte ein Wimmern.

Als nach der längsten Nacht meines Lebens der Morgen dämmerte, war ich ein Wrack. Während sämtliche Männer beim Frühstück saßen, konnte ich endlich für ein paar Minuten meine brennenden Augen schließen. Gleich darauf rissen mich kräftige Hände unsanft aus dem kurzen Schlaf, indem sie mich vom Haken hoben und auf den Boden plumpsen ließen. Ich blieb wie ein Häufchen Elend liegen und betete, sie würden mich einfach dort lassen. Doch natürlich zerrten sie mich hoch, holten mich aus dem Sack und befreiten sogar meine Hände. Danach schleppten mich zwei Männer in eine Hütte, wo ein Tisch und ein paar Schemel standen. Patrick erwartete uns, er leerte soeben Wasser in einen Becher und hielt ihn mir entgegen. Meine Finger zitterten, als ich hastig zugriff und ein Gutteil des Wassers verschüttete, während ich gierig trank. Patrick war in großzügiger Stimmung und füllte den Becher erneut. Ich hätte glatt den ganzen Krug geleert, aber statt einer dritten Portion warf mir ein Mann meine Schuhe und ein Hemd hin. Nachdem ich hineingeschlüpft war, drückte man mich auf einen der Schemel.

Patrick gab mir Papier und einen Stift. »Schreib, was ich diktiere: An Sheriff Stanley Cooper. Schieben Sie sich unsere Abmachung sonst wohin, jetzt haben Sie es mit einem Gesetzlosen mehr zu tun.« Er runzelte die Stirn, als ich mich nicht rührte. »Los, wir haben nicht den ganzen Tag Zeit.«

»Ein Brief an Cooper?«, fragte ich, »Dass ich mich euch angeschlossen hätte?«

»Du bist der Versuchung erlegen. Ein Leben frei von allen Zwängen, bei dem man richtig Geld verdient und sich um keinen scheren muss – wer würde da nicht schwach?«

Ich hatte keine Ahnung, worauf das Ganze hinauslaufen würde, aber da Patrick es erdacht hatte, endete es bestimmt fatal für mich. Wollten sie mich vor Coopers Revolver treiben, damit er mich wutentbrannt niederschoss? Danke, ohne mich! »Warum soll ich selbst das schreiben?«

»Vielleicht kennt der Sheriff deine Schrift«, meinte Patrick – womit er sogar recht hatte, schließlich besaß Cooper meine Notizen. »Wage nicht, sie zu verstellen. Du weißt, ich bemerke Lügen sofort.«

Ich starrte auf den Stift. »Und wie geht es danach weiter?«

»Das erfährst du umso schneller, je eher du schreibst. Oder hast du vorher Lust auf eine weitere Runde im Spielzimmer?«

Ein Schauer durchfuhr mich. »Bis zum ersten Blut?«, würgte ich hervor.

»Ich bitte dich, das ist doch nur der gemütliche Einstieg. Als Nächstes empfiehlt sich ›bis zum letzten Blut‹.«

Mein Mund war erneut trocken, ich schielte hoffnungsvoll zum Wasserkrug. »Also bis zum Tod?«

»Das ist wieder was Eigenes«, erläuterte Patrick mit der leicht gereizten Geduld eines Mannes, der einem Trottel die Welt erklärt. »Bis zum letzten Blut‹ ist bloß die zweite Stufe: Es geht reihum und sobald es bei einem Schlag blutet, scheidet der Betreffende aus. Die anderen machen weiter, irgendwann eben einer allein. Ich warne dich nur vor, an einem guten Tag kann es sehr lange dauern. Wir hängen die Leute dabei allerdings an den Armen auf. Diese Variante steht buchstäblich keiner durch.«

Mir wurde schon bei der Vorstellung übel, aber jetzt war es schon egal: »Was ist die schlimmste Stufe?«

»Wie du richtig erraten hast: Bis zum Tod. Um die Wette.«

»Gewinner ist, wer das Opfer am schnellsten umbringt?«

Er verdrehte die Augen. »Das wäre witzlos, reine Fingerübung. Genau umgekehrt: je länger, desto lieber. Sieger ist, wer den vorletzten Hieb anbringt, also den vor dem tödlichen. Der Rekord liegt bei – lass mich überlegen ...«

»Ich will es gar nicht so genau wissen.« Warum musste ich auch fragen!

»Dann spar dir weitere Worte und mach dich ans Werk. ›An Sheriff Stanley Cooper ...‹«

Zögernd setzte ich den Stift aufs Papier. Mir graute bereits vor dem Moment, in dem ich den Zweck dieses Briefes erfuhr. Meine Hände waren nach wie vor zittrig, aber zum Schreiben reichte es. »... einem Gesetzlosen mehr zu tun«, vollendete ich den Satz.

»Ehe Sie zur Jagd auf mich blasen, sehen Sie lieber mal nach Ihrem Haus!«, fuhr Patrick fort. »Ich setze zum Einstand einen Roten Hahn drauf.«

Meine Hand stockte. »Ihr wollt sein Haus anzünden und es mir in die Schuhe schieben.« Nun war mir alles klar. Sie schlugen zwei Fliegen mit einer Klappe: Ich wurde zum gesuchten Verbrecher und Tim konnte es dem Sheriff heimzahlen, wie von Patrick versprochen.

»Cooper hat es sich selbst zuzuschreiben«, erklärte Patrick kühl. »Er sollte lieber froh sein, dass wir ihn nicht einfach abknallen. Gelegenheiten gäbe es genug. Aber als Gegner ist dieser Mann die Idealbesetzung. Zu phantasielos, unsere Pläne zu durchkreuzen, und zu arrogant, um Verstärkung anzufordern.«

Ich hatte keinen Kopf für den Charakter des Sheriffs. Entschlossen legte ich den Stift weg. »Vergiss es, das schreibe ich nicht.«

Er lächelte spöttisch. »Doch, das tust du. Oder ist dir dein guter Name so wichtig, dass du dich dafür stundenlang verprügeln lässt?«

Das Blut sauste in meinen Ohren. »Sobald ich damit fertig bin, erschießt du mich.«

»Ich werde dich nicht erschießen. Oder erstechen. Oder aufknüpfen«, sagte Patrick und wirkte sonderbarerweise ehrlich. »Und auch keiner meiner Leute, das verspreche ich dir.«

Du bist ein toter Mann, Parker. Natürlich würde er mich umbringen, aber eben anders. Vielleicht im Fluss ersäufen. Hauptsache, es war schmerzhaft und langsam. Grundgütiger, ich dachte schon wie sie!

»Nein«, beharrte ich. »So leicht mache ich es euch nicht.«

Er seufzte. »Du missverstehst mich. Die leichte Version ist die ohne Brief. Das Ergebnis ist dasselbe, nur hat Sheriff Cooper nichts davon. Ich gehe lediglich davon aus, dass du so lange wie möglich leben möchtest. Aber du entscheidest selbst, ich bin ein Verfechter des freien Willens. Such dir einfach aus, ob du die nächste Minute überleben willst.« Schon hielt er seinen Revolver in der Hand. »Das ist der leichte Weg, die Zeit läuft. Nun?«

Zuerst sah ich auf die Waffe, dann in sein Gesicht. Er hatte es nicht nötig, zu bluffen. Ich griff nach dem Stift.

Als ich fertig war, steckte Patrick den Brief ein. Ich hockte stocksteif da, auf alles gefasst und auf nichts vorbereitet. Er trat hinter mich, dann hörte ich seine Stimme unmittelbar neben meinem Ohr und zuckte erst recht zusammen. »Du solltest dich glücklich schätzen. Meine Leute hätten dir mit Vergnügen unser gesamtes Programm vorgestellt und so was ist meist recht unschön. Verdient hast du's dir und sie sich ebenso.«

Die Mienen der bereitstehenden Männer bestätigten Patricks Worte. Einer bleckte grimmig die Zähne, der andere funkelte mich wütend an.

»Andrerseits hast du Daniel tagelang liebenswürdig Gesellschaft geleistet. Das soll honoriert werden. Du weißt ja, wer einem von uns hilft ... Also kommen wir ausnahmsweise gleich zum Höhepunkt.«

Moment, war er mir etwa tatsächlich dankbar – weil ich mit Daniel jene Gespräche geführt hatte, zu denen er sich nicht aufraffen konnte? Seine Männer wirkten keineswegs erfreut, aber Patrick hatte sich offenbar durchgesetzt.

»Sei nicht traurig, dass du was verpasst. Wir haben uns stattdessen etwas richtig Hübsches überlegt«, vollendete er fröhlich.

Schon zogen seine Leute mich auf die Beine und führten mich nach draußen, wo man inzwischen Pferde bereitgemacht hatte.

»Kannst du dich im Sattel halten?«, fragte mich ein Mann grob. »Oder sollen wir dich drüberlegen? Wie einen Sack, damit kennst du dich jetzt ja aus.«

Gelächter erklang ringsum. Ich war am Ende meiner Kräfte und hätte alles dafür gegeben, mich hinzulegen – aber nicht auf ein galoppierendes Pferd. »Ich kann reiten.«

»Daniel!«, rief der Mann. »Mach dich nützlich.«

Und wirklich: Daniel kam. Sein Blick huschte flüchtig über mein Gesicht, dann senkte er den Kopf und begann meine Hände vor dem Körper zu fesseln. Während wir dicht voreinander standen, murmelte er plötzlich: »Es tut mir leid.«

Es war nicht seine Schuld. »Lass nur, du hattest recht«, raunte ich. »Ich bin ein Narr.«

Seine Antwort war so leise, dass ich mich fragte, ob ich sie mir nur einbildete: »Dann bau aufs Glück. Und auf mich.«

Schon trat er zurück und gleich darauf packte mich wieder einer der Männer. Ich schaute hastig ringsum – hatte jemand unser Wispern mitbekommen? Meine Augen trafen auf die Patricks. Er stand etliche Schritte entfernt, aber das musste nichts heißen. Jetzt kam er heran, während der Mann mich aufs Pferd hievte. Ich blickte auf meine Handgelenke und war wider Willen fasziniert: Ich hatte die Schlingen direkt vor mir und wusste trotzdem, dass ich sie auch in hundert Stunden niemals aufbekäme. Ich erkannte nicht einmal, wo die Knoten überhaupt saßen.

Patrick beobachtete mich. »Kein Mensch außer ihm selbst kriegt diese Knoten auf. Zumindest ... kein lebender Mensch.« Er schwang sich auf sein eigenes Pferd, zog einen Sack hervor und stülpte ihn mir kurzerhand über. »Ordnung muss sein. Außerdem fühlt sich dein Kopf bestimmt vernachlässigt, wo doch der Rest die ganze Nacht eingepackt war.«

Dann ruckte es unvermutet und wir ritten los.

Als sie mich vom Sack befreiten, befanden wir uns immer noch irgendwo zwischen Felsen. Es ging eine Weile voran, bis wir die Berge hinter uns ließen und in einiger Entfernung erste Häuser auftauchten. Nun hielten wir an. Patrick besprach sich kurz mit zweien der Männer, sie verglichen ihre Taschenuhren, zuletzt übergab er ihnen meinen Brief. Die beiden ritten weiter Richtung Aspen.

Wir anderen schlugen einen Weg ein, der in großem Bogen um das Städtchen herumführte. Häuser gab es hier nur vereinzelt, Menschen waren keine zu entdecken. Es war Vormittag, vermutlich waren die meisten Leute auf den Feldern oder drinnen beschäftigt. Der Zeitpunkt war gut gewählt, sich dem Haus des Sheriffs zu nähern – jedenfalls nahm ich an, dass wir das taten.

Patrick kundschaftete zunächst allein aus, ob die Luft rein war. Dann kehrte er zurück und nun machten wir uns zu fünft auf den Weg: er, Daniel, ich, Tim und ein weiterer Mann. Alle banden sich Tücher vors Gesicht, auch ich bekam eines verpasst. Mein Unbehagen wuchs mit jeder Sekunde. Was war der Plan? Könnte ich womöglich irgendwie entkommen?

»Keine Dummheiten«, warnte Patrick prompt. »Sonst wird es doch ein Messer. Dein erster Schrei ist dein letzter.«

Die Umgebung war verlassen, als wir schlussendlich eines der Häuser erreichten. Die versperrte Tür hielt die Bande nicht ab, Patrick und Tim brachen kurzerhand ein Fenster auf und ließen uns ein. Tim und der andere Mann nahmen ein paar Lederschläuche mit. Darin befand sich Öl, das sie großzügig an die Innenwände spritzten und über die wenigen Möbel leerten. Der Gestank verbreitete sich rasch. Obwohl das Haus mehrere Räume besaß, lebte Cooper offenbar allein. Im Hauptraum standen ein Tisch und Stühle sowie ein Kasten, in einem kleineren Zimmer ein schmales Bett und eine Kommode.

Hier durchstöberte Patrick die Schubladen, fand eine Schatulle mit Anstecknadeln und ein Fotoalbum. »Hat doch einen sentimentalen Kern, der gute Cooper. Und so viele Belobigungen. Wird ihm leid drum sein.« Er steckte eine goldene Taschenuhr ein. »Sieh an. Nützlich für den Hausgebrauch«, murmelte er dann und zog einige Paar Handschellen aus einem Fach. »Kann nie schaden, welche zu haben.« Er schob sie ebenfalls in seine Tasche.

Jetzt kamen auch die anderen mit ihren Ölschläuchen ins Schlafzimmer.

»Unser Freund ist bereit für was Neues.« Patrick gab Daniel ein Zeichen.

Dieser nickte, ich schaute verwirrt. Meine Verblüffung steigerte sich noch, denn Daniel griff nach dem Strick um meine Hände und Sekunden später war dieser gelöst. Allerdings blieb mir wenig Zeit zum Staunen, denn Tim warf Patrick ein kleines Päckchen zu. Dieser faltete es auf dem Bett auseinander und hob einige zusammengedrehte Stoffstreifen hoch. Eine Flüssigkeit tropfte zäh herunter. Ölgetränkte Seile …

Ich begriff schlagartig, worauf all dies hinauslief. Es hätte mir längst klar sein müssen, gleich als Patrick mich den Brief schreiben ließ. Aber nach einer schlaflosen Nacht und den gestrigen Strapazen war mein Verstand eben nicht auf der Höhe. Dafür reagierte ich jetzt instinktiv. Ich wirbelte herum und wollte zur Tür hinaus. Es war natürlich sinnlos, Patrick konnte mir jederzeit ins Bein schießen. Außerdem rannte ich geradewegs in die Arme seiner Männer. Sie waren stark und zu zweit, trotzdem mussten sie sich anstrengen, mit mir fertigzuwerden. Man sollte nicht glauben, welche Kräfte echte Todesangst einem verleiht. Ich trat, biss und schlug um mich. Die Panik machte mich unempfindlich gegen Schmerz, als die Männer mir ihrerseits Hiebe versetzten. Zuletzt landeten wir am Boden, die beiden drückten mich hinunter. Patrick hielt meine Hände am Rücken fest, sodass Daniel die Seile darum wickeln konnte. Ich keuchte, schluchzte halb, roch überall Öl und wusste, dass mir das Grauenvollste erst bevorsteht. Von wegen langsam ertränken! Sie würden mich in einem brennenden Haus zurücklassen. Und wenn ich nicht gnädig im Rauch erstickte, bevor die Flammen mich erreichten ...

Auch meine Füße wurden gebunden, dann erhoben sich die Männer schnaufend und kehrten mit ihren Schläuchen in den Hauptraum zurück. Ich rollte stöhnend auf eine Seite und sah Patrick kopfschüttelnd auf mich herabschauen.

»Warum machst du es dir so schwer?«, seufzte er.

Meine Gedanken rasten. »Das ... wird nicht funktionieren! Cooper wird wissen, dass ihr dahintersteckt, nicht nur ich. Es sind genügend Spuren draußen oder jemand sieht euch wegreiten.«

Er zuckte die Schultern. »Selbst wenn er kapiert, dass wir hier waren, na und? Schließlich hast du dich uns angeschlossen. Brandlegung ist unserem Ruf sicher zuträglich, die fehlte uns bisher noch. Trotzdem wird die Sache auf dein Konto gehen.«

»Weshalb sollte ich dann selbst dabei umgekommen sein?«, beharrte ich verzweifelt. Zwecklos, ich würde ihn nicht überzeugen. Abgesehen davon kannte ich die Alternative: Er würde mich eben doch erschießen. Ich verhandelte nicht um mein Leben, sondern um meine Todesart – die weniger schmerzhafte Variante. Alles war besser, als lebendig zu verbrennen.

»Du hast es nicht rechtzeitig rausgeschafft. Oder es gab Streit und wir sperrten dich ein. Cooper reimt sich bestimmt was zusammen. Er hat eine Brandruine und kann deine Leiche mit etwas Glück noch als denjenigen identifizieren, der ihm das Feuer androhte. Er wird keine Fesseln finden, denn die Seile verbrennen. Zurück bleiben nur deine Überreste und das Geständnis. Der Sheriff hat seinen Schuldigen, die Angelegenheit ist erledigt.« Er beugte sich nieder. »Du solltest sogar hoffen, dass das Feuer dich umbringt. Du möchtest Cooper nicht in die Hände fallen.« Er zog seine Taschenuhr hervor. »Genug geplaudert! Wir haben noch ein paar Minuten, ehe es an Coopers Bürotür klopft und er deinen Brief entdeckt.«

Er winkte Daniel heran. Gemeinsam zogen sie mich zur Kommode hinüber und lehnten mich sitzend dagegen. Patrick holte ein letztes Seil vom Bett, wickelte es um meinen Hals und klemmte die Enden mit einer Schublade ein. Jetzt war ein Entkommen wirklich unmöglich, nicht einmal kriechend.

Prüfend betrachtete Patrick das Werk und nickte zufrieden. Er drehte sich zu Daniel um, der sich soeben das Öl abwischte, ihre Augen trafen sich – und dann hielt Patrick plötzlich inne. Ein merkwürdiger Ausdruck trat in sein Gesicht. Er schaute wieder zu mir. »Sitzen alle Knoten?«

»Mustergültig«, bestätigte Daniel.

»Soll ich es noch einmal überprüfen?«, schlug Patrick freundlich vor.

Daniel zögerte einen Sekundenbruchteil lang. »Nicht nötig. Ich weiß, wie man einen Mann fesselt.«

»Ich weiß, dass du es kannst. Ich bin nur nicht sicher, ob du es in diesem Fall *willst*.«

Daniel runzelte die Stirn. »Glaubst du tatsächlich ...«, seine Stimme bebte, »... ich würde dich hintergehen? Pat, du bist mein Freund. Du kannst mir dein Leben anvertrauen und ich passe darauf auf.«

»Daran zweifle ich nicht. Aber ich habe dir *sein* Leben anvertraut und womöglich passt du darauf etwas zu gut auf.«

Daniel holte tief Luft. Es gab kein Zurück mehr, die Lage war klar. »Wenn du die Fesseln prüfst und alles in Ordnung ist, wird es dir leidtun.«

»Wenn ich sie nicht prüfe und es ist nicht alles in Ordnung, wird es mir ebenfalls leidtun.«

Daniels Gesicht verriet, wie es in ihm arbeitete. Sein einziger und bester Freund überlegte, ob er ihm glaubte. »Tu, was du für richtig hältst. Aber erwarte nicht, dass ich dir meinen Segen gebe. Und du wirst es nicht zurücknehmen können, niemals.«

Patrick sah ihn nachdenklich an, zuletzt drehte er sich zur Tür. Dann wandte er sich doch unvermutet wieder um. Mit einem Schritt war er neben mir und zog meine Hände zu sich. Die Knoten saßen perfekt. Das hätte ich ihm auch bestätigen können.

Daniel hatte nicht mit der Wimper gezuckt. Als Patrick nun zu ihm sah, wandte er sich wortlos ab und verließ den Raum. Jetzt verriet Patricks Miene den Tumult in seinem Innersten, einen winzigen Moment lang. Dann kehrte die Gelassenheit zurück. Er griff sich mein verrutschtes Tuch und knebelte mich.

»Es war ein kurzes Vergnügen, aber du musst zugeben: die spannendste Zeit deines Lebens. Mit einem spektakulären Abgang.«

Damit entschwand er ebenfalls.

Ich blieb zurück, unfähig aufzustehen oder um Hilfe zu rufen, gefesselt mit Daniels legendären Knoten. Natürlich war mit diesen alles in Ordnung. Und selbstverständlich hatte er mir nicht heimlich ein Messer in den Ärmel gesteckt, mit dem ich die Seile durchschneiden könnte.

Er hatte mir das Messer unter den Oberschenkel geschoben, während Patrick den letzten Strick vom Bett geholt hatte.

Mit angehaltenem Atem lauschte ich den Geräuschen aus dem Hauptraum. Ich musste sichergehen, dass Patrick und seine Leute das Haus wirklich verlassen hatten. Ich hörte Stimmen nebenan, Schritte und Poltern. Ein paar Sekunden später fiel eine Tür zu, es wurde still im Haus und draußen erklang ein Wiehern. Waren sie tatsächlich fort oder stellte Patrick mir eine Falle? Es gab keine Fenster im Schlafzimmer, er konnte also nicht hereinschauen. Ich spitzte die Ohren und überlegte fieberhaft, ob ich noch zuwarten sollte.

Dann hörte ich leises Zischen. Etwas knackste und knisterte, Brandgeruch stieg mir in die Nase. Durch den Türrahmen sah ich Feuerzungen, die sich entsetzlich rasch über die Wand ausbreiteten. Coopers Haus bestand großteils aus Holz und das verschüttete Öl tat seinen Dienst.

Ich spürte Panik aufsteigen und kämpfte dagegen an, während ich verzweifelt nach dem Messer fischte. Daniel hatte es gut platziert, ich bekam es fast auf Anhieb zu fassen. Allerdings rutschte es mir zweimal aus der ölverschmierten Hand, ehe ich es endlich packen und umdrehen konnte. Nun kam der schwierigste Teil: die Fesseln durchzuschneiden. Daniels Schlingen saßen hauteng und ich musste aufpassen, mich nicht selbst zu verletzen. Meine Handgelenke schmerzten höllisch, vielleicht hatte ich mich längst geschnitten und spürte es gar nicht. Wie ein Wahnsinniger drückte und zog ich, um einen Ansatzpunkt zu finden. Durch die Tür sah ich den Nebenraum bereits in hellen Flammen stehen, das Feuer drang auch schon ins Schlafzimmer. Meine angestrengten Bemühungen fühlten sich wie eine halbe Ewigkeit an, ehe ich endlich merkte, wie die Fesseln nachgaben. Irgendwann gab es plötzlich einen Ruck und ich konnte meine Hände nach vorn reißen. Mit zitternden Fingern schnitt ich die Seile um Hals und Füße durch, zog den Knebel aus dem Mund und stemmte mich an der Kommode hoch. Ich war erstaunt, dass ich mich überhaupt bewegen konnte, aber wie zuvor verlieh die Angst mir ungekannte Kräfte. Es war unerträglich heiß, das Feuer sprang aufs Bett über, wo ein Funkenstoß emporstob.

Der Weg zur Haustür war durch die Flammen versperrt. An der Rückseite des Raumes gab es jedoch eine weitere Tür, die ich hastig aufstieß. Ich fand mich in einer winzigen Kammer wieder, die bereits ziemlich verraucht war. Schon zwei Atemzüge brachten mich zum Husten, meine Augen tränten und der Raum begann sich vor mir zu drehen. Ich stützte mich gegen die Wand. Am liebsten wäre ich einfach zu Boden gesunken, um nie mehr aufzustehen. Ich müsste nicht einmal auf das Feuer warten, ich bräuchte bloß ein paar Mal einzuatmen – die Vorstellung war gefährlich verlockend.

Dann aber dachte ich an Daniel und wie viel er für mich riskiert hatte. Ich riss mich ein letztes Mal zusammen. Halb blind durch Rauch und Tränen entdeckte ich ein kleines Fenster etwa in Brusthöhe, gerade genug für einen Mann meiner Statur. Es war mit Holzklappen verriegelt, an denen ich nun zerrte, bis sie schließlich nachgaben. Frische Luft drang herein und hinter mir brüllte das Feuer wütend auf, zugleich aber konnte ich einen tiefen, wohltuenden Atemzug nehmen. Ich krallte mich an den Fensterrahmen, sprang hoch und zog mich hinauf. Meine Handgelenke zitterten und ich spürte die Kraft aus den Fingern weichen, außerdem waren sie glitschig vom Öl, doch ich stützte mich mit den Beinen gegen die Wand, zwängte Kopf und Schultern durchs Fenster. Kaum war mein Oberkörper im Freien, kippte ich nach vorn. Ich versuchte mich im Fallen irgendwo festzuhalten, drehte mich dabei, spürte ein schmerzhaftes Ziehen in der Schulter und landete im nächsten Moment hart auf meiner Seite. Es nahm mir die Luft, ein paar Sekunden lag ich benommen da. Gleich darauf fauchte es über mir und Flammen loderten aus dem Fenster. Das brachte mich immerhin auf alle viere, ich rollte mich herum und kroch mit letzter Anstrengung vom Haus weg, das hinter mir in Vollbrand stand.

Allmählich drangen andere Geräusche durch das Knistern des Feuers und das Sausen in meinen Ohren: Schritte und aufgeregte Rufe. Jemand rannte an mir vorbei, im nächsten Moment zerrte jemand an mir. Ich wollte mich wehren, hatte jedoch keine Kraft mehr dazu. Dann begriff ich, dass man mich vom Haus wegschleppte. Zwei Menschen trugen mich ein Stück in sichere Entfernung, ich wurde abgesetzt und gegen etwas gelehnt.

»Der arme Mann!«, hörte ich eine Frauenstimme. »Rebecca, hol Wasser, schnell!«

Hustend und mit brennenden Augen schaute ich auf die Flammenhölle, die vor kurzem noch Coopers Haus gewesen war. Leute standen in meiner Nähe oder liefen aufgescheucht umher, aber niemand wagte sich dem Inferno zu nähern. Jeder Löschversuch wäre ohnedies sinnlos gewesen und die Hitze ließ alle zurückweichen. Es krachte, als etwas einbrach.

»Hier, trinken Sie«, sagte jemand. Man hielt einen Becher an meine Lippen und ein feuchtes Tuch wurde auf meine Stirn gelegt.

Ich hörte Leute durcheinanderreden: »Was ist da bloß passiert?« und »Ist der Sheriff schon verständigt?«, während ich die Augen schloss und gierig schluckte.

Irgendwann rief jemand: »Sheriff, Gott sei Dank!«

Da stand er. Seine übliche Arroganz war verschwunden. Fassungslos blickte er auf sein lichterloh brennendes Heim. Unter den Umstehenden machte sich betretene Stille breit. In Coopers Miene spiegelte sich Entsetzen, das allmählich von blanker Wut abgelöst wurde. Seine Kiefer mahlten, als er sich umwandte und in die Gesichter seiner Nachbarn stierte. Dann entdeckte er mich.

Mein Anblick wirkte wie eine Sprungfeder. Mit erhobenen Fäusten schnellte er auf mich zu: »Du verdammter Mistkerl! Ich bring dich um, du ...«

Ich war viel zu erschöpft, um zu reagieren. Cooper fuhr wie einen Racheengel herunter, ich spürte einen heftigen Stoß gegen die Brust und einen Schlag aufs Kinn. Hintenüber stürzte ich zu Boden, mein Kopf prallte auf und dann geschah etwas Wunderbares: Ich verlor das Bewusstsein.

Als ich mühsam die Lider öffnete, sah ich nur Schwarz. Das versetzte mir einen eisigen Schreck, war etwas mit meinen Augen? Hastig hob ich die Hand und merkte, dass ich erneut gefesselt war – es entwickelte sich langsam zu einem Dauerzustand. Diesmal waren es Handschellen. Fieberhaft tastete ich mein Gesicht ab und fand keine Verletzungen, es tat auch nicht weh. Offenbar befand ich mich einfach in einem stockdunklen Raum, vermutlich einer von Coopers Zellen. Ich tastete um mich und stieß jeweils nach wenigen Schritten auf hölzerne Wände. Vielleicht saß ich in der Einzelzelle, in der Tim verprügelt worden war. Ich stank gewaltig nach Rauch, aber nur wenig nach Öl. Man hatte mich wohl gesäubert, damit die Ketten sicher saßen.

Ich lehnte mich gegen eine Wand. Meine Kehle war rau, ich hatte fürchterlichen Durst, das Metall rieb an meinen wunden Handgelenken, der Hinterkopf schmerzte ebenso wie Kinn und Schulter – abgesehen davon, dass ich mich insgesamt erschlagen fühlte. Immerhin hatte ich mir anscheinend nichts gebrochen und keine offenen Wunden davongetragen. Und vor allem: Ich hatte überlebt!

Eine Woge der Erleichterung durchströmte mich. Patricks Plan war gescheitert, ich war entkommen. Und in den Fängen von Sheriff Cooper gelandet. Mein Herz sank wieder. Ich würde mich richtig ins Zeug legen müssen, um ihm die Sache mit seinem Haus zu erklären. Hoffentlich war der Sheriff verständiger, als Patrick es ihm zutraute. Aber selbst wenn er mir keinen Glauben schenkte und mich hier schmoren ließ, konnte ich meinen Fall irgendwann vor einem Gericht darlegen. Spätestens dann würde sich alles in Wohlgefallen auflösen.

Tagelang im Dunkeln zu hocken war eine scheußliche Aussicht, doch harmlos gegen die »Spiele« der Bande. Und endlich schlafen zu können … Dieser Versuchung hätte ich am liebsten sofort nachgegeben, aber es machte sicher einen besseren Eindruck, wenn der Sheriff mich wach vorfand.

Ich brauchte nicht lange auszuharren, bis ich ein entferntes Knarren hörte und kurz darauf das Klirren von Schlüsseln. Rasch stand ich auf. Ein Schloss wurde aufgesperrt und in der Finsternis öffnete sich eine Tür. Schwaches Licht erhellte die winzige Zelle und Coopers Gesicht, das mich hasserfüllt anstarrte.

»Sheriff …«, begann ich, weiter kam ich nicht, denn er schlug mir so heftig ins Gesicht, dass ich zur Seite taumelte. Ehe ich mich fangen konnte, trat er gegen mein Bein. Ich landete auf Knien und Händen, schaffte es gerade noch zu schreien: »Nicht! Hören Sie au…« und bekam sofort den nächsten Tritt, diesmal in den Bauch.

»Ich denke nicht daran!«, spuckte Cooper regelrecht aus. »Ich fange erst an. Du verdammter Hundsfott hast mein Haus abgefackelt!« Er packte mich an den Haaren und ich hob instinktiv die Hände, um mein Gesicht zu schützen.

»Das war nicht ich!« Er hielt einen Augenblick inne und ich setzte hastig hinzu: »Ich schwöre, ich habe Ihr Haus nicht angezündet. Das waren Patrick und die anderen. Sie haben mich gefesselt dort eingesperrt.«

Er funkelte mich wütend an. »Natürlich«, fauchte er, »das ganze Öl war nur zufällig an deinen Händen.« Er stieß mich zu Boden, ich schmeckte Blut, schon riss er mich erneut empor. »Schieben Sie sich unsere Abmachung sonst wohin, jetzt haben Sie es mit einem Gesetzlosen mehr zu tun.«

»Die haben mich gezwungen, das zu schreiben«, beharrte ich verzweifelt.

»Ah, das erklärt alles. Du kleiner Dreckskerl denkst wirklich, dass ich dir das glaube? Für wie dämlich hältst du mich?« Er schleuderte mich von sich. »Klar, ich bin ja bloß ein dahergelaufener Provinzsheriff, während der großartige Reporter aus der Stadt den Durchblick hat.«

Er trat einen Schritt zurück und ich wagte es, mich etwas aufzurappeln. Es folgte der nächste Schlag, der mich nach unten schickte. Diesmal blieb ich lieber dort.

Cooper sah auf mich herab. »Du bist tot«, dröhnte er. »Buchstäblich. Niemand weiß, dass du hier bist. Offiziell bist du beim Feuer draufgegangen. Meine Nachbarn halten den Mund, darum kümmere ich mich. Für die Welt da draußen bist du gestorben. Und bald wirst du dir wünschen, du wärst es. Du bist in meiner Hand, keiner deiner neuen Freunde sucht nach dir. Aufnahmeritual, wie? Das Haus des Sheriffs anzünden.« Er packte mich am Arm und zerrte mich hoch.

Doch ehe er seinen nächsten Hieb landen konnte, brach es trotzig aus mir heraus: »Verdammt noch mal, ich war es nicht! Patrick will, dass Sie genau das denken. Er will Sie austricksen, fallen Sie nicht darauf herein!«

Cooper hörte tatsächlich kurz auf. Er betrachtete mich abschätzig und sagte dann überraschend ruhig: »Selbst, wenn dem so wäre – jemand wird für mein Haus büßen. Ich arbeite mit dem, was ich habe.«

Er fletschte die Zähne und mir wurde mit Grausen klar, dass es ihm völlig ernst war. Er würde mich rein aus Prinzip umbringen.

»Es sei denn«, fuhr er fort, »du lieferst mir zusätzliche Leute, dann verteilen sich die Tritte. Wo ist das Lager?«

Schon öffnete ich den Mund, als mich rechtzeitig die Erkenntnis durchzuckte. Wenn ich jetzt zugab, es nicht zu wissen, tötete er mich womöglich sofort. »Das sage ich nicht.« Schon holte er aus und ich setzte noch hastig hinzu: »Und wenn Sie mich totprügeln, erfahren Sie es nie.«

Wie gegen eine Wand geprallt, blieb Cooper unmittelbar vor mir stehen. Feindselig, aber beherrscht starrte er mich an. »Du verfluchter ... Ich lasse mich nicht erpressen. Du wirst noch drum betteln, mich zum Lager führen zu dürfen. Dein Kumpan war ziemlich stur, aber ich glaube kaum, dass du so lang durchhältst. Deine Freunde können sich persönlich bedanken, wenn ich sie zu dir in die Zelle werfe.«

»Es sind nicht meine Freunde«, gab ich grimmig zurück.

»Ja, richtig«, konterte er spöttisch. »Sie ließen dich gefesselt in meinem Haus zurück. Da frage ich mich bloß, wie du rausgekommen bist.« Er schnaubte. »Aber schön, nehmen wir für einen Moment an, es wäre so – weshalb willst du sie dann schützen? Bring mich zum Lager.«

»Lassen Sie mich danach frei?« Mir stand der Schweiß auf der Stirn. Ich hatte nichts in der Hand und bluffte wie ein Pokerspieler – mit meinem Leben als Einsatz.

»Ich bekomme die Bande und du spazierst hier raus?« Cooper schien nachzudenken. »Einverstanden. Sobald ich Daniel Buckley, Patrick Connert und ihren Leuten Handschellen anlege, gehen deine auf.«

Er log. Dafür brauchte es keine Menschenkenntnis. Er konnte mich nicht laufenlassen. Nicht mit dem Wissen über seine Verhörmethoden. Aber selbst falls es ihm ernst gewesen wäre, was hätte mir das genützt? Ich konnte ihn nicht zum Lager führen, Tim und Patrick hatten ganze Arbeit geleistet. Ich war verloren in einem aussichtslosen Spiel.

»Abgemacht«, sagte ich und hatte das Gefühl, mein eigenes Todesurteil zu unterzeichnen. Das Wort hallte in meinem Kopf wie ein düsteres Echo.

Cooper sprach leise, aber ein Brüllen hätte weniger bedrohlich gewirkt. »Komm nicht auf die Idee, mich zu hintergehen. Du würdest es bitter bereuen. Wir reiten morgen in der Dämmerung los. Wenn wir zur Mittagsstunde nicht beim Lager sind, erlebst du den Abend nicht. Dann breche ich dir jeden einzelnen Knochen und werfe dich in die nächste Schlucht. Freu dich schon mal drauf, solltest du es dir anders überlegen.«

Damit marschierte er aus der Zelle und schmetterte die Tür zu. Schlagartig war es wieder stockfinster. Der Schlüssel klirrte, Coopers Schritte entfernten sich, eine weitere Tür knallte, danach hörte ich nur noch meinen keuchenden Atem.

Ich ließ mich zu Boden sinken und vergrub mein Gesicht in den Händen. Es war vorbei. Ich hatte geblufft, und morgen wollte Cooper mein Blatt sehen. Ich konnte ihm kein Lager zeigen. Sobald er dahinterkam, würde er mich umbringen. Das Ende dieses Albtraums, in dem ich gelandet war. Selbstverschuldet, das stritt ich gar nicht ab. Mir kamen Morgans Worte in den Sinn: *Ist ein Gespräch mit Daniel Buckley es wert, dafür zu sterben?* Nein, auf diesen Preis war ich nicht gefasst gewesen.

Von wegen, Patricks Plan wäre gescheitert – dieser Gedanke war ebenso hirnrissig wie meine Annahme, Cooper würde mich einem Richter vorführen. Patrick hatte alles berechnet. Wenn das Feuer mich nicht tötete, würde Cooper es tun. Schon morgen, sobald mich meine Lügen einholten. Ich hatte mir lediglich eine Nacht erkauft und der Sheriff würde mir die Täuschung gnadenlos heimzahlen.

Zudem konnte ich diese letzten Stunden nicht einmal bewusst erleben, denn mein Körper ächzte nach Erholung. Meine Augenlider wurden schwer und dann schlief ich ein.

Eine Weihnachtsgeschichte

Diesmal hörte ich weder Schritte noch einen Schlüssel im Schloss. Ich erwachte nicht einmal, als die Tür geöffnet wurde. Erst Lichtschein auf meinem Gesicht ließ mich hochfahren. Ich erkannte eine Gestalt im Türrahmen und erschrak bis ins Mark: Es war so weit!

Gleich darauf blinzelte ich jedoch verdutzt und traute meinen Augen nicht. Statur und Größe passten nicht – dies war nicht Cooper. Der Ankömmling warf einen prüfenden Blick hinter sich und ich glaubte im Profil etwas Vertrautes zu entdecken. »Daniel?«, entfuhr es mir verdattert.

»Pst«, warnte der Unbekannte flüsternd, während er sich zu mir beugte. »Sie haben einen gesegneten Schlaf, Mr. Parker.«

Mir fiel es wie Schuppen von den Augen. »Morgan!«, keuchte ich fassungslos. »Wie …«

»Später.« Das Licht schwenkte zu meinen Handschellen. »Geben Sie her.«

Ich hob meine Hände. »Wollen Sie die etwa durchsägen?«

»Das würde Zeit und Werkzeug erfordern«, wisperte er und stellte die Laterne auf den Boden. »Man kann auch einen Schlüssel verwenden. Halten Sie still.«

Ich sah Metall zwischen seinen Fingern glänzen, spürte ein Rütteln, es klickte und im nächsten Moment war eine nach der anderen Hand frei.

»Können Sie gehen?«, fragte Morgan, während er mir auf die Beine half. Offenkundig ließ ihn mein ramponierter Anblick zweifeln – wenn er geahnt hätte, wie berechtigt die Frage nach einer Haft bei Cooper war! Ich nickte rasch, es musste einfach klappen. Meine Beine waren ziemlich steif, ich fühlte mich zittrig, doch ich kam vorwärts. Die Hoffnung auf ein Wunder gab mir Kraft. Morgan schnappte sich die Laterne und wir verließen die Zelle.

Leise huschten wir zum Hinterausgang, den auch Tim und ich vor einigen Tagen benutzt hatten. Die Tür war nur angelehnt, anscheinend war Morgan hier eingedrungen.

Draußen sog ich genüsslich die kühle Nachtluft ein. Geduckt bewegten wir uns im Schatten der Häuser durch die schlafende Stadt, erreichten bald das freie Feld und rannten dann richtig los, so schnell es beim schwachen Lichtschein möglich war.

»Wie haben …«, begann ich, aber Morgan wiegelte sofort ab: »Sparen Sie Ihren Atem zum Laufen.«

Allzu lang war dies zum Glück nicht nötig. Schon nach wenigen Minuten sah ich zwei Pferde an einem Baum angebunden stehen und erkannte sie sogar als dieselben, die Morgan und mich von Brackwall hierher getragen hatten. Mein Herz schlug wie verrückt und ich merkte, wie sehr mich der kurze Lauf angestrengt hatte. Ich war völlig erschöpft von den Strapazen der letzten Tage, hatte seit dem Vormittag nichts getrunken und an meine letzte Mahlzeit erinnerte ich mich kaum.

»Haben Sie … vielleicht Wasser?«, brachte ich luftringend heraus.

Wortlos hielt Morgan mir einen Lederschlauch hin. Ich trank gierig – wunderbar erquickendes Wasser, das mich richtig mit neuem Leben erfüllte. Ich hätte den ganzen Schlauch geleert, hätte Morgan ihn mir nicht wieder abgenommen.

»Langsam. Sie bekommen bald noch was, jetzt müssen wir erst einmal weg.«

Er half mir aufs Pferd. Noch vorhin hätte ich nicht geglaubt, mich überhaupt im Sattel halten zu können, aber das Wasser – und die Aussicht auf mehr – spornte mich an. Morgan schwang sich auf sein Tier und wir ritten in die Dunkelheit. Die Laterne und das fahle Mondlicht reichten, um den Weg notdürftig zu erkennen. Ich verließ mich völlig auf Morgans Führung und den Instinkt meines Pferdes.

Nun musste die Frage endlich heraus: »Morgan, was tun Sie hier? Sie sind doch vor …«, ich überschlug es, »… über einer Woche zurück nach Brackwall aufgebrochen.«

»Allerdings. Ich ritt nach Hause zu Mac. Und er schickte mich postwendend wieder her, sobald ich ihm von Ihren Plänen erzählt hatte. Ihm war glasklar, dass Ihr Abenteuer übel ausgehen würde.«

»So wie Sie es mir prophezeiten«, murmelte ich. »Und ich hörte nicht darauf.« Ich dachte an unser Gespräch vorm Bordell. »Ich war wohl etwas ausfallend.«

»Sie waren direkt, aber immerhin höflich. Natürlich war es eine Schnapsidee. Und Mac war höchst aufgebracht. Deshalb sollte ich herausfinden, wie es Ihnen ergeht, und bei Bedarf zur Stelle sein. Also schlug ich in der Nähe von Aspen mein Lager auf. Als ich heute die Rauchschwaden sah, ahnte ich, dass was im Busch ist. Ich stattete dem Krämer einen Besuch ab, fragte ihn beiläufig aus und er erzählte, dass jemand das Haus des Sheriffs angezündet hatte. Angeblich ein Fremder, der sich der Bande angeschlossen hatte und die … Feuertaufe nicht bestand.«

»Und Cooper ließ verlautbaren, ich wäre beim Brand umgekommen, richtig?«

Er nickte. »Dass er Sie für tot erklärte, machte mich erst recht misstrauisch. Ich dachte, es schadet nicht, einmal in seinem Gefängnis nachzusehen.«

Ich lauschte fasziniert. »Woher hatten Sie die Schlüssel für die Tür und die Handschellen?«

»Ich war eigentlich drauf gefasst, die Zelle aufbrechen zu müssen. Cooper hat seinen Schlüsselbund bestimmt bei sich, wo immer er heute die Nacht verbringt. Aber ich fand einen zweiten, als ich rasch den Schreibtisch vorn im Büro durchsuchte. Ein kleinerer, eindeutig für Handschellen, lag ordnungsgemäß daneben. So hatte ich leichtes Spiel.«

Ich musste das erst sickern lassen. Morgans bemerkenswerte Gelassenheit half dabei, auch seine gewohnt heisere Stimme wirkte beruhigend. Zuletzt sagte ich aus tiefstem Herzen: »Danke. Ich stehe tiefer in Ihrer Schuld, als ich es je ausdrücken kann. Sie haben meinetwegen Ihren Kopf riskiert.«

»Ach, schon gut. Mein Kopf kann gern für so was herhalten, dann hat er wenigstens einen Nutzen. Außerdem habe ich Sie ja geradezu herausgefordert, auf Coopers närrischen Plan einzugehen.«

»Keineswegs. Sie versuchten, mich zurückzuhalten, aber ich wollte wild entschlossen in mein Verderben laufen.«

»Löblich, dass Sie es zugeben«, erklärte er, ein wenig spöttisch. »Mein Vorschlag war ja, dass Sie Ihr Süppchen selbst auslöffeln, aber davon wollte Mac nichts hören. Ich sehe es so: Ich brachte Sie von Brackwall nach Aspen. Jetzt bringe ich Sie eben zurück von Aspen nach Brackwall.«

Das verblüffte mich. »Wir reiten nach Brackwall? Zu Mac?«

»Nein. Zum Bahnhof. Es ist der nächstgelegene.«

»Aber ... wird Cooper nicht erraten, dass wir in diese Richtung fliehen?«

Morgan zügelte sein Pferd und sah mich streng an. »Haben Sie ihm gegenüber Macs Namen genannt? Oder von woher Sie nach Aspen kamen?«

Ich dachte an meine Gespräche mit Cooper zurück. Sie schienen ewig her, trotzdem war ich mir sicher. »Nein, ich habe Mac nicht erwähnt. Und wie ich nach Aspen gelangte, war nie Thema.«

»Dann ist der Weg zum Bahnhof so gut wie jeder andere. Cooper wird nie vermuten, dass Sie mit der Eisenbahn flüchten, so was tut man hier nicht. Also setze ich Sie in Brackwall in den Zug und Sie fahren dahin, wo Sie herkamen. Damit hat sich die Geschichte.«

Er trieb sein Pferd wieder vorwärts.

Allmählich wich meine Anspannung. Als wir aus dem Gefängnis gestürmt waren, war es mir vorgekommen, als könnte ich bis ans Ende der Welt laufen. Jetzt holte mich die Erschöpfung ein und bleierne Müdigkeit machte sich breit. Die gemächliche Bewegung und die Dunkelheit taten das Ihre. Ich würde bloß eine Sekunde die Augen schließen ...

»He! Parker!«, ließ Morgans raue Stimme mich zusammenfahren und jemand packte meinen Arm.

Ich fand mich schräg im Sattel, knapp vorm Absturz. »Tut mir leid«, murmelte ich matt. »Ich habe ... nicht viel Schlaf bekommen letzte Nacht. Meinen Sie, wir könnten vielleicht ganz kurz ...«

Er schwenkte seine Laterne prüfend rundum. »Wir bleiben hier. Der Platz ist ebenso geeignet wie jeder andere. Ich kann Mac unmöglich erklären, dass ich Sie rausholte und Sie sich danach den Hals brachen.«

Schon war er abgesprungen, löste die Decke von meinem Sattel und breitete sie am Boden aus.

Ich plumpste regelrecht nach unten. Am liebsten wäre ich ihm aus Dankbarkeit um den Hals gefallen, aber ich war zu müde dazu. »Ich helfe Ihnen noch, die Pferde zu versorgen«, bot ich an und fragte mich im nächsten Moment, ob ich das wirklich gesagt hatte.

Morgan nahm mich ohnehin nicht ernst. Er zeigte erst auf mich, dann auf die Decke. »Sie. Schlafen.«

Hatte ich ihn je unfreundlich genannt? Gedanklich bat ich um Verzeihung, während ich mich niederlegte. »Sie wecken mich, wenn ich Sie als Wache ablösen soll, ja?«

Ich glaube, er öffnete den Mund, aber an den Rest erinnere ich mich nicht. Kaum dass mein Kopf den Boden berührte, schlief ich ein.

Im Traum befand ich mich in einem Raum voll Feuer. Die Flammen kamen von allen Seiten und ich konnte mich nicht rühren, nicht einmal schreien, während sie immer näher rückten. Irgendwann erreichten sie mich und – sie waren seltsam kalt. Ich fröstelte.

Zitternd schlug ich die Augen auf. Da war kein Feuer und ich konnte mich bewegen. Halb in die Decke gewickelt lag ich in der fahlen Morgendämmerung am Boden und sah ein paar Schritte entfernt Morgan sitzen. Er schaute zu mir.

Ich war in keinem brennenden Haus. Ebenso wenig im Lager der Bande oder in Coopers hinterster Zelle. Ich war ein freier Mann, wenngleich mir die Verfolger wahrscheinlich bald auf den Fersen waren. Aber ich war nicht tot und zur Abwechslung auch nicht gefesselt. Schon dafür lohnte sich das Aufwachen.

Ich rappelte mich hoch. »Ich dachte, Sie wecken mich für die Ablöse«, murmelte ich verlegen.

Morgan hob eine Augenbraue. »Gut, dass Sie mich erinnern – Zeit zum Aufstehen. Sie können jetzt gern eine Weile aufpassen. Oder frühstücken. Was immer Ihnen lieber ist.«

Mit einer Geschwindigkeit, die mich selbst überraschte, war ich bei ihm. »Ich, äh ... fange vielleicht mit dem Frühstück an.«

Morgan zog eine Konservendose aus einem Beutel. »Sie müssen mit kalten Bohnen vorliebnehmen. Für ein Feuer sind wir noch zu nahe an Aspen.«

Ich weiß nicht, ob Sie je kalte Bohnensuppe gegessen haben, aber eines garantiere ich: Nach zwei Tagen Hungern gibt es nichts Köstlicheres. Ich schaufelte den Inhalt der Dose in mich hinein, bis Morgan mich bremste. »Gemach. Die Bohnen laufen nicht weg, kalt werden sie auch nicht. Sonst behalten Sie das Frühstück nicht lange bei sich, es wäre schade drum.«

Beschämt über meine Manieren aß ich gesitteter weiter. Nach Coopers Schlägen schmerzte mein Kiefer ohnehin. Während ich beständig einen Löffel nach dem anderen zum Mund führte, beruhigten sich auch meine Gedanken. Gestern um diese Zeit hing ich an einem Baum, verkaufte danach brieflich meinen guten Namen, wurde gefesselt in ein brennendes Haus gesteckt und entkam mit knapper Not. Dann wurde ich von Cooper verprügelt, hatte mit meinem Leben praktisch abgeschlossen, wurde unverhofft von Morgan befreit und sollte nun mit ihm zurück nach Brackwall reiten. Das war reichlich viel auf einmal – mein Verstand brauchte noch eine Weile, um das Erlebte zu begreifen.

Dass ich meine wundersame Rettung ausgerechnet Morgan verdankte, passte insofern, als dass ich ein Wiedersehen gerade mit ihm am allerwenigsten erwartet hätte. Da saßen wir beide nun, wie schon mehrfach auf dem Weg von Brackwall hierher. Seither waren bloß anderthalb Wochen vergangen, trotzdem hatte sich etwas wesentlich verändert – ich selbst.

So kam es mir jedenfalls vor: Ich war nicht mehr jener Mann, der mit Morgan nach Aspen geritten war, konnte es gar nicht sein nach all meinen Erlebnissen. Noch vor wenigen Tagen war mir diese Sache als großes Abenteuer erschienen und mein Auftrag immens wichtig. Aber was bedeuteten Ronald und dieses Erbe schon im Vergleich dazu, dass ich fast gestorben wäre? Ich hatte entdeckt, dass Abenteuer schlimm enden können und wie grausam das Leben sein kann – oder eher die Menschen. Viel hatte nicht gefehlt und ich hätte diese Erfahrung mit dem Leben selbst bezahlt.

Doch es war anders gekommen, der Albtraum war zu Ende. Ich hatte etliche Schrammen davongetragen, aber ich würde mich nicht unterkriegen lassen.

Morgan beobachtete mich, während ich die letzten Bohnen aus der Dose fischte. »Sie haben schon mal besser ausgesehen«, stellte er trocken fest.

Dem konnte ich schwer widersprechen. »Ich habe mich auch schon besser gefühlt.« Mein Oberkörper schmerzte immer noch von den Hieben der Bande und von Coopers Tritt, meine Schulter vom Sturz aus dem Fenster, Hinterkopf und Kiefer taten mir weh, die Handgelenke waren geschwollen und der Nacken steif, meine Beine fühlten sich an wie nach einem Langstreckenlauf und mein Gesicht wie durchgewalkt – es ließe sich leichter aufzählen, was unversehrt geblieben war.

»Der Westen bekommt Ihnen nicht. Gehen Sie wieder nach Hause. Bleiben Sie, wo Sie hingehören.« Er griff in den Beutel. »Noch eine Portion?«

Ich nickte begeistert und mampfte mich durch eine zweite Dose. Jeder Bissen war ein Kraftschub für meine Lebensgeister. »Wollen Sie gar nicht wissen, wie es mir bei der Bande erging?«

Er zuckte die Schultern. »Ich nehme an, man hat Sie rasch enttarnt und tüchtig verprügelt.«

Ich nickte. »Und das geradezu routiniert. Die haben dort ...«

»Ersparen Sie mir Details. Ihr Anblick spricht ohnehin Bände.«

»Ein Teil davon geht freilich auf Coopers Konto«, gab ich zu bedenken. »Keine Ahnung, ob er mir letztlich glaubte, dass die Bande mir das Ganze anhängen wollte.«

»Hat man Sie in Coopers Haus in einen Schrank gesperrt?«, fragte Morgan, offenbar doch interessiert.

»Mit ölgetränkten Seilen an eine Kommode gebunden. Daniel steckte mir heimlich ein Messer zu, so konnte ich die Fesseln durchschneiden.«

»Hat er das?«, murmelte Morgan, mehr bestätigend als fragend. »Das war sehr mutig von ihm.«

»Er ...« Ich überlegte, wie ich Daniels Motive erklären konnte. »Wir unterhielten uns viel, er und ich.«

»Ach«, sagte Morgan. Seine Stimme klang mit einem Mal eigentümlich, als schnürte ihm etwas die Kehle zu. Ich sah rasch zu ihm, er wirkte verkrampft. Ich dachte daran, wie er mich gebeten hatte, seinen Namen gegenüber Daniel zu verschweigen. Seine jetzige Reaktion weckte meine Neugier erneut. »Sie konnten also mit ihm reden. Insofern war das Unternehmen kein reiner Schlag ins Wasser.«

»Was meinen Auftrag betrifft ... der ist erledigt. So betrachtet war es ein Erfolg.« ›Wenn man beiseitelässt, dass Daniel das Vermögen nicht will‹, dachte ich, innerlich seufzend.

Morgan brachte mich prompt zur Raison. »Nebenbei schafften Sie es leider, sich mit beiden Seiten des Gesetzes anzulegen. Sie führten Cooper hinters Licht, um an die Bande heranzukommen, die sich jetzt ebenso von Ihnen verkauft fühlt. Wann dachten Sie ernsthaft, das wäre eine gute Idee? Sie verscherzen es sich mit dem nachtragendsten Sheriff des Landes und mit einer Horde von Gesetzlosen. Sie haben wirklich mehr Glück als Verstand.« Ich nahm den Tadel stumm hin, er hatte ja recht. »Sehen Sie zu, dass Sie fertig werden«, mahnte er nun. »Wir müssen Land gewinnen. Falls Cooper Leute ausschickt, stolpert womöglich jemand über uns.«

Mir blieb der Bissen im Hals stecken. *Wir reiten morgen in der Dämmerung los.* Cooper musste meine Flucht bereits bemerkt haben. »Was, wenn er unseren Spuren folgt?«

»Wir rannten quer durch die Stadt und dann hinaus aufs freie Feld«, erinnerte Morgan mich. »Cooper hat keinen Schimmer, an welche Spuren er sich halten soll.«

Er begann zusammenzupacken.

»Essen Sie nichts?«, fiel mir jetzt erst ein.

»Ich habe schon gegessen, bevor Sie aufwachten.«

»Warum so früh?«

»Die Nachtwache war langweilig und ich hatte Hunger«, entgegnete er unwillig.

Noch während er sprach, dämmerte es mir. Ich starrte auf die halbleere Dose. »Das ... war Ihre Ration, stimmt's? Sie haben mir Ihr Frühstück überlassen.«

»Vergessen Sie's. Wir haben nicht unbegrenzt Proviant und Sie brauchen es nötiger. Also los«, wimmelte er meinen Dank ab, »Sie können mir helfen, indem Sie sich ruckzuck fertig machen.«

Das ließ ich mir nicht zweimal sagen. In Windeseile leerte ich die Dose und ein paar Minuten später saßen wir im Sattel. Ich fühlte mich wie neugeboren. Natürlich war ich längst nicht in Sicherheit, doch jeder Schritt brachte mich weiter weg von Cooper und der Bande. Patrick und die Männer ahnten gar nicht, dass ich noch lebte – ein Grund mehr, sich rasch zu verdrücken. Ich war richtig trunken vor Freude und hätte am liebsten die Welt umarmt oder stellvertretend Morgan. Allerdings würde er sich das entschieden verbitten. Trotzdem war es mir ein Bedürfnis, wenigstens einen Teil meiner gewaltigen Dankesschuld abzutragen.

Nach einer Weile sprach ich die Sache kurzerhand an: »Ich kann doch sicher mehr für Sie tun, als mich bloß beeilen. Und sagen Sie bitte nicht, dass ich zum Dank den Mund halten soll, das hatten wir schon.«

Er schnaubte fast belustigt. »Danken Sie mir für Ihr Leben, indem Sie es leben. An einem sicheren Ort außerhalb von Coopers Reichweite. Und meiner, denn ich bin es leid, auf Sie aufzupassen.« Die Worte wirkten hart, seine Miene jedoch nachsichtig. »Außerdem bin ich bloß Macs reitender Bote. Ihm müssen Sie dankbar sein, nicht mir.«

»Wie geht es ihm?«

Morgan wurde ernst. »Er sah sehr erschöpft aus. Ich wollte ihn gar nicht allein lassen, aber er war unerbittlich. Gerade dass ich noch seine Vorräte auffüllen durfte.«

Vielleicht war jetzt der passende Moment für ein bestimmtes Thema? »Er liebt Sie wie ein Vater. Er ... macht sich große Sorgen um Ihre Zukunft, falls ihm etwas zustößt. Ich glaube, er ist unsicher, wie es mit Ihnen weitergeht.«

Morgan sah nachdenklich vor sich hin. »Ich weiß, was ich tue, wenn er stirbt.«

Das hatte ich ohnehin angenommen. Morgan war schließlich kein Kind. »Vielleicht sollten Sie ihm das sagen.«

»Das weiß er doch längst.«

Dem war wohl nichts hinzuzufügen. »Sind Sie ihm noch böse, weil er mir gegenüber ... den Tod Ihrer Eltern erwähnte?«, fragte ich stattdessen. Ich wollte sichergehen, dass Morgan dem alten Herrn keine Vorwürfe machte.

Er blieb gefasst. »Ich könnte Mac nie böse sein. Nicht so, wie Sie es meinen. Hätte er sich nicht meiner angenommen ...« Er schaute mir prüfend ins Gesicht. »Trotzdem möchte ich, dass Sie mir jetzt sagen, was er Ihnen wirklich über meine Eltern erzählte.«

Mein Herz sank. Nun war es mit den Ausflüchten vorbei. Obwohl ich einen letzten Umweg versuchte: »Es ging nicht so sehr um Ihre Eltern. Mac sagte nur, dass es ein Unglück war.«

»Und?«, beharrte Morgan.

Es half nichts. »Und ... dass Sie sich die Schuld daran geben. Weil Sie damals überlebten. Und deswegen alle Welt wie den letzten Dreck behandeln, weil Sie niemanden an sich heranlassen wollen.« Ich senkte den Kopf. »So, jetzt wissen Sie's.«

Morgan blieb still. Sekunden verstrichen, bis er plötzlich nach Luft schnappte, es klang wie ein tiefer Seufzer. »Ja«, sagte er heiser. »Und jetzt wissen Sie's.«

»Weshalb Sie sind, wie Sie sind?«

»Weshalb ich bin, wo ich bin.« Erst dachte ich, er spräche von seinem Zuhause bei Mac, bis er fortfuhr: »Ich bin hier, weil ich noch am Leben bin. Aber das sollte ich nicht sein. Ich hätte schon vor etlichen Jahren sterben sollen. Ich lebe mit geborgter Zeit und warte darauf, sie eines Tages zurückzugeben.«

Nun stockte wiederum mir der Atem. Ohne jegliche Vorwarnung hatte das Gespräch eine Wendung genommen, auf die ich nicht gefasst gewesen war. »Würde das ... etwas ändern?«, brachte ich schließlich heraus.

»Nichts kann ändern, was war«, antwortete Morgan. »Manche Fehler lassen sich nie wiedergutmachen. Was zerbrochen ist, bleibt es. Und mitunter ist es ein Leben.«

Ich ahnte, was er meinte. »Leben, die enden«, murmelte ich. »Und Leben, die weitergehen.«

Er nickte grimmig. »Zum Bleiben verdammt, ständig im Wissen der Schuld. Nennen Sie das ein Leben?«

»Leben bedeutet immer noch, eine Zukunft zu haben.«

»Und eine Vergangenheit«, gab er zurück.

»Ja, mit der beginnt es.«

»Nein, damit endet es«, widersprach er. »Die Vergangenheit ist wie eine Eisenkugel am Bein.«

»Und die Zukunft wie eine Treppe. Wohin sie führt, entscheiden wir jeden Tag aufs Neue.«

»Ich lebe nicht für die Zukunft«, sagte Morgan. »Ich lebe in der Vergangenheit. Wenn ich mich umdrehe, holt sie mich ein. Und ich habe es so unendlich satt, mich mit den Erinnerungen herumzuschlagen, sie sind ein Fluch! Nichts und niemand kann uns davon erlösen.«

»Erinnerungen machen uns zu dem, was wir sind. Nichts und niemand kann sie uns wegnehmen.«

»Ich würde sie nur allzu gern los«, stieß er bitter hervor.

»Sie möchten vergessen?«, fragte ich leise. »Alles und jeden? Auch die Menschen, die Sie liebten?« Er starrte mich schweigend an. »Sie können es sich nicht aussuchen. Im Leben ist alles dabei: Wie wir mit der Vergangenheit umgehen. Wie wir die Zukunft anpacken. Und was dazwischen liegt. Das macht es aus. Wenn Sie vergessen und vergessen werden, was bleibt dann von Ihnen?«

»Vielleicht möchte ich gar nicht, dass etwas bleibt und man sich erinnert. Ich verdiene es nicht.«

»Weil Sie es verabsäumten, zu sterben?«, entfuhr es mir.

»Treffend ausgedrückt. Ich habe die Gelegenheit verpasst.«

»Tun wir das nicht alle, täglich? Leben, weil wir dem Tod noch einmal entkommen?«

»Und eine Zeitlang mag es gutgehen«, stimmte er zu, »aber letztlich ist es das Leben, das uns umbringt. Wäre man nicht, wer man ist, würde man nicht so sterben, wie man es eben tut.«

»Mit anderen Worten, jeder ist seines Glückes Schmied. Seines Lebens – und seines Todes.«

»Allmählich verstehen wir uns. Und wenn der Tod das Einzige ist, was noch befriedigen kann ... Begreifen Sie nun, dass es keine Heldentat war, Sie aus dem Gefängnis zu holen? Was hätte mir schon zustoßen können außer dem Tod? Der macht mir keine Angst.«

»Und was macht Ihnen Angst?«, fragte ich.

»Was sollte mir denn Angst machen? Ich habe alles verloren, was mir je etwas bedeutete. Mir blieb nur ein Herz aus Stein.« Es klang harsch und verzweifelt zugleich. »Seltsam, dass man überleben kann, wenn das Herz stirbt. Aber natürlich geht es. Sie merken, dass da etwas unwiderruflich zerbrochen ist, und machen eben ohne das lästige Ding weiter. Sie benötigen es ohnehin nie wieder. Es bringt nur Kummer und Schmerz, das wissen Sie doch selbst am besten. Deshalb sind Sie ja vernünftigerweise allein.«

Ich sah verwundert auf, denn mir war plötzlich etwas klar geworden. »Nein, es ist nicht deswegen. Ich glaube, ich habe ... einfach nie gelernt, Menschen zu mögen.«

»Fangen Sie gar nicht erst damit an«, empfahl er kühl. »Sie ersparen sich einiges.«

Ich war noch von meiner Erkenntnis überrascht. »Aber wie viel mehr verpasse ich?« Es war, als ahnte ich zum ersten Mal, was all die Geschichten über Freundschaft mir stets zu sagen versucht hatten. »Jeder braucht etwas, das er liebt. Das waren Ihre Worte, auf dem Weg nach Aspen.« Ich hätte nie erwartet, dass ich meine nächste Frage je stellen würde und dann ausgerechnet diesem Mann: »Morgan, seien Sie ehrlich: Freundschaft und Liebe – sind sie es wert? All den Kummer, den sie womöglich bereiten. Sollte man sich trotzdem darauf einlassen?«

Sein Gesicht war jetzt ebenso blass wie seine Stimme. »Fragen Sie mich nicht. Alles, nur nicht das. Fragen Sie Ihre Bücher oder Ihr Gewissen, nicht mich.«

Ich blickte ihn hilflos an. »Aber Sie kennen die Antwort.«

»Ich kannte sie vor langer Zeit«, sagte er rau. »Seit damals bemühe ich mich, sie zu vergessen. Ich kann sie Ihnen nicht geben.«

Sein gequälter Gesichtsausdruck weckte mein Mitgefühl. Aber ich konnte nichts erwidern, denn er beschloss unvermittelt: »Kommen Sie, wir sollten einen Zahn zulegen!«

Er trieb sein Pferd an, das regelrecht vorwärtssprang und losgaloppierte. Ich beeilte mich, hinterherzukommen. Wir jagten über Wiesen und Hügel, ich musste mich völlig aufs Reiten konzentrieren.

Nach einer Weile entschied Morgan wohl, die Tiere nicht über Gebühr zu strapazieren, und wir wechselten zurück in den Schritt. »Bleiben Sie hinter mir«, forderte er mich auf. »Ich suche den besten Weg zwischen den Felsbrocken.«

Die Steine lagen nur vereinzelt, wir hätten durchaus nebeneinander reiten können. Anscheinend wollte Morgan mir nicht weiter Rede und Antwort stehen. Vielleicht erschreckte ihn selbst, was für einen überraschenden Blick auf sein Innerstes er mir eröffnet hatte.

Mac hatte recht: Morgan machte sich furchtbare Vorwürfe. Sein Geständnis erschütterte mich, er war im wahrsten Sinne des Wortes lebensmüde. Nicht dass ich annahm, er würde sich wirklich etwas antun. Immerhin waren Jahre seit dem Tod seiner Eltern vergangen und er hatte bis heute die Kraft gefunden, weiterzumachen – aber womit? *Ich lebe nicht für die Zukunft.*

Es war bestimmt nicht seine Absicht gewesen, gerade mich ins Vertrauen zu ziehen. Ich hatte bloß zufällig die richtigen Fragen eingeworfen. Das also verbarg sich hinter der Fassade des Menschenfeindes: ein Verlorener, der keine Hoffnung mehr sah. Er versagte sich selbst jede Freude, jedes liebevolle Wort eines anderen Menschen, deshalb ließ er niemanden an sich heran. Vermutlich ärgerte er sich bereits, mich nicht rechtzeitig abgeblockt zu haben. Für mich war es umgekehrt ein Segen – ein Weg, meine Schuld zu begleichen. Morgan hatte mich gerettet und ich konnte ihm denselben Dienst erweisen. Ich wollte ihm beistehen, seinen Gram zu überwinden und neuen Mut zu fassen. Ich war mir sicher, dass

Morgan nicht gerettet werden wollte – und ebenso überzeugt, dass er gerettet werden musste.

Das war wohl leichter gedacht als getan. Ausgerechnet ich wollte ihm zeigen, wie lohnenswert das Leben sein konnte und wie wichtig es war, andere an sich heranzulassen? Ich hatte bisher vor mich hingelebt und auf das große Abenteuer gewartet, das mich dann bei seinem Eintreffen fast umgebracht hatte. Und andere Menschen waren das Letzte, worauf ich mich verstand. Da hatte eher Morgan selbst Nächstenliebe kennengelernt, wenigstens in jungen Jahren. Aber vielleicht brauchte ich es ihm gar nicht zu erklären, sondern ihn bloß daran erinnern.

Er hatte mich aus der Zelle befreit. Ich wollte ihn nun aus seinem eigenen Gefängnis holen.

Les Misérables

Stundenlang ritten wir hintereinander her. Die Pferde schienen unermüdlich, Morgan sowieso – bewundernswert nach der durchwachten Nacht. Ich dagegen fühlte meine Kräfte zusehends schwinden, vor allem meine Beine waren schon richtig taub. Die letzten Tage hatten mich einfach zu sehr ausgezehrt. Irgendwann ließ es sich auch nicht mehr hinauszögern.

»Morgan!« Hoffentlich wirkte meine Stimme nicht allzu kläglich. »Ich kann nicht mehr.«

Er zügelte sogleich sein Pferd und sprang ab. Ich quälte mich stöhnend aus dem Sattel und wollte ermattet auf den Boden sinken, als Morgan mich erinnerte: »Erst ein wenig herumgehen, Sie wissen doch. Ich mache inzwischen Feuer.« Er holte eine Dose aus der Satteltasche.

Als er eine zweite herauszog, erklärte ich sofort: »Diesmal esse ich nur meine Ration. Sie brauchen auch was. Ich bin nicht am Verhungern, ich benötige bloß eine Rast.«

Morgan zuckte mit den Schultern. »Wie Sie meinen. Aber Sie brauchen mehr als eine Pause, nämlich Schlaf und das reichlich.«

Es klang zu schön, um wahr zu sein. »Haben wir die Zeit dafür?«, fragte ich verlegen.

»Wir sind fürs Erste weit genug von Aspen entfernt. Jede Minute früher in Brackwall ist natürlich besser, aber in Ihrem Zustand schaffen Sie keine Meile mehr.«

»Wird Cooper nicht an alle umliegenden Städte telegraphieren, dass man nach mir Ausschau halten soll?«

»Ganz bestimmt sogar. Aber eine bloße Beschreibung ist zu wenig, es braucht einen Steckbrief. Den muss Cooper erst einmal anfertigen und verteilen, somit haben wir einen kleinen Vorsprung, der bis Brackwall reichen sollte. Sie können also schlafen.«

»Sie meinen immer noch, dass die Eisenbahn das beste Fluchtmittel ist?«

»Jedenfalls das Einzige, das Sie schnell genug wegbringt«, erklärte Morgan. »Wenn Sie in irgendeine andere Richtung fliehen, gehen Sie drauf. Das ist nicht Ihre Welt, Sie sind ein Stadtmensch. Höchste Zeit, dass Sie wieder nach Hause gehen und aufhören, hier alles durcheinanderzubringen.«

Ich schwieg. Er hatte selbstverständlich recht und ich wollte mich von seiner ruppigen Art nicht irritieren lassen.

Morgan hängte die geöffnete Dose über das Feuer. »Um böse Überraschungen zu vermeiden – denken Sie noch mal genau nach. Abgesehen von Macs Namen haben Sie auch Brackwall nicht erwähnt? Weder beim Sheriff noch sonst wo. Oder was von Eisenbahnen gesagt? Oder Ihre Adresse hinterlassen?«

Ich nahm mir Zeit und überlegte. Allerorts hatte ich lediglich meinen Nachnamen genannt, auch in der Herberge wurde nichts weiter gefragt. Das Notizbuch enthielt nur Informationen über die Buckleys. Ich hatte – wie mir erleichtert einfiel – nicht einmal ein Telegramm aus Aspen abgeschickt und meine Fahrkarten lagen bei Winnie. Mein Gewissen war lupenrein. »Cooper hat keinen Anhaltspunkt.«

Morgan rührte in der Dose. »Sehr gut«, meinte er bloß.

Ich dachte an seine Bemerkung bezüglich der Steckbriefe. Müsste ich mir zu Hause noch darum Sorgen machen? Nein, so weit reichte Coopers Arm auch wieder nicht. Und falls doch, konnte ich mir dort wenigstens einen guten Anwalt nehmen – bestimmt nicht Ronald – und meinen Fall argumentieren. Insofern musste ich wirklich nur die Bahnstation erreichen und den passenden Zug besteigen, dann war ich in Sicherheit.

Während ich mich übers Essen hermachte, kümmerte Morgan sich um die Pferde. Ich war skeptisch, wie gut es sich am helllichten Tag schlief, legte mich aber gehorsam hin. Und wo ich schon mal dabei war, schloss ich probehalber die Augen.

Beim Aufwachen war es merklich dunkler. Wenig verwunderlich, denn über mir erstreckte sich der Sternenhimmel. Ich richtete mich verblüfft auf, offenbar hatte ich den restlichen Tag und den Abend verschlafen. Jetzt fühlte ich mich putzmunter.

»Willkommen zurück«, erklang Morgans gelassene Stimme. Er saß am Feuer und wirkte, als wäre es völlig normal, dass jemand erst aufwachte, wenn die Nacht am finstersten war.

Mir war es peinlich, ich stand entschlossen auf. »Jetzt sind Sie dran. Ich kümmere mich ums Feuer.«

»Da sage ich nicht Nein.« Morgan zog seine eigene Decke hervor. »Und falls Sie was Verdächtiges bemerken ...«

»Sehe ich nach.«

»Nein«, versetzte er, »Sie wecken mich und wir sehen zusammen nach, klar?«

»Und wenn es falscher Alarm ist?«

»Und wenn nicht? Keine Alleingänge!« Damit wickelte er sich in seine Decke.

Ich ging zum Feuer. Die Nachtluft war wunderbar erfrischend und der Schlaf hatte gutgetan. Noch ein paar ordentliche Mahlzeiten und einige Tage zum Abschwellen meiner Blessuren, dann war ich bestimmt bald wiederhergestellt.

Wäre mir bloß im Traum eingefallen, wie ich Morgan helfen könnte! Es gab niemanden, den ich um Rat fragen konnte, keinen Menschen, kein Buch. Ich hatte nur mich selbst, was mir fünfundzwanzig Jahre lang genügt hatte. Jetzt hätte ich tatsächlich gern jemanden zur Unterstützung gehabt. Wobei ... Ich sah zum schlafenden Morgan hinüber. Ich hatte ja jemanden. Es war womöglich eine verrückte Idee, doch im Grunde die einfachste Lösung. Ich brauchte keinen Gefährten – aber Morgan brauchte einen. Was, wenn ich ihm zur Seite stand, wenigstens soweit ich es vermochte? Und ihn spüren ließ, dass er mir vertrauen konnte? Vielleicht war das ein Anfang.

Ähm, ja. Und wie ist man jemandem ein Freund? Da wusste ich bestenfalls theoretisch Bescheid. Freundschaften brauchten Zeit und die hatten wir nicht. Oder gemeinsam erlebte Abenteuer. Aber meine Befreiung aus Coopers Gefängnis war wohl wenig geeignet. Ähnliche Interessen? Er würde mich zum Teufel schicken, wenn ich ihn danach fragte.

Morgan wusste, was es bedeutete, andere Menschen zu mögen. Er hatte sich dagegen entschieden. Dass gerade ich ihn wieder dazu bringen könnte, war denkbar aussichtslos. Aber ich würde es versuchen.

Morgan bekam einige Stunden Schlaf, ehe der Morgen dämmerte. Angesichts seiner Reaktion, als ich ihn bei unserem Ritt nach Aspen geweckt hatte, versuchte ich es diesmal mit: »Morgan? Aufwachen.« Er bewegte sich, fuhr sich langsam übers Gesicht und drehte sich zu mir herum. »Guten Morgen«, sagte ich fröhlich. Er grummelte etwas, rappelte sich auf und verschwand hinter ein paar Büschen.

Wenig später saßen wir beim Frühstück. Ich bemühte mich, besonders freundlich und heiter zu sein. Das Ergebnis ließ nicht lange auf sich warten.

»Was ist denn mit Ihnen los?«, knurrte Morgan irritiert.

»Wieso, was soll sein?«, fragte ich scheinbar arglos.

Er ließ seine Tasse sinken. »Machen Sie mir nichts vor, Sie sind seltsam fahrig. Raus mit der Sprache: Ist Ihnen doch was eingefallen, das Cooper auf Ihre Spur bringen kann?«

»Bestimmt nicht. Ich … bin bloß froh, dass ich so gut wie in Sicherheit bin. Ich konnte mich ausschlafen und bin richtig überdreht. Und ich bin Ihnen immer noch unendlich dankbar.«

Jetzt wirkte er beinahe amüsiert. »Ich sage Ihnen, was Sie sind: ein ganz lausiger Lügner. Das mag ja alles zutreffen, aber es ist nicht der Grund dafür, wie Sie plötzlich drauf sind. Wollen Sie was von mir? Hoffen Sie, dass ich Ihnen etwas erzähle?«

»Wissen Sie, was Sie sind?«, konterte ich. »Unfassbar misstrauisch. Sie denken, alle Welt will Ihnen Böses. Was ist so beunruhigend, wenn ich einfach nett zu Ihnen sein möchte?«

Er starrte mich an. »Ich will keinen, der nett zu mir ist. Ich bin auch nicht nett. Mich zum Freund zu haben, kann schlimm enden. Ich bleibe besser allein.«

»Sie waren lange genug allein«, murmelte ich.

»Das sagen ausgerechnet Sie mir?«, entfuhr es ihm. »Hat man Sie seit gestern ausgetauscht? Kein Mensch ändert sich so über Nacht.«

»Kommt ganz auf die Nacht an.«

Das brachte Morgan zum Schweigen. Geradezu betroffen schaute er auf seinen Kaffee. »Es ist mir ernst, ich will wirklich niemanden bei mir. Ich brauche keinen, der mir auf dem Weg durch die Hölle die Hand hält.« Er leerte die Tasse. »Konzentrieren Sie sich aufs Frühstück. Wir brechen in zehn Minuten auf.«

Bald waren wir wieder unterwegs. Ich lenkte mein Pferd an Morgans Seite und erntete einen grimmigen Blick, aber er sagte nichts. Stumm ritten wir nebeneinander. Dann unternahm ich den nächsten Versuch. »Ich habe Ihnen nie erklärt, weshalb ich eigentlich mit Daniel Buckley reden wollte.«

Er verzog keine Miene. »Ich habe blendend überlebt, ohne es zu wissen.«

Ich ließ mich nicht beirren. Es war unmöglich, dass er überhaupt nicht neugierig war. »Obwohl Sie mich dann vermutlich erst recht für verrückt halten, weil ich ein solches Risiko einging.«

»Keine Sorge, meine Meinung über Sie ist ziemlich gefestigt, daran gibt es wenig zu rütteln.« Ich sah ihn schweigend an, schließlich seufzte er. »Raus damit, Sie Nervensäge, sonst platzen Sie noch!«

Dem kam ich prompt nach. Ich erzählte von Maureen Hutchinson, verehelichte Buckley, und vom Auftrag meines verhassten Cousins. »Jetzt wissen Sie, welche Nachricht ich Daniel überbringen wollte«, schloss ich. »Bei Lichte betrachtet natürlich idiotisch, dafür sein Leben aufs Spiel zu setzen.«

Morgan hatte aufmerksam zugehört. »Finden Sie«, sagte er bloß, weder zustimmend noch fragend.

»Irgendwie war mir das Ganze enorm wichtig«, erwiderte ich, wie um mich zu rechtfertigen. »Allerdings geht es auch um eine gewaltige Summe.« Sein Schweigen brachte mich aus dem Konzept. »Wollen Sie gar nicht wissen, wie viel? Oder wie Daniel auf die Botschaft reagierte?«

»Ich brenne darauf«, erklärte er spöttisch.

Ich beschloss, ihm wenigstens einen Teil vorzuenthalten. Falls er den Betrag erfahren wollte, musste er eben fragen. »Er hat das Erbe abgelehnt. Er will das Geld nicht, die Kanzlei soll es lieber an Waisenhäuser schicken.«

Morgans Ausdruck hatte sich verändert, jetzt wirkte er konzentriert. »Sie erwarten wahrscheinlich, dass ich mich erkundige, weshalb.«

Ich unterdrückte ein Lächeln. Na bitte, er war doch interessiert. »Er sagt, er fängt mit dem Geld nichts an. Denn was ihm auf der Welt am wichtigsten war, bringt keine noch so große Summe je zurück: seine Schwester Jules. Er macht sich endlose Vorwürfe ...«

»Hören Sie auf!«, unterbrach Morgan abrupt. Schon seine Stimme ließ mich innehalten, sie war sogar tonloser als sonst. Er wirkte richtig aufgewühlt, nur mühsam beherrscht. »Das genügt.«

»Was, wieso?«, stotterte ich.

»Weil das sehr nach dem Anfang einer traurigen Geschichte klingt.« Ich schwieg verunsichert. Er atmete tief durch, aber seine Hände krallten sich um die Zügel. »Ich will nichts Trübsinniges über Daniel Buckley hören. Lassen wir ihn hinter uns. Sehen wir, dass wir vorankommen!« Schon galoppierte er los.

Ich trieb mein Pferd hastig an. Morgan jagte davon, ich kam kaum nach. Der Abstand vergrößerte sich zusehends, er schien auf mich vergessen zu haben. Irgendwann wurde mir bang, ich könnte ihn aus den Augen verlieren. »Morgan!«, rief ich. Ich musste noch zweimal rufen, dann erst zügelte er sein Tier. Ich schloss keuchend auf. »Nicht, dass ich eine Rast brauche – aber einen ortskundigen Begleiter.«

»Ging mit mir durch«, murmelte Morgan, merklich gefasster. Eine Weile ritten wir schweigend, ehe er unvermittelt fragte: »Warum war es Ihnen so wichtig? Ihr Auftrag, die Nachricht für Daniel. Zeitweise war es ja recht aussichtslos. Sie hätten es einfach lassen können. Warum hängten Sie sich so rein?«

»Weil ...«, ich überlegte, »ich nicht gern aufgebe. Ich wollte es erledigen. Mit einer Erfolgsmeldung zurückkommen.«

»Und wem wollten Sie damit etwas beweisen? Ihrem heißgeliebten Cousin? Ging es darum, ihm zu gefallen oder etwas Gutes zu tun?«

»Hm. Zu meiner Schande: so ähnlich. Ich wollte vermeiden, dass er mir mein Versagen für den Rest meines Lebens vorhält. Und meine Mutter ebenfalls. Außerdem ... wollte ich einfach für mich persönlich wissen, dass ich es schaffen kann.«

Morgan nickte langsam. »Man sollte sich immer klarmachen, weshalb man etwas tut. Und für wen. Um es anderen recht zu machen? Oder für sich selbst?«

Meine nächste Frage platzte richtig aus mir heraus, sie überraschte sogar mich: »Warum tun Sie es?«

»Sie meinen, Sie nach Brackwall zurückbringen?«

»Nein, das tun Sie Mac zuliebe. Warum ... quälen Sie sich so? Mit Schuldgefühlen und Selbstbestrafung. Verstehen Sie mich richtig: Ich begreife, was der Auslöser war. Aber für wen tun Sie sich das an? Wem tun Sie damit etwas Gutes?«

Sein Gesicht war blass. »Ich tue niemandem Gutes. Ich habe etwas Böses getan, das ich nie ungeschehen machen kann.«

»Und deshalb verbreiten Sie nun Bitterkeit und behandeln alle Menschen schlecht?«

»Was wäre die Alternative? Fröhlichkeit und Nächstenliebe? Wozu? Tausend gute Taten heben eine böse nicht auf.«

»Immerhin haben Sie mir das Leben gerettet«, warf ich ein.

»Ein Leben lässt sich nicht für ein anderes aufrechnen. Und die Vergangenheit lässt sich nicht verändern.«

»Trotzdem werde ich Ihnen das nie vergessen«, beharrte ich. »Auch wenn Sie es eifrig darauf anlegen, als grimmiger Menschenfeind in Erinnerung zu bleiben.«

»Das ist nicht meine Absicht. Ich will gar nicht im Gedächtnis bleiben.«

»Dafür sind Sie wiederum zu unfreundlich. Und die Frage bleibt: Was bezwecken Sie damit? Ein möglichst unangenehmes Dasein bis ans Ende Ihrer Tage?«

Er ließ sich das durch den Kopf gehen. »Das trifft es wahrscheinlich ganz gut.«

»Und für wen?«, fragte ich leise. »Für die, die Sie verloren haben? Hätten die das für Sie gewollt?«

Morgan biss die Zähne zusammen. »Vorsicht, Parker«, presste er hervor. »Sie reden da über etwas, wovon Sie nichts verstehen. Und was Sie verdammt noch mal nichts angeht.«

»Da haben Sie wohl recht«, gab ich zu. »Es steht mir auch nicht zu, eine Antwort von Ihnen zu verlangen. Die müssen Sie sich selbst geben. Es ist kein Problem, aller Welt etwas vorzumachen. Fatal wird es erst, wenn man sich selbst belügt. Sie sagen, dass Sie keine Angst haben. Aber mir kommt vor, dass Sie vor etwas weglaufen – vor der Vergangenheit oder den Erinnerungen. Und wer vor sich selbst fliehen will, sollte sich nicht gerade in seinem eigenen Ich verstecken. Hilft es wirklich, wenn Sie sich den Rest Ihres Lebens quälen? Oder möchten Sie ... sozusagen umblättern und das nächste Kapitel beginnen? Sie haben verloren, was Sie liebten, dennoch haben Sie überlebt. Aber wenn Sie anfangen, sich selbst zu verlieren – das überleben Sie nicht.« Ich lauschte meinen eigenen Worten nach. »Es stimmt, ich rede zu viel. Das hat mich fast den Kopf gekostet. Sie wiederum denken zu viel, Sie grübeln endlos über Geschehenes. Sie werden deswegen nicht den Kopf verlieren, aber womöglich den Verstand. Sie überlegen die ganze Zeit, weshalb Sie damals nicht starben. Vielleicht sollten Sie sich etwas anderes fragen: warum Sie überlebten. Ob hier noch Aufgaben auf Sie warten. Es muss keine weltbewegende Tat sein, eine Kleinigkeit reicht. Wäre es nicht schade drum?« Ich zog ratlos die Schultern hoch. »Ich weiß nicht, wie oft ich vom Pferd fiel, als ich bei meinem Großonkel reiten lernte. Er sagte immer: ›Wer runterpurzelt, muss wieder rauf.‹ Nach einem Sturz im Leben wieder auf die Beine zu kommen, ist verflucht schwer, aber etwas leichter, wenn man Hilfe hat. Lassen Sie mich Ihnen helfen, Morgan.«

Stand da ein hoffnungsvoller Ausdruck in seinen Augen? »Warum wollen Sie das tun?«, fragte er leise.

»Weil Sie mir geholfen haben, mehr als einmal. Und weil meilenweit keiner da ist außer mir.«

Morgan verzog das Gesicht, es wirkte wie ein trauriges Lächeln, doch natürlich war es keines. »Sie wollen mir helfen, das rechne ich Ihnen hoch an. Aber sehen Sie es ein, meine Geschichte nimmt kein gutes Ende. Ich habe die Gewissheit unwiederbringlich verloren, dass irgendwann alles gut werden kann. Die Menschen, die ich liebte, sind für immer fort. Zurück blieb ich – und das Scheusal, das aus mir wurde. Bemühen Sie sich nicht, es wäre bloß eine Qual für uns beide. Freuen Sie sich lieber, dass Sie nun doch mal Ihren Enkelkindern von Ihrem Abenteuer berichten können. Aber überlegen Sie sich bis dahin, wie Sie mich am besten weglassen. Niemand will Geschichten über mürrische Widerlinge hören. Bauen Sie stattdessen ein paar liebenswerte Leute ein.«

»Ich würde gern die Wahrheit erzählen.«

Er schnaubte. »Die Wahrheit. Was ist das schon?«

»Dass Sie nicht der charmanteste Mann zwischen Aspen und Brackwall sind, aber der prachtvollste Reisegefährte, den ich mir nur wünschen konnte.«

Morgan starrte mich entgeistert an. »Parker, Ihre Dankbarkeit wird allmählich anstrengend. Na los, bringen wir Sie lieber näher an Ihre Enkelkinder heran!« Und wir verfielen ins Traben.

Den restlichen Tag bewegten wir uns zügig Richtung Brackwall, nur mittags rasteten wir kurz. Wenn wir uns unterhielten, dann über Belanglosigkeiten. Ich erzählte vom Leben in meiner Heimatstadt, Morgan ließ sich ein paar Einzelheiten über den Alltag in Brackwall entlocken, wir sprachen über Pferde, das Wetter und die Landschaft. Ich vermied jedes heikle Thema, ich wollte mich einfach mit ihm unterhalten. Und so unglaublich es klingt, es lief gar nicht schlecht. Zeitweise plauderten wir fast ungezwungen – doch immer wieder zog Morgan sich ohne ersichtlichen Grund plötzlich zurück, als fiele ihm regelmäßig ein, dass er mich auf Distanz halten wollte. Einerseits schien ihn meine Gesellschaft weniger zu stören, andererseits konnte er es offenbar kaum erwarten, mich in die

Eisenbahn zu setzen. Mal redete er friedlich mit mir, dann wurde er justament spröde.

Wir nutzten das Tageslicht bis zuletzt aus, ehe wir unser Lager aufschlugen. Ich hatte keinerlei Orientierung, ahnte aber: »Wir kommen morgen noch nicht an?«

Morgan schüttelte den Kopf. »Wahrscheinlich übermorgen Mittag, sofern nichts dazwischenkommt.«

»Und dann reiten wir zu Mac?«

Er sah mich streng an. »Dann reiten wir unverzüglich zum Bahnhof. Sie wissen schon: Eisenbahn. Nach Hause. In Sicherheit.«

Ich nahm es ihm nicht krumm. Er ahnte ja nicht, weshalb ich fragte. »Es wäre mir wirklich wichtig, mit Mac zu reden.«

»Ich richte ihm Grüße aus. Und wie unendlich dankbar Sie ihm sind, stimmt's? Darum geht es doch.«

»Ja, schon. Aber ich will ihm auch etwas sagen, das ihm ... Seelenfrieden verschaffen könnte. Schließlich grübelt er seit fünf Jahren verzweifelt, weshalb Jules Buckley damals Thomas Connert erschoss und warum Daniel bei dieser Bande ist. Das könnte ich ihm nun erklären. Daniel hat mir alles erzählt.«

Noch während ich sprach, war Morgan erstarrt. »Sie ... wissen ...«, brachte er heraus.

Ich nickte ernst. »Und Sie können mir glauben, Mac wüsste es ebenfalls gern. Auch Doctor Ralph, aber das ist eine andere Geschichte. Verstehen Sie jetzt, warum ich Mac unbedingt treffen muss?«

Immer noch sah Morgan mich an, als hätte er ein Gespenst vor sich. Es dauerte eine ganze Weile, bis ihn plötzlich ein Zittern durchlief, er nach Luft schnappte und harsch feststellte: »Es geht nicht. Sie müssen weg. Für Mac ist es bestimmt wichtiger, dass Sie in Sicherheit sind.«

Ich überlegte. »Darauf würde ich nicht schwören. Die Buckleys waren für Mac wie seine eigene Familie. Hätte er die Möglichkeit, mehr über ihr Schicksal zu hören und mich danach fortzuschaffen ...«

»Wir führen ihn nicht in Versuchung. Nehmen Sie Ihr Wissen mit nach Hause. Sie können Mac ja schreiben.«

»Das geht nicht. Diese Geschichte kann ich keinem Brief anvertrauen.« Mir kam eine Idee. »Aber Ihnen. Und Sie geben alles an Mac weiter. So kann ich heimfahren und trotzdem erfährt er ...«

»Nein!«, stieß Morgan hervor. »Ich will nichts davon hören! Warum wollen Sie mir andauernd schlimme Geschichten über Daniel Buckley erzählen?«

Ich hatte das Gefühl, dass wir aneinander vorbeiredeten. »Es geht nicht nur um Daniel. Da ist die Sache mit diesem vermeintlichen Duell zwischen ...«

»Pst!«, fauchte er unerwartet. »Still! Hören Sie das?« Er verharrte angespannt, den Kopf halb über die Schulter gedreht. Ich spitzte ebenfalls die Ohren, bemerkte aber nichts. Fragend sah ich Morgan an. »Da war was«, flüsterte er und griff nach seinem Revolver. »Bleiben Sie da.« Ehe ich reagieren konnte, war er im Gebüsch verschwunden.

Ich hockte stumm lauschend neben dem Feuer und blickte in die Dunkelheit. Die Minuten vergingen, meine Nervosität stieg. Einmal hörte ich leises Wiehern, sonst waren da nur der leichte Nachtwind und das Rascheln der Blätter. Ich schrak richtig zusammen, als Morgan plötzlich wieder auftauchte. Er wirkte gefasster und verstaute seine Waffe im Halfter. »Entspannen Sie sich. Offenbar haben sich die Pferde über irgendwas erschreckt.« Er setzte sich. »So, und jetzt Schluss mit Geschichten über die Vergangenheit. Es bleibt dabei, Sie steigen ohne Umwege in den Zug. Ende der Diskussion.«

Ratlos saß ich ihm gegenüber. Wie konnte ich ihm bloß begreiflich machen, worum es hier ging? Und dass es eine Herzensangelegenheit für Mac wäre, endlich die Wahrheit zu erfahren. Oder sollte ich nach Hause fahren, von dort aus die Sache mit Sheriff Cooper klären und danach wiederkommen? Es war aufwendig, aber mich beunruhigte vielmehr: Krank wie Mac war, blieb ihm womöglich nicht so viel Zeit. Könnte Morgan sich doch wenigstens durchringen, als Bote zu fungieren! Warum reagierte er dermaßen schroff, sobald die Rede auf Daniel kam? Mir blieben nur anderthalb Tage, es herauszufinden.

Ich bestand darauf, die Nachtwache zu teilen. Obwohl ich meine Blessuren immer noch spürte, war die Erschöpfung fast abgeklungen, ich war einigermaßen bei Kräften.

Nach einem kurzen Frühstück packten wir unser Zeug zusammen und ritten los, als hätten wir nie etwas anderes getan. Es erschien mir geradezu unwirklich, dass all das in wenigen Tagen hinter mir liegen sollte und ich daheim in meiner eigenen Welt wäre. Sogar diese kam mir im Moment fremd vor, als wäre ein anderer Jeremy Parker vor langer Zeit von dort aufgebrochen. Seltsam, sich demnächst wieder mit meiner Mutter oder mit Ronald zu unterhalten – erst recht über meine Erlebnisse hier im Westen. Würden sie mir überhaupt glauben, wenn ich von meinen Erfahrungen erzählte?

Und ich wollte darüber sprechen. Vor allem über diesen entsetzlichen letzten Tag im Lager. Auch wenn meine körperlichen Wunden allmählich verheilten, träumte ich nachts davon, dass man mich in einer Schlinge hochzog. Hier gab es immerhin einen Menschen zum Reden. Falls er zum Zuhören bereit war und ich ihn endlich aus der Reserve lockte.

»Darf ich Sie etwas fragen?«, wandte ich mich an Morgan.

Er zog die Augenbrauen hoch. »Das ist mal ein ganz ungewöhnlicher Einstieg.«

Ich betrachtete das als Ja. »Weshalb wehren Sie sich so dagegen, dass ich Ihnen etwas über Daniel erzähle?« Ich sah ihn prompt auffahren und ergänzte rasch: »Und kommen Sie mir jetzt nicht damit, dass Sie keine traurigen Geschichten mögen. Oder nicht neugierig sind. Das kaufe ich Ihnen nicht ab. Jeder andere hätte mich bestürmt. Sie hingegen wollen justament nichts wissen, Sie würden sich sogar die Ohren zuhalten. Meinen Sie nicht, wir könnten uns das Ganze erleichtern, indem Sie ehrlich zu mir sind?« Nun hatte ich den Stier bei den Hörnern gepackt.

Morgan musterte mich eine ganze Weile lang. »Sie lernen dazu, Parker«, erwiderte er zuletzt. »Sie lassen sich nicht mehr so leicht etwas vormachen. Vielleicht wird doch ein Detektiv aus Ihnen.«

Ich spürte erregtes Kribbeln. »Dann ist das der Moment, wo der Detektiv die ersehnte Auskunft bekommt – weil er die richtige Frage stellt.«

»Sie haben jedenfalls den Richtigen gefragt und verdienen eine Antwort.« Er schien nach einem Anfang zu suchen. »Sie erinnern sich an unser Gespräch kurz vor Aspen? Als ich erzählte, dass ich jahrelang dort wohnte, aber kaum etwas mit den Buckleys zu tun hatte. Der letzte Teil war gelogen. Ich kannte Daniel. Mehr als nur vom Sehen. In diesem Jahr, ehe die Sache am Blue Mountain passierte, unternahmen wir manchmal etwas gemeinsam. Vielleicht wären wir echte Freunde geworden, wenn sein Vater nicht … Seitdem sah ich ihn natürlich nie wieder. Ich hörte nur, was aus ihm wurde.« Er schüttelte bedauernd den Kopf. »Da haben Sie es, ich kannte Daniel Buckley. Viel besser, als ich es zugab.«

Hatte ich es doch gleich geahnt! Deshalb also hatte er mich angewiesen, seinen Namen zu verschweigen. »Warum haben Sie gelogen?«

»Weil Sie mich bestimmt nach Einzelheiten über Daniel gefragt hätten. Und ich nicht über ihn reden möchte. Die Berichte sind scheußlich genug – was er und diese Bande für Verbrechen begehen.«

»Äh, was das betrifft …«, begann ich, doch er unterbrach mich sofort.

»Nein. Fangen Sie gar nicht erst an. Ich will mich nicht über Daniel unterhalten. Oder über das, was er Ihnen erzählte. Schon gar nicht über diese Schießerei, in die seine Schwester verwickelt war.« Seine Stimme klang fest, nur beim letzten Satz zitterte sie leicht.

»Weil Sie Jules ebenfalls kannten?«

Er versuchte ein Schulterzucken. »Das ist zu viel behauptet. Sie war ein kleines Mädchen, das meist mit uns mitlief. Ich achtete nicht groß auf sie. Trotzdem will ich nicht erfahren, in welche furchtbare Sache sie Jahre später geriet. So, jetzt verstehen Sie hoffentlich, weshalb ich auf Ihre Geschichten verzichten kann, nur um das Ganze danach Mac weiterzusagen.«

Und wie ich verstand! Nicht nur Morgans Verhalten gestern, sondern einiges mehr. *Tu es für einen alten Freund,* hatte Mac gebeten, damit Morgan mich nach Aspen brachte. Damit war Daniel gemeint, deshalb hatte Morgan so betroffen reagiert. Und jener entscheidende Satz: *Ich würde nie verlangen, dass du ihm erzählst, was du weißt* – jetzt ergab er Sinn. Das Geheimnis klärte sich plötzlich auf und ich staunte über die simple Lösung. Eine völlig harmlose Bemerkung, in die ich zu viel hineininterpretiert hatte. Es ging bloß um eine alte Bekanntschaft. Freilich, wenn ich darüber nachdachte, was dieser Satz bewirkt hatte … Ohne ihn wäre ich mit der Postkutsche nach Aspen gefahren. Die Ereignisse hätten vermutlich in ähnlicher Weise stattgefunden, nur eben später. Allerdings wäre in diesem Fall kein von Mac geschickter Morgan erschienen, um mich aus Coopers Zelle zu holen. Und ich wäre inzwischen tot.

Es nahm mir richtig den Atem: Ein Missverständnis hatte mir das Leben gerettet. Und da war noch etwas. Ich hätte mich sicher nicht so um Morgan bemüht, ohne den Irrglauben, er wüsste etwas Besonderes. Dann hätte ich nie entdeckt, was für ein Mensch hinter der rauen Fassade steckte.

Ich gab mir einen Ruck. »Jetzt wünschte ich erst recht, ich dürfte Ihnen von Daniel erzählen. Sie würden besser begreifen, warum er …«

»Es bleibt dabei, ich will nichts hören. Er hat seinen Weg gewählt und soll damit glücklich werden.«

»Genau das ist er eben nicht.« Ich griff nach jedem Strohhalm, um das Gespräch bei Daniel zu halten. Er und Morgan – im Grunde war es ja dieselbe Geschichte. Beide quälten sich mit Vorwürfen und machten sich das Leben zur Hölle. Vielleicht könnten sie einander beistehen, wenn man sie nur zusammenbrächte? »Daniel weiß, dass er furchtbare Fehler gemacht hat. Er würde alles geben, sie zurückzunehmen.«

»Ich sage doch, es gibt Fehler, die kann man nie wiedergutmachen. Ich zumindest nicht.« Morgans Stimme bebte. »Letztlich muss jeder seine Wahl treffen. Und am Ende ist man immer allein.«

»Ich war mein Leben lang allein und es hat mir nie etwas ausgemacht. Aber Daniel hatte stets seine Schwester. Bis vor fünf Jahren.«

»Jetzt hat er seine Freunde«, knurrte Morgan.

»Er hat … vielleicht einen Freund. Er ist nicht allein. Trotzdem ist er einsam.« Ich holte tief Luft. »Was ist mit Ihnen?«

»Ich bin zufrieden, danke der Nachfrage. Also reden wir nicht von mir. Und nicht von Daniel. Reden wir von Ihnen.«

»Warum ich allein bin?«

»Nein, das haben wir schon geklärt«, meinte er. »Sie sind allein, weil Sie es nicht besser wissen. Sie haben Angst vor dem, was nie war, aber sein könnte.«

»Das ist nicht wahr. Ich habe keine Angst. Was hätte das auch für einen Sinn? Angst ändert nichts.«

»Angst ändert alles«, widersprach er.

»Sie verändert nichts an den Umständen.«

»Sie verändert die Menschen. Was Sie bei der Bande erlebten, all die erlittenen Ängste – das hat Sie verändert.« Ich schwieg betroffen. »Erzählen Sie mir davon, vielleicht hilft das«, ergänzte Morgan leise.

»Sie wollen ... Tatsächlich? Sagten Sie nicht, ich solle Ihnen Details ersparen, mein Anblick wäre Erklärung genug?«

»Allerdings, Ihr Zustand hat sich auch verbessert. Aber ich merke, wie es Ihnen immer noch im Kopf umhergeht. Wenn Sie die bösen Geister unter Kontrolle bringen wollen, müssen Sie sie rauslassen.«

Damit hatte ich wirklich nicht gerechnet, doch er meinte es ernst.

Und so berichtete ich ihm über meine Erlebnisse, nachdem wir uns an jenem Abend vor dem Bordell getrennt hatten, meine Zeit im Gefängnis und die Tage im Lager. Wann immer ich eine Unterhaltung mit Daniel erwähnte, verbat Morgan sich jegliche Einzelheiten, ihm genügte das Thema. Ansonsten unterbrach er mich nicht, stellte keine Zwischenfragen. Trotzdem war er angespannt. Wahrscheinlich hätte er doch gern mehr über Daniel erfahren, blieb aber bei seiner Entscheidung. Ich beschrieb, wie die Bande mit mir verfuhr, und zuletzt die Begegnung mit dem Sheriff. »Sie waren mein Lebensretter«, schloss ich. »Danke, Morgan. Auch fürs Zuhören.« Mir schien, als atmete ich nun leichter. Ich fühlte mich richtig von einer Last befreit.

»Sie wiederum haben Daniel zugehört. Sie verstehen wahrscheinlich besser als die meisten Menschen, wie wichtig das ist.«

»Ich wünschte, ich hätte mehr für ihn tun können«, murmelte ich.

»Vielleicht ist es ähnlich wie bei Ihnen damals: Wir hätten gute Kameraden werden können. Er ist der Einzige, dem ich je meinen Vornamen anbot. Das habe ich mein Leben lang nie getan.« Ich hielt inne. »Allerdings ... würde ich es jetzt gern wieder tun. Wollen wir nicht dieses lästige Sie weglassen? Nach allem, was wir beide uns schon an den Kopf geworfen haben?«

Morgan sah mich verdattert an. »Das heißt ... wir würden also ...«

»Es verpflichtet zu nichts«, versicherte ich rasch. »Es wäre einfach ein angenehmer Abschluss für unsere gemeinsame Zeit, die sich immerhin anders entwickelt hat als erwartet. Morgen sitze ich in der Eisenbahn und wir sehen uns vermutlich nie wieder.«

»Man sieht sich immer zweimal im Leben. Wobei wir ja schon beim zweiten Mal sind – einmal nach Aspen, jetzt zurück.« Er verstummte für eine Weile, während er gründlich überlegte. Dann meinte er unversehens: »Warum nicht?« Er streckte mir die Hand entgegen. »Paul.«

Ich griff zu. »Jeremy.«

So einfach war es letztlich. Und doch so schwierig. Für ungewöhnliche Handlungen braucht es wohl einzigartige Umstände. Aber wir beide hatten zusammen mehr zurückgelegt als bloß etliche Meilen.

Wie würde es weitergehen, wenn ich fort war? Ich konnte es mir ausmalen: genau wie zuvor. Morgan würde zurückkehren in sein Dasein als griesgrämiger Eigenbrötler. Die Zeit mit mir bewirkte keine Veränderung, sie war bestenfalls die Ahnung von etwas Möglichem. Wir mochten per Du sein, aber wir waren keine Freunde. Ich würde ihm nicht helfen können. Und schon gar nicht bis morgen.

König Artus

Wie am Vorabend hielten wir erst an, als es zu dunkel zum Weiterreiten war. Während des Essens wirkte Morgan so auffallend entspannt, dass ich ihn schließlich darauf ansprach.

»Ich bin einfach froh«, erklärte er, »dass du morgen um diese Zeit weit weg bist.« Er sah meinen betretenen Gesichtsausdruck und fügte hinzu: »Und damit in Sicherheit.«

Es war ihm hoch anzurechnen, dass er mir zuliebe die Bemerkung entschärfte. Trotzdem verstand ich seine Erleichterung, mich wieder loszuwerden. Konnte ich es ihm verübeln? Und tat ich das etwa?

Später saßen wir schweigend am Feuer. Ich dachte daran, wie wunderbar es wäre, jetzt in einem guten Buch zu lesen. Darauf freute ich mich wirklich zu Hause: auf etwas zum Lesen. Natürlich war es sinnlos, Morgan zu fragen, dafür fiel mir etwas anderes ein: »Du hast nicht zufällig ein Kartenspiel bei dir?«

»Doch. Warum?«

»Na ja, wir könnten ein paar Runden spielen.«

Er sah mich so skeptisch an, als hätte ich vorgeschlagen, dass wir auf Händen ums Feuer liefen. »Könnte schwierig werden. Das ist ziemlich das Einzige, was ich mit Karten nicht kann: ganz normal spielen.« Jetzt schaute ich meinerseits kulleräugig und schließlich seufzte er: »Ich zeige es dir.«

Er holte ein Päckchen Karten aus seiner Satteltasche und mischte mit geübten Händen, dann reichte er es mir. »Heb ab und misch noch mal durch.«

Ich tat es, gab ihm das Päckchen zurück und er teilte uns beiden aus. Ich stellte erfreut fest, dass ich ein richtig gutes Blatt hatte: drei Könige und einen Buben. Morgan fächerte den Rest der Karten verdeckt auf. »Zieh eine fünfte für dich und eine für mich.«

Ich gab ihm seine Karte, warf einen Blick auf meine und frohlockte: Es war der vierte König!

Morgan sah mich gelassen an: »Nun? Gehst du mit?«

»Bei diesem Blatt? Unbedingt!« Ich legte ab und blickte Morgan erwartungsvoll an.

Ohne mit der Wimper zu zucken, folgte er meinem Beispiel. Er hatte eine Dame. Und vier Asse.

Ich glotzte völlig entgeistert auf die Karten. Zwar hatte ich seinerzeit bei Winnie im Saloon erraten, dass Morgan das Spiel gelenkt hatte, aber erst jetzt wurde mir klar, wie unfassbar geschickt er dabei war. Es dauerte etliche Sekunden, bis ich mich fing. »Das ... ist gespenstisch.«

»Das«, sagte Morgan ruhig, während er die Karten einsammelte, »ist reine Übungssache. Keine Magie. Bloß Zauberei. Verstehst du nun, weshalb ein Spiel mit mir witzlos wäre?«

Zauberei ... *Die Hand ist schneller als das Auge*, hatte er nach dem Wetttrinken im Bordell erklärt. Damals hatte ich mich dunkel erinnert, dass jemand bei meinen Nachforschungen über magische Tricks gesprochen hatte. Jetzt kam plötzlich die Erkenntnis: Ronald! Er hatte einen entfernten Verwandten von Maureen erwähnt, dessen Spur sich vor Jahren verloren hatte.

Ich starrte Morgan an. Wäre es möglich ... »Sagt dir Dexter Swiftly etwas? Oder Colin Delaware?«

Er wirkte verblüfft, fast verwirrt. »Sind das Pokervarianten?«

»Nein. Personennamen«, gab ich knapp zurück und versuchte seine Miene zu deuten.

»Colin Delaware? So heißt doch kein Mensch«, befand er kopfschüttelnd. »Nie von einem der beiden gehört.« Er gähnte. »Sehen wir zu, dass wir etwas Schlaf bekommen. Willst du die erste Wache?«

Ich nickte stumm, das war mir sehr recht. Bei dem, was mir im Kopf herumschwirrte, hätte ich ohnehin nicht schlafen können. Bald saß ich allein am Feuer und grübelte emsig.

Wäre es denkbar, dass Morgan in Wirklichkeit Colin Delaware war? Ein gewaltiger Zufall. Oder eben nicht, falls er und seine Eltern absichtlich in die Nähe ihrer Verwandten, der Buckleys, nach Aspen gezogen waren. Jedenfalls würde es bedeuten, dass die Sache mit dem Erbe auch für ihn interessant war. Laut Ronald wäre Mr. Delaware nur erbberechtigt, wenn keines von Maureens Kindern lebte. Wie verhielt es sich, wenn Maureens Sohn die Erbschaft ablehnte? Weshalb sollte Colin Delaware unter falschem Namen in Brackwall leben? Was wusste Mac? War seine Bemerkung über Morgans Wissen etwa doch anders gemeint gewesen? Wo kamen Morgans verunglückte Eltern ins Spiel? Sie müssten ja ebenfalls Verwandte von Maureen sein. Hatte Ronald sie übersehen oder als bereits verstorben ausgeschlossen? Und hatte Mac nicht erzählt, Morgan wäre der Sohn seiner Nichte? Die Sache wurde immer verwirrender.

Vielleicht war die Lösung schlicht, dass ich mich in etwas verrannte. Natürlich war Morgan nicht dieser ominöse Mr. Delaware, er beherrschte bloß ein paar Zauberkunststücke. Und mochte er auch ein phänomenaler Falschspieler sein, so war er immer noch ein vom Leben enttäuschter Mensch, der Hilfe brauchte. Ich hätte viel gegeben, sie ihm zu verschaffen.

Nach der Wachablöse schlief ich traumlos, bis Morgan mich kurz vor Sonnenaufgang weckte. Wir saßen beim letzten gemeinsamen Frühstück, ich strich über meine Bartstoppel. Seit dem dritten Tag im Lager hatte ich mich nicht mehr rasiert. Morgan hatte natürlich keine passenden Utensilien.

»Wie lange dauert es eigentlich, bis so ein Bart wie deiner fertig ist?«, wollte ich wissen.

»Gut gefragt. Schon eine Weile, bis man die Länge beisammenhat. Danach einiges an Zeit und Mühe, um das Ganze in Form zu bringen.« Er fuhr sich über seinen Vollbart.

»Lässt dich auch grimmiger wirken«, bemerkte ich mit freundlichem Spott. Er schnaubte, nahm es aber offenbar als Kompliment. Ich dachte daran, dass uns nur mehr wenige Stunden miteinander blieben. Irgendetwas Aufmunterndes hätte ich Morgan gern für die Zukunft mitgegeben. Vielleicht indem ich ihn daran erinnerte, dass wir durchaus unterhaltsame

Tage verbracht hatten und er seinen Kummer mal vergessen durfte. »Ist schon eigentümlich, wie man sich aneinander gewöhnen kann. Ob du's glaubst oder nicht, nach dem Streit in Aspen hat mir fast was gefehlt, als ich wieder allein unterwegs war.«

»Hm«, grummelte Morgan. Er wirkte verunsichert, als machte ihn das Thema nervös.

»Du brauchst ja nicht gleich behaupten, dass du mich vermissen wirst«, bemühte ich mich um einen launigen Klang. »Aber es fühlt sich anders an als beim ersten Abschied, nicht wahr?«

Ich hatte etwas Falsches gesagt, das erkannte ich sofort. Morgan starrte mich geradezu geschockt an, aus seinem Gesicht wich jegliche Farbe. Das unbekümmerte Lächeln erstarb auf meinen Lippen. Morgan wirkte, als hätte er den Leibhaftigen vor sich oder als wäre ihm soeben etwas Furchtbares eingefallen. Die Kaffeetasse in seiner Hand begann zu zittern, seine Stimme war noch heiserer als sonst, als er hervorstieß: »Wir sollten los.«

Ich begriff nicht, wie mir geschah. Was brachte ihn denn so aus der Fassung? Meine gute Absicht war nach hinten losgegangen. Anstatt ein letztes Mal geruhsam aufzubrechen, packte Morgan hektisch zusammen, löschte das Feuer, machte die Pferde bereit, deutete mir aufzusteigen und preschte vor, als hätte er sämtliche Teufel an den Fersen. Hätte ich nicht laut gerufen und gebeten, sein Tempo anzupassen, wäre er ohne mich in Brackwall angekommen. Auch so trabten und galoppierten wir beinahe durchgehend, ohne ein Wort zu wechseln.

Dementsprechend tauchte nach nur wenigen Stunden am frühen Vormittag die Stadt vor uns auf. Wie Morgan erneut ankündigte, war unser einziges Ziel der Bahnhof.

»Aber wenn wir nicht wenigstens kurz bei Winnie vorbeischauen, habe ich keinen Cent bei mir«, wandte ich ein. »Wie soll ich die Fahrkarte bezahlen?«

»Das übernehme ich. Nichts zu danken. Ein, zwei Pokerpartien, und das Geld ist wieder da.«

Er ließ mich in sicherer Entfernung warten, während er sich nach den Zügen erkundigte. »Du hast Glück, es gibt gleich zwei Kandidaten«, berichtete er dann. »In einer halben Stunde geht ein Zug Richtung Nordwesten.« Er nannte den Namen einer Stadt, die mir nicht das Geringste sagte. »Laut dem Bahnwärter dauert es bis morgen Früh, ehe du dort ankommst. Das ist auf jeden Fall weit genug von Brackwall und Aspen entfernt.«

»Nordwesten nützt mir wenig«, wandte ich ein. »Ich brauche eine Verbindung Richtung Osten. Wer weiß, ob ich in dieser Stadt einen Anschluss bekomme?«

»Wie gesagt, es gibt eine andere Möglichkeit. In knapp zwei Stunden fährt ein Zug nach Osten, allerdings eine kürzere Strecke. Ich bin dafür, dass du den ersten nimmst. Hauptsache, du bist weg, ehe Coopers Steckbrief eintrifft.« Und je eher sich unsere Wege trennten, desto besser – ich merkte es ihm an.

»Aber wenn ich den späteren Zug nehme«, überlegte ich, »könnte ich … na ja, ich könnte tatsächlich Mac noch einen Besuch abstatten.«

»Du willst *was*?«

Ich sah ihn hoffnungsvoll an. »Bitte, Paul. Ich werde ihn sonst nie wiedersehen. Er bat mich inständig, vorbeizukommen, wenn es sich irgendwie einrichten lässt.«

Morgan musterte mich mit zusammengezogenen Augenbrauen. »Du willst ihm von Daniel erzählen. Und von … dieser Geschichte vor fünf Jahren.«

»Ehrlich gesagt, daran dachte ich jetzt gar nicht. Ich weiß auch nicht, ob die Zeit dafür reicht.« Es war ein Dilemma: Sollte ich Mac verschweigen, was ich wusste? Das war bestimmt besser, als die Erklärung zu überstürzen. »Es wäre mir schon genug, mich bedanken und verabschieden zu können. Überleg doch, es ist bloß ein Umweg von einer Stunde. Darauf kommt es nun wirklich nicht an.«

Morgan sah mich missmutig an, blickte Richtung Bahnhof, dann zurück zu mir. Er wirkte keineswegs überzeugt, aber mein flehender Blick stimmte ihn um. »Meinetwegen«, knurrte er und trieb sein Pferd vorwärts. Ich folgte ihm, mein Herz hüpfte vor Freude über das bevorstehende Wiedersehen mit Mac.

Ein Umweg von einer Stunde. Wozu liest man eigentlich all diese Bücher, wenn man rein gar nichts draus lernt? Ich hätte es besser wissen müssen. Es kommt *immer* auf die eine Stunde an. Diese eine Stunde macht den Unterschied.

Es kam mir wie eine läppische Distanz vor, bis wir die Lichtung vor Macs Häuschen erreichten und zum Stall ritten. Aufgrund des Hufgetrappels erwartete ich, dass Mac jeden Moment auftauchen würde. Doch nichts dergleichen geschah.

Auch Morgan schien irritiert. Er warf die Zügel über einen Balken und rief: »Mac?« Keine Antwort. Noch einmal rief er: »Mac!«, und wieder blieb alles still.

Beunruhigt sah ich zu ihm, aber er war schon unterwegs zum Haus. Ich folgte ihm. Morgan riss die Tür auf und stürmte hinein. Gleich darauf prallte ich gegen ihn, denn er blieb abrupt stehen. Und im nächsten Moment entdeckte ich den Grund dafür.

Mac saß im Lehnstuhl neben seinem Bücherregal. Seine Augen waren offen, doch er sah uns nicht. Er würde nie wieder jemanden sehen. Sein Blick war leer, der Mund geöffnet, der Kopf leicht zur Seite gekippt, der ganze Körper reglos. Er war friedlich entschlafen. Es war sicher nicht erst heute passiert, denn seine Haut wirkte anders als zu Lebzeiten. Vor ihm auf den Boden gerutscht lag ein Buch, das er bis zuletzt gelesen hatte – die Bibel.

Wir standen etliche Sekunden lang still in der Tür. Schließlich sog Morgan heftig die Luft ein und mir wurde klar, dass auch ich den Atem angehalten hatte. »Guter Gott …«, murmelte ich. Morgan löste sich aus seiner Erstarrung und ging zögernd auf Mac zu. Ich musste mir einen Ruck geben, ehe ich es ihm zaghaft gleichtat. Geistesabwesend zog Morgan seinen Hut vom Kopf und ließ ihn zu Boden fallen, dann legte er behutsam seine Hand auf Macs Schulter. Einen Moment lang verharrte er so, bevor er über das Gesicht des alten Mannes strich und ihm die Augen schloss. Er sank neben dem Stuhl auf die Knie und drückte sein Gesicht gegen Macs Beine.

Stumm stand ich da und spürte die Trauer in mir wie ein kaltes Tuch auf meiner Brust. Ich hatte Mac nur kurze Zeit gekannt, aber mir war, als hätte ich einen langjährigen Vertrauten verloren. Einerseits sah ich ihn hier vor mir, ohne einen Funken Leben, andererseits müsste ich vielleicht bloß rasch hinaushuschen und wenn ich wiederkäme, stünde er vor seinem Bücherregal und lächelte mir verschmitzt entgegen: »Da sind Sie ja, junger Freund.« Lieber, alter, guter Mac ... Ich vermisste ihn jetzt bereits.

Erst nach einer Weile glitt mein Blick zum Tisch. Dort lag ein Buch, sorgsam mit einer Kordel umwickelt, und ein Briefumschlag mit der Aufschrift »Für Paul Morgan«. Mac hatte seine Vorkehrungen getroffen. Dennoch wartete ich still, bis Morgan sich irgendwann von Mac löste und aufstand. Sein Blick war schwer zu deuten. Voller Kummer und zugleich ... erleichtert. Entschlossen und doch ratlos. Er wirkte wie ein Bote mit einer schlimmen Nachricht, der nach unzähligen Strapazen ankommt und feststellt, dass er unterwegs die Hälfte seiner Sendung verlor. Als die Sekunden verstrichen, meinte ich schließlich leise: »Er fühlte es wohl kommen«, und deutete auf den Tisch.

Morgan griff zögernd nach dem Umschlag, zog ein Blatt Papier heraus und las schweigend. Dann sah er mich nachdenklich an, legte den Brief zurück und hob das verschnürte Buch hoch. Er warf einen Blick auf den Titel, ehe er es mir hinhielt: »Das ist für dich. Von ihm.«

Ich ergriff das Buch, ohne es richtig wahrzunehmen. Meine Augen richteten sich wieder auf Mac. »Ich habe nie jemanden wie ihn kennengelernt. Er konnte den Menschen wahrhaft ins Herz sehen. Das hätte ich ihm gern noch gesagt. Wenn es zu spät ist, fällt einem so viel ein. Zum Beispiel ...«

»Danke für die gemeinsame Zeit«, murmelte Morgan. Einen Moment lang hatte ich fast den Eindruck, er spräche zu mir. »Sie hat mir wirklich etwas bedeutet.«

Ja, das eignete sich als Abschiedsgruß. Bei Mac waren mir die richtigen Worte leichtgefallen. Nun suchte ich vergeblich nach passenden für Morgan. »Mein Beileid« fühlte sich falsch an. Ich überlegte, ob ich ihm die Hand auf die Schulter legen sollte, und zögerte einen Herzschlag zu lang.

Er wandte sich unvermittelt ab und ging nach draußen.

Es war verständlich, dass er nun Zeit für sich brauchte. Dennoch hatte ich eine seltsame Ahnung, dass es besser wäre, wenn Morgan jetzt eben nicht allein war. Ich schaute zu Mac, dann auf das Buch und zuletzt auf den Brief am Tisch. Es war keine Neugier, die mich das Papier hochheben ließ, sondern dieses unerklärliche Bauchgefühl. Meine Augen glitten über die wenigen Zeilen.

»Mein Liebling.
Es bleibt nicht mehr viel zu sagen. Alles, was mir auf dem Herzen lag, habe ich zu Lebzeiten ausgesprochen. Ich weiß, Du hast jetzt auch keinen Kopf für viele Worte.
Denk einfach noch einmal drüber nach, ich bitte Dich.
Da wäre ein letzter Auftrag: Ich möchte, dass Mr. Parker ›Große Erwartungen‹ bekommt. Wenn irgend möglich, könntest Du dafür sorgen? Das Buch ist so gut wie neu, ich habe nichts hineingeschrieben.
Ich danke Dir für Deine Gesellschaft all die Jahre lang.
Immer der Deine, Mac.«

Ich legte das Blatt zurück. Dann hielt ich inne. Es war ein berührender Abschiedsbrief, doch ein Satz passte nicht ins Bild: *Das Buch ist so gut wie neu …* Weshalb erwähnte ein sterbender Mann so etwas in seinen letzten Worten? Mac liebte Bücher, aber das war dennoch eigentümlich. Vielleicht ergab es bloß für mich keinen Sinn, der Brief war ja für Morgan bestimmt. Hatte Mac hier etwa eine Botschaft versteckt? Er musste damit rechnen, dass womöglich ein anderer als Morgan seine sterblichen Überreste fand und den Brief las. Die Formulierung wirkte harmlos, aber Morgan wusste wohl, was gemeint war. *Ich habe nichts hineingeschrieben.* Oder eben doch? Aber wenn das Buch eine Nachricht für Morgan enthielt, wieso sollte er es dann mir geben?

Vielleicht hielt ich die Antwort längst in der Hand. Ich sah mir das Buch an. Morgan hatte es nicht aufgeklappt, das verhinderte die Kordel. Trotzdem war der Titel erkennbar: *Große Erwartungen*. Ich löste die

Schnur, hob den Deckel – und schaute verdutzt auf das erste Blatt. *König Artus* stand da. Mac war ein Irrtum passiert, das Buch steckte im falschen Schutzumschlag. Aber hatte er nicht bei meinem letzten Besuch noch *Große Erwartungen* gelesen?

König Artus. Was hatte Mac gesagt, als wir über *The Faerie Queene* sprachen? *Man kann die Sagen aus dem alten Britannien gar nicht oft genug lesen.* Hatte er mir deshalb dieses Buch vererbt? Wieso dann der falsche Umschlag? Zudem erwähnte sein Brief ausdrücklich *Große Erwartungen*.

Ich ließ die Seiten durch meine Finger gleiten. An einer Stelle gab es ein kurzes Stocken, dort war ein Papier eingelegt. Ich nahm es heraus und fand darunter eine kunstvolle Abbildung im Buch. Sie zeigte eine schwarzgekleidete Frau, die gespenstisch die Finger hob, Blitze zuckten daraus hervor. Die Fußzeile verriet, um wen es sich handelte: »Morgan Le Fay, die böse Halbschwester des Königs«. Ich blinzelte verdutzt. »Oh«, murmelte ich, als mir mit gehöriger Verspätung etwas klar wurde. »Le Fay« – das war kein Name aus *The Faerie Queene*, sondern aus *König Artus*. Das also hatte Mac gemeint, als er mich korrigierte: *Eher Zauberin als Fee*. Natürlich, König Artus und seine Halbschwester, die Zauberin.

Ich wendete das Papier, es war ein Dokument. Mein Blick fiel auf eine Zeile in der Mitte: »Frank MacDougray, Trauzeuge«. Die Überschrift verriet, dass es sich um das Duplikat einer Heiratsurkunde handelte. Unmittelbar darunter las ich die Namen der Eheleute: Maureen Hutchinson und Clifton Paul Buckley.

Ich starrte auf die Namen wie auf zwei kleine Leuchtfeuer. Maureen – Morgan »Le Fay« – Hutchinson. Clifton Paul Buckley. »Klick« machte es in meinem Kopf, als drückte jemand unmittelbar neben meiner Schläfe den Abzug einer ungeladenen Waffe. Aber da war natürlich keiner, außer mir und meinen Gedanken. Unendlich langsam hob ich den Blick, während die Revolvertrommel weiterrotierte und die Klicks auf mich einprasselten. Erinnerungen fügten sich zu einem phantastischen, aber letztlich eindeutigen Bild.

Wenn es ums Gespür geht, seid ihr Männer wirklich das Letzte, hatte Janet gesagt.

Das wird mehr als ein harmloser Regen, sagte Morgan.
Schlafen Sie immer mit dem Revolver in der Hand?, fragte ich.
Die Hand ist schneller als das Auge, sagte Morgan.
Mutter zeigte uns, wie man mit Verkleidungen umgeht, sagte Daniel.
Erwähnen Sie meinen Namen nirgendwo in Aspen, sagte Morgan.
Tu es für einen alten Freund, sagte Mac.
Dass Cooper Sie für tot erklärte, machte mich erst recht misstrauisch, sagte Morgan.
Ich kann ganz schlecht mit Alkohol umgehen, das liegt bei uns in der Familie, sagte Daniel.
Zwei Gläschen und Sie können unterm Tisch nach mir Ausschau halten, sagte Morgan.
Irgendwo ist immer eine Frau im Spiel, sagte Ronald. *Du musst bloß genau hinschauen.*

Es knallte laut. Das Buch war meinen Händen entglitten und auf dem Boden gelandet. Ich zuckte zusammen und fand mich abrupt in der Hütte wieder, neben dem toten Mac und mit dem überwältigenden Gefühl, der größte Idiot im ganzen Land zu sein. Fassungslos starrte ich in das friedliche Gesicht des alten Mannes.

Ich weiß, was ich tue, wenn er stirbt, hatte Morgan gesagt.
Vielleicht sollten Sie ihm das sagen, erwiderte ich.
Das weiß er doch längst, sagte Morgan.

Und ob Mac es gewusst hatte. Er hatte sich nicht trotzdem Sorgen um seinen Junior gemacht, sondern eben *deswegen*. Die Erkenntnis durchfuhr mich wie ein Blitz. Ich wirbelte auf dem Absatz herum und stürmte nach draußen.

Sagen Sie's nicht. Schon klar, es hätte mir eher dämmern können. Aber manchmal sieht man den Wald vor lauter Bäumen nicht. Dabei hatte ich trotz all der Lügen und Täuschungen genug Hinweise erhalten, um den Fall zu lösen.

Wenn Sie sich unvermutet in einem Kriminalabenteuer befinden, dann hätten Sie all die kleinen Details verabsäumt, hatte Mac mich gewarnt.
Sie wissen so viel, sagte Morgan, *und begreifen so wenig.*

Jetzt endlich hatte ich begriffen.

Frank MacDougray hatte mir nicht bloß ein Buch vererbt, er hatte mir eine Aufgabe hinterlassen. *Ich vertraue Ihnen etwas an, das mir wirklich am Herzen liegt.* Und ich hatte ihm versichert, dass ich gut darauf achten würde. Es war schon seltsam: Eine Erbschaft hatte mich hergeführt und nun war ich es, der etwas erhielt. Nur konnte ich nicht mehr wählen, ob ich das Erbe annehmen wollte. Ich hatte es längst angetreten.

Der Platz vor der Hütte war leer. Beide Pferde standen vorm Stall. Ich sah mich hektisch um. In eine Richtung ging es nach Brackwall, in die andere weiter in die Berge, ich stand in der Mitte. Ich glaube, niemals sonst in meinem Leben war ich so fokussiert wie in diesen Sekunden. Wenn ich jetzt falsch entschied, war alles verloren, ich würde zu spät kommen und es gab keinen zweiten Versuch. Dieser Moment war meine einzige Chance, den Lauf der Dinge aufzuhalten.

Ich möchte den Blick in die Weite haben, sagte Morgan. Und da wusste ich plötzlich, wohin ich musste.

Ich rannte, wie ich noch nie gerannt war. Lebenslang war ich ein Stubenhocker gewesen, nun verlieh mir die Angst Flügel. Ich stürmte am Haus vorbei und den Pfad entlang in die Schlucht hinein. *Ein paar Minuten bis zu einer Felskante*, hatte Mac damals erklärt. Mir kam es ewig vor, ehe es endlich heller wurde, die engen Steinwände sich öffneten und ich mich auf einer Felsplatte wiederfand. Sie endete nach einigen Schritten an einer Kante, es bot sich eine beeindruckende Sicht übers Land. In diesem Moment hatte ich freilich keine Augen für den Ausblick. Ich sah nur die Gestalt, die dort am Abgrund stand, mit dem Rücken zu mir, den Lauf eines Revolvers an der Schläfe und den Finger am Abzug.

Wie gegen eine Wand geprallt hielt ich keuchend inne, zu weit entfernt, um einzugreifen. Mir blieb nur Zeit für Worte oder eher für ein einziges, denn wahrscheinlich hatte ich höchstens einen halben Atemzug. Und ich rief ein Wort. Nicht »Warte!« oder »Nein!«, sondern einen Namen. Aber nicht »Morgan« und auch nicht »Paul«. Ich rief: »Jules!«

Einen endlosen Herzschlag lang schien die Welt ringsum anzuhalten. Wir standen beide wie versteinert.

Dann atmete jemand heftig ein – vielleicht die Welt oder ich selbst oder die Gestalt dort an der Kante, die sich umdrehte und den Revolver nun direkt auf mich richtete. Augen voller Tränen funkelten mich an, als Jules wütend hervorstieß: »Verschwinde! Du hast schon genug angerichtet!«

Ich starrte in das Gesicht, das ich inzwischen so gut kannte, und gleichzeitig sah ich es erstmals wirklich. Wie hatte ich nur dermaßen blind sein können? Aber ich war ja nicht der Einzige gewesen. Der Bart war verschwunden und die Ähnlichkeit mit Daniel verblüffend. Ich fühlte mich jäh ins Lager versetzt, als ich Daniel endlich traf und den sonderbaren Eindruck hatte, ihm schon vorher begegnet zu sein.

Doch dies war nicht der Moment für Fassungslosigkeit. Es galt, hier und jetzt das Richtige zu tun, sonst würde Jules Buckley fallen. Meine Gedanken rasten – wie konnte ich sie aufhalten? Und plötzlich entdeckte ich in einem Meer von ungewissen Möglichkeiten einen passenden Satz: »Denkst du, Thomas hätte das gewollt?«

Sie umklammerte die Waffe fester, ihre Lippen bebten. »Lass Thomas aus dem Spiel! Was weißt du schon von ihm!«

»Ich weiß, dass er dich liebte. So wie du ihn«, sagte ich so ruhig, wie ich es vermochte. »Und dass er nie zugelassen hätte, dass du dir etwas antust.«

»Aber er ist nicht hier«, entgegnete sie zornig. »Er ist fort, und das ist meine Schuld. Nichts, was du sagst oder tust, ändert etwas daran.«

»Das ist wahr. Worte können nichts ändern an dem, was war. Doch an dem, was sein wird.«

Sie schüttelte den Kopf. »Fünf Jahre haben nichts geändert.«

Ich betete, auf dem richtigen Weg zu sein. »Aber fünf Worte könnten dir einen Grund geben, weiterzuleben.«

Sie sah mich verständnislos an. »Welche Worte sollen das sein?«

Ich holte tief Luft. »Können wir wieder gut sein?«

Ihr Gesichtsausdruck verriet, dass sie sofort verstand. Die Hand mit der Waffe zitterte. Sie schaute mich stumm an und mir war, als schimmerte in ihren Augen ein Funke der Hoffnung.

»Das würde Daniel sagen«, fuhr ich leise fort, »wenn er noch ein einziges Mal die Gelegenheit hätte. Er weiß, dass er seine Fehler nie ungeschehen machen kann. Er ist ... beinahe mein Freund und ohne ihn wäre ich längst tot. Nun gibt es umgekehrt die Möglichkeit, ihm das Leben zu retten. Aber das liegt nicht in meiner Macht – sondern in deiner.«

Jetzt rannen die Tränen offen über ihre Wangen. Langsam, fast unmerklich, senkte sich der Revolver. »Daniel«, murmelte sie.

»Er braucht dich«, sagte ich schlicht.

Auf ihrer Stirn bildete sich eine Zornesfalte. »Ihn retten ... Wovor denn? Es geht ihm gut. Er hat damals überlebt.«

»So scheint es. In Wahrheit starb er in jener Nacht. Nicht wie Thomas, aber so wie du. Du und Daniel, ihr sterbt seit fünf Jahren. Ich lasse nicht zu, dass ihr einander endgültig verliert. Du sagtest mehrmals, dass ich nicht hierhergehöre, doch du irrst dich. Ich gehöre genau hierher, in diesem Moment, um zusammenzuführen, was nie getrennt werden sollte. Komm mit mir, Jules. Komm mit mir zurück zu Daniel.« Ich streckte ihr die Hand entgegen.

Der Revolver hing lose herunter, ihr Blick wanderte verloren zu Boden. Ein paar Sekunden lang verharrte sie unbeweglich. Dann machte sie einen kleinen Schritt weg von der Kante. Ich zögerte noch, ob ich auf sie zugehen sollte, als sie unerwartet in sich zusammensackte und einfach dort kauerte, während ihr Tränen übers Gesicht strömten. Ich näherte mich langsam und blieb verlegen neben ihr stehen. Dann setzte ich mich und legte ihr vorsichtig den Arm um die Schultern.

Jules zuckte nicht zurück oder verkrampfte sich. Es war eher, als würde sie endlich etwas loslassen. Sie zog die Knie an die Brust, legte ihr Gesicht darauf und weinte haltlos. Ich hockte daneben und hielt sie fest, während sie einfach nur weinte und weinte. Ich hatte keine Ahnung, was ich sagen sollte, darum sagte ich nichts. Sehen wir's ein, das kann ich immer noch am besten. So saßen wir stumm, während Jules weinte, nicht wie eine unglückliche Frau oder ein trauernder Mann, sondern wie ein verzweifeltes kleines Mädchen, und es schien, als wollte sie gar nicht mehr aufhören.

Nie im Leben war ich einem Menschen so nahe gewesen wie jetzt Jules Buckley, ausgenommen meiner Mutter, aber das letzte Mal in ihrem Arm war Jahrzehnte her. Es war höchst ungewohnt. An Morgan war ich kaum je angestreift. Jules hatte jede Berührung vermieden, damit niemand ihr Geheimnis ertastete. Die Kleidung hatte ihren Körperbau perfekt verborgen und der Bart ihr Gesicht – solange sie nicht tropfnass wurde und er sich löste, daher die Sorge wegen des Wolkenbruchs. Im Nachhinein war es unfassbar, dass ich nicht schon früher misstrauisch wurde. Aber ich hatte eben ein Brett vorm Kopf gehabt, das erst im buchstäblich allerletzten Moment verschwand.

Ich konnte nicht sagen, wie lange wir dort saßen – bestimmt eine halbe Stunde, vielleicht auch eine ganze oder sogar zwei. Mehr als genug Zeit zum Nachdenken, aber ich grübelte nicht nach. Nicht nur, weil ich von den Entwicklungen überwältigt war, sondern weil es Wichtigeres gab. Ich hatte das Gefühl, wenn ich nun irgendetwas anderes tat, als Jules festzuhalten und einfach für sie da zu sein, würde sie es spüren, und alles wäre erst recht vertan.

Schließlich hob sie den Kopf. Ihr Gesicht war ganz verquollen und die Stimme erstickt von letzten Schluchzern. »Ich habe seit fünf Jahren nicht mehr geweint«, sagte sie leise.

»Und ich habe in fünfundzwanzig Jahren noch nie einen Menschen getröstet«, gestand ich.

»Du machst das sehr gut.«

Ich war verwirrt. »Ich habe doch gar nichts getan.«

»Du hast es genau richtig gemacht.« Sie wischte sich die Nase am Ärmel ab und starrte auf den Boden.

Ich wartete, ob sie weitersprach, dann fragte ich zögernd: »Kommst du mit mir?«

Sie schaute mich ein paar Sekunden lang an. »Ich komme mit zu Mac«, antwortete sie. »Wir müssen uns um ihn kümmern.« Sie stand auf, ich tat es ihr gleich. Dann hielt sie inne und sah in die Weite: »Woher wusstest du, wo du mich findest?«

Ich folgte ihrem Blick auf die atemberaubende Landschaft, die sich bis zum Horizont erstreckte. »Das ist deine Heimat. Keine Wände, so weit das Auge reicht.« Als ich mich abwandte, entdeckte ich am Boden den Revolver. Ich bückte mich halbherzig, aber Jules kam mir zuvor.

»Den behalte lieber ich.« Kaum dass ich sie danach greifen sah, steckte die Waffe schon in ihrem Halfter. »Bei mir ist er besser aufgehoben. Gehen wir.«

Ohne noch einmal zurückzublicken, machten wir uns auf. Nach ein paar Schritten hob sie erneut etwas auf, das wie ein großes Haarbüschel aussah. Es handelte sich um Morgans Bart. Mir war das Ding am Boden vorhin nicht aufgefallen, doch jetzt dachte ich an Daniels Bemerkung, dass er und seine Schwester sich mit Verkleidungen auskannten. Er hatte nicht übertrieben. Die Tarnung war hervorragend – auch wie Morgan sich bewegte und sprach, nämlich heiser und meist leise. Bloß ein einziges Mal hatte ich die echte Stimme gehört: jenes entgeisterte »Nein!« auf Macs Vorschlag, mich nach Aspen zu begleiten. Jules' unverstellte Stimme war zwar nicht gerade hell, trotzdem keineswegs die eines Mannes. Nur indem sie stets rau sprach, konnte sie den verräterischen Klang verbergen.

Ich folgte ihr den Pfad entlang. Als der Weg sich verbreiterte und ich aufschloss, fragte sie unvermittelt: »Wie hast du es erraten?«

»Durch das Buch, das Mac mir hinterließ.«

Sie sah mich verwundert an. »*Große Erwartungen?*«

»Das steht bloß auf dem Umschlag. Drinnen steckt *König Artus*.«

Sie begriff sofort. Mochten Bücher auch nicht das Ihre sein, wusste sie offenkundig besser als ich, woher der Künstlername ihrer Mutter stammte. »Morgan le Fay.«

Ich nickte. »Das war noch nicht alles.«

Sie runzelte die Stirn. »Hat er etwa doch was hineingekritzelt? Er hatte mir versprochen, die Wahrheit nie zu erzählen oder niederzuschreiben.«

»Und er hielt sich daran. In dem Buch lag ein Dokument, das jemand anders vor vielen Jahren schrieb. Ein Duplikat der Heiratsurkunde deiner Eltern.«

Jules nickte langsam. »Dieser alte Fuchs. Er konnte es nicht lassen.«

»Er musste es wenigstens versuchen«, sagte ich ernst. »Es war seine letzte Gelegenheit.«

»So war es aber nicht abgemacht«, grummelte sie.

Ehe ich nachfragen konnte, erreichten wir Macs Hütte. Jetzt wirkte sie sogar noch verlassener als zuvor.

In der Stube berieten wir unser Vorgehen. Schließlich kamen wir überein, Mac zunächst seinen Sonntagsanzug anzuziehen. Danach würde der bärtige Morgan nach Brackwall reiten und den Pfarrer benachrichtigen, damit man das Begräbnis in die Wege leitete. Von meiner geplanten Heimfahrt war vorerst nicht die Rede und ich hütete mich, das Thema anzuschneiden. Ich war unverändert ratlos. Zwar hatte ich Jules vom Abgrund weggeführt, doch was jetzt? Würde sie mit mir zu Daniel reiten? Oder darauf bestehen, dass ich mich in die Eisenbahn setzte, und dann selbst nach Aspen aufbrechen? Und könnte ich sie guten Gewissens allein lassen?

Ich war froh, dass es anderes zu tun gab, wenngleich mir der Anblick des toten Mac das Herz abdrückte. Während Jules den Anzug und passende Schuhe heraussuchte, kümmerte ich mich um die Hühner. Sie stürzten sich auf die Körner, schienen aber in einem guten Zustand, also konnte es nur wenige Tage her sein, seit ... Danach versorgte ich die Pferde. Zuletzt half es nichts mehr, ich musste Jules zur Hand gehen, Mac umzuziehen.

Unterwegs zum Haus, hörte ich plötzlich das Geräusch von Pferdehufen. Es kam aus jener Richtung, aus welcher der Weg von Brackwall heraufführte. Ich blieb unwillkürlich stehen. Mein erster Gedanke bewies, wie sehr mich die Ereignisse überrumpelt hatten: Ich vermutete einen von Macs seltenen Besuchern, dem wir nun die traurige Tatsache beibringen mussten. Dann sah ich Reiter zwischen den Felsen auftauchen und mir wurde schlagartig klar, dass ich Jules warnen musste. Die Männer durften sie keinesfalls ohne Bart zu Gesicht bekommen. Und dann durchfuhr mich eisiger Schrecken, als ich das Gesicht des hintersten Reiters sah: Es war Sheriff Cooper!

Während mein Verstand geradezu aussetzte, übernahm mein Instinkt das Kommando. Wie von der Sehne geschnellt rannte ich zum Haus.

Schon erklangen Rufe: »Das ist er!« und »Halt!« Ich hatte die Tür fast erreicht, da knallte es und eine Kugel schlug unmittelbar vor mir in die Holzwand ein. Wie angewurzelt blieb ich stehen, fuhr herum und sah Coopers Waffe auf mich gerichtet. Allerdings hatte offenbar einer seiner drei Begleiter geschossen, der nun von Cooper angeschnauzt wurde: »Pass doch auf, das war verdammt knapp!« Die Männer hatten ihre Pferde gezügelt, wir starrten einander über den Vorplatz hinweg an. »Keine Dummheiten, Parker«, befahl Cooper. »Hoch mit den Händen!« Ich folgte gehorsam seiner Aufforderung, den Blick auf den Revolver fixiert. »Keine Schießerei«, knurrte der Sheriff an seine Begleiter gewandt. »Ich will ihn lebend.«

Das ist einer dieser großartigen Sätze, die einen wohligen Schauer auslösen, wenn man sie in einer Abenteuergeschichte liest. Es fühlt sich weniger prickelnd an, wenn Sie selbst betroffen sind. Vor allem mit einer ziemlich exakten Vorstellung davon, was der andere mit Ihnen anstellen wird.

»Hübsch stillhalten«, erklärte Cooper. »Sonst gibt's doch eine Kugel ins Knie.« Zwei seiner Begleiter hielten ihre Waffen auf mich gerichtet, während er Anstalten machte, sich aus dem Sattel zu schwingen.

Doch dazu kam es nicht. Im nächsten Moment knallte nämlich ein weiterer Schuss, der dem Sheriff jäh den Hut vom Kopf riss. Aus der Hütte ertönte es: »Keine Bewegung!« Die Männer erstarrten, dann flog neben mir die Eingangstür auf und Jules zischte: »Los, rein!« Ich hechtete ins Innere der Hütte, landete auf dem Boden und hörte sogleich: »Liegen bleiben!« Jules hockte neben dem geöffneten Fenster und schrie nun: »Wer näher kommt, kriegt eine Kugel verpasst!« Ich lugte durch die Tür und sah die Männer stocksteif auf ihren Pferden sitzen. »Und jetzt haut ab!«, rief Jules. »Ich zähle bis drei. Eins ...«

Die Männer zögerten nicht, sie warfen sich mit ihren Pferden herum und gingen hinter den Felsen in Deckung – wo sie zweifellos all ihre Waffen auf die Hütte richteten.

Ich blickte zu Jules hoch und in ein blasses Gesicht mit erschreckt aufgerissenen Augen. Es erinnerte mich eigentümlich an heute Früh, als ich

Morgan gefragt hatte, ob er mich vermissen würde. »Was nun?«, fragte ich angstvoll.

»Raus«, flüsterte sie hastig. »Hinten.« Sie warf einen prüfenden Blick nach draußen auf den leeren Vorplatz, dann bewegte sie sich geduckt rückwärts von der Tür weg. Ich huschte ihr nach in den hintersten Raum. Dort stiegen wir durch das Fenster und landeten neben dem Hühnergehege. Vor uns begann der Pfad Richtung Abgrund, den wir vorhin erst entlanggekommen waren. Jules lief ohne Zögern darauf zu.

Ich folgte ihr verwirrt. »Wo sollen wir denn hin?« Ich erinnerte mich an keinerlei Abzweigungen, dafür umso besser an Macs Worte. »Es ist eine Sackgasse. Mac sagte ...«

»Für Mac ist es auch eine«, erklärte Jules, ohne ihren Schritt zu verlangsamen. »Vertrau mir.«

Das tat ich selbstverständlich, wenngleich perplex. Ungefähr auf halbem Weg blieb Jules unvermutet stehen und deutete auf die Felswand: »Da rauf.«

Jetzt begriff ich. Natürlich, an geeigneter Stelle war Klettern durchaus möglich, freilich niemals für einen gebrechlichen alten Mann. Ich war zwar völlig ungeübt und körperlich schon mal in besserer Verfassung gewesen, aber irgendwie ließ sich die Wand bestimmt bewältigen. Ich würde mich eben an Jules orientieren. »Also los«, versuchte ich mir selbst Mut zu machen und sah sie erwartungsvoll an.

Sie wirkte verdutzt. »Nein, nicht ich – du gehst.« Sie spähte den Weg entlang Richtung Hütte.

Nun war ich umso verwirrter. Wie stellte sie sich die Sache vor? Sollte ich als erster klettern? Mich dort oben verbergen? Oder mich gar allein durchs Gebirge schlagen? »Ja, aber ... was mache ich dann?«

Das ließ sie innehalten und augenscheinlich das Problem erkennen. Sie musterte mich nachdenklich, warf erneut einen Blick zurück und traf eine Entscheidung. Schon hatte sie den Revolver weggesteckt. »Mir nach. Achte genau darauf, wohin ich greife.« Damit kletterte sie nach oben, so flink und gewandt, wie ich es dem schwerfälligen Morgan nie zugetraut hätte. Ich folgte ihrem Beispiel. Es ging überraschend leicht, denn die

Wand hatte etliche Vorsprünge und Spalten. Trotzdem vermied ich es, nach unten zu schauen oder mir Gedanken über die Höhe zu machen. Ich konzentrierte mich nur auf Jules über mir sowie auf meine Hände und Füße.

Nach einer Weile erreichten wir das obere Ende, schlüpften zwischen den Felsen durch und fanden uns dahinter auf einem schmalen Steig wieder. Ich schnaufte erleichtert durch, aber Jules ließ mir keine Zeit. »Weiter«, erklärte sie, kaum außer Atem. »Jetzt geht es erst richtig los.«

Und wir begannen zu laufen, geradewegs in die karge Berglandschaft hinein.

Alices Abenteuer im Wunderland

Es ging zwischen Geröll und Steinen hindurch, Abhänge hinauf und hinunter, vorbei an vereinzelten Baumgruppen und Büschen. Ich konnte nicht erkennen, dass Jules irgendeiner Richtung folgte oder sich lang umschaute, aber wir mussten nirgends innehalten und gerieten nicht in unwegsames Gelände. Sie bewegte sich hier ebenso sicher wie auf einer flachen Wiese. Vermutlich wäre sie ohne mich noch schneller vorangekommen. Ich hingegen merkte, wie mir allmählich die Luft ausging, irgendwann spürte ich ein heftiges Stechen in der Seite. Japsend blieb ich stehen. Es lässt sich nicht beschönigen: Ich war das Laufen nicht gewohnt.

Jules kam zurück. »Nur eine ... Minute«, keuchte ich. Ich fühlte das Blut in meinen Ohren pochen, während mein Herz wie verrückt klopfte.

Sie wirkte zwar erhitzt, aber nicht annähernd so erschöpft wie ich. »Tief Luft holen, langsam rauslassen.«

Ich folgte ihrer Empfehlung und spürte, wie wenigstens das Stechen in meiner Seite nachließ. »Wie geht es ... nun weiter?«, fragte ich zwischendurch.

Sie antwortete nicht sofort. Ihre Miene, eben noch auf meine Atemnot konzentriert, war plötzlich ratlos – als wäre ihr klargeworden, dass ihr Plan gerade mal die nächsten Minuten abdeckte. Stumm sah sie mich an, als könnte ich ihr einen Rat geben. »Es geht weiter ... durch die Berge«, meinte sie endlich zögernd. »Eine andere Möglichkeit haben wir nicht. Und egal, welche Richtung wir einschlagen, wir werden eine ganze Weile unterwegs sein.« Erneut musterte sie mich, jetzt nachdenklich. Vielleicht überlegte sie, wie viel sie mir zumuten konnte. Zuletzt hob sie hilflos die Schultern. »Ich kann dir keine Anleitung geben, wie man hier überlebt. Am besten wahrscheinlich ... mit Vorsicht.« Sie gab sich einen Ruck. »Du darfst keine Sekunde unkonzentriert sein. Und wenn ich dir sage ›Mach es so‹ oder ›Pass da auf‹, dann tu es einfach.«

Das leuchtete mir ein, ich nickte eifrig. Aufpassen, überleben, durch die Berge kommen – das klang durchaus nach einem guten Plan. »Und wo kriegen wir was zu trinken und essen her?«

»Da sind ein paar Wasserstellen und mit Glück finden wir Sträucher mit Beeren. Allerdings gibt es hier noch etwas: giftige Schlangen. Hat Mac dir davon erzählt?«

Ich nickte erneut. »Er meinte, dass er seine Lähmung einem Biss verdankt. Und dass der Weg durch die Berge ... tödlich ist.«

»Wem sagst du das! Ich bin bereits einmal in diesen Bergen gestorben«, gab sie trocken zurück und ich dachte nur: ›Kein Grund, es zur Gewohnheit zu machen.‹ »Aber es ist der einzige Weg, dich vor Cooper in Sicherheit zu bringen«, fuhr sie fort.

»Und was ist mit dir?«, fragte ich verdutzt. »Bist du nicht ebenso in Gefahr wie ich?«

»Ich? Na ja ... Schon, aber ...« Sie machte eine wegwerfende Handbewegung. »Zerbrich dir nicht den Kopf. Jetzt geht es erst einmal um dich.«

Allmählich dämmerte es mir. »Du wolltest gar nicht mit mir fliehen. Was hattest du vor, wärst du zur Hütte zurück, um Cooper aufzuhalten und mir Zeit zu verschaffen?«

»Ja, so in etwa«, murmelte sie.

»Aber was dachtest du, wie lange du durchhalten kannst?«, fragte ich entgeistert.

»Das habe ich mir nicht überlegt«, gestand sie. »Ich dachte bloß daran, dass du fort musst.«

Nun begriff ich endgültig. Jules war nur mitgekommen, weil ihr klar geworden war, dass ich ohne sie in den Bergen keine Chance hatte. »Cooper hätte Verstärkung geholt und das Haus überrannt. Du wärst erschossen worden oder gefangengenommen.«

Ihre Miene blieb unbewegt. »Im besseren Fall erschossen. Wir wissen ja beide, was es bedeutet, wenn man in Coopers Gewalt gerät.« Jetzt legte sich doch ein Schatten über ihr Gesicht. »Selbst mit angeklebtem Bart glaube ich nicht, dass der Sheriff sich täuschen ließe. Er hätte mich bestimmt erkannt, tot oder verwundet.« Sie brach abrupt ab, ihre Augen weiteten sich entsetzt. »Mein Gott – Doctor Ralph! Wenn Cooper mich sieht ...«

»Dann merkt er, dass der Arzt ihn belogen hat«, vollendete ich ebenso besorgt. »Er half dir damals, deinen Tod vorzutäuschen, nicht wahr? Er war der beste Freund deines Vaters, Daniel hat es mir erzählt. Ich bin ein Idiot, spätestens da hätte ich Verdacht schöpfen müssen ...«

»Weiter?«, unterbrach mich Jules und deutete nach vorn.

Ich richtete mich auf. »Vielleicht könnten wir ... fürs Erste bloß schnell gehen?«

»Sicher«, sagte sie einfach und wir setzten uns in Bewegung.

Diesmal blieb ich auf ihrer Höhe und fragte nach ein paar Schritten: »Jules?« Dabei fiel mir etwas ein: »Es ist doch in Ordnung, wenn ich dich so nenne?«

Sie wirkte belustigt. »Wie denn sonst? Miss Buckley? Ma'm? Wir sind schon per Du, Jeremy, das geht nicht mehr weg.«

»Ich weiß nicht, ob du es mir erzählen möchtest ...«

»Immer raus mit der Sprache«, gab sie seufzend zurück.

»Wie habt ihr das damals angestellt, deinen Tod zu inszenieren, nachdem du aus dem Gefängnis entkommen bist?«

»Das bin ich nicht«, erklärte sie unerwartet. »Doctor Ralph holte mich raus. Ich hatte mit dem Plan ebenso wenig zu tun wie mit der Ausführung. Es war alles das Werk des Arztes, und Mac half ihm dabei. Zum Ausbrechen hatte ich gar nicht die Kraft. Nicht bei dem, was Cooper mit mir machte.«

Sie stockte und ich unterbrach sie hastig. Von ihrer Haft zu berichten, wollte ich ihr wirklich nicht zumuten. »Doctor Ralph deutete an, wie der Sheriff ... Du brauchst nicht darüber zu sprechen, wenn es zu schmerzhaft ist.«

»Weniger schmerzhaft, als es zu erleben«, erwiderte sie leise. Es klang keineswegs zynisch, eher als wäre sie selbst erstaunt. »Es gibt vieles, worüber ich tatsächlich nicht reden möchte. Aber diesen Teil ... schaffe ich. Und er gehört dazu.« Ihre Stimme zitterte leicht, doch sie hielt sich tapfer. »Kaum dass ich im Gefängnis zu mir kam, nahm Cooper mich ins Verhör.

Als ich beharrlich schwieg, wandte er härtere Methoden an. Es war ... Ich erinnere mich nicht klar an alles und das ist wahrscheinlich ein Segen. Ich weiß noch, dass ich brüllte vor Schmerz. Er hatte mich geknebelt, ich wäre fast erstickt. Irgendwann verlor ich das Bewusstsein, er weckte mich aber sofort und fragte erneut. Als ich die Antwort verweigerte, kam der Knebel und er machte weiter. Stundenlang, tagelang. Ich wünschte mir nur noch, endlich sterben zu können. Und nicht bloß deswegen ... Ich betete, dass er einmal zu weit ginge, dann wäre es vorbei. Doch ich hoffte vergebens. Immer wieder wachte ich auf. Meine Welt bestand nur aus Schmerzen, Coopers grimmigem Gesicht und seinen grausamen Händen. Ein einziges Mal war jemand anders da: Doctor Ralph. Ich wusste nicht, ob ich träumte. Aber ich wollte ihm erklären, warum das alles schon seine Ordnung hatte. Ich sagte so was wie: ›Ich habe ihn erschossen.‹ Er musste die Wahrheit erfahren, ich bin eine Mörderin. Was Cooper tat, war eben Teil meiner Strafe. Später erfuhr ich, dass Ralph trotzdem versuchte, den Sheriff zurückzuhalten. Auch Mac hatte inzwischen gehört, dass ich nach Aspen gebracht worden war. Er ritt sofort hin, aber Cooper jagte ihn weg. Ralph informierte ihn allerdings, dass ich am Leben war, und damit stand für die beiden fest, dass sie mich retten mussten.«

Sie schüttelte resigniert den Kopf. »Ralph war in großer Sorge, dass ich an den Misshandlungen sterben würde. Außerdem machte er sich gewaltige Vorwürfe, dass ihm in jener Nacht vor Schreck mein Name herausgerutscht war. Andrerseits, hätte der Arzt mich nicht identifiziert, hätte Cooper mich eben als Unbekannte sofort wegen Mordes gehängt. Doctor Ralph hatte mir unbeabsichtigt ein paar Tage verschafft, aus denen später Jahre wurden. Ich würde ihm diese Tage und sein Versehen niemals vorhalten, aber die Jahre – die nehme ich ihm und Mac übel. Sie meinten es natürlich gut, sie wollten mir helfen. Und sie stellten es geschickt an.«

Sie rang nach Luft. »In einem Nachbardorf war kurz zuvor eine Frau an hohem Fieber erkrankt. Trotz Behandlung starb sie während meiner Gefangenschaft. Das brachte Ralph auf die rettende Idee, wenngleich er und Mac geradezu Übermenschliches vollbrachten. Sie gruben die Tote wieder aus und präparierten sie, indem sie das Gesicht unkenntlich machten, ihr eine Schusswunde verpassten und diese vernähten. Ich will mir gar nicht ausmalen, was sie dabei empfanden. Zuletzt zogen sie ihr passende Kleidung an und versteckten die Leiche in den Bergen nahe einer Schlucht. Dann kam der Abend, an dem Cooper irgendwo eingeladen war. Der Arzt holte ihn ab und leerte bei dieser Gelegenheit ein Schlafmittel ins Getränk des Hilfssheriffs. Mac hatte indessen die nötigen Spuren gelegt. Nun schlich er sich ins Gefängnis, vorbei am schlafenden Hilfssheriff, öffnete mit dessen Schlüssel meine Zelle und brachte mich rasch in ein Versteck. Ich bekam kaum etwas davon mit, ich war am Ende meiner Kräfte. Es wäre wirklich bald mit mir zum Letzten gekommen. Warum warteten sie nicht etwas länger zu? Aber so kehrten der Sheriff und der Arzt spätabends zurück, fanden den schlafenden Hilfssheriff sowie die leere Zelle und die Jagd auf mich begann. Ralph beteiligte sich natürlich, das war wesentlich. Er dirigierte seinen Suchtrupp geschickt zur besagten Schlucht, holte im geeigneten Moment die Leiche aus dem Versteck, ließ ein paar Rufe los und warf den Körper in den Abgrund. Es war riskant, doch alles klappte perfekt. Ein anderer Mann behauptete sogar, er habe die fallende Frau um sich schlagen sehen. Menschen erzählen viel, um sich wichtig zu machen. Es dauerte eine Weile, die Leiche zu bergen, und dann räumte Doctor Ralph jeglichen Zweifel an der Identität aus. Sogar Cooper war überzeugt, dass er meine sterblichen Überreste vor sich hatte. Er übernahm das Urteil des Arztes unhinterfragt als sein eigenes. Somit war ich offiziell tot, gestorben bei dem Fluchtversuch.«

Ich hatte zunehmend fassungslos gelauscht. Jetzt schüttelte ich staunend den Kopf. Dieser gerissene Arzt hatte mich gleich doppelt hereingelegt, indem er mir anvertraute, dass Jules absichtlich gesprungen wäre. So fühlte ich mich als Geheimnisträger – und stellte den Rest der Geschichte nicht in Frage.

»All dies erfuhr ich erst später«, sprach Jules weiter. »Zunächst lag ich halbtot in einem Unterschlupf, während Ralph mich erneut verarztete und Mac sich um mich kümmerte. Wie gesagt, ihre Absichten waren gut. Sie entrissen mich dem Tod. Ich kenne keinen besseren Doktor als Ralph. Er rettete mir schon das Leben, bevor es überhaupt begann. Jetzt holte er mich ins Leben zurück. Aber erst Mac brachte es dahin, dass ich auch am Leben blieb.« Sie hielt inne.

»Du meinst, indem er dich pflegte?«

Sie sah mich an, als müsste sie erst entscheiden, ob sie antworten sollte. »Nein. Ich meine das Versprechen, das er mir abnahm.« Ich wartete, und schließlich fuhr sie leise fort: »Was keiner der beiden damals wissen konnte: dass ich sterben *wollte*. Wenn ich nur die Möglichkeit gehabt hätte … Doch ich war eine Gefangene und Cooper gab zu gut acht. Ich war so entkräftet, dass ich mich kaum bewegen konnte, aber leider nicht schwach genug. Insofern war ich froh über Coopers Misshandlungen, so qualvoll sie auch waren. Jeden Tag hoffte ich, dass mein Körper nachgeben und ich ihm wegsterben würde. Ich hörte, wie Ralph ihn davor warnte, und hätte ihn gern gebeten, er solle den Sheriff doch machen lassen. Dann unternahmen er und Mac diese unglaubliche Anstrengung, um mich zu befreien – und was ich mir nie gewünscht hatte, gelang. Ich war gerettet und am Weg der Besserung. Am liebsten hätte ich erneut geschrien, diesmal vor Verzweiflung. Es dauerte natürlich nicht lange, bis Mac dahinterkam. Ralph mag klug sein, aber Mac ist weise. Er merkte rasch, dass da ein anderer Mensch vor ihm saß als jenes unbekümmerte Mädchen. Er sagte anfangs: ›Keine Angst, das wird schon wieder.‹ Ich sagte dumpf: ›Nein. Das wird nie wieder.‹ Er sagte: ›Ralph ist zuversichtlich und er weiß, wovon er spricht.‹ Ich sagte: ›Aber du weißt nicht, wovon ich spreche.‹ Er fragte: ›Möchtest du mir davon erzählen?‹ Ich sagte: ›Nein. Ich möchte, dass du aufhörst, so gut zu mir zu sein. Ich verdiene keine Freundlichkeit. Und ich möchte, dass Ralph mit der Behandlung aufhört. Ich verdiene es nicht, am Leben zu sein.‹ Darauf erwiderte er: ›Aber du bist am Leben. Und das wirst du bleiben, hörst du? Ich bin am Grab deiner Mutter gestanden und an dem deines Vaters. Ich werde nicht auch dich zu Grabe tragen. Versprich es mir.‹ So kam es zu dieser unseligen Abmachung. Ich konnte ihn nicht abweisen – nur herunterhandeln. Er ließ mich schwören, ich würde mir nichts antun, solange er lebte. Dass ich wenigstens noch ebenso viele Jahre durchhalten würde wie er.«

Mir blieb die Luft weg und diesmal nicht aufgrund Seitenstechens. Obwohl ich nach Macs Tod die richtigen Schlüsse gezogen hatte, begriff ich erst jetzt die Zusammenhänge. Wie verzweifelt mussten zwei Menschen sein, um solch einen erschütternden Handel abzuschließen? Mir fiel Morgans seltsame Aussage ein: *Ich wäre froh, wenn er stirbt. Ich will nur nicht, dass er tot ist.* Nun ergab sie erst richtig Sinn.

»Im Gegenzug versprach Mac, niemandem die Wahrheit zu erzählen. Und er würde keine Vorkehrungen treffen, um zu verhindern, dass ich mir etwas antue«, erklärte Jules.

»Wenn man es genau nimmt, hielt er sein Wort.«

»Auf Punkt und Komma. Er war mit allen Wassern gewaschen. Und einer der wunderbarsten Menschen, die es gibt. In fünf Jahren drängte er mich nie, über die Erlebnisse zu sprechen. Ich hätte es jederzeit tun können, aber ich war nicht dazu imstande. Weder mit ihm noch mit Ralph.«

Ich war verblüfft. »Das heißt, keiner der beiden erfuhr je …«

Sie schüttelte den Kopf. »Ich brachte es nicht fertig und sie fanden sich damit ab.«

Das schien mir erst recht bemerkenswert. Wurde man da nicht verrückt vor Neugier? Ich hätte bestimmt ununterbrochen gegrübelt. Dann begriff ich: Genau das tat Doctor Ralph ja. »Mac schaffte es wahrscheinlich besser, auf eine Erklärung zu verzichten.«

Jules nickte. »Für ihn war es völlig in Ordnung, dass ich nicht über etwas so Schmerzhaftes reden mochte. Oder über den Bruch zwischen Daniel und mir. Ralph fällt es schwerer. Wir trafen uns ein paar Mal, weit außerhalb von Aspen, und man merkt ihm an, wie gern er fragen würde.«

»An ihm ist wirklich ein Detektiv verlorengegangen. Oder ein brillanter Verbrecher.«

»Er ist nicht stolz auf seine Tat«, entgegnete sie ernst. »Bis heute quält es ihn, dass er eine ehrbare Frau aus ihrer Totenruhe riss, ihren Körper verunstaltete und dass sie jetzt am Gottesacker liegt. Er bringt manchmal Blumen zu ihrem Grab. Einmal erwischte der Sheriff ihn dabei und Ralph erklärte, er würde sich gewissermaßen verantwortlich fühlen, weil ich auf der Flucht vor ihm abstürzte.«

Blumen am Grab! Von wegen Hausbesuch.

»Er kümmerte sich sogar um den Hilfssheriff, den Cooper nach meinem Ausbruch davonjagte. Ralph riet dem Mann, in welcher Stadt er sich mit seiner Familie niederlassen sollte, und gab ihm ein Empfehlungsschreiben für den dortigen Sheriff mit. Doch abgesehen von diesen Gewissensbissen lief der Plan perfekt. Meine Leiche wurde beerdigt. Cooper konnte noch so sehr toben, er hatte mich an einen Höheren verloren. Als ich so weit hergestellt war, dass ich mich auf einem Pferd halten konnte, brachte Mac mich nach Brackwall.«

»Wo ihr auf die verrückte – und zugleich geniale – Idee verfallen seid, du könntest dich als Mann verkleiden. Wie kommt man auf so was? Griff Mac ins Bücherregal und erwischte *Gustav Adolfs Page*?«

»Ich weiß noch genau, wie es war: Ich erklärte ihm, dass ich mich sicher nicht im stillen Kämmerchen verberge, sondern hinaus muss, sonst werde ich wahnsinnig. ›Wenn du von mir verlangst, dass ich lebe, dann lass mich leben!‹ Er hielt es jedoch für zu gefährlich, mich offen zu zeigen, sogar in Brackwall. Zwar war ich zuletzt als kleines Mädchen hier gewesen, trotzdem konnte mich jemand erkennen. Außerdem war er besorgt, der Schwindel mit meinem Tod könne noch auffliegen. Dann würde Cooper mich per Steckbrief suchen, so wie Daniel. ›Wobei der sich wenigstens einen Bart als Tarnung wachsen lassen kann.‹ Tja, und da ... hatten wir dieselbe Idee.«

»Wo hattest du den falschen Bart her? So was kann man ja wohl nicht kaufen.«

Sie schüttelte den Kopf. »Selbst gebastelt.«

»Das geht so einfach?«

»Einfach nicht, Perückenmachen ist knifflig, aber keine Wissenschaft. Mac besorgte ein feines Gespinst und eine dünne Häkelnadel. Dann brauchte es geschickte Finger und viel Zeit. Die hatte ich.«

»Und es erfordert genügend Haare in der richtigen Farbe«, gab ich zu bedenken.

»Die aufzutreiben, war das geringste Problem.«

»Oh«, murmelte ich, als ich kapierte.

»Sie mussten ohnehin ab. Mit einem gut befestigten Bart kann man sogar schlafen, ohne ihn zu verlieren. Natürlich habe ich den Klebstoff aufgefrischt, sooft sich während unseres Ritts ein unbeobachteter Moment ergab.«

»Das war doch sicher sehr unbequem.« Ich meinte die besagten Tage, Jules bezog es auf die letzten Jahre.

»Man gewöhnt sich an alles. Ich bin ja nur damit herumgelaufen, wenn ich unter Menschen kam. Trotzdem war ich jedes Mal froh, das Ding wieder abnehmen zu können. Und ich wollte gewiss nicht damit sterben.«

Ich lenkte rasch von dem düsteren Thema ab. »Aber mit dem Bart allein ist es wohl nicht getan, oder?«

»Ein Bart macht noch keinen Mann. Das Gesamtbild muss überzeugen – Stimme, Kleidung, Haltung, Gang ...« Sie deutete auf ihre Stiefel. »Die sind größer als nötig und mit Gewichten bestückt. Das hilft, sich schwerfällig zu bewegen. Außerdem steckt unter dem Hemd mehr, als man von außen sieht, das kaschiert den Körperbau. Und natürlich habe ich gründlich geübt, bis Mac und ich wirklich zufrieden waren. Es war keine Verwandlung von heute auf morgen.«

Die Vorbereitungen hatten sich wahrlich ausgezahlt. Die Tarnung war so gelungen, dass Jules tatsächlich mehrere Tage in meiner unmittelbaren Nähe riskieren durfte. Erst recht, weil ich den Umgang mit anderen Menschen so wenig gewohnt war. Trotzdem verstand ich, dass Janet mich für einen Dummkopf hielt. Mit ihrem untrüglichen Blick für Frauen brauchte sie keine verräterischen Anzeichen – wie Morgans unauffällige Handbewegung, um rasch den Bart zu überprüfen, als ich ihn irgendwann irritiert anstarrte. *Hab ich was auf der Nase?* Oder wenn er sich beim Aufwachen erst zur Kontrolle übers Gesicht fuhr, ehe er sich zu mir umdrehte ...

»Jules Buckley starb, Paul Morgan wurde geboren«, fuhr sie fort. »Wir einigten uns darauf, dass Mac mich als seinen Großneffen ausgab, der nach dem Tod der Eltern zu ihm gezogen war.«

»Angeblich vor sieben Jahren.«

»Ein kluger Schachzug von Mac, falls jemand nachrechnet. Glaubst du, heute erinnert sich noch jemand in Brackwall, wann genau Paul Morgan zum ersten Mal auftauchte?«

»Winnie vermutlich.« Sie hätte es bestimmt gewusst, aber ich hatte sie nicht danach gefragt. »Meinst du, sie hat die Maskerade durchschaut?«

»Wahrscheinlich«, murmelte Jules. »Doch sie ließ sich nie etwas anmerken. Und sie hat sicher keine Ahnung, wer ich wirklich bin. Als Kind kannte ich sie kaum, aber ich erinnere mich, wie sie Vater damals ihre Hilfe anbot. Sie hat ein Herz aus Gold. Deshalb kam ich während der letzten fünf Jahre ganz gern in den Saloon. Sie gönnt mir meinen Frieden und gibt mir oft etwas für Mac mit. Manchmal schaut sie selbst bei ihm vorbei. Er hat … hatte nur sehr selten Besuch. Wenn er nicht allein war, stellte er als Zeichen einen Kübel vor die Tür, damit ich in der Rolle blieb. Und er nannte mich ›Junior‹, damit er den Karren noch herumreißen konnte, falls er irrtümlich zu meinem richtigen Namen ansetzte.«

»Der Sohn, den ich nie hatte«, zitierte ich.

Jules nickte langsam. »Das waren wir wirklich für ihn – wie eigene Kinder. Unsere Mutter hatte er damals auf Anhieb ins Herz geschlossen, als Dad sie aus dem Osten mitbrachte.«

»Die berühmte Entfesselungskünstlerin.«

»Das war nur eine ihrer Fähigkeiten. Nebenbei war sie eine begnadete Zauberkünstlerin. Daher stammt ihr Beiname. Allerdings war das Publikum von einem weiblichen Zauberer irritiert, also spezialisierte sie sich auf Entfesselungen. Von Kartentricks zum Falschspielen war es dann nur ein kleiner Schritt. Sie konnte jede Pokerpartie exakt nach ihren Wünschen steuern. Auch nach ihrer Heirat war das nützlich. Manchmal verreiste sie ein paar Tage, offiziell um eine Bekannte zu besuchen. Tatsächlich fuhr sie zu Pokerturnieren. Und sie gewann richtig viel. Es war ihr Beitrag zum Familieneinkommen. Der größere Teil, wie Dad lachend zugab.«

»Du hast ihr Können perfektioniert.«

»Na ja, wie man's nimmt«, wiegelte sie verlegen ab.

Diesmal schnaubte ich. »Ach, komm! Du bist eine famose Falschspielerin. Du ziehst deinen Revolver so schnell, dass ich beim ersten Mal glatt dachte, du hattest ihn schon vorher in der Hand. Du bist als Entfesselungskünstlerin in die Fußstapfen eurer Mutter getreten, wie ich hörte. Und was dein Bruder so erzählt, warst du auch als Taschendiebin recht begabt. Ich wäre froh, würde ich irgendwas davon beherrschen.«

»Du übersiehst, dass alles auf einem einzigen Talent beruht: Fingerfertigkeit, die ich schlichtweg von Mutter erbte.«

»Zugegeben. Doch du hast es entsprechend genutzt. Sonst helfen die besten Voraussetzungen nichts. Wie ist es zum Beispiel mit Daniel, kommt er auch aus jeder Fessel frei?«

Dieses Thema schien ihr unangenehm. »Eher weniger. Er ist phänomenal darin, Knoten zu machen. Ich bin besser im Aufbekommen. Ob Seile oder Handschellen ...«

Das weckte eine Erinnerung. »Moment. Als du mich aus dem Gefängnis befreit hast ...« Ich schlug mir auf die Stirn. »Es gab keinen zweiten Schlüssel. Du hast nicht Coopers Schreibtisch durchsucht, sondern das Schloss der Zelle aufgebrochen und danach meine Handschellen mit einem Metallstück geöffnet. Du wolltest bloß vermeiden, dass ich die Verbindung zu deiner Mutter ziehe.« *Man kann auch einen Schlüssel verwenden*, hatte Morgan gesagt. Das brauchte man aber nicht, wenn man Jules Buckley war. »Du hast die Handschellen geknackt, während ich zusah!«

Sie zuckte mit den Schultern. »War ja nicht mein erstes Mal. Ich habe jahrelang Knoten gelöst, während mir Leute zusahen.«

Sie bog zielstrebig hinter einer Baumgruppe ab und gleich darauf erreichten wir einen Bach. »Du kennst dich ziemlich gut aus«, meinte ich, während wir tranken und unsere Gesichter im klaren Wasser kühlten.

Sie nickte. »Ich war in den letzten Jahren oft hier unterwegs. Wann immer ich nicht Mac zur Hand ging oder irgendwohin ritt ... Vor den Bergen muss man sich nicht fürchten, genauso wenig vor der Dunkelheit. Immer nur vor den Menschen.« Ihre Stimme verlor sich nachdenklich.

Ich ließ ihr ein paar Sekunden, ehe ich einwarf: »Mac sagte, man kann auch über die Berge nach Aspen. Sogar schneller als außen herum.«

Sie schaute auf. »So ist es. Der Weg ist gefährlich, aber machbar. Ich nahm ihn allerdings nur einmal.«

»Du bist über die Berge nach Aspen gegangen?«

»Was glaubst du, woher damals die Rettung für Mac kam, als er von der Schlange gebissen wurde? Der Arzt von Brackwall tat sein Möglichstes, war aber am Ende seiner Heilkunst, und es stand schlecht um Mac. Ich wollte nichts unversucht lassen und die letzte Hoffnung war ...«

»*Der* Arzt.« Es gab wirklich nur einen.

»Der schnellste Weg führt eben durch die Berge. Ich konnte kein Telegramm schicken, sonst hätte Cooper vielleicht Wind davon bekommen. Mit Ralph ritt ich freilich außen herum.« Sie blickte nach vorn. »Schnauf noch kurz durch, aber dann ist Schluss mit Wandern und Reden. Jetzt ist Klettern angesagt. Uns stehen etliche steile Hänge bevor.« Sie musterte mich prüfend. »Wäre gut, wenn wir ein Seil hätten. Falls einer von uns abrutscht.« Sie unterließ es taktvoll, Namen zu nennen.

»Glaubst du, Coopers Leute folgen uns? Falls sie überhaupt erraten, wie wir entwischt sind.«

»Nun, einen gewissen Vorsprung haben wir – bis sie dahinterkommen, dass wir nicht mehr in der Hütte sind. Der Aufstieg in den Felsen ist dann aber leicht zu entdecken.«

»Sie bräuchten einen Einheimischen als Führer«, vermutete ich.

»Den haben sie. Zwei der Männer waren wohl Hilfssheriffs aus Aspen, aber der dritte war Abe Clement, der Sohn des Krämers. Er hat sie offenbar zu Macs Haus gebracht und ihnen hoffentlich erklärt, dass nur ein Verrückter in die Berge gehen würde, er jedenfalls nicht. Wenn wir Glück haben, lassen Cooper und seine Leute sich abschrecken. Aber der Sheriff ist ein fanatischer Jäger. Er ist imstande und nimmt zur Not ganz allein die Verfolgung auf.«

»Oder er lauert uns auf, wenn wir wieder ins Tal hinuntersteigen.«

Sie bedachte mich mit einem nachsichtigen Blick. »Jeremy, das sind Berge. Es ist nicht so, als müsste man hier nur einen Ausgang bewachen.« Sie stand auf. »Wenn Cooper umkehrt, stehen unsere Chancen gut. Falls er uns allerdings folgt, und das müssen wir annehmen, kann er uns durchaus über den Weg laufen. Verlieren wir also keine Zeit mehr. Weiter!«

Während der nächsten Stunden folgten wir schmalen Steigen, schoben uns durch enge Spalten und kletterten Felswände hinauf. Jules erklärte mir, wohin ich steigen oder greifen sollte und worauf ich achten musste. Ich war ihr immens dankbar. Mehr als einmal glaubte ich, das nächste Stück Wegs nie im Leben bewältigen zu können, doch durch ihre Hilfe erwies es sich stets als machbar. Langsam arbeiteten wir uns voran. Ich war erneut beeindruckt, wie geschmeidig Jules sich jetzt bewegte, wo sie nicht mehr den ungelenken Morgan gab. Sie erwähnte, dass sie einen bestimmten Unterschlupf für die Nacht anstrebte. Am frühen Abend erreichten wir unser Ziel: Riesige Felsblöcke bildeten eine Art Höhle. Hier waren wir windgeschützt und konnten sogar Feuer machen, ohne uns durch Rauch oder Lichtschein zu verraten. Jules kam hervorragend in der Wildnis zurecht: Sie erlegte ein Nagetier, das wir über den Flammen rösteten.

Ich beobachtete den flackernden Lichtschein auf Jules' Gesicht und staunte abermals, wie hervorragend der Bart sie getarnt hatte. Gestern um diese Zeit hätte ich jeden Eid geschworen, mich in Gesellschaft eines Mannes zu befinden – bis mich ein Buch und ein Dokument eines Besseren belehrten. Prompt fiel mir etwas ein. »Die Heiratsurkunde! Was habe ich eigentlich damit getan?«

»Sie offenbar fallengelassen«, gab Jules zurück. »Sie lag neben dem Tisch, genau wie das Buch. Ich schob beides im Schlafzimmer in ein Regal, ehe ich nach Macs Sachen suchte.«

»Was, wenn Cooper die Urkunde findet? Gibt sie ihm irgendwelche Anhaltspunkte?«

Sie überlegte. »Da sehe ich keine Gefahr. Dass Vater in Brackwall verheiratet war, weiß er ohnehin. Außerdem will er dir hinterher, da interessieren ihn keine Papiere.«

Das klang plausibel. »Wie kam er mir bloß so schnell auf die Spur? Er muss rasch herausgefunden haben, dass wir zu Mac reiten. Wenn man drei volle Tage von Aspen braucht ...«

»Weniger, wenn man die Pferde schindet. Sie müssen etwa einen Tag nach uns aufgebrochen sein und holten dann auf. Sie wussten eindeutig, dass du nach Brackwall wolltest, womit wir wieder vor der altbewährten Frage stehen ...«

Ich kam ihr zuvor. »Ich bin mir sicher, dass ich weder Brackwall noch Mac erwähnte. Und keine Eisenbahnen. Ich gab Cooper auch keine Visitenkarte oder schrieb meine Adresse auf den Notizbl...« Ich brach abrupt ab. Es ist immer scheußlich, wenn einem ein gravierender Fehler bewusst wird.

»Was?«, fragte Jules argwöhnisch.

»Das Buch ...«, brachte ich heraus, »*Gullivers Reisen*, das Mac mir für den Ritt nach Aspen borgte.«

»Das du auf dem Hinweg gelesen hast?«, vergewisserte sie sich.

Ich nickte beschämt. »Als ich mich einsperren ließ, gab ich Cooper meine Sachen zur Aufbewahrung. Auch das Buch. Und da ist Macs Exlibris drin!« Ich sah ihren entgeisterten Blick. »Ein Exlibris ist ...«

»Ich weiß, was ein Exlibris ist!«, fuhr sie mir schroff über den Mund und sprang verärgert auf.

Ich hockte da wie ein Häufchen Elend. Natürlich hatte Cooper mein Zeug durchwühlt, als ich nach seiner brutalen Befragung geflohen war, und wurde im Buch fündig. Es kostete ihn einen Tag, aus »FMD« auf jenen Mann zu schließen, der fünf Jahre zuvor als Freund der Buckleys verzweifelt nach Jules gefragt hatte. »Es ist meine Schuld«, murmelte ich unglücklich. »Ich hätte daran denken müssen.«

»Ja, das hättest du!«, versetzte Jules. Sie marschierte ein paar Schritte vom Feuer weg und blickte in die Finsternis.

»Es tut mir leid«, sagte ich kläglich.

Jules stampfte wütend auf und atmete heftig aus. Dann jedoch drehte sie sich merklich ruhiger wieder um. »Es lässt sich nicht mehr ändern. Und es hätte mir auch einfallen können.«

»Wie denn? Du wusstest doch nichts vom Exlibris. Du hast Macs Bücher nie gelesen.«

Sie sah mich einige Sekunden lang an. »Doch«, sagte sie zuletzt, »das habe ich.«

Ich blinzelte verblüfft. »Wie jetzt? Welches?«

»Alle. Einige mehrmals.«

Nun war ich vollends verwirrt. »Aber du sagtest doch ...«

»Ich habe gelogen. Ich hatte keine Lust, mich zu unterhalten, und wollte dir keinen Ansatz liefern. Tja, zur Strafe musste ich dir am Ritt nach Aspen beim Lesen zusehen.«

Ich starrte sie an und fragte mich, ob die Entdeckungen dieses Tages je enden würden. Jules Buckley las. Mehr als das – offenbar gern, geradezu leidenschaftlich. Sie hatte *sämtliche* Bücher in Macs Bibliothek gelesen. Um das in fünf Jahren zu schaffen, musste man grob geschätzt ein bis zwei pro Woche lesen. Wenn sie manche sogar mehrmals verschlungen hatte ... Und wie ich mit Morgan darüber geredet hätte!

»Na los, raus damit«, unterbrach Jules ruppig meine Gedanken. »Ich sehe dir die Frage ja an.«

Ich bemühte mich um ein treuherziges Lächeln. »Lieblingsbuch?«

»*Die drei Musketiere*. Unsere Mutter las uns immer daraus vor«, sagte sie leise.

Damit hatte ich am wenigsten gerechnet. Wenngleich es erklärte, weshalb es Morgan so aus dem Konzept gebracht hatte, als ich den Titel damals erwähnte. »Aber ... wieso sollte ich dir ausgerechnet das nacherzählen?«

»Du weißt es doch selbst am besten, seine Lieblingsgeschichte kann man gar nicht oft genug hören.« Sie kam zum Feuer zurück und konzentrierte sich auf den Braten, als wollte sie jeden Blick in meine Richtung vermeiden. »Ich war ziemlich ... beeindruckt von dem, was du über Bücher sagtest, warum du sie so liebst. Ich dachte dauernd nur: ›Ja, genau!‹ Zeitweise hatte ich fast das Gefühl, ich höre Macs Stimme. Als ich ihm als Kind erklärte, ich wollte auch einmal so viele Bücher haben wie er, und er antwortete: ›Bücher sind wie Freunde. Sie begleiten uns durchs Leben, stehen mit Rat zur Seite oder bringen uns auf neue Ideen. Und umgekehrt sind Freunde wie Bücher. Es geht nicht darum, so viele wie möglich zu haben, sondern die richtigen. Was in ihnen steckt, zählt. Dann kann ein gutes Buch mehr wert sein als eine ganze Bibliothek.‹ Und in diesen letzten fünf Jahren – da wurden Macs Bücher tatsächlich zu meinen

Begleitern. Sie halfen mir, wenigstens eine Weile nicht an das Geschehene zu denken. Ich konnte mich ehrlich freuen, wenn sie gut ausgingen.«

»Weil Märchen kein Danach haben«, erinnerte ich mich an unsere Unterhaltung.

»Obwohl nicht jedes endet, wenn es am schönsten ist, und nicht jedes mit ›Es war einmal‹ beginnt.«

»Oder mit ›In alten Zeiten …‹«, ergänzte ich und verstummte sogleich wieder. Deshalb also hatte ich bei jenem Gespräch das seltsame Gefühl gehabt, etwas zu übersehen – weil mich Morgans Worte stutzen ließen: *in Zeiten, wo das Wünschen noch geholfen hat*. Da hatte Jules sich verraten. Dieser Ausdruck kommt nur in ein paar Märchen der Brüder Grimm vor. Niemand, der Bücher verschmäht, hätte ihn benutzt.

»Denk an meinen Rat, wenn du eines Tages von deinem Abenteuer erzählst«, empfahl Jules. »Lass mich lieber raus. Meine Geschichte ist kein hilfreicher Freund, sie kann nicht gut ausgehen. Die Figuren sind keine Helden oder Edelmänner. Ein Buch über mich macht bloß traurig und wütend. Es erinnert an all das Elend des Lebens.«

»*Les Misérables*«, griff ich das Stichwort auf. »Eine der besten Geschichten überhaupt. Sie geht nicht unbedingt gut aus, aber die Hoffnung überlebt.«

»Ich habe überlebt, die Hoffnung nicht. Meine Geschichte endet damit, dass ich alles und jeden verliere. Immer wieder. Jeder Mensch erlebt in seinem Leben nur eine einzige Geschichte, aber die stets aufs Neue. Und ständig machen wir dieselben Fehler. Das ist unser Fluch.«

»Nein, das ist unsere Chance, um es irgendwann doch richtig zu machen.«

»Ich sage doch, meine Geschichte ist vorbei. Ich bin allein und bleibe es.«

»Wer sagt dir, dass das schon die ganze Geschichte war?«, fragte ich leise. »Was, wenn du bloß im falschen Moment zu lesen aufgehört hast? Du verlierst jemanden, den du liebst. Aber du bist nicht allein und du wirst es nicht bleiben. Denn wann immer du am Boden liegst, wird jemand da sein, um dir aufzuhelfen. Klingt das nicht nach einer tröstlichen Geschichte?«

»Es klingt nicht nach meiner«, murmelte Jules, »aber nach einer, die man gern hört.«

»Es ist eine Geschichte, die du erlebt hast. Und wieder erleben kannst, solange du nicht aufgibst.«

Sie schüttelte langsam den Kopf. »Ich habe schon vor Jahren aufgegeben. Diesmal bleibe ich am Boden. Manche Wunden sind zu tief, um jemals zu heilen. Du denkst wie Mac, der bis zuletzt hoffte, ich würde wieder Sinn im Leben finden. Aber dieser Schuss hat etwas in mir zerschmettert, das nie mehr repariert werden kann. Nicht als Patrick auf mich schoss. Sondern als ich auf Thomas ...« Ihre Stimme brach, sie rang nach Luft. »Es ist mir ernst: Streich mich aus deiner Geschichte. Am besten wortwörtlich, halte dich von mir fern, sobald wir aus den Bergen heraus sind. Mit mir als Kamerad bist du schlecht bedient. Ich werde dich nie aufheitern oder trösten können, weil ich selbst verbittert und traurig bin. Verlass dich nicht auf mich, ich bitte dich. Denn im entscheidenden Moment werde ich nicht imstande sein, dich zu retten.«

»Vielleicht brauche ich eher einen Gefährten, dem ich helfen kann.«

»Muss ich dir erklären, dass du da erst recht an der falschen Adresse bist? Wenn du nach Abenteuern suchst, solltest du lieber die Ehre der Königin verteidigen, als meine Seele zu heilen. Lass es bleiben, dann ersparst du uns beiden eine mühsame Zeit und dir eine Enttäuschung. Meine Seele habe ich verkauft, als ich mich auf Patricks grausames Angebot einließ, und Thomas bezahlte den Preis. Mein Herz habe ich verschenkt und als Thomas ... damals starb, nahm er es mit. Begreif endlich, du kannst mir nicht helfen und brauchst es nicht. Ich will nicht gerettet werden! Es ist entsetzlich genug, weiterleben zu müssen, nachdem man bereits starb. Ich fürchte den Tod nicht. Es gibt Schlimmeres und sogar das habe ich durchgemacht. Was könnte mir noch Angst einjagen?«

Es tat weh, ihre Worte zu hören und zu wissen, dass sie jedes einzelne davon so meinte. Ausgenommen ... diese letzte Frage – da kam es mir plötzlich vor, als wollte sie eher sich selbst überzeugen. Irgendetwas machte ihr Angst, genau in diesem Moment.

Aber sie war nicht gewillt, sich weiter darüber zu unterhalten.

»Schluss damit«, erklärte sie und nahm wie zur Bestätigung das fertig gebratene Tier vom Feuer. »Ich will nicht über damals sprechen, klar? Es reicht, ständig daran zu denken und davon zu träumen. Mac akzeptierte mein Schweigen und ich bitte dich um dasselbe. Reden wir lieber über das, womit wir vorhin anfingen.«

»Die Heiratsurkunde?«

»Bücher«, gab Jules zurück, während sie das Tier geübt zerteilte und dabei allmählich ruhiger wurde. »Dein Geschenk für Mac war bemerkenswert. Nicht nur, weil es perfekt war, sondern weil du es selbst noch nicht fertiggelesen hast. Jetzt musst du wer weiß wie lange auf das Ende warten.«

Ich dachte an Macs glücklichen Gesichtsausdruck, als ich ihm das Buch überreicht hatte. Bestimmt hatte er vor seinem Tod noch erfahren, wie *Das Zeichen der Vier* endete. Ich fragte mich, welchen Ausgang er sich für Jules' Geschichte vorgestellt hatte.

Der Mann mit der eisernen Maske

Nach dem Essen bot ich mich für die erste Wache an. Ich wäre ohnehin wachgelegen. Jules war einverstanden. »Falls du was Verdächtiges …«

»Ich weiß. Sollte ich etwas bemerken, wecke ich dich.« Nun wusste ich ja, weshalb sie so darauf bestand. Ihr war klar, dass Thomas damals allein nachgeschaut hatte. Hätte es etwas an den Ereignissen jener Nacht geändert, wenn …

Es war sinnlos, darüber nachzudenken. Da war weiß Gott anderes, das mir durch den Kopf schwirrte.

Ich betrachtete meine schlafende Begleiterin im flackernden Licht. Daran musste ich mich immer noch gewöhnen: Paul Morgan war eine Frau. Und nicht irgendeine – Jules Buckley. Über die ich schon so viel gehört hatte, dass es mir vorkam, als wäre sie ohnehin von Anfang an dabei gewesen. Obwohl diese Geschichte fast ausschließlich von Männern handelte, war es letztlich die einer Frau, die ich durch all die Erzählungen von ihrer Geburt bis zu ihrem Tod begleitet hatte. Nur um festzustellen, dass dies keineswegs die ganze Geschichte war. Wenngleich diese Erkenntnis lange auf sich warten hatte lassen, beinahe zu lange. Wäre ich eine Minute, vielleicht nur ein paar Sekunden später gekommen … Mir schauderte, wie knapp es gewesen war.

Trotz der hervorragenden Tarnung hatte ich mehr als genug Hinweise erhalten. Den allerersten schon vor Jahrzehnten, als ich als kleiner Junge *König Artus* las. Dass ich dann bei »Le Fay« an das falsche Buch dachte, geradezu peinlich! Verständlicherweise empfahl Mac, die britannischen Sagen wieder einmal zu lesen. Seine letzte Hoffnung bestand darin, mir das Buch nach seinem Tod zu schicken und zu beten, dass es mich rechtzeitig erreiche. Falls Jules darin einen Hinweis befürchtete, gab der Abschiedsbrief von vornherein Entwarnung. Und Macs Plan war aufgegangen, wenigstens fürs Erste. Ich hatte verstanden und gehandelt.

Ich dachte an meine Gespräche mit ihm – wie sorgfältig er sich seine Worte überlegte. Natürlich musste er stets auf der Hut sein, wie viel er preisgab. Er bat mich sogar, seinen Namen dem Sheriff gegenüber zu verschweigen, um sich Cooper keinesfalls in Erinnerung zu rufen und dadurch Jules zu gefährden. *Tu es für einen alten Freund,* forderte er Morgan auf. Möglicherweise hatte Mac sich selbst gemeint, vielleicht Clifton Buckley, Daniel – oder auch Thomas Connert. Jules hatte die Anspielung jedenfalls verstanden und konnte nicht Nein sagen.

Diese grässliche Abmachung ... Mac hatte wahrlich Übermenschliches geschafft: Er hatte sich dem Tod widersetzt. Er wusste, sein Ende wäre auch das von Jules. Irgendwann ließ es sich nicht mehr hinauszögern, seine Kräfte schwanden. Er hoffte bis zuletzt – auf jemanden, der sich um seinen Schützling kümmern würde, wenn er es nicht mehr vermochte.

Die Geschichte mit Morgans Eltern war natürlich frei erfunden. Als es notwendig wurde, hatte Morgan sie ergänzt und gab zu, in Aspen gewohnt zu haben, damit ich seinen Namen dort nicht nannte. Vielleicht wurde ihm auch klar, dass ich irgendwelche Vermutungen hegte. Also legte er ein kleines Geständnis ab, um die große Lüge weiterhin zu tarnen.

So viele Details, jedes für sich kaum der Beachtung wert. Doch in Summe ergaben sie ein klares Bild – die Lösung eines Rätsels, das ich bis zuletzt gar nicht als solches erkannte. Stattdessen hatte ich über den unwichtigen Mr. Delaware nachgegrübelt. Und über eine wirklich wichtige Frage, die nach wie vor unbeantwortet war: Konnte ich Morgan ein Freund sein? Erst recht jetzt, wo er sich als junge Frau entpuppt hatte? Ich horchte in mich hinein und bemerkte, dass sich da wenig verändert hatte – meine Einstellung zu Jules Buckley war die gleiche wie zu Paul Morgan. Ich hatte ihm helfen wollen. Jetzt würde ich eben versuchen, *ihr* zu helfen. Bei Jules wusste ich wenigstens genau, welch ungeheure Last sie mit sich herumschleppte. Aber nützte mir das etwas? Sogar Mac hatte in fünf Jahren keinen Ansatz gefunden. Jetzt war er fort und es gab nur mich. Ich durfte nicht versagen.

Wie würde es weitergehen, sollten wir Cooper wirklich entkommen? Vermutlich bestand Jules trotzdem darauf, dass ich mich Richtung Heimat aufmachte. Und ich war mir ziemlich sicher, was passieren würde, sobald ich außer Sicht war. Es konnte sogar jetzt geschehen, wenn ich Jules weckte und mich schlafen legte. Ich durfte sie nicht sich selbst überlassen. Wie sollte ich ihr begreiflich machen, dass es einen Unterschied zwischen Schuld und Verantwortung gab? Wie konnte ich sie aus der Vergangenheit holen und dazu bringen, an eine Zukunft zu glauben? Ich kämpfte für einen Menschen, der sich längst aufgegeben hatte, und gegen den Schlaf, der mich allmählich zu überwältigen drohte.

Wieder warf ich einen Blick auf Jules. Sie schlief keineswegs friedlich, wirkte vielmehr angespannt. *Es reicht, davon zu träumen.* Ihr Gesicht sah aus, als passierte genau das. Es war kein übermäßig hübsches Gesicht, da hatte Daniel recht, aber auch nicht hässlich. Jules war keine Frau, nach der man sich auf der Straße umdrehte. Wobei, jetzt schon, mit diesen kurzen Haaren ... Ich konnte mir nicht helfen, es wirkte unnatürlich, ebenso ihre Hose. Nun, ich würde mich wohl daran gewöhnen, so wie Jules sich vor fünf Jahren damit abfinden musste.

Irgendwann wälzte sie sich herum und wachte dadurch auf. »Wie spät ist es?«

Ich warf einen Blick auf die Taschenuhr, die wir uns für die Wachen teilten, und nannte ihr widerstrebend die Zeit.

Sie setzte sich auf. »Du hättest mich längst wecken sollen.«

»Schon in Ordnung. Ich dachte ... Wir müssen uns nicht abwechseln, ich kann die ganze Nacht übernehmen.«

»Auf keinen Fall, du brauchst den Schlaf nötiger. Ich kenne die Berge ja. Also nichts da, leg dich schlafen.«

»Wirklich, es macht mir nichts aus«, druckste ich herum. »Ich bin überhaupt nicht müde.«

»So siehst du aus«, bemerkte sie spöttisch. Dann wurde ihre Miene ernst. »Du machst dir Sorgen, dass ich mir etwas antue, sobald du schläfst. Dass du aufwachst und allein in den Bergen bist.«

»Ich habe Angst, dass du dir etwas antust«, erwiderte ich aufrichtig. »Und dass ich es doch nicht geschafft habe, dich davon abzuhalten.«
Jules schwieg betroffen. Dann sagte sie leise: »Leg dich schlafen. Ich werde da sein, wenn du aufwachst.«

Und das war sie. Sie weckte mich nämlich, gefühlt nach wenigen Minuten, doch natürlich war es bereits Morgen. »Wir haben Gesellschaft.«
Wir spähten zwischen den Felsen über die Bergrücken hinweg. In der Ferne bewegte sich eine winzige Gestalt. »Cooper?«, fragte ich, und sie nickte. Ich rieb mir die Augen und staunte über ihren Scharfblick. Ich konnte kaum erkennen, ob dort ein Mensch oder ein Tier herumkrabbelte. »Nur er? Oder noch jemand?«
»Soweit ich sehe, er allein. Seine Hilfssheriffs waren wohl vernünftig, Abe Clement sowieso.« Sie zog die Brauen zusammen. »Wenn er in diese Richtung weitergeht, kreuzt er irgendwann den Weg, den wir nehmen wollten. Dann findet er unsere Spuren. Die lassen sich leider nicht vermeiden – es sei denn, du möchtest jedes verrutschte Steinchen hinter uns aufräumen.«
»Können wir ihm ausweichen?«
»Natürlich. Das dauert allerdings länger.«
»Och, ich habe keine allzu wichtigen Termine in nächster Zeit«, wollte ich die Situation auflockern.
Jules zog eine Augenbraue hoch. »Dann sehen wir zu, dass wir den Termin mit Cooper streichen.«
»Kann er uns einholen?«, fragte ich, während wir die Feuerstelle auf Liegengelassenes überprüften.
»Durchaus«, sagte Jules ernst, »je weniger er rastet oder nachts schläft. Und nein, wir gehen trotzdem nicht im Dunklen, sonst stürzt du ab oder versteigst dich vor Müdigkeit.«
Da protestierte ich gar nicht. Wir mussten eben tagsüber eine möglichst große Distanz zwischen uns und den Sheriff bringen.
Um nicht in sein Blickfeld zu geraten, schlüpften wir hinten zwischen den Felsen hinaus. Als ich Jules nun aus gewisser Entfernung sah, blin-

zelte ich verblüfft. »Das klingt verrückt, aber … bist du über Nacht dünner geworden?«

»Abrakadabra«, gab sie ungerührt zurück. »Ich sagte ja, ich hatte meine Kleidung ausgestopft.« Stimmt, sie hatte es erwähnt, doch erst jetzt erkannte ich die volle Tragweite. Morgan war dicklich gewesen, Jules hingegen schlank, soweit sich das unter dem Mantel und dem weiten Hemd abschätzen ließ. »Ich habe alles abmontiert und vergraben, war lästig beim Klettern. Es ist egal, wie ich aussehe. Mit den kurzen Haaren kann ich mich ohnehin nirgends blicken lassen, solange der Bart in Macs Häuschen liegt.«

Zu dieser Statur passte ihre Beweglichkeit eindeutig besser. Die schweren Stiefel konnte sie zwar nicht eintauschen, aber sie kam trotzdem flinker damit voran als ich mit meinen.

Coopers Auftauchen hatte Jules an etwas erinnert. »Ich bin froh, dass Abe Clement gestern dabei war. Er wird dafür sorgen, dass … man sich um Mac kümmert. Spätestens, wenn Winnie davon hört, ist die Sache in guten Händen.«

Dieser Hoffnung schloss ich mich an. Es war scheußlich gewesen, den toten Mac zurückzulassen. »Sag mal«, lenkte ich auf weniger Beklemmendes ab, »wie hast du das gestern mit Coopers Hut gemacht? Ich will dir nicht zu nahe treten, aber dein Bruder erzählte … na ja, du wärst nicht gerade ein Ass im Zielschießen.«

»Hübsch formuliert«, meinte sie lakonisch.

»Der Schuss war jedenfalls ein Meisterstück. Hast du Coopers Gesichtsausdruck gesehen?«

»Du hättest meinen Gesichtsausdruck sehen sollen, als ich den Hut traf.«

»Oh«, entfuhr es mir. »Du hast gar nicht …«

»Ich zielte auf den Holzpfosten neben ihm. Es sollte bloß ein Warnschuss sein.«

»Du liebe Zeit …«

»Ich bin eine schauderhafte Schützin, so viel steht fest«, befand Jules.

»Aber du bist schnell, nicht wahr?«, erinnerte ich mich daran, wie ich Morgan damals geweckt hatte.

Sie hielt ihre Waffe in der Hand, bevor ich den Punkt unter mein Fragezeichen setzte. »Ziemlich. Nur was hilft das, wenn ich nicht treffe?« Schon steckte der Revolver wieder im Halfter, und Jules starrte auf ihre Hand, als wäre sie selbst überrascht. Wie bedächtig dagegen Morgan die Waffe gezogen hatte ... Kein Wunder, dass seine langsamen Bewegungen ungewohnt gewirkt hatten! »Abgesehen davon«, fuhr Jules leise fort, »will ich nicht treffen.«

»Aber ... du könntest uns verteidigen?«

»Ich bin nicht sicher. Ich ... möchte auf niemanden schießen. Auch nicht auf Cooper. Sogar wenn ich ihn bloß verwunde, wäre das hier in den Bergen sein Todesurteil.«

»Trotz allem, was er dir und deiner Familie antat? Selbst wenn dein eigenes Leben dabei auf dem Spiel stünde?«

Sie schüttelte hilflos den Kopf. »Ich weiß es nicht.«

Ich unterdrückte meine nächste Frage, ob sie es auch nicht täte, um einen anderen Menschen zu schützen. Darauf hatte Jules schon vor Jahren geantwortet.

Etwas später arbeiteten wir uns hintereinander einen schmalen Steig entlang, bis sich endlich eine Wiese vor uns auftat. Ich schnaufte erleichtert durch und schloss zu Jules auf. Genau in diesem Moment befahl sie plötzlich scharf: »Halt! Steh still!«

Wie versteinert hielt ich inne. Ich wagte keinen Muskel zu rühren, mir stockte richtig der Atem – erst recht, als ich den Grund für die Warnung entdeckte: Da lag eine Schlange im Gras, kaum zwei Schritte entfernt. Zusammengerollt wirkte sie friedlich und entspannt. Trotzdem starrte ich geschockt hinunter in Erwartung, sie würde gleich hochfahren und mich angreifen. Ich wagte nicht einmal, den Kopf zu drehen. *Heimtückische Biester,* hörte ich Macs Stimme und kämpfte gegen den dringlichen Instinkt, panisch wegzurennen.

»Ganz langsam«, sagte Jules leise neben mir. »Nach hinten, Schritt für Schritt. Tritt sachte auf.«

Ich tat, wie mir geheißen. Anfangs hatte ich den Eindruck, mich überhaupt nicht zu rühren, so zögerlich bewegte ich mich von dem Tier weg.

Aus den Augenwinkeln sah ich Jules es mir gleichtun. Während ich schreckensstarr die Schlange im Blick behielt, schob ich erneut einen Fuß zurück und belastete ihn. Das Tier richtete sich ein wenig auf und züngelte, mir brach der Schweiß aus. »Du machst das gut, weiter«, sagte Jules, und ihre Stimme wirkte tatsächlich etwas beruhigend. Dennoch erschien es mir wie eine halbe Ewigkeit, bis wir endlich genügend Abstand zwischen uns und die Schlange gebracht hatten. Wir umgingen sie in weitem Bogen und setzten unseren Weg fort.

Jules ließ ihren Blick immer wieder prüfend über den Boden schweifen. Vermutlich hatte sie das schon zuvor getan, es war mir nur nicht aufgefallen. Ich brauchte noch eine Weile, um den Schrecken zu verarbeiten, riss mich aber schließlich zusammen. Zum Teufel, ich hatte ärgere Gefahren hinter mir als dösende Giftschlangen.

Jetzt war genug Platz zum Nebeneinandergehen. Es half nichts, irgendwann musste ich das Thema anschneiden. Mir lief die Zeit davon, genau wie während der Ritte mit Morgan. Ich holte tief Luft. »Jules.«

»Hm?«, brummte sie.

Himmel, ich hatte nicht mal einen Anfang. Prompt geriet ich ins Stottern. »Ich dachte gerade ... Ich meine, damals ... Was da ...«

Sie begriff sofort. Es war ja auch nicht schwer zu erraten. »Nein, Jeremy, hör auf. Das ist meine Sache, es geht dich nichts an und auch sonst niemanden. Respektiere es einfach.«

»Das kann ich nicht«, erwiderte ich fest und sprach rasch weiter, als sie auffuhr. »Eben weil es nicht um mich geht – da könnte ich es gern auf sich beruhen lassen.« Klang das vernünftig? »Du brauchst mir nicht zu erzählen, was damals geschah. Das weiß ich schon von Daniel.«

»Eben«, fauchte sie. »Du weißt Bescheid. Was also willst du noch wissen?«

»Gar nichts. Das ist es ja, ich will nichts fragen.«

»Perfekt, und ich nicht darüber sprechen. Das klappt schon fünf Jahre lang prächtig.«

»Glaubst du, es hilft?«

»Drüber zu reden? Bestimmt nicht!«

»Nein. Drüber zu schweigen. Hilft es dir, damit umzugehen?« Jules öffnete den Mund, blieb jedoch stumm. Irritiert schaute sie mich an. »Oder stehst du noch exakt dort, wo du warst, nachdem es passierte?«

Sie schluckte. »Worte ändern nichts an dem, was war. Das sagst du selbst.«

Ich nickte. »Aber sie können ändern, was ist. Und wie man umgeht mit dem, was war.«

Sie schüttelte den Kopf, doch es wirkte eher hilflos als ablehnend. »Warum willst du es unbedingt wachrufen? Soll ich das Ganze noch einmal durchleben?«

»Das tust du ja längst«, sagte ich leise. »Seit fünf Jahren, jedes Mal, wenn du die Augen schließt. Du denkst dauernd daran, du träumst von nichts anderem. Könnte Reden es tatsächlich schlimmer machen? Natürlich wird es wehtun, aber das tut es ohnehin so sehr, dass du es kaum erträgst. Du denkst, die Erinnerungen sind das Einzige, was dir bleibt. Aber in der Vergangenheit kann man nicht leben. Du tust es seit Jahren und stehst immer noch an derselben Stelle. Du könntest einen Schritt machen und sehen, wohin er dich führt. Du sagst, du lebst mit geborgter Zeit. Ich sage, du lebst mit geschenkter Zeit. Wenn du vor fünf Jahren gestorben wärst oder gestern, dann wäre es bereits vorbei. Aber du bist noch da, und das ist gut so. Und du bist nicht allein. Wenn dich der Schritt an den Abgrund führt, halte ich dich fest. Lass mich dir helfen.« Da war plötzlich jener Satz, nach dem ich suchte: »Wenn du die bösen Geister unter Kontrolle bringen willst, musst du sie rauslassen. Hat mir ein kluger Mann geraten.«

Sie sah mich nachdenklich an. »Ein Mann, hinter dem ich mich jahrelang versteckte. Der mich beschützte, wie eine Rüstung und jeden von mir fernhielt.«

»Der Mann mit der eisernen Maske. Aber nachdem du einen Teil von ihm in Macs Hütte zurückgelassen hast und einen weiteren heute Nacht vergraben – vielleicht verbirgt sich darunter ja etwas, das du gar nicht mehr dort vermutest?«

Sie furchte die Stirn. »Es ist nicht, wie du denkst. Du kannst Morgan nicht beiseiteschieben, und dahinter kommt ein unbeschwertes Mädchen zum Vorschein. Die Tür zu meinem alten Ich ist für immer zugefallen. Ich bin Morgan. Dieser enttäuschte, verbitterte Mensch, voll Zorn auf die Welt und Hass auf sich selbst – das bin ich. Und das bleibe ich, egal wie lange wir darüber reden, weil sich Geschehenes nicht zurücknehmen lässt.«

»Es geht nicht darum, etwas zurückzunehmen. Oder zu tun, als wäre nichts gewesen. Es geht eben genau um das, was war.«

»Du weißt, was war«, stieß sie erstickt hervor. »Was ich tat.«

»Ich weiß vor allem, wie es dazu kam. Du hast versucht, Thomas vor dem sicheren Tod zu bewahren, auf Kosten deines eigenen Lebens.«

»Nicht der Versuch zählt«, erwiderte sie schroff, »sondern das Ergebnis. Ich habe ihn umgebracht. Wärst du an meiner Stelle, könntest du dir selbst verzeihen?«

»Ich würde mir niemals anmaßen, dir etwas vorzuschreiben«, erklärte ich ehrlich. »Wer wäre ich, dich freizusprechen? Oder es dir zu verweigern?«

»Für Mord gibt es keine Vergebung. Noch weniger für meine Tat: denjenigen zu töten, der mich liebte und mir vertraute. Es hätte gar nicht zu dieser grauenhaften Entscheidung kommen dürfen. Ich hätte anders mit Patrick reden müssen, mich früher schuldig bekennen. Ich hätte damit rechnen können, dass sie uns verfolgen, und Thomas in Sicherheit bringen müssen. Ich hätte …« Ihre Stimme brach. »Aber ich habe versagt. Und Thomas musste dafür büßen. Also erklär mir nicht, dass es nicht meine Schuld war oder dass ich mir vergeben soll!«

»Wie gesagt, das steht mir gar nicht zu. Aber wenn du es ebenso wenig vermagst, bleibt nur noch einer: Was, glaubst du, hätte Thomas gewollt?«

Sie blieb jäh stehen. »Nein, hör auf! Du kannst dich nicht ständig auf ihn berufen, damit ich etwas tue oder lasse!«

»Warum nicht? Hier geht es um ihn. Er ist derjenige, den du liebst und wegen dem du dich quälst. Verdient er es nicht, dass seine Meinung Gehör findet?« Diesmal fuhr Jules mir nicht gleich über den Mund, meine Worte fanden offenbar einen Widerhall. »Würde Thomas dir vorwerfen, du hättest versagt?«, fuhr ich vorsichtig fort. »Würde er gutheißen, was aus dir wurde?«

Sie stand schweigend da und sah mich an – oder vielleicht in sich selbst hinein. Die Sekunden wuchsen zu Minuten. »Ich weiß, was er gesagt hätte«, flüsterte sie schließlich. »Ich weiß nur nicht, ob es uns weiterhilft. Er hätte erklärt: ›Das möchte ich nicht für dich entscheiden. Bei so etwas solltest du dir von niemandem dreinreden lassen, auch nicht von mir.‹« Ich unterdrückte ein Stöhnen. Ja, das klang nach jenem Thomas Connert, den Daniel mir beschrieben hatte. Und es brachte uns nicht voran. Doch dann sprach Jules weiter. »Und was er wirklich einmal sagte, als ich mir über etwas den Kopf zerbrach: ›Irgendwann kommt der Punkt, wo du mit dem Grübeln aufhören musst. Mach es nach bestem Wissen und Gewissen. Und wie immer die Sache ausgeht – machst du deinen Teil so gut wie möglich, brauchst du dich danach nicht zu schämen.‹« Sie lauschte den Worten nach und biss sich auf die Lippen. »Ich habe versucht, es richtig zu machen. Aber es wurde nicht richtig.« Sie schüttelte den Kopf. »Thomas würde mich nicht beschuldigen. Doch ich selbst tue es. Irgendwo habe ich einen Fehler begangen, sonst hätte die Sache anders geendet.«

»Und wenn da kein Fehler war? Wäre es denkbar, dass du nichts falsch gemacht hast und die Sache trotzdem so ausging? Dass du dir nichts verzeihen musst? Thomas vertraute dir bedingungslos. Er hätte nicht gewollt, dass du dich für den Rest deiner Tage quälst. Oder deinem Leben ein Ende setzt. Denn wenn du das tust – dann starb er umsonst.« Ich sah, wie Jules sich versteifte. Selbst ich hatte Mühe beim Sprechen, aber da mussten wir jetzt durch. »Es war nicht eure Entscheidung, doch darauf lief es hinaus, richtig? Einer stirbt, der andere lebt. Thomas hätte gewollt, dass du lebst. Und er hätte gewollt, dass du …«

»… dass ich glücklich bin«, flüsterte Jules. Ihre Augen standen voll Tränen. »Wie kann ich das je sein ohne ihn? Und selbst, wenn es mir möglich wäre …«

»… würdest du es nicht zulassen. Du willst gar nicht, dass der Schmerz aufhört, weil du so die Erinnerung an ihn lebendig hältst. Du willst die Vergangenheit nicht hinter dir lassen, du willst wirklich in ihr leben, weil du nur dort mit ihm zusammen bist. Sobald du ohne Trauer an ihn denkst oder dich wieder an etwas freust, würdest du glauben, ihn zu verraten.«

Sie nickte, jetzt rannen die Tränen über ihr Gesicht. »Das habe ich bereits. Mehrmals. Am Anfang dachte ich, ich werde vor Kummer einfach wahnsinnig. Aber es ist nicht passiert. Dann dachte ich, ich könnte mein Leben verlieren. Aber ich bin immer noch da. Wenn ich nun aufhöre, um ihn zu weinen ...«

»Niemand verlangt, dass du vergisst. Doch es ist in Ordnung, wenn das Leben weitergeht. Du darfst wieder hoffen. Und vielleicht sogar eines Tages ... lieben. Es muss ja nicht gleich jemand sein, bloß irgendetwas, das dein Herz berührt.«

Sie schüttelte den Kopf. »Du verstehst nicht. Das war einer der Gründe, weshalb ich an dieser Felskante stand.«

»Weil du glaubst, Thomas zu verraten, falls du je wieder etwas liebst?«

»Und weil ich es nicht ertragen könnte, noch einmal jemanden zu verlieren. Du hast mich vom Abgrund weggeführt, dabei warst du mitverantwortlich, dass ich dort stand.«

Ich starrte sie fassungslos an, der Boden unter mir schien zu schwanken. »Was?«, brachte ich heraus.

»Ich wollte damals nicht mehr leben«, sagte sie leise. »Trotzdem musste ich mich jahrelang weitermühen, weil ich es Mac versprochen hatte. Doch ich schwor mir, nie wieder einen Menschen an mich heranzulassen. Eben das ist es: Ich will nie mehr lieben. Nicht nur wegen Thomas, sondern um nicht erneut jemanden zu verlieren. Ich würde es einfach nicht ertragen. Also blieb ich allein, jeder ging mir aus dem Weg. Aber dann kamst du, hast auf Morgans Feindseligkeit gepfiffen, dich unermüdlich mit mir unterhalten ... Ich dachte, was kann schon passieren? Ich würde dich einfach in Aspen absetzen, und alles wäre erledigt. Bis du mir von Coopers mörderischem Plan erzählt hast und ich tatsächlich erschrak, dass du dabei draufgehen könntest. Da wurde mir klar, dass ich es verbockt hatte. Ich hatte dich doch zu gut kennengelernt, du warst mir nicht mehr gleichgültig.«

Ich erinnerte mich genau an den betreffenden Moment, während sie fortfuhr: »Also machte ich sofort einen Rückzieher, ließ dich ins Verderben rennen und kehrte heim zu Mac. In der Überzeugung, das Ruder rechtzeitig herumgerissen zu haben. Allerdings schickte er mich prompt zurück und ... ich war froh darüber. Ich würde dich noch einmal aus dem Schlamassel holen und dann mit der Sache abschließen. Aber du hast am Rückweg wieder beharrlich mit mir geredet. Ich wollte dich nicht abweisen, die Gespräche taten mir gut. Doch am letzten Tag folgte das böse Erwachen. Da merkte ich, ich würde dich vermissen. Du warst mir wichtig geworden. Und es würde mich treffen, wenn dir etwas zustößt. Nach all den Jahren, eingemauert hinter meinem Griesgram, war der Panzer durchbrochen. Da war jemand, um den ich Angst hatte. Und eine seltsame Ahnung – dass ich vielleicht ... weiterleben wollte.«

Sie sah mich hilfesuchend an. »Begreifst du nun? Fünf Jahre war ich überzeugt, ich könne nicht ohne Thomas sein. Aber nach all unseren Gesprächen kam es mir vor, als könnte ich eben doch weitermachen. Deshalb stand ich am Abgrund.« Ihre Stimme wurde eindringlicher. »Versteh mich richtig, ich wäre in jedem Fall dort gelandet, nur aus anderen Gründen. Doch jetzt hatte ich Thomas' Andenken abermals verraten. Und ich wollte nicht miterleben, wie dir womöglich etwas zustößt.«

Ich stand bebend da, bis ins Innerste erschüttert und um Worte ringend. Ich hatte es gut gemeint und beinahe die Katastrophe besiegelt. »Ein Herz aus Stein ...«, murmelte ich.

»Ich wünschte, das wäre es. Es macht alles einfacher. Wenn nichts auf der Welt dir etwas bedeutet, brauchst du dich nicht mehr zu fürchten. Ein glückliches Leben. Ohne Angst vor Verlust.«

»Ein unsagbar trauriges Leben. Ohne Bedeutung«, widersprach ich. »Ich hatte noch nie das Gefühl, ich hätte jemanden verloren – außer Mac. Weil ich nie einen Menschen genug liebte, um ihn zu vermissen. Ist das ein erfülltes Leben?«

»Was hat man davon? Ich habe alle verloren: meine Mutter, meinen Vater, Daniel, Thomas. Sogar Mac ist fort.«

»Aber sie waren da. Wäre es denn besser, etwas gar nicht zu haben als wenigstens eine Zeitlang?«

Jules dachte darüber nach. »Vielleicht«, murmelte sie. »Denn umso mehr spürst du sonst das Fehlen. Wenn du innerhalb einer einzigen Stunde jene beiden Menschen verlierst, die dir auf der Welt am wichtigsten sind ... nicht durch Krankheit oder Unglück. Einer stirbt durch deine eigene Hand, der andere wendet sich endgültig von dir ab, überzeugt, du hättest ihn verraten. Denkst du, du bist danach je wieder, wer du vorher warst?« Sie wandte den Blick ab. »Ich kann den Kummer und die Wut nicht wegwischen, ebenso wenig wie ich die Erinnerung auslöschen kann. Lebensfreude, Hoffnung, Unbekümmertheit – auch das starb in jener Nacht. Patrick wusste genau, wie er mich treffen muss. Das war sein Plan: einen von uns am Leben zu lassen, damit er umso schmerzvoller zugrunde geht. Ein vernichtender Schlag, doch eben nicht tödlich. Das ist die wahre Kunst der Vergeltung. Und darin ist Patrick ein Meister.«

»Aber ist er es, den du am stärksten verabscheust? Oder bist du es selbst? So viel Zorn und Enttäuschung ... Patrick nahm dir noch etwas, außer Thomas: dich selbst. Du lebst ohne Freude oder Glück. Ohne Liebe, weil du Angst davor hast. Das ist kein Leben. Und du tust damit weder dir noch Thomas etwas Gutes. Lass nicht zu, dass Patrick das mit dir macht. Du wirst Thomas nie zurückholen können, doch du kannst dich selbst wiederfinden. Vielleicht nicht jene Jules, die du warst. Aber du kannst aufhören, Angst zu haben. Patrick kann dich nicht zerstören. Solange du darauf vertraust, dass Geschichten eben doch gut ausgehen können. Und dass es immer etwas gibt, wofür es sich zu leben lohnt. Wenn du dir diese Zuversicht bewahrst, all seinen Taten zum Trotz, bist du ihm überlegen.«

Jules blieb eine ganze Weile stumm. Zuletzt sagte sie stockend: »Ich wollte nie jemandem überlegen sein. Ich wollte einfach mit Thomas zusammen sein. Und glücklich.«

»Du darfst wieder glücklich sein«, erwiderte ich fest. »Du weißt, dass Thomas es sich für dich gewünscht hätte. Bewahre jede einzelne Erinnerung an ihn – gerade weil dein Herz nicht gestorben ist. Aber du darfst mehr hineinlassen als nur Schmerz und Angst. Oder Einsamkeit.« Ich wagte ein verlegenes Lächeln. »Wenn du dich sogar an einen Eigenbrötler wie mich gewöhnen konntest ... Ich glaube, du bist nicht zum Alleinsein geschaffen.«

Erneut sagte sie erst mal nichts, bis sie fast verwundert fragte: »Warum bemühst du dich so um mich?«

Wo fing ich da an? Ich dachte an Macs Bitte und an meine Dankbarkeit für die Befreiung, doch das traf es alles nur ansatzweise. Schließlich sagte ich: »Weil ich in meinem Leben schon zu viele Gelegenheiten verpasst habe, etwas richtig zu machen. Ich wollte nicht, dass du die nächste davon bist.«

»Aber bei allem, was du über mich weißt – wie kannst du immer noch an mich glauben?«

»Bei allem, was ich über dich weiß – wie könnte ich es nicht? Und einer von uns muss es ja tun.«

Jules rang nach Worten. Einen Moment lang wirkte es, als wollte sie mich für meine Unvernunft tadeln. Dann gab sie sich einen Ruck. »So kommen wir nicht weiter. Da liegt noch einiges vor uns.«

Nur mit großen Schritten schaffte ich es, neben ihr zu bleiben. Gleich darauf mussten wir ohnedies hintereinander gehen, denn der Pfad schlängelte sich an einer Bergflanke entlang und wurde schmäler. Meine ganze Konzentration war gefragt, was mir sehr recht war.

Die nächsten Stunden bewegten wir uns beständig vorwärts, selten schneller als im Schritttempo, da der Untergrund es nicht zuließ. Es war anstrengend und ich war erleichtert, als wir am frühen Nachmittag eine Quelle erreichten. Zu meiner doppelten Freude gab es in der Nähe Sträucher mit Beeren.

Während wir unseren Hunger stillten, sprach ich etwas anderes an. »Dachtest du eigentlich je daran ... es Patrick heimzuzahlen? Rache zu nehmen für das, wozu er dich zwang?«

Jules zögerte. Ihr schien weit mehr durch den Kopf zu gehen als das, was sie letztlich sagte. »Was sollte mir das bringen? Davon wird Thomas nicht wieder lebendig.«

Ich bohrte nicht weiter nach. »Mir ist nach wie vor unbegreiflich, dass ein Mensch so grausam sein kann. Wie wahnsinnig muss man da sein? Oder wie böse?«

Sie schüttelte den Kopf. »Er ist nicht wahnsinnig. Du hast ihn doch kennengelernt. Und dass er böse wäre, macht es zu einfach. Für ihn selbst war sein Vorgehen völlig logisch.«

Ich schnaubte. »Logisch, das trifft es. Der Mann ist klug, er kalkuliert perfekt. Aber er hat kein Herz.«

»Doch«, widersprach Jules. »Er hatte eines. Ich bin mir ganz sicher. Ich als Einzige weiß, an wen er es verlor.«

Es dauerte ein paar Sekunden, ehe ich begriff. »Du meinst …?« Sie nickte nur. »Und … wann?«

Sie starrte auf die Beeren in ihrer Hand. »Wohl ungefähr zur selben Zeit, als Thomas und ich … mehr wurden als Freunde. Ich weiß nicht, wann es bei Patrick angefangen hatte, mir fiel keine Veränderung auf. Aber das muss nichts heißen, ich war frisch verliebt und blind für alles andere. Bis Patrick mir eines Tages ehrlich gestand, was er für mich empfand. Vermutlich hatte er erkannt, dass Thomas und ich uns näherkamen, und gehofft, er könne noch etwas aufhalten. Es war … einmalig. Ein unvergessliches Gespräch. Nie zuvor erlebte ich ihn so … menschlich, so verwundbar. Er erlaubte mir wirklich einen Blick auf sein Innerstes. Ich war richtig überwältigt und erschrocken. Und ich …«

»Du hast ihn abgewiesen«, vollendete ich, als sie nicht weitersprach.

»So behutsam wie möglich. Aber wie ich es tat, machte natürlich keinen Unterschied. Ich sagte Nein, ich konnte gar nichts anderes tun. Ich mochte ihn sehr gern, doch Thomas liebte ich, und das versuchte ich Patrick zu erklären. Ich bin nicht sicher, ob er mir zuhörte. Er reagierte zunächst aufgebracht und gekränkt. Instinktiv wusste ich, dass dieses Gespräch unter uns bleiben musste. Er hatte eine Seite von sich gezeigt, die er sonst tunlichst verbarg, und war mit etwas gescheitert, was ihm immens wichtig war. Ich wollte ihn nicht zusätzlich verletzen, er war mein Freund. Also versicherte ich ihm, ich würde weder Daniel noch Thomas je etwas davon erzählen. Das tat ich auch nicht, bis zuletzt.«

»Wie ging er danach mit der Sache um?«

»Er fasste sich wieder«, meinte sie langsam. »Ich hatte erwartet, er würde zornig auf mich sein. Oder auf sich selbst, weil er sich so eine Blöße gegeben hatte. Doch er schien meine Entscheidung bemerkenswert schnell und endgültig zu akzeptieren. Er unternahm keinen weiteren Versuch, es gab kein böses Blut zwischen uns oder hämische Bemerkungen.«

Ich musterte sie. »Aber du warst nicht überzeugt, hast dem Frieden nicht getraut.«

»Ich habe Patrick nicht getraut. Hättest du's? Er sah zwar nicht aus, als grollte er mir, aber ich wusste einfach, dass er es tat – immerhin hatte er eine Niederlage einstecken müssen. Er wirkte gelassen, doch ich ahnte, wie es in ihm brodelte. Ich suchte nach einer Gelegenheit, noch einmal mit ihm zu reden. Aber bald merkte ich, dass jemand ein weit größeres Problem mit Thomas und mir hatte: Daniel. Da rückte jeder Gedanke an Patrick in den Hintergrund. Daniel kam einfach nicht damit zurecht, dass ...« Sie brach ab und steckte entschlossen einige Beeren in den Mund.

»Er hat mir davon erzählt. Wie er ...«

»Bitte nicht«, unterbrach sie mich. »Ich hätte gar nicht von ihm anfangen sollen. Es geht ja um Patrick. Als wir einige Zeit später auf die Bande trafen, kümmerte er sich ohnehin nicht mehr sonderlich um Thomas oder mich. Es gab höhere Ziele für ihn. Ich nehme an, du hast auch davon gehört?« Ich nickte. »Dann erspar mir den Rest der Geschichte«, bat Jules.

Eines ließ mir trotzdem keine Ruhe. »Glaubst du, in jener Nacht ... dass Patrick dich und Thomas zu dieser grauenhaften Sache zwang, weil er immer noch wütend war?«

Sie blickte zu Boden. »Weißt du, wie oft ich darüber nachgrüble? Nicht über Rache, sondern über diese Frage. Manchmal denke ich ... wenn ich zurückgehen könnte zu jenem Gespräch mit Patrick – ich würde es anders machen, mich für ihn entscheiden. Und ich würde Thomas nicht sagen, weshalb. Natürlich wäre Thomas enttäuscht gewesen, aber er wäre drüber hinweggekommen. Er würde leben. Damals hätte ich noch wählen können. Beim nächsten Mal hatte ich nur mehr den Tod zur Wahl.«

Ich zögerte mit meinen nächsten Worten. »Es klingt wahrscheinlich wie ein grausamer Scherz, aber ... ich glaube, Patrick empfindet immer noch etwas für dich.«

Ich hätte sie trotzdem zurückgenommen. Ich hatte vermutet, dass er über den Verrat sprach, doch vielleicht hatte er etwas anderes gemeint.

»Es tut mir leid«, sagte ich leise. »Ich weiß, er ist der Letzte, von dem du willst, dass er Gefühle für dich hegt. Ich denke bloß, dass ... er nicht wirklich auf dich schießen wollte.« Im Grunde war ich mir sogar sicher – Patrick selbst hatte es mir gesagt. *Ich kann jenen Schuss nicht ungeschehen machen, so sehr ich es wünschte.* Während meiner Zeit im Lager hatte er mich betrogen und manipuliert. Aber diese Worte waren bestimmt keine Lüge gewesen, was hätte er dadurch gewonnen?

»Davon musst du mich nicht überzeugen«, meinte Jules unerwartet. »Ich griff damals nach seiner Waffe, weil sie in Reichweite war. So kam es zu dem Gerangel, bei dem sich der Schuss löste. Im entscheidenden Moment hatte zwar Patrick den Revolver in der Hand, trotzdem erkannte niemand, was vorging. Auch Patrick hat keine Ahnung – er rettete mir eigentlich das Leben.«

»Er ... Was?«

»Er wehrte sich instinktiv, als ich die Waffe zog. Aber ich wollte gar nicht ihn erschießen, sondern mich.«

Mauloffen stand ich da. Natürlich, so ergab es Sinn! Allein Patricks Schuss hatte verhindert, dass Jules ihrem Leben sofort ein Ende setzte. Er hatte sie tatsächlich gerettet – indem er sie beinahe umbrachte.

»Es ist schon eigentümlich«, fuhr Jules fort. »Einerseits weiß ich, dass er mich nicht treffen wollte. Andrerseits war er bereit, mein Leben gegen das von Thomas zu setzen.«

»Das passt zu ihm. Es gibt wahrscheinlich keinen Ort, wo du sicherer wärst als bei Patrick. Und nirgends in größerer Gefahr. Er würde dich mit aller Macht verteidigen und dich vernichten, ohne mit der Wimper zu zucken, wenn er es für nötig hält. Er ist ein brillanter Anführer, weil seine Leute spüren, dass er mit Klauen und Zähnen für sie kämpfen würde. Nur eines würde er niemals tun: für jemand anderen sein Leben opfern.«

Jeder Mensch hat etwas, das er um keinen Preis verlieren will, hatte Patrick selbst gesagt. Wo lag wohl sein eigener Schwachpunkt?

Die Reise zum Mittelpunkt der Erde

In den nächsten Stunden kamen wir gut voran. Am späten Nachmittag stießen wir allerdings auf ein unerwartetes Hindernis: Ein ganzer Berghang war abgerutscht und versperrte uns den Weg. Um einer möglichen Gefahr großräumig auszuweichen, mussten wir ein gutes Stück Wegs zurückgehen. Keiner sprach es aus, aber es war klar, dass unser Vorsprung gegenüber Cooper damit beträchtlich schrumpfte.

Als die Nacht hereinbrach und wir einen Lagerplatz gefunden hatten, machte Jules kein Feuer. Zum Glück hatten wir tagsüber essbare Blätter und Wurzeln gesammelt und auch etwas von den Beeren mitgenommen. Trotzdem sehnte ich mich inständig nach ... Nein, ich verdrängte den Gedanken an eine köstliche, warme Mahlzeit.

»Was hast du eigentlich heute gemeint?«, fragte Jules unvermittelt. »Mit verpassten Gelegenheiten in deinem Leben? Was hättest du denn gern anders gemacht?«

Ich kaute nachdenklich an einer Wurzel. »Hm ... Es kommt mir einfach vor, als ... hätte ich schon zahlreiche Möglichkeiten gehabt und keine davon genutzt. Ich lebe vor mich hin und passe mich den Umständen an. Aber ich habe keine eigenen Ideen, bringe nie etwas in Gang. Und etwas anders zu machen ...« Ich zuckte die Schultern. »Was ich sein möchte, gibt es nur in Büchern. Abenteurer, Schwertkämpfer, Entdecker, das ist heute keiner mehr. Ich wollte all ihre Geschichten erleben und viele mehr. Beim Lesen bin ich am richtigen Ort, nur für die Wirklichkeit habe ich keinen Plan.«

»Hast du je überlegt, selbst Bücher zu schreiben?«

Ich schaute sie kulleräugig an. »Grundgütiger, dafür hätte ich nie genügend Talent!«

»Und wenn du es mal probierst? Nach so viel Lesen hast du bestimmt ein Gespür für gute Geschichten.«

Ich runzelte die Stirn. »Zugegeben, mir fallen einige Dinge ein, die ich jedenfalls vermeiden würde. Zum Beispiel einen Ich-Erzähler. Da bringt man sich doch um ein wesentliches Element: Es besteht nie echte Todesgefahr für die Hauptfigur, weil der Erzähler logischerweise überlebt. Das nimmt einiges an Spannung.«

»Falls der Erzähler überhaupt die Hauptfigur ist. Aber wenn nicht?«

»Dann muss er trotzdem allen Gefahren entkommen sein. Kannst du dir eine Geschichte vorstellen, in der der Erzähler am Ende stirbt?« Ich schüttelte den Kopf. »Und was mich an etlichen Märchen stört: dass die Helden unglaubwürdig sind. Zu perfekt. Sie können einfach alles, erobern sämtliche Herzen, die Prinzessin ist bildhübsch und der Ritter der beste Kämpfer im weiten Umkreis.«

»Dann ist dies hier hoffentlich keine Geschichte, wo der Held zuletzt lacht. Denn in unserem Fall wäre das ... Patrick.« Ich schnappte nach Luft, und sie fuhr unerbittlich fort: »Er ist intelligent, gutaussehend, wortgewandt, charmant und beliebt, zieht schneller als jeder andere ...«

»Mit Ausnahme von dir«, warf ich ein.

»Schneller als ich. Und er trifft auch. Er muss der Held sein.«

»Unmöglich«, konterte ich, »der Held ist immer der Gute.«

»Dann ist er meinetwegen die Hauptfigur. Muss die gut sein, solange sie die Geschichte bestimmt? Wer legt das überhaupt fest – gut oder böse? Sind wir etwa die Guten?«

Puh, das ging richtig an die großen Fragen des Lebens. Und es lenkte von etwas anderem ab: »Wieso glaubst du eigentlich, du wärst nicht intelligent? Oder wortgewandt? Oder ...«

Sie verdrehte die Augen. »Ach komm, hör auf. Willst du mir etwa weismachen, ich wäre charmant? Oder hübsch? Bemüh dich nicht – ich weiß, ich bin es nicht. Auf so was kommt es nicht an.«

»Ich sage dir jetzt, worauf es ankommt«, entgegnete ich. »Patrick kann Menschen beeindrucken, weil er Charisma hat. Aber du hast Charakter. Er hat den Verstand eines Anführers, aber du hast ein Herz. Das allein macht alles andere wett.«

Jules schaute mich ein paar Sekunden lang an. Dann sagte sie leise: »Und du behauptest, du hättest kein Talent, mit Worten umzugehen? Du hast nie vom Schreiben geträumt, obwohl Bücher dein Leben sind?«

Etwas in mir sträubte sich gegen diesen Gedanken. »Ich träume eher davon, so zu sein wie all die Figuren in den Büchern. Doch ich kann nie werden wie D'Artagnan oder Edmond Dantes oder auch nur der Kleine Lord. Ich bin nicht edelmütig, tapfer, zäh oder herzensgut. Ich bin ... zu menschlich.«

»Das sind wir alle«, sagte Jules sanft. »Aber du bist der Mensch, der da war, als ich am Abgrund stand. Nicht D'Artagnan oder Robinson Crusoe oder ein verlorener Prinz – sondern du. Du hast mir geholfen, als ich es brauchte. Es gibt keinen besseren Zeitpunkt und für denjenigen, dem du hilfst, keinen größeren Helden. Von den Taten der drei Musketiere werden Generationen von Menschen sprechen, überall auf der Welt und auf Jahre hinaus. An deine Tat erinnern nur wir beide uns. Du wirst keinen Ruhm dafür ernten, stattdessen das Wissen, dass du etwas richtig gemacht hast. Ein gutes Werk, um die Welt ein wenig zu verändern. Das ist das Abenteuer des Lebens. Da werden noch etliche Gelegenheiten kommen und Talente warten darauf, entdeckt zu werden.«

Ich rang nach Worten. »Danke ... für deine Zuversicht. Allerdings kann ich mir nicht vorstellen, dass sich eine besondere Gabe in mir verbirgt. So was entdecken Leute auch nur in Büchern.« Ich seufzte. »Immerhin kann sich niemand beschweren, ich wäre unglaubwürdig. Ich bin bloß erschreckend langweilig.«

Jules ließ sich nicht beirren. »Und ob du etwas Besonderes kannst. Du hast geschafft, woran selbst Mac scheiterte: mich vom Abgrund wegzuziehen. Er wusste schon, warum er mich dir als Beschützer mitgab.«

»Er wollte, dass du auf mich aufpasst.«

»Er wollte, dass *du* auf *mich* aufpasst und dich um mich kümmerst, wenn er es nicht mehr kann. Er sah etwas in dir, wovon du selbst nichts ahntest. Und er wusste, wie er es hervorholt.«

Während Jules schlief, dachte ich über ihre Worte nach – dass ich sie vom Abgrund weggezogen hätte. War dies ein Zeichen, dass meine Worte etwas bewirkten? Dass sie sich nicht erneut den Revolver an die Schläfe setzen würde, sobald sie nicht mehr auf mich achtgeben musste?

Keiner von uns hatte heute meine Heimfahrt angesprochen. Trotzdem war mir klar, dass Jules weiterhin vorhatte, mich ehebaldigst nach Hause zu schicken. Es war auch das Vernünftigste, welche Aussichten hatte ich hier außer einem Leben auf der Flucht? Trotzdem tat ich mir schwer mit der Vorstellung, all dies hinter mir zu lassen. Es zog regelrecht in meinem Bauch. Bemerkenswert, wie man sich an ein ganz anderes Leben gewöhnen konnte. Oder vielleicht hatte das seltsame Ziehen eine andere Ursache: Es kränkte mich doch, dass Jules mich ohne Weiteres gehen ließ. Es war zu meinem Besten, das wussten wir beide. Und sie hatte immerhin erklärt, sie würde mich vermissen.

Würde sie mir umgekehrt fehlen? Verflixt – ja! Wir hatten so viel Zeit miteinander verbracht, dass ich mir eingestehen durfte: Sie wuchs mir allmählich ans Herz. War es so, wenn Freundschaft begann?

Sie sollten achtgeben, was Sie sich von einer Geschichte erwarten. Ein kluger Rat. Aber nichts hätte mich auf all die Ereignisse vorbereiten können. Zudem entwickelte sich dieses Abenteuer geradezu verkehrt. Üblicherweise kam bei einer Kriminalgeschichte gegen Ende die Erkenntnis und danach die Auflösung. Hier gab es zuerst die Erklärung, dann die Erkenntnis. Und darauf ging die Geschichte erst richtig los.

Ehestmöglich brachen wir am nächsten Morgen auf. Ich hatte tief geschlafen, trotzdem fehlte mir durch das Wachehalten die halbe Nacht. Wann hatte ich zuletzt in einem richtigen Bett gelegen?

»Was schätzt du, wie lange wir noch in den Bergen unterwegs sind?«, wollte ich wissen.

Die Antwort verblüffte mich. Jules deutete zur Seite: »Kommt drauf an, wie weit wir ausweichen. Würden wir in diese Richtung gehen, hätten wir die Berge in einigen Stunden hinter uns.«

Ich runzelte die Stirn. »Wieso tun wir das nicht?«

»Weil wir dann nahe an Aspen wären und da wollen wir eben nicht herauskommen. Durch die ganzen Umwege sind wir näher dran als geplant.

Also halten wir uns geradeaus und steigen woanders zu Tal.« Klang einleuchtend. Und doch ... Ich wurde langsamer, Jules drehte sich fragend um. »Was ist?«

Eine bessere Gelegenheit würde sich nicht bieten. »Einen Grund gäbe es freilich, hinzugehen«, begann ich zögernd und setzte dann hinzu: »Daniel«, während Jules im gleichen Atemzug erklärte: »Nein!«

Wir verstummten beide, ehe Jules nachdrücklich ergänzte: »Lass es!« Der Bruder hatte sich jahrelang gesehnt, mit jemandem reden zu können; die Schwester verbat es sich entschieden.

»Jules, bitte«, versuchte ich es. »Du kannst dir nicht vorstellen, wie es ihm ...«

»Aber du kannst dir hoffentlich lebhaft vorstellen, wie es mir geht! Ihr habt euch tagelang unterhalten, richtig? Er erzählte dir, was er tat.«

»Und ich habe miterlebt, welche Vorwürfe er sich macht. Es drückt ihm das Herz ab.«

Sie starrte mich zornig an, ihre Augen schimmerten feucht. »Was genau tut ihm so leid? Wie er Thomas und mich behandelte, als wir zusammenkamen? Dass er plötzlich bereit war, Menschen zu verletzen und sogar zu töten? Dass er mir allen Ernstes zutraute, ich hätte ihn verraten? Dass er tatenlos dabeistand, während Patrick und die anderen über uns Gericht hielten? Oder dass er mich im Stich ließ – in dem Moment, als ich ihn so dringend brauchte wie nie zuvor.«

Es gab nichts zu beschönigen, sie hatte ja recht. *Ich habe versagt, als großer Bruder und als Mensch.* Doch Daniel hatte mir seine Gründe erklärt, und Jules musste davon erfahren. Wenn ich schwieg, verbrachten zwei Menschen den Rest ihres Lebens in Kummer und Verzweiflung – zwei Menschen, denen ich mehrfach mein Leben und noch anderes verdankte. Ich durfte ganz einfach nicht scheitern.

»Das war das Schlimmste, nicht wahr?«, fragte ich leise. »Dass er sich von dir abwandte.«

»Das und der Verrat«, gab sie bitter zurück. »Wie konnte er glauben, ich würde ihm in den Rücken fallen? Ihn dem Sheriff ausliefern?«

»Es war dieser vermaledeite Brief. Mit dem steht und fällt alles.« Dann stockte ich, weil mir plötzlich etwas bewusst wurde. Zum ersten Mal dachte ich nun wieder an jenen unheilvollen Brief, der die Katastrophe ausgelöst hatte. Genau dafür hatte ich ihn ursprünglich gehalten: den Brief, mit dem Jules ihren Bruder verriet. Jetzt allerdings war mir völlig klar, dass sie das niemals getan hatte. *Nicht Jules, nicht in tausend Jahren.* Ich wusste es eben, sämtlichen logischen Beweisen zum Trotz. Doch wie um alles in der Welt ...

»Der Brief, der uns verurteilte«, murmelte sie. »Und ich weiß nicht einmal, was darin stand.«

Ich blinzelte überrascht. »Aber Daniel las ihn doch vor.«

»Nicht die entscheidenden Zeilen. Das Postskriptum.« Ihre Stimme zitterte, das Reden fiel ihr schwer. »Ich erinnere mich so deutlich an seinen Gesichtsausdruck, als wäre es erst vor einer Minute passiert. ›PS: Zudem hätten Sie Gelegenheit, die ...‹ Das war der Moment, als ich ihn verlor. Dieses PS.« Sie schüttelte verzweifelt den Kopf. »Es muss etwas gewesen sein, das alles veränderte, ihn davon überzeugte ... Und ich erfuhr es nie.«

Ich erinnerte mich. Die letzten Zeilen waren so verheerend gewesen, dass Daniel damals abgebrochen hatte. Sie brachten ihn noch fünf Jahre später ins Wanken. »Nun ... Möchtest du es wissen?«

»Ich würde alles dafür geben, könnte ...« Sie blieb abrupt stehen und starrte mich fassungslos an. »O mein Gott. Du meinst ...« Sie packte mich am Arm. »Er hat es dir erzählt?«

»Ja«, stammelte ich, überrumpelt von meiner unerwarteten Rolle. »Es hat tatsächlich alles verändert.« Dann tat ich, was Daniel vor fünf Jahren unterlassen hatte. »»Zudem hätten Sie Gelegenheit, die Scharte vom Blue Mountain auszuwetzen. Es sei denn, Sie stehen wieder wie ein Idiot daneben und lassen andere die Drecksarbeit machen, für die Sie danach die Lorbeeren einheimsen.‹«

Ich sah ihr Gesicht, während sie begriff, und ihre Reaktion. Und selbst, wenn ich ihr in dieser Sekunde zum allerersten Mal begegnet wäre – mir wäre augenblicklich klar gewesen, dass Jules Buckley diesen Brief nicht geschrieben hatte. So entsetzt und völlig geschockt, wie sie mich anstarrte, das konnte niemand vortäuschen. Hätte Daniel damals fertig vorgelesen und seine Schwester angeschaut, hätte er trotz allem niemals an einen Verrat ihrerseits geglaubt. Aber er hatte es eben nicht getan und so nahm das Unheil seinen Lauf.

Jules' Gesicht war totenblass geworden. »Nein, das ... Unmöglich! Wie könnte ... Niemand außer ihm und mir ... und natürlich Cooper ...«

»... weiß, was am Blue Mountain geschah«, vollendete ich.

Das half ihr unerwartet, sich zu fangen. Ihr Blick wurde durchdringend. »Du ebenso wenig. Davon hat er dir nicht erzählt, das würde Daniel niemals tun. Und Cooper würde dir nicht die Wahrheit sagen.«

Ich nickte. »Genau das erklärte auch Daniel. Er wünschte, jemand anders könne es mir erzählen. Er selbst brachte es nicht fertig.«

Sie sah mich lange an. »Nun ... Möchtest du es wissen?«, fragte sie endlich leise.

Diesmal stotterte ich verdutzt: »Du meinst ...?« Daran hatte ich bislang nicht gedacht. »Wenn es für dich in Ordnung ist, darüber zu reden.«

»Ich habe es noch nie getan. Für Daniel und mich war selbstverständlich, dass das zwischen uns bleibt. Aber wenn er nichts dagegen hat ...«

»Das waren seine Worte.« Heute machte es tatsächlich keinen Unterschied mehr, ob sie es mir sagte. Vor fünf Jahren war es entscheidend gewesen und damals hätte sie es nicht getan.

Jules sprach zögernd, als müsste sie sich erst vergewissern, ob sie es fertigbrachte. »Es war ... weniger das Ereignis an sich – vielmehr die Folgen.« Sie atmete tief durch. »Hank Montgomery. So hieß der Mann, der unseren Vater an Cooper verkaufte. Daddy hatte einige Male Geschäfte mit ihm gemacht, daher vertraute er ihm. Wie so oft bot Montgomery ein paar Pferde zum Kauf an, die er selbst zuvor gestohlen hatte. Die Übergabe sollte am Blue Mountain stattfinden, soweit war alles ganz normal. Daddy schöpfte zunächst keinen Verdacht. Das tat er jedoch, als er und Daniel dort ankamen. Laut Daniel wirkte alles unauffällig, aber Vater hatte immer ein hervorragendes Gespür. Vermutlich konnte er deshalb so phantastisch mit Pferden umgehen. Er ließ Daniel in sicherer Entfernung warten und ritt allein zu Montgomery hinüber. Hinter einer Felsgruppe verborgen, beobachtete Daniel das Geschehen. Montgomery hatte ein paar Pferde dabei, er und Vater wechselten einige Worte, dann holte Vater seinen Geldbeutel heraus. Auf diesen Moment hatten Cooper und seine beiden Hilfssheriffs gewartet. Wie aus dem Nichts tauchten sie plötzlich mit gezückten Waffen auf.«

Ich konnte es mir lebhaft vorstellen, mir lief eine Gänsehaut über den Rücken »Vater wusste sofort, was es geschlagen hatte«, fuhr Jules fort. »Er rief: ›Nicht näherkommen! Bleib zurück!‹ Raffiniert, denn für Cooper musste es klingen, als wäre er gemeint. Dabei galt es natürlich Daniel – damit er ihm nicht zu Hilfe eilte. Vater rettete Daniels Leben und verwirkte sein eigenes. Denn bei dem Ruf verlor ein Hilfssheriff die Nerven und drückte ab. Vater wurde in die Schulter getroffen, aber er konnte sich am Pferd halten und zog seinerseits die Waffe. Ihm war bestimmt klar, dass er keine Chance hatte, doch er wollte sich nicht einfach erschießen lassen.« Ihre Stimme bebte, aber sie sprach weiter. »Daniel erzählte, binnen weniger Sekunden war alles vorbei. Cooper schrie noch: ›Ich will ihn lebend!‹, doch da knallten bereits Schüsse von allen Seiten. Vater erwischte die beiden Hilfssheriffs, und einer von ihnen hat umgekehrt ...« Sie setzte erneut an. »Daddy sackte zusammen, aber er blieb bis zuletzt am Pferd. Er ... starb tatsächlich im Sattel«, flüsterte sie und dann sagte sie eine ganze Weile nichts.

Ich wartete schweigend. Irgendwann fügte sie leise hinzu: »Auch für Montgomery ging die Sache übel aus, er geriet in die Schusslinie. Einer der Hilfssheriffs muss ihn getroffen haben. Vater hatte gar keine Zeit für einen dritten Schuss. Und wäre dem so gewesen ...«

»Hätte er auf Cooper gezielt. Der sich wiederum damit brüstet, er hätte ...«

Sie nickte. »Ja, er ließ verbreiten, dass Vater als Erster geschossen hätte. Und dass Coopers eigene Kugel ihn letztendlich traf. Aber Cooper feuerte keinen einzigen Schuss ab. Seine Waffe hatte eine Ladehemmung oder vielleicht klemmte der Abzug. Er hantierte hektisch herum, so beschrieb es Daniel, und ehe er seinen zweiten Revolver ziehen konnte, war es zu spät. Er war als Einziger übrig.«

»Er und Daniel.«

»Der schreckensstarr auf seine Faust biss, um nicht vor Entsetzen zu schreien. Er hatte mitansehen müssen, wie unser Vater direkt vor seinen Augen erschossen wurde. Jetzt beobachtete er, wie Cooper zu Daddy hinüberritt. Er rüttelte den Zusammengesunkenen, Vater kippte aus dem Sattel und stürzte zu Boden. Dieser Anblick – Vater vom Pferd fallen zu sehen – holte Daniel aus seinem Schock. Er begriff schlagartig, dass Vater jetzt fort war, dass er mich holen und uns in Sicherheit bringen musste. Also warf er sein Pferd herum und preschte los. Er achtete nicht einmal drauf, ob Cooper ihn bemerkte, der Sheriff würde ohnehin sofort zu unserem Haus reiten.«

»Cooper hat ihn nicht entdeckt. Er hätte nie riskiert, dass Daniel mir die Wahrheit erzählt.«

»Jene Wahrheit, die niemand kennt, außer dem Sheriff selbst, Daniel und mir«, bestätigte Jules. »Dass Cooper sich mit der Tat eines anderen brüstet.« Sie hob hilflos die Schultern. »Verstehst du jetzt? Was diesen entsetzlichen Brief so bedeutsam macht?«

»Der Schreiber wusste, was damals wirklich geschah.« Ich begriff allerdings, nur erklären konnte ich es mir nicht. »Wäre es möglich, dass doch ein Hilfssheriff oder dieser Montgomery überlebten?« Immerhin war es Coopers Spezialität, Menschen für tot zu erklären. War etwa jemand davongekommen, den er für sein Schweigen bezahlte? Dann musste der Brief den Sheriff gewaltig aufgeschreckt haben.

Jules sah mich verdutzt an. Dann schüttelte sie jedoch den Kopf. »Das würde zwar das Postskriptum erklären, aber nicht den Rest des Briefes. Vom geplanten Überfall wussten nur wir.«

Der Sheriff konnte den Brief unmöglich geschrieben haben, hatte bereits Daniel angemerkt. Zudem hätte Cooper niemals Zweifel an seiner angeblichen Ruhmesleistung gesät und sich selbst als Idioten bezeichnet. Ich sah Jules ratlos an. »Das ist doch verrückt! Cooper konnte das nicht schreiben, Daniel war es nicht, du nicht ... Eigentlich dürfte dieser Brief gar nicht existieren.« Es war wie verhext, ein unmögliches Rätsel. Ich beschloss, es vorerst beiseitezuschieben: »Du begreifst jetzt umgekehrt, was ich meine – weshalb Daniel denken musste, du hättest diesen Brief verfasst.«

Jules' Miene verdunkelte sich. »Das musste er nicht. Du tust es ja auch nicht.«

»Weil ... ich inzwischen beide Seiten kenne«, sagte ich vorsichtig. »Als Daniel mir seinen Teil erzählte und solange ich dich nicht persönlich kannte, da ...«

»Da dachtest du ebenfalls, ich hätte ihn verraten?«, fuhr sie auf. Ihre Augen blitzten zornig.

»Es war die einzig mögliche Erklärung.« Wenngleich es wehtat, darauf zu beharren – ich wollte, dass sie Daniels Verhalten in jener Nacht verstand. »Mittlerweile ist mir natürlich klar ...«

Sie biss die Zähne aufeinander. »Genau darum geht es. Daniel kennt mich besser als du. Er hätte es wissen müssen.« Sie wandte sich ab und ging mit schnellen Schritten weiter.

Ich folgte ihr eilig. Der Pfad führte an einer Bergflanke entlang, war jedoch breit genug für zwei. Jules sah mich nicht an. Ich hatte keine Ahnung, ob sie mir grollte. Aber das war ohnehin nebensächlich, ich musste für Daniel sprechen. »Bitte, hör mir wenigstens zu. Mir ist klar, es ist keine Entschuldigung. Schuld bleibt bestehen, man wird sie nicht los. Weißt du, wer das sagte? Daniel. Und auch: ›Man kann nur um Verzeihung bitten. Oder um Verständnis.‹«

Sie blieb jäh wieder stehen. »Lass mich raten – er hat mir verziehen, dass ich ihn seiner Meinung nach ans Messer lieferte.« Ihre Stimme klang so verzweifelt, dass es mich schauderte. »Er wird nie aufhören, es zu glauben.«

»Doch. Wenn du es ihm erklärst.«

»Warum sollte ich das tun? Er kennt mich besser als jeder andere. Er ist mein Bruder. Geschwister halten zusammen, auch wenn einer von ihnen etwas tut, was dem anderen vielleicht unverständlich erscheint.«

Ich lauschte ihren Worten nach. »Eben das ist es«, sagte ich dann leise. »Er ist dein Bruder. Obwohl er etwas tat, was unverständlich erscheint ...

und unverzeihlich ist. Aber Blut ist dicker als Wasser. Stärker als all die Tränen, die ihr geweint habt. Das waren ebenfalls Daniels Worte. Er hat viele Fehler gemacht. Er dachte, du hättest auch einen begangen, und vergab dir, weil er dich mehr liebt als alles auf der Welt. So wie du ihn liebst und ihn beschützt hast.« Ich sah sie die Stirn runzeln und fuhr fort: »Du hast zu ihm gehalten. Nach allem, was er tat.«

»Was meinst du?«, fragte sie zögerlich.

»Weshalb hast du Cooper nicht den Standort des Lagers verraten, als er dich folterte und du nur noch sterben wolltest? Es wäre leicht gewesen, du hättest bloß reden müssen. Er hätte dich mit Vergnügen gehängt und alles wäre vorbei gewesen. Aber du hast geschwiegen. Weil du wusstest, wenn du Cooper zum Lager führst, unterschreibst du Daniels Todesurteil. Das zu verhindern, hat dir die nötige Kraft gegeben. Du warst sogar bereit, Daniel irgendwann wiederzusehen. Warum sonst hättest du ausgerechnet den Namen ›Paul Morgan‹ gewählt? Eine Kombination, mit der außer Mac und Doctor Ralph nur einer etwas anfängt: dein Bruder. Du hast gehofft, dass er zufällig darauf stößt und begreift ... Aber bei unserer Ankunft in Aspen bekamst du kalte Füße. Deshalb sollte ich den Namen nicht erwähnen. Habe ich recht?«

Jules sah mich stumm an, ein Zittern durchlief sie. Sie öffnete den Mund – und im nächsten Moment hatte ich das Gefühl, als würde mir jemand leicht auf den Schädel tippen. Irritiert sah ich nach oben, spürte gleich darauf etwas an meiner Wange, Staub rieselte mir in die Augen, ich hörte Gerumpel und erkannte Steine oder vielmehr Felsen, die über die Wand herab auf uns zustürzten.

»Pass auf!«, schrie Jules, und ich reagierte instinktiv. Mich seitlich wegzubewegen, war unmöglich, dafür fiel der Abhang neben uns zu steil ab. Eine Flucht nach vorne oder hinten hätte vielleicht geklappt, aber ich hatte keine Zeit für Überlegungen. Ehrlich gesagt, weiß ich überhaupt nicht mehr, was mir durch den Kopf ging – nur was ich tat: Ich riss Jules zu mir, drückte sie gegen die Wand und bewahrte sie vor den Felsbrocken, die ringsum wie todbringende Granaten herabdonnerten.

Nach ein paar Atemzügen wurde es still. Der Spuk war unversehens vorüber. Wir rappelten uns auf, warfen einen prüfenden Blick nach oben und eilten weiter, weg vom nächsten möglichen Felssturz.

Bald erreichten wir einen breiteren Weg und Jules blieb sogleich stehen. Sie wirkte zornig. »Das hätte schlimm ausgehen können«, sagte sie so vorwurfsvoll, als hätte ich die Steinlawine verursacht. »Alles in Ordnung?«

Ich hatte dasselbe fragen wollen. Nun sah ich an mir hinunter und stellte fest, dass ich bloß ein paar Abschürfungen davongetragen hatte. Ich nickte stumm, immer noch entgeistert.

»Was hattest du vor, wolltest du etwa sämtliche Steine für mich abfangen?«, fragte Jules aufgebracht.

»Ich schätze ... ja, so ungefähr«, murmelte ich ratlos. »Ich habe nicht nachgedacht.«

»Sieht ganz danach aus«, stellte sie verärgert fest. Dann marschierte sie weiter.

Ich trottete hinter ihr her, keineswegs bedrückt, dass sie mich nicht für meine Geistesgegenwart lobte. Sie war ebenso erschrocken wie ich und schalt mich aus, um sich Luft zu machen. Meine Gedanken überschlugen sich unterdessen. Ich bemühte mich zu begreifen, was da gerade passiert war: Ich hatte versucht, Jules zu schützen. Auf die Gefahr hin, dabei selbst verletzt zu werden. Es war keine bewusste Entscheidung gewesen – darum ging es ja, ich hatte es einfach getan, ohne zu zögern. Für Jules. Aber hätte ich es für jeden anderen auch getan? Oder überhaupt für irgendwen? Wohl nicht, so ehrlich durfte ich sein. Jeder versucht, das eigene Leben zu retten. Doch es umgekehrt aufs Spiel zu setzen für einen Menschen, der – ich zuckte richtig zusammen – einem etwas bedeutete ...?

Da war wieder dieses eigentümliche Gefühl von letzter Nacht, als ich daran dachte, dass Jules mich nach Hause schicken würde. Jetzt wurde mir plötzlich klar: Entscheidend war nicht, ob sie mich gehen ließ, sondern dass ich nicht gehen wollte. Ich wollte nicht fort, ich wollte bei ihr bleiben. Sogar wenn ich den Rest meiner Tage auf der Flucht verbringen müsste, es wäre mir gleichgültig, solange sie mir dabei Gesellschaft leistete. Warum ich sie bei mir haben wollte, hätte ich nicht einmal erklären können – ich wusste nur untrüglich, dass es so war.

Mit der Erkenntnis wuchs meine Verwirrung. Was war das bloß – Liebe? Oder Freundschaft? Was empfand ich für Jules? Und empfand sie etwas für mich? Sie hatte Thomas geliebt, sie tat es heute noch und sie weinte um ihn. Würde sie um mich weinen, falls mir etwas zustieß? Sie wäre froh, wenn ich heimfuhr, weil sie mich in Sicherheit wissen wollte. Ihr lag viel an meinem Überleben. Lag ihr auch etwas an mir? Warum gab es niemanden, den ich zu Rate ziehen konnte? Nicht einmal ein Buch. Aber könnten Bücher tatsächlich erklären, wie sich Liebe anfühlt? *Sie haben so viel gelesen und so wenig erlebt. Und Sie wollen niemanden, der an Ihrer Seite durchs Leben geht.* Doch, jetzt gab es da jemanden!

Ich hatte das Gefühl, wenn ich Jules losließe, würde ich es mein Leben lang bereuen. War das ein Zeichen von Liebe? Ich wünschte so sehr, Mac wäre hier oder Winnie. Ich konnte ja schlecht Jules fragen. Oder sollte ich es etwa?

Jules blieb so unerwartet stehen, dass ich gegen sie stieß. Meine Entschuldigung beachtete sie gar nicht, sie konzentrierte sich auf den Boden. »Da. Siehst du's?« Dort war nur Erde mit ein paar Grasbüscheln, ich schüttelte ratlos den Kopf. Jules fuhr mit dem Finger einen Umriss entlang, den ich in hundert Jahren nicht bemerkt hätte. Es war der Abdruck eines Schuhs.

»Cooper?« Ich senkte meine Stimme unwillkürlich zu einem Flüstern.

»Gehen wir davon aus.« Sie ließ den Blick rundum schweifen. »Er kann überall sein, Stehenbleiben bringt also nichts. Aber achte auf jedes Geräusch und gib sofort Bescheid.« Ich nickte, dann machten wir uns vorsichtig auf.

Ich versuchte, die Umgebung im Auge zu behalten und gleichzeitig nach hinten zu schauen, wodurch sich der Abstand zu Jules vergrößerte. Ausgerechnet jetzt waren wir zwischen etlichen Felsblöcken unterwegs, die sich perfekt für einen Hinterhalt eigneten. Ich glaubte tatsächlich, einen Laut zu hören, und drehte mich instinktiv prüfend um. Nein, da war nichts.

Als ich mich wieder nach vorne wandte, machte mein Herz einen Satz. Zwischen mir und Jules, die ein Stück Wegs voraus war, trat Sheriff Cooper zwischen den Felsen hervor. Er hielt einen Revolver und blickte Jules hinterher. Mich nahm er gar nicht wahr. Ich konnte Jules nicht einmal warnen, denn bereits beim Heraustreten entsicherte Cooper seine Waffe. Das Klicken ließ Jules herumwirbeln. Cooper zuckte deutlich zusammen – er erkannte ihr Gesicht sofort. Aus seiner Kehle drang ein Stöhnen. Seine Schockstarre währte gerade lang genug. »Cooper!«, schrie ich und sah ihn herumfahren. Ich blieb allerdings nicht stehen, sondern sprang im gleichen Moment hinter einen der Felsen, inständig hoffend, dass Jules das Gleiche tat.

Bebend presste ich mich gegen den Stein. Ich konnte nicht flüchten, sonst würde der Sheriff auf mich schießen. Näherte er sich bereits? Ich riskierte einen kurzen Blick. Jules war verschwunden, ebenfalls in Deckung gegangen. Cooper stand an derselben Stelle. Er wirkte verstört, was angesichts des Wiedersehens mit einer Totgeglaubten verständlich war. Hektisch ließ er die Augen umherschweifen. Offenbar nahm er an, dass wir unbewaffnet waren, da wir sonst längst geschossen hätten.

Wir saßen fest. Cooper hatte uns gefunden, er musste uns lediglich ergreifen. Aber er hatte zwei Ziele und konnte nur eines verfolgen. Er musste sich also entscheiden: Welche Beute war lohnender? Und hierüber hatte ich eine schlimme Ahnung. Jules war ihm schon mehrfach entwischt und sie war eine Buckley. Ich dagegen war ein kleiner Fisch und würde allein in den Bergen ohnehin draufgehen. Er würde Jules wählen, wenn ich es nicht verhinderte.

»Worauf warten Sie, Cooper?«, rief ich laut. »Sie haben mich tagelang verfolgt. Kommen Ihnen jetzt etwa Bedenken? Hier bin ich, Sie müssen mich bloß holen.«

»Und hier bin ich«, erklang Jules' Stimme in einiger Entfernung. »Ich bin es wirklich, Sie täuschen sich nicht. Mich verfolgten Sie schon vor zwölf Jahren, vor fünf hätten Sie es fast geschafft. Was wollen Sie mit Parker? Ich bin es, die Sie jagen.«

Mein Magen verkrampfte sich. Jules versuchte dasselbe wie ich: Cooper den größeren Anreiz zu bieten, um mir die Flucht zu ermöglichen. Ich musste härtere Geschütze auffahren. »Wissen Sie was? Ich bin gar kein Reporter. Es gibt keinen Artikel und keine Photographie. Niemand interessiert sich im Geringsten für Sie. Ich habe Sie angelogen und mir ins Fäustchen gelacht, wie eingebildet Sie sind, bloß damit Sie mich zur Bande bringen. Obendrein verloren Sie Ihren wertvollen Gefangenen. Was glauben Sie, wie Patrick und seine Leute über Sie spotten?« Ich lugte in Bodennähe hinter dem Felsen hervor, damit Cooper meinen Kopf nicht gleich entdeckte. Er war mir zugewandt, sein Gesicht wutverzerrt.

»Ich dagegen machte Sie vor Ihren eigenen Leuten lächerlich«, rief Jules. Ihre Stimme klang zunehmend verzweifelt. »Das Mädchen, das dichthielt und sogar aus Ihrem Gefängnis entkam. Daran wird sich alle Welt auf ewig erinnern. Ich bin der lebende Beweis für Ihr Versagen.«

Verdammt, sie war gut. Und leider überzeugend. Cooper drehte sich in ihre Richtung. Ich suchte fieberhaft nach etwas Handfesterem als einer alten Geschichte. »Ich habe Ihr Haus angezündet!«

Cooper fuhr wieder herum. »Du sagtest, du warst es nicht!«, schrie er zurück.

»Sie sagten, ich war es«, konterte ich und hatte endlich den ersehnten Geistesblitz: »Außerdem bin ich derjenige, der den Standort des Lagers kennt.«

Das gab den Ausschlag. Coopers Brauen verengten sich, seine Hand ballte sich um den Revolver und er kam auf mich zu. Ich sah mich hastig um und griff mir einen faustgroßen Stein, um wenigstens irgendwie bewaffnet zu sein. Da ertönte Jules' Stimme – bebend und doch zum Äußersten entschlossen: »Und ich bin diejenige, die Sie erschießt, wenn Sie ihm nur ein Haar krümmen.«

Ich sprang auf und hinter dem Felsen hervor. Cooper wandte sich soeben Jules zu, die gleichfalls ihre Deckung verlassen hatte und ihre Waffe auf ihn richtete. Zum zweiten Mal innerhalb einer Stunde handelte ich, ohne nachzudenken: Ich schleuderte den Stein mit aller Kraft. Wenn ich wenigstens eine Sache gut beherrsche, dann ist es Werfen. Das Geschoß traf Cooper exakt am Hinterkopf, er stürzte zu Boden, wie von einem Hieb gefällt. Reglos blieb er liegen.

Mit bleichen Gesichtern starrten Jules und ich einander an. Dann setzten wir uns zeitgleich in Bewegung. Cooper lag mit dem Gesicht nach unten, wir drehten ihn auf den Rücken. Er war am Leben, freilich besinnungslos.

»Was mach…«, begann ich, aber Jules fiel mir ins Wort: »Du verfluchter Idiot!« Sie wirkte mehr verzweifelt als wütend, regelrecht aufgelöst.

Ich glaubte zu verstehen, weshalb sie so aufgewühlt war. »Du weißt, ich hätte ihn nicht zum Lager führen können. Und selbst wenn, ich hätte es nicht getan.«

»Darum geht es doch gar nicht!«, stieß sie hervor. »Glaubst du, ich will, dass du dich für mich opferst?«

Jetzt begriff ich. »Meinst du, ich lasse zu, dass du für mich stirbst?«

Sie antwortete nicht, stattdessen nahm sie Cooper den Revolver ab und durchsuchte rasch seine Taschen. Unter anderem förderte sie ein Messer und Handschellen zutage.

Ich probierte es noch einmal: »Was machen wir mit ihm?«

Jules besann sich. »Wir legen ihm die Handschellen an«, beschloss sie und ließ ihren Worten Taten folgen. »Nicht am Rücken, da bricht er sich den Hals«, erklärte sie, steckte den Schlüssel ein und griff nach dem Messer. »Das lassen wir ihm. Mit etwas Geschick kann er sich nach Aspen durchschlagen.« Sie sah mich unsicher an, als wollte sie wissen, ob ich mit dieser Behandlung unseres gemeinsamen Feindes einverstanden war.

Ich dachte an das, was Clifton Buckley seinen Kindern eingeschärft hatte: *Niemand zieht Cooper zur Rechenschaft, er tut nur seine Pflicht.* Jules hielt sich daran. Ich hingegen fragte mich, ob wir einen Fehler begingen, wollte jedoch nicht widersprechen. Was wäre die Alternative? »Dann mal los, bevor er aufwacht. Am besten über felsigen Boden, damit wir wenig Spuren hinterlassen.«

»Du machst dich«, befand Jules. Dann rannten wir los.

Ich tat mein Möglichstes, um lange durchzuhalten. Erst als meine Lungen bereits brannten, wurde ich langsamer und Jules mit mir.

»Du weißt, was es bedeutet, dass Cooper mich sah?«, fragte sie, während ich allmählich wieder zu Atem kam. »Jetzt müssen wir doch nach

Aspen. Ich zumindest. Ich muss Ralph warnen. Vielleicht lässt sich die Geschichte irgendwie drehen, dass ich damals den Sturz überlebte ... Nein, er hat meine Leiche ja identifiziert.« Sie zog hilflos die Schultern hoch. »Hoffentlich fällt ihm etwas ein. Je mehr Zeit er zum Überlegen hat, desto besser. Oder um zu fliehen.«

»Und du mit ihm. Ich kann mir lebhaft vorstellen, was Cooper mit dir macht, wenn du ihm in die Hände fällst.«

»Ich will mir umgekehrt lieber nicht ausmalen, was er mit dir anstellt, wenn er dich zu fassen bekommt«, entgegnete sie ernst. Sie war nicht mehr zornig, aber unvermindert entschlossen. »Jeremy, hör mir zu. Das ist kein Spiel, begreifst du? Und keine Geschichte, wo der Ehrenhafte überlebt, weil die Guten immer gewinnen. Wenn du tot bist, ist es vorbei. Willst du das? Diesmal hattest du sehr wohl Zeit zum Nachdenken – und du hast dein Leben für mich riskiert. Tu das nicht, ich will es nicht! Du musst das nicht machen, bloß weil du mir dankbar bist. Du hast mich vom Abgrund weggeholt, wir sind längst quitt.«

»Du irrst dich«, erwiderte ich leise. »Das war nicht der Grund. Ich wollte einfach nicht, dass dir etwas passiert.«

Sie schaute mich an, als suchte sie in meinem Gesicht nach einer Erklärung. »Warum?«

Himmel, wenn ich das in Worte fassen könnte! »Weil ... du mir wichtig geworden bist. Weil ich mich an dich gewöhnt habe. Weil mir nicht gleichgültig ist, was aus dir wird. Weshalb du am Abgrund gestanden bist – eben deshalb will ich nicht, dass du springst.« Viele Worte für etwas, das sich mit wenigen ausdrücken ließ: Weil ich dich mag. Doch das brachte ich nicht heraus. Aber vielleicht konnte eine Bücherfreundin zwischen den Zeilen lesen.

Sie blieb stehen und sah mich lange an. »Und ich will nicht, dass dir etwas zustößt«, erklärte sie endlich. »Nicht nur, weil ich es nicht ertrage, wenn wieder jemand für mich stirbt, sondern weil du es bist.«

Moment, hatte *sie* nun etwa gesagt: Ich mag dich? Ich begriff, Bücherliebe half keineswegs beim Lesen von Ungeschriebenem. Eventuell musste man für so was eine Frau sein.

»Ich hatte mir vorgenommen, dass es nie wieder geschieht«, fuhr Jules fort. »Ich wollte nie mehr Angst haben, jemanden zu verlieren. Aber jetzt habe ich Angst – um dich. Ich möchte, dass es dir gut geht und dass du in Sicherheit bist. Es ist Zeit, dass du nach Hause zurückkehrst.«

Da war es – das Thema Heimfahrt. Schon der Gedanke fühlte sich an wie ein Faustschlag in den Magen. »Warum kann ich nicht bleiben? ... Bei dir.«

Sie schüttelte wehmütig den Kopf. »Ich möchte, dass du bleibst. Und deshalb musst du gehen. Je besser ich dich kenne, desto schlimmer wird es. Bevor du kamst, war mein Herz voll Kummer und alles lief reibungslos. Aber du hast mich erinnert, dass zum Leben auch Freude und Hoffnung gehören. Ich habe den Moment verpasst, mein Herz zu verschließen. Solange ich es noch konnte, war es nicht nötig, jetzt ist es zu spät.« Sie legte mir die Hand auf die Schulter. »Ich muss einfach wissen, dass du weit fort bist von jedem, der dir Böses will. Es ist mir ernst damit, Jeremy: Das hier ist nicht deine Welt. Deshalb schicke ich dich dahin, wo du gut aufgehoben bist. Dort hast du ein Zuhause und ein Leben.«

Zuhause ist der Ort, wo das Herz hingehört, hatte Daniel gesagt. Hatte ich tatsächlich ein Leben, bevor ich herkam? Mir war, als hätte ich erst in diesen Wochen entdeckt, was Leben bedeutet – was mein Herz will. »Ohne dich hätte ich es nicht einmal bis hier geschafft«, murmelte ich.

»Und ich wäre ohne dich nicht mehr da. Wir waren beide zur rechten Zeit am richtigen Ort. Aber nun neigt sich unsere gemeinsame Zeit ihrem Ende zu.« Sie gab sich einen Ruck. »Komm, wir müssen weiter.«

Wir eilten voran – Richtung Aspen, nahm ich an.

»Das war übrigens ein sagenhafter Wurf vorhin«, bemerkte Jules. »Zielen kannst du. Wie steht es, willst du Coopers Revolver?«

Meine Selbstkenntnis behielt die Oberhand. »Lass nur. Du hattest seinerzeit recht: Ich würde mir nur ins eigene Knie schießen. Immerhin kann ich inzwischen einen Revolver entsichern, Daniel zeigte es mir. Und wie gut er selbst trifft. Das war atemberaubend.«

»Er ist der beste Schütze, den ich kenne«, bestätigte Jules mit so ungewohnter Wärme in ihrer Stimme, dass sie regelrecht darüber erschrak.

Ich ergriff die Gelegenheit beim Schopf. »Als er damals sagte, es macht ihm nichts aus, auf andere zu schießen ... Er war entsetzlich wütend – auf dich, aber auch auf sich selbst. Er hat niemals einen Menschen getötet, er macht kaum bei den Überfällen mit. Ich denke, das solltest du erfahren.«

Sie wirkte nicht überrascht, aber irgendwie entspannter. »Danke«, erwiderte sie leise.

Odyssee

Der Tag nahm seinen Lauf und wir den unseren. Dennoch zeichnete sich ab, dass wir Aspen nicht vor Einbruch der Dunkelheit erreichen würden – ich war eben zu langsam. Sollten wir eine weitere Nacht in den Bergen riskieren, wodurch Cooper uns womöglich einholte? Ich war gegen einen Halt, Jules allerdings warnte mich, dass man gerade auf den letzten Abhängen leicht ausrutschen konnte. Wir konnten uns nicht einigen und gingen in der Dämmerung erst einmal weiter. Prompt zeigte sich meine Unerfahrenheit, denn trotz des Mondlichts stolperte ich ständig. Sich behutsam vorzutasten, hätte allerdings unseren Vorsprung verringert.

Jules drehte sich fortwährend besorgt nach mir um. Als ich gerade eine kurze Pause vorschlagen wollte, gab sie plötzlich einen erschrockenen Laut von sich und starrte über meine Schulter hinweg.

Schon im Herumfahren wusste ich Bescheid. Coopers Ohnmacht hatte kürzer angehalten als erhofft. Da stand er, das Messer in den gefesselten Händen, und stierte uns an. »Hab ich euch!«, keuchte er. »Hoch mit den Händen!« Es kümmerte ihn offenkundig nicht im Geringsten, dass Jules zwei Schusswaffen bei sich trug oder wie er uns beide eigentlich festnehmen wollte. Seine Augen waren weit aufgerissen, der Blick fast fiebrig, wohl aufgrund der Anstrengungen und des Schlafmangels.

Ich überlegte hektisch, was ich tun sollte, als ich auf einmal eine Bewegung neben Coopers Beinen wahrnahm. Die Worte rutschten mir richtig heraus: »Sheriff, da ...«

»Halt's Maul!«, brüllte Cooper und stampfte wütend auf. Das besiegelte sein Schicksal.

Zischend schnellte die Schlange vorwärts und Cooper schrie gellend auf, als sie zubiss. Das Messer entglitt seinen Fingern, er brach auf ein Knie nieder, schlug abwehrend nach der Schlange und das Tier schnappte erneut zu. Ich konnte nicht erkennen, wo sie ihn erwischte, aber ich hatte auch nicht die Nerven, um zuzuschauen.

Panisch wich ich zurück, aber durch mein hastiges Zucken wandte sich die Schlange erst recht mir zu. Ich ahnte Jules neben mir eher, als dass ich sie sah – im nächsten Moment knallte es laut. Die Schlange bäumte sich auf und wurde von der Kugel zu Boden gerissen, wo sie reglos liegenblieb.

Ein paar Sekunden lang standen Jules und ich wie erstarrt. Dann schreckte ein Röcheln uns auf. Der Sheriff lag gekrümmt auf der Seite, Krämpfe durchliefen ihn, sein Gesicht hatte eine dunkelrote Farbe angenommen. Er schnappte vergeblich nach Luft und griff sich fahrig an den Hals. Wir stürzten zu ihm. Jules kniete sich neben ihn, ich tat es nach kurzem Zögern ebenso. Doch hier war jede Hilfe wirkungslos, das war offensichtlich, auch wenn ich nicht das Geringste von Medizin verstand. Cooper erstickte vor unseren Augen und wir konnten nur ohnmächtig zuschauen. Seine Finger krallten sich wie Klauen in die Luft, dann erneut um den eigenen Hals. Er versuchte zu schreien, brachte aber keinen Ton hervor, sein Blick ging glasig ins Leere. Sein Todeskampf war grauenvoll. Ich wollte mich abwenden, war allerdings selbst wie gelähmt. Irgendwann stoppte das Ganze schlagartig und Coopers Augen wurden starr. Das Schlangengift hatte seine Wirkung getan.

Ich war so geschockt, dass ich am liebsten einfach sitzen geblieben wäre. Wie durch einen Nebel bekam ich mit, wie Jules mich auf die Beine zog und ein Stück Wegs weiterschob. Dort plumpste ich erneut zu Boden. Einen Menschen so furchtbar sterben zu sehen, erschütterte mich gewaltig. Mochte Cooper arrogant und grausam gewesen sein, mich zusammengeschlagen und die Buckleys mit ewigem Hass verfolgt haben – so einen Tod verdiente niemand. Ich hockte stumm da, Jules setzte sich neben mich und legte mir den Arm um die Schultern. Das gab mir Halt. Dennoch dauerte es eine Weile, bis sich mein Herzschlag allmählich beruhigte. Ich nickte als Zeichen, dass ich mich gefangen hatte.

Nur zögerlich wurde mir bewusst, was Coopers Tod für uns bedeutete.

»Doctor Ralph«, sagte Jules leise. »Jetzt ist sein Geheimnis weiterhin sicher.«

»Und vor allem dein Geheimnis«, ergänzte ich. »Nur er weiß, dass du noch lebst. Und kennt dein Gesicht ohne Maskierung.«

»Wenn wir bei Gesichtern sind – Cooper hatte unmöglich Zeit für einen Steckbrief von dir. Ein paar Leute in Aspen und Brackwall kennen dich zwar, aber niemand wird dich so unerbittlich jagen wie der Sheriff. Wir können dich jedenfalls rechtzeitig in eine Eisenbahn setzen.«

Ich ignorierte das Letzte. »Und denk an Daniel. Mit Cooper starb sein lebenslanger Erzfeind. Wenn die Steckbriefe nicht dauernd aufgefrischt werden, vergisst man ihn irgendwann. Er müsste bloß die Gegend verlassen und könnte ein neues Leben anfangen. Falls er das will ...« Aber Daniel würde nicht gehen, das wusste ich. Nicht, solange sein einziges Zuhause das Lager war.

Jules betrachtete indessen verwirrt ihren Revolver. Vermutlich wollte sie das Thema wechseln. »Ich begreife nicht, wie das eben zuging, mit der Schlange. Gut, sie war ganz nah. Trotzdem, wie zum Teufel ...«

»Obendrein unter Druck, ohne Zielen oder Nachdenken«, ergänzte ich.

Jules sah auf, sie wirkte verdutzt. »Vielleicht war es genau das. Keine Zeit zum Überlegen, weil es wirklich drauf ankam. Wenn ich aus dem Bauch heraus schieße, statt mit dem Verstand.«

Ich runzelte die Stirn. »Aber es war doch sicher öfter brenzlig.«

Sie schüttelte den Kopf. »Bei unseren Wettbewerben damals ging es bloß ums Vergnügen. Ansonsten schieße ich nie, Waffen sind mir zuwider. Ich verstehe gar nicht, weshalb es immer darauf hinausläuft, dass ich mit einem Revolver dastehe. Wäre es nicht die sicherste Methode, um ...«

Ich wusste, woran sie dachte. »Und als du versehentlich Coopers Hut erwischt hast?«, warf ich rasch ein. »Da warst du unter Druck.«

»Trotzdem nahm ich mir Zeit zum Zielen – neben ihn.« Ihre Stimme wurde leiser. »Zuvor habe ich nur ein einziges Mal auf ...« Erneut sprach sie nicht weiter, doch ich konnte mir den Rest denken: ›... auf einen Menschen geschossen.‹ Auch damals war es drauf angekommen, und sie hatte getroffen. Jetzt gab sie sich einen Ruck und die Waffe verschwand im Halfter. »Wir rasten noch eine Weile, dann gehen wir die letzten Hänge schön langsam an. So schaffen wir es unfallfrei. Unten im Tal besorgen wir uns Pferde.« Sie musste nicht ins Detail gehen. Wenn die Buckleys sich Pferde zulegten, bedeutete das in der Regel keinen Kauf. »Vielleicht können wir sogar Proviant auftreiben. Danach machen wir uns auf den Weg zurück nach Brackwall.«

Ich unterdrückte ein Schmunzeln. Jules und ich waren von Brackwall nach Aspen geritten, dann von Aspen nach Brackwall, nun kletterten wir von Brackwall nach Aspen, um anschließend wieder nach Brackwall zurückzukehren. Jedoch kam es mir vor, als wäre ich jedes Mal mit einem anderen Menschen unterwegs gewesen. Da sage noch einer, der erste Eindruck zählt.

Jules' nächste Worte vertrieben meine Belustigung. »Dort steigst du endlich in die Eisenbahn.«

Ich holte tief Luft. »Jules, ich werde nicht heimfahren und dich nie wiedersehen.«

»Jeremy«, erwiderte sie sanft. Ihre Stimme klang traurig und zugleich verständnisvoll. »Ich habe dir doch erklärt, wieso es sein muss.«

»Woher willst du wissen, ob ich zu Hause in Sicherheit bin? Hier hast du Gewissheit, dass es mir gut geht. Ich bin nirgends in besseren Händen als bei dir.«

»Aber wenn ich dabei versage, werde ich es mir niemals verzeihen.«

Das rief mir jäh ins Gedächtnis, wie sie da am Abgrund gestanden war. Wäre ich nicht da gewesen ... Die Erinnerung bestärkte mich: »Ich lasse dich auf keinen Fall allein.«

»Mach dir keine Sorgen, ich komme zurecht. Ich war jahrelang allein.«

»Darum weißt du selbst am besten, dass du nicht für die Einsamkeit gemacht bist«, konterte ich.

Sie musterte mich. »Du bist unsicher, ob ich mir womöglich eine Kugel in den Kopf jage, sobald du weg bist.«

»Nein. Ich bin sicher, dass du dir eine Kugel in den Kopf jagst, sobald ich weg bin. Jedenfalls wenn du allein bleibst mit deinen Ängsten und Erinnerungen. Du brauchst einen Gefährten, um es mit ihnen aufzunehmen. Und wenn ich es nicht bin ...« Ich holte tief Luft. »Jules, er ist dein

Bruder. Er hat Fehler gemacht, aber er hat nie aufgehört, dich zu lieben. Du hast achtzehn Jahre keinen Tag ohne ihn verbracht. Nun hast du ihn seit fünf Jahren kein einziges Mal gesehen.« Ich merkte, wie sie neben mir zitterte. »Als du damals mit Thomas weggegangen bist – du hast gehofft, Daniel würde irgendwann nachkommen, nicht wahr?« Sie nickte stumm. »Wie hätte er dich finden sollen?«

Ihre Stimme war nur ein Wispern. »Er hätte schon gewusst, wo er suchen muss. Er würde mich immer finden.«

»Und er würde es auch heute schaffen. Wenn er wüsste, dass du lebst. Er würde bis ans Ende der Welt reisen, um dich zurückzuholen. Er braucht dich – so wie du ihn. Du vermisst ihn, mehr noch: Er *fehlt* dir. Geh zu ihm.« Ich musste zweimal ansetzen, ehe ich es herausbrachte: »Wenn du zu Daniel gehst, fahre ich zurück in die Stadt. Und dort bleibe ich. In Sicherheit. Ich verspreche es.«

Sie sah mich eine ganze Weile an. Ich hätte unmöglich sagen können, was in ihr vorging und welche Antwort ich erwartete. Oder welche ich mir wünschte. Zuletzt begann sie leise: »Weißt du noch, was du gefragt hast, als wir zum allerersten Mal aufbrachen? Ob ich schon lange gewartet hätte. Ich glaube, ich habe tatsächlich gewartet. Fünf Jahre lang. Gewartet, ob eines Tages jemand wie du kommt. Und mir zeigt, wie es weitergehen kann.«

Ich wagte kaum zu hoffen. »Das heißt ...?«

Sie nickte. »Du gehst heim. Ich ebenso. Mein Zuhause ist meine Familie – Daniel.«

Mir schien, als würde sich eine Last von meiner Seele heben – und gleichzeitig eine Faust mein Herz zusammendrücken. Jules und Daniel würden zueinanderfinden. Und ich verlor sie beide. Jene zwei Menschen, die mir am wichtigsten geworden waren, könnten endlich neuen Lebensmut fassen. Das sollte doch genügen, um auch mich glücklich zu machen. Trotzdem war die Vorstellung unerträglich, Jules verlassen zu müssen.

Aber noch war es ja nicht so weit, erst mussten wir Daniel erreichen. Ach je, die altbewährte Frage ... *Wenn ich einen Weg zu Daniel wüsste*, hatte

Doctor Ralph gesagt. Ich setzte mich kerzengerade auf. Zum Kuckuck, er *wusste* einen. »Ich habe da eine Idee, wie wir an deinen Bruder herankommen. Laut Daniel versuchte Doctor Ralph ein paar Mal, ihn zu kontaktieren. Er erzählte zwar nichts Näheres, aber wenn wir den Arzt direkt fragen ...«

»Ich sage ja, der Mann ist klug. Also bleibt es doch dabei: Wir gehen zu Ralph.« Sie warf einen Blick Richtung Mond. »Wir sollten ankommen, ehe jemand in Aspen wach ist. Auch ohne Cooper musst du vorsichtig sein und ich ebenso. Ein Jammer, dass mein Bart in Macs Schlafzimmer liegt. Paul Morgan blieb buchstäblich in der Hütte zurück.«

»Dort ist er gut aufgehoben«, entgegnete ich. »Ich bin froh, dass Jules Buckley mit mir kam.«

Im Lauf der Nacht dösten wir zeitweise ein, machten uns dann aber rechtzeitig auf. Ehe wir losgingen, bat Jules mich kurz zu warten und kehrte gleich darauf zurück. »Ich habe Cooper die Handschellen samt Schlüssel und Messer eingesteckt und den Revolver danebengelegt. Jetzt sieht es so aus, als hätte er selbst die Schlange erschossen, wurde aber vorher gebissen.«

Da uns nun kein Verfolger hetzte, konnten wir die verbliebene Strecke mit gebotener Vorsicht anpacken. Unbeschadet ließen wir die Berge hinter uns und erreichten im frühen Morgengrauen endlich Aspen. Wie Schatten huschten wir durch das schlafende Städtchen zum Haus des Arztes.

Es dauerte ein paar Minuten, ehe auf unser Klopfen die Tür geöffnet wurde. Ein leicht zerzauster Doctor Ralph, den wir eindeutig aus dem Bett geholt hatten, lugte heraus: »Ja, bitte?« Im Halbschlaf erkannte er mich nicht sofort. Dann glitt sein Blick zu Jules, er riss die Augen auf und war schlagartig hellwach. »Los, rein mit euch!« Wir schlüpften ins Haus. Er schaute noch einmal prüfend nach draußen, bevor er rasch die Tür versperrte und Jules in die Arme schloss. »Das nenne ich eine gelungene Überraschung am frühen Morgen«, stellte er fest und reichte mir die Hand: »Auch der ... Reporter ist wieder da. Oder sollte ich lieber Detektiv sagen?«

»Sie haben mich gehörig an der Nase herumgeführt«, meinte ich. Freilich nicht nur er. Ich hatte mit so vielen Menschen geredet, die mir bereitwillig ihren Teil der Geschichte erzählten. Doch irgendwo hatte fast jeder gelogen.

Der Arzt grinste schelmisch. »Was haben Sie erwartet? Wenn Sie die Wahrheit hören wollen, müssen Sie sich als Beichtvater ausgeben. Waren Sie etwa ehrlich zu mir? Es gleicht sich aus.« Er musterte uns fachmännisch: »Ihr schaut aus, als hättet ihr seit Tagen nicht vernünftig gegessen und geschlafen. Waschschüssel war auch keine in der Nähe«, stellte er nach kurzem Schnüffeln fest. »Spült euch erst einmal den Staub ab, ich mache derweil Frühstück.« Er dirigierte mich in sein eigenes Schlafzimmer, während Jules in jenem Raum verschwand, der für Untersuchungen diente. Ich hätte nie gedacht, dass mir Seife und ein Handtuch einmal als derartige Wohltat erscheinen würden.

Wenig später saßen wir gemeinsam bei Tisch und ich genoss die erste richtige Mahlzeit seit – ich konnte beim besten Willen nicht sagen, wann ich zuletzt auf einem Stuhl sitzend ein ordentliches Essen verzehrt hatte. Der Arzt ließ uns Zeit, den ärgsten Hunger zu stillen. Zunächst aßen wir schweigend.

Dann allerdings meinte Jules leise: »Ralph, ich muss dir etwas sagen.«

Mehr brauchte es nicht, der Arzt wusste Bescheid. »Mac?« Jules nickte stumm. Doctor Ralph nahm die Nachricht gefasst auf, wenngleich er sichtlich getroffen war. »Ich sah es schon eine ganze Weile kommen. Bemerkenswert, dass er so lange durchhielt. Allein diesen Schlangenbiss wegzustecken ...«

Ich vermied einen Blick zu Jules, den der Arzt bestimmt bemerkt hätte. Außerdem erriet ich es auch so: Er wusste nichts von der Abmachung zwischen ihr und Mac.

»Jeremy und ich fanden ihn«, erklärte sie. »In seinem Lehnstuhl eingeschlafen. Umgeben von seinen Büchern, genau wie er es sich immer wünschte.«

»Mac und die Bücher ...«, murmelte Doctor Ralph in Gedanken. Dann sah er mich an: »Jeremy also. Ich war mir nicht sicher, ob Sie überhaupt einen Vornamen besitzen.«

»Ich glaube, bei eurer ersten Begegnung hatte er auch noch keinen«, ergänzte Jules treffend.

»Wie sagten Sie bei der Verabschiedung?«, fuhr der Arzt fort. »Ich würde für mein Leben gern mit Daniel sprechen.‹ Aber Sie hätten doch nicht wirklich Ihr Leben aufs Spiel setzen müssen.«

»Gaben Sie dem Sheriff den Hinweis, wie dringend ich an Daniel herankommen wollte?«, fragte ich.

Jetzt war er verlegen. »Hm, das tat ich wohl, wenngleich unbeabsichtigt. Nachdem Sie mich verließen, lief mir Stan über den Weg. Wir unterhielten uns über Sie. Stan sagte etwas wie: ›ein eifriger junger Mann‹, ich meinte: ›Und gründlich. Er möchte sämtliche losen Enden aufarbeiten, bis hin zu Buckleys Kindern.‹ Ich wusste ja, dass Stan diesen Banditen gefangen hielt, und scherzte: ›Wenn er herausfindet, dass du wen an der Hand hast, der Daniel persönlich kennt! Er würde dich beknien, den Mann befragen zu dürfen.‹ Das setzte ihm offenbar die Idee in den Kopf.«

Er sah mich entschuldigend an. »Hätte Stan mir von diesem Plan erzählt – ich wäre sofort zur Herberge gegangen und hätte es Ihnen ausgeredet.«

Womit er genauso wenig Erfolg gehabt hätte wie Morgan, gestand ich mir ein. Wer zur Hölle fahren will, lässt sich nicht so leicht aufhalten. »Aber Stan wollte mich wohl damit überraschen, das Lager aufgespürt zu haben. Ich nahm an, Sie wären abgereist. Stan wirkte ungewohnt heiter, doch auf meine Fragen meinte er nur, ich solle mich gedulden. Dann jedoch erlebte er selbst eine Überraschung und zwar eine höchst unangenehme.«

»Ich habe sein Haus nicht in Brand gesteckt«, warf ich ein. »Die Bande wollte mir die Sache anhängen und mich dabei vorzugsweise umbringen.«

»Mir war gleich klar, dass daran was faul war. Plötzlich war wieder von Ihnen die Rede, als Brandstifter und neues Bandenmitglied ... Ich eilte zu Stan, der rasend durch sein Büro tobte, und bestand darauf, dass er mir alles erzählte. So erfuhr ich vom ganzen Plan. Auch dass Sie in Wahrheit das Feuer überlebt hatten – mir konnte Stan nichts vormachen. Ich wollte sofort nach Ihnen sehen, aber er meinte, Sie wären bloß leicht angesengt, und schickte mich nach Hause. Am nächsten Morgen gab es prompt die nächste Aufregung, als Stan Ihre Flucht bemerkte.« Er ließ den Blick zwischen Jules und mir schweifen. »Ich vermute, dass Sie sich nicht ganz eigenständig befreiten, Mr. Parker. Vielleicht solltet ihr mir die Geschichte von Anfang an erzählen.«

Das taten wir. Beginnend mit meinem ursprünglichen Auftrag schilderten wir unsere gemeinsame Zeit, vom Ritt nach Aspen über meinen Aufenthalt bei der Bande und das schlimme Ende bis hin zum Rückweg nach Brackwall. Jules berichtete, wie wir Mac vorfanden, und ich hörte still zu, wie sie von meiner Erkenntnis übergangslos zu Coopers Auftauchen vor der Hütte sprang. Nun, es war ihre Sache, wem sie von den Ereignissen an der Felskante erzählte. Danach beschrieben wir unsere Flucht durch die Berge – bis wir dem Arzt die nächste Todesnachricht überbringen mussten.

Die ganze Zeit hatte ich mich gefragt, wie er wohl auf das Ableben des Sheriffs reagieren würde. Jahrzehntelang eine Freundschaft vorzutäuschen – machte das etwas mit einem? Entwickelte man womöglich doch kameradschaftliche Gefühle?

Doctor Ralph schwieg, als horchte er in sich hinein. Mir wurde klar, dass er sich dasselbe fragte, vermutlich nicht zum ersten Mal: Was löste Coopers Tod in ihm aus? »Schon eigentümlich«, meinte er schließlich, »ich weiß nicht, ob man es Trauer nennen kann ... aber es trifft mich, dass er tot ist. Als hätte ich einen ... Kollegen verloren, den ich zwar nie recht leiden konnte, mit dem ich aber immer korrekt zusammenarbeitete. Ich will glauben, dass er einen guten Kern hatte und seine Methoden nur Mittel zum Zweck waren, nicht persönliches Vergnügen.« Er sah Jules an. »Beschreib mir bitte nachher, wo genau er liegt. Dann fädle ich es ein, dass er rasch gefunden wird.«

Nun kamen wir zum Wesentlichen: was uns herführte. Wir baten den Arzt um Verzeihung, dass wir ihn dadurch in eine heikle Lage brachten, doch offenkundig wusste er als Einziger, wie man Daniel erreichen konnte.

Er bestätigte es sofort. »Ich wollte herausfinden, ob ich euch beide wieder zusammenbringen kann«, sagte er zu Jules. »Natürlich hätte ich es mit dir abgesprochen, ehe ich ihm erzähle, dass du noch lebst. Dass etwas nicht in Ordnung ist, war mir schon damals bei eurem Besuch klar.« Er seufzte. »Aber Daniel ignoriert meine Nachrichten. Hat er Ihnen erzählt, weshalb?«, wandte er sich an mich.

Ich kann ihm nicht unter die Augen treten mit meiner Schuld. »Er will Sie nicht in Gefahr bringen.«

»Wie um alles in der Welt stellst du es an«, fragte Jules, »dem meistgesuchten Mann im ganzen Umkreis Nachrichten zu schicken?«

Er lächelte verschmitzt. »Über Janet.«

»Janet?«, entfuhr es mir. »Ich hätte gedacht, dass sie misstrauisch ist bei ... einem Vertrauten des Sheriffs.« Immerhin standen Janet und ihre Damen auf Seiten der Bande, wie Daniel mir berichtet hatte.

»Wohl wahr«, bestätigte der Arzt. »Aber Janet ist eine patente Geschäftsfrau. Sie weiß genau, an wen sie sich wendet, wenn eine ihrer Damen von einem Freier verprügelt wird oder sich mit was Lästigem ansteckt. Und sie weiß, welchem Mädchen sie einen Brief anvertrauen kann, damit er wirklich nur dem Adressaten übergeben wird.«

»Du hast Daniel geschrieben?«, fragte Jules beeindruckt. »Wohl kaum unter richtigem Namen? Was, wenn doch jemand aus der Bande den Brief in die Hand bekäme?«

»Dann hätte er es für einen Liebesbrief gehalten«, erwiderte Doctor Ralph. »Ich schrieb etwas wie: ›Lust auf ein Wiedersehen?‹, oder: ›Ich vermisse dich gewaltig‹. Und unterzeichnete mit ›Dora‹.« Er sah in unsere ratlosen Gesichter. »Theodor. Dora. Daniel hat es offenbar entschlüsselt.«

»Dann müssen wir ihn dazu bringen, dass er diesmal reagiert«, meinte ich, »und sich mit uns trifft, indem wir ihm einen Anreiz bieten. Nicht dich, Jules, das glaubt er uns nie. Aber wir könnten ihm klarmachen, dass in Wahrheit ich diesen Brief schreibe. Daniel erzählte mir von der Freundschaft zwischen seinem Vater und Ihnen, Doctor, also macht es Sinn, dass ich mich hilfesuchend an Sie wandte.«

Der Arzt nickte nachdenklich. »Wie wollen Sie ihm zeigen, dass Sie dahinterstecken? Bedenken Sie, der Brief könnte abgefangen werden.«

Das Frühstück hatte meinen Verstand angekurbelt. »Wir nehmen etwas, das Daniel zu mir sagte.« Während des Ausritts – da hatte uns garantiert niemand belauscht. »Etwa: ›Du wirkst wie einer der einsamsten Männer im ganzen Land.‹ Und vielleicht: ›Sieh dein Leben nicht als einen einzigen Scherbenhaufen, ich bringe dich auf andere Gedanken.‹ Gut, das klingt doch konstruiert …«

»Allerdings in erträglichem Ausmaß«, befand der Arzt. »Danach schlagen wir vor: ›Wie wär's mit einem Stelldichein morgen Mittag?‹ Sprich am nächsten Tag, je nachdem wann er der Brief erhält. Und als Treffpunkt nehmen wir … die alte Mühle. Die ist ein gutes Stück von Aspen entfernt und ein glaubhaftes Liebesnest.«

Wir strahlten uns siegessicher an, doch als wir Jules ansahen, verging uns das Grinsen. Sie starrte vor sich auf den Tisch und wirkte eingeschüchtert – nervös wie vor einer lang ersehnten und doch gefürchteten Prüfung. Dann bemerkte sie die plötzliche Stille, gab sich einen Ruck und nickte. »So machen wir es«, sagte sie leise.

Der Arzt schien zu überlegen, ob er nachhaken sollte, und entschied sich dagegen: »Aber jetzt machen wir etwas anderes: schlafen. Ihr beide nämlich, ab mit euch.«

Schon schob er uns durch den Flur in den hinteren Teil des Hauses, wo er darauf bestand, dass wir frische Sachen anzogen. Jules erhielt ebenfalls Hemd und Hose von ihm. Doctor Ralph kümmerte sich noch um die Schrammen vom gestrigen Steinschlag, dann überließ er Jules sein eigenes Bett und ich machte es mir im Lehnstuhl bequem. Gleich darauf versanken wir in einem unsagbar erholsamen Schlaf.

Wir schlummerten bis zum Nachmittag. Ehe Doctor Ralph zu Hausbesuchen aufbrach, sah er nach uns und zeigte uns den fertigen Brief. Ich fand ihn gelungen, Jules dagegen wirkte erneut beklommen. Auch der Arzt sah mittlerweile skeptisch aus. »Riskant ist es schon. Für Daniel und für euch«, sagte er, »schließlich werdet ihr alle drei gesucht.«

»Wenn ich einen anderen Weg zu Daniel wüsste, meinen Sie nicht, ich hätte Ihnen und Jules sofort davon erzählt?«, fragte ich.

Er erkannte die Anspielung sofort. Nicht restlos überzeugt, doch gottergeben, steckte er den Brief ein und zog ab.

Als er einige Stunden später zurückkehrte, brachte er nur bedingt gute Nachrichten. Er hatte Janet zwar das Schreiben ausgehändigt, allerdings rechnete sie nicht damit, dass die Bande noch für diese Nacht Mädchen ins Lager holen würde. Somit blieb der Brief vorerst bei ihr.

Jules und ich waren zum Warten gezwungen, sowohl am nächsten Tag als auch am folgenden. Notgedrungen beschäftigten wir uns drinnen, was sich als höchst unterhaltsam erwies. Jules beeindruckte mich mit Kartentricks und Zauberkunststücken. Zudem besaß der Arzt ein kleines Bücherregal, das durchaus mit einigen Schätzen aufwartete. Wir fragten einander Zitate ab und lasen wechselseitig unsere Lieblingsstellen vor. Zwischendurch plauderten wir mit Doctor Ralph und erholten uns von den Anstrengungen der letzten Tage. Ich jedenfalls hatte das Auskurieren dringend nötig, Jules genügten ein paar zusätzliche Stunden Schlaf. Der Arzt wusch unsere verdreckte Kleidung und trieb sogar irgendwo passende Stiefel für Jules auf. Einen Rock zu besorgen, unterließ er, um kein Aufsehen zu erregen.

Ich vermied jeden Gedanken an meine Heimreise. Natürlich hatte ich Jules mein Wort gegeben und würde es halten. Trotzdem sträubte sich alles in mir gegen den unausweichlichen Abschied. Ich genoss jede Sekunde der Zeit, die wir jetzt miteinander verbrachten, auch ganz ohne Abenteuer. Wir waren ein gutes Gespann, das stand fest. Wir waren ... Freunde. Doch waren wir mehr als das? Ich hätte gern den Arzt diskret um Rat gebeten, doch Jules war stets dabei.

Auf jeden Fall wollte ich in ihrer Nähe bleiben, bis ich sie sicher bei Daniel wusste. »Denk bitte nichts Falsches«, bat ich. »Nicht dass ich glaube, du willst einen Rückzieher machen. Ich möchte ...« ›... einfach so lange wie möglich bei dir sein‹, dachte ich. »... mich bloß persönlich bei Daniel bedanken«, vollendete ich.

»Jeremy«, erwiderte sie ruhig, »ich bin froh, dass du mich zu Daniel begleitest. Ich wünschte, ich könnte dir umgekehrt mit dieser Erbschaftssache helfen.«

Ich machte eine wegwerfende Handbewegung. »Mir wird schon einfallen, wie ich meinem Cousin das Ganze erkläre«, meinte ich im sicheren Wissen, dass mir nichts einfallen würde. Ronald von meiner Zeit hier zu erzählen, wäre so, wie einem Regenwurm das Gefühl des Fliegens zu beschreiben.

Jules durchschaute mich natürlich. »Daniels Idee gefällt mir gut – das Geld an Waisenhäuser weiterreichen. Ich würde gern einige Schulen dazunehmen. Aber was hilft's, wenn ich dir das schriftlich gebe? Ich könnte mich nicht einmal vor deinem Cousin ausweisen. Zu meiner Person existiert nur ein einziges amtliches Dokument, und das ist mein Totenschein. Es tut mir leid.«

Das erinnerte mich daran, wer hier zu bedauern war. »Du bist diejenige, die um ein Vermögen umfällt!«

Sie zuckte mit den Schultern. »Wir hatten schon einmal nichts und kamen zurecht. Ich habe mir nie Reichtümer gewünscht, ich wollte nur jemanden zum Liebhaben.« Es versetzte mir einen Stich – das wollte ich ja auch. Jules interpretierte meine betroffene Miene falsch: »Ich weiß, das sagt sich leicht. Bei dir zu Hause braucht man ein gewisses Vermögen. Schon deshalb könnte ich nie dort leben. So viele Menschen, Mauern und bestimmt auch Lärm ... Ich bin ein Kind des Westens und bleibe es.«

Wie sehr Jules sich durch Wände eingeengt fühlte, zeigte sich auch hier immer deutlicher. Schon am dritten Tag fiel ihr allmählich die Decke auf den Kopf. Sie wanderte ruhelos durchs Wohnzimmer.

Ich dachte an unseren Brief und an Janet. »Sag mal«, fiel mir ein, »war es nicht enorm riskant, sich beim letzten Mal in Aspen ausgerechnet im Bordell einzuquartieren? Was, wenn Janet dich erkannt hätte?«

»Janet übernahm das Bordell erst vor etwa vier Jahren. Wir sind uns nie zuvor begegnet.«

»Und falls jemand von der Bande hereinspaziert wäre?«, beharrte ich.

»Kein Mann, der ins Bordell geht, interessiert sich für die anderen Männer dort.«

»Trotzdem hat Janet dich erkannt«, erinnerte ich mich. »Nicht als Jules Buckley, jedoch als Frau.«

»Es wäre ein Armutszeugnis, wäre ihr das entgangen«, konterte Jules.

»Aber niemand weiß besser als eine Bordellbesitzerin, dass Frauen zusammenhalten müssen. Ich war bestens aufgehoben.«

Dem konnte ich nicht widersprechen. Ich widmete mich wieder dem Bücherregal. Mein Blick fiel auf die Ausgabe von *König Artus*, ich zog das Buch heraus. Innen am Deckblatt entdeckte ich eine handschriftliche Widmung: »Für Ralph, den Mann, der wirklich zaubern kann. In ewiger Dankbarkeit, M.«

Jules, der ich das Buch unter die Nase hielt, wusste sofort Bescheid. »Das hat meine Mutter geschrieben, nachdem Ralph mir bei meiner Geburt das Leben rettete. Mommy meinte, sie wäre zwar eine Zauberkünstlerin, aber er hätte tatsächlich magische Hände.«

Ich blätterte nachdenklich ein paar Seiten um. Macs Worte kamen mir in den Sinn: *Es gibt immer wieder ein anderes perfektes Buch. Wenn wir es zum richtigen Zeitpunkt finden, kann es dem Leben eine neue Richtung geben.* Er selbst hatte mir im richtigen Moment das perfekte Buch hinterlassen, das gleich mehrere Leben veränderte, nicht nur mein eigenes. *Die beste Geschichte von allen ... was wir daraus machen.*

Abends brachte Doctor Ralph Neuigkeiten von Janet: Der Brief war unterwegs, Daniel würde ihn voraussichtlich noch heute erhalten. »Es ist so weit«, schloss der Arzt merklich aufgeregt. Dann zog er sich zurück und kündigte an, dass das Essen bald fertig wäre.

Ich versteifte mich unwillkürlich. Schlagartig war jener Augenblick da, den ich selbst herbeigeführt hatte und zugleich fürchtete. Morgen würden wir Daniel wiedersehen. Und dann?

Jules hingegen wirkte verblüffend ruhig und keineswegs so bedrückt wie an jenem Tag, als wir den Brief planten. Sie sah wehmütig aus. »Weißt du, wie sich das gerade anfühlt?«, fragte sie leise. »Als ob eine lange Reise sich dem Ende zuneigt und es wieder nach Hause geht.«

War ihr wohl bewusst, wie treffend sie meine Situation beschrieb? Meine Kehle war wie zugeschnürt, daher nickte ich nur stumm.

Jules ließ ihre Finger über das Buchregal gleiten. »Erinnerst du dich an unser Gespräch, dass Märchen aufhören, wenn es am schönsten ist? Dass im richtigen Leben nie Schluss ist, wenn es endlich einmal passt. Vielleicht ist genau jetzt dieser Moment. Wenn du das Buch an dieser Stelle zuklappst, ist alles perfekt. Du kannst dir sagen, dass alles gut ausging und sie glücklich lebten bis an ihr seliges Ende. Aber natürlich willst du wissen, was sich weiter ereignet, weil das Leben eben kein Buch ist. Deshalb möchte ich mich immer daran erinnern – an den Augenblick, als es einfach in Ordnung war.« Sie zog nachdenklich *König Artus* heraus, dann blickte sie zu mir. »Ich komme gleich nach.«

Ich verstand den Wink und trollte mich in die Küche, wo der Arzt soeben Teller aus dem Regal holte. »Lassen Sie mich helfen«, bot ich an.

Er bemerkte offenkundig, dass ich allein war. »Lassen Sie *mich* helfen«, entgegnete er sofort, »mit einem gutgemeinten Rat: Machen Sie nicht denselben Fehler wie Daniel.«

Jetzt hätte ich die Teller wohl fallengelassen. »Was ... meinen Sie?«

»Unterschätzen Sie niemals ein liebendes Herz«, sagte er eindringlich, »dort ist Platz für mehr als einen Menschen. Sei es gleichzeitig oder nacheinander.«

Ich starrte ihn sprachlos an. Natürlich, er hatte damals bei Jules' und Daniels Besuch sofort erkannt, dass dieser eifersüchtig war – obwohl es möglich ist, zwei Menschen zu lieben, eben auf unterschiedliche Weise. Genauso konnte man sich erneut verlieben. Wollte ich weiterhin meine Gefühle vor Jules verbergen, weil ich ihr Herz unwiederbringlich bei Thomas glaubte? *Als er starb, nahm er es mit.*

Ehe ich etwas erwidern konnte, war es zu spät dafür. Das Geräusch einer Tür verriet, dass Jules unterwegs war. »Worauf warten Sie?«, fragte der Arzt aufmunternd, und Macs mahnende Stimme ergänzte: *Warten Sie nicht auf die Aufforderung, zu leben.*

Gleich darauf trat Jules ein und sah uns beisammenstehen, den Arzt lächelnd, mich eher ertappt. Doctor Ralph rettete mich. »Das berühmte Wort unter Männern.«

Jules zog die Augenbrauen hoch. »So ein Glück, davon verstehe ich eine Menge. Ich war fünf Jahre lang ein Mann.« Sie nahm dem Arzt die Teller ab. »Gönnen wir uns einen letzten gemütlichen Abend unter Männern.«

Nach einer reichlich kurzen Nacht kam in aller Herrgottsfrühe die Stunde des Abschieds.

Der Arzt gab mir die Hand. »Schön, dass unsere erste Begegnung nicht die einzige blieb. Sie haben einen weiten Weg zurückgelegt seit jenem Tag.«

»Nun ja, streng genommen bin ich im Kreis gelaufen«, entgegnete ich. »Von Aspen ins Lager und zurück, dann nach Brackwall und zurück. Ich bin zwar lange gereist, aber nicht weit gekommen.«

»Sie irren gewaltig, Mr. Parker. Und wie Sie vorwärtsgekommen sind! Jeder einzelne Schritt dazwischen war es wert. Viel Glück für den Rest Ihrer Reise!« Dann schloss er Jules in die Arme. »Mach es gut, meine Kleine. So wie immer. Und ein Wort noch unter Männern: Du gehörst eindeutig zu jenen von uns, die ohne Bart besser aussehen.« Er drückte ihr einen Beutel mit Proviant in die Hand. »Richte Daniel herzliche Grüße aus.«

Danach huschten wir hinaus. Doctor Ralph hatte die Pferde zuvor gesattelt, damit wir unverzüglich verschwinden konnten. Eines der Tiere war sein eigenes, das andere von einem Nachbarn ausgeliehen. Im fahlen Morgenlicht ritten wir los, Jules voran, ich – nein, ich kann nicht behaupten, dass ich ihr folgte, mein Pferd tat es, ich hielt bloß verdattert die Zügel fest. Ich hatte einfach nicht dran gedacht, dass ich Jules noch nie wirklich reiten gesehen hatte. Ich hatte Morgan erlebt, der unglücklich im Sattel hing. Jetzt sah ich erstmals die Tochter des Pferdekönigs richtig reiten, und bei Gott, sie konnte es! Ebenso selbstverständlich wie ihr Bruder saß sie im Sattel. Ich rief mir noch einmal Morgan vor Augen und staunte, wie unfassbar gut jemand reiten musste, um so tollpatschig wirken zu können.

Kaum hatten wir die Häuser hinter uns gelassen, fragte ich: »War das nicht fürchterlich unangenehm, sich so schief zu halten?«

Jules zuckte mit den Schultern. »Die Schwierigkeit war eher, dass das Pferd nichts davon spürt. Und die ganze Zeit dran zu denken. Aber wo wir schon dabei sind, wie wär's mit einem Galopp? Das lenkt davon ab, sich großmächtig Gedanken zu machen.«

Ich musste grinsen. Dasselbe hatte Daniel bei unserem Ausritt vorgeschlagen. »Von mir aus gern.« Damit jagten wir los.

Die drei Musketiere

Der Vormittag war halb vorüber, als wir bei der alten Mühle eintrafen. Wir überzeugten uns erst davon, dass das verfallene Gebäude und die Umgebung verlassen waren, ehe wir die Pferde ins Innere brachten. Wir hatten den längeren Weg genommen, um die Wartezeit zu verkürzen, trotzdem dehnten sich die verbliebenen Stunden endlos. Jedes Gesprächsthema wirkte gleichermaßen unpassend und Jules war nicht zu Unterhaltungen aufgelegt. Sie ging unentwegt auf und ab, ließ den Blick ringsum schweifen und suchte mit den Augen die Landschaft ab. Ich hätte ihr gern die Nervosität genommen, fand aber nicht den richtigen Ansatz. So überließ ich sie ihren Runden und setzte mich in den Schatten eines großen Stapels Gerümpel, das vor der Mühle aufgetürmt war. Die Minuten krochen dahin und mit der Sonne stieg auch meine Anspannung. Würde Daniel kommen? Und wie würde die Begegnung verlaufen?

Schließlich war die Mittagsstunde herangerückt. Ich hatte meinen Platz verlassen und hielt jetzt ebenfalls Ausschau. Plötzlich blieb Jules jäh neben mir stehen und atmete heftig ein. »Da«, entfuhr es ihr, ihre Stimme klang blass.

Tatsächlich, dort in der Ferne war ein Reiter aufgetaucht und hielt offenbar auf die Mühle zu. »Ist er das?«, fragte ich und schalt mich sogleich einen Narren, woher sollte Jules das wissen?

Sie schien meine Frage gar nicht gehört zu haben. »Das ist er«, flüsterte sie wie zu sich selbst, und im nächsten Augenblick huschte sie flink wie ein scheues Tier zum Eingang der Mühle.

Mein Herz machte einen Satz vor Erleichterung – Daniel kam! Jules hingegen stand bebend an die Wand gepresst, als wartete sie nur auf den geeigneten Moment zur Flucht. Ich versuchte ein paar tröstliche Worte: »Ich ... verstehe, wenn dir nach Wegrennen zumute ist ...«

Sie wirkte, als horchte sie in sich hinein. »Ich möchte rennen. Ihm entgegen«, sagte sie leise. »Und gleichzeitig wünschte ich, ich wäre jetzt woanders. Ich kann es nicht erwarten, dass er ankommt. Und ich fürchte mich vor dem Moment, in dem er hier sein wird.«

Mir fiel unvermutet ein, wie Daniel und die Bande damals nach Jules und Thomas gesucht hatten – als er die Begegnung herbeisehnte und sich zugleich davor ängstigte. Hastig schob ich die Erinnerung beiseite. »Würde es helfen, wenn ich ihn erst allein begrüße?«, schlug ich vor.

Ihre Erleichterung war fast greifbar. Jules nickte stumm, löste sich rasch von der Wand und verschwand in der Mühle.

Ich stand da, nun doch verdutzt über meine unerwartete Aufgabe. Ein neuerlicher Blick in Richtung des Reiters verriet, dass er inzwischen ein gutes Stück näher war. Es war Daniel, das erkannte jetzt sogar ich. Auch er hatte mich wohl längst entdeckt. Oder vielleicht nicht – ich machte schnell zwei Schritte zur Seite und brachte dadurch das Gerümpel zwischen uns. Ich wollte Zeit gewinnen.

Hinter dem Stapel verborgen beobachtete ich, wie Daniel die restliche Strecke zurücklegte und aus dem Sattel sprang. Suchend schaute er sich um. Er wirkte irritiert und verärgert, zugleich besorgt. Ich konnte nicht länger in Deckung bleiben, sonst würde er in die Mühle lugen. Also trat ich hervor: »Daniel!«

Seine Miene verriet keinerlei Wiedersehensfreude. Er schien bis zuletzt auf einen Irrtum gehofft zu haben. Hastig kam er auf mich zu. »Jeremy, wieso bist du hier?«

Das ließ sich immerhin leicht beantworten. »Weil ich dank dir rechtzeitig rauskam. Wofür ich dir übrigens gar nicht genug ...«

»Nein, was machst du hier, um Himmels Willen? Weshalb bist du nicht längst auf dem Heimweg?«

»Ich hatte noch etwas zu erledigen.«

Er stöhnte. »Etwa immer noch diese verdammte Erbschaft? Ich habe dir doch erklärt, dass ich sie nicht will!«

»Das hast du gesagt«, bestätigte ich. Über seine Schulter hinweg sah ich eine Bewegung am Eingang der Mühle. »Dass ich dir alle Reichtümer der

Welt schenken könnte, aber letztlich nicht das bringen, was du wirklich willst. Weißt du ... vielleicht kann ich das ja doch.«

Er starrte mich völlig verwirrt an. Und hinter ihm sagte Jules sanft: »Danny.«

Daniel wirbelte herum. Seine Reaktion beim Anblick seiner Schwester ließ mich sämtliche Strapazen vergessen, die ich auf meinem Weg bis hierher durchgestanden hatte. Ich brauchte nur hinzuschauen und wusste, dass es die Sache wert gewesen war und dass ich zumindest etwas auf dieser Welt richtig gemacht hatte.

Daniel stolperte mit einem Aufschrei zurück, blieb taumelnd stehen und starrte Jules einfach an. Er wirkte, als hätte er eine übernatürliche Erscheinung vor sich. Aus seinen Augen jedoch leuchtete eine so gewaltige Hoffnung, dass sie für alle Verzweifelten der Welt gereicht hätte. Langsam hob er die Hand, als hätte er Angst, Jules würde sich beim Anfassen in Luft auflösen. Entweder schaffte er es nicht, näherzutreten, oder er wagte es nicht, also tat Jules es. Sie machte einen behutsamen Schritt, sodass ihre Schulter seine Fingerspitzen berührte. Da brach endlich der Bann. Daniel schluchzte und jubelte zugleich, er riss Jules an sich und in eine innige Umarmung. Sie drückte sich fest an ihren Bruder. Ich konnte ihr Gesicht nicht sehen, aber ihre Schultern bebten. Am liebsten wäre ich still zur Seite getreten, doch ich wollte den Moment nicht durch eine Bewegung stören.

Minuten vergingen, während die Geschwister einander stumm festhielten. Irgendwann löste Daniel sich vorsichtig von seiner Schwester und blickte sie mit Tränen in den Augen an. »Jules ... Wie ...«, flüsterte er. »Jules, es tut mir leid. Es tut mir so unendlich leid ...«

»Schon gut«, sagte sie. »Es ist schon gut.«

»Nein, ich ... ich hätte niemals ... Aber wie ... wie kann es sein ...«

»Das ist eine lange Geschichte. Eine, in der auch Jeremy vorkommt.«

Daniel schaute zu mir und ich spürte seine Dankbarkeit wie eine Woge. Dann zog er Jules erneut an sich. »Es tut mir so leid«, wiederholte er. »Ich habe dich so sehr vermisst.«

»Und ich dich erst«, bekräftigte sie leise. »Ich wusste gar nicht, wie sehr, bis ... Von jetzt an bleiben wir zusammen. Egal was kommt, egal was war.«

Irgendetwas an ihren Worten ließ Daniel innehalten. Er sah seine Schwester eigentümlich an, seine Stimme war ernst. »Jules, hör zu, du ...« Der Rest des Satzes erstarb auf seinen Lippen. Entsetzt starrte er über ihre Schulter hinweg, jegliche Farbe wich aus seinem Gesicht.

Jules runzelte die Stirn. Nachdem Daniel ihre Oberarme wie verkrampft festhielt, konnte sie sich nicht umdrehen. Ich dagegen musste nur den Kopf wenden, um zu erkennen, was Daniel dermaßen aus der Fassung brachte. Dann hatte auch ich das Gefühl, als zöge mir jemand den Boden unter den Füßen weg.

»Sieh an, wen wir hier haben«, sagte Patrick liebenswürdig. Hinter ihm standen vier seiner Männer mit gezogenen Waffen. Sie hatten sich offenbar im Schatten der Mühle angepirscht. »Oder besser: wiederhaben. Totgeglaubte erwachen zum Leben. Schön, wenn alte Bekannte sich noch einmal blicken lassen.« Er lächelte freundlich und mir lief ein eisiger Schauer über den Rücken. Im nächsten Moment jedoch stockte mir erst recht der Atem, denn Patrick fuhr fort: »Und wenn sie Gäste mitbringen. Mit wem haben wir das Vergnügen?«

Da erst begriff ich, weshalb Patrick so bemerkenswert gelassen blieb. Mit »Totgeglaubten« meinte er mich! Er erkannte Jules von hinten gar nicht, mit ihren kurzen Haaren und in Hosen. Das Geheimnis würde freilich auffliegen, sobald er ihr Gesicht sah. *Wenn ich mich umdrehe, holt mich die Vergangenheit ein.*

Auch ohne Patrick hätte ein einziger Blick auf Jules genügt, dass mich nackte Angst überfiel. Ihre Miene spiegelte Daniels verzweifelte Hilflosigkeit wider – ihr schlimmster Albtraum wurde soeben Wirklichkeit. Ich konnte ihre Furcht richtig fühlen und hätte ihr so gern Zuversicht gespendet, doch ich war selbst wie gelähmt. Vielleicht war es gerade die Erkenntnis, dass sie jetzt für uns alle drei stark sein musste, die Jules die nötige Kraft verlieh. Ihre Miene wurde ruhig und entschlossen, dann löste sie sich aus Daniels Griff und drehte sich um.

Ich sah ihr Gesicht nicht mehr, dafür umso besser das von Patrick. Der Anblick erwischte ihn völlig unvorbereitet. Für einen winzigen Moment entglitten ihm tatsächlich die Züge, aber er hatte sich beachtlich rasch wieder unter Kontrolle. Schon nach einem kurzen Luftschnappen war er ganz der Alte, kühl und beherrscht. Seine Augen allerdings funkelten geradezu.

Durch die Männer ging ebenfalls ein Raunen, verblüffte Ausrufe ertönten. Einer von ihnen war wohl vor fünf Jahren noch nicht bei der Bande gewesen, denn ich hörte: »Da soll mich doch ... Das ist Jules Buckley!« »Wer?« »Daniels Schwester. Starb vor fünf Jahren.« »Hm, offensichtlich nicht.«

Patrick kümmerte sich nicht darum. Sein Blick blieb unverwandt auf Jules gerichtet, während er langsam auf uns zukam. »Da bist du ja.« Es klang so leichthin, als hätte er sie lediglich in einer Menschenmenge kurz aus den Augen verloren.

»Ja, hier sind wir«, erwiderte sie.

Patrick wirkte beinahe, als wollte er sich wie zuvor Daniel vergewissern, dass Jules kein Trugbild war. Doch er widerstand der Versuchung. »Es ist eine Weile her. Fünf Jahre.«

»Es waren nicht bloß Jahre«, entgegnete sie, und jetzt war ihre Stimme voll Hass und Verbitterung, »es war ein Leben!«

An dieser Stelle meldete sich Daniel zu Wort. »Jules«, begann er eindringlich, »du hast ...«

Weiter kam er nicht, denn Patrick hielt übergangslos seinen Revolver in der Hand. Der Lauf war auf mich gerichtet. »Bist du sicher, dass du diesen Satz beenden möchtest?«, fragte er scharf.

Daniel zögerte. Er biss sich auf die Lippen, schaute entschuldigend zu mir, dann zu Jules. Ich folgte seinem Blick und sah sie fast unmerklich den Kopf schütteln. Was immer ihr Bruder sagen wollte – Patrick meinte es jedenfalls todernst. Daniel blieb stumm.

Ich rätselte indes, weshalb Patrick nicht Jules bedrohte, wenn er Daniel zum Schweigen bringen wollte. Dann aber begriff ich: Es wäre unglaubwürdig. Daniel wusste, dass Patrick nicht auf Jules schießen würde.

»Bei unserer letzten Begegnung war ebenfalls Verrat im Spiel«, meinte Patrick an mich gewandt. »Immer dieselbe Geschichte ... Und wie sich zeigt, ist da noch ein Feind in unserer Mitte.« Unvermittelt schwenkte sein

Revolver zu Daniel. »Wie war das: ›Pat, du kannst mir dein Leben anvertrauen.‹ Ein Glück, dass ich es nicht tat. Sonst hätte ich bestimmt schmerzhaft erfahren, dass dir Mr. Parker wichtiger ist als unsere Freundschaft. Du hast dafür gesorgt, dass er dem Feuer entkam. Versuch nicht, es zu leugnen.«

Daniel ballte die Fäuste. »Ich leugne es nicht. Er hat einen Fehler gemacht, aber kein Verbrechen begangen, für das er den Tod verdient.«

»Willst du uns etwa über Verbrechen belehren?«, konterte Patrick. »Wir sind Diebe, Räuber, Mörder. Doch gegen einen Feind von außen halten wir zusammen. Wenn du ihm zur Seite stehst, bist du auf seiner Seite.« Er lächelte, doch seine Augen blieben kalt. »Was nicht heißt, dass wir dich aus dem Lager verbannen. Du begleitest uns selbstverständlich dorthin zurück. Nur eben nicht mehr als einer von uns. Ebenso wie Mr. Parker, der von unserer Gastfreundschaft so angetan war, dass er gar nicht weg will.« Er sah Jules an. »Saubere Gesellschaft, aber passend, nachdem mit deinem Verrat damals alles anfing. Den eigenen Bruder ins offene Messer laufen zu lassen …« Er spuckte die Worte regelrecht aus. »Glaub nicht, das wäre je vergessen.«

Ich ahnte, dass Daniel gleich sagen würde, er hätte Jules längst verziehen. Und ich krümmte mich innerlich beim Gedanken daran, wie sehr er sie damit ungewollt verletzen würde. *Er wird nie aufhören, zu glauben, dass ich ihn verriet.* Aber Daniel schwieg. Stattdessen legte er seine Hand auf die Schulter seiner Schwester. Jules zögerte kurz, dann legte sie ihre Hand auf seine.

Es war schon bemerkenswert: Ausgerechnet ich, der so wenig von den Gefühlen anderer verstand, begriff als Einziger, was hinter der kleinen Geste steckte. Für jeden – Daniel eingeschlossen – musste es wirken, als wollte sie ihre Dankbarkeit zeigen, weil er ihr vergeben hatte. Dabei bedeutete es etwas ganz anderes: Sie hatte *ihm* vergeben. *Auch wenn einer etwas tut, was dem anderen unverständlich erscheint …*

Jules' Gesicht blieb Patrick zugewandt, der sie und Daniel mit feinem Lächeln beobachtete. »Was willst du denn noch?«, fragte sie mit zusammengebissenen Zähnen. »Du hast deine Rache bekommen. Thomas ist tot.«

»Ich habe euch zugesichert, dass einer von euch überlebt. Ich sagte nicht, dass derjenige gehen darf. Glaubst du etwa, ich lasse eine Verräterin unbehelligt herumspazieren? Wir sind noch lange nicht fertig miteinander.« Jules machte eine winzige Bewegung und Patrick hob augenblicklich seine Waffe höher, die Mündung nach wie vor auf Daniel gerichtet. »Versuch es nicht einmal. Ich weiß, wie schnell du bist. Aber du weißt, dass ich bloß den Finger krümmen muss.« Dieser Mann verstand sein Handwerk. Er konnte exakt einschätzen, von wem er welche Gefahr zu erwarten hatte. Daniel hätte seinen Revolver nie rechtzeitig in der Hand, ich war sowieso aus dem Rennen und Jules hielt er perfekt in Schach. Jetzt sah er mich an. »Nimm ihnen sämtliche Waffen ab und leg sie auf den Boden. Samt deinen eigenen. Ich werde es überprüfen und sollte ich auch nur einen Nagel finden, bekommt Daniel eine Kugel verpasst. Und ihr zwei«, wandte er sich an die Geschwister, »hoch mit den Händen.«

Langsam folgten die beiden seiner Anweisung und ich nahm ihnen ihre Revolver und Messer ab. Daniel wies mich eigens auf eine zusammengeklappte Klinge in seiner Innentasche hin. Ich selbst hatte ein Messer, das ich dazulegte. Als ich zurücktrat, winkte Patrick seine Männer heran, die jedem von uns eine Waffe an den Hals drückten. Geübt durchsuchte er uns und nahm alles Verbliebene an sich, wie eine Uhr oder ein Taschentuch. Danach durften wir die Hände wieder senken. Zufrieden ließ Patrick den Blick über uns schweifen, sein Lächeln verriet merkliche Vorfreude. »Ausgezeichnet. Auf die Pferde mit ihnen.«

Ich wurde gefesselt, Jules und Daniel jeweils von zwei bewaffneten Männern flankiert. So ging es los in Richtung der Berge. Daniels Bewacher blieben mit ihm ein wenig zurück, sodass wir kein Wort wechseln konnten.

Ich saß wie vom Donner gerührt im Sattel und versuchte zu begreifen, was gerade passiert war. Wie konnte das bloß so schiefgehen? Jetzt waren Jules, ich und sogar Daniel plötzlich Gefangene. Unser Schicksal war unschwer zu erraten und schon die Vorstellung ließ mich zittern. Immerhin hatte ich Patricks grausame Spiele und die Brutalität seiner Leute kennengelernt.

Während wir in die Berge ritten, rechnete ich jeden Moment mit einem Sack über dem Kopf. Doch nichts dergleichen passierte, wir bewegten uns stetig vorwärts. Irgendwann kamen wir an riesigen Steinbrocken vorbei, die wie eine Sackgasse wirkten, jedoch unerwartet einen Durchgang freiließen. Es ging durch ein wahres Labyrinth aus Felswänden, bis sich zuletzt ein bekanntes Tal vor uns öffnete. Mein Herz sank noch weiter: Man hatte sich gar nicht die Mühe gemacht, den Weg vor uns zu verheimlichen. Wir würden das Lager nicht lebend verlassen.

Dann erreichten wir die Hütten, wo die übrigen Männer neugierig auf uns zukamen. Verblüfft erkannten sie mich und mit größerem Erstaunen auch Jules. Der Anblick Daniels, eindeutig ein Gefangener, machte die Verwirrung komplett. Patrick gab ein paar Anweisungen und sofort wurde Daniel von zwei Männern fortgezerrt. Er schaute verzweifelt zu seiner Schwester zurück, während Jules und ich bereits in die andere Richtung geführt wurden.

Zu meiner Erleichterung ließen wir das Spielzimmer links liegen, nur Patrick bog kurz ab. Man brachte uns in eine Hütte und löste meine Fesseln. Aber noch während ich mir die Gelenke rieb, kam Patrick nach. Er brachte ein paar Handschellen mit und ich erinnerte mich, woher sie stammten: Coopers Haus. »Mit liebem Gruß von deinem Freund, dem Sheriff«, meinte er, während er meine Hände am Rücken zusammenkettete. Als er sich Jules zuwandte, hielt er inne und ließ die Handschellen schmunzelnd um einen Finger kreisen. »Es ist eher eine Formsache. Wir tun einfach, als ob, wenngleich du auch aus so was freikommst.« Er fesselte sie ebenfalls. »Ihr braucht nicht zu glauben, dass wir euch allein lassen.« Er wandte sich an seine Männer. »Ich will zu jeder Zeit einen Wachposten an der Tür, der unsere Gäste im Auge behält.« Wieder an uns gerichtet fuhr er fort: »Solltet ihr euch an den Handschellen zu schaffen machen, wird Daniel dafür büßen. Der geringste Fluchtversuch und er verbringt die Nacht mit dem Kopf nach unten hängend im Spielzimmer.« Er breitete die Arme aus. »Macht es euch gemütlich. Ich sehe rasch nach Daniel und bin gleich zurück.« Damit entschwand er, gefolgt von seinen Leuten. Nur ein Mann blieb wie angeordnet neben der Tür stehen.

Jules und ich blickten einander an. Mein Kopf war längst randvoll von Panik. Als ich jetzt die Furcht in ihrem Gesicht sah, war es endgültig um meine Haltung geschehen. Ich sackte zu Boden und starrte einfach vor mich hin.

Mit einem einzigen Schritt war sie da und kniete neben mir nieder. »Jeremy. Schau mich an.«

Ich musste meine ganze Kraft zusammennehmen, um den Kopf zu heben. Der Wachmann behielt uns argwöhnisch im Auge, verharrte aber auf seinem Posten.

»Bitte, das ist wirklich wichtig«, sagte sie eindringlich. »Du darfst ihm keine Schwäche zeigen, verstehst du?« Ich dachte im ersten Moment, es ginge um meine Verzweiflung. Aber sie meinte etwas anderes. »Wenn du nur die kleinste Andeutung machst, gibst du ihm ein Druckmittel.«

Ich schüttelte verständnislos den Kopf. »Er braucht doch keines. Er hat uns in der Hand, er hat gewonnen. Was immer er uns antun will, es steht in seiner Macht.«

»Nein«, widersprach sie vehement. »Begreifst du nicht – dass Patrick uns geschnappt hat, ist nicht das Ende des Spiels, sondern der Anfang.« *Er ist ein Meister darin, Leuten richtig wehzutun.* Und dabei brauchte er keinerlei Rücksicht zu nehmen. Wir waren weder wertvolle Geiseln, für die man Lösegeld kassieren konnte, noch besaßen wir nützliches Wissen, das man mit Bedacht herauspressen musste. Die Männer würden uns exakt so lange am Leben halten, wie es ihnen Spaß machte, uns zu quälen. Sobald wir nicht mehr interessant waren, brauchten sie uns bloß als Zielscheiben zu benutzen. Eine unsichtbare Hand drückte mir die Kehle zu. Wie schaffte Jules es nur, so gefasst zu bleiben? »Er wird es darauf anlegen, uns zu brechen«, fuhr sie fort. »Und das lassen wir nicht zu, hörst du? Noch leben wir und das werden wir weiterhin tun, justament.« Ich spürte die Kraft ihrer Worte, als ob sie mir allein durch ihre Gegenwart etwas von ihrer Stärke einflößte.

Ich schluckte. »Ich ... kann es versuchen, aber ...« Dann entschied ich mich für Ehrlichkeit. »Jules, ich habe Angst. So sehr, dass ich am liebsten schreien möchte.«

»Ich habe auch Angst. Um dich und um Daniel. So sehr, dass es mir das Herz abdrückt.« In diesem Moment erkannte ich den Ausdruck in ihren Augen: Es war derselbe wie in Macs Hütte, als sie mich vor Cooper und seinen Häschern in Sicherheit brachte. Mein Schicksal war ihr wichtiger als ihr eigenes.

Das zu begreifen, wirkte wie ein Ritterschlag – es erfüllte mich mit ungeahntem Mut. Wenn sie in dieser Situation so etwas fertigbrachte, würde ich nicht zurückstehen. Ich rappelte mich auf. »Wir schaffen es. Ich bin da, wenn du mich brauchst.«

»Danke«, erwiderte sie. »Bitte bleib einfach da.«

Kurz darauf kehrte Patrick zurück. Er wirkte aufgekratzt, wie ein Kind mit einem neuen Spielzeug. »Daniel ist gut untergebracht«, verkündete er fröhlich. »Bringt aber wenig, nach ihm zu rufen, er ist außer Hörweite. Widmen wir uns also dem Wesentlichen.« Er richtete den Blick auf Jules. »Ich brenne vor Neugier. Wie hast du damals überlebt? Mir wurde zugetragen, du wärst aus Sheriff Coopers Gefängnis geflohen und dabei getötet worden.«

Jules war nicht zum Plaudern aufgelegt. »Das sollten auch alle glauben«, antwortete sie sachlich. »Ich entkam und flüchtete in die Berge. Dort wartete ein alter Freund unserer Familie auf mich, Frank MacDougray aus Brackwall. Er hatte mir heimlich eine Nachricht in die Zelle geschmuggelt, dass er sich bereithielt. Gemeinsam trieksten wir meine Verfolger aus, sodass sie dachten, ich wäre in eine Schlucht gestürzt. Danach ging ich mit Mac nach Brackwall.« Alle Achtung, sie hatte sich geschickt aus der Affäre gezogen, keine Rede von Doctor Ralph.

»Es klingt so hübsch und simpel«, bemerkte Patrick, als wollte er andeuten, dass sie ihm wohl ein paar Details unterschlug. »Du hast dein Aussehen verändert. Gibt es in Brackwall ein Gesetz gegen lange Haare und Röcke?« Jules blieb stumm. Patrick sah indessen mich an. »Wie du davongekommen bist, lässt sich leicht erraten. Daniel steckte dir irgendwann ein Messer zu. Das muss ich mir noch schildern lassen, er erklärt es mir bestimmt gern. Auch wenn offiziell anderes verbreitet wurde, kamen mir gewisse Gerüchte zu Ohren – dass der Brandstifter rechtzeitig aus

Coopers Haus entwischt wäre, inhaftiert wurde und dann ausbrach. Da fragt man sich nur ... Möglicherweise hast du verborgene Talente, Parker, aber ich kann mir beim besten Willen nicht vorstellen, dass Schlösserknacken dazugehört. Andrerseits kenne ich jemanden, der das ganz famos beherrscht.« Er schaute lächelnd zwischen uns hin und her. »Erzählt doch, wie habt ihr beide euch kennengelernt?« Weder Jules noch ich gaben eine Antwort. Patricks Lächeln blieb unerschütterlich. Er kam langsam auf mich zu. »Verstehe. Ihr seid euch über den Weg gelaufen, und Mr. Parker heuerte Miss Buckley an für den Fall, dass er mal Hilfe beim Ausbrechen benötigt. Eine reine Zweckgemeinschaft und jetzt seid ihr bloß zufällig noch miteinander unterwegs.« Er blieb vor mir stehen und im nächsten Moment sah ich seinen Revolver vor meinem Gesicht. Mein Herz setzte vor Schreck einen Schlag aus, aber äußerlich zuckte ich nicht. *Keine Schwäche zeigen.* Patrick musterte mich ein paar Sekunden lang, dann wandte er sich an Jules. »Wisst ihr, was eine gute Theorie ausmacht? Dass sie sich eindeutig widerlegen oder bestätigen lässt.« Unvermittelt packte er Jules und presste ihr den Lauf des Revolvers an den Hals.

»Nicht!«, entfuhr es mir unwillkürlich, während ich einen hastigen Schritt vorwärts machte. Schon im nächsten Moment fing ich mich, aber es war zu spät. Zwei Paar Augen waren auf mich gerichtet, die von Jules bestürzt, jene von Patrick schadenfroh glitzernd.

»Seht ihr?«, erklärte er befriedigt, ließ Jules los und den Revolver verschwinden. »Das war mehr als nur Besorgnis oder meinetwegen Ritterlichkeit. Das war echte Furcht. Angst um etwas, woran man wirklich hängt. Da sage noch einer, Menschen ändern sich nicht. Was wurde aus dem überzeugten Einzelgänger, den wir in Coopers Haus zurückließen? Er fand inzwischen tatsächlich etwas, das ihm wichtig ist. Eine Person, die er beschützen möchte, aller Vernunft und Selbsterhaltung zum Trotz. Mr. Parker hat sein Herz entdeckt und es prompt verloren. Ist das nicht rührend? So töricht. Aber sehr interessant und vielversprechend.« Er zwinkerte mir zu. »Dann überlasse ich euch mal der trauten Zweisamkeit. Auf mich wartet ein spätes Mittagessen.« Damit verzog er sich.

Ich sah Jules an. »Es tut mir leid. Ich bin so ein Idiot. Genau davor hast du mich gewarnt und ich ... verlor einfach die Beherrschung, als ...«

»Jeremy«, unterbrach sie sanft, »du musst dich nicht schämen. Du wolltest es mit einem bewaffneten Mann aufnehmen, um mir zu helfen. Dafür mache ich dir sicher keinen Vorwurf.«

»Aber jetzt weiß er Bescheid. Dass du ... was du mir bedeutest.«

»Du hast ihm nichts verraten, was er nicht längst wusste. Das war keine Beweisführung, das war nur zu seinem Vergnügen.«

Ihre Worte trösteten mich kaum. »Außerdem bin ich schuld, dass wir überhaupt in seiner Gewalt sind. Ich habe das Treffen mit Daniel vorgeschlagen.«

»Das hast du. Und dafür bin ich dir dankbar, solange ich lebe. Ich hatte mich fünf Jahre lang nach ihm gesehnt, ich wollte es nur nicht wahrhaben. Du hast mich zu ihm zurückgebracht. Komme, was wolle – das war es wert.«

»Was denkst du, was sie mit ihm machen?«, fragte ich beklommen.

Sie hob hilflos die Schultern. »Ich bete, dass sie ihn bloß gefesselt und eingesperrt haben. Aber er kann sich bestimmt nicht befreien und uns zu Hilfe eilen, egal ob sie Handschellen oder Seile benutzen.«

An eine Rettung durch Daniel hatte ich gar nicht gedacht. Ihre Worte brachten mich allerdings auf etwas anderes. Ich senkte meine Stimme. »Könntest du etwa die Ketten aufkriegen?«

»Ketten«, murmelte sie, »das wäre wirklich einmal spannend ... Das hier sind Handschellen.«

»Du meinst ... du könntest dich befreien?«, flüsterte ich.

»Machst du Witze?«, gab sie zurück und ich dachte schon, sie meinte Nein. »Ich bin vermutlich etwas aus der Übung, du dürftest keine Bestzeit erwarten. Aber ja, ich denke doch.« Sie wirkte nicht stolz, eher bedrückt. »Nur welchen Zweck hätte das?«

»Denkst du, dass er Daniel ... dass er ihn ...« Ich konnte die Frage einfach nicht stellen.

Sie verstand sofort. »Nein, ich kann mir nicht vorstellen, dass er ihn foltert«, sagte sie mit fester Stimme, als wollte sie sich zugleich selbst überzeugen. »Sie waren immerhin jahrelang Freunde. Deshalb hoffe ich, dass auch die anderen Männer nicht ... Er ist immerhin einer von ihnen.«

»Anders als ich.« Erneut überkam mich Mutlosigkeit. »Sobald ihnen danach ist, holen sie mich und dann ...« Ich schüttelte den Kopf, als könnte ich die Erinnerung an die Misshandlungen vertreiben, doch es half nichts. »Wir kämpfen auf verlorenem Posten.«

»Aber wir kämpfen«, gab sie zurück.

»... eine aussichtslose Schlacht.« Die Worte purzelten aus mir heraus. »Sie haben uns in der Hand, dich und mich und Daniel. Wir reden uns ein, wir hätten eine Chance, aber am Ende werden sie uns einfach vernichten. Erst quälen sie uns, dann löschen sie uns aus. Es kann nicht damit enden, dass wir lebend davonkommen. Wir werden nicht zu dritt in den Sonnenaufgang reiten.« Ich rang nach Luft. Am liebsten hätte ich mich erneut zu Boden sinken lassen.

Jules stand vor mir, keineswegs verschreckt, vielmehr erstaunlich ruhig. Sie konnte mich nicht in den Arm nehmen, doch sie beugte sich vor, bis ihre Stirn meine berührte. Ich spürte die Wärme ihrer Haut wie ein tröstendes Streicheln. »Ich weiß nicht, wie es enden wird. Aber ich weiß, wir können es ihnen schwer machen. Wir geben nicht auf. Wir werden zwar nicht gewinnen, wir werden sehr wahrscheinlich unterwegs draufgehen, aber solange die Hoffnung auf einen nächsten Sonnenaufgang besteht, machen wir weiter. Du und ich und Danny. Jeder für die beiden anderen. Und wenn nur einer von uns überlebt und entkommt ... Einer für alle.«

»Und alle für einen«, ergänzte ich wie unter einem Zauber. Waren es ihre Worte, die Berührung oder der Wahlspruch der Musketiere – ich fühlte wieder Zuversicht. Vor vielen Jahren hatte ein Mädchen seinem Bruder Mut zugesprochen, sodass Daniel nach der Sache am Blue Mountain nicht in Verzweiflung versank. Jetzt verhinderte eine junge Frau, dass ich aufgab. *Bitte bleib einfach da.* Das würde ich, nahm ich mir vor. Freunde sind füreinander da, in guten wie in schlechten Zeiten. Für Jules würde ich alle Ängste und Zweifel überwinden. »Erinnerst du dich, als du dir in den Bergen ein Seil gewünscht hast? Ich denke, da ist eines zwischen uns, stärker als jedes Schiffstau. Wir haben es gemeinsam geknüpft, nun ist es unzertrennbar.« Ich probierte ein Lächeln und es glückte ganz passabel. »Das einzige Seil der Welt, das nicht einmal du aufbekommst. Und bestimmt nicht Patrick.«

Tausendundeine Nacht

Nachmittags schaute Patrick wieder vorbei. »Wo waren wir stehengeblieben? Richtig, bei …«

»Was ist mit Daniel?«, fiel Jules ihm ins Wort.

Patrick wirkte irritiert über die Unterbrechung. »Fünf Jahre ohne ihn und jetzt fehlt er dir schon nach fünf Stunden? Es geht ihm den Umständen entsprechend, das sollte genügen.« Er machte es sich auf einem Stuhl bequem. »Interessiert euch gar nicht, wie wir euch bei der alten Mühle überraschen konnten? Tja, ihr habt Daniel eine Nachricht geschickt – vermutlich durch eines der Mädchen, die letzte Nacht hier waren. Die Kleine war geschickt genug, sich nicht erwischen zu lassen. Trotzdem wusste ich Bescheid, weil ich Daniel im Auge behielt. Und zwar nicht erst, als ich von deiner angeblichen Flucht hörte, Parker. Ich war schon auf der Hut, seit er sich dir anvertraute. Ich merke es, wenn jemand sich eigenartig verhält. Als er heute Vormittag allein aufbrach, um ›mal rauszukommen‹, sind wir ihm unauffällig gefolgt.«

Er hielt inne, denn einer der Männer trat in die Hütte. »Pat, wenn du ihn gerade nicht brauchst, können wir ihn für ein Stündchen ausborgen?« Er deutete nachlässig in meine Richtung. Mir brach der Schweiß aus. Es war so weit: Sie kamen mich holen.

Dann aber schüttelte Patrick den Kopf. Bekam ich etwa eine Galgenfrist?

»Ach, komm«, bat der Mann. »Wir nehmen ihn bloß auf einen kleinen Ausritt mit. Etwas Auslauf tut ihm bestimmt gut.« Er grinste und ich sah regelrecht vor mir, wie ich mit einem Strick um den Hals hinter einem Pferd her gezerrt wurde. Mir wurde übel.

Patrick jedoch blieb konsequent – wie ein liebevoller Vater, der seinen Jungs auch mal Grenzen setzt. »Ich will nicht, dass er sich versehentlich das Genick bricht.«

»Wenigstens eine Runde im Spielzimmer?«, beharrte der Mann. »Wir hängen ihn an den Armen auf, wenn dir das lieber ist.«

Das schien Patrick kurz in Erwägung zu ziehen, zuletzt entschied er trotzdem: »Ich überlege mir noch, was wir mit ihm anstellen. Er rennt uns nicht weg, so viel steht fest.« Schwungvoll stand er auf, wenngleich seine gefurchten Brauen andeuteten, er wäre lieber sitzen geblieben. »Kümmern wir uns um die Sache morgen in Embridge, da gibt es einiges zu besprechen.« Er machte sich auf den Weg und der Mann folgte ihm gehorsam. Vermutlich hatte Patrick eine längere Unterhaltung geplant, aber nun musste er zunächst seine Männer beschäftigen. Immerhin hatte er das Unheil für den Moment von mir ferngehalten.

Ich merkte erst jetzt, dass sich jeder Muskel in meinem Körper verkrampft hatte. Sogar die Zähne bekam ich nur mit Mühe auseinander. »Ich möchte einfach nicht darüber nachdenken«, murmelte ich matt.

»Wenigstens haben sie für heute zu tun«, meinte Jules. »Und auch morgen, so wie ich das verstehe.«

»Denkst du, er findet genug Aufgaben für tausendundeinen Tag?«, fragte ich leise, »damit sie nie Zeit für uns haben?«

»Es ist nützlich, wenn er sie ablenkt. Aber letztlich muss er es ihnen bloß verbieten. Sie setzen sich nicht über seinen Willen hinweg.«

»Dein Wort in Gottes Ohr. Eine Bande von Schlägern und gewissenlosen Mördern ...«

»Und ein Mann, der sie perfekt unter Kontrolle hat«, erwiderte sie. »Sie wissen, was passiert, wenn sie unerlaubt Hand an uns legen. Schau genau hin – wir sind nicht der ganzen Bande ausgeliefert, wir sind Patricks Gefangene. Was nicht zwangsläufig das bessere Los ist. Es wird trotzdem wehtun, nur anders.«

»Das heißt, wenn ich es mir aussuchen könnte ...«

»Das kannst du nicht. Und falls doch, würde ich mich für die Männer entscheiden. Was sie mit dir machen, kann heilen. Was Patrick dir antut, wird nie wieder gut. Das brennt sich in deine Seele ein. Wenn du ihn in deinen Kopf lässt, wirst du ihn nie mehr los.«

»Da ist er längst drin«, erinnerte ich sie. »Er weiß, was mir am Herzen liegt.«

Sie sah mich nachdenklich an. »Vielleicht war eben das vorhin deine Rettung. Dass ihm klar ist, wie viel ich dir bedeute. Und umgekehrt«, ergänzte sie leise. Ehe ich etwas sagen konnte, fuhr sie fort: »Deshalb überlässt er dich nicht seinen Leuten. Er will dich nicht verlieren. Solange er über dich und Daniel verfügt, hat er mich in der Hand.«

»Nein, das hat er nicht! Ich will nicht, dass du, um mich zu retten, irgendetwas tust, das ...« Ich verhaspelte mich.

»Jeremy«, sagte sie ruhig. »Ich werde *alles* tun, um dich zu retten. Daran kannst du mich nicht hindern. Und es ist meine Entscheidung.« Sie schüttelte den Kopf. »Hör auf, dir auszumalen, was alles passieren kann, es trifft ohnehin früh genug ein. So wie Patrick nur allzu bald wiederkommt, da müssen wir ihn nicht herbeireden.« Sie setzte sich auf den Boden. »Komm, ich erzähle dir eine Geschichte. Ein Märchen aus *Tausendundeiner Nacht*.«

Wie hätte ich da Nein sagen können? »Bitte eines, das gut ausgeht.«

Die Besprechung dauerte recht lang, denn Patrick kam erst bei Einbruch der Nacht wieder. Unsere Fesseln wurden gelöst, wir durften kurz austreten und dann essen.

Patrick saß neben uns, gerade so weit entfernt, dass Jules es nicht bis zu seiner Waffe schaffte. Ich blickte bloß selten in seine Richtung, auch Jules widmete ihm wenig Aufmerksamkeit. Seine Haltung erinnerte an eine lauernde Katze. »Kommt es nur mir so vor«, bemerkte er plötzlich, »dass die Stimmung irgendwie feindselig ist? Einer von uns ist eindeutig zu viel.« Er sah mich an, als erwarte er eine Antwort.

Jules ließ sich nicht einschüchtern. »Du darfst dreimal raten, danach kann ich dir immer noch einen Tipp geben.« Ich korrigierte meinen Eindruck: Hier war nicht nur ein Kämpfer bereit zum Angriff, sondern zwei. Das Duell war eröffnet und ich zum Zusehen vergattert.

»Es ist spaßig«, sagte Patrick, nun direkt zu Jules, »wir haben nie das klassische Dreieck. Es sind immer vier: du, ich, dein Bruder und jemand, den du liebst.«

»Wer sagt dir, dass ich ihn liebe?« Ich spürte einen Stich in mir – wollte sie mich schützen oder ... »Du solltest sorgfältiger hinschauen.«

»Ich sehe gründlicher hin als jeder andere. Wem versuchst du etwas vorzumachen? Du würdest für ihn durchs Feuer gehen.«

»Du denkst zu eng. Er ist mein Freund. Und mit einem Freund geht man durch die Hölle, wenn nötig.«

Patrick lächelte unbeeindruckt. »Das Resultat ist dasselbe. Du würdest nie um dein eigenes Leben bitten, aber um seines, nicht wahr? Ob Liebe oder Freundschaft – es macht keinen Unterschied, wir können erneut spielen.«

»Es ist kein Spiel, wenn es um Menschenleben geht!«, fauchte Jules.

»Nicht um deines, keine Sorge«, erwiderte Patrick spöttisch, »das nehme ich dir nicht.«

»Das könntest du gar nicht, weil du es schon getan hast – vor fünf Jahren.«

Er zog eine Augenbraue hoch. »Was willst du, du hast doch überlebt.«

»Nicht als du mich angeschossen hast. Als du mich gezwungen hast, auf Thomas zu schießen. Du musstest mich nicht töten, um mich umzubringen. Heute kannst du mich mit dem Tod nicht mehr schrecken. Ich habe meine Lektion gelernt, du warst mir ein verdammt guter Lehrer.«

»Ich habe mir auch richtig Mühe gegeben, obwohl ich beinahe zu weit ging.«

»Nicht bloß beinahe«, widersprach sie unerbittlich. »Du hast es komplett verpatzt, das weißt du selbst. Du wolltest mich brechen, aber du hast mich zerbrochen.«

Patricks Gesicht verhärtete sich. Jules hatte es erraten: Sein Plan war nicht aufgegangen. »Dennoch bist du zurückgekehrt und kannst jetzt leider nicht tun, was du dir all die Jahre vorgenommen hast: dich an mir rächen.«

»Du überschätzt dich. Ich hatte nie vor, es dir heimzuzahlen. Was hätte ich davon?«

Nun wirkte er ehrlich verblüfft. »Erzähl mir nichts. Willst du behaupten, du hättest nie daran gedacht, was du mir antun würdest?« Ein spitzbübisches Lächeln legte sich auf sein Gesicht. »Stell dir vor, es wäre umgekehrt – ich dein Gefangener. Was würdest du tun?«

»Brauchst du etwa Anregungen?«

»Ich meine es ernst, es interessiert mich. Wenn mein Leben in deiner Hand läge …«

Jules sah ihn nachdenklich an, eine ganze Weile. »Ich würde dich nicht töten«, sagte sie schließlich. »Das ginge zu schnell und wäre nicht, was du verdienst. Ich würde dafür sorgen, dass du niemandem mehr schaden kannst, aber viel Zeit zum Nachdenken hast. Vielleicht in einem tiefen Brunnen. Oder in einer Höhle an eine Kette gelegt. Dann würde ich dir ein langes Leben wünschen und gehen.«

Patrick blickte sie unverwandt an. »Um regelmäßig wiederzukommen und mich zu verhöhnen.«

»Nein. Um dich endlich zu vergessen.«

»Du würdest nie zurückkehren?«

»Möglicherweise einmal«, erwiderte sie, »nach vielen Jahrzehnten, wenn es mit dir zu Ende geht. Dann würde ich dich noch einmal mit nach draußen nehmen. In eine Welt, die du nicht mehr kennst. Die dich nicht mehr kennt. Damit du das ganze Leben fühlst, das du verloren hast.«

»Du würdest mich also genüsslich irgendwo verrotten lassen.«

»Mit dem größten Vergnügen. Wann fangen wir an?«

»Die Rachsucht einer Frau hat einen langen Atem«, stellte er fest.

»Du hast mich Grausamkeit gelehrt«, entgegnete sie.

»Ich habe dir gezeigt, welche Stärke in dir steckt«, widersprach er.

»Nein«, gab sie zurück, »das ist sein Verdienst.« Sie sah in meine Richtung, ehe sie sich erneut Patrick zuwandte. »Du hast mich zerbrochen. Er hat mich wieder zusammengesetzt.«

»Hat er das?« Jetzt blickte Patrick mich ebenfalls an und mir wurde unbehaglich. »Wie zuvorkommend. Und so nett, mir das reparierte Spielzeug zurückzubringen. Samt einem Schlüssel, mit dem ich es aufziehen kann. Du hast recht: Es war mein Versehen, den alten Schlüssel leichtfertig wegzuwerfen. Diesmal passe ich besser auf, nicht wieder ein Loch in mein Spielzeug zu machen.« Er erhob sich. »Genug für heute. Auf die Beine, Hände nach hinten.«

Er winkte den Mann von der Tür herbei. Dieser drückte mir einen Revolver an den Hals, während Patrick uns Handschellen anlegte. Als der Mann auf seinen Posten zurückkehrte, wandte Patrick sich noch einmal an uns. »Ihr wünscht mich zum Teufel«, sagte er so leise, dass nur wir ihn hörten. »Durchaus nachvollziehbar, aber kurzsichtig. Stellt euch vor, ich würde verschwinden. Wisst ihr, was dann passiert? Was die Männer mit euch anstellen, sobald ich nicht mehr meine schützende Hand über euch halte?« Ich dachte an Jules' Worte von vorhin. Patrick schaute mich an. »Dich, mein Guter, würden sie umbringen. Selbstverständlich nicht mit einer simplen Kugel in den Kopf. Das machen sie vielleicht mit Daniel. Bei dir nehmen sie sich Zeit. Du hast sie ausgetrickst, mehr als einmal. Dafür lassen sie dich richtig büßen, du dürftest dich schon mal freuen. Und was dich betrifft, meine Liebe ... Muss ich wirklich ins Detail gehen? Neun Männer und eine Frau. Du würdest darum betteln, das Schicksal deines Bruders teilen zu dürfen oder sogar das von Parker.« Er lächelte liebenswürdig. »Ich will euch natürlich keine Angst einjagen. Behaltet es einfach im Hinterkopf. Neun Männer ohne Skrupel und Ehrgefühl. Ich bin der Einzige, der zwischen ihnen und euch steht. Denkt vorm Einschlafen drüber nach und träumt was Schönes.«

Die Nacht war enorm ungemütlich. Mit gefesselten Händen fand ich keine bequeme Schlafposition. So lehnte ich mich sitzend in eine Ecke, wo ich vor mich hindöste und immer wieder hochschreckte.

Am Morgen bekamen wir Wasser und einen Happen zu essen. Dann wurden wir allein gelassen – mit Clay als obligatorischer Wache – und hörten draußen bald die Geräusche eines allgemeinen Aufbruchs. Die Hoffnung, Patrick wäre mit seinen Männern ausgerückt, wurde jedoch enttäuscht. Kaum war das Hufgetrappel verklungen, trat er in die Hütte.

»Ab mit ihnen ins Spielzimmer!«, sagte er zu Clay und dieser reagierte prompt. Während mir heißer Schrecken in die Glieder fuhr, packte Clay mich bereits am Arm. Patrick selbst führte Jules nach draußen. Es ging durchs Lager zu jener Hütte, welche schlimmste Erinnerungen in mir wachrief. Kalter Schweiß rann über meinen Rücken, als ich hineinbugsiert wurde.

Doch zunächst geschah gar nichts. Wir standen zu viert abwartend mitten im Raum. Ich vermied jeden Blick zu den Balken an der Decke oder gar den Riemen an der Wand, ich musste all meine Kraft zusammennehmen, nicht zu zittern. Jules hatte sich beim Hereinkommen umgesehen. Ihre Anspannung war deutlich zu merken, aber sie blieb gefasst. Patrick ließ uns ein paar Minuten lang zappeln.

Dann führte ein weiterer Mann noch jemanden herein: Daniel. Er war mit Stricken gefesselt, zusätzlich lagen stramme Lederriemen um seinen Oberkörper, in seinem Mund steckte ein Knebel. Als er Jules sah, versuchte er etwas zu sagen, sein Gesicht verzerrte sich vor Anstrengung. Clay kam dem anderen Mann zu Hilfe, um Daniel zu halten. Mit vereinten Kräften legten sie ihm eine Schlinge um den Hals und warfen das freie Ende über eine der Stangen, genau wie damals bei mir. Doch statt danach das Seil am Boden festzuknoten, führten sie es über eine andere Stange einige Schritte entfernt und drückten es zuletzt Patrick in die Hand. Gemeinsam hielten sie Daniel fest, während Patrick eine Schlinge formte und diese im nächsten Moment Jules überstreifte. Es ging so schnell, dass keiner von uns es kommen sah. Jules konnte sich nicht wehren, Daniel musste ohnmächtig zuschauen und als die Männer ihn nun losließen, war er erst recht fixiert. Er stand nur wenige Schritte von seiner Schwester entfernt, aber das Seil war straff gespannt. Sobald er sich bewegte, nahm er ihr die Luft, umgekehrt ebenso. Hilflos blickten die Geschwister einander an. »Danny«, flüsterte Jules.

Mich packte das kalte Grausen. »Um Gottes Willen ...«

»Pst«, brachte Patrick mich zum Schweigen. »Hock dich in eine Ecke und halt den Mund, dann darfst du meinetwegen bleiben.«

Ich gehorchte. Was hatte er bloß vor? Ich dachte daran, dass Jules sich durchaus von den Handschellen befreien könnte, und jetzt wäre Daniel sogar greifbar. Aber das half nichts, sie würde nie rechtzeitig eine Waffe erreichen.

Patrick wandte sich an Clay und den anderen Mann. »Gute Arbeit. Ich rufe euch dann.« Bereitwillig verschwanden die beiden nach draußen. Patrick hatte bewusst diese zwei im Lager zurückbehalten – sicher nicht die intelligentesten seiner Leute.

Nun drehte er sich zu Jules und Daniel um, die unbeweglich verharren mussten. »Ich weiß, die Situation ist etwas ... angespannt, aber ich möchte sichergehen, dass ihr mir artig zuhört. Keine Sorge, ich tue euch nichts Böses. Im Gegenteil. Ihr werdet endlich aufhören können, euch mit Fragen zu quälen, die euch seit Jahren verfolgen.« Er sah Jules an. »Wenngleich ich annehme, dass eine deiner Fragen inzwischen beantwortet wurde. Du hast dich bestimmt mit Parker über diesen Brief an Cooper unterhalten und über den bemerkenswerten Schluss, von dem Daniel ihm erzählte.« Jules nickte zögernd. »Ein Jammer, dass Daniel damals nicht alles vorlas. Ich hätte gern dein Gesicht gesehen«, fuhr Patrick fort. »In diesem Fall sind es eher die Fragen unseres lieben Daniel: Was ging da bloß schief in dieser Nacht? Wie konnte Jules dir das antun? Nur eine Frage stellst du dir interessanterweise nie. Du hast Jules alles verziehen, wirklich großmütig von dir, aber denkst du je darüber nach, ob sie dir verziehen hat? Nicht nur, dass du sie im Stich gelassen hast, sondern dass du ihr tatsächlich zutraust, sie hätte dich verraten. Du warst dir so sicher, dass sie es niemals tun würde, du hättest dein Leben darauf verwettet. Obwohl ich meine, ein winziger Teil von dir wollte durchaus glauben, sie hätte es getan. Es wäre der endgültige Beweis gewesen, dass sie Thomas mehr liebte als dich. Dennoch ließ dein Herz sich nicht beirren. Du wusstest, dass du deiner Schwester bedingungslos vertrauen kannst, egal was du ihr umgekehrt antust. Dann ging unversehens dein Verstand dazwischen und sagte dir etwas anderes, weil es so entsetzlich logisch war: Bloß drei Menschen wissen, was am Blue Mountain geschah, das waren deine Worte. Einer von ihnen muss diesen Brief geschrieben haben. Es konnte unmöglich Sheriff Cooper sein und du warst es auch nicht, somit blieb nur Jules. Insofern war deine Argumentation richtig, allerdings aufgrund einer falschen Annahme. Cooper würde nie jemandem die Wahrheit über die damaligen Ereignisse sagen, das ist korrekt.

Aber Jules hätte es ebenso wenig getan. Diese Sache ging nur euch beide an und ich bin sicher, sie erzählte nicht einmal Thomas davon. Wenn also weder Cooper noch Jules jemals darüber sprachen, bleibt nur eine einzige Möglichkeit.«

Er hielt einen Moment inne und ich sah Verwirrung auf Daniels Gesicht – abgelöst von Fassungslosigkeit, als Patrick weitersprach. »Der dritte Mensch, der Bescheid wusste, hat sich verplappert: du selbst.« Er lächelte fast mitleidig. »Sieh es ein, mein Freund, du verträgst keinen Alkohol. Ein paar Gläser und schon redest du trübsinnig über alles Mögliche. Das weißt du selbst am besten, deshalb hältst du dich vernünftigerweise von jeder Flasche fern. Nun ja, meistens. Du hättest keine Ausnahme machen sollen.«

Die Erkenntnis traf mich wie ein Keulenschlag. *Ich werde redselig wie ein altes Waschweib*, hatte Daniel mir beschrieben, wie er seinen Kummer damals ertränkt hatte. Die Lösung war so grauenhaft einfach. Ich sah, wie Daniel begriff, viel zu spät, Jahre zu spät. Seine Augen weiteten sich entsetzt.

»Du plauderst und zwar wirklich über alles«, fuhr Patrick erbarmungslos fort. »Bloß erinnerst du dich in nüchternem Zustand nicht mehr daran, was überaus praktisch ist. In zwölf Jahren bringst du es nicht fertig, über den Tod deines Vaters zu sprechen, doch kaum nippst du an einer Schnapsflasche, sind sämtliche Hemmungen vergessen. Und deshalb gibt es noch jemanden, der weiß, was am Blue Mountain geschah – nämlich *mich*.«

Sein stillvergnügtes Lächeln wurde breiter. »Du hast dich ungewollt mir anvertraut und mir alles erzählt. Dem Freund, der dir zur Seite stand, als Jules und Thomas sich verliebten und du nicht damit zurechtkamst. Ein Freund, mit dem du dich oft unterhalten hast. Der sich genau überlegte, welche kleinen bohrenden Gedanken er dir in den Kopf setzen muss, um dich weiter zu erschüttern. Der dich zur Rückkehr nach Aspen überredete und dann dezent die Kunde verbreitete, um dich zusätzlich unter Druck zu setzen, damit euer Streit eskaliert.«

Er zuckte mit den Schultern. »Ich habe dich immer gewarnt: Der Feind kommt von innen. Tja, der Feind war ich, bloß hast du mich nicht als solchen erkannt. Dadurch konnte ich dich zu demjenigen machen, der unsere Gruppe zerbrechen ließ. Du hast nie etwas gemerkt, bis heute nicht. Stattdessen grübelst du jahrelang: Wie konnte Jules dich verraten? Gute Nachrichten also – sie tat es nicht. Sie wäre eher gestorben, als dir jemals in den Rücken zu fallen. Ich schrieb diesen Brief. Ich wusste, dass das Postskriptum alles zerstört, sobald du es liest. Und ich überlegte mir gründlich, wie ich es angehe. Letztlich fügte sich alles wunderbar. Wir planten diesen Überfall, worauf Jules und Thomas beschlossen, das Lager zu verlassen. Danach hast du dich mit ihr gestritten. Da entschied ich, dass der richtige Zeitpunkt gekommen war. Ich verfasste den Brief und ahmte Thomas' Handschrift nach – eigentlich eine Fleißaufgabe, da sie ohnehin niemand kannte. Während der Nacht ritt ich nach Aspen und hängte das Schreiben an Coopers Tür. Mir war klar, dass er anbeißt, schon wegen des Postskriptums. Als wir am nächsten Tag aufbrachen und Jules dich zum Bleiben beschwor – es war perfekt, ich hätte es nicht besser arrangieren können. Rückblickend wirkte es, als wollte sie dir eine letzte Chance geben. Jules und Thomas blieben zurück und tappten prompt in meine Falle: Sie gingen, so wie ich es ihnen nahelegte. Und auch Cooper war brav: Er trommelte Leute zusammen und legte sich auf die Lauer. Ich ›entdeckte‹ die Gesetzeshüter natürlich rechtzeitig und blies die Sache ab. Als der Sheriff und seine Männer abzogen, schlich ich ihnen mit Ben hinterher und ließ unbeobachtet eine Kopie des Briefes fallen, die Ben voller Stolz fand.«

Ich zerriss den Brief in tausend Stücke, hatte der Sheriff berichtet. Ich hatte angenommen, er hätte sich geirrt. Freilich, ein zweiter Brief ... Und niemand schöpfte Verdacht.

»Ich narrte sie alle, die ganze Bande. Vermutlich kein feiner Zug von mir, aber für ein perfektes Verbrechen darf es nur einen Einzigen geben, der Bescheid weiß. Die ganze Sache lief besser, als je erhofft. Jules und Thomas waren fort, wodurch die Männer ihre Schuld bestätigt sahen. Natürlich musste ich verhindern, dass sie die beiden Flüchtigen niederschossen, sobald wir sie einholen. Deshalb erklärte ich ihnen genau, wie wir mit Jules und Thomas verfahren würden. Ich benötigte lediglich ein paar Minuten, in denen Daniel nicht dabei war. So wussten alle bis auf ihn, worauf es letztlich hinauslaufen sollte, wenn nach dem Verhör die Schuld der beiden bewiesen war. Die Männer hatten keine Ahnung, dass wir zwei Unschuldige jagten, sie erfüllten ihre Aufgabe hervorragend. Ich musste nur darauf achten, dass niemand die Beherrschung verlor, als Daniel den Brief vorlas. Das Postskriptum hatte exakt den erwarteten Effekt, es war faszinierend. Damit war Daniel raus und ich lenkte unsere ›Gerichtsverhandlung‹ dahin, dass Jules vor die Wahl gestellt wurde.«

Er sah sie an. »Dazu wäre es auf jeden Fall gekommen, unabhängig davon, was du zwischendurch gesagt hättest. Dass du zuvor die gesamte Schuld auf dich genommen hast, passte trotzdem gut. So waren jegliche Zweifel ausgeräumt, ich hatte auch mit so was gerechnet. Daniel war überzeugt, seine Schwester hätte ihn verraten, ebenso sahen sämtliche Männer sie und Thomas als Übeltäter. Keiner hatte den leisesten Verdacht, dass ich hinter all dem steckte. Das perfekte Verbrechen ...«

Er schaute unerwartet zu mir. »Bloß passiert irgendwann unausweichlich das, worüber wir sprachen: Die verfluchte Eitelkeit meldet sich. Man lechzt nach der wohlverdienten Anerkennung, wie geschickt man alles einfädelte. Deshalb sind wir heute hier. Und nun wisst ihr, was damals wirklich geschah.«

Es war ein Segen, dass ich bereits am Boden hockte, denn ich hätte mich sonst setzen müssen. Dabei war ich noch am wenigsten betroffen. Was in Jules und Daniel vorging, wagte ich mir nicht einmal vorzustellen. Patricks Worte ließen sie wanken, jeder Satz war wie ein Messer, das er ihnen genüsslich in der Brust herumdrehte. Besonders Daniel ... Ich traute mich kaum, hinzuschauen. Alles, was er durchgemacht hatte, was er seiner Schwester angetan hatte und womit er sich jahrelang quälte – verantwortlich dafür war derjenige, den er für seinen besten und einzigen Freund gehalten hatte. Er selbst hatte ihm das Werkzeug dazu geliefert. Was Jules in jener Nacht sah – einen Mann, dessen Welt in Trümmer fiel –, ich hatte ihn nun vor mir. Und reagierte er heute so wie damals, würde er seine Schwester strangulieren.

Einen Moment lang wirkte es tatsächlich, als würden Daniels Beine nachgeben. Dann begann er, wie wahnsinnig an den Fesseln zu zerren. Er machte einen Schritt auf Patrick zu, wurde aber sofort durch das Seil und vor allem einen abgerissenen Laut von Jules gebremst, als sich die Schlinge augenblicklich zuzog. Daniel erstickte fast an seinem Knebel, während er Patrick anzuschreien versuchte, doch er blieb immerhin stehen.

Patrick beobachtete ihn aufmerksam. Dann trat er näher und sagte leise etwas zu ihm. Daniels Blick richtete sich schmerzerfüllt auf Jules. Es schnürte mir die Kehle zu, als hinge ich selbst am Seil. Jules wiederum sah nur ihren Bruder an. »Daniel«, flüsterte sie, vielleicht auch weil die Schlinge ihr die Stimme nahm. »Danny, hörst du mich?« Ein krampfhaftes Zittern lief durch Daniels Körper, er schien einer Ohnmacht nahe. »Danny, bleib bei mir. Daniel!« Aber sei es durch die Atemnot oder weil es ihm einfach zu viel war, Daniel brach zusammen.

Ich sah ihn niedersacken und Jules den Mund zu einem lautlosen Schrei öffnen, während ich mich auf die Beine kämpfte. Dann gab es ein Schnalzen, gefolgt von heftigem Einatmen. Daniel landete hart am Boden. Patrick war blitzartig zu Jules gesprungen und hatte das Seil über ihrem Kopf durchgeschnitten. So wie letztes Mal bei mir, hatte er vorausahnend das Messer gezückt. Er rief und wenige Sekunden später kamen seine Männer herein. Patrick machte eine knappe Kopfbewegung in Richtung Daniel. Die beiden hoben den Bewusstlosen hoch und schleppten ihn weg. Ich stand stocksteif da und blickte auf Patrick und Jules. Er hatte sie vor dem Sturz bewahrt und hielt sie immer noch in den Armen. Seine Augen funkelten erwartungsvoll, ihre blitzten zornig.

Sein Gesicht befand sich unmittelbar vor ihrem. »Sag nicht, du wärst überrascht«, meinte er schließlich.

»Du Ungeheuer!«, fuhr sie ihn an. Sie rang wohl damit, was sie ihm alles an den Kopf schleudern wollte, und fragte zuletzt einfach fassungslos: »Warum?«

»Weil ich es kann. Das ist *mein* Spiel, ich lasse die Puppen tanzen. Jeder macht mit, ob er will oder nicht, ob es ihm klar ist oder nicht. Daniel hätte es wissen müssen, er kennt mich lange genug.«

»Zum Teufel, er war dein Freund!«, fauchte sie.

»Sieben Jahre lang. Ich kann ihn wirklich gut leiden. Man kann sich prächtig mit ihm unterhalten, er hat ein einmaliges Händchen für Pferde und phänomenales Geschick beim Zielschießen. Aber er war eben nicht nur mein Freund, sondern auch dein Bruder. Das geht nicht zusammen. Du bist zurück und er gehört zu dir. Letzten Endes hat er das immer getan.«

Jules starrte ihn verwirrt an. »Warum machst du ihn jetzt zu deinem Feind, nach all den Jahren?«

»Jede Freundschaft hat ihren Anfang und ebenso zuverlässig ihr Ende. Die Kunst besteht darin, im richtigen Moment loszulassen. Wozu sollte ich mich weiter um ihn bemühen? Heute machte ich ihn zu meinem Feind, vor fünf Jahren zu deinem. Indem ich ihn überzeugte, dass er dir nicht vertrauen kann.«

»Weshalb war dir das so wichtig? Was hat er dir je getan?«

Diesmal ließ Patrick sich Zeit. Der Spott verschwand aus seiner Stimme. »Du verstehst nicht. Es ging nicht um etwas, das er tat, sondern darum, was er *ist*: dein Bruder, den du liebst und brauchst. Er selbst war mir nicht wichtig, du warst es. Es ging immer nur um dich. Wenn ich dich nicht haben kann, bekommt dich auch niemand sonst.« Er sah zu mir herüber. »Niemand«, wiederholte er leise. Mein Atem stockte.

Flink löste Jules sich aus seinem Griff und stand schon zwischen ihm und mir. »Wage es nicht!«

Patrick hob spielerisch das Messer, das er nach wie vor in der Hand hielt, und ließ es um seine Finger kreisen. »Wie willst du mich daran hindern?«

Jules zögerte keine Sekunde. Sie ging auf ihn zu, bis die Klinge ihre Brust berührte, und unbeirrt weiter. Ich riss entsetzt die Augen auf, aber Jules wusste schon, was sie tat. Und Patrick wich tatsächlich zurück, Schritt für Schritt, sodass sein Messer sie nicht verletzte. »Vielleicht so«, sagte sie ruhig.

Endlich ließ er die Waffe sinken. »Du wirst nicht ständig da sein können, um sie beide zu beschützen.«

»Nur so lange du da bist und ihnen wehtun willst«, antwortete sie.

»Dann solltest du lieber in meiner Nähe bleiben.«

Jules schwieg eine ganze Weile. Zuletzt sagte sie beinahe unhörbar: »Was wäre dann, wenn ich bei dir bleibe, für immer? Würdest du sie gehen lassen?«

»Jules, nein!«, entfuhr es mir. Ich traute meinen Ohren nicht.

Patrick ignorierte mich, er hatte nur Augen für sie. »Du würdest es wirklich tun, nicht wahr?«

»Du kennst mich. Du weißt es doch. Wärst du einverstanden?«

Es war jetzt so still, dass ich fast meinen eigenen Herzschlag hörte. Patrick blickte Jules prüfend an. »Ja«, sagte er endlich, »das wäre ich.«

»Aber ich nicht, verdammt noch mal!«, platzte ich heraus. »Und Daniel ebenso wenig. Glaubst du etwa, wir überlassen dich diesem Scheusal? Nie im Leben! Wir würden dich rausholen und wenn wir selbst dabei draufgehen.«

Jules' Gesicht verzerrte sich verzweifelt. Patrick hingegen wirkte, als habe er es geahnt. »Siehst du?« Es klang spöttisch und zugleich bedauernd. »Ein reizvolles Angebot, aber wir müssen es doch auf meine Art machen.«

Wie auf ein Kommando kam Clay in die Hütte. »Auf geht's«, entschied Patrick und griff Jules am Arm, Clay packte mich. Sie führten uns zurück in unser Gefängnis, wo Clay erneut seinen Posten an der Tür bezog. Patrick verschwand nach draußen, wohl zu Daniel.

Jules und ich sahen uns an. Ich war aufgewühlt und erwartete einen Wutausbruch ihrerseits. Ihre Lippen bebten, ihre Augen standen voller Tränen. Wie aus einem Mund fragten wir: »Wie konntest du nur?«

Sie schüttelte hilflos den Kopf. Ich hob die Schultern und antwortete: »Aus demselben Grund wie du: Ich wollte dich retten.«

»Er wäre darauf eingegangen«, versetzte sie.

»Dass du bei ihm bleibst? Selbstverständlich. Das wollte er ja schon immer. Nur musste der Vorschlag von dir kommen, er konnte dich nicht fragen. Sonst bestünde die Gefahr, dass du wieder Nein sagst. Aber denkst du tatsächlich, er ließe Daniel und mich laufen? Weiter als bis in

ein paar Messerklingen hinter der nächsten Ecke? Und selbst wenn – sollen wir zulassen, dass du dich für uns opferst?«
»Er hätte mich nicht getötet.«
»Nein. Trotzdem hätte er dich umgebracht. Lebenslang in seiner Gewalt ... Du wärst gestorben.«
»Und ihr zwei hättet gelebt«, beharrte sie.
»Die falschen zwei«, murmelte ich.
Jules zuckte zusammen. Mit einem Schritt stand sie vor mir. »Jeremy, du musst mir versprechen, dass du nicht für mich sterben wirst. Schwöre es!«
Ich ergriff die Gelegenheit beim Schopf. »Nur wenn du dasselbe versprichst. Es gibt kein Daniel und ich ohne dich.«
Sie zögerte. »Einer für alle könnte auch so etwas bedeuten.«
»Nicht, wenn du die Eine bist«, entgegnete ich. »Abgemacht?«
Sie sah mich schweigend an, auf der Suche nach einem Schlupfloch. Schließlich nickte sie widerstrebend. »Abgemacht.«
Ich merkte, dass ich die Luft angehalten hatte. »Tun wir so, als hätten wir es per Handschlag besiegelt«, meinte ich, um die Situation aufzulockern. Jules zog die Augenbrauen hoch, was bei ihr einem Lächeln am nächsten kam. Mein Blick fiel auf die Seilschlinge um ihren Hals. Jules folgte meinen Gedanken.
»Der arme Daniel«, murmelte sie. »Hätte ich wenigstens zu ihm kommen können! Mir selbst wurden die Knie weich bei Patricks Erklärung. Herrgott, wie konnte ich nur dermaßen blind sein?«
»Du hast dir nichts vorzuwerfen, keiner hat ihn durchschaut. Es war ein teuflischer Plan. Daniel schilderte mir alle Ereignisse haarklein, er hatte die Wahrheit vor sich und erkannte sie trotzdem nicht. Weil Patrick genau wusste, wie er ihn manipulieren kann. Als er zuletzt den angeblichen Verrat inszenierte und Daniel den Brief in die Hand drückte, war bereits alles angerichtet zum furchtbaren Ende.«
»Eine Inszenierung. Das war es allerdings, die ganze Konfrontation in jener Nacht. Dabei wirkte Patrick so überzeugend, so rechtschaffen zornig über unsere vermeintliche Tat ... Ich fiel genauso auf ihn herein wie

die anderen. Ich dachte wirklich, jemand hätte ihm das Schlimmste angetan: Verrat. Aber es war bloß ein grausamer Trick. Er hat alle getäuscht, die ihm vertrauten. Und uns gegeneinander ausgespielt. Für seine persönliche Rache.« *Ich bin der Bösewicht. Darin bin ich gut.* Damit hatte Patrick nicht gelogen, nur untertrieben.

Ich dachte an etwas, das er eher nebenbei erwähnt hatte. »Du hast dir solche Vorwürfe gemacht, du hättest dich damals anders verhalten sollen. Jetzt weißt du, dass alles von Anfang an geplant war. Du hast keinen Fehler begangen.«

»Doch«, widersprach sie, »indem ich Patrick seinerzeit zurückwies.«

»Warum bist du so erpicht darauf, die Schuld bei dir zu finden?«

»Weil sie dort liegt. Am Beginn, als ich seinen Antrag ablehnte. Und am Ende, als ich Thomas ... Davon spricht mich keiner frei. Patricks Geständnis erklärt einiges, macht aber letztlich keinen Unterschied.«

Mir fiel Patricks Bemerkung ein: *Mein Bruder beging eine gewaltige Dummheit und Jules tat etwas, das mich sehr verletzte.* Er hatte nicht den Verrat gemeint. Die ›Dummheit‹ war es gewesen, sich in Jules zu verlieben, und sie wiederum sagte Nein zu Patrick.

»Warum knebelt er Daniel?«, unterbrach Jules mein Nachsinnen. »Wieso sollen wir nicht miteinander reden?«

Ich stutzte. »Er will nicht, dass Daniel mit dir redet«, stellte ich fest. »Schon seit der alten Mühle, als er mich bedrohte, wenn Daniel weiterspricht.«

Sie nickte. »Da glaubte ich noch, Daniel wollte sagen, ich hätte nicht zurückkommen sollen. Aber Patrick würde kaum ...«

Wie aufs Stichwort verdunkelte sich der Eingang und entsprechend die Stimmung in der Hütte. »Finstere Gesichter«, bemerkte Patrick. »Die habe ich mir redlich verdient. Bevor ihr fragt – er ist aufgewacht, es geht ihm so weit gut. Obwohl ... Ich habe ihn schon gelassener erlebt, aber er hat sich beruhigt. Jetzt weint er. Ich wäre gern geblieben, um ihn zu trösten, doch er schätzt meine Gesellschaft derzeit wenig. Ich habe ihm noch kurz erklärt, weshalb ich das alles tat, damit er darüber nachdenken kann.« Sein selbstgefälliges Lächeln drehte mir den Magen um. Patrick senkte die Stimme, sodass Clay seine Worte nicht mitbekam. »Falls ihr daran denkt, meinen Leuten die Wahrheit zu erzählen – vergesst es. Sie glauben euch nie und ihr habt nicht den geringsten Beweis. Ich hinterlasse keine Spuren, ich mache keine Fehler.«

»Doch«, sagte Jules. »Einen.«

Patrick verstummte, sein Gesicht verdüsterte sich. Allerdings wirkte er eher betroffen als verärgert. Bei jedem anderen hätte ich geschworen, er suche soeben nach einer Entschuldigung. »Ich erwarte nicht, dass du mir glaubst. Aber ich wollte damals nicht auf dich schießen. Ich wollte dich nicht töten.«

»Ich schon«, entgegnete sie.

Er nickte. »Verständlich.«

»Nein, du verstehst nicht. Ich wollte nicht dich töten – sondern mich. Du brauchst mir nichts zu erklären, ich weiß, du hättest mich leben lassen. Bloß wollte ich nicht leben ohne Thomas. Ich könnte nicht einmal sagen, wer von uns im Gerangel den Abzug drückte. Du hattest eben die Waffe in der Hand. Aber du wolltest nicht, dass es passiert. Ich sah es dir an. Seit heute ist mir klar, dass zwar alles andere geplant war, doch das nicht. Wenngleich es keinen Unterschied macht ...«

»Für mich schon«, erwiderte Patrick und einen winzigen Augenblick lang wirkte er beinahe verletzlich. Dies war sein eigener Albtraum, der dem von Jules bemerkenswert ähnelte – er hatte ausgerechnet auf diejenige geschossen, die er liebte. Der Moment verflog, Patrick gewann seine Überlegenheit sofort zurück. »Weißt du auch, weshalb ich dir niemals wehtun wollte?«

»Weil du wolltest, dass ich leide«, gab sie kalt zurück. »Weil ich leben sollte mit meiner Schuld.«

Ich ahnte, dass Patrick etwas anderes meinte, doch Jules wollte es offenbar von ihm selbst hören.

»Ja, ich wollte, dass du leidest. Ich wollte dich verletzen. Aber niemals körperlich. Ich wollte, dass du lebst. Du weißt, warum.« Er sah zu mir, als würde er sich erst jetzt an mich erinnern. »Und er weiß es ebenfalls. Du hast es ihm erzählt.« Ich erschrak, hatte meine Miene mich etwa verraten? »Obwohl du versprochen hast, es nicht weiterzusagen.«

»Ich versprach, es weder Daniel noch Thomas zu sagen«, entgegnete Jules. »Du hingegen hast mir Schlimmeres angetan, als bloß einen Schwur wortgetreu auszulegen.«

»Das war nicht meine Absicht. Jedenfalls zu Beginn. Ich wollte mit dir zusammen sein, ich hätte alles für dich getan – lügen und betrügen, stehlen oder morden.«

»Stattdessen hast du mich belogen und betrogen. Du brachtest mich dazu, den Mann zu ermorden, den ich liebe. Du hast mir mein Leben gestohlen. Wenn du wolltest, dass ich lebe – weshalb sollten deine Männer mich dann erschießen, hätte ich damals dich getroffen?«

Ein eigentümliches Lächeln glitt über sein Gesicht. »Warum solltest du leben, wenn ich tot bin? Wir überleben beide oder keiner von uns.« *Wenn ich dich nicht haben kann, bekommt dich auch niemand sonst.* Mir wurde klar, wie perfide Patricks Plan war: Starb Thomas, hatte er Jules für sich. Starb er selbst und Jules mit ihm, bekam Thomas sie ebenfalls nicht.

»Das nennst du Liebe?«, fragte sie entgeistert.

»Das ist Liebe. Gemeinsam zu leben und zu sterben.«

»Liebe geht über den Tod hinaus«, erklärte sie. »Ich weiß, wovon ich spreche.«

»So selbstlos ist die Liebe nicht. Jeder Liebende sucht immer seinen eigenen Vorteil. Du liebst jemanden, weil er dich glücklich macht, nicht weil du ihn glücklich machst. Liebe kann den Tod nicht überdauern.«

»Wenn du das denkst, wieso hast du mich zu dem Schuss gezwungen? Dir war klar, dass du uns so am härtesten triffst. Weil du tief drinnen weißt, dass man einen anderen mehr lieben kann als sich selbst. Nur du vermagst es nicht, deshalb hast du unser Glück vernichtet. Aber eines hast du dabei übersehen: Durch Thomas' Tod starb auch ich. Schlechte Nachrichten – jenes Mädchen, in das du dich einst verliebt hast, gibt es nicht mehr. Du hast sie umgebracht.«

Patrick betrachtete sie nachdenklich. »Jene Jules, die ich kannte, war fröhlich. Sie hatte grenzenlose Zuversicht und Sinn für Schabernack. Doch das war nicht der Grund, weshalb ich sie liebte. Sie war mutig, stolz und selbstsicher. Sie war unverwüstlich und gab niemals auf. Und diese

Jules ist immer noch da. Darum hast du diese Nacht überlebt und alles, was ich dir antat. Ich werde deinen Willen nie brechen können, ich möchte es gar nicht. Ich will, dass du mir allein gehörst, so wie du bist. Und das wirst du.« Er sah mich an. »Pech gehabt, Kleiner. Du hast dich mit der falschen Frau eingelassen, so was passiert vielen. Bloß geht es nicht immer so verhängnisvoll aus. Du hättest ein Eigenbrötler bleiben sollen. Allerdings macht es die Sache für mich interessanter. Jules hat einfach mehr drauf, wenn sie für etwas kämpft. Ich beschäftige mich gern mit Menschen, denen etwas wichtig ist – etwas, das man ihnen nehmen kann. So wie bei Jules und der Liebe.«

»Aber das ist dir nicht gelungen«, hörte ich mich zu meiner eigenen Verwunderung sagen. »Du hast ihr Thomas genommen, doch nicht die Liebe. Sie wird immer daran festhalten. Während du da nicht mitreden kannst. Du kennst nicht einmal echte Freundschaft, weil du dir stets selbst der Nächste bist. Du wirst respektiert, meinetwegen geschätzt, aber geliebt zu werden, ist ein besserer Schutzschild.«

Patrick nickte langsam. Seine Brauen waren zusammengezogen, um seine Lippen spielte ein feines Lächeln. »Warten wir ab, wie gut die Liebe dich beschützen wird«, empfahl er und ich war mir nicht sicher, ob er Jules meinte oder mich.

Nachdem er gegangen war, schnauften wir erst mal durch. Gespräche mit Patrick waren anstrengend wie ein Lauf durch die Berge, in diesem Fall auch für Jules.

Es geht nicht immer so verhängnisvoll aus. Mir schwante, dass Patrick erneut an einem üblen Plan feilte. Vielleicht sollte ich endlich ansprechen, was mir seit langem am Herzen lag. »Jules, wenn ... falls mir etwas zustößt. Oder Daniel. Würdest du ...«

»... tun, wovon du mich abgehalten hast?« Ich nickte nur. Sie blieb eine Weile stumm. »Ich weiß es nicht«, antwortete sie zuletzt. »Ich möchte nicht lügen. Ich kann mir einfach nicht vorstellen, dass ich es ertrage, einen von euch zu verlieren. Noch einmal zu verlieren und diesmal endgültig.« Sie kam meinem Einwurf zuvor: »Bitte mich nicht darum. Ich werde es nicht versprechen, nicht ein zweites Mal.«

»Ich würde nicht von dir verlangen, dass du bloß deshalb lebst, weil du es versprichst. Aber ich möchte auch nicht sterben im Wissen, dass ich dich mitnehme.«

»Dann sag mir einen Grund. Was ist es wert, dafür weiterzuleben?«

Ich dachte an den Ritt mit Morgan zurück nach Brackwall – als ich ihn erinnern wollte, dass Leben auch Freude und Glück bedeutet. Für mich selbst hätte ich inzwischen etliche Gründe aufzählen können, doch es fühlte sich merkwürdig an, sie für jemand anderen auszusprechen. Ich hatte immer angenommen, am härtesten wäre es, herauszufinden, wofür man zu sterben bereit ist. Aber manchmal ist es noch schwieriger zu wissen, wofür man gewillt ist, zu leben.

»Ich weiß nicht, ob ich etwas habe, das für dich funktioniert«, gestand ich. »Wahrscheinlich muss jeder Mensch selbst herausfinden, welchen Sinn er seinem Leben geben möchte. Womöglich ist es einfach so, dass man leben soll, weil man es kann. Wenn ich nicht mehr da wäre oder Daniel ... oder sogar wir beide – dann wüssten wir trotzdem, dass du weitermachen wirst. Du hast in deinem Leben viel durchgestanden. Da sind schmerzhafte Erinnerungen, aber eben auch wunderbare Momente. Vielleicht sind sie es, für die es sich zu leben lohnt.« Wenn ich nach besonderen Momenten meines eigenen Lebens suchte – irgendwie hatten sie fast alle erst nach meiner Ankunft in Brackwall stattgefunden. *Erinnerungen machen uns zu dem, was wir sind.* »Da ist noch was. Du und Daniel, ihr seid die einzigen Menschen, die mich so kennen, wie ich sein kann. Oder wie ich möglicherweise wirklich bin und bloß vorher nie war. Wenn das verlorengeht – dann habe ich nie gelebt.«

Jules saß still da. »Ich denke darüber nach«, sagte sie. »Und bis dahin wollen wir nicht mehr über das Ende sprechen. Noch ist die Geschichte nicht aus.«

Das klang nicht hoffnungslos. »Ich frage mich, ob das hier deine Geschichte ist oder meine.«

»Ich denke, deine, denn ohne dich wäre meine längst vorbei.«

»Was wiederum dafür spricht, dass es deine ist.«

»Vielleicht ist es einfach unsere«, ergänzte sie, »und sie geht weiter.«

Als es dunkelte, hörten wir die Männer zurückkehren und lautstark von ihrem Beutezug berichten. Trotz des emsigen Tagwerks waren sie offenbar nicht erschöpft, denn während Jules und ich aßen, wie üblich unter Patricks Aufsicht, steckte Tim seinen Kopf zur Tür herein. »Hat er jetzt endlich mal frei?«, fragte er mit einem Blick auf mich.

Diesmal lehnte Patrick nicht ab, stattdessen musterte er mich prüfend. Mein Herzschlag beschleunigte sich. Dann erklärte Patrick unvermittelt: »Das ist deine Chance, Kleiner.«

Mein Mund fühlte sich trocken an. »Was meinst du?«

»Die richtigen Worte zu finden, um mich dazu zu bringen, sie von ihrem Vorhaben abzuhalten.«

Meine Gedanken rasten. Ich sah Patricks lauernden Blick. Vielleicht war es gerade seine Miene, die mich plötzlich unerwartet ruhig werden ließ. »Nein.«

»Nein?« Jetzt war er verblüfft.

»Genug gespielt.« Ich schaffte es, dass meine Stimme nicht zitterte. »Diesmal mache ich nicht mit.«

»Ich glaube kaum, dass sie dein Einverständnis benötigen«, bemerkte er spöttisch.

»Ich spreche nicht von ihren Spielen, sondern von deinen. Ihr Spielzimmer ist da draußen, deines ist hier drin.« Ich tippte mir an den Kopf. »Was sie mit mir tun, dagegen kann ich mich nicht wehren, aber über meine Gedanken bestimme immer noch ich, nicht du.«

»Ist das dein letztes Wort? Ich kann dich beschützen. Oder dafür sorgen, dass es sehr lange sehr wehtut.«

»Wie immer du dich entscheidest, ich kann dich nicht daran hindern.«

Patrick beugte sich vor. »Du müsstest bloß freundlich Bitte sagen.«

Ich sah ihm direkt in die Augen, dann empfahl ich leise: »Fahr zur Hölle!«

Ein paar Sekunden lang starrten wir einander an. Ich wartete darauf, dass er Tim das Zeichen gab, mich mitzunehmen. Trotzdem war es die Sache wert gewesen. Dann verzog Patrick das Gesicht zu einem Lächeln. »Sieh an, da stellt sich wer auf die Hinterbeine.« Ohne den Blick abzuwenden, fragte er über die Schulter: »Wie finden wir denn das?«

»Unverschämt?«, schlug Tim vor.

»Das auch, aber er lernt allmählich seine Lektion. Die Zeit hier im Westen macht sich bezahlt, das wollen wir ihm nicht gleich wieder verleiden.« Er wandte sich an Tim. »Ihr bekommt jemanden zum Spielen, versprochen, nur nicht heute.« Tim wirkte unzufrieden, widersprach allerdings nicht. Patrick griff sich indes die Handschellen und deutete mir, mich umzudrehen. Während er mir die Fesseln anlegte, beugte er sich dicht zu meinem Ohr. »Ich lasse dir deinen kleinen Triumph. Genieß ihn. Aber sieh es ein: Ich bin längst in deinem Kopf. Noch bei deinem letzten Seufzer wirst du das Gefühl haben, ich bin in der Nähe.«

Nachdem er gegangen war, atmete ich so tief aus, als hätte ich minutenlang die Luft angehalten. »Das also wollte er hören?«, fragte ich entgeistert. »Die richtigen Worte?«

»Auf jeden Fall waren es richtig mutige Worte«, meinte Jules. »Und ich wette, es hat richtig gutgetan.« Ich nickte sprachlos, baff über meine Kaltschnäuzigkeit.

Später saßen wir nebeneinander an die Wand gelehnt. Die Laterne am Tisch erhellte die Hütte schwach, sodass der Wachposten uns im Auge behalten konnte. Jules wurde langsam schläfrig, ich hingegen war aufgekratzt. Ich spürte ihre Schulter an meiner und irgendwann, ohne es groß vorzubereiten, fragte ich: »Sag mal ... wenn man Gefühle für jemanden hat – woher weiß man, ob es Liebe ist? Oder Freundschaft? Wie erkennt man den Unterschied?«

»Hm«, murmelte sie müde, »wie erklärt man Liebe? Am besten gar nicht. Wenn man liebt, tut man es. Dann spürt man es, da braucht man nicht zu überlegen. Man kann es nicht erzwingen oder abstellen. Und manchmal kann es schnell gehen, während Freundschaft Zeit braucht und mindestens zwei dazugehören. Es ist nicht bloß ein Gefühl, sondern eine Entscheidung. Der Wille, dranzubleiben. Gemeinsame Erfahrungen. Obwohl das im Grunde auch auf die Liebe zutrifft. Was du über den anderen weißt und wofür du ihn magst. Oder weshalb du ihn trotzdem magst.«

Ich ließ mir das durch den Kopf gehen, während sie sich schwerer an mich lehnte. Sie war kurz davor, einzuschlafen. Eine Frage brannte mir dennoch auf der Zunge: »Kann man jemanden lieben, der einen umgekehrt nicht liebt?«

Ein paar Sekunden lang glaubte ich, sie hätte mich gar nicht gehört. Dann sagte sie leise: »Jeremy, auch wenn ich dich nie vorm Einschlafen geküsst habe – dich möchte ich beim Aufwachen an meiner Seite haben, um es mit dem Leben aufzunehmen. Du hast mich noch nie zärtlich berührt, aber du hast mein Herz berührt, als ich sicher war, ich hätte keines mehr. Du wirst Thomas nie verdrängen, doch du hast deinen eigenen Platz in meinem Leben gefunden, den dir niemand je nehmen kann.«

Ich dachte noch über diese Worte nach, während ihr Kopf auf meine Schulter sank. *Wenn man liebt, spürt man es.* Ich fühlte eindeutig etwas. Musste ich es unbedingt benennen? Das war nicht wichtig. Wichtig war, dass Jules da war. Ich lehnte meinen Kopf an ihren und fand trotz unserer gefährlichen Lage, dass es zumindest in diesem Moment einfach passte.

Das Zeichen der Vier

Der Morgen kam, mit ihm eine kleine Mahlzeit und dann wieder die unvermeidlichen Handschellen. Danach führten zwei Männer uns nach draußen, wo Patrick gemeinsam mit den übrigen wartete. Aus der anderen Richtung brachten sie Daniel, gefesselt und geknebelt wie am Vortag. Der Kummer in seinem Gesicht sprach Bände, als er seine Schwester ansah. Die Männer stellten uns nebeneinander auf. Ein paar hielten die Revolver auf uns gerichtet, während Patrick vortrat.

Er ließ den Blick reihum schweifen, ein genießerisches Lächeln auf den Lippen. »Da werden Erinnerungen wach, nicht wahr?«

Mir lief ein Schauer über den Rücken. Die Situation weckte allerdings Erinnerungen und keine angenehmen. Ich sah mich im Spielzimmer stehen und die Bande erwartungsvoll um mich, ehe sie nach der Peitsche griffen. Dann jedoch sprach Patrick weiter und das Bild vor meinem inneren Auge wurde durch ein noch schlimmeres ersetzt.

»Eine Nacht vor fünf Jahren, als wir in ganz ähnlicher Weise versammelt waren. Es sind diese Momente der Gemeinsamkeit, an die man stets gern zurückdenkt.« Da war nur ein Anflug von Spott hörbar, er hätte ebenso gut über einen vergnüglichen Ausflug sprechen können.

Ich riss meinen Blick von ihm und wandte den Kopf zu Jules. Sie kämpfte sichtlich um ihre Fassung – was Patrick nicht davon abhielt, ungerührt weiterzureden.

»Als wäre es gestern gewesen. Wir setzen nahtlos fort, wo wir damals unterbrachen.« Sein Lächeln wich einer nachdenklichen Miene. »Ob Thomas wohl enttäuscht wäre? Fünf Jahre, und wir stehen fast am selben Punkt, an dem er uns verließ. Man könnte meinen, er wäre umsonst gestorben.« Jules schnappte heftig nach Luft. Vielleicht stellte ihre Reaktion Patrick zufrieden oder er wollte den Bogen nicht überspannen – seine Haltung änderte sich unversehens. »Sei unbesorgt, mein Wort gilt nach wie vor. Du lebst und das weiterhin. Nur verstehst du natürlich, dass ich dich nicht laufen lasse. Wir sind zwar keine Freunde mehr, aber ...« Er strich Jules sanft über die Haare, dann verharrte seine Hand an ihrer Wange.

Mir stieg das Blut zu Kopf. Flüchtig nahm ich wahr, wie die Männer schmutzig grinsten. Liebe war ihnen bestimmt herzlich egal, doch sie begriffen, weshalb ihr Anführer eine Gespielin behalten wollte. Von Daniel kam indessen ein ersticktes Geräusch. Sein Gesicht war wutverzerrt, er setzte zu einem Schritt an, aber einer der Männer packte ihn am Arm. Jules' Miene hatte sich verhärtet, sie schüttelte Patricks Hand ab, und ich rief, was wohl auch Daniel herausbringen wollte: »Nimm deine Finger von ihr!«

Patrick schaute herablassend von mir zu Daniel. »Was denn? Würdet ihr sie lieber tot sehen als bei mir? Wie kann man so selbstsüchtig sein? Sie würde umgekehrt jedes Opfer bringen, um einen von euch zu retten ...«

Es war unklar, ob seine Worte eine Aufforderung waren oder eine Ankündigung. Jules war entschlossen, es herauszufinden. »Was erwartest du von mir – einen Kniefall, ein Versprechen, einen Kuss?«, stieß sie hervor.

Er lächelte hintergründig. »Ein einzelner Kuss wird nicht reichen, um ein Leben zu retten. Oder zu erhalten.«

Jules machte eine Bewegung auf ihn zu, ebenso flink trat Patrick einen Schritt zurück. »Immer mit der Ruhe. Und sieh mich nicht so an, ich habe nicht vor, Hand an einen der beiden zu legen. Ehrenwort, ich werde mich nicht an ihnen vergreifen.« Ich fühlte mich unangenehm an jenen Moment erinnert, als er versprach: *Ich werde dich nicht erschießen. Oder erstechen. Oder aufknüpfen ...*

Auch Jules ließ sich nicht aufs Glatteis führen. »Schluss mit den Spielchen, den Andeutungen und dem ganzen Drumherum. Was willst du?«

Er sah sie ein paar Sekunden lang an. Seine Miene war freundlich, fast liebevoll – als hätte sie ihn erneut erinnert, weshalb er sie so schätzte. »Ich will dasselbe wie du. Klären, wie es weitergeht, und mit der Vergangenheit abschließen. Es ist Zeit, diese Geschichte zu beenden. Mit Verspätung, was ehrlicherweise auf mein Konto geht. Unser Freund Parker hätte schon vor Tagen die Wahrheit erfahren, wäre ich nicht an der spannendsten Stelle dazwischengegangen. Aber den Schluss erzähle ich lieber persönlich, schließlich war es mein Plan.« Er blickte zu Daniel. »Das Kapitel, in dem sie dir vergibt, können wir als erledigt betrachten. Nun sollte sie sich selbst vergeben.« Er drehte sich zu Jules. »Ich kann dir nicht versprechen, dass du mich weniger hassen wirst – doch vielleicht dich. Ich habe eine Geschichte für dich, wenngleich keine neue. Im Gegenteil, es ist eine der ältesten der Welt.«

»Welche denn?«, fragte sie irritiert, da er innehielt. »Die Vertreibung aus dem Paradies?«

»Knapp dran.« Patricks Miene wurde schlagartig ernst. »Brudermord.«

Gleich darauf fand ich mich gedanklich in jener Nacht vor fünf Jahren wieder und sah es fast vor mir.

Patrick verband Jules die Augen. »Wage es nicht, Thomas nur zu verwunden. Sonst helfe ich nämlich nach«, sagte er grinsend, während sein Bruder von den Männern fortgezerrt wurde. Er führte Jules von der Feuerstelle weg und zog dabei den Revolver aus dem Gürtel. »Du verstehst natürlich, dass ich dir nur eine Kugel lasse.« Er schoss in die Luft, Jules zuckte zusammen. »Wir wollen schließlich nicht, dass du dir und Thomas den Weg freiräumst.« Er schoss erneut. »Auf unser Zeichen nimmst du das Tuch ab.« Wieder ein Schuss. »Benjamin zählt bis zehn. Bis dahin hast du Zeit zum Abdrücken.« Der nächste Schuss. Patrick blieb stehen. Über Jules' Schulter hinweg schaute er zum Feuer, wo zwei seiner Männer standen und Thomas festhielten. »Noch Fragen?« Jules schüttelte mühsam den Kopf. »Hervorragend«, stellte Patrick fest. Er richtete den Revolver direkt auf seinen Bruder. »Dann sehen wir uns gleich wieder. In dieser Welt oder in einer anderen.« Damit drückte er ab.

Die Kugel fand ihr Ziel. So wie Patricks Schüsse es immer taten. Ungerührt beobachtete er, wie Thomas im Griff der Männer zusammensackte.

Daniel, der gebrochen daneben hockte, wollte entsetzt aufschreien, doch im selben Moment legte sich eine kräftige Hand über seinen Mund.

Patrick hatte ihm aus gutem Grund einen seiner Leute an die Seite gestellt.

Flink schleppten die Männer den Toten in die Dunkelheit. Patrick klopfte Jules aufmunternd auf die Schulter. »Du wirst es schon richtig machen.«

Mein Magen krampfte sich zusammen, während in meinem Kopf ein Knoten aufging. Das letzte Puzzlestück glitt so nahtlos an seinen Platz, wie nur die Wahrheit es tut. In einer Geschichte hätte ich die saubere Auflösung möglicherweise gewürdigt. Jetzt hingegen wollte ich mich vor Abscheu übergeben oder in haltlosem Zorn auf Patrick einprügeln. Wie konnte ein Mensch so etwas Teuflisches ersinnen? Den eigenen Bruder kaltblütig zu ermorden – und jene Frau, die er liebte, glauben zu lassen, sie hätte es getan. Der Plan war genial. Und das Grausamste, was mir je unterkam.

Ich erinnerte mich, wie Patrick in Daniels Erzählung eingegriffen hatte: *Unser Freund möchte bestimmt hören, wie die Geschichte für Jules ausging.* Daniel hatte begriffen und mir entsprechend geschildert, wie *Jules* annehmen musste, dass es endete. Dennoch hatte er mir bereits einen Hinweis gegeben, dass bei dem entsetzlichen Ultimatum nicht alles mit rechten Dingen zuging: *Er wollte meine Schwester nicht verletzen, es war ein Unfall. Wenngleich das davor keiner war.* Patrick hatte ihm versprochen, dass Jules nichts zustoßen würde, und er hielt sein Wort – bis die Situation unversehens seiner Kontrolle entglitt. Weil Patrick Connert ein einziges Mal zu langsam war ...

Endlich schaffte ich es, Jules anzuschauen. Sie stand starr, Tränen glitzerten auf ihren Wangen. Jetzt öffnete sie die Augen und sah Patrick an, dessen Blick unverwandt auf ihr ruhte. Die Hände hatte sie zu Fäusten geballt, aber ihre Miene verriet eher Trauer als Wut. »Du ...«, sagte sie so leise, dass ich das Wort eher erahnte, dann verzerrte sich ihr Gesicht in Schmerz und Zorn.

Daniel gab einen unterdrückten Laut von sich. Nun bewegte sich Patrick, er trat zu Daniel und löste dessen Knebel. Daniel hatte nur Augen für seine Schwester. »Jules ... Es tut mir so leid. Ich hatte keine Ahnung ...«

»Selbstverständlich nicht. Er als Einziger«, ergänzte Patrick leichthin. »Alle anderen waren eingeweiht. Sie schafften Thomas' Körper rasch auf die Seite und brachten ihn nach deinem Schuss zurück, als sie sich um jemanden scharten, der dort vermeintlich tot am Boden lag. Daniel wusste bloß, dass wir euch zur Rede stellen wollten. Er hätte nie zugelassen, dass Thomas ernsthaft verletzt wird. Und als er den Brief zu Gesicht bekam, war die Sache ohnehin geklärt, denn der setzte ihn außer Gefecht. Zu erfahren, dass du zu so etwas fähig bist ...« Nicht die geringste Regung wies auf das hin, was er uns vor weniger als vierundzwanzig Stunden erzählt hatte. Seinen Männern hatte er damals natürlich alles als gerechte Strafe für die beiden Verräter verkauft. »Das perfekte Verbrechen«, fuhr Patrick vieldeutig fort – ich hätte ihm am liebsten den Hals umgedreht. »Der ideale Mord. Ausgeführt vor einem Dutzend Zeugen und unmittelbar neben derjenigen, die sich danach selbst für die Täterin hielt. Das muss mir erst mal jemand nachmachen.«

Jules hatte währenddessen nur ihren Bruder angesehen, jetzt konzentrierte sie sich auf Patrick. Offenbar half ihr gerade seine Gefühllosigkeit dabei, allmählich die Fassung wiederzugewinnen. »Aber auf wen habe ich geschossen?«, flüsterte sie.

»Auf einen von zwei Männern im Dunkeln, mehr konntest du ja nicht erkennen. Einer war tatsächlich ich, der andere Jim. Er ist Thomas von der Statur am ähnlichsten. Du hast brav auf den Kopf gezielt, wie ich es dir nahegelegt hatte. Falls es dir etwas gibt: Du hast mich gewählt.«

Sie runzelte die Stirn. »Und wenn ich getroffen hätte?«

»Das hättest du bestimmt, bei dieser Distanz. Deshalb ließ ich dir keine richtige Kugel. Fünf habe ich abgefeuert. Dir gab ich eine Platzpatrone.« Er zog etwas hervor, das wie normale Munition aussah, jedenfalls für einen Laien wie mich. »Genau so was«, erklärte er und hielt ihr das Metallding vors Gesicht. »Fühlt sich echt an, klingt echt, macht aber keinen Schaden. Ich schob sie statt der letzten Kugel in die Trommel, ehe ich Benjamin den Revolver gab.« Er steckte die Patrone wieder ein. »Wie konntest du nur glauben, ich würde mein Leben so leichtfertig aufs Spiel setzen? Ich bin doch kein Narr, dass ich mich hinstelle und womöglich abknallen lasse. Das solltest du eigentlich wissen.« *Wir überleben beide oder keiner von uns,* hatte Patrick gestern lächelnd erklärt – im Wissen, dass es sich stets um eine leere Drohung gehandelt hatte. Jules war nie in Gefahr gewesen, ebenso wenig Patrick selbst. »Ich riskiere mein Leben sicher nicht, bloß um dir eine Lektion zu erteilen. Anders als du opfere ich es nicht für jemanden, den ich liebe. Das macht dich zwar zum edleren Menschen, aber ich bin immer derjenige, der zuletzt lacht.« Prompt wurde sein Grinsen breiter. »Freu dich doch. Dein Gewissen ist rein, an deinen Händen klebt kein Blut.« Das Lächeln verschwand abrupt wieder. »Bis jetzt.« Mein Magen ballte sich noch mehr zusammen. Hier stand Böses bevor, und mir fiel auf, wie gebannt alle an Patricks Lippen hingen. »Es war ein hervorragendes Szenario für eine hochinteressante Entscheidung. Glatte Verschwendung, es verkommen zu lassen, meinst du nicht? Spielen wir ein zweites Mal. Und um es spannender zu machen, variieren wir die Regeln. Du bekommst wieder einen Revolver mit einer einzigen Kugel, die du aber selbst laden darfst, damit alles seine Ordnung hat. Dann schießt du auf einen von zwei Männern. Nur diesmal bei Tageslicht, denn heute geht es nicht darum, mich zu treffen. Es ist kein Glücksspiel, sondern wirklich eine Wahl. Du suchst dir aus, auf wen du schießt: entweder auf deinen Freund Parker oder auf deinen Bruder.«

Ich war zu entsetzt, um einen Laut von mir zu geben. Neben mir stöhnte Daniel, doch ich konnte meine Augen nicht von Jules wenden und sah ihr Gesicht versteinern.

»Einer der beiden stirbt heute«, fuhr Patrick unerbittlich fort. »Dem anderen gönnen wir ein paar unvergessliche Stunden im Spielzimmer und sperren ihn danach ein. Irgendwo an einem sicheren Ort, wo er für die nächsten Jahre gut aufgehoben ist. Vielleicht in einem tiefen Brunnen oder in einer Höhle an die Kette gelegt … Um sicherzugehen, dass du nicht wegläufst oder dir etwas antust. Du bleibst nämlich bei mir. Egal, was war.« *Ein einzelner Kuss wird nicht reichen, um ein Leben zu erhalten.* Wie zuvor strich er ihr sanft über die Wange und diesmal wehrte sie ihn nicht ab. Sie stand stocksteif, im Schock erstarrt. »Es wäre überflüssig, sowohl Daniel als auch Parker durchzufüttern«, ergänzte Patrick. »Also entscheidest du dich für einen und der andere verlässt uns. Soweit die Grundregeln, der Rest ist simpel: Solltest du den Revolver auf mich richten, töten meine Männer deinen Bruder und Parker. Verweigerst du den Schuss, sterben ebenfalls beide.« Er hob Jules' Kinn an. »Drücke ich mich klar aus?«

Ein paar Sekunden verstrichen in atemloser Stille, schließlich nickte Jules. Sie sagte kein Wort, bat nicht um Gnade, das war schon beim ersten Mal vergeblich gewesen. Sie stand nur verloren da und als er sie losließ, senkte sie den Kopf und starrte schweigend zu Boden.

Patrick gab seinen Männern ein Zeichen, Daniels Fesseln zu lösen. Er selbst öffnete meine Handschellen und die von Jules. Sie ließ es wie im Traum mit sich geschehen, dass er sie danach von hinten mit den Armen umfing und seinen Mund ganz nahe zu ihrem Ohr brachte. »Wir beide werden für immer zusammen sein.«

Im nächsten Moment versetzte mir jemand einen harten Stoß in den Rücken, damit ich mich bewegte. »Jules!«, entfuhr es mir verzweifelt. Da hob sie endlich den Kopf und schaute mit schmerzerfülltem Gesicht zu mir, dann zu Daniel. Während wir fortgezerrt wurden, wechselten wir einen stummen Blick. Ich wollte ihm zurufen: »Falls ich draufgehe – du musst sie retten, hörst du? Du musst dich befreien und euch beide in Sicherheit bringen!« Aber ich bekam kein Wort heraus.

Man stellte uns ein paar Schritte voneinander entfernt auf. Seitlich bezog jeweils ein Mann Position, die Waffe auf uns gerichtet. Patrick ließ sich indes einen Revolver sowie eine Patrone reichen und hielt Jules beides hin. Sie sah darauf, dann wieder in sein Gesicht, griff schließlich zögernd zu und lud mit zitternden Händen die Waffe. Ihre Augen blieben auf Patrick gerichtet, der sie unverändert charmant anlächelte. Als die Trommel einschnappte, sagte er liebenswürdig: »Du wirst es schon richtig machen.« Jules zuckte zusammen.

Patrick kam nun zu uns herüber und blieb nachdenklich vor Daniel stehen. »Dabei kennst du mich so gut. Ich meine doch, du hättest es damals ahnen müssen.« Danach musterte er mich. »Geliebt zu werden ist der beste Schutz? Lassen wir uns überraschen, ob Liebe stärker ist als Blutsbande.« Er stellte sich einige Schritte neben mich – genau so, dass Jules auf ihn schießen könnte, und mit der Sicherheit, dass sie es nicht tun würde. Alle Augen waren auf Jules gerichtet. Es wurde gespenstisch still.

Waren meine Gedanken eben noch wild herumgewirbelt, so waren sie jetzt unerwartet ruhig. Seltsamerweise verspürte ich keine Angst, stattdessen hoffte ich mit aller Macht. Nicht auf ein Wunder, so was passiert nur im Märchen. Ich betete, dass Jules auf mich schießen würde. Sterben war besser als die Alternative. Ich wollte nicht weiterleben als jahrelanger Gefangener mit dem Wissen, dass Jules in Patricks Gewalt war, Daniel tot und letztlich alles umsonst gewesen war. Ich wollte sterben mit der völlig unsinnigen Vorstellung, dass Jules und Daniel sich befreien, einander retten könnten und dass am Ende alles gut wurde.

Flüchtig ging mir durch den Kopf, dass Jules schon mehrmals auf mich gezielt hatte: als ich Morgan abrupt aus dem Schlaf riss und am Abgrund, als ich sie bei ihrem richtigen Namen rief. Beide Male hatte ich im Grunde meines Herzens gewusst, sie würde nicht schießen. Heute würde sie abdrücken.

Meine Gedanken nahmen nun eine neue Richtung und beschleunigten. Natürlich würde sie mich erschießen, es konnte gar nicht anders kommen. Sie würde niemals ihren Bruder töten, um keinen Preis der Welt. Ich würde sterben, jetzt und hier. Manchmal ist der Erzähler eben doch nicht derjenige, der überlebt. Wenn ich Glück hatte, war es rasch vorbei. Sie musste nur gut treffen, also nicht lang nachdenken, einfach abdrücken. Andernfalls gab Patrick mir hoffentlich zügig den Gnadenstoß ...

Und dann stieg doch grenzenlose Angst in mir empor. Nicht um mich selbst, auch nicht um Daniel. Um Jules. Mir wurde klar, dass meine Hoffnung vergebens war, sie und Daniel könnten überleben. Sie würde es nicht verkraften, ein zweites Mal jemanden zu töten, der ihr etwas bedeutete. Patrick hatte keinen Begriff davon, was er anrichtete, weil er nie jemanden mehr liebte als sich selbst. Aber er wiederholte, was er Jules schon einmal angetan hatte: Er brachte sie um, indem er sie zu diesem

Schuss zwang. Nur dass diesmal kein Doctor Ralph und kein Mac da waren, um Jules am Leben zu halten. Mit dieser Entscheidung sprach Patrick ihr Todesurteil. Selbst wenn er sie erpresste, um Daniels Willen bei ihm zu bleiben – sie würde wahnsinnig werden oder an gebrochenem Herzen sterben.

Ihre Hand bebte immer noch, als sie den Revolver entsicherte. Doch das deutliche Klicken wirkte wie ein Zauber: Schlagartig wurde sie ruhig und hob den Kopf. Ihr Gesicht war angespannt und hoch konzentriert. Sie wirkte entschlossen, als wäre ihre Entscheidung längst gefallen. Einen Moment lang sah sie Daniel an, danach mich. Ich versuchte, in ihrer Miene zu lesen, doch es war unmöglich. Zuletzt richteten ihre Augen sich auf Patrick.

Dann hob sie den Revolver und drückte ab.

Es heißt, wenn man stirbt, zieht das gesamte Leben noch einmal an einem vorbei. Ich sah etwas anderes, ein ganz bestimmtes Ereignis meiner Vergangenheit – aber mit einem neuen, furchtbaren Ausgang. Ein Moment, in dem Jules einige Schritte von mir entfernt stand und eine Waffe hielt. Beim letzten Mal hatte ich die richtigen Worte gefunden, die sie vom Abgrund wegholten. Jetzt allerdings hatte sie den Revolver blitzschnell an ihre Schläfe gesetzt und im nächsten Augenblick knallte der Schuss.

Ich sah Jules zu Boden stürzen. Irgendwo neben mir erklang ein Schrei. »Nein!«, brüllte jemand, und ich konnte nicht sagen, ob es Daniel oder gar Patrick war. Ich stand wie vom Schlag gerührt, mein Atem setzte aus. Meine gerade noch hektischen Gedanken verstummten, ich war wie betäubt. Verblüffte Laute der Männer ringsum drangen undeutlich zu mir. Wie aus weiter Ferne nahm ich wahr, dass einer von ihnen zu Jules hinüberging. Der gellende Schrei verhallte allmählich in meinem Kopf. Aus den Augenwinkeln bemerkte ich Daniel und Patrick, ebenso erstarrt wie ich selbst. Doch ich schaute nicht zur Seite, nur auf die reglose Gestalt dort am Boden. Sie wirkte so klein, wie von einer übermächtigen Kraft zerschmettert ... Der Mann hatte sie erreicht und beugte sich hinunter.

Ihr Gesicht konnte ich nicht sehen. Mein Blick fiel zwischen den Füßen des Mannes auf ihre Hand, die noch den Revolver umklammert hielt. Und als hätte erneut jemand eine Waffe entsichert, erwachten meine Gedanken mit einem Klick wieder zum Leben. In diesem Moment wusste ich es. Ich mag nicht der Hellste sein, aber ich sah es tatsächlich kommen. Dies war die Frau mit den flinksten Fingern weit und breit. Jules Buckley, die Falschspielerin. Die Entfesselungskünstlerin. Die *Taschendiebin*.

Wäre Patrick nicht so geschockt gewesen, wäre es ihm wohl ebenfalls eingefallen. Vermutlich kam er ohnehin darauf, nur eben die entscheidende Sekunde zu spät. Vielleicht erinnerte er sich jäh, dass er Jules die Handschellen abgenommen und sie umarmt hatte. Dennoch war jetzt nicht einmal Zeit, reflexartig jene Tasche zu überprüfen, in die er zuvor die Platzpatrone gesteckt hatte.

Ich sah Jules' Hand mit dem Revolver nicht nach oben schnellen, denn es ging natürlich zu rasch, aber ich hörte den Schuss und wusste Bescheid. Das war nun die echte Patrone. Jene, die Daniel oder mir zugedacht war und die Patrick ihr gegeben hatte, die sie gemeinsam mit der falschen in die Trommel gesteckt hatte, ohne überhaupt hinzuschauen. Ich bekam gerade noch mit, wie Jules nach der Waffe des Mannes griff, sah ihn aber nicht mehr zu Boden sinken. Mir wurde klar, dass nur ich allein nah genug war – ich warf mich auf Patrick. Im Loshechten bemerkte ich die Waffe in seiner Hand. Als Einziger hatte er in der allgemeinen Überraschung blitzartig seinen Revolver gezogen und instinktiv auf den gefährlichsten Gegner gerichtet: Jules. Ich würde zu spät kommen! Sein Finger am Abzug bedeutete einen Schuss und jeder seiner Schüsse war ein Treffer. Aber der gefürchtete Knall blieb aus. Patrick drückte nicht ab, er schoss nicht auf Jules. Er stand lediglich da mit der Waffe im Anschlag. Und dann landete ich auf ihm, riss ihn um und sein Revolver wurde zur Seite geschleudert. Während wir aufprallten, hörte ich weitere Schüsse und Schreie. Jemand stürzte unmittelbar neben uns zu Boden und Patrick war auf einmal fort, ich konnte ihn nicht halten. Ich rollte herum und wollte aufspringen, aber jemand trat mich in die Seite. Im Fallen sah ich einen Mann über mir stehen und seine

Waffe ziehen, im nächsten Moment ertönte ein Schuss und er wurde nach hinten geschleudert.

»Jeremy, geh in Deckung!«, schrie Jules.

Diesmal kam ich auf die Beine. Patrick war verschwunden, dafür sah ich ein paar Schritte vor mir einen Holzstoß neben einer Hütte und rannte darauf zu. Es knallte noch einmal, während ich mich hinter den Stapel duckte und hastig prüfend umschaute. Zwischen den Hütten hörte ich Schritte und Rufen, dann wurde es mit einem Mal ruhig. In einiger Entfernung lief jemand, ehe dieses Geräusch ebenfalls verstummte.

Vorsichtig lugte ich hinter dem Holz hervor. Wo ich vorhin selbst gestanden war, lagen jetzt die Männer, die ihre Waffen auf mich und Daniel gerichtet hatten. Ich konnte es mir zusammenreimen: Nachdem Jules den ersten getötet hatte, setzte sie mit seiner Waffe diejenigen außer Gefecht, die Daniel und mir gefährlich werden konnten. Patrick war ins Gerangel mit mir verwickelt gewesen, wodurch ein Schuss unmöglich war. Zudem entdeckte ich zwei weitere reglose Männer, darunter jenen, der mich getreten hatte.

Ich durfte nicht untätig hier herumsitzen. Gebückt schlich ich nach hinten und die Rückwand der Hütte entlang. Ich lauschte angestrengt, aber anscheinend bewegten sich alle anderen ebenso leise wie ich. An der Ecke sah ich mich sorgsam um, dann hastete ich die paar Schritte zur nächsten Hütte. Wo mochten Jules und Daniel sein?

Offenbar war ich doch nicht so lautlos wie gedacht, denn nachdem ich unter einem Fenster vorbeigeschlichen war und mich der nächsten Ecke näherte, wisperte plötzlich jemand hinter mir: »Jeremy.« Ich fuhr herum und mir fiel ein wahres Gebirge vom Herzen: Jules lugte durch die Öffnung und winkte mich heran! Eilig machte ich kehrt und kletterte in die Hütte.

Am liebsten wäre ich ihr um den Hals gefallen vor Erleichterung, aber sie deutete mir, sofort Schutz zu suchen. Wir hockten uns neben die Tür. Jules hatte eine Schramme am Kinn, entsetzt bemerkte ich Blut an ihrem linken Ärmel. »Du bist verletzt!«, flüsterte ich.

»Nur ein Streifschuss. Bei dir alles in Ordnung?«

Ich nickte, dann fragte ich vorsichtig: »Daniel?« Sie zuckte hilflos die Schultern. Ich zögerte, ehe ich begann: »Wie ... wie viele hast du ...« Sie schluckte. »Fünf. Und ... einen weiteren habe ich an der Schulter erwischt.« Sie sah auf ihren Revolver hinab. »Eine Patrone ist noch übrig.« Ich dachte an etwas wie: »Sie waren Mörder, du musstest ihnen zuvorkommen.« Dann ließ ich es bleiben, jetzt gab es Wichtigeres. »Bleiben also vier. Und Patrick.«

»Ich brauche mehr Patronen. Oder eine neue Waffe. Wir sitzen hier auf dem Präsentierteller.« Sie spähte nach draußen. »Ich suche Daniel.«

»Ich komme mit«, erklärte ich sofort.

»Nein!«, widersprach sie vehement. »Auf keinen Fall, du bleibst in Deckung.«

»Und du gehst allein? Sicher nicht, ich ...«

»Dafür haben wir jetzt keine Zeit! Ich kann dich dort nicht beschützen. Du kletterst hinten raus und läufst vom Lager weg.«

Ich starrte sie entgeistert an. »Glaubst du wirklich, ich wür...«

Sie legte mir die Hand auf den Arm. »Jeremy. Ich habe dich nie gebeten, mein Leben zu retten, trotzdem hast du es getan. Mehrmals, ohne zu zögern. Jetzt bitte ich dich um etwas: Rette *dein* Leben.«

»Aber ...«, begann ich unbeirrbar und erneut fiel sie mir ins Wort: »Nein! Ich muss wissen, dass du sicher bist, verstehst du?« Sie blickte mich flehend an und mir blieb nichts anderes übrig, als zu nicken.

Im nächsten Moment erklang irgendwo draußen ein Schuss. Wir zuckten beide zusammen. »Daniel ...«, murmelte ich unwillkürlich.

Jules versetzte mir einen kräftigen Schubs. »Los jetzt!« Während ich zaudernd einen Schritt in Richtung Fenster machte, fragte sie: »Willst du den Revolver?«

Ich schüttelte den Kopf. »Bei dir ist er besser aufgehoben.« Es schien eine Ewigkeit her, dass sie selbst das festgestellt hatte.

Ich sah ihr an, dass auch sie sich erinnerte. Dann aber befahl sie: »Geh!«

Gehorsam, wenngleich stockend, bewegte ich mich aufs Fenster zu. Dort angekommen, drehte ich mich um und sah Jules durch die Tür hinaushuschen. Ich unterdrückte den Impuls, ihr zu folgen, und kletterte widerstrebend durch die Öffnung.

Dann stand ich da. Vor mir lagen Wald und Felsen – jene Sicherheit, in die ich flüchten sollte. Jules gebot es mir, ebenso die Vernunft. Zu bleiben, wäre glatter Selbstmord. Was könnte ich schon ausrichten? Der Verstand riet mir zu gehen, aber Herz und Bauchgefühl ließen mich innehalten. *Du gehörst nicht hierher, Jeremy. Das ist nicht deine Welt.* Doch ich war nun einmal hier gelandet. Nach all meinen Erlebnissen konnte ich nicht so tun, als ginge es mich nichts an. *Zuhause ist der Ort, wo das Herz hingehört*, hatte Daniel gesagt. Er und Jules waren die einzigen Menschen auf der Welt, die mir wirklich wichtig waren. Bei ihnen war ich zuhause. Und wenn ich ihnen irgendwie helfen konnte, würde ich es tun.

Deine Entscheidung, wie oft hatte ich das im Lauf meines Abenteuers gehört. Von Ronald, als er mir den Auftrag umhängte. Von Cooper, während er mir den halsbrecherischen Plan unterbreitete. Von Patrick, der mich zum Schreiben des Briefes zwang. Lauter zynische Hinweise darauf, dass ich im Grunde keine Wahl hatte. Diesmal jedoch war es meine Entscheidung, und ich traf sie aus voller Überzeugung.

Ich kehrte dem Wald den Rücken zu und schlich entlang der Hütte weiter. Irgendwo knallten Schüsse, ich hörte Schritte. Vorsichtig schaute ich um die Ecke und sah gerade noch jemanden an der Vorderseite der Hütte verschwinden. Ich glaubte, Jules zu erkennen, wollte mir jedoch Gewissheit verschaffen – erst recht, sollte es sich stattdessen um einen Gegner handeln, dann hatte ich ihn lieber im Blick. Zwei weitere Schüsse erklangen, vermutlich vor der Hütte. Hatte die betreffende Person selbst gefeuert oder war sie vor dem Schützen in die Hütte geflüchtet? Ich bewegte mich der Wand entlang zurück, hob beim Fenster rasch den Kopf und duckte mich sofort wieder. Der Raum war leer. Ich hielt auf die nächste Ecke zu und lugte behutsam vor.

Manchmal ist das Glück wirklich mit den Narren, ich hatte richtig kalkuliert. An der vorderen Ecke der Hütte entdeckte ich Jules im Gras kauernd. Sie spähte auf die Fläche vor der Hütte hinaus. Ich zog den Kopf zurück und überlegte. Ich wollte sie keinesfalls während einer Schießerei ablenken – sofern sie sich inzwischen eine neue Waffe oder mehr Munition beschafft hatte. Konnte sie überhaupt zurückschießen oder saß sie fest? Ich lugte erneut. Sie hockte unverändert dort, in der Hand einen Revolver.

Zugleich sprang mir aber etwas anderes ins Auge und mein Herz stockte fast vor Schreck. Die Hinterwand der benachbarten Hütte befand sich etwa fünf Schritte vor mir und dort war inzwischen einer der Männer aufgetaucht. Er stand mit dem Rücken zu mir, seine Augen auf Jules gerichtet, die ihn nicht bemerkte. Sie zielte soeben um die Ecke auf jemanden vor der Hütte. Jetzt hob auch der Mann seine Waffe, es war nur eine Frage von Sekunden, ehe er Jules in den Rücken schießen würde.

Ich dachte nicht nach. Ohne zu zögern, schnellte ich vor, überwand die Distanz mit drei Sprüngen und warf mich auf den Mann. Es gab einen dumpfen Knall, während wir zu Boden stürzten. Etwas traf mich in den Bauch, wohl das Knie meines Gegners. Dann rollten wir durchs Gras, ineinander verschlungen im wütenden Versuch, die Waffe zu packen oder die Kehle des anderen. Ich erwischte jene Hand des Mannes, die den Revolver umklammerte, und schlug sie hart gegen die Hüttenwand. Beim zweiten Mal öffnete er die Finger und ließ schnaufend los, nützte die freie Hand aber sofort für einen Fausthieb. Ich landete am Boden, warf dem Mann aber geistesgegenwärtig eine Ladung Erde ins Gesicht, als er sich auf mich stürzen wollte. Dann sah ich den Revolver daliegen und griff danach, im selben Moment tat der Mann das Gleiche. Wir rangelten um die Waffe, rollten erneut herum, unsere Arme verdrehten sich und plötzlich spürte ich, dass seine Hand sich vom Revolver löste. Die Waffe befand sich zwischen uns. Ich presste den Lauf einfach an seinen Oberkörper, zog den Hebel zurück und drückte den Abzug. Es knallte gedämpft, der Mann stöhnte. Sein Gesicht befand sich direkt vor meinem, ich sah erstaunte Augen und eine fassungslose Miene, als begreife er nicht recht. Dann erschlafften Kopf und Körper. Ohne einen weiteren Laut sackte er zur Seite und blieb reglos liegen.

Keuchend saß ich da, schaute auf den Revolver in meiner Hand und auf den Mann vor mir. Ein kleines, dunkles Loch in seiner Brust verriet, wo ich ihn getroffen hatte. Da war überraschend wenig Blut, aber als ich mich vorbeugte, bemerkte ich seine glasigen Pupillen. Ich hatte ihn getötet.

Nun durchlief mich unkontrollierbares Zittern. Mir wurde flau im Magen. Seltsamerweise nicht, weil ich einen Menschen erschossen hatte, sondern weil ich es überhaupt gewagt hatte, einen Bewaffneten anzugreifen in der irrwitzigen Annahme, ich könnte ihn aufhalten. Und es war mir gelungen! Freilich, hätte ich erst gegrübelt ... Doch das hatte ich eben nicht getan, so wie damals beim Steinschlag. Ich fühlte mich nicht unbedingt heldenhaft, empfand aber einen gewissen Stolz, dass auch ich mein Scherflein beigetragen hatte.

Leicht benommen gab ich mir einen Ruck und untersuchte den Revolver. In der Trommel waren noch drei Patronen. Am Gürtel des Toten entdeckte ich eine Tasche, zuckte zurück, nahm mir doch ein Herz und öffnete sie. Sie enthielt weitere Patronen, von denen ich drei in die leeren Kammern schob und eine Handvoll einsteckte. Gut, ich hatte eine geladene Waffe. Mit der ich höchstens ein Scheunentor traf, aber besser als nichts.

Als ich aufstehen wollte, spürte ich ein Ziehen im Bein. Mein Oberschenkel fühlte sich taub an. Verwirrt bemerkte ich jetzt erst Blut auf meiner Hose. Dieses dumpfe Geräusch vorhin, als ich mich auf den Mann stürzte ... Anscheinend hatte er in ebendiesem Moment abgedrückt und mich statt Jules erwischt. Bei der Rangelei war auch mein Hemd ziemlich blutig geworden. Sei's drum, es tat nicht sonderlich weh und ich konnte mich trotzdem hochrappeln. Schon beim ersten Schritt begann es, in meinem Bein zu pochen. Immerhin konnte ich es belasten, wenngleich Schleichen schwierig war.

Ich schaute um die Ecke, aber Jules war verschwunden und hatte nichts von dem Kampf mitbekommen. Wahrscheinlich hatte sie ihre Deckung aufgegeben und war weitergerannt. Ich humpelte zur Vorderseite der Hütte und lugte auf die freie Fläche hinaus. Zwischen den leblosen Männern, die ich zuvor gesehen hatte, lag nun ein weiterer. Ich sah scharf hin – ja, es war einer von Patricks Leuten. Jules hatte ihr Ziel getroffen.

Angesichts der ganzen Leichen beschloss ich, einen anderen Weg zu nehmen. Also ging ich hinten um die Hütte herum – nicht jene, wo der Tote war – und langsam im Schatten der Wände weiter. Außer Vogelzwitschern und Blätterrascheln war kein Geräusch zu vernehmen, es war beängstigend still im Lager.

Manche Hütten standen nicht so nah nebeneinander und bald erreichte ich eine, von der es ein ordentliches Stück bis zur nächsten war. Ich hielt inne. Mit dem angeschlagenen Bein kam ich nur mühevoll voran und es gab kein Versteck für den Notfall. Dann entdeckte ich zu meiner Linken, ähnlich weit entfernt wie die andere Hütte, einen reglosen Mann am Boden. Nicht Daniel, ich atmete erleichtert auf. Neben ihm lag ein Revolver. Das gab den Ausschlag, ich würde es riskieren. Besser eine zusätzliche Waffe für uns als für unsere Gegner. Ich schaute mich noch einmal prüfend um, dann hinkte ich auf den Toten zu.

Eine Bewegung im Augenwinkel ließ mich herumfahren. Jemand war neben der gegenüberliegenden Hütte aufgetaucht – Tim.

Eine Schrecksekunde lang standen wir starr und glotzten einander an. Dann rissen wir gleichzeitig die Waffen hoch und feuerten. Allerdings ertönte nur ein einziger Schuss, gefolgt von einem dumpfen Aufprall, als meine Patrone harmlos in die Hütte einschlug. Tims Revolver klickte bloß leer. Mein Herz machte einen Satz, ich drückte erneut ab. Wieder verfehlte die Kugel Tim um Längen. Sein Blick fiel indessen auf den toten Mann und den Revolver, er stürmte los. Ich an seiner Stelle wäre in Deckung gegangen, aber Tims Zorn war stärker als jede Vernunft. Umgekehrt konnte ich verletzt nicht flüchten, denn er wäre schneller bei der Waffe als ich im Schutz der Hütte. Auch der Revolver des Toten war für mich außer Reichweite. Aber ich hatte noch vier Kugeln, zum Teufel, ich musste bloß treffen! Zum Zielen war freilich keine Zeit, ich drückte einfach ab. Zwei weitere Kugeln schlugen irgendwo hinter Tim ein. Der nächste Schuss streifte ihn, bremste ihn aber höchstens für einen Atemzug. Ihm fehlten nur mehr wenige Schritte bis zur Waffe.

»Jeremy! Hier!«, hörte ich plötzlich Jules' Stimme. Der Ruf ließ sogar Tim alarmiert innehalten. Ich riss den Kopf herum und sah sie neben derselben Hütte stehen wie zuvor Tim. Sie streckte mir die Arme entgegen, ihre leeren Hände erwartungsvoll geöffnet ... Und ich begriff und schleuderte meinen Revolver zu ihr hinüber. Sehen wir es ein, ich bin unbestreitbar der schlechteste Schütze im ganzen Westen. Aber ich kann verdammt noch mal werfen.

Jules fing, als hätten wir es monatelang geübt. Es war nur eine einzige Patrone übrig, doch sie brauchte nur die. Es knallte, dann stürzte Tim getroffen zu Boden.

Jules und ich standen stumm in der darauffolgenden Stille. Jules starrte auf den Gefallenen, danach auf ihren Revolver. Sie bemerkte die leere Trommel und senkte die Waffe. Sie ging zu Tim, wohl um sich zu vergewissern, ob er wirklich tot war. Offenbar drohte keine Gefahr mehr von ihm, sie sah zu mir. Im nächsten Moment weiteten sich ihre Augen. »Hinter dir!«, schrie sie und machte einen Satz nach vorne zu dem anderen Toten.

Ich wollte herumfahren, aber es war zu spät. Jemand packte mich grob. Ich spürte den Lauf einer Waffe unterm Kinn, während Jules den verbliebenen Revolver ergriff und ihn entsetzt auf mich richtete – vielmehr auf denjenigen, der hinter mir stand. Noch ehe ich seine Stimme hörte, wusste ich, wer es war. Ich las es in Jules' Gesicht. Sie sah aus wie jemand, der sich in einer allzu oft erlebten Situation wiederfindet und begreift, dass der Moment der Wahrheit diesmal gekommen ist. *Ich verstehe gar nicht, weshalb es immer darauf hinausläuft, dass ich mit einem Revolver dastehe.* Vielleicht war es einfach ihr Fluch und nun hatte er sie erneut eingeholt.

Patrick war größer und breitschultriger als ich. Mit einem gut gezielten Schuss konnte sie ihn durchaus treffen, was ihn aber nicht im Geringsten zu beunruhigen schien. Seine Stimme klang völlig entspannt. »Warum habe ich das Gefühl, dass es nur so enden konnte?«

Jules umklammerte verzweifelt die Waffe, ihre Augen blitzten zornig. »Es hätte niemals anfangen müssen. Du hast mir Thomas genommen.«

»Und du mir meine Männer. Du, dein Bruder und vermutlich sogar unser Freund Parker. Ihr habt sie alle erwischt, jeden einzelnen – bis auf mich. Der Kopf der Schlange ist noch am Leben und du weißt, in den

Bergen sind die Schlangen tödlich.« Jetzt mischte sich Anerkennung in seine kühle Gelassenheit. »Wie hast du das fertiggebracht? Hast du fünf Jahre lang geübt?«

Jules schüttelte irritiert den Kopf, als wäre dies die unwichtigste aller Fragen. »Ich schätze, ich konnte es immer schon, ich brauchte es bloß nie.«

»Und ausgerechnet jetzt, wo du es so dringend brauchst wie nie zuvor, da kannst du es nicht. Du bringst es nicht fertig, sonst hättest du es längst getan. Weil du weißt, dass du nicht mich treffen wirst, sondern Parker. Diesmal gibt es keine Ausreden und niemand spricht dich je davon frei: Er wird vor deinen Augen sterben und du bist schuld daran. Wenn du schießt, gewinne ich. Und wenn du es nicht tust, habe ich bereits gewonnen.« Er hatte recht: Sie würde nicht abdrücken. Das wusste ich, das wusste sie, und das wusste auch Patrick. »Du ziehst so schnell wie sonst nur ich, doch du triffst nicht.«

»Aber bei mir«, sagte Daniel irgendwo neben uns, »ist es umgekehrt.«

Patricks Griff wurde abrupt fester, als er herumwirbeln wollte, doch es war zu spät. Schon knallte der Schuss. Da war dieses unmissverständliche Geräusch, als die Kugel dicht hinter mir ihr Ziel fand. Ich geriet ins Taumeln, während Patrick zu Boden ging, konnte mich allerdings auf den Beinen halten. Daniel stand neben einer der Hütten, weit genug weg, um nicht in unser Blickfeld zu geraten. Niemand hatte ihn kommen sehen, er hatte alle Zeit der Welt gehabt und sich die Zeit genommen, die er brauchte.

Jules hatte blitzartig zu ihrem Bruder gesehen, dann zurück zu Patrick und mir, als der Schuss ertönte. Sie hatte Patrick fallen gesehen. Ein paar Sekunden lang verharrte sie unverändert, die Hand mit dem Revolver ausgestreckt. Sie schien ihren eigenen Augen zu misstrauen.

Verwirrt schaute sie mich an. Jetzt sank ihr Arm nach unten und der Revolver glitt zu Boden. Sie wirkte immer noch fassungslos, dass Daniel plötzlich da war. Doch ganz allmählich stahl sich Hoffnung in ihre Miene, sie schluchzte und machte zaghaft ein paar Schritte auf ihn zu. Auch Daniel hatte seine Waffe fallengelassen und kam ihr entgegen. Sie fielen einander um den Hals. Ich hinkte ein paar Schritte näher, blieb jedoch in respektvollem Abstand stehen. Als hätten sie es abgesprochen, lösten sich die Geschwister aus ihrer Umarmung, fragten wie aus einem Mund: »Alles in Ordnung?« und nickten bestätigend.

»Du bist da«, flüsterte Jules. »Ich ... ich dachte schon ...«

»Ich bin da«, bestätigte Daniel. »Und ich bleibe da. Bei dir. Ich muss doch auf meine kleine Schwester aufpassen.« Er drückte sie erneut an sich, wie um zu verhindern, dass sie ihm abermals genommen wurde. »Ich habe so viel nachzuholen, so viel wiedergutzumachen.«

Sie hob den Kopf und sah ihm ernst ins Gesicht. »Das musst du nicht, Danny. Es ist gut. Wir sind wieder gut.«

In diesem Moment gab mein Bein unversehens nach und ich plumpste zu Boden. Es war merkwürdig, als hätte ein Zauberwort den Bann gelöst – mein Auftrag war erfüllt, die Botschaft angekommen. Insgeheim verwünschte ich die Wunde freilich, vor allem wegen des unglücklichen Zeitpunkts. Weshalb machte mein Bein ausgerechnet jetzt schlapp und unterbrach das Wiedersehen der Geschwister? Wenigstens hatte das schmerzhafte Pochen aufgehört. Ich lag im Gras und wunderte mich nur über das viele Rot auf meinem Hemd.

Mit einem erschrockenen Aufschrei stürzten Jules und Daniel zu mir und drehten mich vorsichtig auf den Rücken. Ihre Gesichter wurden blass, als sie das ganze Blut entdeckten. In der Hitze des Gefechts war es ihnen zuvor nicht aufgefallen oder sie hatten es nicht als meines erkannt. Daniel untersuchte rasch das Bein, Jules schob indessen mein Hemd hoch. Sie flüsterte entsetzt: »Danny.« Er schaute auf, sein Gesichtsausdruck veränderte sich jäh. Ich wollte seinem Blick folgen, sah mühsam über mein rotgetränktes Hemd hinweg und begriff endlich, wo das Blut herkam. Es quoll aus einer Wunde unten in meinem Bauch. Das fand ich irgendwie seltsam – dass es nicht wehtat, wenn so viel Blut herausströmte. Außerdem ärgerte ich mich, dass mein Bein zuerst aufgab, obwohl es gar nicht getroffen war. Im Schock wundert man sich über die absonderlichsten Dinge. Jules reagierte sofort, sie presste ihre Hände auf die Wunde. Jetzt tat es unvermittelt doch ziemlich weh. Ich stöhnte auf.

Daniel entfuhr: »Mein Gott!«. Auch er handelte unverzüglich, sprang auf und rannte zu einer Hütte.

»Jeremy! Jeremy, hörst du mich?«, rief Jules, ohne den Druck zu lockern. »Du musst durchhalten, das wird schon wieder!«

Ich biss die Zähne zusammen, der Schmerz ließ mich fast ohnmächtig werden. Ich sah ihr bleiches Gesicht über mir und gleich darauf das von Daniel daneben. Er trug einen Packen Kleidungsstücke, die er nun auf die Wunde drückte.

Jules ließ los, ergriff stattdessen meine Hand und schob ihre andere unter meinen Kopf. »Jeremy, was ... Wie ist das passiert?«

Ich sah ihr in die Augen, dann zu Daniel. Da war eine Antwort, die der Wahrheit entsprach. Und eine andere, die ich Jules gab. »Ich hätte ... auf dich hören sollen.« Die Worte kamen stockend, aber verblüffend klar heraus. »Ich wollte mir eine Waffe besorgen und ... mich nützlich machen. Das war dumm.« Jules schüttelte den Kopf, wie um zu widersprechen. Ihr Blick huschte zu Daniel, danach zu meiner Wunde. »Einer der Männer überraschte mich«, fuhr ich fort. »Er ... kam aus dem Nichts, wir haben gerungen. Dabei hat er ... mich erwischt.« Das war entscheidend: Sie durfte auf keinen Fall glauben, dass es irgendwie ihre Schuld sein könnte. Sie durfte nicht *wissen*, was wirklich passiert war. Ich allein musste verantwortlich sein. Glücklicherweise sah sie nicht auf, sonst hätte sie mich gewiss durchschaut, ich bin bekanntlich ein schlechter Lügner. Nur Daniels Augen waren auf mich gerichtet. Da war wohl tatsächlich etwas in meinem Gesicht – irgendein Ausdruck, der mich verriet. Er verstand plötzlich, ahnte die Wahrheit. Für einen Moment runzelte er fragend die Stirn. Ich versuchte ihm durch meinen flehenden Blick begreiflich zu machen, dass er schweigen musste, dass er bloß nicht nachhaken sollte und dass er niemals, unter keinen Umständen je sagen durfte, was ihm soeben klargeworden war. Da glättete sich sein Gesicht und ich vermeinte ein Nicken zu sehen. Meine Anspannung verschwand. Ich konnte ihm vertrauen, mein Geheimnis war bei ihm sicher.

Dann fiel mein Blick auf das Kleiderbündel, das er gegen meinen Bauch drückte, und ich begriff, weshalb Jules die Augen nicht davon abwenden konnte. Auch Daniel schluckte heftig, als er erneut hinsah. Der Stoff war bereits dunkelrot durchtränkt. »Wie ... schlimm ist es?«, fragte ich.

Er schüttelte hilflos den Kopf. »Es ... Die Wunde ist zu schwer. Ich kann die Blutung nicht aufhalten.«

Jules' Hand krampfte sich um meine. »Aber wenn ... Wir müssen ... Sonst stirbt er!«

Daniels Stimme war fast unhörbar, als er behutsam sagte: »Ja. Das wird er.«

Ich hörte die Worte, verstand allerdings nicht gleich ihre Bedeutung. Jules starrte ihren Bruder fassungslos an, ehe ihr ein ersticktes »Nein!« entfuhr. Sie ließ mich los, legte ihre Hände über seine und presste gemeinsam mit ihm den sinnlosen Stoff gegen meinen Bauch. Inzwischen tat auch das nicht mehr weh. Ich sah zwischen ihren Gesichtern hin und her und fühlte eine eigenartige Ruhe in mir aufsteigen.

Ich hätte immer erwartet, mich zu ängstigen, aufgeregt zu sein oder unbedingt noch einiges ändern zu wollen. Jetzt aber sah ich das Blut und das Leben aus mir herausrinnen und spürte die sonderbare Gewissheit, dass alles seine Ordnung hatte. Ich hatte meine Mission vollendet, im wahrsten Sinne des Wortes. Ich war ausgeschickt worden, jemandem die Nachricht zu überbringen, dass irgendwo unermesslicher Reichtum auf ihn wartete. Ich hatte den Auftrag ausgeführt und zwei Menschen etwas gebracht, das kostbarer war als sämtliche Schätze der Welt: nämlich einander.

Irgendwann werden Sie sich wünschen, mir gar nicht erst begegnet zu sein, hatte Morgan mir einst prophezeit. Er hatte sich geirrt. Ich bereute keineswegs, nicht eine Sekunde lang. Hätte ich Jules nie kennengelernt ... Einiges, vieles, alles wäre anders gekommen. Etliche Menschen würden noch leben, andere aber nicht. Darunter Jules. Und ich selbst – nicht nur, weil Cooper mich wahrscheinlich getötet hätte. Sogar wenn ich diesem Schicksal entgangen wäre, ich wäre trotzdem nicht am Leben. Ich hätte nie wirklich begonnen, zu leben. *Es ist an der Zeit, Ihre eigene Geschichte zu schreiben,* hatte Mac mich aufgefordert. Und das tat ich.

Wobei ich hiermit übrigens zurücknehme, was ich ursprünglich behauptete – offensichtlich kommt der Erzähler doch nicht immer davon. Falls Sie sich gerade fragen, wie das sein kann, sind wir schon zwei.

Ich riss mich von meinen Erinnerungen los. Da war Wichtigeres, das mir am Herzen lag, und vermutlich blieb mir nicht mehr viel Zeit. Ich wusste nicht, ob ich die Worte überhaupt herausbringen würde, aber ich probierte es eben: »Jules.« Sie sah mich an, Tränen liefen ihr übers Gesicht. Sie schüttelte verzweifelt den Kopf, nicht zum Aufgeben bereit. Während sie unermüdlich versuchte, die Blutung zu verlangsamen, richtete mein Blick sich auf Daniel: »Dan.« Er schaute zu mir. »Du wirst hervorragend auf euch beide aufpassen«, sagte ich. »Wie nur ein großer Bruder es kann.« Das Sprechen fiel mir überraschend leicht, es ging sogar besser als vorhin.

Er griff nach meiner Hand und drückte sie fest. »Danke. Für alles.« Es waren schlichte Worte, aber zugleich hatten sie etwas so Gewichtiges, dass sie mich jäh in die Gegenwart holen.

Was bleibt einem Sterbenden denn außer diesen letzten Momenten?

»Jules«, sage ich erneut und diesmal dringe ich zu ihr durch. Sie löst ihre Hände von der Wunde, legt sie um meinen Kopf und hält mich sanft. Immer noch bringt sie kein Wort heraus.

Ehrlich, es tut mir in der Seele weh, ihr das zuzumuten. Sie hat mich so oft gebeten, bestürmt, regelrecht angefleht und sogar schwören lassen, mich nicht für sie zu opfern, und dann tat ich es trotzdem. Und ich würde es wieder tun. Sie wird es niemals erfahren. Sie wollte um keinen Preis, dass ich für sie sterbe. Andrerseits vertraute Mac mir das an, was ihm am wertvollsten war, damit ich darauf achtgebe. Ich meine doch, das erste Versprechen gilt mehr als das zweite. Der ältere Zauber hat ältere Rechte, ist das aus *Pinocchio* oder *Dornröschen*? Ich kann Jules ja um Verzeihung bitten, wenn wir uns in einer anderen Welt erneut begegnen, dann eben zum dritten Mal. *Man sieht sich immer zweimal*, erklärte Morgan. Vielleicht ist das der Trick: Wenn man den Menschen seines Lebens findet, darf man das zweite Mal einfach nicht enden lassen.

Da ist so vieles, was ich ihr sagen möchte. Jetzt frage ich mich doch, ob ich die richtigen Worte finde.

Aber sie schafft den Anfang: »Jeremy.«

Als würde dieses eine Wort all die tausenden unserer gemeinsamen Zeit beinhalten, begreife ich, dass ich nicht länger suchen muss. »Du weißt, worüber wir gesprochen haben?«

»Ich wüsste nichts, worüber wir nicht gesprochen haben«, sagt sie.

»Dann verstehst du, was ich meine«, sage ich. »Es ist deine Sache. Ich verlasse mich ganz auf dich.«

Sie wird von einem Schluchzen geschüttelt. »Nein, du verlässt mich.«

Ein berechtigter Einwand. »Ich lasse dich in den besten Händen. Ihr beide habt es geschafft, ihr habt überlebt.« Die richtigen zwei.

»Und dich dabei verloren«, sagt sie. »Das war nicht ausgemacht. Das sollte so nicht sein.«

»Aber es ist so. Das Ende der Geschichte.« Letztlich war es wohl doch meine. Und vielleicht trotz allem eine Abenteuergeschichte. Erlebt von einem Stubenhocker. Die Geschichte einer wunderbaren Freundschaft erzählt von einem überzeugten Einzelgänger. Patrick kündigte es mir an: *Finde dich damit ab, du wirst diese Geschichte nicht überleben.* Stimmt, aber ich habe *ihn* überlebt und das ist auch nicht schlecht für den Anfang. Oder den Schluss. Dann erinnere ich mich an Ronalds Warnung: *Das hier ist nicht eines deiner komischen Märchen, wo am Ende alles gut wird.* Zugegeben, vielleicht nicht alles, aber es fühlt sich dennoch wie ein gutes Ende an.

»Eure Geschichte dagegen kann weitergehen. Es braucht eben euch beide dazu«, sage ich, ehe mir unvermutet etwas anderes in den Sinn kommt: »Nur um ein bestimmtes Ende ist es mir leid. Ich werde nie erfahren, wie Sherlock Holmes das Rätsel um *Das Zeichen der Vier* löst.« Habe ich das wirklich gerade gesagt? Herrje, so was kann nur einem unverbesserlichen Büchernarren einfallen – kuriose Worte für einen Mann auf dem Sterbebett.

Dann allerdings traue ich meinen Augen kaum: Über Jules' Gesicht legt sich ein Lächeln. Wehmütig und strahlend, voller Tränen und Zuneigung. Das erste Mal, dass ich erlebe … Vielleicht überhaupt das erste Mal seit fünf Jahren. *Ein Lächeln von mir ist so ziemlich das Letzte, was Sie auf dieser Welt sehen werden. Warten Sie lieber nicht darauf.* Ich bin froh, dass ich gewartet habe. Das war es wert.

Sie versteht mich genau: »Sterben mit einer Bücherwand vor Augen.« Ja, das hätte ich mir gewünscht. Doch das hier ist besser. Dieses Lächeln, das ich mir bewahren kann, wo auch immer ich jetzt hingehe. »Ich habe ...« Allmählich lassen sich die Worte doch schwer formen. »Ich habe euch beide ... vor mir ... Das möchte ich als ... letztes Bild ... mitnehmen ...« Ich würde ihr Lächeln so gern erwidern, aber ich merke, wie meine Kräfte schwinden.

Jules beugt sich zu mir, ich höre ihre Stimme ganz leise an meinem Ohr: »Ich werde mich erinnern, Jeremy Parker. Ich werde nicht vergessen, wer du wirklich bist.«

Da weiß ich, dass es mir gelungen ist. Ich spüre eine wohlige Wärme, die sich in mir ausbreitet – ein Gefühl von ... ja, von Glück. Wie viele Menschen können im Moment ihres Todes behaupten, tatsächlich zu wissen, wofür sie gelebt haben? Und wofür sie starben?

Ich will noch eines sagen, es ist mir wichtig. Ich bekomme keine Luft mehr, doch ich versuche es einfach trotzdem. Die Worte höre ich wie ein fernes Wispern und weiß nicht, ob ich selbst sie ausspreche oder Jules, aber so stimmt es jedenfalls.

»Ich möchte nie mehr allein sein.«